# Schädelweh am Wallersee
## Bahn und Post im Dienste der Exekutive

von Wolfgang Schinwald

Copyright © 2011 Wolfgang Schinwald

Alle Rechte vorbehalten.
2. Auflage 2017

ISBN-13 : 978-1979726207
ASIN: 1979726205

**Bereits erschienen:**

www.WolfgangSchinwald.com

# Inhalt

Vorwort ... 3
Unheimliche Begegnung der o-beinigen Art ... 4
»Fleisch und Wein« – geh nicht rein! ... 16
Was für ein Antrieb! ... 29
Investoren an der Hand ... 40
Faxen mit Russen ... 48
Brautschau mit bedrohlichem Gastgeschenk ... 63
Ermittlungen ... 72
Vernissage mit Demaskierung ... 78
Barbie, die Puppenprinzessin ... 97
Mistkerl ... 111
E pericoloso sporgersi ... 122
Die Freiheit der Cowboys ... 134
Immer noch auf freiem Fuß ... 165
Warten auf Bardot ... 184
Verkehrsüberwachung ... 229
Männer des Westens sind so ... 253
Schlechteste Zwischenzeit ... 352
Etwa alles nur ein Faschingsscherz? ... 360

# Vorwort

Rund um den Wallersee leben die Menschen in einem mehr oder weniger harmonischen Miteinander. Kriminelle Ereignisse kennt man normalerweise nur aus dem Fernsehen.

Wenn in diesem Roman ein anderer Eindruck erweckt wird, so entbehrt das jeder realen Grundlage. Die handelnden Personen sind frei erfunden wie ihre Namen und Wohnsitze. Sollten Namensgleichheiten mit lebenden oder bereits verblichenen Menschen auftreten, so sind diese zufällig.

Ortsbezeichnungen wurden teilweise geändert, Merkmale an den Haaren herbeigeholt. Alles, um die Fiktion in der Gegend ohne Verletzungen anzusiedeln.

Der Roman gründet aber auch auf gut recherchiertem Material, das für die Handlung herangezogen wurde. Um sie von der Fiktion abzugrenzen, kann man sich selbst auf das interessante Quellenstudium einlassen. Ein Tipp: Meistens ist das, was man gar nicht glauben kann, wahr.

# Unheimliche Begegnung der o-beinigen Art

„Erledigt!", sagte er und schüttelte sich wie ein Hund, dass das Wasser nur so von ihm abspritzte.

Der Tag war durchaus vielversprechend. Zu dieser Tageszeit aber steckte er noch in den Kinderschuhen, und der für seine angenehme Temperatur bekannte Wallersee war abschreckend kalt. Kein Wunder also, dass aus dem verschlafenen Ort unweit der Bucht erst ein einziges Lebewesen angelockt worden war. Ein unauffälliger Mann mit dem beruhigenden Namen Edgar. Der hatte gerade sein morgendliches Pensum abgespult. „Zur Ablenkung", wie er sich selbst versicherte. Um nicht ständig denselben bohrenden Gedanken ausgeliefert zu sein, die ihn Tag und Nacht im festen Griff hatten. Mit zügigen Brusttempi war er zur Marieninsel geschwommen, hatte sich eine kurze Erholung gegönnt und den Rückweg zum Strandbad in absoluter Rekordzeit bewältigt. Er war körperlich in Topform, und es bestand kein Zweifel, dass er in Kürze zum 40. Mal das KDS[1]-Leistungsabzeichen in Gold erfolgreich ablegen würde. In Gedanken versunken trottete der Mann über den Holzsteg auf sein Badetuch zu, das er als Geschenk für den Abschluss eines Bausparvertrages von der Raiffeisenkasse Hackling erhalten hatte. „Patsch", machte es da plötzlich, als ein unbefestigtes Brett des Holzsteges hochschnellte und ihm einen schmerzhaften Schlag auf das linke Bein versetzte.

„Aua!", brüllte er und stampfte trotzig auf. „Eine Mausefalle ist das! - Da kann man sich ja alle Knochen brechen!" Ärgerlich rieb er sein schmerzendes Bein und fluchte laut vor sich hin. Da kam einmal mehr der Hitzkopf in ihm durch, den er sonst den ganzen Tag unterdrückte. „Ze Fix!", schrie er und sprang herum wie ein Verrückter. Solch einen Zorn hatte er. Selbst als der Schmerz nachließ, knurrte er noch eine Zeit lang weiter: „CHRCHRCHRCHR!"

Er war sicher, dass ihn niemand hören konnte. Trotzdem blickte er sich vorsichtshalber um, ehe er seine nasse Badehose abstrampelte. Nur kurz wollte er sich auf seinem Badetuch ausrasten und dann rasch mit dem Fahrrad in den Ort hinaufradeln, um seine täglichen Besorgungen zu machen, das Grab der Eltern zu betreuen und in seinem Haus, das genau genommen zur Hälfte seiner Schwester gehörte, nach dem Rechten zu sehen.

---

[1] KDS: Kampf dem Speck

Als er auf den See hinausblickte, holten seine Gedanken bildlich einen der heißen Sommertage zurück, die er als Jugendlicher hier erlebt hatte, und mit ihm einen nicht weniger heißen Flirt. Genau dort drüben, unweit des Strandbades war einst das berühmte Hacklinger Seehotel gestanden. Dort hatte er das erste Mal auf der Terrasse einen Campari getrunken, und zwar mit einem schüchternen Mädchen, das so elegant und ungewöhnlich war wie sein Name. „Vier Silben und das bei lediglich sechs Buchstaben", sagte er sich schwärmerisch vor und ließ den Namen auf seiner Zunge zergehen wie zu warmes Vanilleeis: A-ri-a-ne.

Abgebrannt und nie wieder aufgebaut. Stauden und Wildnis waren der Ersatz für das Seehotel. Dabei hatte es sogar einmal als Kulisse für den Heimatfilm *Eva erbt das Paradies* gedient. Es war nicht mehr da, genauso wie Edgars Jugend. Der Hacklinger Fremdenverkehrsverband suchte mit Nachdruck Investoren für einen Neubau, aber keiner wollte anbeißen und ausgerechnet hier ein Hotel bauen, wo doch in der Gegend Bewölkung und Regen das Wetter dominierten und Sonnentage so rar waren wie vierblättriger Klee. Die Ära der zahlungskräftigen deutschen Touristen, die zur Zeit des Seehotels noch als Sommerfrischler bezeichnet wurden und gegen ein etwas frischeres Sommerwetter nichts einzuwenden hatten, war unwiederbringlich vorbei. Zu billig waren die Flüge zu paradiesischen Stränden und pulsierenden Metropolen. Wer sollte da noch Interesse an einem Hotel an einem trüben Moorsee haben?

„Investoren für das Seehotel suchen sie", murmelte Edgar grantig vor sich hin. „Die sollen erst einmal dafür sorgen, dass der Steg in Ordnung gebracht wird!"

„Und dennoch", dachte er und blickte bezaubert auf das ruhige Wasser: „Wüsten, Dünen, Oasen – alles ein Dreck gegen die unüberbietbare Schönheit dieser Gegend um den Wallersee. Steinhaufen, Tempel, Felszeichnungen. Das alles haben wir hier nicht. Und wir brauchen es auch nicht. Denn wenn die Sonne auf- oder untergeht, da können wir mit dem Rest der Welt spielend mithalten."

Es war schon etwas sonderbar, dass dieser nachdenkliche Mann ausgerechnet in dem Moment, in dem sich die Sonne unbemerkt hinter seinem Rücken erhob, schwärmerisch an einen Sonnenuntergang am anderen Ende des Sees denken musste. „Ein Sonnenuntergang hat zwar überall seine ganz einzigartige Stimmung", sagte er sich, „ob du die Ufer des Nils, das Meer oder

die Antennen auf den Dächern von Paris siehst. Aber mit dem Wallersee ist nichts davon vergleichbar."
Plötzlich wurde die morgendliche Stille dumpf unterbrochen. Mitten in seiner Schwärmerei gewahrte Edgar von hinten eigenartige unrhythmische Schritte. Er war verwirrt. Die Schritte ließen keinen Schluss darauf zu, ob es sich um eines oder mehrere Lebewesen handelte, die sich da auf ihn zubewegten. Ebenso war es unmöglich, mit Sicherheit zu sagen, ob das Lebewesen zweibeinig oder mehrbeinig war. Edgar blickte weiterhin auf den See hinaus und ignorierte die eigenartigen Schritte, bis von links eine unverkennbare Gestalt in sein Blickfeld eindrang, die trotz der Entfernung nur einem einzigen Menschen auf der ganzen weiten Welt zugeordnet werden konnte, dem Biber Sepp. Der Name allein rief bei allen, die ihn kannten, zwei Assoziationen hervor: Postler und lästig. Wobei die Eigenschaft „lästig" sicherlich weitaus dominanter war als seine Berufsbezeichnung.
„Um Gottes willen!", entfuhr es Edgar. „Der Biber! Der geht mir gerade noch ab!"
Glücklicherweise hatte ihn der auffällige Mann nicht gesehen und marschierte geradewegs auf den Steg zu. Dabei kam er zeitweise vom Weg ab und schlenkerte in die Liegewiese hinaus. „Eingrasen und nachheuen" war der gängige Ausspruch von Bauern, wenn sie den Gang eines O-beinigen zu beschreiben versuchten. Ja, dieser Biber Sepp, der war schon eine Sonderausgabe der Schöpfung. Edgar kannte ihn gut, so wie ihn jeder andere in der Gegend kannte. Immerhin war er einmal der Held der Hacklinger Fußballmannschaft, ein Idol der Jugend, ein Frauenschwarm und Draufgänger. Er war der Einzige, der einen Freistoß, begünstigt durch seine Beinstellung, so anzirkeln konnte, dass der Ball wie ein Bumerang Verteidiger und Tormann umfliegen konnte. Wie im Leben war er auch am Fußballfeld unberechenbar. Wenn er auf einen Abwehrspieler zukam, wusste der nicht, in welche Richtung er weiterlaufen würde, wenn er zu einem Schuss ansetzte, konnte sich der Tormann keinesfalls logisch ausmalen, in welche Richtung der Ball abfliegen würde. Jede Bewegung führte er mit unglaublicher Leichtigkeit aus und ganz nebenbei stutzte er mit seinen Beinbewegungen auch noch den Rasen. Er hatte sich in unmittelbarer Nähe des Fußballplatzes häuslich niedergelassen und versäumte kein Training und kein Spiel. Bei jedem Wetter tauchte er mit seiner roten Haube auf, und wenn er Jugendliche von seinem

Fenster aus herumkicken sah, war er in fünf Minuten auf dem Platz und spielte mit, ob sie das wollten oder nicht. Dieses Fußballerleben endete mit seinem 35. Geburtstag. Dann begann für ihn ein sportlicher Lebensabschnitt, der ihn dem Rest der örtlichen Bevölkerung bekannt machte. Er gründete den Tischtennisverein, dessen langjährige Stütze er im Laufe der Zeit werden sollte, erst als Spieler, später als Trainer und Funktionär. Auch in diesem Metier hatte er sich von der Hinterliga, die Meisterschaften auf einer billigen Pressspanplatte in einer Garage austrug, bis in die Unter- und Oberliga hochgespielt. Dabei hatte er in seiner langen aktiven Laufbahn so manchen Gegner mit seiner rätselhaften Technik regelrecht zermürbt. In diesem Fall waren es nicht die unberechenbaren Beinbewegungen, die er ja für den Gegner unbemerkt unter dem Tisch ausführte, als vielmehr sein schnittiger Oberkörper, an dem die Arme so angebracht waren, dass er einem Ball von vornherein einen saftigen Drall mitgab. Als ob das nicht genug gewesen wäre, bediente er sich auch noch einer außergewöhnlichen Schlägerhaltung, die dem Gegner eine Sicht auf den Ball nahezu gänzlich verwehrte. Ausgestattet mit diesen technischen Begünstigungen und einem unerhörten Trainingseifer, hatte er so manche regionale und überregionale Meistertitel auf Jahrzehnte abonniert. Obwohl er keine internationalen Erfolge vorweisen konnte, war er doch in der Tischtenniswelt weit über die österreichischen Grenzen hinaus bekannt, weil er zu vielen Turnieren reiste und selbst als Zuschauer nicht unauffällig blieb.
Obendrein war er in allen örtlichen Gasthäusern ein oft gesehener Gast, der theaterreife Aufführungen zum Besten gab, wenn er etwas zu viel von seinem Lieblingsgetränk Sekt-Orange erwischt hatte. Sein jahrzehntelanges sportliches Leben machte es ihm sogar im reiferen Alter noch möglich, beim Moped-Italia-Gschnas, beim Feuerwehrball und beim Liedertafelball, den Großereignissen des Ortes, eine ganze Nacht lang durchzutanzen. Ja, wenn der Biber Sepp seine Energie nicht mit Tischtennis und Fußball vergeudet hätte, wäre er wahrscheinlich ein international bekannter und bei Film und Fernsehen gesuchter Tänzer geworden.
Obwohl sich Edgar und Biber bereits seit der Volksschule kannten, waren sie weiß Gott keine Freunde. Im Gegenteil, sie waren sich ein Leben lang aus dem Weg gegangen. Das war vor allem darin begründet, dass Edgar als Kind der »*Wasserfallbande*« angehörte, die jahrelang in Revierkämpfe mit Bibers »*Stampfloch-Cowboys*«

verstrickt war. Ein anderer Grund war der Feuerwehrball. Dort waren sie seit jeher Konkurrenten. Zu oft war es vorgekommen, dass der schüchterne Edgar zu lange gewartet hatte, bis er den Mut fasste, ein Mädchen zum Tanz aufzufordern, und darauf das Nachsehen hatte, weil Biber sie ihm ungeniert vor der Nase wegschnappte und dann den Rest des Abends an der Bar für sich reservierte.

Seit dem Auftauchen Bibers empfand Edgar den sonst so sanften Wallersee irgendwie ein bisschen bedrohlich. Er starrte wie gebannt auf den Steg. Instinktiv richtete er sich auf und kniff die Augen zusammen. Denn genau in diesem Augenblick begann der Biber Sepp wie ferngesteuert anzutraben und immer schneller zu laufen. Trapp, trapp, trapp. Die Bretter des Holzsteges trommelten wie ein Applaus unter der dicken Hornhaut seiner hart aufschlagenden Fersen. Er donnerte in leichter Schlangenlinie dem Ende des Steges zu und tappte in die unvermeidliche Mausefalle. Edgar schreckte auf. Er ging im Kopf bereits alle Erste-Hilfe-Maßnahmen durch, die er gleich anwenden müsste. Das Brett schnellte hoch und flog in weitem Bogen in den See. Biber fing unbeeindruckt den Schwung mit seinem anderen Bein ab und just in dem Moment, wo man meinte, er würde stürzen, setzte er zu einem Kopfsprung an und tauchte mit einer Behändigkeit unter die Oberfläche des Sees, die an einen kräftigen, wenn auch ein wenig verwundeten Wal erinnerte. Nicht weniger als zwanzig Meter von der Einsprungstelle entfernt schnellte er wie ein Fisch aus dem Wasser, riss den Kopf herum, um sich seine langen Haare aus dem Gesicht zu schleudern, und pustete die Luft aus wie ein Walross. Dann folgte ein lautes Fluchen, das weithin zu vernehmen war. Für kurze Zeit ließ er sich auf dem Rücken treiben, um dann wie ein Verfolgter in Richtung Marieninsel loszukraulen.

Edgar beobachtete das Naturschauspiel mit Bewunderung. Die Entfernung zur Marieninsel war zwar für ihn kein Problem, jedoch bevorzugte er den Bruststil, mit dem er bei Weitem nicht an die Zeit der Krauler herankam. Er war die Strecke noch nie unter eineinhalb Stunden geschwommen. Deshalb blickte er auch jetzt instinktiv auf die Uhr, um zu sehen, wie schnell der Biber Sepp mit dem Kraulstil unterwegs war.

„Schade, dass kein Vertreter des örtlichen Skiklubs anwesend ist", dachte sich Edgar, denn der hätte einen Lehrfilm über das Girlandenfahren drehen können. Genauso wenig geradlinig, wie er auf dem Steg gegangen war, schwamm der Biber nämlich, und bei

jedem Luftholen imitierte er das Fliegenfangen der Fische. Ja, Gott sei Dank war zu dieser Zeit der Bootsverleih noch nicht besetzt, denn die unberechenbaren Kurswechsel des Schwimmers wären für manchen Hobbykapitän ein unüberwindliches Problem gewesen.
Edgar konnte nicht länger warten. Er machte sich daran, sich anzuziehen und zu seinem Fahrrad zu gehen. Auf dem Weg erblickte er ein Badetuch mit der Aufschrift Eduscho und sah mehrere Kleidungsstücke auf einer Staude hängen.
„Typisch Biber!", entfuhr es ihm. „Der trägt sogar in der Freizeit seine Postuniform. Andere sind froh, wenn sie aus diesen Lumpen rauskommen, und der fühlt sich wohl darin." Er schüttelte den Kopf und betrachtete die blaue Posthose, die Biber an den Hosenträgern aufgehängt hatte, das elegante Posthemd, auf dem noch die Abdrücke der Wäschekluppen zu sehen waren, und die klobigen Pelzschuhe. Gerade noch hatte er sich gewundert, warum der Biber zu dieser Jahreszeit Pelzschuhe anhatte, da erregte etwas ganz anderes seine Aufmerksamkeit. Ja was war denn das? Edgar glaubte seinen Augen nicht zu trauen, als er das identifizierte, was in den Hosenbeinen der Posthose steckte: eine lange Untergatte. Edgar schüttelte schmunzelnd seinen Kopf und blickte auf den See hinaus. „Wie als Kind", dachte er amüsiert „Kein bisschen verändert, der Biber. Sommer wie Winter hat er die lange Unterflak an. Was für die Kälte ist, ist auch für die Hitze. Unfassbar, der Mensch!" Den ganzen Weg bis zu seinem Fahrrad grinste er breit. Als er sein Fahrradschloss aufsperrte, warf er noch einen Blick auf den Dschungel, wo früher das Seehotel stand. Gegenüber war die Wiese des Campingplatzes bereits bis zum letzten Platz mit riesigen Wohnwagen verstellt. Schwere Mercedes-Limousinen standen am Parkplatz. Und das in der Vorsaison.
„So kann man die Übernachtungszahlen auch erhöhen", murmelte er ärgerlich und radelte verbissen den steilen Berg hinauf. Erst trat er langsam in die Pedale, als er sich aber warm gefahren hatte, erwachte mit den ersten Schweißperlen auf seiner Stirn der Ehrgeiz in ihm. Er erhob sich kraftvoll aus dem Sattel und riss den Lenker wild hin und her. Sein Kampf mit dem Berg hatte ihn gleich so gefangen, dass er gar nicht bemerkte, dass ihm der Wirt des Gasthauses *»Rindenmühle«* „Beste Zwischenzeit, Edgar!" zurief und winkte. Edgar hatte nur die Bergkuppe im Auge. Erst dort würde er das Rad genussvoll ausrollen lassen. Er fuhr am Rande seiner Leistungsfähigkeit. Wie immer. Wahrscheinlich hatte er den Berg

zu schnell angegangen. Edgar dachte schon an Aufgabe, aber nur flüchtig. Äußerst selten hatte er am Berg aufgegeben. Nein. Das durfte er nicht! Wie würde das aussehen? Absteigen und schieben. Niemals. Er trat wieder mit voller Frequenz. Aber was war das? Als er das Ende der Steigung schon beinahe erreicht hatte, hörte er den jämmerlichen Ton eines gequälten Mopeds von hinten auf sich zukommen. Er drehte sich besorgt um, weil der ständig sich verändernde Ton von einer ungleichmäßigen Fahrspur zeugte. Jetzt war er aus dem Tritt gekommen. Edgar hielt an und schaute sich die Sache genauer an. Der Mann auf dem Moped war der Biber Sepp, der gerade noch das Wasser unsicher gemacht hatte. In derselben Girlandenspur, die er auf dem Wasser gezogen hatte, peinigte er jetzt das betagte Gefährt die unbarmherzige Steigung hinauf. Nur durch geschicktes Hin- und Herlenken und einfühlsames Mittreten bewahrte er den Motor vor dem Absterben.

Als er auf Edgars Höhe war, rief ihm der Mopedfahrer zu: „Willst du dich festhalten?"

Edgar traute seinen Ohren nicht. Er hätte eher erwartet, er würde ihn bitten, ihn zu schieben. So rief er zurück: „Nein danke! Das ist ja verboten!"

Darauf der Sepp: „Nicht für uns, wir sind ja schon alt genug. Wir können uns das erlauben." Und schon heulte der Motor auf, weil Biber kurzfristig bergab fuhr, um sich Edgar von hinten wieder zu nähern. Der Wirt der *»Rindenmühle«* war auf den Balkon gegangen, um besser zu sehen.

„Los, halt dich fest!", rief der Biber Sepp wieder.

Jetzt packte ihn Edgar tatsächlich am Arm und radelte unterstützend mit. Die beiden brauchten die ganze Straßenbreite. Sie traten mächtig in die Pedale und der Motor würgte sich mit der Drehzahl eines 18er Steyr-Traktors.

Noch bevor die Anhöhe überwunden war, hatte das Gejaule des Motors ein abruptes Ende. Der Wirt der *»Rindenmühle«* schickte seine Frau um einen Feldstecher.

„Reiber", diagnostizierte Edgar blitzschnell.

Der Biber schaute verwegener drein als beim Finale des letzten Meisterschaftsspiels und knallte sein Moped mit einer atemberaubenden Beinkombination auf den Ständer. Dann sank er wie ein Schwerverletzter auf eine Sitzbank neben der Straße nieder und verdeckte wortlos sein Gesicht mit den Händen.

„Juijuijuijuijui! Das ist garantiert ein Kolbenreiber", präzisierte Edgar seine Diagnose, stellte sein Fahrrad ab und bückte sich zum Motor.
„Da kannst du eine Eierspeise darauf machen, so heiß ist der. So einen alten **Henastauba**[2] darfst du doch nicht so schinden. – Du bist vielleicht ein wilder Hund, Biber."
„Ach was, tu dir nichts an. Wenn der Motor ausgekühlt ist, geht er wieder. Du wirst sehen."
„Das glaube ich nicht, Biber. Das ist ein Postlermoped. Das lässt sich nicht treiben."
„Das muss ausgerechnet ein Eisenbahner sagen!", entgegnete Biber. „Sogar Lokomotiven müssen mit Gefühl gefahren werden. Und alte Lokomotiven mit noch mehr Gefühl", erklärte Edgar.
„Ich nehme auf die alte Kiste keine Rücksicht mehr", schimpfte Biber. „Auf mich nimmt doch auch keiner Rücksicht, weil ich alt bin. Was glaubst du, wie die bei der Sternfahrt jeden Tag ihre alten Eisen treten."
„Was, du nimmst an der Sternfahrt teil?"
„Jeden Tag in der Früh zum Bahnhof. Wie fast jeder andere Hacklinger auch. Ein tolles Rennen."
„Ach deshalb habe ich bei deinen Sachen eine lange Untergatte gesehen."
„Ha! Auf was du alles schaust! Aber mit der Mopedfahrerei habe ich mir eine Reizblase eingehandelt."
In diesem Augenblick fuhr ein Pritschenwagen der Marktgemeinde Hackling an den beiden vorbei. Betont langsam. Im Schritttempo. Zwei Männer saßen drin. Der provokant grinsende Fahrer, der Neffe des Gemeinderates Glatt, kurbelte das Fenster herunter und sagte laut: „Da sitzen sie, die Herren Sommerfrischler, und wir wissen nicht, wo wir zuerst mit der Arbeit anfangen sollen!" Dazu tat er mit der Hand so, als wolle er sich die schöne Badehose mit Gürtel schnappen, die Biber auf dem Rückspiegel seines Mopeds zum Trocknen aufgehängt hatte.
Edgar beherrschte sich, aber Biber brüllte zurück: „Am besten gleich bei der Bank da! Die ist ja seit Jahren nicht mehr gestrichen worden. Kein Wunder, dass wir keine Touristen im Ort haben!"

---

[2] Henastauber: Bauern nennen so das Postlermoped, die Puch MS-50, weil seit Generationen die Briefträger von den auffliegenden Hühnern angekündigt werden.

„Keine Touristen? – Siehst du schon so schlecht, dass dir die vielen Wohnwägen am Campingplatz nicht aufgefallen sind?", ätzte der junge Glatt-Neffe mit einer Stimme, die unheimlich versoffen klang, und gab Gas. Als der Pritschenwagen schon lange vorbei war, sagte Edgar zu Biber: „Ausgerechnet der muss sein Maul aufreißen. Der Neffe vom Glatt."
„Da wirst du froh sein, dass du seinen Onkel aus dem Haus hast, was?"
„Todfroh, Biber! Wenn ich nur daran denke, dass der einmal mein Schwager war! – Und genau der hat seinem Neffen den Nebenjob bei der Gemeinde verschafft, dem Herrn Jus-Studenten. Das war nicht sauber, wie dieser Julius die Aufsicht über den Campingplatz und den Bootsverleih bekommen hat. Der faule Hund reißt sich bei der Arbeit keinen Haxn aus – und die anderen hält er davon ab!"
„Darauf kannst du Gift nehmen!", gab ihm Biber recht. „Die Gemeindearbeiter haben immer brav gearbeitet. Die Bänke waren früher tipptopp. Da haben sich die Sommerfrischler gerne hingesetzt. Seit der junge Spund von seinem Onkel eingeschleust wurde, kommen die anderen Gemeindearbeiter nicht mehr zum See runter. – Weil der Kerl immer mit dem Pritschenwagen spazieren fährt."
„Weißt du, was der ist? – Ich sag es dir", drohte Biber und verwendete das schlimmste Schimpfwort, das die emsigen Hacklinger in ihrem Sprachgebrauch hatten: „Arbeitsscheu ist er, der Rotzbub. – Ar – beits - scheu."
„Wieso, glaubst du, fahren die jetzt zum See runter?", fragte Edgar.
„Vielleicht richten sie den Steg her", antwortete Biber, „ich habe mir gerade fast ein Bein gebrochen, so desolat ist der!"
„Ich glaube nicht, dass die sich für den Steg interessieren. Die trinken beim **Seewirt** einen Kaffee, oder in der **»Rindenmühle«**, da kann man den Pritschenwagen so schön verstecken. Dass sie ein paar Schaufeln auf der Pritsche haben, ist doch nur Tarnung, sonst nichts!"
Schon machte sich Biber wieder am Moped zu schaffen. Und bereits Minuten später begann der Motor tatsächlich zu laufen.
„Siehst du! Auskühlen lassen, dann geht's wieder."
„Das hätte ich nicht geglaubt", entgegnete Edgar verwundert, „aber wahrscheinlich ist das nur bei den Postlermopeds so. Die sind wie ihre Herrchen. Wenn sie lange genug rasten können, sind sie wieder fit. Die lassen sich nicht treiben."

„Mein Gott!", gab sich Biber beleidigt. „Da redet der Richtige. Du hast dich bei der Eisenbahn sicher auch nicht mit der Arbeit überhoben." Mit brutalen Bewegungen am Gasgriff ließ er den Motor ordentlich aufheulen und schlängelte sich winkend dem Ort Hackling entgegen. Edgar nahm unverzüglich die Verfolgung mit dem Fahrrad auf und holte den Postler bereits nach ein paar Hundert Metern wieder ein.
„Endstation, was?", fragte er mit dem typischen Vokabular eines Eisenbahners.
„Sieht so aus!", bestätigte Biber postwendend.
„Jetzt hast du den Motor endgültig ins Jenseits befördert mit deiner gefühlvollen Fahrweise", meinte Edgar vorwurfsvoll und ergänzte, als er den Zorn in Bibers Gesicht aufsteigen sah: „Gut, dass ich daheim noch einen habe."
„Einen was?"
„Einen Motor!"
„Einen Motor für eine MS-50?", staunte Biber.
„Einen? – Drei habe ich. – Natürlich keine neuen. MS-50-Motoren werden dir heute nachgeworfen. Besonders hier in Hackling, wo doch jeder ein italienisches Moped will. – Aber ob du ihn selbst einbauen kannst, das ist die Frage."
Instinktiv hielt Biber den Satz „Na klar, glaubst du, ich kann das nicht?", der ihm auf der Zunge lag, lange genug zurück, sodass Edgar darin eine Bestätigung seiner Annahme sah und ein Angebot machte: „Na gut, ich baue ihn dir ein. Aber das müssen wir in meiner Werkstatt im Keller machen. Du wirst ja kein Werkzeug daheim haben, oder?"
„Was?", gab sich Biber erstaunt. „Du würdest mir den Motor einbauen? Hast du denn Zeit?"
„Jetzt frag nicht so blöd. Ein Pensionist hat immer Zeit, aber er darf es sich nicht anmerken lassen!"
„Meine Hochachtung!", meinte Biber voller Bewunderung. „Das ist der Unterschied. Ich kenne einen Pensionisten, der hat immer ein schlechtes Gewissen, weil er nichts zu tun hat, und du sagst das so geradeheraus."
„Ich weiß auch nicht, warum ich das jetzt so geradeheraus gesagt habe, normalerweise geniere ich mich unheimlich."
„Dabei haben es sich die Pensionisten doch verdient, oder?"
„Genau. So lange muss erst einmal einer bei der Arbeit durchhalten!"

„Und einzahlen!"
„Eben. Aber das kapieren die Jungen ja nicht."
Und wieder näherte sich der Pritschenwagen. Diesmal hielt er sogar an. Edgar erkannte den Beifahrer. Es war ein ehemaliger Zöllner, der im Ort mehrere Würstlbuden betrieb. Eine davon am Strandbad. Der grinsende Fahrer formte zwischen seinen prall gefüllten Trompeter-Wangen eine Niederträchtigkeit und lästerte am grinsenden Würstelkönig vorbei aus dem offenen Fenster: „Da stehen sie schon wieder herum, unsere Herren G'schaftler. Wieso steht ihr denn überhaupt auf in der Früh? Euch braucht doch eh keiner!" Dann gab er Gas und ließ die beiden Altspatzen in einer Dieselwolke stehen.
Der blöde Spruch und die grinsenden Gesichter machten Edgar so zornig, dass er fast explodierte. Am liebsten hätte er ihnen das Moped in hohem Bogen auf den Pritschenwagen geworfen – oder gleich durch die Windschutzscheibe. Aber er wusste genau, dass er sich zu so einer Dummheit nicht hinreißen lassen durfte. Darauf würde sein Ex-Schwager Alfons Glatt nur warten. Noch ehe er seine Gedanken ordnen konnte, sah er Biber mit Höchstgeschwindigkeit hinter dem Pritschenwagen herlaufen. Als der Wagen bei der Kreuzung zur Hauptstraße anhalten musste, drosch er mit seinen Händen auf die Bordwände und fasste eine Schaufel auf der Ladefläche, mit der er wild herumfuchtelte und den Provokateuren, denen das Grinsen inzwischen vergangen war, drohte, die Scheiben einzuschlagen.
„Biber!", rief Edgar entsetzt.
Doch der Postler war so in Rage, dass der Neffe des Gemeinderates Glatt panikartig die Fahrt ohne Schaufel fortsetzte. Ohne Rücksicht auf den Querverkehr.
Als Edgar sich Biber näherte, war dieser noch immer außer sich vor Zorn und warf die Schaufel wie einen Speer weit in die Wiese, sprang herum und stampfte auf den Boden.
„So beruhige dich doch!", bat Edgar und bückte sich um eine Beilagscheibe, die auf der Straße lag. „Die wollen uns nur provozieren."
„Ich verstehe nicht, wie du so ruhig bleiben kannst!", stammelte Biber geknickt und zeigte mit dem Finger ungläubig auf die Beilagscheibe.

„Ruhig bleiben?", wiederholte Edgar verwundert und steckte die Scheibe in seine Geldtasche. „Ich bin auch fuchsteufelswild. Wenn du ihnen nicht nachgelaufen wärest, hätte ich es gemacht."
„Die sollen einmal den Steg reparieren!", schimpfte Biber. „Arbeit gäbe es genug für die Faulpelze, aber da fahren sie in die *»Rindenmühle«* auf einen Kaffee und provozieren uns!"
Edgar hatte sich wieder beruhigt. Im Vorbeigehen schweifte sein Blick in Richtung Sahnehügel, wo die polierten Alufelgen der Nobelkarossen das Sonnenlicht reflektierten. Es war nicht das dreieckige Atelier des berühmten Künstlers Lutz von Sirting, das ihn magisch anzog, sondern der Balkon des Hauses, das dem Golfplatzarchitekten Hagenbeck gehörte. Dort war es nämlich, dass er an manchen Tagen eine Dame zu sehen bekam, die elegant eine Zigarette rauchte. Diesmal aber nicht.
Einige Zeit später hatten die beiden Männer den Ortsanfang erreicht. Sie schoben Fahrrad und Moped Seite an Seite, wie zwei dicke Freunde. Das blieb im Ort natürlich nicht unbemerkt. Erst mussten sie an der Tankstelle vorbei. Der Tankwart lief sofort heraus und rief: „Na, hat dein Dienstfahrzeug den Geist aufgegeben?" Und der Moped-Mech[3] musterte Bibers tiefblauen Auspuffkrümmer mit verwegener Miene. Dann trat er den Kickstarter eines alten Ital-Jet-Mopeds durch, um den herrlichen Spruch ertönen zu lassen. Offensichtlich eine Werbemaßnahme. Edgar und Biber wimmelten die beiden ab, aber schon kam Tschikago daher. Der kernige Trafikant konnte es nicht lassen und begrüßte Edgar mit der Hand: „Was führt euch denn heute schon in den Ort? Ist noch nichts im Fernsehen?" Edgar gab ihm einen freundschaftlichen Magenhaken. „Der meint es nicht so", sagte er zu Biber und wandte sich an den nach Luft ringenden Trafikanten: „Nicht wahr, Tschik?"
„Immer noch blitzschnell, der alte Edgar", bemerkte der, als er wieder genügend Luft hatte, und fügte hinzu: „Wovon habt ihr denn so rote Schädel, ihr zwei?"

---

[3] Mech: Abkürzung für Mechaniker, wie sie auch beim Bundesheer üblich ist.

## »Fleisch und Wein« – geh nicht rein!

„Du, ich habe einen fürchterlichen Hunger", klagte Biber. „Ich kaufe mir jetzt einen Leberkäswecken beim Flaschke. Kommst du mit? Danach können wir ja von mir aus ins Kaffeehaus gehen."
Edgar zögerte. „Wenn es unbedingt sein muss", entgegnete er schließlich mit auffallend geringer Begeisterung. „Hunger habe ich zwar schon, aber beim Flaschke kaufe ich nicht mehr gerne ein. Du weißt doch, dass er der beste Freund meines Ex-Schwagers Glatt ist."
„Ich kann ihn doch auch nicht leiden!", sagte Biber so laut, dass sich eine alte Dame umdrehte, und fuhr in etwas gemäßigter Lautstärke fort: „Der ist mir zu schnell reich und arrogant geworden mit seinen Delikatessen und seinen exquisiten Weinen, mit denen er sich bei unserer Provinzprominenz wichtigmachen will. – Aber er hat den besten Leberkäse und die beste Blutwurst. Außerdem lässt er sich eh nicht oft in seinem Geschäft blicken."
Als die beiden Herren das *Fleisch und Wein* betraten, unterbrach die Santner Mirz an der Kassa abrupt ein Getuschel mit einer Kundin und grüßte melodisch. Dabei blieb Edgar nicht verborgen, wie intensiv sie den Blickkontakt zu Biber suchte, der ganz verstohlen an ihr vorbeischaute und zaghaft grüßte. Mit unzähligen Spiegeln hatte Mirz von der Kassa aus das ganze Geschäft im Überblick und konnte somit lückenlos den Weg der hungrigen Männer zur Fleischvitrine überwachen. Mirz beobachtete alles und jeden ganz genau, im Geschäft und auch privat. Mit dieser Angewohnheit hatte sie schon so manche Ehe im Ort in höchste Gefahr gebracht. In dem Wohnblock, in dem sie wohnte, hatte die Nachbarschaftshilfe schon lange aufgehört. Kein Mann konnte mehr der Nachbarin einen Luster im Schlafzimmer installieren oder gar beim Überziehen eines Bettes helfen. Sofort vermutete Mirz eine Affäre und stellte ihre Vermutung an der Kassa zur Diskussion, wenn auch im Flüsterton.
„Der ist mir noch abgegangen!", stöhnte Edgar und versteckte sich, als der beleibte Herr Flaschke persönlich hinter der Aufschnittmaschine erschien und an Biber die Frage richtete: „Was darf es denn sein für den Herrn Postgeneral, ein Leberkäswecken wie üblich, oder vielleicht ausnahmsweise eine Wurstsemmel mit feiner Pikantwurst?"

„Mach mir einen LKW und vergiss das Gurkerl nicht!", erwiderte Biber in einem Befehlston, der Flaschkes gespielte Freundlichkeit in seinem Gesicht einfrieren ließ.
„Leberkäswecken mit Gurkerl für den verwöhnten Feinschmecker", wiederholte der aalglatte Chef singend für das Lehrmädchen, das gerade aus dem Weinkeller auftauchte. Noch ein Lehrmädchen rückte an, weil in dem Moment das Jausengeschäft anlief. Wie auf ein unsichtbares Zeichen erschienen die Lehrlinge vom Tischler, vom Rauchfangkehrer, vom Dachdecker, vom Mechaniker und vom Schlosser. Dann stellten sich zwei Kontrolleure der Puppen-Manufaktur an, und schließlich polterte auch noch der Glatt-Neffe mit seinem Spezi hinter einem Eisenbieger der Stern-Werke zur Tür herein. Vom Anstellen hielt er nicht viel, drängte sich an den Leuten vorbei und tauchte hinter der Vitrine neben Flaschke auf, bei dem er seinen Jausenauftrag deponierte und grinsend von etwas erzählte, das ihn unheimlich erheiterte. Biber kochte vor Zorn und rief mehrmals: „Hinten anstellen, Rotzbub!" Dazu zeigte er ihm die Faust. Auch der Lehrling aus der Schlosserei regte sich auf. Und die mürrischen Gesichter der anderen Kunden verleiteten Biber zu Handgreiflichkeiten. Eine alte Dame irrte zwischen den Regalen umher und führte laute Selbstgespräche: „Blutwürste hab ich schon, jetzt brauch ich noch … Mmmm, oder hat das der Fredi schon mitgenommen. Das weiß ich nicht. Dann muss ich vorsichtshalber noch eine Sulze mitnehmen, wenn die Enkerl kommen …" Als Biber das hörte, entschloss er sich, eine Szene im Fleischerladen zu vermeiden. Draußen würde er ihn dann aber zur Rede stellen, den frechen Tropf.
Edgar hatte sich verdrückt und höflich die Fürstin Scherbenstein gegrüßt, die ihn hinter dem Weinregal entdeckt hatte. Lange konnte er sich nicht mit ihr über die Gartenarbeit unterhalten, da hatte ihn schon einer entdeckt, der das zahlreiche Publikum zu einem bühnenreifen Auftritt nützte.
„Ja, wen sehe ich denn da!", rief Flaschke aus, als er Edgars Kopf durch das Regal erkannte. Er wälzte sich an der Fleischvitrine vorbei und kniete sich auf dem Fliesenboden vor Edgar nieder. „Pah!", schrie der Eisenbieger der Stern-Werke, als er das sah. Der danebenstehende Glatt-Neffe lachte hemmungslos und zog einen bösen Blick Bibers auf sich, der gnadenlose Rache verhieß. Nicht nur Edgar stand regungslos da, auch die Herren Qualitätskontrolleure der Puppen-Manufaktur hielten die Luft an.

Ein Aufrechter[4] stoppte seine auf Stunden angelegte Flaschenrückgabe. Das Lehrmädchen hinter der Fleischvitrine war so geschockt, dass es vergaß, das Leberkäswarmhaltegerät zu schließen. Heiße Luft stieg auf, und der anregende Duft des Leberkäses erfüllte den ganzen Fleischerladen. Vorne an der Kassa unterbrach die Mirz ein wichtiges Kundengespräch über mögliche Zusammenhänge der Kniegelenksabnützung der Frau eines ortsansässigen Firmenchefs und dessen Seitensprung mit einer Raumpflegerin. Der Grund dafür war, dass sie sich strecken musste, um das Schauspiel ihres Chefs in den Spiegeln verfolgen zu können. Ihr Blick suchte Biber, fand ihn aber nicht. Er stand im toten Winkel eines Spiegels und betrachtete abwechselnd Flaschke und den Glatt-Neffen mit einem bitterbösen Gesichtsausdruck. „Spinnst du, Flaschke?", rief er.

Mit gefalteten Händen und einem leidenden Grunzen versuchte der schauspielerisch durchaus talentierte Fleischermeister die Aufmerksamkeit auf sich zu lenken.

Mit Schrecken erblickte Edgar die hübsche und umwerfend elegante Golfplatzarchitektengattin Ariane Hagenbeck, die gerade damit beschäftigt war, die Sektpreise zu vergleichen. Entzückend rote Wängelchen hatte sie, weil sie schon frühmorgens am Golfplatz Abschläge geübt hatte. Als sie abwechselnd Flaschke und dann Edgar erschreckt mit ihren weit aufgerissenen blauen Augen anstarrte, rief Flaschke aus: „Lieber Herrgott, ich danke dir, dass du mir die Kraft und die Gesundheit gegeben hast, mein Leben lang für diesen Mann die Pension einzuzahlen."

Mit dem Verklingen des letzten Wortes schien die Zeit stillzustehen. Kein Laut war zu hören. Nichts und niemand rührte sich. Nur Flaschke bewegte seine gefalteten Hände flehend vor und zurück, ließ den Unterkiefer hängen und rollte leidend seine Augen.

Die Augenzeugen waren minutenlang wie erstarrt. Dann verließ die Fürstin angewidert den Laden, ohne etwas gekauft zu haben. Der Glatt-Neffe amüsierte sich köstlich über den Scherz Flaschkes. Die Mirz vergaß, sich bei der Fürstin zu verabschieden, und wetzte aufgeregt auf ihrem Drehstuhl herum, um das Gesicht Edgars zu sehen. Dem war die Sache ausgesprochen peinlich. Die Blicke der Umstehenden schienen ihn zu durchbohren. Vor allem die wunderschönen Augen der eleganten und unnahbar scheinenden

---

[4] Die Aufrechten bilden im Ort Hackling den reaktionären Gegenpol zu den emsigen Arbeitern, die eine gebückte Körperhaltung einnehmen.

Ariane Hagenbeck versetzten ihm einen lähmenden Stromstoß. In seinem erstarrten Körper wurden Dutzende Befehle und Reflexe herumgeschickt, die ihre Abwärme in seinem Kopf entluden und ihn dunkelrot einfärbten. Genau dort duellierte sich ohnehin schon unbändiger Zorn mit all den Verhaltensmaßregeln, die ihm seine Schwester im Laufe der Zeit verinnerlicht hatte.
*Was für eine Demütigung ... Und das vor Ariane und der Fürstin ... Ich darf jetzt nicht ausrasten ... Ja nicht handgreiflich werden! ... Den Gefallen darf ich ihm nicht tun! ... Nicht noch eine Entgleisung!*
Äußerlich wirkte Edgar durchaus ruhig, dabei stieg unbezwingbarer Zorn in ihm auf. Er hatte Bilder vor Augen, in denen er Flaschke einen Magenhaken verabreicht und mit einer Geraden seinen Kopf regelrecht zur Kapuze macht. In allen Facetten stellte er sich vor, wie sich sein Opfer schmerzverzerrt überschlägt und jammernd den Bauch hält. Er war so zornig, dass er sich zum Atmen überwinden musste.
*Wenn das meine Schwester erfährt ... In kurzer Zeit wird jeder im Ort davon wissen ... Am Stammtisch werden sie über mich lachen ... Nur wegen dem Biber bin ich in diesen Laden gegangen ... Ich hab's geahnt, dass wieder ein Verdruss dabei rauskommt ... Was mache ich jetzt? ... Noch einmal dürfen mir die Sicherungen nicht durchbrennen! Ich werde ihn einfach ignorieren! ... Nein, so billig kommst du mir nicht davon, Flaschke!*
Aus einem Spiegel am Regal drängte sich auch noch das vor Neugier faltenfrei gespannte Gesicht der Mirz auf. Dazu grinste ihm die provokante Visage des Glatt-Neffen entgegen. Da brach der unbändige Zorn endgültig durch und Edgar hatte große Mühe, sich zu beherrschen. Als Jugendlicher hatte er nämlich eine Schwäche für Prügeleien gehabt. Größere und stärkere Gegner waren ihm am liebsten gewesen. Er hatte seine Kämpfe stets mit präzisen Geraden aus der Distanz erledigt und langwierige Raufereien vermieden. Ruck, zuck und aus! So ging das früher. Aber in dieser Situation waren Schläge nicht angebracht. Darauf wartete Flaschke nur. Der malte sich wahrscheinlich schon aus, wie er in die Falle tappen würde. Edgar hatte ihn durchschaut und musste eine rasche Entscheidung treffen. In der Theatralik seines Herausforderers erfasste er dessen betende Hände und sprach ihm, für die aufmerksamen Beobachter deutlich hörbar, seinen aufrichtigen Dank aus: „Ich danke dir im Namen der Republik und aller Pensionisten für dein aufopferndes Lebenswerk, Flaschke!" Mit

einem Fee-Taschentuch, das er elegant aus der Verpackung zog, wischte er dem Knienden die schwitzende Stirn ab und steckte es ihm in die Brusttasche seines klebrigen Dralon-Arbeitsmantels mit den salbungsvollen Worten: „Nimm dies als Zeichen meines Dankes an den Retter der Staatspension, den großzügigsten Unternehmer Österreichs!" Dann packte er ihn am Ohrläppchen, presste es mit seinen Fingern, so fest er konnte, und flüsterte ihm, für die Umstehenden unhörbar, ins Ohr: „Und jetzt schleich dich, bevor ich dir deinen unappetitlichen Wurstschädel einschlage!"
Die noble Kundin registrierte die Vorstellung schockiert und versuchte vergeblich Blickkontakt mit Edgar aufzunehmen. Die Kontrolleure der Puppen-Manufaktur beobachteten die Vorgänge mit ernster Miene. Das Lehrmädchen bestückte blitzschnell den Leberkäswecken mit Gurkerl und knallte die Tür des Leberkäswarmhaltegerätes zu. Die Mirz versuchte an das abgebrochene Gespräch anzuknüpfen, während der Glatt-Neffe einen Geldschein deponierte und, ohne sein Wechselgeld abzuwarten, die Fleischerei verließ. Auch Flaschke war sein überhebliches Grinsen vergangen. Er erhob sich mit den Worten „Der nimmt alles zu ernst" und schlich mit einem blutroten Ohr an seinem Lehrmädchen vorbei in sein Büro.
„Was für ein netter Mensch!", sagte Edgar schließlich etwas zu laut zu Biber. „Wenn du in Pension bist, brauchst du hier nicht mehr reinzugehen. Der verkauft seine Ware viel teurer als jeder andere und ist dir auch noch um die Pension neidig."
Das hatte gesessen. Der Metzger kam wieder zurück und wollte zu den überhöhten Preisen Stellung nehmen. Doch jetzt hatte der Biber die Zuschauer auf seiner Seite.
„Fräulein", sagte er zum Lehrmädchen, „den LKW soll der Chef selbst verspeisen. Mir ist der Appetit vergangen. – Flaschke, das war ein Fehler. Ich werde mir das merken. Ich vergesse nichts, das kannst du mir glauben. Diese Niederträchtigkeit wirst du eines Tages büßen! Du Tropf!"
„Aber das war doch nur ein Spaß, meine Herren!", versuchte jetzt Flaschke zu beschwichtigen.
„Ein Spaß?", brüllte Biber verärgert. „Dir wird der Spaß noch vergehen, Flaschke. Es tut mir im Nachhinein leid, dass ich über zwanzig Jahre meine Leberkäswecken bei dir gekauft habe. In dein ‚Schwein und Wein' geh ich nicht mehr rein! – Komm, Edgar, wir gehen!"

Die Kunden des »*Fleisch und Wein*« waren immer noch benommen. Ariane Hagenbeck drückte Flaschke unmissverständlich ihre Verärgerung aus und eilte Edgar nach, um ihm Worte des Zuspruchs entgegenzubringen, aber der war nicht mehr zu sehen. An der Kasse gab es Sonderpreise, da die Mirz unkonzentriert war. Schließlich musste sie kassieren und gleichzeitig das Geschehen in den Spiegeln verfolgen. Die zwei verärgerten Männer wollten auf schnellstem Wege die Metzgerei verlassen. Das war aber nicht so leicht möglich. In Schlangenlinien mussten sie an allen Regalen mit sogenannten Sonderangeboten und Ladenhütern vorbei, und natürlich an den unzähligen Spiegeln mit dem verdutzten Gesicht der Mirz, die jedem Zahlenden erklärte, dass ihr Chef es ja nicht so gemeint hatte und dass nicht alle seinen Humor verstünden. Edgar würdigte die Kassiererin keines Blickes, als er sich an der Kassa vorbeidrängte und wütend das Geschäft verließ. Biber hingegen konnte nicht so leicht an ihr vorbei. „Aber Josef", sagte Mirz zu ihm und strich sanft über seinen Unterarm. „Immer noch der Gleiche", fügte sie hinzu, blickte ihm tief in die Augen und spannte einen seiner Hosenträger, um ihn danach frech auf seinen Bauch knallen zu lassen.
„Wenn's passt, dann passt's", rief der allgegenwärtige Tone Streich, der im »*Fleisch und Wein*« Hausverbot hatte, und hielt den Kunden von außen zuvorkommend die Tür auf.
„Weißt du jetzt, warum ich zu dem nicht mehr gerne hineingehe?", wandte sich Edgar an Biber, als die Tür hinter ihnen ins Schloss gefallen war.
„Mhm", antwortete Biber und war noch ganz verstört. „So eine Frechheit. Wir brauchen uns doch nicht zu schämen, dass wir in Pension sind."
„Wir?", fragte Edgar ungläubig nach und schaute Biber in die Augen. „Du bist doch noch gar nicht ..."
„Doch!", gestand Biber nach einer kurzen Pause und rief: „Komm, wir gehen ins »*Café Därrisch*«!"
Frau Spechtler, die wie immer von ihrem Fenster aus den Hauptplatz falkenhaft observierte, wunderte sich, als sie Biber und Edgar in angeregter Unterhaltung auf der Straße sah. „Da schau her", sagte sie zu ihrem Kater Mucksi, als Edgar seinem Begleiter galant die Tür zum »*Café Därrisch*« öffnete. Zum ersten Mal in ihrem Leben betraten die zwei Männer gemeinsam das nahezu leere Kaffeehaus und setzten sich an einen Tisch. Edgar bestellte zwei Tassen Kaffee

und sagte großzügig: „Ich lade dich ein. Und zum Essen schlage ich ein Sandwich vor. Willst du eines?"

„Ein Sandwich?"

„Ja, Weißbrot mit Wurst, Käse und Gurkerl. Und natürlich mit Mayonnaise. Das machen sie großartig hier. Da kannst du den Leberkäswecken vom Flaschke glatt vergessen!"

„Na gut, dann auch ein Sandwich für mich!", sagte Biber zur Kellnerin, die sich mit der Bestellung dankend entfernte.

„So eine Frechheit!", begann Edgar, der immer noch vor Wut kochte.

„Also wegen dem Flaschke brauchst du dich nicht mehr aufzuregen. Keiner im Ort mag ihn, und jeder fragt sich, wie er mit Schweinefleisch und Wein zu so viel Geld gekommen ist, dass er ein Haus am Sahnehügel bauen konnte."

„Was ist schon der Flaschke?", schimpfte Edgar. „Das war doch ein abgekartetes Spiel, das sein Freund Glatt eingefädelt hat, mein Ex-Schwager. Der versucht doch bei jeder Gelegenheit, mich öffentlich zu provozieren. Und seine Trabanten helfen ihm dabei. Peinlich ist es mir nur wegen Ariane."

„Ariane?", wiederholte Biber mit fragendem Gesichtsausdruck.

„Auweh!", dachte Edgar. Jetzt war ihm etwas rausgerutscht, das nicht für Bibers Ohren bestimmt gewesen war. Er musste ihn ablenken.

„Jetzt erzähl erst mal!", drängte Edgar. „Sie haben dich geschickt? Ist das wahr?"

Obwohl nur zwei Schwerhörige im Kaffeehaus saßen und lautstark miteinander debattierten, äugte Biber herum und flüsterte: „Psst! Das braucht doch niemand zu wissen! In Frühpension. Aber das ist vertraulich, Edgar, verstehst du. Das habe ich jetzt nur dir gesagt, ich will nicht, dass es im Ort jemand erfährt. Das musst du mir versprechen!"

„Natürlich verspreche ich dir das. Jetzt geht mir ein Licht auf. Du trägst die grauenhafte Posthose nur, damit niemand auf die Idee kommt, du könntest in Pension sein."

„Du hast mich durchschaut, Eisenbahner. Mein Leben lang habe ich die Uniform getragen. Was glaubst du, wie viele Leute mich fragen, was los ist, wenn ich eine andere Hose anhabe. Außerdem ist es ein dankbarer Stoff."

„Und dass du den ganzen Tag zu Hause bist, macht das niemanden stutzig?"

„Und ob! Dauernd werde ich gefragt. Andauernd! Dann sage ich ‚Nachtdienst', und sie sind beruhigt."

„Du bist ein raffinierter Kerl, Biber. Aber ich kann dich verstehen. Ich habe unter den gleichen Problemen gelitten wie du. Ich frage mich nur, wie lange du das durchhalten kannst?"

„Keine Ahnung!", seufzte Biber herzzerreißend und schüttelte resignierend den Kopf. „Ich weiß es wirklich nicht!"

In dem Moment kamen der anregend duftende Kaffee und die Sandwiches auf den Tisch. Damit sah für Edgar das Leben schon wieder ganz anders aus, nicht aber für den rein äußerlich so robust scheinenden Biber. Der war angeschlagen, und das nicht zu knapp. Lange genug hatte er sich alleine mit dem mulmigen Gefühl im Magen herumgeschlagen. Jetzt war er bereit, sein Herz auszuschütten.

„Ich bin für die Postmanager überflüssig geworden. Das stört mich am meisten!", sagte Biber leise. „Ich bin doch immer gerne hingegangen. Der Job hat mir Spaß gemacht. Ich habe versucht, meine Arbeit gut und schnell zu erledigen. Und bei Reklamationen habe ich mich sogar geschämt, wenn die Fehler gar nicht ich gemacht habe, sondern ein Kollege. Aber denen war ich nur im Weg, den Managern. Bei der ersten Gelegenheit haben sie mich geschickt."

„Ja, geschickt!", knurrte Edgar. „Das ist die typische Ausdrucksweise für die Post. Eisenbahner wie mich hat man aufs Abstellgleis geschoben, als sie mit einer bahnbrechenden Reform die Bahn schlanker, effizienter und flexibler machen wollten."

„Kreuzbrechend meinst du wohl!", knurrte Biber. „Mit der Reform haben sie der Bahn das Kreuz gebrochen."

Edgar nickte, und es fiel ihm auf, dass Bibers Augen ungewöhnlich müde aussahen. Es schien, als trüge er eine Maske, die seinem in die Jahre gekommenen Spitzbubengesicht etwas Beunruhigendes verlieh. Edgar wurde an all den beißenden Schmerz und unkontrollierbaren Zorn erinnert, den er damals hatte, als er bei voller Arbeitsrüstigkeit pensioniert worden war. Wenn er sein Gegenüber ansah, spürte er den Zustand der Leere und des unnützen Seins in seiner vollen Reinheit. Auch er hatte seine Lebensberechtigung bisher aus herzeigbaren, messbaren Leistungen abgeleitet. Das war in dieser Gegend, in der jeder mit einem Trieb zur Tätigkeit geboren wurde, nicht ungewöhnlich. Was sollte er also diesem elenden Postler raten? Was immer er parat hatte, würde für

den armen Teufel in diesem Moment nicht mehr sein als völlige Belanglosigkeit.
Aber weil einfühlsame Gespräche sowieso nicht seine Stärke waren, bemerkte er trocken: „Schmeckt dir der Kaffee nicht, oder was? Du schaust ja drein, als hätte der Flaschke dich zum Affen gemacht und nicht mich."
Biber ließ sich lange Zeit, bis er antwortete: „Ach, was macht schon der Flaschke aus? Der ist ja nur einer unter vielen, die sich über uns Pensionisten lustig machen. – Du hast ganz recht, Edgar. Ich kann den Leuten nicht ewig vorgaukeln, dass ich Nachtdienst versehe."
Als er das sagte, hielt er das einmal angebissene Sandwich so zaghaft und machte ein so mitleiderweckendes Gesicht, dass Edgar auch der Bissen im Hals stecken blieb. Er legte das Sandwich weg und gab Biber, dessen Kinn schon fast auf der Tischoberfläche aufschlug, einen Klaps auf die Schulter und munterte ihn auf.
„Kopf hoch, wilder Hund!", sagte er einfühlsam und machte demonstrativ einen großen Biss von seinem Sandwich. Unter normalen Umständen hätte er diesem Biber keine Minute zugehört. So tief saßen noch die Kindheitserinnerungen an ihn, als er ihn bei einem Bandenkrieg am Wasserfall vor seinen Freunden blamiert hatte. Aber irgendetwas drängte ihn jetzt wie eine moralische Verpflichtung.
Biber kämmte sich mit seiner rechten Hand eine Haarsträhne zurück und trieb sein Gebiss in das Sandwich, um wie ein Tiger ein großes Stück herauszureißen.
„Na, siehst du", meinte Edgar hoffnungsvoll, „wenn dir das Essen schmeckt, dann bist du schon über den Berg!"
Biber schlürfte geistesabwesend seinen Kaffee und erwiderte zerknirscht: „Nein, Edgar! – Das sage ich nur dir. – Ich bin fertig. – Total fertig. – Ich mag nicht mehr. – Mich interessiert überhaupt nichts mehr!"
Wenn Edgar das elende Gesicht Bibers ansah, wusste er, dass sich der Mann inmitten Hunderter unerwünschter Gedanken befand und nicht fassen konnte, in welche Situation er da hineingeraten war. Alles, was ihm normalerweise keine Sorgen machte, ihn nicht im Geringsten berührte, regte ihn plötzlich auf. Er kämpfte mit einem Gefühl tiefer Sinnlosigkeit, das er bisher nicht gekannt hatte.
„Ach was, alter Biber!", versuchte Edgar den Nachdenklichen aufzumuntern. „Unser Tag hat heute einfach nicht gut angefangen."

Biber antwortete nicht. Er verzog seine Lippen, spitzte sie zu, fuhr die Unterlippe so weit aus, dass sie fast die Nase berührte, und biss die Zähne so fest zusammen, dass sich die Kaumuskeln wölbten wie bei einem Araberhengst. Edgar beobachtete die Vorgänge in Bibers Gesicht ganz genau und bemerkte, dass sich sogar einzelne Haare seiner verwegenen Frisur bewegten, ebenso seine Ohren und sein Stirnansatz. Es drängte sich der Eindruck auf, dass da unter der wilden Frisur etwas ganz Elementares arbeitete. Welche Schmerzen dieses Arbeiten verursachte, spiegelte sich in den Augäpfeln wider, die prall mit Tränenflüssigkeit umgeben waren. Und wie verbissen Biber gegen diesen Wirbel in seinem Schädel kämpfte, zeigte die Tatsache, dass keine einzige Träne diesen prall gefüllten Augen entrinnen konnte. Edgar schlug dem elenden Biber mit der Hand auf die nur ansatzweise vorhandene Schulter und sagte aufmunternd: „Mensch, Biber, was kann dir so zusetzen? Du bist doch gar nicht verheiratet. Und mit Sicherheit gibt es Interessanteres als die Arbeit bei der Post."
„Hör dir das an!", brüllte der Schwerhörige sein Gegenüber an und zeigte ihm eine Zeitungsmeldung. „Das Ende für die Postler". Dann blickten beide auf Biber.
Biber konnte nicht lachen. Sein Gesichtsausdruck wurde immer noch wilder und verwegener. Während Edgar den Rest seines Sandwiches verzehrte, wiederholte Biber herzzerreißend: „Ich bin fertig."
Edgar wusste natürlich nicht erst jetzt, dass der abgehalfterte Postler es ernst meinte. Aber er hatte kein Rezept parat und suchte krampfhaft nach Worten, mit denen er den armen Teufel zumindest etwas ablenken konnte.
„Eine totale Krise habe ich, Edgar", jammerte Biber, als ob er mit sich selbst spräche. „Du kannst dir gar nicht vorstellen, was für eine."
„Du?", gab sich Edgar jetzt nachdenklich. „Du hast doch den Sport."
„Sport?", wiederholte Biber. „Den Einfall habe ich gerade gehabt. Aber der Schwimmanfall war nach zehn Minuten vorbei. Dann bin ich umgedreht."
„Hast du etwa Probleme mit einer Frau? Plagt dich eine Post-Beziehungs-Geschichte?", fragte Edgar.
Biber zögerte zwar einen Augenblick, antwortete dann aber bestimmt: „Nein, überhaupt nicht. Das einzige Problem bin ich

selbst. Nachts kann ich nicht mehr einschlafen. Stundenlang denke ich nach."

Edgar nickte minutenlang und erweckte bei Biber den Eindruck, dass er ganz genau wusste, was zu tun war. Als er bemerkte, wie erwartungsvoll Biber ihn ansah, gab er seine Lösung für das Problem bekannt: „Du brauchst eine neue Perspektive, Biber, das sage ich dir. Die Zukunft liegt in den Pensionisten, und sonst nirgends, verstehst du? Wir sind die treibende Kraft der Zukunft. Weißt du, warum? Weil wir unabhängig sind."

Biber sah gequält drein. Er hatte sich einen handfesten Ratschlag erwartet, mit dem er etwas anfangen hätte können, ein Rezept. Und dann das. Was für ein blödes Gerede!

„Perspektive?", wiederholte Biber enttäuscht und wurde lauter. – „Aus meiner Perspektive ist das ganze Leben wertlos. Mich braucht doch keiner mehr."

Edgar sprach unbeirrt weiter: „Du brauchst eine neue Herausforderung, Biber! In der Pension braucht man einen Grund dafür, in der Früh aufzustehen."

Biber reagierte nicht. Jetzt wusste Edgar nicht mehr weiter. Er nahm sich eine Illustrierte und blätterte interessiert.

Minutenlang saßen die zwei sonst so gesprächigen Männer schweigend da und nippten an ihrem Kaffee. Biber zuckerte mehrmals nach und rührte um, als wollte er den Kaffee aufschäumen. Schließlich war es Edgar, der die Illustrierte zur Seite legte und das Schweigen brach: „Vielleicht kann dir doch der Sport helfen, der dich sowieso immer weit mehr interessiert hat als die Arbeit."

„Der Sport?", wiederholte Biber ungläubig. „Auf keinen Fall. Mit dem Sport habe ich viel zu viele Jahre meines Lebens vergeudet. Weißt du, wie die Jungen zu mir sagen? Routinier! Ist das nicht eine Frechheit."

„Deine Sportverdrossenheit kommt mir bekannt vor. Vor Kurzem hat mir der ehemals beste Turner Hacklings etwas Ähnliches berichtet. Der hört sich nur mehr Operetten an und will vom Sport nicht mehr viel wissen. Die fröhliche Operettenmusik nimmt seinem Leben die Kompliziertheit. Sie ist wie ein Lebenselixier für ihn, sagt er."

„Operetten? Nichts für mich. Da kann ich mir eine Gemeindesitzung auch ansehen. Übrigens, den Operetten-Prinzen treffe ich manchmal im Zug. Das Wort ‚ehemals' ist falsch. Ich glaube, der ist immer noch der beste Turner. Der ist auch ein pensionierter Postler. Eigentlich Nebenerwerbsbauer. Der hat immer die Kopfhörer auf und spricht so laut mit mir, dass es peinlich ist."

„Ja, weil er die Operettenmusik so laut aufdreht. – Aber Biber! Weißt du, ich meine, du könntest etwas ganz anderes machen, eine neue Sportart oder etwas, das du in deinem ganzen Leben noch nicht probiert hast. Boxen vielleicht?"

„Boxen? Da sind mir ja die Operetten noch lieber! Boxen ist doch nichts für mich! Schau dir meinen Oberkörper an."

„Dein Oberkörper ist ideal für einen Boxer. – Dich kann man ja kaum treffen."

Biber tat beleidigt und schickte sich an zu gehen.

„Danke", maulte er. „Ich weiß nicht, warum ich so blöd war und einem wie dir meine Probleme anvertraut habe. Ich hätte mir gleich denken können, dass du dich über mich lustig machst."

Edgar hatte alle Hände voll zu tun, das Vertrauen Bibers zurückzugewinnen. In dieser Hinsicht verstand der Mann keinen Spaß, das war jetzt sicher.

„Jetzt bleib doch sitzen, junger Mann!", befahl Edgar und boxte ihn freundschaftlich auf die Brust. „Du weißt ja ohnehin nicht, wohin du jetzt gehen sollst, oder? Und dein Moped ist auch hin."

„Jetzt tut euch doch nicht weh!", brüllte einer der Schwerhörigen.

Biber ließ sich wieder auf die Eckbank fallen und gestand ein: „Da hast du recht, Edgar. Wenn ich rausgehe, weiß ich nicht, ob ich links oder rechts gehen soll."

„Siehst du", sagte Edgar und zeigte mit dem Finger auf Biber: „Dir fehlt die Richtung!"

„Das ist nichts Neues. Die Richtung hat mir immer gefehlt. Ich wäre froh, wenn mir jemand sagen könnte, wohin es gehen soll."

Edgar musste daran denken, wie unberechenbar Biber auf dem Rasen war. Er war auch dafür bekannt, dass er am Fußballplatz ohne Ball in Richtung Tor durchbrach und dadurch die Verteidiger so irritierte, dass der, der den Ball tatsächlich hatte, ein Tor erzielen konnte.

„Du hast es erfasst, Biber", hakte Edgar ein, „dir fehlt eine Frau! – Die würde dir zumindest sagen, wohin du nicht gehen darfst!"

Da musste der Biber lachen. Er bemerkte: „Du denkst da an deine Schwester, was? Die sagt dir, wo es langgeht, und mir würde sie es auch sagen. Ja genau! Und weißt du was? Bei Annette würde mir das gar nichts ausmachen."

Edgar machte ein vielsagendes Gesicht und wich der Anspielung aus. Beinahe hätte er Biber davon erzählt, was für einen Krach er gerade mit seiner Schwester hatte.

Nun füllte sich das *»Café Därrisch«* nahezu überfallsartig. Die Stammtischgäste, mit denen Edgar fast täglich zu dieser Zeit beisammensaß und diskutierte, wunderten sich, dass er sich mit dem Biber abgab, den sie noch nie mit ihm zusammen gesehen hatten. „Die Post sucht verlässliche Partner!", zitierte ein Stammtischler die Tageszeitung und deutete mit dem Finger auf Biber. Es entwickelte sich eine Diskussion über die geplante Schließung Hunderter Postämter und die Suche nach sogenannten Post-Partnern. „Bald wird die Mirz unsere Briefe entgegennehmen!", rief einer der Stammtischler. „Und lesen!", scherzte ein anderer.

Das hatte jetzt sogar einer der Schwerhörigen vernommen, die sich an den Enden eines langen Tisches gegenübersaßen. „Das kannst du laut sagen!", brüllte er in Richtung der Stammtischler und spitzte die Lippen. „Huuh", machte der andere und sah seinem Gegenüber tief in die Augen.

Bei dem Lärm war an eine Fortsetzung des vertraulichen Gesprächs zwischen Edgar und Biber nicht mehr zu denken. Edgar zahlte. Dann verließen sie das *»Café Därrisch«* in gespielter Hast. Vor der Tür machte Edgar den Vorschlag: „Komm, wir gehen nicht durch den Ort, sondern unten am Bach entlang."

„Gute Idee", bestätigte Biber, „sonst fragt uns wieder jemand, ob wir denn schon in Pension sind! Ein Verdruss ist das in Hackling."

„Genau. Nicht einmal Blut spenden kannst du gehen, ohne dass sie dir vorhalten, dass du sowieso nichts anderes zu tun hast."

Drinnen wurde unterdes so heftig über den gemeinsamen Auftritt der beiden diskutiert, dass sich ein Schwerhöriger einmischte und lautstark rief: „Haben sie gestritten, die zwei?"

„Edgar hat Postpartner!", rief einer in voller Lautstärke zurück und legte dem Fragesteller den Zeitungsbericht hin.

„Uuuuuhhhhh!", machte der Schwerhörige und meinte: „Der ist ein netter Kerl! Wenn er nur nicht so lästig wäre!"

## Was für ein Antrieb!

Gerade hatte Annette in den Nachrichten von einer neuen Videobotschaft des Al-Qaida-Chefs Osama bin Laden gehört und instinktiv einen Notizzettel von der Tür genommen, auf den ihr Bruder Edgar die geheimnisvolle Botschaft „Bin baden" gekritzelt hatte. Sie rechnete noch nicht mit dem Auftauchen ihres Mitbewohners, als sie hörte, wie sich jemand an der Haustür zu schaffen machte. Der Hund rannte zur Tür und Annette blickte aus ihrem Küchenfenster im ersten Stock. Natürlich war es Edgar, der den Schlüssel herumdrehte. Sie war etwas überrascht, dass er schon da war. Normalerweise kam er nämlich später. Sie maß der Ungewöhnlichkeit jedoch keine große Bedeutung bei und deckte ihren Bruder sogleich mit Hausarbeit ein. Sie selbst war mit dem Kochen beschäftigt. Eine Tätigkeit, mit der sie sich erst anfreunden musste. Als sie noch verheiratet war, kochte eine Bedienstete für sie. Eigentlich war sie zu dieser Tageszeit nur zufällig im Haus. Normalerweise half sie am Vormittag als Verkaufsberaterin in der Trachtenboutique aus, und am Nachmittag kaufte sie immer selbst ein, und zwar ausgiebig. Zu ausgiebig, wenn man ihre momentane finanzielle Situation kannte. Ihre Abende gehörten den unzähligen Veranstaltungen des örtlichen Kulturvereins, dessen Obfrau sie schon seit einer Ewigkeit war. Sie fehlte auf keiner der Vernissagen und Dichterlesungen, sie organisierte Dia-Vorträge und Jazz-Konzerte, und das gerade jetzt in erhöhtem Ausmaß, weil ihr Sohn ein Studienjahr in Amerika verbrachte. Ja, das war ihre Welt, in der ihr Bruder Edgar zwar eine selbstverständliche, aber nur marginale Erscheinung war. Und an diesem Tag kam ausgerechnet nach dem Mittagessen noch eine fast außerirdische Erscheinung dazu.
Obwohl die Motorreparatur eigentlich für den nächsten Vormittag vereinbart war, hielt es der Biber nicht länger zu Hause aus. Bereits am frühen Nachmittag schob er sein antriebsloses Moped zu seinem neuen Freund. Da er den Ortskern meiden wollte, war es ein weiter und beschwerlicher Weg, mit allerlei Auf und Ab, wobei sich Biber natürlich bei den Abfahrten auf den Sattel schwang und mit den Pedalen den Schwung bis in die Ebene verlängerte. Als er sein nach Sprit stinkendes Gefährt mürrisch und mit leidgeplagtem Gesichtsausdruck auf der Anhöhe zum Haus der Geschwister dahin schob, gewahrte ihn Annette schon vom Balkon, auf dem sie gerade Kleidungsstücke einsammelte, die sie zum Lüften aufgehängt hatte.

Sofort rannte sie ins Haus und rief laut „Eeeedgar", was nichts Gutes bedeuten konnte.

Edgar hörte nichts. Er war gerade dabei, mit seinem riesigen Industriestaubsauger den Boden abzurastern. Wenn er zornig war, dann suchte er oft Zuflucht in der Arbeit mit dem Staubsauger. Da konnte ihm niemand blöde Fragen stellen oder ungewollte Arbeiten anhängen. Und der Zorn verging normalerweise wie von selbst. Diesmal aber war es anders. Seine Wut über den Metzger hatte ihn seit dem Vormittag keine Sekunde losgelassen. Und als sich das Staubsaugerkabel auch noch bei einer Lampe verfangen hatte, war Edgar nahe daran, einfach anzureißen. Er konnte an nichts anderes denken als an Flaschkes betende Hände und Arianes Augen. Endlich zog er nach dem x-fachen Schrei seiner Schwester den Stecker heraus und vernahm den hysterisch gerufenen Namen „Eeeedgar" ganz deutlich. Wie vom Blitz getroffen ließ er den Schlauch fallen. Es gab für ihn nicht den geringsten Zweifel. „Wie peinlich!", dachte er. Jemand musste Annette angerufen haben. Eine ihrer Freundinnen. Die Aussprache seines Namens mit einem verlängerten „eeee" war üblicherweise ein untrügerisches Indiz dafür, dass Annette am Ende ihrer psychischen Belastbarkeit war.

Edgar rannte mit einem mehrfachen „Ich komm ja schon!" die Kellerstiege hinauf und suchte krampfhaft nach Erklärungen. „Der weiß doch ganz genau, wie er mich mit dem Pensionsthema reizen kann", wollte er sagen. „Das war ein abgekartetes Spiel! – Ich habe ihn nur ein bisschen ins Ohr gezwickt!"

„Der wird doch nicht zu uns kommen", hauchte Annette völlig fassungslos.

Edgar war so verwirrt und konnte nicht einmal „Wer?" fragen. Denn genau in diesem Augenblick läutete die Klingel.

„Jetzt ist er eh schon da", quietschte Annette entsetzt.

„Ja, wer denn? Jetzt sag schon!", wollte Edgar wissen, bevor er zur Tür ging.

„Ach so, es ist eh offen!", brummte da jemand vor sich hin und spazierte geradewegs ins Haus hinein.

„Das ist der Biber", sagte Edgar erleichtert zu seiner Schwester, als er die Stimme erkannte.

„Was will denn der Seppi von uns?", flüsterte Annette aufgeregt ihrem Bruder ins Ohr.

„Ist da niemand zu Hause?", rief Biber laut ins Vorhaus und rannte sofort wieder zur Tür hinaus, als Annettes kleiner Hund auf ihn zusprengte.

„Komm schnell, Edgar, lauf raus! Jetzt hat ihn der Burli erwischt!", schrie Annette entsetzt.

„Der spürt genau, dass das ein Postler ist!", rief Edgar im Laufen, satzte zur Tür hinaus und wollte dem Hund befehlen, von Biber abzulassen. Das Schauspiel aber, das er zu sehen bekam, hielt ihn davon ab. Von der Haustür aus beobachtete er fassungslos, mit welcher Geschicklichkeit der Postler dem Hund auswich. Man hatte den Eindruck, als würde Biber mit einem Ball dribbeln. Dabei war gar kein Ball da, und Burli wollte sich vermutlich nur ein Stück von dem „dankbaren" Stoff der Posthose abbeißen. Er erwischte sie aber nicht.

„Schau dir das an!", sagte Edgar zu seiner Schwester, die gerade zur Tür herauskam und ihn unverständig anblickte, weil er den Hund immer noch nicht zurückgerufen hatte. „Schau dir das an!", wiederholte er. „Wie der noch flink ist in seinem Alter!"

Um ihn abzulenken, warf er dem Hund einen kleinen Ball zu, der sich neben dem Fußabstreifer befand. Aber nicht der Hund war der Erste, der sich dem Ball zuwandte, sondern der Biber, der ihn gleich einmal aufgaberlte und den Hund damit völlig verrückt machte.

„Unfassbar", kommentierte Annette die Kunststücke des Besuchers.

„Das solltest du als Postler wissen, dass man nicht in ein fremdes Haus geht, wenn ein Hund da ist!", belehrte Edgar den Attackierten. Der kickte den Ball jetzt über den Gartenzaun und lockte damit den Hund von sich weg, damit er sich blitzschnell zwischen Edgar und Annette hindurch ins Haus retten konnte.

„Die Posthose ist für einen Hund fast genauso attraktiv wie ein Ball, was?", meinte Biber zu den verdutzten Hundebesitzern.

„Wenn man bei einer Posthose von attraktiv reden kann", stichelte Edgar und gewann sogar seiner Schwester ein schüchternes Schmunzeln ab.

Schon erfasste Biber die Hand Annettes und führte einen eleganten Handkuss vor.

„Küss die Hand, schöne Frau", fügte er hinzu und lächelte ihr charmant in die Augen, während er mit Genuss ihr altbekanntes Parfum einsaugte.

„Grüß dich, Seppi", antwortete Annette geschmeichelt und wollte noch wissen: „Was führt dich denn zu uns?"

„Einen Ersatzmotor werde ich ihm in sein Moped einbauen", erklärte ihr Edgar.
„Ach so, muss ich euch das Auto aus der Garage fahren?"
„Das kann ich schon selber", winkte Edgar ab.
„Sonst noch was! Das Auto rührst du mir nicht wieder an, Edgar!", fuhr sie ihren Bruder an und wandte sich an Biber: „Weißt du, Seppi, der hat ja keine Lenkerberechtigung."
„Ach, den Führerschein", entgegnete Biber, „den habe ich auch nicht. Mir genügt eigentlich das Moped."
„Na ja, es ist vielleicht eh ein Segen für alle Verkehrsteilnehmer, wenn ihr zwei nicht mit einem Auto herumfahrt", meinte Annette schließlich frech und lächelte verschmitzt, bevor sie sich in die Küche zurückzog.
„Hast du das gehört, Biber", rief Edgar verärgert, „zu Fleiß werde ich den Führerschein noch machen. Letzte Woche habe ich mich in der Fahrschule angemeldet. – Komm, wir schieben den Citroën aus der Garage, dann kannst du deine Höllenmaschine hereinfahren!"
„Verdammt, jetzt muss ich mir den Autoschlüssel holen, sonst schnappt uns das Lenkradschloss ein. Warte mal!"
Edgar begab sich in die Küche zu seiner Schwester, die ihn sofort warnte: „Fang dir ja nichts mit dem Seppi an! Das ist ein ganz Selbstgezügelter. Wie eine Klette kann der sein. Was immer er macht, er geht zu weit."
„Ich weiß schon, wo er zu weit gegangen ist", dachte Edgar, schmunzelte still vor sich hin und hielt die Hand auf für den Autoschlüssel.
„Wieso willst du den Autoschlüssel? Ich habe dir doch angeboten, den Wagen aus der Garage zu fahren, aber du wolltest es ja nicht. Ihr rührt mir den Wagen nicht an! Habe ich das gesagt, oder nicht? In fünf Minuten fahre ich ohnehin in den Ort zum Einkaufen."
„Ja, ich habe verstanden", gab sich Edgar geschlagen und sah schelmisch zu Boden.
Sie hatte sich aber noch nicht beruhigt und schimpfte weiter: „Schau, dass du den Seppi so schnell wie möglich wieder loswirst. Ich habe keine Lust, dass der jeden Tag vor der Tür steht. Eigentlich mag ich gar nicht, dass er im Haus ist."
„Schon gut. Ich habe den Motor im Keller. Ich baue ihn ein, und dann holt er das Moped morgen wieder ab."
„Wieso ist der eigentlich heute nicht in der Arbeit? Ist denn der auch schon in Pension?"

Edgar griff zu einer Notlüge: „Das weiß ich doch nicht! Der wird halt Nachtdienst haben."

Annette machte sich für die Shopping-Tour zurecht, und auf dem Weg zur Garage flüsterte sie ihrem Bruder zu: „Wenn ich wiederkomme, möchte ich ihn hier nicht mehr sehen, ist das klar?" Ohne die Bestätigung abzuwarten, startete sie den eleganten, aber hochbetagten Citroën DS, der sich majestätisch erhob wie ein Luftkissenfahrzeug, und fuhr ab. Biber, der schon wieder mit dem Hund einen Tanz aufführte, winkte nach und schickte sich an, das Moped in die Garage zu schieben.

Um seiner Schwester den Gefallen zu tun, wollte Edgar den lästigen Biber abwimmeln und ihn für den nächsten Tag wieder bestellen, an dem er dann das fix und fertig reparierte Moped abholen hätte können.

„So, Biber!", sagte er, als das Moped auf dem Ständer stand. „Ich muss jetzt noch einige andere Dinge erledigen, dann werde ich mich an deinen Motor machen. Wenn alles klappt, kannst du dein Moped morgen abholen."

„Kann ich nicht zusehen?", bettelte Biber.

Edgar wollte hart bleiben. Erstens wusste er ganz genau, welche Schwierigkeiten er sich mit seiner Schwester einhandeln würde, zweitens war sein Keller sein Heiligtum, das unter normalen Umständen keiner außer ihm und dem Hund betrat. Dort waren all seine Werkzeuge und Fitnessgeräte, dort arbeitete er mit seinem Computer, dort putzte er die Schuhe, dort reparierte er und dort hatte er seinen eigenen Fernseher. Im Keller verbrachte er die meiste Zeit, ja im Keller wohnte er eigentlich. Das hatte er sich so angewöhnt, weil ihm dieser Keller viele Jahre als Rückzug gedient hatte, wenn seine Schwester mit ihrem unsympathischen Mann rauschende Feste für ihre Freunde gegeben hatte und seine Wohnung im Erdgeschoss mit einbezog. Das musste er sich wohl oder übel gefallen lassen, aber beim Keller war Schluss. Und dort wollte er auch den Biber nicht herumschnüffeln sehen. So drängte er ihn aus der Garage und schloss das Garagentor.

„Also bis morgen!", sagte er mit einem Ton der Endgültigkeit.

Biber antwortete mit einem knappen „Okay" und tratzte den Hund noch lange mit dem Ball, nachdem Edgar schon längst im Haus verschwunden war. Am Fenster wartete Edgar ab, bis Biber endgültig das Gelände verlassen hatte. Nach dem Mittagessen holte er das Moped in den Keller und machte sich an den Motor. Nach gut zwei Stunden war er fertig und verfrachtete das Moped in die Garage, die durch eine Eisentür mit dem Keller verbunden war. Er öffnete das Garagentor und startete den Motor, der sich noch ein paar Minuten zu wehren schien, dann aber rund und wie frisch vergnügt zu laufen begann. Edgar legte den ersten Gang ein, fuhr die steile Garagenausfahrt hoch, schaltete auf einem Feldweg die Gänge durch und rollte wieder in die Garage.

„Hab ich mir doch gedacht, dass du schon fertig bist!", tönte es aus der Verbindungstür zum Keller, aus der der Biber mit dem Hund auftauchte, als das Motorgeräusch verstummt war.

Edgar erschrak. „Wie meine Schwester gesagt hat", dachte er, „der ist wie eine Klette." Er hielt ihm das Moped hin und versuchte ihn loszuwerden. „Da", sagte er, „dreh eine Runde, Biber. Aber pass auf, dass dich dein Pferdchen nicht abwirft. Es geht jetzt wesentlich flotter als vorher. Und das neue Triebwerk hat einen Gang mehr."

Der Biber zeigte am Moped gar kein Interesse und schnüffelte im Keller herum. Der Hund Burli wich nicht von seiner Seite. Er attackierte ihn aber nicht mehr. Ganz im Gegenteil. Er schmiegte sich an seine Beine und genoss offenbar das sanfte Kratzen der Posthose. Edgar stellte blitzschnell das Moped auf den Ständer und ging dem selbstgezügelten Schnüffler nach.

„So, Biber", sagte er laut und ernsthaft, „dein Moped ist fertig, und ich habe noch eine Menge zu tun. Also halt mich nicht länger auf und mach dich auf den Weg."

Biber zwängte seinen geschmeidigen Körper an all den Ersatzteilen, Elektromotoren, Generatoren, Schweißgeräten, Bandeisen und Schrägen vorbei und schlug wild auf den Sandsack ein, der am Plafond befestigt war. Dann lief er wie ein Gejagter auf der Laufmaschine, um sich anschließend erschöpft auf den Diwan fallen zu lassen.

Edgar forderte ihn erneut zum Gehen auf: „So, alter Schnüffler! Abmarsch! Ich kann dich hier nicht brauchen. Sei froh, dass ich dir das Moped hergerichtet habe, und lass mich jetzt weiterarbeiten!"

Plötzlich schnellte der Hund wie verrückt aus dem Keller und satzte aus der Garage ins Freie. Sowohl Biber als auch Edgar rannte ihm nach, weil sich keiner der beiden erklären konnte, was das Tier so erschreckt hatte.

„Auweh!", rief Edgar, als er den Citroën DS vor der Garage erblickte und seine Schwester mit bösem Gesicht auf ihn zukommen sah. Sie ging wortlos an Biber vorbei und zischte Edgar ins Ohr:

„Hab ich dir nicht gesagt, dass ich ihn nicht mehr sehen will, wenn ich wiederkomme!"

„Los, Biber! Alarmstart!", schrie Edgar. „Schnapp dir dein Moped und mach die Garage frei. Annette will den Wagen hineinfahren."

Biber gehorchte überraschenderweise sofort. Er bedankte sich und brauste postwendend davon.

Annette war sauer wie so oft in den letzten Monaten, und Edgar hatte alle Mühe, ihr zu erklären, warum er ihren Anweisungen nicht nachgekommen war. Er nahm neben ihr im Citroën Platz und betonte immer wieder: „Er war ja gar nicht im Haus, sondern nur im Keller. – Was sollte ich denn machen? Der ist wie eine Klette. Du kennst ihn doch selbst. Und außerdem tut er mir leid. Der Bursche befindet sich mitten in einer handfesten Krise. Der kann nicht mehr einschlafen. Und die ganze Nacht denkt er nach. Und das ist für einen Postler kein gutes Zeichen."

„Der und eine Krise!", rief Annette und kurbelte das Fenster herunter. „Das kannst du jemand anderem erzählen. Und ausgerechnet du willst ihm helfen. Ihr habt euch doch nie leiden mögen."

„Nein wirklich, Annette!", betonte Edgar. „Ich wollte es anfangs auch nicht glauben, aber der Biber ist fertig." Dabei gab er der ersten Silbe des Wortes „fertig" eine ganz dramatische Betonung.

„Das kannst du laut sagen!", tönte es aus dem verwegenen Gesicht, das sich vor dem Fenster aufgebaut hatte und Edgar, aber insbesondere Annette einen fürchterlichen Schreck einjagte. „Die Mühle steht schon wieder. Beim ersten Hügel hat sie schon den Geist aufgegeben. Und jetzt habe ich geschoben wie ein Irrer. Mensch, bin ich fertig! Kannst du dir den Motor noch einmal ansehen, Edgar?"

Annette sah Biber wortlos an, dann wandte sie sich ihrem verdutzten Bruder zu und sagte: „Na, wirf halt schnell einen Blick drauf! Aber dann muss Schluss sein mit dem blöden Moped. Du musst mich heute Abend zur Vernissage begleiten, weil der Edi nicht da ist. Und du darfst am Abend auf keinen Fall schmutzige Hände haben, verstanden!"

Edgar war bei Gott nicht begeistert, dass er seinen in Amerika weilenden Neffen Edi bei der Vernissage vertreten sollte. Dennoch gehorchte er stumm, stieg aus und begutachtete das Moped, das in der Auffahrt abgestellt war. Inzwischen hatte Biber Edgars Platz neben Annette eingenommen und pries die herrliche

Innenausstattung des Oldtimers. Annette aber kam gleich zur Sache: „Was ist los mit dir, Seppi? Du siehst nicht gut aus!"
„Habe ich denn einmal gut ausgesehen, Annette?", lenkte Biber ab und machte ihr schöne Augen.
„Du weißt ganz genau, was ich meine, Seppi. Jetzt lenk nicht vom Thema ab. Raus mit der Sprache. Was bedrückt dich?"
Jetzt hatte der Biber so etwas wie eine Ladehemmung. Nichts hatte er sich seit der Schulzeit mehr gewünscht, als dass sich Annette für ihn interessieren würde. Und wie attraktiv sie noch war. RRRRRRRRRRRRRR! Er wagte gar nicht, sie anzusehen. Ein Blick auf ihre zarten Hände und den Rand ihres Rockes genügte, um mit Glücksgefühlen überschwemmt zu werden, die es ihm fast unmöglich machten, seine traurige Miene weiter aufrechtzuerhalten.
„Der gefällt mir nicht", dachte Annette und sah ihn von der Seite an. „Wenn er nicht redet, dann kann etwas nicht stimmen. Das passt nicht zu ihm. Und was für ein Gesicht er macht!" Sie entfernte ein Wuckerl von seinem Pullover und sagte: „Na!" Jetzt schienen sich seine Lippen in Bewegung zu setzen.
„Ich weiß nicht, was Edgar mit dir schon darüber gesprochen hat, aber ich …"
An dieser Stelle zögerte er ein wenig und suchte krampfhaft nach einem Ausdruck, mit dem er seine ehemalige Mitschülerin beeindrucken konnte. „Ich empfinde eine unüberwindliche Willensschwäche", stotterte er schließlich heraus. „Nichts, aber auch gar nichts interessiert mich mehr. Verstehst du das?"
Nachdem ihm schon die intellektuelle Formulierung gelungen war, ließ Biber seinem Hang zur Melodramatik freien Lauf und machte ein bedauernswertes Gesicht, dessen Einzelteile irgendwie nicht zusammenpassten. Seine Kaumuskeln wölbten sich, während sich seine Augenbrauen so zusammenzogen wie die eines Hush-Puppy-Hundes.
„Das kann ich mir schwer vorstellen, Seppi", sagte Annette. „Seit ich dich kenne, bist du immer gut aufgelegt gewesen. Ich kenne dich nur als Stimmungsmacher. Schon als wir miteinander in die Volksschule gingen, warst du so ein Spaßvogel."
„Siehst du, Annette, du hast den Nagel auf den Kopf getroffen. Ich will mich nicht mehr zum Affen machen, damit andere ihren Spaß haben. Die Rolle des Alleinunterhalters für alle Langweiler habe ich lange genug gespielt."

Annette wusste nicht, warum, aber mit einem Male war sie voller Besorgnis um den armen Kerl, der ein Gesicht machte, als ob er den Tag nicht überleben würde. Vor allem seine Augen machten ihr Sorgen. In diesen Augen hatte sie immer ein besorgniserregendes Feuer gesehen, wenn er sich ihr näherte. Und jetzt. Richtungslose Augen. Als ob er an ganz etwas anderes dachte.

Biber spürte die Wärme, die von Annette ausging. Das Glück floss mit Hochdruck durch seine Adern. Sein Herz pochte, und sein leidender Gesichtsausdruck machte ihm solche Mühe, dass er schützend die Hände vor sein Gesicht halten musste und Geräusche machte, als ob er weinen würde.

Annette war in höchster Alarmbereitschaft. Sie hatte einen ausgeprägten Instinkt dafür, wenn es jemandem schlecht ging. So redete sie ihm gut zu, und als sie ihn so verhalten weinen sah, war sie sogar drauf und dran, ihn in den Arm zu nehmen und an sich zu drücken.

Aber da schrie Edgar schon zum Fenster herein: „Eh klar! Den Benzinhahn hast du nicht aufgedreht, Biber. Ein bisschen selbstständiges Denken sollte man von einem erwachsenen Menschen schon erwarten können."

Annette schimpfte mit ihrem Bruder, weil er so unsensibel war. Edgar konterte: „Der soll sich doch nicht so gehen lassen! Der hat ein Post-Trauma. Das ist alles."

„Ein Post-Trauma?", fragte Annette. „Was soll das denn sein? Davon habe ich noch nie gehört. Das gibt es doch gar nicht."

„Doch!", antwortete Edgar. „Ich kann nicht genau sagen, was es ist, aber es hat mit der Post zu tun. Nächtelang kann er nicht schlafen, und wenn, dann kommt sie ihm im Traum unter."

Annette konnte gar nicht reagieren, da wischte sich der Biber, der so blass war wie seine Perspektive, mit seinem großen Sacktuch die Tränen aus den Augen, schnäuzte sich dramatisch, stieg aus, schwang sich auf das Moped und verschwand. Der Hund lief ihm bis zum Eingangstor wie verrückt nach und blieb dann jaulend stehen.

Annette stand unter Schock. Als der Biber sein Sacktuch aus der Tasche gezogen hatte, war ihr übel geworden. Doch rasch hatte sie ihre Fassung wiedergewonnen und tadelte ihren Bruder: „Jetzt hast du ihn beleidigt. Kannst du dich denn nicht in so einen bedauernswerten Menschen hineinversetzen? – Du musst dich um ihn kümmern, Edgar!"

„Ausgerechnet ich soll mich um ihn kümmern? – Der hat überall seine Freunde. Ich hab ihm eh schon einen neuen Motor eingebaut und nichts dafür verlangt."
„Das ist typisch für dich, Edgar. Du meinst, der funktioniert wie eine Maschine. Einen Menschen kannst du nicht reparieren wie einen Motor. Dem können seine sogenannten Freunde überhaupt nicht helfen. Der braucht einen, der ihm zuhört. Aber vom Zuhören hast du ja auch noch nie etwas gehalten."
„Ich habe ihm schon zugehört! Lange genug, sage ich dir. – Warum hörst *du* ihm eigentlich nicht zu, wenn du ihn schon so bedauerst?"
„Ich habe den Seppi noch nie in solch einer Verfassung gesehen wie heute! Ich fürchte, der tut sich am Ende noch was an", antwortete Annette. „Warum ich ihn nicht im Haus haben möchte, das wirst du dir wohl denken können. Die Nachbarn beobachten ganz genau, welche Männerbesuche ich habe. Und der Seppi macht sich doch sofort Hoffnungen. Gerade jetzt, wo er weiß, dass ich nicht mehr verheiratet bin. Der verfolgt mich schon seit der Schulzeit. Wenn ich ihm nur den kleinsten Anlass gebe, nimmt er sich zu viel heraus und kommt mir zu nahe. Komm, ich fahr dich zu seiner Wohnung. Du musst dich bei ihm entschuldigen. Nimm ihm einen guten Rotwein mit."
Edgar ließ sich schließlich von seiner Schwester breitschlagen und sprang vor Bibers Wohnung mit einer Flasche Bordeaux aus dem Auto. Das Moped stand vor der Tür. Der Ex-Postler musste sich also in seinen Gemächern aufhalten. Als Annette abgefahren war, betrat Edgar das unversperrte Reich des beleidigten Junggesellen. Bereits das Vorhaus war ein Zeugnis seiner Spontaneität. Denn so flexibel er in jeder Situation war, so sprunghaft war Biber bei der Hausarbeit. Und jede Ablenkung war ihm willkommen. So war es keine Seltenheit, dass er während des Staubsaugens einen Anruf bekam und erst Wochen später weitersaugte. Dennoch ließ die Wohnung eine Ordnung im weitesten Sinn erkennen. Das Gefühl drängte sich auf, dass hier irgendetwas nicht stimmte. Und in jeder Ecke war so etwas wie Einsamkeit zu spüren. Edgar musterte die Bude so genau, als halte er sich an die Vorschriften für eine Tatortanalyse. Dutzende Schuhe im Vorhaus, alle schwarz. Der gelbe Sturzhelm. Ein Schirm. Ein Mistkübel. Viele Ohrenstäbchen. Ansichtskarten auf einer Pinnwand. Ein Sack mit alten Batterien.
Und dann kam er aus dem Staunen nicht heraus. Sein detektivischer Blick hatte einen völlig unerwarteten Gegenstand erspäht, der ihn so

beschäftigte, dass er eine auffällig platzierte Puppe gar nicht bemerkte, die seiner Schwester Annette zum Verwechseln ähnlich sah.

„Wozu braucht der ein Faxgerät?", dachte er und inspizierte den Apparat etwas genauer, um nicht einer Täuschung zu erliegen.

„Biber!", rief er. „Bist du da?"

Es waren zwar sofort Geräusche zu hören, aber es vergingen noch einige Minuten, bis eine Tür quietschte und der Gekränkte wie ein geschlagener Hund daherschlich. Ohne seine Dienstkleidung war er fast nicht wiederzuerkennen. Seinen markanten Körper schmückten eine grüne Jogginghose und ein ärmelloses weißes Unterleibchen. Eine einseitig abgeflachte Frisur deutete an, dass er sich ein paar Minuten aufs Ohr gehauen hatte. „Schädelweh!", murmelte er.

„Kein Wunder, wenn dir der Kopf wehtut!", rief Edgar. „In so einer Bude muss dir ja die Decke auf den Schädel fallen. Du musst raus hier und vielleicht auch einige Zeit aus dem Ort!" Dann aber rückte er mit einer salbungsvoll vorgetragenen Entschuldigung heraus und zeigte verhalten die Weinflasche.

Ganz gemächlich verwandelte sich das bedrückte Furchengesicht Bibers in ein dankbares, ja sogar glücklich anmutendes Antlitz. Er konfiszierte die Weinflasche, ließ eiligst die Puppe mit Annettes Gesichtszügen verschwinden und sagte: „Setz dich nieder, alter Reißer!"

Edgar setzte sich und beobachtete, wie Biber umständlich mit dem Korkenzieher hantierte und zwei völlig verstaubte Weißweingläser auswusch, bevor er verschwenderisch einschenkte. Dann stellte er eine Frage, die ihm bereits die ganze Zeit auf den Lippen brannte: „Was machst *du* mit einem Faxgerät, Biber?"

# Investoren an der Hand

Obwohl der Abend noch in weiter Ferne lag, war im Gastzimmer der »Insel der Redseligen« schon reges Leben eingekehrt. Das hatte mit dem Begräbnis eines Vereinsmeiers zu tun.

Am Stammtisch der Aufrechten türmten sich Zigarettenpackungen der Edelmarke Smart Export. Daneben lagen Feuerzeuge mit Werbeaufschriften von Lokalen wie der *Schwarzen Katz* oder der *Oase der Nacht*. Trophäen von den wenigen Extratouren außerhalb Hacklings. Rund um den Ständer mit dem Stammtischmotto „Fahr nicht fort, sauf im Ort" war eine heftige Diskussion im Gange. Sie drehte sich um einen neuen Bürger, der eine einzige Provokation darstellte: den Kapitän. Erst seit ein paar Tagen war er im Ort und hatte nach einem Tipp Tone Streichs in der Villa Scherbenstein Anker geworfen. Von dort aus startete er täglich mehrere Landgänge, die ihn durch den ganzen Ort führten. In Hackling war ein Spaziergänger allein schon eine Provokation. Vor allem, wenn er nicht so tat, als hätte er etwas Dringendes zu tun. Entgegen aller Gepflogenheiten spazierte der Kapitän provokant langsam, in extremer Rücklage, er grüßte nicht, sprach nicht und trug auffällige Kleidung, meist kombiniert mit einer Kapitänsmütze, die ihm seinen Namen eingebracht hatte. Die fragenden Gesichter der Aufrechten zeigten, dass keiner wusste, woher er kam und warum er sich ausgerechnet in Hackling niedergelassen hatte.

Plötzlich wurde die Diskussion unterbrochen. Alfons Glatt betrat mit seinem Neffen Julius, dem Golfplatzarchitekten Hagenbeck und dem **»Fleisch und Wein«** -Besitzer Franz-Josef Flaschke die Gaststube. Glatt begrüßte jeden Aufrechten mit der Hand und nannte ihn beim Namen. Am Schluss sagte er: „Ihr wisst wenigstens, was ihr zu wählen habt."

„Wie immer!", war die einstimmige Antwort.

„Ihr seid die wahren Aufrechten!", sagte Glatt und verteilte Kugelschreiber, Feuerzeuge und Streichhölzer. Dazu noch ein ganz attraktives Wahlzuckerl: einen Schlüsselbund mit Flaschenöffner. „Der Bund fürs Heben" stand drauf.

Die Aufrechten besahen die Wahlgeschenke, zeigten sich erfreut und kommentierten die Slogans, die sie zierten, mit einem dogmatisch ausgesprochenen „Jawohl! So ist es!".

Nachdem auch Julius der Aufforderung seines Onkels gefolgt war, den Männern die Hand zu geben, setzten sich die vier an einen reservierten Tisch, an dem sie regelmäßig Karten spielten. An diesem Tag aber waren sie zum Essen gekommen. Für Glatt kochte ja niemand mehr.

„Das hättest du sehen sollen, Onkel Al, wie wir Edgar geschiefert haben!", begann Julius und erzählte voller Begeisterung von der Begegnung am See und von Flaschkes Theateraufführung im **»Fleisch und Wein«**.

„Lass das!", sagte Glatt mit ernstem Gesichtsausdruck, steckte sich eine Zigarette in seinen Zigarettenspitz und studierte die Speisekarte, obwohl er genau wusste, dass die Küche erst Stunden später öffnen würde.

„Überlass Annette und Edgar mir. Für dich habe ich ein paar Aufträge, die ich leider nicht selbst erledigen kann."

Als die Kellnerin die Getränkebestellung entgegennehmen wollte und darauf hinwies, dass die Küche noch nicht besetzt war, entzündete Glatt seine Zigarette und sagte: „Richte der Wirtin aus, ich habe Lust auf eine Forelle. Und meine Freunde auch." Dann überließ er es dem Metzgermeister, den passenden Wein auszusuchen. Der murmelte einen französischen Namen und wollte erst einmal die Flasche sehen.

Nachdem er sich überzeugt hatte, dass es keine unerwünschten Zuhörer geben konnte, informierte Glatt seine Freunde über seine Pläne. Er ließ keinen Zweifel offen, dass er zusammen mit seinem Anwalt seine Exfrau, seinen Sohn Edi und seinen Ex-Schwager finanziell aushungern wolle. Alles war so organisiert, dass er zu Zahlungen nicht herangezogen werden konnte und seine Exfrau für den hinterlassenen Schuldenberg die volle Haftung trug.

„Ich habe ja nichts!", sagte er und grinste breit.

Zum Schrecken der Tischrunde nannte er den Grund für die eilig zusammengerufene Gesprächsrunde: „Es kann sein, dass ich einige Zeit untertauchen muss."

Flaschke war so entsetzt, dass er der Kellnerin, die ihm die bestellte Weinflasche zeigen wollte, schon von Weitem heftig zunickte und damit seine Blanko-Zustimmung gab.

„Dann fällt das Seehotel-Projekt und damit die Aussicht auf Wein- und Fleischlieferungen!", rief er und beklagte sich, dass er ohnehin seit Glatts Scheidung von den einflussreichen Freundinnen seiner Exfrau Annette abgeschnitten war, die er früher mit ausgesuchten Weinen und internationalen Spezialitäten versorgt hatte.

„Und der Golfplatz wird nie gebaut!", fügte der Architekt kleinlaut hinzu.

„Aber du hast mir doch versprochen, dass ich mir den BMW bestellen darf, Onkel Al!", jammerte Julius.
Die Kellnerin schenkte Flaschke ein, der kostete hastig und ließ servieren. „Prost!", sagte Glatt und zerstreute die Befürchtungen seiner Trabanten mit der Zusicherung, dass keinem von ihnen Geld entgehen würde.
„Es läuft alles wie am Schnürchen, Freunde! Seit die Übernachtungszahlen stimmen, fressen mir die Gemeindevertreter aus der Hand. Gegen das Hotelprojekt gibt es so gut wie keine Einwände. Und es wird dort gebaut, wo es am schönsten ist. Ins Naturschutzgebiet. Nicht in den Dschungel, wo das alte stand. Um die Finanzierung werde ich mich persönlich kümmern. Unser Freund Friedl hat Leute an der Hand, die genau das brauchen, was wir bieten können: ein Seehotel, das keinen Profit erwirtschaftet."
Der Architekt machte ein verdutztes Gesicht.
„Was sie mit dem Hotel vorhaben", führte Glatt weiter aus, „kann uns ja egal sein. Jeder von uns wird seinen Teil einstreichen. Das verspreche ich euch. Und den Golfplatz haben wir auch so gut wie in der Tasche. Die Verdoppelung der Schweine auf Pfurzls Hof hat bereits Erfolg gezeigt und den Gestank so gesteigert, dass die Nachbarn schon beim Bürgermeister Druck machen. Sobald die Villa Scherbenstein und der Grund des Schinkingerbauern einkassiert sind, steht der Golfanlage nichts mehr im Wege."
Die Kellnerin unterbrach, deckte auf und brachte die Forellen. Die Aufrechten nickten voller Bewunderung, als Alfons Glatt seine Serviette in zwei Hälften faltete und auf seinem Schoß platzierte. Instinktiv setzten sie sich so aufrecht zum Tisch wie er und staunten, wie elegant er mit dem Besteck umging.
„Der Alfons vergisst nicht auf uns", sagte einer.
„Und am Wahltag ist letztes Jahr ein Bierflaschl vor meiner Tür gestanden. In aller Früh!", erzählte ein Aufrechter mit dem Spitznamen Kugli.
„Vor meiner auch!", ergänzte Franz Branntwein. „So etwas fällt den anderen Parteien nicht ein."
„Guten Appetit", wünschte Alfons Glatt seinen Freunden und schnitt die Forelle mit dem Fischmesser an der Seitenlinie ein. Julius kopierte das Verhalten seines Onkels, klappte wie er die Hälften nach oben und unten ab.
Die Aufrechten beobachteten die Vorgänge ganz genau und hätten vermutlich bis zum Ende des Verzehrs nicht mehr geredet, wäre da

nicht plötzlich einer zur Tür reingekommen, der sie völlig aus der Fassung brachte: der Kapitän. Er ging bolzengerade am Stammtisch vorbei, ganz und gar nicht so bucklig wie die emsigen Hacklinger, und visierte den größten Tisch an. Die Aufrechten schluckten. Was für eine Provokation. Der Mann ging mit extremer Rücklage. Aufrechter als sie. Stolz den Bauch rausgedrückt, die Arme seitlich schwingend. Bei seinem Hawaiihemd hatte er die obersten Knöpfe offen und präsentierte seine weißen Brusthaare. „Der hat einen Gang wie ein Warmer", hörte man ein Gemurmel vom Tisch der Aufrechten. Auch Alfons Glatt, der gerade die Gräten vom Schwanz her auslöste und sich an die zweite Hälfte der Forelle machen wollte, wurde jetzt auf den Mann aufmerksam. Sein Blick erfasste sofort die Kapitänsmütze, die der auffällige Gast schief aufhatte. Sie trug die Aufschrift: „Leck mich". Julius lachte. Der Kapitän organisierte sich eine Speisekarte und setzte sich.

„Was erwartest du von mir, Onkel Al?", wollte Julius wissen.

„Ich habe leider noch nicht alle meine Schätze übersiedelt, und Annette lässt mich nicht mehr ins Haus. Noch diese Woche holst du einen Koffer und eine Aktentasche bei ihr ab. Und die Modelleisenbahn solltest du mit dem Pritschenwagen holen. Die könnt ihr dann bei Franz-Josef aufbauen." „Danke", sagte Flaschke. „Um dein Taschengeld brauchst du dir keine Sorgen zu machen, Julius. Es wird von einem anonymen Nummernkonto regelmäßig fließen." Als Julius grinste, fügte Glatt hinzu: „Ach ja, du musst mir noch eine Rede für die Vernissage schreiben."

In dem Augenblick bekam der Kapitän ein Bier und zeigte auf den Fisch am Nachbartisch, womit er ausdrücken wollte, dass er auch einen wollte. Die Kellnerin bedeutete ihm wie in einer Taubstummensprache mit dem Hin- und Herbewegen des Zeigefingers und gleichzeitigem Kopfschütteln, dass er noch nichts zum Essen bestellen konnte.

„Die Vernissage des jungen Fank ist die letzte Verpflichtung, die ich Annette gegenüber noch erfülle!", meinte Glatt, tupfte sich die Lippen mit der Serviette und steckte eine Zigarette in seinen Spitz.

„Also mir ist da nicht wohl dabei, wie du mit deiner Exfrau umgehst", sagte der Architekt.

„Ich?", antwortete Glatt. „Aber ich doch nicht! Du kannst dir Sorgen darüber machen, wie die Bank mit ihr umgeht, Holger. Annette wird sich anschauen, wenn die Bank Druck macht. In ihrer Naivität hat sie nämlich noch nicht im Geringsten bemerkt, was los ist. Alle Verbindlichkeiten laufen auf ihren Namen."

„Aber für die Zukunft deines Sohnes solltest du wenigstens Maßnahmen ergreifen", fügte Hagenbeck hinzu.

„Erstens hat er jeden Kontakt zu mir abgebrochen, zweitens hat ihm keiner vorgeschrieben, dass er ausgerechnet in Amerika studieren muss. Dahinter steckt einzig und allein der übertriebene Ehrgeiz seiner Mutter. Weißt du was, Holger? Sie hat sich seit Jahren keine Gedanken um die Finanzen machen müssen. Sie hat eingekauft, wie es ihr in den Sinn gekommen ist. Ich habe alle ihre Ausgaben anstandslos bar beglichen. Und was war der Dank? Für diese verdammte Puppen-Manufaktur hat sie sich starkgemacht. Zusammen mit ihrem Bruder und der sogenannten Fürstin. Ihr Kartenhaus wird zusammenbrechen."

„Wann wirst du endlich ihren Bruder aus dem Verkehr ziehen?", wollte Julius wissen.

„Den werde ich vom Verkehr fernhalten, hahaha. Finanziell hängt er ohnehin mit Annette drin! Und wenn er glaubt, er hat was gegen mich in der Hand, dann werde ich ihn lächerlich machen, wenn er es nicht selbst tut."

„Du meinst seine Beobachtungen in Paris!", präzisierte Hagenbeck.

„Genau!", antwortete Glatt.

„Ich hoffe, du hast mit dem unangenehmen Herrn nichts mehr zu tun, mit dem er uns damals gesehen hat."

„Na ja, bei euch zwei wird er sich eher an eine andere Begleitung erinnern!"

Hagenbeck zuckte nervös. Flaschke machte einen gleichgültigen Eindruck. Julius beobachtete die Reaktion der beiden interessiert.

„Der unangenehme Herr, den du ansprichst, hat mir gutes Geld eingebracht und bedeutet absolut keine Gefahr. Wisst ihr, warum?" Die drei Trabanten horchten auf.

„Der war von höchster Stelle gedeckt. Schon vor Jahren hat ihn der deutsche Verfassungsschutz mit einer neuen Identität ausgestattet."

„Ein V-Mann?", fragte Hagenbeck und Julius zeigte plötzlich höchstes Interesse am Gespräch.

Glatt nickte. „Wenn ihr wüsstet!", sagte er geheimnisvoll. „Aber so wenig wie ihr kann sich Edgar einen Reim auf unser Treffen machen. Was soll er also mit seinen Beobachtungen anfangen?"

Eine gewisse Naivität kann man diesem Edgar nicht absprechen", meinte Hagenbeck. „Meine Frau hat ihm eingeredet, er könne seine Geschichte in Paris als Buch veröffentlichen."

„Sehr gut", antwortete Glatt. „Dann macht er sich selbst unglaubwürdig. Keiner wird ihm je glauben, wenn er seine haltlosen Vermutungen über uns äußert. Aber sei vorsichtig, Holger. Deine literaturverrückte Frau bringt ihn noch auf blöde Ideen. Zum Schluss fängt er an, Nachforschungen anzustellen."

„Doch nicht in Paris! Der ist doch seit unserer Reise nicht mehr weiter als zehn Kilometer aus dem Ort rausgekommen! Hahaha. Wie sollte er auch?"

„Sag das nicht", lästerte Julius. „Er hat jetzt einen halb lustigen Freund mit einem Moped!"

„Wenn er deiner Frau so aus der Hand frisst, Holger, dann sollten wir uns das zunutze machen", schlug Glatt vor.

„Nein! In deine Machenschaften werde ich doch meine Frau nicht hineinziehen."

Glatt blickte erst böse, dann begann er mit zur Seite geneigtem Kopf überlegen zu grinsen und meinte: „Aber die Genehmigungen für den Golfplatz willst du schon!"

Flaschke und Julius blickten auf Hagenbeck. Der brachte kein Wort heraus und schluckte.

„Keine Angst!", fuhr Glatt fort. „Ich habe mit den riskanten Geschäften nichts mehr zu tun. Die Provisionen für Immobilien und Bilder und die Kurierdienste für Friedl werfen für mich mehr als genug ab. Nachhaltig. Und dabei habe ich kein offizielles Einkommen." Dazu neigte er seinen Kopf leicht zur Seite und grinste.

„Der hat sein Bier noch nicht angerührt!", sagte Julius und zeigte auf den Kapitän.

„Na, sind noch irgendwelche Wünsche bei den Herren offengeblieben?", fragte Glatt und schob sich ein scharfes Wahlzuckerl in den Mund.

„Ja", sagte Flaschke. „Könntest du mir ein KDS-Leistungsabzeichen besorgen?"

„Besorgen", lästerte Julius. „Das bekommt man doch nur für eine Leistung. Außerdem bist du ja nicht am Kampf gegen den Speck interessiert, sondern am Verkauf des Specks."

„Hm!", knurrte Glatt. „Das wäre vor Kurzem noch kein Problem gewesen, aber die neue Ärztin macht da nicht mit. Da dürfte es

einfacher sein, der Fürstin die desolate Villa abzuluchsen und den Streich samt seiner Katzen aus dem Rosengarten zu vertreiben."
Beim Namen Streich nieste der Kapitän kraftvoll. Glatt warf ihm galant eine Packung Taschentücher zu. Der Kapitän sagte kein Wort, holte einen Kugelschreiber aus seiner Tasche und korrigierte den Wahlslogan auf der Packung. Aus „Jede Nase zählt" machte er „Jede Flasche wählt". Dann warf er Glatt die Packung wieder zurück, stand auf und ging, ohne zu bezahlen. Als die Kellnerin protestierte, machte er ihr durch einen Fingerzeig auf das unberührte Bierglas und gleichzeitiges Kopfschütteln klar, dass er nichts bestellt und auch nichts konsumiert hatte. Dann ging er so kerzengerade zur Tür hinaus, wie er hereingekommen war.
„Eine reine Provokation", sagte der Ex-Stempelmarkenmanipulant Franz Branntwein am Tisch der Aufrechten. Alle waren sich einig. Die Frage war nur, war er vorher schon so provokant oder erst seit sie ihm den Streich mit der Waschmaschine gespielt hatten.
Als Glatt das Wort Waschmaschine aufgeschnappt hatte, winkte er Branntwein an den Tisch und bat ihn, ihm die Geschichte von dem Streich zu erzählen. Sie ging so:
Als der Kapitän in den Ort gekommen war, hatte ihm Tone Streich sofort eine Absteige in der Villa Scherbenstein verschafft. Nachdem er seine Seesäcke dort verstaut hatte, begab er sich zum Essen in die »Insel« An diesem Tag hatte er noch gesprochen, aber nicht gegrüßt. Deshalb reagierten die Aufrechten auch so gemein, als er von ihnen wissen wollte, wo er denn seine Wäsche waschen lassen könnte. Die Frage war eine aufgelegte Sache. Ganz in der Nähe der Villa Scherbenstein befand sich der heruntergekommene Schweinehof des Stiefelkönigs Blasius Furzl, der den Hausnamen „Ruach" trug. Obwohl er einer der größten Grundbesitzer des Ortes war, hatte er in seinem Bauernhof weder fließendes Wasser noch elektrischen Strom. Er ernährte sich nur von Most und Schnaps, und von einem harten Stuhlgang hatte er lediglich einmal gehört. Natürlich war auch bekannt, dass er sich monatelang nicht wusch und außer zu Begräbnissen dieselbe Arbeitskleidung und die Gummistiefel trug. Womöglich auch zum Schlafen. Und genau zu dem hatten die Aufrechten den Kapitän geschickt. Sie hatten ihm erzählt, dass der Stiefelkönig mit seiner Waschmaschine schon für Straßenarbeiter gewaschen hätte und gar nichts dafür verlange. Als der Stiefelkönig, der schon von der ersten Sekunde an nur widerwillig Antworten gab, den Grund des Besuches erfuhr, regte er sich so auf, dass er Schaum

vor dem Mund hatte. Der Kapitän sollte bereits Sekunden später erkennen, dass der Schaum keine Vorfreude auf das Wäschewaschen bedeutete. Er wurde hochkantig samt seiner mit Schmutzwäsche vollgestopften Reisetasche vom Stiefelkönig hinausgeworfen und mit einer Mistgabel davongejagt. Keiner hatte ihn seither sprechen gehört.
„Ihr habt ja nichts mehr zu trinken!", rief Glatt den Aufrechten zu und wandte sich an Julius: „Lass den Kameraden eine Halbe hinstellen!"
„Das ist ein großzügiger Mensch", murmelten die Männer und bedankten sich theatralisch.

# Faxen mit Russen

Biber prostete Edgar zu und nahm genüsslich einen Schluck, bevor er zu einer prägnanten Antwort ansetzte: „Das Faxgerät habe ich mir nur wegen meiner Korrespondenz mit Russland angeschafft. Das ist praktisch und schnell, kann ich dir nur sagen. Praktischer und schneller sogar als ein Computer."

„Korrespondenz mit Russland! Dass ich nicht lache, Biber. Du tust ja, als ob du rege Geschäftsbeziehungen mit Russland hättest."

„Geschäftsbeziehungen nicht, aber private Beziehungen", stellte Biber richtig und fügte stolz hinzu: „Ich war auch schon einmal dort."

Edgar schnitt Gesichter, die eines gemeinsam hatten: Sie drückten unmissverständlich aus, dass er dem Biber nicht ein einziges Wort glaubte.

Er sagte spöttisch: „In Russland? Das kannst du mir jetzt nicht weismachen, dass *du* schon in Russland warst. Da kann man nämlich nicht so einfach hinfahren."

„So einfach natürlich nicht, da hast du schon recht. Aber mit einer Einladung sehr wohl", erklärte Biber.

„Du, Biber", spottete Edgar, „sei mir bitte nicht böse. Aber wer lädt dich schon nach Russland ein? Die Russen haben schon den Napoleon und den Hitler nach Hause geschickt, und ausgerechnet dich sollen sie einladen. – Nein, nicht mit mir, Biber. Du kannst einen anderen auf den Arm nehmen, aber nicht mich. Ich kann mich noch erinnern, was du im Wirtshaus für Geschichten erfunden hast. – Wenn dir dabei einer der Aufrechten zuhört, dann ist das seine Sache. Ich aber glaube dir kein Wort. In Russland bist du mit Sicherheit noch nicht gewesen. Da wette ich ein Bier darauf, Herr Postfuchs."

„Das Bier hast du schon verloren, Eisenbahner. Ich kann es dir nämlich beweisen. Glaubst du, ich erzähle dir einen Schmäh[5]? Ich bin doch nicht der Prechtl." Damit spielte er auf einen pensionierten Polizisten an, der im ganzen Ort für Geschichten berüchtigt war, deren Wahrheitsgehalt höchstens in Promille angegeben werden konnte.

„Na gut, alter Schmäh-Bruder. Dann lege deine Beweise vor!"

---

[5] Schmäh: Geschichte, die nicht unbedingt der Wahrheit entspricht

Und während Biber schon auf der Suche nach einer Schuhschachtel war, bekräftigte Edgar erneut seine Skepsis, indem er sagte: „Auf deine Beweise bin ich wirklich gespannt, lieber Biber."

Ärgerlich hielt Biber Edgar die Schuhschachtel hin, der sie sogleich öffnete und den Inhalt argwöhnisch begutachtete. Was er vorfand, waren nicht nur Briefe, Postkarten, Fotos und Faxe, sondern auch eine blonde Locke. Bevor Edgar auch nur ansatzweise eine Frage zur Locke formulieren konnte, fischte Biber ein Fax aus der Schachtel und gab es ihm zum Lesen.

Edgar hielt das Fax weit von sich weg und las laut und feierlich vor:

*Sehr geehrter Herr Biber!*
*Ich bin Ihnen sehr dankbar für Ihre Aufmerksamkeit, Gedächtnis an mich und rechtzeitiges Glückwunschschreiben zu meinem Geburtstag. Ich bedanke mich für gutherzige Glückwünsche an mich und meinen Sohn. Im Zeitraum vom 10.–19. Mai weilte ich zusammen mit Frau Zawanowa, Leiterin der Würsterei, dienstlich im Hause „Schweininger" in Frankfurt. Zusatzstoffe aus dieser Firma kommen bei uns in der Wurstproduktion zur Anwendung. Wir haben viele nützliche Kenntnisse geschöpft.*
*In Deutschland wurden wir in sehr guten Empfang genommen; jedoch besonders begeistert wurden wir durch die 10-stündige Rhein-Reise, zu Berg und zu Tal, an einem Dampfer am herrlichen sonnigen Tag.*
*Die Situation im Chladokombinat ist stabil, im Vergleich zum vorigen Jahr ist geringfügiger Produktionszuwachs zu vermerken. Die Räucherkammern funktionieren recht gut, wir sind sehr damit zufrieden.*
*Ich hoffe auch auf unser Treffen, wir beide müssen danach streben, die Hoffnung nicht zu verlieren, trotz alledem.*
*Damit unsere Treffen herzlicher, aufrichtiger wären, müssten wir die Spracheschranke wegbauen und ohne Zeugen verkehren, ohne Dolmetscher.*
*Deswegen stelle ich mir eine Schwerpunktaufgabe: Im Herbst/Winter die deutsche Sprache zu beherrschen. Und*

*für Sie wäre es wünschenswert versuchen, die russische Umgangssprache ein wenig zu erkennen.*
*Mit aufrichtiger Hochachtung*
*Jelena*

Edgar war während des Vorlesens mehrfach ins Stocken geraten. Er konnte sich nicht im weitesten Sinne vorstellen, worum es in dem Fax ging, und musste immer wieder einen Blick auf Biber werfen. Der hörte aufmerksam zu und drehte dabei ein Wattestäbchen genüsslich in seinen Ohren. Jetzt war es Zeit für ein paar Fragen. Edgar legte das Fax zur Seite und begann mit ernstem Gesichtsausdruck: „Mensch, Biber! Was machst du denn für Faxen[6]?"

Biber meinte nur: „Glaubst du mir jetzt?", und steckte sein Wattestäbchen in sein anderes Ohr.

Edgar nahm skeptisch das nächste Fax zur Hand und las vor:

*Ich wünsche Ihnen gute Gesundheit, herrliches Wohlfühlen, immer so charmanter Mann mit großzügiger Seele zu sein. Sie – richtiger Freund – haben mich in schwieriger Zeit unterstützt und setzen bereits lange Jahre fort, die kränkende Wunde nicht nur in meiner Familie, sondern auch in der ganzen Belegschaft zu heilen.*

„Ja, um Gottes willen!", schrie Edgar. „Wie die da einem schöntut in dem Fax. Die schreibt von einem charmanten Mann mit großzügiger Seele. Die meint doch wohl nicht dich, oder?"

„Ja, was glaubst du denn?", entrüstete sich Biber und klopfte mit seinem Zeigefinger auf seinen Namen, der im Fax stand. „Hast du etwa deine Brille nicht dabei? Steht da nicht mein Name?"

Edgar las weiter:

*Netter gutmütiger Herr Biber, während knapp dreijähriger Aufmerksamkeit mir gegenüber haben Sie meine Seele mit Ihrer Herzenswärme aufgefüllt, und ich werde an Sie bis zum letzten Tag meines Lebens denken und warten auf Ihre Mitteilungen über Ihre Gesundheit und Ihr Leben.*

---

[6] Unfug

Edgar bemerkte, dass Biber vor Erregung kochte. Er legte das Fax weg und wollte ihn beruhigen: „Jetzt rege dich doch nicht so auf, Biber. Ich glaube dir ja, aber du musst mir einiges erklären. Ja, was ist denn das für eine Jelena? Woher kennst du sie?"

Biber leerte mit einem großen Schluck sein Weinglas und sprach ernst: „Ich erkläre es dir, wenn du die Klappe hältst und zuhörst. Und erzähle es ja niemandem im Ort! Verstanden! Das bleibt unser Geheimnis! – Komm, setz dich auf das Sofa."

Edgar ließ sich auf das Sofa fallen, winkte mit seinem leeren Weinglas und stichelte: „Gibt es in diesem Lokal noch etwas zu trinken?"

„Später", gab sich Biber geizig, „jetzt musst du mir zuhören, sonst kennst du dich wieder nicht aus und stellst mir dauernd Fragen."

„Jawohl", antwortete Edgar militärisch, „ohne Getränk zuhören!"

„Gib schon her!", knurrte Biber, nahm Edgar das leere Glas ab und begab sich gequält hinter die Bar seiner kleinen Küche. Dort stellte er umständlich ein Tablett mit kleinen Käsehappen, Soletti und Wein zusammen. Noch umständlicher servierte er Edgar die Köstlichkeiten und nahm selbst einen großen Schluck, bevor er sich auf einen Hocker setzte und zu erzählen begann.

„Kennengelernt habe ich sie bei einem internationalen Tischtennisturnier für Senioren in Wien. Unser Gemeinderat Glatt, dein Ex-Schwager, war übrigens unser Delegationsleiter und hat eine seiner langweiligen Reden gehalten."

„Hör mir mit Alfons Glatt auf!", rief Edgar zornig, dass es Biber fast mit der Angst zu tun bekam.

„Als Funktionär beim Dachverband hat es Annettes Mann weit gebracht", fuhr Biber fort. Als Sportler war er eine Null."

„Nicht nur als Sportler", bestätigte Edgar und regte sich so auf, dass er beide Fäuste ballte.

„Wie konnte Annette den nur heiraten?", brummte Biber.

„Seine guten Manieren und sein guter Geschmack!", antwortete Edgar.

„Darauf fallen die Frauen rein. Außen hui, innen pfui!", kommentierte Biber und erzählte weiter: „Einer von Jelenas Söhnen war Armeeoffizier und hatte eine wichtige Funktion im Armee-Sportverein. Na ja, da war dann in Wien dieses Turnier, und da war sie mit ihrem Sohn da. – Ich habe übrigens in meiner Altersklasse gewonnen."

Edgar unterbrach: „Das wird sie mächtig beeindruckt haben, die Frau Jelena. – Hat es auch einen zweiten Teilnehmer in deiner Klasse gegeben?"

„Ha", brüllte Biber verärgert, „da sieht man wieder einmal, dass du vom Tischtennis überhaupt keine Ahnung hast. Zwei gibt es immer! Einer allein kann nicht Tischtennis spielen."

Edgar tat einsichtig: „Ach ja. Daran habe ich gar nicht gedacht. Wie hast du also ihre Aufmerksamkeit erlangt, du alter Schwerenöter?"

„Erst gar nicht. Beim Turnier ist sie mir gar nicht aufgefallen. Aber am Abend gab es ein Tanzfest, und beim Walzertanzen habe ich natürlich meine Runde gemacht. Und da habe ich selbstverständlich auch sie aufgefordert. Ich konnte ja nicht wissen, dass sie eine Russin war. Sonst hätte ich sie vielleicht gar nicht angesprochen. Aber sie hat mich angelächelt, und dann haben wir Walzer getanzt."

„Und du bist selbstverständlich mit ihr an die Bar gegangen und hast reingebraten wie jedes Jahr am Feuerwehrball, am Liedertafelball und beim Moped-Italia-Gschnas."

„Ich habe ihr zu verstehen gegeben, dass es bei uns in Österreich der Brauch ist, eine Frau nach dem Tanz an die Bar einzuladen."

„Ihr zu verstehen gegeben! Hohoho! Das kann ich mir vorstellen, Biber. Aber da hast du ihr sicher verschwiegen, wo der Brauch aufhört."

„Ich höre dich schon gehen, Edgar. Ich weiß, worauf du hinauswillst. Es tut mir leid, dass ich damals beim Liedertafelball deiner Schwester möglicherweise etwas zu nahe gekommen bin. Der Sekt-Orange tut mir nicht gut. Und eigentlich! Ihr Mann, der Glatt, war zu der Zeit ja schon auf dem besten Wege von deinem Schwager zu deinem Ex-Schwager."

„Schon vergessen, Biber. Aber weil du unnötigerweise Alfons Glatt schon wieder ansprichst. Ob der nur wegen der Rede in Wien war, wage ich zu bezweifeln. Im Zuge der Scheidung ist ja alles Mögliche über ihn ans Tageslicht gekommen. So auch ein anfangs einträgliches Geschäft mit Russland, das nicht ganz sauber war."

„Bei Glatt ist nichts sauber und war nichts sauber. Mir ist vorgekommen, dass Jelenas Sohn mit ihm bekannt war. Zumindest haben sie sich angeregt unterhalten."

„Apropos unterhalten. Hat sie dich denn verstanden, deine Russin? – Kann sie Deutsch?"

„Nicht sehr gut, aber sie versteht alles, was ich sage …"

„Pah!", brüllte Edgar. „Wo dich doch im eigenen Land kaum einer versteht!"
Biber brauste auf und schrie: „Wenn du dauernd dazwischenquatschst, Edgar, werde ich dir nichts mehr erzählen. Also halt die Klappe!"
„Ist ja schon gut, sei doch nicht gleich wieder beleidigt und erzähle weiter!"
Biber zierte sich noch eine halbe Minute, nippte am Wein und fuhr dann fort: „Na sicher habe ich ihr gesagt, dass sie schöne Augen hat und so weiter, aber ihr Sohn, der Herr Offizier, ist dann aufgekreuzt und hat uns unterbrochen. Der hat so laut gesprochen, dass ich geglaubt habe, er schimpft mit ihr."
„Die wird doch sicher verheiratet sein, oder?"
„Das habe ich mich lange nicht zu fragen getraut, aber sie hat mir dann erzählt, dass sie Witwe ist. Ihr Sohn hat das Wort übersetzt und mir gleichzeitig unter dem Tisch einen Stoß mit dem Bein versetzt. Keiner hat mehr etwas gesagt und Jelena ist ganz traurig geworden. Da muss es etwas gegeben haben. Einfach so gestorben ist der nicht."

Edgar verschlug es die Sprache. Das Wort Witwe löste ein ganzes Magazin von Assoziationen aus. Als er sich wieder gefasst hatte, präsentierte er seine Ansichten: „Na dann ist der Weg ja frei für dich, Biber. Worauf wartest du noch? Du klingst ja, als ob du dich über beide Ohren und geradezu unsterblich in sie verliebt hättest."
Biber senkte den Kopf und machte wieder das traurige Gesicht, mit dem er schon Annette zu Mitleid gerührt hatte. Dazu sagte er höchst theatralisch: „Keine Zukunft", und schnäuzte sich dann langatmig in sein längst für die Schmutzwäsche fälliges Sacktuch.
Die ganze Theatralik schien auf Edgar absolut keine Wirkung zu haben. Er fragte trocken nach: „Wieso keine Zukunft, Biber?"
Biber antwortete kummervoll: „Die hat andere Sorgen."
„Was kann eine Witwe für andere Sorgen haben?", fragte Edgar gefühllos.
Biber zeigte sich gereizt: „Ach, wie du dir alles einfach vorstellst! Die Frau wurde fürchterlich betrogen, verstehst du?"
„Also hat der Mann Ehebruch begangen, bevor er gestorben ist?"
„Nein, das ist nach dem Tod ihres Mannes erst passiert."
„Was?", rief Edgar entsetzt und winkte mit dem leeren Weinglas. „Posthumer Betrug!"

Biber reichte ihm die Weinflasche und konterte: „Nicht ihr Mann hat sie nach seinem Tode betrogen, sondern Geschäftspartner. In finanzieller Hinsicht. Verstehst du jetzt? Einer der Betrüger lebt nicht mehr, einer ist in Rumänien in einem Gefängnis, aus dem noch nie einer wieder rausgekommen ist, und der Dritte lebt in allem Luxus unbehelligt in Wien. In Rumänien wird er übrigens auch gesucht. Wenn die ihn erwischen, ist er fällig."

Edgar schenkte sich Wein ein und tat überrascht: „Ach, von Geschäftspartnern ist sie betrogen worden. Was ist sie denn für eine Geschäftsfrau, deine Jelena?"

„Sie war Generaldirektorin eines großen Kühlhauses mit angeschlossener Fisch- und Fleischproduktion. Sie hatte sogar einen persönlichen Chauffeur für ihr Dienstauto."

„Russisches Kühlhaus!", dachte Edgar und wurde an die lukrativen Kühlgeräteexporte seines Ex-Schwagers erinnert, die für ihn einen üblen Beigeschmack hatten wie dessen dubioser Osthandel überhaupt. Er schob die Unterlippe weit vor und nickte beeindruckt. „Generaldirektorin", sagte er mit Ehrfurcht, „das hört sich ja ziemlich bedeutend an. Da hast du ja einen dicken Fisch an der Angel, Biber. Das würde auch gut klingen: Gatte einer Generaldirektorin. Aber weißt du, ich frage mich, ob eine freiheitsliebende Russin die Überwachung in unserem kleinen Hackling überhaupt aushält."

Biber konnte es nicht leiden, wenn jemand so mit ihm sprach. Er warnte seinen Gesprächspartner: „Jetzt pflanz mich nicht, Edgar! Sonst erzähle ich nicht weiter."

Edgar entschuldigte sich und überlegte hin und her, ob ihm nicht einige Details zu den Ostgeschäften seines Ex-Schwagers einfielen, die mit Bibers Faxinformationen in Verbindung gebracht werden konnten.

„Was das für eine große Firma ist", sagte Biber mit voller Begeisterung und wurde laut, „das kannst du dir gar nicht vorstellen. Nicht einmal einen blassen Schimmer haben wir hier in Österreich davon, wie groß diese russischen Betriebe sind." Dann glotzte er Edgar mit großen Augen an und schüttelte fassungslos den Kopf.

Edgar konnte einfach nicht ernst bleiben. Vor allem deshalb, weil Biber mit seiner Gestik so verzweifelt versuchte, die Glaubwürdigkeit seiner Ausführungen zu unterstreichen. Er schmunzelte und meinte: „Entschuldige, Biber, aber ich musste gerade daran denken, wie sie deine Vermählung im Pfarrblatt bekannt geben würden."

Biber brauste auf: „Jetzt hör doch auf! Nie und nimmer will und werde ich im Pfarrblatt stehen. Es gibt keine Zukunft. Die Fabrik hat sie bereits dem Sohn übergeben, und sie kämpfen um ihre Existenz. Siebenhunderttausend Dollar haben die Gauner unterschlagen."

„Ich kann es einfach nicht glauben!", lachte Edgar wie aus heiterem Himmel. „Jetzt lädt die dich nach Russland ein, weil du so ein Walzerkönig bist."

Biber verlor erstaunlicherweise seine Traurigkeit und verkündete stolz: „Na ja, nicht nur deshalb. Ich habe ihr natürlich auch nach der Tanzveranstaltung noch einen angenehmen Abend bereitet."

Edgar hakte sofort ein: „Ihr seid euch also etwas näher gekommen, willst du damit sagen. – Du bist ein Pülcher[7], Biber. Wie gut, dass ich damals meine Schwester rechtzeitig von der Bar geholt habe beim Liedertafelball. Nicht auszudenken, wie das mit dir weitergegangen wäre."

„Wer weiß", antwortete Biber, „dann hättest du deinen Ex-Schwager schon früher aus dem Haus gehabt."

„Und dich drin! Da wird mir auf der Stelle schlecht, wenn ich nur daran denke."

„Ich weiß, welche Angst du hast, dass Annette bei mir schwach würde!"

„Nicht solange du deine Stofftaschentücher und Ohrenstäbchen bei jeder Gelegenheit präsentierst!"

Biber erschrak. Er wollte etwas entgegnen, ließ es aber bleiben.

„Natürlich sind Jelena und ich uns nähergekommen", fuhr er schließlich fort, „und sie ist wahrscheinlich froh gewesen, dass sie einmal mit jemandem über ihre Sorgen sprechen konnte."

„Mit einem einfühlsamen Zuhörer wie dir, Biber, mit einem, der keine Hintergedanken hat."

Biber ließ sich nicht provozieren und antwortete ruhig: „Ich bin dir nicht böse, wenn du das nicht verstehen kannst. Zuhören kannst du ja nicht. Das hat mir deine Schwester damals an der Bar verraten."

Jetzt rastete Edgar aus und schrie: „Was? – Was hat meine Schwester gesagt?"

---

[7] Pülcher: Dialekt-Ausdruck für Lump

Biber wiederholte unerschrocken: „Dass du nicht zuhören kannst, wenn man mit dir spricht. Annette hätte bei ihrer Scheidung sicher ein geduldiger Zuhörer gutgetan, einer wie ich."

Edgar war wütend. Er leerte sein Glas und lehnte sich mit verschränkten Armen beleidigt zurück. „Von wegen nicht zuhören können!", brüllte er, behielt dann aber seine Gedanken für sich. *Er hatte seinen Schwager beim Seitensprung erwischt. In flagranti!* Als er es Annette erklären wollte, war sie es, die ihm nicht zuhören wollte, die ihm nicht glaubte und ihn behandelte, als hätte *er* Mist gebaut und nicht ihr Mann. Und seit dem Vorfall war das Verhältnis zu seiner Schwester extrem unterkühlt.

Biber öffnete eine neue Weinflasche und schenkte Edgar nach. Dann fuhr er fort: „Du hast ja keine Ahnung, was die Frau mitgemacht hat. Ihr Sohn, der Armeeoffizier, hat sie ja deshalb nach Wien mitgenommen, damit sie einmal ein paar Tage Abstand von ihren Sorgen gewinnt."

Edgar war in einen Tagtraum abgedriftet. Immer noch beschäftigte ihn die angespannte Lage mit seiner Schwester. Und als Biber von ein paar Tagen Abstand sprach, glaubte Edgar, dass ein Ausbruch aus der penibel observierten Gefangenschaft eines Hacklinger Pensionisten auch für ihn unbedingt nötig war. Aber wohin?

„Du hörst nicht zu!", schimpfte Biber, und Edgar versuchte, bei einem aufgeschnappten Wortfetzen weiterzureden.

„Ja, was hat sie denn noch für Sorgen", fragte er mit gespielter Neugier und kostete misstrauisch den neuen Wein, dessen Flasche optisch nicht sehr vielversprechend aussah.

„Ach was!", antwortete Biber. „Hauptsächlich Geldsorgen."

„Wenn der wüsste", dachte Edgar, „in welcher finanziellen Lage sich meine Schwester befindet, dann würde er sich nicht um die Russin Sorgen machen." Und bei diesen Gedanken verfinsterte sich sein Blick.

Biber glaubte Mitgefühl in Edgars Gesicht zu erkennen. Das freute ihn. Und im selben Ausmaß, wie Edgars Gesichtsausdruck trauriger wurde, versprach Bibers Mimik mehr und mehr Zuversicht. Er sprach weiter: „Na, kurz und gut, als ihr Sohn wieder gesund war, hat sie ihm dann die Leitung des Kombinats übergeben und ist in Pension gegangen."

Edgar sah weiterhin nachdenklich aus und animierte dadurch Biber zur Fortführung seiner Ausführungen über die Reise nach Russland.

Biber holte weit aus: „Ja, das war so traurig, als sie wieder abreisen musste. „Armen Sie mich um, Herr Biber! Armen sie mich um!", hat sie immer wieder gesagt und mich nicht mehr losgelassen. Und der Sohn hat mich damals schon eingeladen, sie zu besuchen. Dann haben wir uns einige Briefe geschrieben, und schließlich habe ich mir das Faxgerät zugelegt. Seither schicken wir uns fast jede Woche eine Seite. Na, und irgendwann habe ich sie unüberlegt gefragt, ob sie nicht zu mir auf Besuch kommen wolle.
„Um Himmels willen!", unterbrach Edgar. „Das wäre ein Klatsch im Ort gewesen. Der Biber mit einer russischen Geschäftsfrau. Vielleicht der neue Investor für das Seehotel. Ganz Hackling wäre kopfgestanden."
„Na ja, ins *»Fleisch und Wein«* hätte ich mit ihr nicht zum Einkaufen gehen können, das ist schon klar. Da hätte sich die Mirz an der Kassa den Hals ausgerenkt. Aber es ist eh anders gekommen. Sie hat kein Visum gekriegt. Und als sie Geburtstag hatte, wollte ihr der Sohn einen Wunsch erfüllen. Da haben sie mich eingeladen. Den Flug habe ich natürlich selbst bezahlt."
Jetzt kramte Edgar frech in der Schuhschachtel nach einem Foto.
„Finger weg!", rief Biber.
„Jetzt lass mich doch endlich ein Foto von ihr sehen!", verlangte Edgar. „Ich muss gestehen, unter dem Begriff russische Witwe stelle ich mir einen schwarzen Schmetterling vor, oder es kommen mir die typischen russischen Mannweiber unter, die so herb aussehen wie Gefängnisaufseherinnen oder Schlachthofkontrolleurinnen, wie Betonmischerinnen und Schiebetruhenfahrerinnen. Ich kann sie mir gut mit einem Zementsack vorstellen, deine russische Witwe. – Ist sie übrigens größer als du? – Generaldirektorin einer Fischfabrik. Sei mir nicht böse, Biber, aber die stelle ich mir einfach riesig vor. Wie einen Wal. Da kann ich mir nicht helfen."
„Aber nein, Edgar, sie ist zierlich und lieb", entgegnete Biber mit einem Flackern in seinen Augen. „Hier ist ein Foto."
Edgar betrachtete das Foto ganz genau und setzte das Gespräch, ohne auch nur andeutungsweise auf das Aussehen der Frau einzugehen, fort: „Und du bist einfach so nach Russland geflogen? Hast du denn sofort ein Visum bekommen?"
„Sofort ist gut! – Mensch, Edgar! Das war eine Prozedur, das kann ich dir sagen. Erst einmal brauchst du eine Einladung. Sonst geht überhaupt nichts. Diese Einladung kann geschäftlicher oder privater

Natur sein. Aber schriftlich, versteht sich. Damit musste ich dann beim russischen Konsulat in Salzburg das Visum beantragen. Ich bin also bald in der Früh in die Stadt gefahren und zum Konsulat gegangen. Mensch, war das ein Theater mit dem Visum, das kannst du dir gar nicht vorstellen. Ich darf gar nicht daran denken!"
Dabei regte er sich unheimlich auf und fuchtelte so wild mit den Händen, dass er die Schüssel mit den Solettis vom Tisch fegte.
„Scherben bringen Glück", sagte Edgar schlagfertig. Aber da hatte sich der Biber auch schon geschnitten und meinte: „Ein Unglück kommt selten allein." Während sich Biber ein Pflaster holte, erkundigte sich Edgar nach dem Staubsauger, um die Reste der Schüssel verletzungsfrei zu entfernen. Biber zeigte in eine Ecke und schon saugte sein Helfer los. Trotz des beißenden Geruchs eines wohl monatelang nicht entleerten Staubsaugers rasterte Edgar gründlich den Boden ab und machte sich auch an die Staubhalde unter dem Bett. Aber da stieß er auf etwas, das eine genauere Beschau verlangte. Er bückte sich und traute seinen Augen nicht. Neben diversen anderen Schätzen erblickte er einen Nachttopf.
„Biber!", brüllte er schockiert und schaltete den Staubsauger aus. „Du wirst doch nicht ..."
„Ja was denn?", fragte Biber und verband sich seine Schnittwunde.
„Du wirst doch nicht auf den Scherben[8] gehen?"
„Das ist doch nur für die Nacht."
„Ja kannst du denn nicht einmal die paar Meter zum Klo gehen?"
„Nein! – Du hast doch selbst gesagt, Scherben bringen Glück! Und außerdem habe ich eine Reizblase vom Mopedfahren."
Edgar war sichtlich entsetzt und merkte gar nicht sofort, dass Biber wieder von seiner Visabeschaffung weitererzählte.
„Ich war natürlich ganz schön aufgeregt, das kannst du dir ja vorstellen. Als ich das Haus gefunden hatte, wollte ich die Tür öffnen. Es ging aber nicht. Ich drückte und zog. Nichts. Dann habe ich an der Türglocke geläutet. Nichts. Ich schaute mich um und entdeckte ein Schild. Darauf standen die Öffnungszeiten. Das Konsulat öffnete also erst eine Stunde später. Ich war ein bisschen verärgert. Erst einmal wollte ich warten und mir die Zeit vertreiben. Da habe ich mir das Haus einmal genauer angeschaut. Kameras überall. Und ein kleiner Balkon auf der Seite. Die hätten Augen gemacht, wenn ich zur Öffnungszeit bei der Balkontür

---

[8] Scherben: Nachtscherben bzw. Nachttopf

hereingekommen wäre. Dort ist nämlich keine Kamera! Aber ich habe es natürlich nicht probiert. Ich ging dann rein in die Stadt und kaufte mir beim *Eduscho* einen Kaffee. Dann machte ich mich wieder auf den Weg zum Konsulat. Die Tür war immer noch zu, obwohl laut Schild schon hätte geöffnet sein müssen. Als ich läutete, brummte es an der Tür. Du kennst doch diese Magneten, oder? Ich habe gezogen und gewerkt und bin einfach nicht reingekommen. Und dann die Überwachungskamera am Eingang. Ich war so nervös, und dann hat das Brummen des Magneten wieder aufgehört. Dann habe ich in die Kamera geschaut und wieder geläutet und mit den Händen gezeigt, dass die Tür nicht aufgeht. Wieder brummte der Magnet, und wieder kam ich nicht rein. Ich war fix und fertig und wollte schon umkehren, doch dann habe ich noch einmal geläutet. Wieder nichts. Plötzlich hörte ich aus der Türsprechanlage eine tiefe Frauenstimme: ‚Sie müssen drücken!'"

Edgar brüllte auf vor Lachen und konnte sich gar nicht mehr beruhigen.

„Ja, lach nur!", sagte der Biber ernst. „Das war wirklich nicht zum Lachen. Das kannst du mir glauben. Ich drückte, und die Tür ging auf. Ich kann mir nicht erklären, wie das zugegangen ist. Ich bin fest der Meinung, dass ich auch vorher nicht nur gezogen, sondern auch einmal gedrückt hatte."

Edgar hatte Tränen in den Augen, als er Biber, der ein ganz ernstes Gesicht machte, zum Weitersprechen ermutigte.

„Dann bin ich wie ein geschlagener Hund die Stiege hinaufgeschlichen. Eine attraktive, aber unfreundliche Frau mit finsterem Gesicht hat mir ein Formular zum Ausfüllen gegeben. – Und dann sind die Peinlichkeiten erst richtig losgegangen."

Edgar wollte sofort Genaueres über die Peinlichkeiten hören.

„Mensch, Edgar! Du kennst doch diese blöden Formulare."

Mitfühlend bestätigte Edgar: „Ja, die kenne ich!", und fügte hinzu: „Die blödesten Formulare habt eh ihr bei der Post."

„Die sind nichts gegen ein Formular vom russischen Konsulat. Immer wieder hat sie mir das Formular zurückgegeben, die finstere Frau, und ein Kreuz dorthin gemacht, wo etwas fehlte. Erst habe ich den Vornamen vergessen, dann musste ich ihr erklären, was ein Postler ist."

„Was?", schrie Edgar. „Du wirst doch nicht bei Berufsbezeichnung **Postler** hingeschrieben haben!"

Edgar raufte sich die Haare. Denn genau in diesem Moment musste er daran denken, worüber im Ort immer und immer wieder gesprochen wurde:
Der Biber hieß genau genommen Sepp Biber, aber alle nannten ihn einfach Biber, so, als würde sein Vorname gar nicht existieren. Wie ein Kind zu seinem Vater „Papa" sagt, als ob er keinen Namen hätte, so sagte jeder im Ort zu ihm einfach Biber, oft mit Artikel, also „der" Biber. Und ihm war das seit eh und je recht. Umgekehrt wie bei den Mafiosi, die nur Spitznamen kennen, kannte man bei ihm nur den Nachnamen. Wenn er nach dem Namen gefragt wurde, sagte er Biber, wenn er ein Schriftstück unterschrieb, verwendete er Biber, ja sogar auf der Bank und am Passamt rückte er mit seinem Vornamen erst nach mehrmaliger Aufforderung heraus. Noch bevor er zur Schule ging, hatte er schon gelernt, seinen Nachnamen zu schreiben, und so stand auch an seinem ersten Schultag nicht wie üblich ein Kärtchen mit seinem Vornamen auf seiner Schulbank, sondern ein wild geknickter und verschmierter Karton mit dem Namen BIBER, den er mit Farbstiften tief eingraviert hatte. Also wie sollten ihn seine Klassenkameraden dann auch anders nennen als Biber. Lediglich Annette nannte ihn Seppi, sonst niemand. Und so kam es, dass sich im Laufe der Jahre kaum einer im Ort an seinen Vornamen erinnerte. Wenn von ihm die Rede war und jemand nicht wusste, um wen es sich handelte, so räumte die Zusatzbezeichnung „der Postler" sofort jeden Zweifel aus. Mit dieser Zusatzbezeichnung war er eindeutiger zu identifizieren als mit seiner Versicherungsnummer.
„Die arme Sekretärin im russischen Konsulat", lächelte Edgar, „kein Wunder, dass sie finster dreinschaute."
„Mach dich nur über mich lustig!", schimpfte Biber mürrisch.
Edgar versuchte sich mit aller Konzentration zu beherrschen, aber immer wieder kullerten ihm die Tränen die Wangen hinunter. Es dauerte einige Zeit, bis er den Beleidigten wieder zum Weitersprechen überreden und ihm ein weiteres Glas Wein entlocken konnte.
„Als ich ihr alles erklärt hatte, wollte sie, dass ich Briefträger hinschreibe, und ich konnte ihr nicht verständlich machen, dass ich beim Paketdienst arbeitete und kein Briefträger war. Sie wollte sich von dem Argument, dass ein Briefträger ja auch mit Paketen zu tun hatte, einfach nicht abbringen lassen. Als ich dann endlich Briefträger eingetragen hatte, wollte sie fünfhundert Schilling in bar

und zwei Fotos. Du kannst dir gar nicht vorstellen, welch strengen Umgangston die gehabt hat." An dieser Stelle hörte Biber auf zu erzählen und wartete auf eine Reaktion.
„Na und?", meinte Edgar uneinsichtig.
„Was heißt ‚na und'? Ich hatte natürlich nicht so viel Geld dabei und auch keine Fotos. Für einen Antrag auf ein Telefon verlangt die Post ja auch kein Foto von dir, oder?"
Edgar schmunzelte und drängte Biber, weiterzuerzählen.
„Es blieb mir nichts anderes übrig. Ich musste den weiten Weg in die Stadt hineingehen. Das Konsulat ist vor dem Unfallkrankenhaus, wie du ja wissen wirst. Von dort bin ich zu Fuß in die Innenstadt gegangen und habe von einem Bankomaten Geld abgehoben. Dann habe ich bei einem Fotografen Fotos machen lassen und bin wieder zurückmarschiert. Es war fast Mittag und am Nachmittag bleibt das Konsulat geschlossen. Als ich an der Tür läutete, konzentrierte ich mich diesmal darauf, sofort zu drücken. Ich hatte schon wieder ein mulmiges Gefühl, das kannst du dir ja denken."
„Und?", wollte Edgar ungeduldig wissen.
„Was und? – Es klappte diesmal, und ich bin geschwind die Stiege hinaufgerannt, damit sie mir nicht vor zwölf zusperren. – Und was glaubst du, was dann wieder passierte?"
Edgar freute sich. Er spürte, dass er Biber instinktiv zu dem animiert hatte, was er am liebsten tat: Geschichten erzählen.
„Keine Ahnung!", rief er aufgeregt. „Erzähle weiter, Biber! Bitte erzähle weiter!"
„Das Foto passte ihr nicht."
„Wieso?"
„Ich hatte doch die Postuniform an wie immer. Eh nur das Hemd. Aber das wollte sie nicht. Vermutlich, weil es auf den Schultern Schlaufen für Aufschläge hatte. ‚Kein Foto in Uniform!', hat sie immer wieder gesagt. Kannst du dir eine solche Sturheit vorstellen?"
Edgar verbiss sich das Lachen und fragte ungeduldig: „Ja, was hast du dann gemacht?"
„Ich glaube, ich habe das Visum nur bekommen, weil die Frau so schnell wie möglich nach Hause gehen wollte. Sie hat mir einen Pullover geliehen, mit dem ich neue Fotos machen lassen musste. Gott sei Dank gibt es gleich auf der anderen Straßenseite beim Äußeren Stein einen Fotografen. Da bin ich schnell hingelaufen. Der wollte auch gerade zusperren, und als ich ihn dann überredet hatte, verlangte er, dass ich den blöden Pullover ausziehe. Das ist ein

richtiger G'scherter, der Fotograf. Der hat mich sofort mit ‚Du' angesprochen und gesagt, dass er mich mit einem Weiberpullover nicht fotografieren werde. Du kannst dir vorstellen, wie wild ich dann geworden bin. Ich habe mich aber anschließend entschuldigt und ihm die Geschichte mit der herben Sekretärin erzählt. Dann hat er mich widerwillig fotografiert, und ich bin mit den Fotos rüber ins Konsulat, rauf zum Drachen. Die Fotos wurden wortlos zum Antrag geklammert, und aus. Endlich aus! ‚Österreich ist frei', habe ich mir gedacht und bin heimgefahren. Das Visum konnte ich eine Woche später persönlich abholen."

„Mensch, Biber, das ist wirklich eine Geschichte. Ich habe selten so gelacht. Jetzt musst du mir aber noch den Rest der Russlandreise erzählen. Und wenn es nur halb so interessant ist wie deine Erlebnisse im Konsulat."

Biber fühlte sich geschmeichelt. Er, der große Geschichtenerzähler, hatte von der Russlandreise noch keinem Menschen erzählt. Auch von seiner Angebeteten wusste niemand. Das war sein Geheimnis. Nur weil er sich sicher war, dass Edgar dichthalten würde, vertraute er ihm die brisante Information an. Und er verspürte zugegebenermaßen eine gewisse Erleichterung dabei.

Lebhaft begann er wieder zu erzählen: „Na erst einmal wollte ich ein Geschenk für sie besorgen, etwas, das sie in Russland nicht so leicht kaufen kann."

Edgar war gespannt und drängte ungeduldig: „Na sag schon!"

Biber machte einen Rückzug: „Ach was, ich hätte dir gar nichts davon sagen dürfen. Du wirst mich wieder verarschen."

Edgar versicherte ihm: „Aber nein, Biber. Es ist so lustig, dir zuzuhören. Ich habe lange nicht so gelacht. Sag schon, was du gekauft hast!"

# Brautschau mit bedrohlichem Gastgeschenk

Biber druckste kurz herum, bevor er mit der Antwort herausrückte: „Na gut. Einen Rasentrimmer."
„Was?", schrie Edgar ungläubig. „Einen Rasentrimmer? Als Gastgeschenk? Das ist doch nicht dein Ernst, Biber?"
„Rasentrimmer waren damals im Lagerhaus gerade in Aktion, und ich habe mir gedacht, es wäre nicht so schlecht", erklärte Biber und fügte hinzu: „Jelena hat ja eine kleine Datscha auf dem Land mit einem kleinen Garten. Und mit dem Rasentrimmer braucht sie sich nicht so zu bücken. Ich konnte ja nicht wissen, was für Probleme ich mit dem harmlosen Geschenk bekommen würde."
„Probleme? Mit einem Rasentrimmer?"
„Du weißt doch, wie ein Rasentrimmer aussieht, oder etwa nicht?"
„Na klar! Jetzt red schon! Glaubst du, ich kenne keinen Rasentrimmer?"
„Den habe ich in Packpapier eingepackt wie ein Underbergfläschchen. In den Koffer konnte ich ihn nicht mehr reinkriegen, so habe ich ihn als Handgepäck mitgenommen."
„Na und?"
„Na, was glaubst du, wie mich die bei den Kontrollen am Flughafen gemustert haben. Die haben geglaubt, es sei eine Waffe. Im Nachhinein muss ich zugeben, dass man einen verpackten Rasentrimmer wirklich für ein Maschinengewehr halten könnte. Es hat ewig gedauert, bis ich denen erklärt habe, dass es sich um einen Rasentrimmer handelt, was das ist und warum ich ihn nach Russland mitnehme. Das hat mich Nerven gekostet, das kann ich dir sagen. Und mein Nachbar im Flugzeug, der hat auch Angst gehabt, als er den Rasentrimmer zwischen meinen Beinen gesehen hat. Und die Stewardessen erst. Ich war schon so verunsichert, dass ich das Geschenk im Flugzeug zurücklassen wollte. Als es dann aber eine große Drängelei beim Aussteigen gegeben hat, bin ich um den Rasentrimmer froh gewesen. Alle haben mich sofort vorgelassen, als sie mein Geschenk gesehen haben. Und als ich beim Ausstieg war, sind die Stewardessen mit dem Rücken zur Cockpittür gestanden wie überfallene Bankbeamtinnen."
Edgar hatte aufmerksam zugehört und mehrmals die Augen vor Staunen weit aufgerissen. „Wie kannst du nur einen Rasentrimmer als Gastgeschenk mitnehmen?", fragte er. „Was du für Ideen hast!"
„Die Idee war nicht schlecht, Edgar. Als Jelenas Sohn, der Armeeoffizier, das Geschenk sah, war er begeistert."

Edgar fragte nach: „Ja, sag einmal, Biber, wie bist du denn überhaupt geflogen?"

„Mit der AUA[9] natürlich. Von Wien nach Moskau. Scheremetjewo heißt der Flughafen, wenn mich nicht alles täuscht."

„Und haben sie dich dort abgeholt?"

„Abgeholt? Das ist ein Hilfsausdruck. Wie einen Präsidenten haben sie mich behandelt. Jelenas Sohn, der Armeeoffizier, hat mich direkt beim Flugzeug abgeholt. Direkt! Kannst du dir das vorstellen? Am Rollfeld! – Am Zoll und an den Sicherheitsbeamten hat er mich vorbeigeschleust. Ruck, zuck ist das gegangen. Ich musste nicht anstehen wie die gewöhnlichen Passagiere. Du hast ja keine Ahnung, wie mich die angeschaut haben? Die Stewardessen, mein Sitznachbar, alle haben sie mich angeschaut, als ob ich ein hoher Staatsgast wäre. Und alle haben mit Angst auf den verpackten Rasentrimmer gestarrt. Ein Wahnsinn, sage ich dir, Edgar."

„Der Biber, unser Mann in Moskau. Hat es nicht einmal einen Film mit diesem Titel gegeben?", scherzte Edgar und wollte unbedingt wissen, wie es weiterging.

Biber erzählte so aufgeregt, dass er fast keine Luft bekam: „Dann ging es in einem alten Straßenkreuzer in die Stadt hinein, mit einem Buick."

„O-O-O!", protestierte Edgar. „Das kaufe ich dir aber jetzt nicht ab, mein Lieber! Ein Buick ist ein amerikanischer Straßenkreuzer, kein russischer."

„Das weiß ich auch. Ich bin nicht so blöd, wie du glaubst. Es war ein Buick! Und aus! Und beim nächsten Bierstand ist der Armeeoffizier sofort rein und hat Bier für uns gekauft. Der Fahrer war ein Freund von ihm. Der war auch irgendwie ein Sicherheitsbeamter. Und wie die geschrien haben, die zwei. Diese Militärleute können ja nicht normal reden. Die schreien immer, als ob sie einer ganzen Kompanie Befehle geben würden. Mensch, bin ich manchmal erschrocken, Edgar!"

„Aber sie waren freigiebiger mit dem Bier als du mit deinem Rotwein", unterbrach Edgar und schwenkte sein leeres Weinglas.

Biber ignorierte Edgars Geste und erzählte weiter: „Stell dir vor, mit dem Sicherheitsgurt haben sie die Bierverschlüsse aufgerissen und die Flaschen so schnell ausgetrunken, dass ich es gar nicht mitbekommen habe. Dann ging es in ein Büro in Moskau. Wieder

---

[9] AUA: Austrian Airlines

sind wir einfach an den Wachposten vorbei und rauf in den zehnten Stock. Die Wachposten haben mich zwar in Ruhe gelassen, aber den Rasentrimmer haben sie schon komisch angesehen. Und mich eigentlich auch."

„Ja, wieso seid ihr denn in ein Büro in Moskau gefahren?"

„Das weiß ich auch nicht", antwortete Biber kopfschüttelnd, „aber dort war die Jause schon aufgetischt. Seine Mutter hatte ihm das alles aus Woronesch mitgegeben. – Und dann kann ich mich an nicht mehr viel erinnern. Es gab Bier und Wodka. Ich musste mittrinken. Da konnte ich nicht aus. Und den Wodka natürlich immer ex, aus Achterlgläsern, nicht etwa aus Stamperln!"

„Ja hat denn der Fahrer auch mitgetrunken?"

Jetzt schenkte Biber in beide Gläser von seinem kostbaren Rotwein nach und antwortete: „Nein, der nicht. Der hat uns ja dann am Abend zum Zug gebracht, Jelenas Sohn und mich. Da waren wir schon total besoffen. Es war ein Abteil für uns zwei im Liegewagen reserviert. Wir haben unsere Wertgegenstände unter der Matratze versteckt, und ich bin dann sofort eingeschlafen und habe nichts mehr gehört und gesehen."

„Wie lange seid ihr dann unterwegs gewesen?"

„Die ganze Nacht sind wir durchgefahren. Und am Bahnhof haben sie uns dann groß empfangen."

„Wer hat euch empfangen? Deine russische Flamme?"

„Ja, mit ihrem Chauffeur und dem Dolmetscher ist sie in einem grauen Wolga[10] gekommen."

„Oh, mit Chauffeur und Dolmetscher! Nobel, nobel, muss ich sagen."

„Ja, was glaubst du denn? Ich war auch überrascht, aber sie war halt die Generaldirektorin. Ich hätte sie fast wieder per Sie angesprochen, so schockiert bin ich gewesen. Aber dann hat sie mich so gedrückt und abgebusserlt, da habe ich fast zu weinen begonnen. Und eine Rose hat sie mir geschenkt."

Biber musste die Erzählung abbrechen. Er war so gerührt, dass er keine Silbe mehr herausbrachte.

„Ein Wahnsinn", dachte sich Edgar, „sie kommt mit einer Rose und er mit einem Rasentrimmer!" Er beherrschte sich aber und sagte nur: „Mensch, Biber, dich hat es wirklich erwischt. In deinem Alter verliebst du dich in eine so mächtige Frau."

---

[10] Wolga: Russische Limousine

Fast verlegen murmelte der gerührte Biber: „Sie ist jetzt nur mehr Pensionistin. Somit steht sie auf der gleichen Stufe wie ich."
„Da hast du eigentlich recht. Dann geht es. Aber jetzt erzähle weiter. Ich bin schon neugierig. Hat sie dich dann mit nach Hause genommen?"
„Nein, komischerweise nicht. Sie haben mich in ein Hotel gebracht. ‚Hotel Don' hat es geheißen, wie der Fluss. Na gut, dachte ich mir und stellte mich gleich unter die Dusche. Dabei haben die unten ungeduldig auf mich gewartet und waren schon ganz verzweifelt mit mir. Ihr Sohn hat mich dann geholt und wir sind zum Kombinat gefahren."
„Zum Kombinat?", fragte Edgar unwissend.
„Eigentlich Hladokombinat", ergänzte Biber und erklärte: „Das ist ein Kühlkombinat mit angeschlossener Fischproduktion. Aber Fleisch und Wurstwaren verarbeiten sie auch in riesigen Mengen. Dort gab es wieder eine offizielle Begrüßung, und da habe ich auch den Rasentrimmer überreicht. Die haben vielleicht geschaut, mein Lieber. Als ich das Geschenk übergeben habe, hat der Dolmetscher ganz etwas anderes übersetzt. Jeder wollte den Rasentrimmer in die Hand nehmen und ausprobieren. Erst im Büro, dann im Freien. Ein Arbeiter musste ein Kabel legen. Da sind die blanken Drähte rausgestanden, weil die Steckdosen natürlich nicht gepasst haben. Ha, ha, ha. Die haben einfach die blanken Drähte in die Steckdose gesteckt."
Edgar schlug die Hände über dem Kopf zusammen und brüllte: „Das sind wilde Hunde! Ja, kennen denn die keine Rasentrimmer in Russland?"
„Ich glaube nicht. Das war wirklich der Renner, das kann ich dir sagen. Na und dann haben sie mir den Betrieb gezeigt: riesengroß, sage ich dir. Ein Bunker aus der Stalinzeit war auch auf dem Gelände, ein riesiges Kühlhaus, ..."
Dieses Wort „Kühlhaus" blieb wieder einmal in Edgars Gedanken hängen wie alles, was ihn an seinen Schwager Alfons Glatt erinnerte, aber da platzierte Biber gerade eine Pointe.
„... und weißt du, was die noch machen?", schrie er in höchster Erregung und sprach dann zwei russische Worte mit voller Konzentration aus: „Kastjanóe másla!"
Edgar hatte nur am Rande mitbekommen, was Biber so eindrucksvoll betont hatte, und glaubte, das Wort Kastanien erkannt zu haben.

„Was machen sie denn aus Kastanien?", fragte er mit wenig Interesse.

Biber explodierte und schrie: „Kastjanóe másla! – Das heißt Knochenöl!"

Erst jetzt zeigte das Gesagte bei Edgar Wirkung. Er war nicht mehr zu halten und schlug mit der Hand auf den Tisch. „Knochenöl?", rief er ungläubig aus. „Jetzt lügst du oder du hast etwas falsch verstanden, Biber!"

„Nein, wirklich, Edgar. Sie machen Knochenöl. Das hat mir der Dolmetscher gesagt, der Leonid. – Und im Aufenthaltsraum der Arbeiter musste ich mit dem besten Spieler der Fabrik ein Tischtennismatch bestreiten."

„Hast du gewonnen?"

„Na klar, aber so leicht war es nicht. Ich bin ja nicht mehr im Training, und mit einem fremden Schläger dauert es natürlich einige Zeit, bis du dich einspielst. Aber stell dir vor, die ganze Belegschaft hat zugesehen. Da habe ich natürlich alle meine Tricks ausgepackt. Und wie die applaudiert haben. Wahnsinn."

„Der Biber, unser Mann in Moskau", wiederholte Edgar und lachte. „Woronesch", korrigierte Biber noch während des Satzes und fuhr fort: „Na und dann bin ich eben eine Woche dortgeblieben."

So wie Biber die Stadt Woronesch jetzt ausgesprochen hatte, kam sie Edgar irgendwie bekannt vor. Er wusste aber nicht, wo und in welchem Zusammenhang er schon von ihr gehört hatte. Aber das würde ihm sicher bald einfallen.

„Im Hotel?", fragte Edgar neugierig weiter.

Biber war die Frage etwas peinlich, und er druckste herum. „Ja", gab er schließlich zu, „geschlafen habe ich immer im Hotel. Das wollte sie so, ich habe sie nicht gefragt, warum. Auch die Rose musste ich dort in eine Vase stellen."

Bevor Edgar eine Frage stellen konnte, setzte Biber fort: „Am Abend sind wir sowieso immer irgendwo zum Essen eingeladen gewesen. Was die aufgetischt haben, ein Wahnsinn. Der Dolmetscher, der Leonid, hat immer zu mir gesagt: *‚Essen Sie, Herr Biber, essen Sie. Das brauchen Sie!'* Ich habe das erst begriffen, als es mit der Trinkerei losgegangen ist. So etwas hast du noch nicht gesehen, Edgar! Immer wieder Trinksprüche und Ex-Trinken. Gut, dass ich so viel gegessen habe. Und das waren wirklich Köstlichkeiten. ‚Essen Sie, Herr Biber, ich habe lange nicht mehr so gut gegessen', flüsterte mir Leonid immer wieder ins Ohr."

Edgar lehnte sich gemütlich zurück und schlug die Beine übereinander. „Musstest du auch einen Trinkspruch ausbringen?", fragte er.

„Ja, unbedingt wollten sie einen Trinkspruch von mir. Ich habe mich gewehrt mit Händen und Füßen. Es half nichts. Dann habe ich laut geschrien: ‚Österreich ist frei', und sofort ausgetrunken. Zum Glück hat nur Leonid den Spruch verstanden."

„Eine wilde Geschichte, das muss ich schon sagen, Biber. Ich kann dir nicht helfen, jetzt musst du schon zu Ende erzählen."

„Zu Ende erzählen? Was willst du noch hören? – Sonst gab es keine großen Höhepunkte mehr. Bei den Tischtennisspielern sind wir noch einmal zu einem Spiel eingeladen gewesen. Da habe ich leider verloren. Wohlgemerkt gegen einen viel jüngeren Spieler. – Mensch, Edgar, da fällt mir noch etwas ein! Eine Schweinefarm haben wir besucht!"

„Was?", brüllte Edgar und glaubte, der Biber würde einen Schmäh machen.

„Du hast richtig gehört, Edgar. Es war eine Einladung eines Geschäftspartners. Der hat eine Schweinefarm mit zehntausend Schweinen."

Edgar schüttelte den Kopf, war aber sehr neugierig und sagte nichts.

„Schon die Hinfahrt war ein Wettrennen mit zwei Wolgas. Von Weitem haben wir die Schweinefarm schon gerochen. Natürlich bekamen wir eine ausgiebige Führung. Wir mussten Mäntel anziehen. Wie Ärzte sind wir herumgegangen unter den Schweinen. Und du kannst dir sicher vorstellen, wie wir danach wieder gefressen und gesoffen haben. Wie die Schweine. Ich kann dir gar nicht sagen, was das für eine Strapaze war, Edgar."

Edgar lachte und murmelte: „Zehntausend Schweine besuchen und dann fressen und saufen."

„Aber nein, Edgar, das war nicht alles. Nach dem Essen gab es ein Picknick. Wir haben bei einem kleinen Bächlein auf der Farm geparkt. Das Wasser war braun. Und trotzdem wollten sie baden gehen. Der Schweinezüchter köpfelte als Erster hinein, dann die anderen. Ich natürlich nicht. Ich hatte doch keine Badehose dabei. Keine Stunde nach dem großen Fressen auf der Farm ging es schon wieder los. Da haben sie Leintücher ausgebreitet und aus den Kofferräumen der Autos holten sie Grillzeug und Fische. Ein Wahnsinn. Wie die noch essen konnten! Und saufen! Ich bin fast närrisch geworden. Was glaubst du, was die für böse Insekten haben.

Durch die Socken und durch die Hose haben sie mich gestochen. Ich habe Tausende Mücken erschlagen, die Russen haben gefressen und gesoffen und die Fahrer haben keine fünfzig Meter von uns die Autos gewaschen. Mitten in der Wiese. Und dann haben wir Haschen[11] gespielt."

„Haschen?"

„Ja, so hat Leonid das genannt. Da waren sie beeindruckt – weil mich natürlich keiner erwischt hat. Bis Leonid mir gesagt hat, dass mich die küsst, die mich erwischt. Und wenn ich eine fing, dann durfte ich sie küssen. Na dann habe ich mich natürlich auch immer von Jelena erwischen lassen."

Edgar hatte Bauchschmerzen vor Lachen. Er lag gekrümmt auf dem Sofa. Als er sich beruhigt hatte, meinte er: „Mensch, Biber! Was du alles erlebt hast. Jetzt weiß ich, warum du dem Alltag nichts mehr abgewinnen kannst. – Sag, wie bist du aus Russland heimgekommen?"

„Na, das war auch ganz schön aufregend. Da haben sie mich nur mehr zum Zug gebracht. Ich musste dann ohne Begleitung nach Moskau fahren. Ich bin ganz allein in einem Abteil gesessen. Und dann, das muss ich dir erzählen, dann war ich in Moskau am Bahnhof und sollte abgeholt werden. Ich stieg aus und wusste nicht, wer mich abholt und wie ich ihn erkennen sollte."

„Der Biber allein am Bahnhof in Moskau. Da möchte ich echt nicht in deiner Haut gesteckt haben?"

„‚Am besten stehen bleiben, wo du bist', habe ich mir gedacht. Plötzlich geht ein Mann mit gesenktem Kopf an mir vorbei und sagt so halblaut mit russischem Akzent: ‚Sepp Biber – sind Sie Sepp Biber?' Zuerst bin ich echt auf der Leitung gestanden. Da stehst du in Moskau am Bahnhof und einer geht an dir vorbei und sagt deinen Namen, schaut dich nicht an und bleibt nicht stehen."

Edgar wusste nicht, ob er dem Geschichtenerzähler glauben sollte, und meinte nur: „Eigenartig."

„Wirklich eigenartig. Du sagst es, Edgar. Aber dann ist er so schnell weg gewesen, dass ich ihm nachgelaufen bin und gesagt habe: ‚Ich Biber.' Ich war ganz schön aufgeregt."

Edgar brüllte vor Lachen.

„Ja, du kannst lachen, aber mir war nicht ganz wohl zumute bei der Sache. Stell dir vor, ich wäre nicht abgeholt worden. Ich hätte nie

---

[11] Fangspiel

das Flugzeug erreicht. In Russland bist du nicht einmal ein halber Mensch. Du kannst nichts lesen, was auf den Tafeln steht, die Taxifahrer verstehen dich nicht. Ich hatte schon richtig Angst. Das gebe ich offen zu. Aber der Mann war tatsächlich mein Chauffeur. Er und noch einer haben mich mit einem Lada[12] zum Flughafen gebracht, und dann gab es keine Probleme mehr. Ich hatte ja keinen Rasentrimmer dabei."

Edgar hatte sich glänzend amüsiert und machte Biber ein Kompliment, an das er eine neugierige Frage hängte, die ihn von Anfang an beschäftigt hatte: „Ich bin von deiner Reise beeindruckt, Biber. Wirklich eine wilde Geschichte. Aber was mir etwas zu kurz gekommen ist, ist deine Flamme da, die Jelena, die mit dir immer noch per ‚Sie' ist. Von der hast du mir fast nichts erzählt. Und dass du im Hotel gewohnt hast, das ist schon eigenartig, oder etwa nicht?"

Biber schmunzelte: „Das habe ich mir gedacht, dass du keine Ruhe geben wirst, du neugieriger Mensch. Aber alles musst du ja nun wirklich nicht wissen. Ich verrate dir nur eines, damit deine Fantasie ein bisschen angeregt wird."

„Jetzt sag schon!"

„Nach der ersten Nacht im Hotel hat sie mit tiefer Stimme zu mir gesagt: ‚Was haben Sie mit mir gemacht?'"

„Mein Gott!", schrie Edgar auf.

„Und als ich abgereist bin, spürte ich Tränen auf ihren Wangen."

Das war für Edgar zu viel. Er trank den Wein aus und machte Anstalten aufzubrechen.

„Danke!", sagte Biber erleichtert. „Ich werde Annette erzählen, was für ein guter Zuhörer du bist. Ich fühle mich jetzt viel besser."

„Was heißt hier danke", antwortete Edgar. „Ich habe mich lange nicht so amüsiert. Du bist der beste Erzähler der Welt. – Aber weißt du was? Ich mache mich jetzt auf den Weg nach Hause. Ich muss unseren Hund rauslassen. Und mit meinem Computer möchte ich ein paar Erkundigungen im Internet einziehen. Gib mir dein Fax mit den Informationen über den Gauner, der in Wien lebt, mit!"

„Na gut, dann fahren wir zu dir", antwortete Biber und steckte seine Schuhschachtel mit den Faxen in einen Plastiksack.

Edgar hob die rechte Hand wie ein Polizist und sagte: „Stopp! – Fahren werden wir heute nicht mehr, Biber. Du hast ja auch schon mehr als ein Glas Wein getrunken."

---

[12] Lada: Russische Automarke

Biber wehrte sich: „Ich kann aber trotzdem gut fahren, glaub mir das."

Edgar blieb streng: „Nein, Biber. Du bist hier nicht in Russland. Mit Alkohol wird nicht gefahren. Verstanden! Wenn du mitkommen willst, musst du zu Fuß gehen! Und lange kannst du sowieso nicht bleiben, weil ich am Abend mit meiner Schwester zur Vernissage muss."

Biber wollte es zwar nicht sofort einsehen, was Edgar da von ihm verlangte, aber er wusste genau, dass Widerstand zwecklos war. Gegen Edgars Prinzipien kam keiner an. So gingen sie Seite an Seite durch den Ort zu Edgars Haus und betraten über die Garage den Keller, damit Edgar das Versprechen, das er seiner Schwester gegeben hatte, nicht brechen musste.

# Ermittlungen

Erst ließ Edgar den Hund in den Garten, und dann wurde nach dem kriminellen Russen gefahndet. Als Edgar sein Compaq Notebook aufklappte, kam Biber aus dem Staunen nicht heraus. Alles hatte er seinem neuen Freund zugetraut, aber dass sich ein pensionierter Eisenbahner, auch wenn er einmal Chef des Konkurrenzunternehmens der Post mit dem prahlerischen Namen *BahnExpress* gewesen war, mit einem Computer umgehen konnte, das war für ihn etwas ganz Außergewöhnliches. Biber stellte alle möglichen und unmöglichen Fragen, und Edgar gab meist widerwillig, manchmal aber auch durchaus bereitwillig Auskunft. Erst einmal wollte Biber in seiner kindlichen Manier alles angreifen und Edgar schimpfte, weil er überall seine schmierigen Fingerabdrücke hinterließ: auf der Tastatur, am Touchpad und sogar am Bildschirm.

„So, Biber", schrie Edgar ärgerlich, „jetzt ist Schluss mit deiner Herumtapperei! Finger weg, du Schmierfink! Setz dich da rauf und schau mir zu. Und rühr mir ja nichts mehr an! Das ist eine ‚Postanweisung'! Verstehst du?"

Mit „da rauf" meinte Edgar eine Stehleiter. Biber erklomm sie wortlos und nahm darauf Platz wie ein Tennisschiedsrichter. Seine Schuhschachtel mit den Faxen, den Briefen und der Locke hielt er fest umklammert, damit seine Hände nur ja nicht in Gefahr kommen konnten, wieder an den Computer zu fassen. Er beugte sich weit vor, weil er auf dem kleinen Bildschirm fast nichts sah. Dann ging die Fragerei wieder los.

„Jetzt sag mal, Edgar, wozu brauchst du einen Computer? Du wirst zwar wieder sagen, es ist eine blöde Frage, aber ich kann es mir wirklich nicht vorstellen."

„Schau, Biber, du hast doch ein Faxgerät, um deine Kontakte zu Russland zu pflegen. Mit diesem Computer da kann ich auch Faxe verschicken und empfangen. Aber das ist nur ein ganz kleiner Teil von dem, was ich sonst noch alles damit machen kann. Ähnlich wie mit dem Fax kann ich in Sekundenschnelle mit Internet-Teilnehmern aus aller Welt E-Mails austauschen."

Sofort demonstrierte er das Gesagte, indem er eine E-Mail-Nachricht an den Bürgermeister verfasste, in der er seine Begegnung mit Julius Link, dem Neffen seines Ex-Schwagers Alfons Glatt, schilderte und auf die Gefährlichkeit des defekten Steges hinwies.

„So", sagte er, „und jetzt kann er das schon auf seinem Computer lesen, der Herr Bürgermeister. Wenn er überhaupt da ist! Und morgen früh kann er den Rotzbuben gleich zum Steg schicken!"

„Das hätte ich mit meinem Fax genauso gut und genauso schnell machen können", meinte Biber.

„Oh ja, natürlich, Biber! Aber ‚chatten' kannst du mit dem Fax nicht."

Schon als er das Wort „chatten" ausgesprochen hatte, wusste er, dass er sofort Bibers Fragen dazu ausweichen musste, um nicht ungewollt etwas über seine stundenlangen Chats mit Ariane auszuplaudern, die den Biber nun wirklich nichts angingen.

„Ich kann auch", lenkte er ab, „meine ganzen Bankbuchungen von hier aus erledigen und immer meinen Kontostand sehen. – Stell dir vor, jetzt habe ich mit dem Computer sogar ein bisschen Englisch gelernt. Und du könntest Russisch lernen!"

„Ja und rechnen, oder?", fragte Biber zaghaft.

„Wieso rechnen?"

„Ich weiß nur, dass Computer übersetzt Rechner heißt, das haben sie uns bei der Post gesagt. Und dass der Computer eigentlich ganz dumm ist."

„Beep!", machte da der Computer. „Was war denn das?", fragte Biber und betrachtete den Bildschirm. Sofort verwehrte ihm Edgar den Blick.

„Habe ich da nicht den Namen Ariane gesehen!", wollte Biber wissen. „Dem Kerl entgeht nichts!", dachte Edgar und warf einen kurzen Blick auf die E-Mail, die gerade hereingekommen war. „Flaschke" stand in der Betreffzeile. Trotz höchsten Interesses am Inhalt der E-Mail war es ihm nicht möglich, auch nur eine einzige Zeile zu lesen, weil er alle Hände voll damit zu tun hatte, Biber abzuwimmeln.

„Ja, der Computer ist dumm!", sagte er. „Aber wie der Computer rechnet, das verstehst du nicht und ich auch nicht. Schau her. Ich zeige dir jetzt einfach, wie wir herausfinden können, wo der Ganove, der deine russische Flamme betrogen hat, in Wien wohnt. Vorausgesetzt, er hat ein angemeldetes Telefon. Zeig mir, wie der Herr heißt!"

Biber kramte ein Fax mit dem Namen aus seiner Schachtel und übergab es Edgar. Der musste lachen, als er zu lesen begann:

*... es sollen im neuen Jahr all Ihre Hoffnungen, die tapfersten Projekte in Erfüllung gehen, sodass Sie immer in allen Taten nur ausschließlichen Erfolg haben.*

„Wie lustig die schreibt! Ein Wahnsinn, Biber."
„Geh, das schreibt doch der Leonid, der Dolmetscher. Der hat durch mich ein blühendes Geschäft."
„Und einen Haufen Arbeit! Ich kann mir vorstellen, was du alles schreibst! Das würde ich übrigens auch gerne einmal lesen, Biber. Gibst du mir eines *deiner* Faxe?"
„Kein einziges bekommst du zu sehen, du neugieriger Mensch! Jetzt lies weiter! Da stehen die Namen der Halunken."

*PS: Uns fehlen bis jetzt positive Informationen bezueglich Iwan Diwanov. Hier und in Rumaenien wird nach ihm gesucht und gefahndet. Hat auch Immobilien in Südfrankreich. Vielleicht ist dort. Freunde haben mir erzählt, dass er mehrmals den Namen gewechselt hat und mit Sicherheit in Wien wohnt, zwar im Stadtteil Hietzing in Penthouse mit Anblick auf Zoo. Hat Advokat in Salzburg der reinigt Geld. Von andere Spießgesellen einer lebt schon nicht mehr und anderer sitzt in Rumaenien in einem Gefängnis, aus welchem niemand zurueckkommt. Iwan hat jetzt andere Leibwächter. Heißt Igor. Ich bin der Hoffnung, die Rache holt diese Gauner.*

„Na bravo, Biber. Den Namen hat er auch noch gewechselt. Wie sollen wir ihn dann finden?"
Biber starrte gespannt auf den Bildschirm, als Edgar bei Herold, dem Online-Telefonbuch, den Namen Iwan Diwanov eingab. Es erschienen keine Suchergebnisse.
„So einen Diwanov gibt es in ganz Österreich nicht, Biber. Das heißt, geben wird es ihn vielleicht schon, aber er ist nicht im Telefonbuch eingetragen."
„Das habe ich mir auch gleich gedacht", jammerte Biber enttäuscht. „Dann ist eh schon alles aus."
„Aber nein, Biber. Aus ist noch gar nichts. Jetzt werden wir uns mit den Suchmaschinen im Internet an seine Fersen heften."
„Wie geht das?"

„Na ja, Biber. Wir haben deinen Freund hier erst einmal in einem Telefonbuch gesucht. Wir könnten jetzt nach seinem Namen im ganzen Internet suchen. Mit einer Suchmaschine."
Plötzlich erschien folgende Meldung am Bildschirm: Er nagt Äste kegelförmig ab. Es handelt sich um eine streng zu schützende Art. Er darf weder eingefangen noch umgesiedelt werden.
„Der Diwanov?", fragte Biber.
„Auweh", rief Edgar, „jetzt habe ich irrtümlich ‚Biber' eingegeben." Dabei grinste er. „Aber wir können nicht nur nach Namen suchen, sondern zum Beispiel auch nach einem Auto, das zu kaufen ist. Oder wir könnten uns umsehen, ob jemand deine Posthose kaufen will."
Biber musste lachen. „Meine Posthose verkaufen!", rief er und klopfte sich mit dem Finger auf die Schläfe.
„So abwegig ist das nicht", beteuerte Edgar und zeigte Biber eine Meldung auf der Website des ORF. *Die Post sucht Partner.* Unter diesem Titel war davon die Rede, dass diese Postpartner sogar wie die Postler aussehen sollten.
Biber las den Artikel mit Wut und lehnte den Verkauf seiner Posthose kategorisch ab.
„Schau, Biber, ich wollte dir doch nur ein Beispiel nennen. Genauso hätten wir sehen können, ob jemand eine Sitzbank für dein Moped verkauft."
„Was?", rief Biber aufgeweckt. „Das ist zur Abwechslung sogar eine ganz gute Idee! Ich möchte schon lange eine Sitzbank für mein Moped. Mit einem Einsitzer bist du heutzutage ein halber Mensch. Auf dem Gepäckträger will doch keine Frau mitfahren!"
„Mit der Frau Generaldirektor auf dem Gepäckträger zum Picknick! Du bist der Beste, Biber. Na dann müssen wir ja sofort mit der Suche beginnen."
Unter den kritischen Augen Bibers durchstöberte Edgar das Internet nach einer Sitzbank für ein Moped der Marke Puch MS-50 mit den inoffiziellen Bezeichnungen Maurer-Sachs, Henastauba oder Rauchfangkehrer-Harley. Tatsächlich hatte er relativ rasch Erfolg. Biber war besonders von einem Bild „seines" Mopeds mit einer Sitzbank begeistert, obwohl der Tank des abgebildeten Gefährts natürlich nicht postgelb war wie seiner. Sofort musste Edgar mit dem Verkäufer Kontakt aufnehmen, und Biber wollte sich schon am nächsten Tag auf den Weg machen, um die Sitzbank persönlich im fünfzig Kilometer weit entfernten Polling im Innkreis abzuholen. Im

Laufe der Zeit war der niedergedrückte Zustand Bibers verflogen, seine leeren Batterien schienen neu aufgeladen, und er zeigte reges Interesse am Computer. Er bettelte Edgar wie ein Kind darum, selbst Informationen zu den russischen Gaunern einholen zu dürfen. Widerwillig gab Edgar schließlich nach, weil er schon dringend unter die Dusche musste. Seine Schwester würde bald nach Hause kommen und ihn zur Vernissage zerren. Da musste er zumindest von der Körperpflege her in Top-Zustand sein. Das textile Styling würde Annette natürlich selbst übernehmen. Er musste doch seinen Neffen Edi ersetzen, der sie normalerweise in der Öffentlichkeit begleitete, und der war ein Feschak, bei dem vom Schlips bis zu den Manschettenknöpfen alles passte. Noch bevor Edgar außer Sichtweite war, hatte Biber mit seinem Zeigefinger den Namen Brigitte Bardot[13] in das Suchfeld eingetippt. Und dann überspülte eine elektrisierende Flut von Bildern des einstigen Filmstars den widerstandslosen Biber. Er zappelte mit seinen Pelzschüchelchen wie ein Kind in einer Strampelhose und glaubte zu träumen.

„Schau!", schrie er, als Edgar inmitten einer Rasierwasserduftwolke aufkreuzte, um nach dem Rechten zu sehen.

Edgar wurde sofort fuchsteufelswild. Nicht deshalb, weil Biber die Fotos aufgerufen hatte, sondern weil er wieder mit den Fingern auf dem Bildschirm herumzeigte. Sofort verbot er ihm, etwas anzurühren, und startete das Programm zur Defragmentierung der Festplatte.

„Weißt du, was das ist, Biber? Ich sag es dir, weil du sowieso nicht darauf kommst. Defragmentieren heißt das. Damit meint man das Aufräumen der Festplatte. Das ist die Platte, wo alle Datenpakete gespeichert sind. – Wiederhole das Wort und merke es dir! Dann hast du schon viel über den Computer gelernt!"

„Frag-men-tieren", sagte Biber zögernd.

„De-frag-men-tieren", berichtigte Edgar. „Sag es noch einmal!"

„De-frag-men-tieren", wiederholte Biber spöttisch in der gleichen Stimmlage.

„Und was heißt das?", fragte Edgar streng.

„Festplatte aufräumen", antwortete Biber gehorsam.

„Genau! Und dabei kannst du jetzt zusehen, wie die Festplatte aufgeräumt wird! Das ist wie Pakete schlichten. Und rühr mir ja nie mehr etwas an, verstanden!"

---

[13] Brigitte Bardot: Filmstar der Sechzigerjahre

Biber war eingeschüchtert. Er wagte nicht mehr, zu seinen heiß geliebten Bildern zurückzukehren. Und obwohl er fühlte, dass es ein Computer gewesen sein musste, der seinen Arbeitsplatz wegrationalisiert hatte, gefiel es ihm, wie das Defragmentierungsprogramm Pakete schlichtete. Es hatte Ähnlichkeit mit seinem früheren Arbeitsplatz in der Paketmanipulation am Hauptbahnhof, der vor der Einführung von Förderbändern kurz Pakischupf geheißen hatte. Er verfolgte die Aktionen am Bildschirm so genüsslich wie vor vielen Jahren den ersten Waschvorgang seiner neuen Waschmaschine. Wie hypnotisiert starrte er auf den Bildschirm. „Da schau her", sagte er bewundernd zu sich selbst, „saudumm, der Computer, aber Pakete schlichten kann er wie ein Weltmeister." Und damit war ihm auch klar, warum ihn die Post in Pension geschickt hatte.

Edgar hatte inzwischen begonnen, sich für den Abend fein zu machen. Just in dem Moment, als er seinen Rasierer anstecken wollte, hörte er Biber dreimal hintereinander aufgeregt schreien: „Ich habe nichts berührt! Ich habe nichts berührt! Ich habe nichts berührt!"

Der Bildschirmschoner hatte sich automatisch eingeschaltet und Biber jäh aus einem intensiven Tagtraum gerissen.

„Hast du schon wieder von den Lippen der Bardot geträumt?", rief Edgar. „Die hätte ich auch gerne geküsst, als sie noch jung war."

„Die würde ich jetzt noch gerne küssen", schwärmte Biber.

„Du bist vielleicht ein Träumer, Biber. Wenn du die Bardot küsst, dann kannst du jede küssen! – Aber das wird nie passieren, und jetzt raus mit dir!"

# Vernissage mit Demaskierung

In aller Eile musste Edgar sein ganzes Organisationstalent aufbieten, um seinen anhänglichen Gast so vom Gelände zu locken, dass seine Schwester nichts von seiner Anwesenheit mitbekommen konnte. Es hatte zwar seit Neuestem den Anschein, dass sie sich große Sorgen um den traumatisierten Postler machte, aber ob es ihr mittlerweile recht war, dass er ins Haus kam, bezweifelte er. Sie hatte offenbar Angst, dass die Nachbarn voreilige Schlüsse ziehen könnten und dass ihr ehemaliger Schulkamerad in ihrer Nähe die Kontrolle über sich verlieren würde. Schließlich half nur das Versprechen, Bibers Moped in den nächsten Tagen einen italienischen Delorto-Vergaser zu verpassen, womit der Ex-Postler offizielles Mitglied im Moped-Italia-Club werden konnte.

Als die Luft rein war, ließ sich Edgar bereitwillig von Annette für den ungeliebten Kulturabend einkleiden und mit dem komfortabel gefederten Citroën zum Festsaal kutschieren, wo im Foyer bereits eine Ansammlung von Kunstkennern in einer dichten Wolke von exklusiven Düften herumschlich und so wie Edgar auf die Eröffnung des Buffets wartete. Mit kriminalistischem Spürsinn war der kernige Society-Reporter Wolfgang Ledermüller den heißesten Salzburger Szene- und Society-Events auf der Spur. In seiner Sendung *»Ledermüller greift ein«* sorgte er auch auf der Vernissage für akribisch recherchiertes Beweismaterial. Um im Sender **Loden-TV**, den ganz Hackling von früh bis spät sah, vorzukommen, durften natürlich die lokalen Größen aus Kunst und Film nicht fehlen. Vorerst aber begnügte sich die Kamera mit dem Blutwurstpapst und Weinflaschenkenner Franz-Josef Flaschke, der unheimlich schöne Weinflaschen in Reih und Glied vor seinem Namensschild aufgestellt hatte. Die Flaschen waren leer, der Wein bereits rechtzeitig in Karaffen dekantiert. Allerlei geladene und ungeladene Gäste marschierten auf und begrüßten sich theatralisch. Ein Küsschen hier und ein Küsschen dort. Kein Besucher war eine Überraschung. Das gleiche Publikum seit der Gründung des Kulturvereins. Im Gefolge Ihrer Durchlaucht, der Fürstin Emanuela von Scherbenstein, erschien nun die bekannte Schauspielerin Barbara Rüstig. Als ihre Haare noch nicht weiß waren, hatte sie in Hunderten Kriminalfilmen mitgespielt, und wenn sie in Hackling einer Veranstaltung wie der Vernissage ihre Ehre gab, hatte man den Eindruck, sich mitten in einem Krimi zu befinden, und die

Charaktere rundherum hätten einer wie der andere einen verdächtigen Bösewicht abgegeben.

Edgar ließ unzählige Begrüßungen und Vorstellungen über sich ergehen und ebenso die Erklärungen seiner Schwester, warum denn der Junior nicht dabei sei und wo er sich denn aufhalte. Er hörte Fragen, auf die die Fragenden ohnehin die Antwort selbst wussten, er beobachtete das gezwungene Lächeln, das sich die Herrschaften aus Höflichkeit aufsetzten, und er betrachtete die anregenden Bilder des jungen Künstlers. Edgars Kaumuskeln, die sich abwechselnd einmal links und einmal rechts anspannten, verrieten, dass er sich nicht wohlfühlte. Irgendetwas beunruhigte ihn. Sein Anzug und die Krawatte bereiteten ihm zusätzlich Unbehagen. Sie passten so wenig zu ihm, wie er in diese Gesellschaft passte, in die Welt seiner Schwester. In dieser Situation empfand er es wie eine Erlösung, als ein Pärchen freudig auf ihn zusteuerte. Es handelte sich um Barbara Pfuschek-Prinz, die Besitzerin der Puppen-Manufaktur, und Axel Frustlich, der Edgar die ersten Schritte mit dem Computer beigebracht hatte. Edgars Gesicht verlor seine Anspannung. Er registrierte nur peripher, dass sich eine Figur beim Eingang hereindrängte, die er weiß Gott nicht ausstehen konnte: der Jusstudent und Manager des Campingplatzes Julius Link. Seit Kurzem auch für den Bootsverleih verantwortlich. In seinem Windschatten erschien eine allseits bekannte aufgetakelte rothaarige Begleiterin mit dem klingenden Namen Lola. „Auffallen um jeden Preis!", dachte sich Edgar und konnte es nicht fassen, dass nicht nur die Hose und das Sakko Julius Links, sondern auch sein Hemd, die Krawatte und die Schuhe weiß wie Schnee waren.

Barbie Pfuschek-Prinz küsste Edgar auf die Wange. Schon lange hatten sie sich nicht mehr gesehen, weil ihr die Leitung der Manufaktur kaum Zeit ließ. Auch Axel Frustlich hatte nicht mehr so viel Freizeit wie früher, da er seinen Lehrerjob an den Nagel gehängt hatte und jetzt die Computerabteilung der Manufaktur leitete. Die heutige Veranstaltung war allerdings ein Pflichttermin für beide. Der ausstellende Künstler Leonhard Fank war nämlich gleichzeitig der Designer der preisgekrönten Homepage der Puppen-Manufaktur und ein ehemaliger Schüler Axel Frustlichs.

Viel wäre da zu erzählen gewesen, hätte da nicht der Mann am Rednerpult die Unterhaltung jäh unterbrochen. Gemeinderat Alfons Glatt machte einen letzten Zug aus seiner Zigarette, betätigte den automatischen Auswerfer seines Zigarettenspitzes aus Bruyèreholz

und schickte sich an, eine Rede zu halten. Er war geschmackvoll gekleidet wie immer: dreiteiliger Anzug, Seidenkrawatte mit Goldspange, Stecktuch und schwarze Lackschuhe. Sein smartes Erscheinen und seine tiefe manipulative Stimme zogen die Aufmerksamkeit des bunten Haufens rasch auf sich. Besonders Mirz, die ihrem Chef Flaschke an der Theke assistierte, konnte ihren Hals nicht lang genug strecken. Als der Small Talk im Foyer zum Erliegen gekommen war, begrüßte Glatt alle wichtigen Gäste, allen voran den Bürgermeister, seinen härtesten innerparteilichen Konkurrenten. Es war nicht zu übersehen, wie nervös der Redner war. Er stand sichtlich unter Druck. Niemand wusste, was ihm so zusetzte. Er wirkte, als ob er mit seinen Gedanken nicht bei der Sache war. Anschließend gab sich der Herr Gemeinderat sichtlich Mühe, von einem Zettel Informationen zum Künstler und seinen Werken abzulesen. Seine Unterlagen waren erstmals nicht von seiner Exfrau Annette zusammengestellt worden, sondern von seinem Neffen Julius, der sich mitunter selbst zur Entspannung an der Leinwand versuchte. Er malte gegenstandslos. Und so hörte sich die Rede auch an. Gleich einmal entstand eine ungewohnte Unruhe unter den Gästen. Der Gemeinderat, der bei jedem Begräbnis eine Stunde reden konnte, auch wenn er den Verstorbenen nicht gekannt hatte, und der im laufenden Jahr als erfolgreichster Fremdenverkehrsobmann aller Zeiten geehrt werden sollte, war bei dieser Vernissage ziemlich verklemmt. Und so präsentierte sich auch sein verzogener Körper. Jeder Satz war ein Martyrium. Nicht nur für ihn, sondern auch für die Zuhörer.
Edgar sah sich nach seiner Schwester um. Er wusste, wie peinlich ihr die Rede ihres Exgatten war. Der Anfang war immer leicht gemacht, dann kam der eingelernte, aber trotzdem unpassende Blick über die Lesebrille in die Menge, und schon war es geschehen. Das Prädikat war Glatt abhandengekommen. Egal! Er war routiniert genug, die Situation zu meistern. Er setzte mit der Stimme einen Akzent, und jeder wusste, dass der Satz zu Ende war. War das eine Spannung! Die Zuhörer waren voller Erwartung. Würde der nächste salbungsvoll begonnene Satz vollständig sein? War es überhaupt der nächste Satz oder hatte Glatt ein paar Zeilen übersprungen? Standen diese Fragmente tatsächlich auf seinem Zettel oder hatte er sie frei erfunden? Der smarte Gemeinderat begann fürchterlich zu schwitzen und musste sich so anstrengen, dass sich Ring- und Mittelfinger seiner rechten Hand immer weiter voneinander

entfernten. Edgar konnte ihn nicht mehr ansehen, so irritierten ihn die Bewegungen seiner Finger. Dabei war gerade er es gewesen, dem Glatt diese Handverletzung zu verdanken hatte. Bei einem Gefecht mit massiven Holzschwertern hatte der damals zehnjährige Edgar als Anführer der »*Wasserfallbande*« seinem ärgsten Widersacher Glatt, der die Bande der »*Gruftritter*« anführte, in einem Territorialkonflikt ein nachhaltiges Handicap zugefügt. Seither spreizte Glatt die Finger, wenn er sich aufregte.

„Ich fürchte, meine Schwester liebt ihn immer noch?", sagte Edgar zu Barbie. „Aber Gott sei Dank ist er jetzt aus dem Haus."

„Mistkerl!", sagte Barbie und drückte Edgars Hand. Der wunderte sich, so ein Wort aus ihrem Mund zu hören.

Als Ring- und Mittelfinger in der V-Stellung eingerastet waren, rief ein Oppositionspolitiker laut, was sich alle dachten: „Lass es gut sein, Alfons. Komm und trink ein Achterl." Glatt blickte über seine Lesebrille und fand nicht mehr in seinen Text zurück. So gab er als Notlösung das Buffet frei und lutschte zur Beruhigung ein scharfes Wahlzuckerl. Alle atmeten auf und stürzten sich auf die Köstlichkeiten. Das ließ sich auch der ortsansässige Hobbyphilosoph, der in der Villa Scherbenstein mit herrenlosen Katzen hausende Tone Streich, nicht entgehen.

„Der ist wohl überall", sagte jemand. „Wie Hofer, Spar und Lidl", ergänzte ein anderer.

Sternhagelvoll und mit einem schäbigen Anzug bekleidet, hatte Tone Streich die letzten Worte des Gemeinderates mit einem lauten „Passen muass!" ergänzt. Das war im Prinzip der Hauptsatz seiner Lebensauffassung, den er bei seiner Hauptbeschäftigung, der Anstreicherei, um das Wort Malerei nicht in den Schmutz zu ziehen, täglich Hunderte Male zum Besten gab. Dieses „Passen muass!" passte in dieser Umgebung leider überhaupt nicht. Die feine Gesellschaft zeigte sich angewidert von dem betrunkenen Eindringling, der sich ein paar köstliche Happen auf einen Teller warf und zielsicher auf die gefüllten Weingläser zusteuerte. „Der ist nichts anderes als Wildwuchs, der Streich, und so sieht er auch aus", sagte der Weinflaschenexperte Flaschke zu seiner Assistentin Mirz, die diesmal mit einem kessen Popelinemäntelchen vom Modegeschäft Opferkuch, wie sie jedem mitteilte, gekommen war.

Edgar blieb das Buffet vorläufig verwehrt. Seine Schwester Annette, der ohnehin noch von der Rede übel war, wollte die Gelegenheit nutzen, um ein paar Worte mit dem Künstler zu wechseln. Da musste Edgar mit, ob er wollte oder nicht.

Der Künstler war das hochbegabte jüngste Mitglied der drei Gebrüder Fank, die alle in der Puppen-Manufaktur arbeiteten und dort für das hauseigene Kraftwerk zuständig waren. Dieser begnadete Künstler Leonhard Fank war Edgar auf Anhieb sympathisch. Man wusste sofort, dass der und kein anderer diese bewegenden Bilder gemalt hatte. Fank malte fast ausschließlich Menschen und Tiere, die den Kopf sinnend zur Seite geneigt halten, und fing damit eine physische wie psychische Spannung und Energie ein, die in typischer Weise bei den Schiefköpfen, die bei jeder Beerdigung mitmarschieren, wie unsichtbar mitschwingt.

„So sinnend aus der Umgebung gerissen und entzückt abgehoben", hatte die Fürstin gesagt. Und eine ältere Dame vom Hacklinger Kulturverein hatte ihrer Freundin anvertraut: „Dieser Kopf-Schiefhaltung wohnt eine unheimliche Energie inne, die Expression und Impression gleichzeitig birgt."

Inmitten all der jungen und alten Arbeiterinnen der Puppen-Manufaktur, die ihrem Schwarm die Ehre erwiesen, ließ der Bursche sein sympathisches Lächeln aufblitzen. Zum Neid seiner älteren Brüder. Die waren in letzter Zeit nicht gut auf ihn zu sprechen.

Als der Künstler vor der Kamera des Senders **Loden-TV** über seine Bilder zu reden begann, war das ganz anders als die kalte gekünstelte Rede des Gemeinderates. Man spürte vom ersten Wort an die Leidenschaft, das Feuer in diesem Burschen. Und gerade als er einen Vergleich zu Friedensreich Hundertwasser[14] herstellte, der gegen die gerade Linie gewettert und einmal gesagt haben soll: „Die Ränder von den Trottoirs sind alle schnurgerade, doch die Menschen gehen ja in Wirklichkeit gar nicht geradeaus", da kam wie als Demonstration des Gesagten einer daher, dessen Feuer vor kurzer Zeit noch völlig erloschen war, der Biber Sepp.

Edgar war verblüfft. Annette war perplex. Das ganze einheimische Kunstpublikum war über alle Maßen irritiert. Und es dauerte einen endlosen Augenblick, bis jeder begriffen hatte, was passiert war. Der Biber ohne Posthose. Der Biber im schwarzen Anzug. Der Biber ohne Pelzschuhe. Der Biber bei einer Vernissage. Das war wie Regen in der Sahara.

---

[14] Friedensreich Hundertwasser (1928-2000): Österreichischer Maler, Architekt und Natur-Interpret.

„Ich besorge dir ein Glas Wein, Seppi!", sagte Annette fürsorglich. „Das ist sehr nett von dir", begann Biber, „aber wenn es dir nichts ausmacht, würde ich lieber ..." Noch bevor Biber ausgeredet hatte, wusste Annette, wie der Satz enden würde, und zögerte. Zu lebhaft waren ihre Erinnerungen daran, wie das gewünschte Getränk ihren Schulkameraden veränderte. Ihre Vorsicht erübrigte sich. Denn als könnte sie Gedanken lesen, tänzelte plötzlich Mirz mit Bibers Lieblingsgetränk vor ihm herum. Sie hatte Sekt und Orangensaft hinter der Budel eingekühlt. Für besondere Gäste. Sie wusste, was Bibers Lieblingsgetränk war. Und nicht nur das. Sie hatte ihn nicht zum ersten Mal in diesen schwarzen Lackschuhen und mit einem modischen Ledergürtel gesehen.

Annette war sprachlos. Mit weit aufgerissenen Augen musterte sie die überaus auffällige Maria Santner: zu kurzer Rock. Kostüm. Ultramarinblau. Fleischfarbene Strümpfe. Edgar mussten ungefähr dieselben Gedanken wie seiner Schwester durch den Kopf gegangen sein: „Wenn das Gesicht nicht wäre", dachte er sich, „eine klasse Katze!"

„Wer ist denn der Herr", fragten die feinen Damen aus der Salzburger Kunstszene, die eigentlich nur gekommen waren, um den international bekannten Maler und Bildhauer Lutz von Sirting zu treffen und mit ihm von der Kamera des Senders **Loden-TV** erfasst zu werden. Bevor Annette ihren Freundinnen antworten konnte, stellte Edgar den Neuankömmling als Künstler in der Tradition Christos[15] vor, als Verpackungskünstler.

„Ach so", sagten die Damen beeindruckt. Und Edgar hatte nicht einmal gelogen. Als schnellster Verpacker der österreichischen Post war Biber einmal im Fernsehen aufgetreten. In der Weihnachtssendung **Licht im Tunnel**. Vor den Augen des Moderators Ernst Wolfram Dankbar konnte er beweisen, dass er schneller war als eine Maschine.

„Es freut uns, dass du gekommen bist, Seppi", sagte Annette schlagfertig, drängte Mirz zur Seite und drückte Bibers Hand. „Ich habe nur eine ‚Postanweisung' von deinem lästigen Bruder befolgt", verriet der Geschmeichelte, „nämlich etwas ganz anderes zu tun, als ich bisher gemacht habe. Wegen der Perspektive."
„Siehst du", meinte Annette, warf ihrem verdutzten Bruder einen Blick zu und machte Biber mit dem Künstler bekannt.

---

[15] Christo (1935 - ): Rumänischer Künstler, der mit der Verpackung und Verhüllung von Bauwerken berühmt wurde

„Was soll denn das sein", fragte Biber, als er auf einem Podest einen Puppenkopf sah, der zu einer Seite geneigt war und auf der anderen Seite eine riesige Spritze im Hals stecken hatte.
„Objekt!", antwortete Edgar wie aus der Pistole geschossen. Ohne Artikel und sonst etwas. Einfach Objekt. Dazu ein Gehabe der Selbstverständlichkeit, das jede weitere Frage im Keim erstickte. Im Foyer formierten sich unterdessen die üblichen Grüppchen. Die größte Gruppe bildeten die Hacklinger Kommunalpolitiker, unter denen der bei der Rede so maulfaule Gemeinderat Glatt lebhaft das Wort führte. Wie bei solchen Anlässen nicht anders zu erwarten, musste ein politisch hochbrisantes Vorhaben erörtert werden. Es lag auf der Hand, dass es sich diesmal nicht um die Anschaffung eines neuen Gemeindetraktors, sondern nur um das Seehotel und die dafür dringend gesuchten Investoren handeln konnte. Glatt scheute in seiner Funktion als Fremdenverkehrsobmann vor keinem Mittel zurück, den Fremdenverkehr anzukurbeln, um einem großen Ziel näher zu kommen. Hackling sollte zumindest ein Städtchen, wenn schon nicht eine Stadt werden und sich damit von den anderen Wallerseegemeinden abheben.
„So nicht!", rief ein Gemeindevertreter dazwischen und mit ihm waren sich die meisten einig, wenn es um Glatts unsaubere Methoden ging. Er hatte bei seinem Amtsantritt vor zwei Jahren die Nächtigungszahlen mehr als verdoppelt. Nicht etwa durch die vereinbarten Werbemaßnahmen in den Tourismusländern oder mit Einschaltungen im ADAC-Führer. Er hatte seinen Trabanten Franz-Josef Flaschke, dessen Weinkäufe ihn mitunter nach Südfrankreich führten, mit einem Auftrag betraut. Ausgerechnet in der südfranzösischen Camargue verteilte er Werbefolder vom Hacklinger Campingplatz. Genau genommen in einem kleinen Städtchen an der Küste der Camargue, einem Wallfahrtsort. Unter musizierenden Gruppen von Gitarristen und Geigern. Am 24. Mai. Beim großen Zigeunertreffen in Ste. Marie de la Mer. Seither machten die von den Einheimischen immer noch Zigeuner genannten Sinti und Roma jedes Jahr am Hacklinger Campingplatz Zwischenstation auf ihrem Weg nach Süden. Gerade in den letzten Tagen war ein weiteres Gerücht über die Pressestelle an der Kassa des *»Fleisch und Wein«* verbreitet worden: Man munkelte, Glatt hätte ausländische Investoren aus dem Osten für sein Seehotelprojekt an Land gezogen. Und das Hotel sollte am schönsten Fleck des Wallerseeufers erstehen. Im Naturschutzgebiet.

„Der verkauft uns auch noch die Puppen-Manufaktur", brüllte einer. „Der würde sogar seine Großmutter verkaufen", mischte sich der Leiter des Seniorenheims ein. Und der marode Fischer Jocki regte sich lautstark darüber auf, dass er bei der Vergabe des Bootsverleihs nicht berücksichtigt wurde. Selbst der Bürgermeister, ein ehemaliger Kathederschauspieler, der sich dem Lehrberuf vorübergehend entzogen hatte, fiel Glatt mehrfach ins Wort. Die Vergabe des Bootsverleihs an Glatts Neffen wollte auch er nicht so einfach hinnehmen. Wo doch ein Mann mit den besten Qualifikationen und langer Erfahrung in der Binnenschifffahrt seine Bewerbung abgegeben hatte. Aber er konnte mit dem rüden Ton der anderen Experten nicht mithalten. Mehrmals begann er mit: „Wenn es erlaubt ist, möchte ich doch bemerken, dass mir scheint …" Und schon polterte Glatt weiter.

An einem anderen Tisch gesellte sich die Fürstin Scherbenstein zur Frau des Golfplatzarchitekten Hagenbeck, die sich mit der frischgebackenen Hausärztin aller Hacklinger, Dr. Maxi Stramm, über das Objekt mit der Spritze im Hals unterhielt. Der Tierarzt plauderte angeregt mit dem Ortsbauernobmann über dessen Norikerzucht. Und dann gab es eine Gruppe von Kunstexperten, deren tonangebende Figur der Jusstudent Julius Link mit Pomadenfrisur und dicker Zigarre war. Wohlwollend an seiner Seite die rothaarige Lola, sein anhängliches Kätzchen. Zusammenhanglosigkeit prägte die Gespräche. Die Konversation war nichts anderes als ein Austausch von Textbausteinen. Zwei geschmacklos angezogene Typen standen ganz nahe beisammen. Unnatürlich nahe. Einer redete immerfort, der andere nickte ganz verständig und hörte hoch konzentriert zu. Ausgesprochen aussagekräftig war sein Gesichtsausdruck beim Nicken. Er unterstrich damit die Wichtigkeit dieser Konversation. Als würde es sich um internationale Großprojekte handeln. Von den Umstehenden wäre am Ende keiner überrascht, wenn einer der beiden dem anderen eine Million Euro in bar überreichte und zum Vertragsabschluss einen Schampus aufmarschieren ließe. Aber genauso ernst, wie der Geschmacklose zuhörte, nahm Flaschke seine Weinverkostung. Der Besitzer des *»Fleisch und Wein«* war nicht nur Metzger, sondern auch ein geschäftstüchtiger Weinhändler und cleverer Geschäftsmann. Den Großteil seines nicht unbeträchtlichen Vermögens hatte er mit dem Weinverkauf erworben und behauptete, ein Kenner zu sein. Tatsächlich beklagte sich nie ein Hacklinger über seinen Wein. Seine Faustformel „Das Auge trinkt mit" war optimal auf die Hacklinger abgestimmt, die ja allesamt keine großen Weinkenner waren. Flaschke suchte den Wein stets nach der Attraktivität der Flaschen aus. So hatte er auch hier die schönsten und die größten Flaschen, von denen er selbst die allergrößte war, dekorativ ausgestellt. Assistiert wurde er von seiner umsichtigen Kassiererin Mirz, die bei feinen Anlässen wie diesem mit Maria angesprochen wurde. Damit sie keinen Fehler machen konnte, hatte sie den Tischwein am Tisch und den bodenständigen Wein am Boden platziert.

Axel Frustlich unterhielt sich eher ernst mit den beiden Brüdern des Künstlers Leonhard Fank. Es ging um die hohe Verschuldung Leonhards, an der die beiden nicht unerheblich Anteil hatten. Sie bestanden nämlich darauf, dass er den gemeinsam gekauften Porsche, den Leonhard bei seiner ersten unerlaubten Ausfahrt ziemlich ramponiert hatte, unverzüglich reparieren lassen musste.

Tone Streich streunte unterdes allein herum, immer auf der Suche nach einem vollen oder nicht ganz ausgetrunkenen Weinglas. Schließlich schlug er in der Nähe des künftigen Advokaten Julius Link sein Quartier auf, dessen Küsse mit seiner Begleiterin schon in eine so heiße Phase eingetreten waren, dass er sein weißes Sakko ausgezogen und seine weiße Krawatte gelockert hatte. Streich profitierte davon, dass Julius in den Kusspausen aufmerksam Lolas Weinglas nachfüllte. So konnte er es während der Kussperioden gefahrlos trinken.

Biber beobachtete die Gesellschaft ganz genau und mischte sich nach einiger Zeit unter die Leute. In dieser Umgebung fühlte er sich wie ein Fremdkörper, fiel aber überhaupt nicht auf. Als er sich vor eines der meistbetrachteten Bilder stellte, um die Aufmerksamkeit der Damen auf sich zu ziehen, schienen sie einfach durch ihn durchzublicken.

Als andere Besucher dem Künstler Fragen stellten, wollte auch Annette noch ein paar Bekannte begrüßen und ließ Edgar allein zurück. Überall ließ sie sich sehen und mit jedem wechselte sie ein paar nette Worte in ihrer gewählten Ausdrucksweise. In dieser Welt war sie eben zu Hause, und an diesem Abend machte das Edgar eigentlich nichts mehr aus. So konnte er sich mit Barbie und Axel unterhalten und dem Bürgermeister seinen Frust über den frechen Glatt-Neffen und den gefährlichen Steg am Strandbad mitteilen.

„Ich habe deine E-Mail schon gelesen, Edgar", sagte der Orts-Chef, „aber du weißt doch ganz genau, dass mir die Hände gebunden sind. Es ist doch kein Geheimnis, wer mir den Plafondtuscher Julius Link eingebrockt hat. Mein eigener Gemeinderat, sein Onkel! – Zum Steg schicke ich morgen früh zwei Gemeindearbeiter runter. Das habe ich schon veranlasst."
„Sag mal, wie hat dir denn Glatts Rede gefallen?"
„Beeindruckend, nicht?"
„Aber eines muss man ihm lassen: Wenn er auch nicht die richtigen Worte gefunden hat, mit seinem Gesichtsausdruck hat er die Bilder des Künstlers genau getroffen."
„Ja, er ist ein Schiefkopf!"
Plötzlich fiel Edgar ein, dass er die E-Mail von Ariane nicht gelesen hatte. „Sie muss hier sein!", dachte er. Während er dem Bürgermeister zuhörte, ließ er seine Blicke schweifen. Er sah sie im Kreis der Fürstin. Sie war intensiv in ein Gespräch mit einem namenlosen Schriftsteller verwickelt. Ganz in ihrer Nähe hatte auch Flaschke eine Lücke erspäht und näherte sich. Sogleich vernahm Edgar die überschwängliche Begrüßung: „Ihre Durchlaucht, darf ich …?" „Das ist ja ekelhaft, diese Schleimerei, die der Flaschke mit der Fürstin aufführt", sagte Edgar zum Bürgermeister. Der nickte bestätigend und fügte hinzu: „Aber er ist wenigstens einer, der sie richtig anredet. Da haben sich meine Gemeindepolitiker schon ganz schöne Peinlichkeiten geleistet." Worauf der Orts-Chef anspielte, waren Veranstaltungen ähnlicher Art, bei denen seine Kollegen im Eifer des Gefechts Anreden wie *„Frau Durchlaucht"* oder *„Ihre Magnifizenz"* verwendet hatten. Einer hatte sie mit *„Exzellenz"* betitelt und ein anderer gar mit *„Hochwürden"*. Edgar wurde unruhig. Jetzt näherte sich auch seine Schwester der Gruppe. Der Bürgermeister musste lachen, weil sie die Fürstin gar mit *„Ihre Eminenz"* ansprach. Nur Annette konnte sich das leisten, weil sie schon in der Volksschule die besten Freundinnen waren. Damals wurde das zarte Mädchen noch *„Emmi"* gerufen und eine Heirat mit einem Fürsten lag jenseits jeder Vorstellung. Oh weh! Jetzt begrüßte Annette auch Franz-Josef Flaschke, der schon wieder ins Abseits abgedriftet war. Armselig, kein Interesse an den Bildern, keine Gesprächspartner, nichts, was ihn so in den Vordergrund bringen konnte wie in seiner Fleischbank. Keine Spiegel, keine Kassa, an der jeder vorbeimusste, nichts. Edgar unterhielt sich weiterhin mit dem Bürgermeister. Gleichzeitig behielt er aber beunruhigt seine

Schwester im Auge, die sich mit Flaschke und seiner Assistentin Mirz plötzlich blendend zu unterhalten schien. Er hatte Angst, dass das Gespräch auch auf ihn kommen könnte. Wegen seines unseligen Auftritts im *»Fleisch und Wein«*. Plötzlich entdeckte er Biber in gefährlicher Nähe des Metzgers. Sein Blick hatte etwas Böswilliges. Edgar ahnte nichts Gutes. Er sah auch den bereits ziemlich streichfähigen Tone Streich. Der stand hinter Julius Link und leerte das Weinglas der Rothaarigen, die dieser immer noch intensiv küsste. Unterdessen schlängelte sich Biber in der laut Hundertwasser natürlichen Ganglinie durch die Schar der Langweiler. Geschmeidig wie eine Katze huschte er vor, hinter und neben den Stimmungskanonen vorbei, bog sich wie eine Gerte und platzierte völlig unbemerkt ein Ferserl in der Kniekehle von Flaschkes Standbein. Einfach im Vorbeigehen. Flaschke knickte ein und konnte sich nicht mehr halten. Er sackte in sich zusammen und blieb so regungslos wie ein ausgefressenes Kerbtier am Rücken liegen. Als Julius Link abrupt seinen Marathonkuss abbrach, stellte Tone Streich blitzschnell das Weinglas auf den Tisch und lallte lautstark: „Jawohl! Passen muass!" Auch Lola entschlüpfte ein durchdringender Schrei. Der Ortsbauernobmann rief: „Schau, dem Flaschke haben die Haxen ausgelassen!" „Der markiert", meinte der Tierarzt.

Mit einem dramatischen Knalleffekt war der Weinflaschenkenner Flaschke zu dem geworden, weswegen er sich mit der Weinverkostung aufgedrängt hatte: zum Mittelpunkt. Edgar empfand in diesem Moment etwas Feierliches, das er bisher bei Veranstaltungen dieser Art vermisst hatte. Der Kameramann von **Loden-TV** zoomte Flaschke heran. Die Ärztin wurde gerufen, und der ohnehin extrem kurzatmige Flaschke nutzte die Gelegenheit, sich tot zu stellen. Das fiel ihm gar nicht leicht, weil er sich fürchterlich aufregte. Er bildete sich ein, irgendwo gehört zu haben: „Der Wein korkt." Dabei hatte lediglich jemand gesagt: „Ich bin besorgt." Was dann einen echten Schock in ihm auslöste, war, dass sich sofort der Pastoralassistent, der Diakon und der Pfarrer über ihn beugten. Eine junge Sekretärin der Puppen-Manufaktur, die gerade die erste Einheit einer Erste-Hilfe-Ausbildung absolviert hatte, wollte sofort mit der Herzmassage beginnen und tastete Flaschkes Brustbein nach der richtigen Stelle ab. Die Schauspielerin Barbara Rüstig starrte genauso entsetzt auf den Gefallenen, wie sie es in ihren unzähligen Kriminalfilmen gemacht hatte, wenn sie mit einer

Leiche konfrontiert war. „Als hätte er sich mit seinem eigenen Wein vergiftet", sagte der pensionierte Polizist Prechtl und überlegte sich Fragen zu Alibi und Motiv. Aber da bahnten sich schon der Tierarzt und der Ortsbauernobmann ihren Weg durch die herumstehenden Selbstdarsteller. „Überfütterung und Bewegungsmangel", war die prompte Diagnose. „Wie bei deinen Norikerpferden", sagte der Tierarzt zum Ortsbauernobmann. „Das führt zu Blähungen und Koliken. Und manchmal fallen sie einfach um." „Was für eine Installation! Ich habe noch nie einen Menschen so kunstvollendet fallen gesehen, so dynamisch!", bemerkte eine Dame, die weiß Gott etwas von Kunst verstand und bei allem, was passierte, sogar bei einem Regenbogen, glaubte, der Künstler hätte es so und nicht anders organisiert.

Flaschke sah so erschreckt aus, wie es sein spitzbübischer Rundschädel zuließ. Wie von einem Regisseur instruiert, begann er theatralisch zu haxeln und zu strampeln, konnte sich aber nicht aufrichten. Das besorgte die Ärztin, die den Kameramann zur Seite schob, Flaschke die Diagnose vertraulich ins Ohr flüsterte und einen Triggerpunkt am Steißbein berührte. Flaschke schnellte so blitzschnell auf, wie eine Mausefalle zuschnappt, und atmete so wie ein hechelnder Hund. „Er ist mir einfach umgefallen", sagte die Kassiererin Mirz. „Sehen Sie, Herr Flaschke", sagte die Ärztin. „Das war Ihr Kreislauf, der Ihnen da einen Streich gespielt hat. Habe ich Sie nicht gewarnt? Wenn Sie Ihr Herzinfarktrisiko senken wollen, rate ich Ihnen dringend zu mehr Bewegung. Wir sehen uns am Samstag beim KDS-Training am Sportplatz." „Und keinen Schweinsbraten mehr", ergänzte die Schauspielerin Barbara Rüstig, die von Zeit zu Zeit Seminare für gesunde Ernährung abhielt. Als Flaschke die Kamera und das Mikro auf sich gerichtet wusste, lieferte er eine rührselige Vorstellung und versprach der Ärztin und der Schauspielerin, seinen Lebensstil drastisch zu ändern.

Gemeinderat Glatt reagierte blitzschnell, als er bemerkte, wie Flaschke auf Tone Streich zeigte, weil er ihn offenbar verdächtigte. Er packte den Verdächtigen mit der Kraft eines Schraubstockes am Oberarm und zerrte ihn mit den Worten „Du windiges Zigarettenbürscherl, du" zur Tür. Der Unschuldige ließ die Sätze vom Stapel, die er fast täglich auf dem Weg vom Wirt zu seinem jeweiligen Schlafquartier in die Nacht plärrte, auch ohne physisch anwesende Gegner: „Mit mir nicht, Burschen! Ich werde euch vorführen, einen nach dem anderen!"

„Geschafft!", dachte der Gemeinderat, als die Tür ins Schloss fiel. „Schon wieder da, der akademische Maler!", bemerkte der Pastoralassistent. Denn Streich war postwendend ins Foyer zurückgekehrt. Er hatte seinen herrlichen Oberkörper entkleidet und führte den Abdruck des V-Zeichens auf seinem Oberarm, von urigen Lauten begleitet, der Ärztin vor. Kein Zweifel. Die Fingerabdrücke passten so genau zu Glatt wie die Faust aufs Auge. Was tun? Die Fürstin, die Tone Streich aus verschiedenen Beweggründen in allen Lebenslagen unterstützte, schuf rasche Abhilfe. Sie beruhigte den streichenden Philosophen und organisierte von Flaschkes Assistentin zwei Weinflaschen, die sie ihm zusammen mit einer halben Schachtel Marlboro in einen Plastiksack packte. Schon war er zur Tür hinaus. Und mit ihm in gebückter Haltung Julius Link. Dem war nicht gut. Es hatte ihn ein ähnliches Schicksal ereilt wie Flaschke. In der Hektik um den gefallenen Metzger hatte zwar jeder den durchdringenden Schrei Lolas gehört, aber nicht im Schlaf daran gedacht, dass er nichts mit dem Höhepunkt des Abends zu tun hatte. Auch das Fehlen der Spritze im Hals des „Objekts" war nur Edgar aufgefallen. „So habe ich noch nie einen Mann erregt", hatte Lola gequietscht, als sie sah, wie sich Julius panikartig in den blutroten Schritt seiner ehemals weißen Hose griff und in höchster Verzweiflung „Schwellkörper zerfetzt" murmelte. Sie konnte ja nicht ahnen, dass es sich um Rotwein handelte, den Biber injiziert hatte.

Gerade als Edgar erleichtert aufatmete, als er sah, wie die Spritze in den Hals des „Objekts" zurückkehrte, kreuzte einer auf, nach dem zwei mit Schmuck behängte Damen den ganzen Abend verzweifelt Ausschau gehalten hatten. Mit schwarzen Holzschuhen klapperte der weit über die Grenzen hinaus bekannte und hoch geschätzte Maler, Bildhauer und Architekt Lutz von Sirting daher, der eigentlich bürgerlich Sirtinger Ludwig hieß. All seine künstlerischen Kreationen hatten als Ausgangspunkt ein magisches schwarzes Dreieck, das manchmal übermalt, aber immer latent präsent war. Auf die Spitze gestellt, gleichseitig und rechtwinkelig. Immer genau dort platziert, wo Künstler vergangener Epochen Feigenblätter hingemalt hatten. Der Mann war nicht nur für seine Malkunst im Ort berühmt, sondern auch wegen seiner geradlinigen Sprache berüchtigt. Er hatte einen Spruch wie der Auspuff einer Dukati. So zuckten einige bei seinem Erscheinen zusammen und versuchten seinen Augen zu entkommen, um nicht mit seinen Kommentaren

gegrüßt zu werden. Trotzdem waren alle Blicke auf ihn gerichtet, als er auftauchte. Die zwei älteren Damen, die an diesem Tag all ihren Schmuck an sich aufgehängt hatten, nickten ihm freundlich zu und grüßten ihn unterwürfig. Sie gehörten seiner großen Fangemeinde an. Eine sagte fassungslos: „Ist er es?" Und die andere dehnte die Antwort mit einer nicht gespielten Begeisterung: „Ja, er ist es."
„Ja, was ist denn das?", rief er ihnen von Weitem zu. „Was macht denn ihr alten Weiber noch hier? Ihr sollt doch schon lange im Bett sein." Der ganze Saal war entsetzt, seine zwei Fans aber ließen sich bereitwillig von ihm küssen und sagten lächelnd: „So ist er nun mal, unser Lutzi." Sie freuten sich, dass er sie zuerst bemerkt und damit zum Zentrum der Aufmerksamkeit gemacht hatte. „Sein neuestes Bild ist sehr schön, wenn auch ein bisschen ordinär", sagte die eine Dame zur anderen und fügte hinzu: „Gut, dass ich nicht heikel bin!" Dazu quietschte und kicherte sie, dass manche glaubten, er hätte sie gekniffen.
Sofort wurde Sirtinger in einem Interview von **Loden-TV** zu seiner Meinung zum Künstler befragt. Er sprach jedoch hauptsächlich über seine eigene neue Technik der Dreiecke und die weibliche Komponente, die er damit seinen Bildern gab.
Reporter Ledermüller hatte es eilig, sagte er. Er wollte an diesem Abend noch zur angesagtesten Adresse Salzburgs. Zur Villa des schillernden Society-Anwaltes und Partylöwen Helmfried Volltasch, der im Kreise seiner prominenten Freunde seinen fünfzigsten Geburtstag feierte. Als Edgar das hörte, erschrak er genauso wie seine Schwester. Dieser Volltasch hatte nämlich als Glatts Scheidungsanwalt den Grundstein zu ihrer finanziellen Misere gelegt.
Das allgemeine Interesse an der Kamera nutzte Gemeinderat Glatt aus, um allein an den Künstler Leonhard Fank heranzukommen. Er schien ein ernstes Gespräch mit ihm zu führen. Edgar pirschte sich von hinten an seinen Ex-Schwager heran. Er hatte da so eine Ahnung. Als er die ersten Worte verstehen konnte, wusste er sofort, dass Glatt von der Geldnot des Künstlers wusste und ihm anbot, den ganzen Zyklus in Bausch und Bogen zu kaufen. Zu einem günstigen Preis, versteht sich. „Mach das ja nicht!", sagte Edgar zum Künstler. Glatt drehte sich um und fühlte mit zwei Fingern die Ärmel von Edgars Sakko: „Deine Arme sind zu kurz", lästerte er grinsend. „Und der Anzug passt nicht zu einem Proleten."
„Ich warne dich, Alfons!", sagte Edgar.

„Du willst mich warnen?", stichelte Glatt und drehte dabei etwas an seinem Revers hin und her, von dem er wusste, dass er Edgar damit bis aufs Blut reizen konnte: das goldene KDS-Sportabzeichen, das er sich mit Sicherheit nicht durch sportliche Leistungen verdient haben konnte.

In Edgar stieg eine unendliche Wut auf. Ohne sein Zutun begannen die Absätze seines rechten Schuhs auf dem Boden zu klappern wie eine Ratsche. Sein Bein musste mit größter Konzentration daran gehindert werden, in Richtung von Glatts Schienbein auszuschlagen.

„Höre ich da richtig?", fuhr Glatt fort. „Ist es nicht eher so, dass ich die Behörde warnen muss, wenn du, wie ich höre, wieder einmal zum Führerschein angemeldet bist. Du wirst doch nicht etwa glauben, dass die Sache verjährt ist!"

„Woronesch!", sagte Edgar in seiner Erregung, ohne dass er es wollte. Glatt erschrak. Sein Ring- und Mittelfinger spreizten sich blitzschnell zum V-Zeichen. Aber bevor er ein Wort herausbrachte, hatte Lutz von Sirting den Gemeinderat mit festem Griff an seinem Gürtel gepackt und an sich gezogen, um ihm etwas Bedrohliches ins Ohr zu flüstern. Edgar konnte es nicht hören, weil im selben Moment von hinten eine Frage an ihn gerichtet wurde: „Hast du meine E-Mail bekommen, Edgar?" Es war Ariane und ihr vertrautes Parfum schnitt ihn von einem Augenblick zum anderen von der restlichen Welt ab. „Ich weiß, dass sie dich provozieren wollen", sagte sie und zog ihn an einen Tisch, an dem sie sich ungestört unterhalten konnten.

Auch Biber war inzwischen dort gelandet, wo er sich ungestört fühlte. Auf der Toilette. Dort machte er es sich gemütlich, verrichtete sein Geschäft und stocherte genüsslich mit einem Wattestäbchen in seinen Ohren. Um den üblen Geruch zu vertreiben, zündete er ein Zündholz an. Dann betätigte er die Wasserspülung und wollte sich wieder unter die Leute mischen. Gerade als er die Tür öffnen wollte, hörte er klappernde Geräusche von Holzschuhen und ein Gespräch, das sich unverkennbar wie ein Streit anhörte. Er zog sich mit einem Klimmzug hoch und konnte sehen, wie der Bildhauer Lutz von Sirting den Gemeinderat Glatt mit voller Wucht in das Pissoir schleuderte, dass das Wasser nur so über seine Lackschuhe spritzte. Dabei hielt er ihn mit seiner linken Meißelhand fest am Kragen und drohte mit seiner geballten Rechten, die

üblicherweise einen Handfäustel umklammerte, auf ihn einzuschlagen.
„Du bist ein Lump, Glatt!", brüllte Sirtinger mit dem Gemeinderat. „Willst du den jungen Buben genauso reinlegen wie mich? Das werde ich nicht zulassen!"
„Gar nichts kannst du dagegen machen, großer Künstler!", antwortete Glatt und befreite sich aus Sirtingers Griff. „Du weißt, was es bedeutet, wenn ich deinen ersten Dreieckszyklus im Auktionshaus billig auf den Markt werfe!"
Biber konnte den Zusammenhang nicht ganz verstehen, wusste aber sofort, dass Glatt den Künstler in irgendeine Abhängigkeit gebracht haben musste. Er wartete ab und wollte Edgar von seinen Beobachtungen berichten.
„Ich habe ein Telefongespräch mitgehört, das mein Mann mit Alfons Glatt führte", sagte Ariane zu Edgar. „Wir hatten einen fürchterlichen Streit deswegen, und ich habe ihm gedroht, ihn zu verlassen." Dann weihte sie Edgar über die geheimen Machenschaften seines Ex-Schwagers ein, von denen sie gehört hatte. Mit seinen Freunden aus seiner ehemaligen Jugendbande, den »Gruftrittern«, zog er im Ort die Fäden. Jeden hatte er in Abhängigkeiten gelockt und kontrollierte somit spielerisch die Entscheidungen in der Gemeindestube. Umwidmungen und Baugenehmigungen hatte er voll im Griff und bei jedem Notverkauf und Konkurs hatte er die Hand im Spiel. Dazu warf seine inoffizielle Beratung im Immobilienhandel bares Schwarzgeld ab, das er ins Casino trug oder mithilfe eines Anwalts, mit dem er sich regelmäßig im Salzburger Lokal *Chez Lygon* traf, weißwusch. Ariane war deshalb so mit ihrem Mann in Streit geraten, weil sie herausgefunden hatte, dass auch seine Golfplatzprojekte von Glatt vermittelt worden waren. Ohne Alfons geht nichts glatt, soll er gesagt haben.
Plötzlich unterbrach Biber das Gespräch. Er entschuldigte sich bei Ariane mit der Begründung, dass sein Anliegen außerordentliche Dringlichkeit hatte. Edgar versuchte ihn abzuwimmeln, aber da tauchte seine Schwester Annette auf und wollte nach Hause. Damit wurde Edgar endgültig aus seiner Welt mit Ariane gerissen, und auch Biber konnte sein Vorhaben nicht zu Ende bringen, weil ihn Annette so fragend anblickte. Um ihr Mitleid zu erwecken, verwandelte Biber sein Gesicht in eine Maske des Leidens, die in

jeder einzelnen Falte Rührung und Schmerz, Tragik und Schwermut ausdrückte. Zum Mitweinen.
Damit verfehlte er die Wirkung bei Annette nicht. Sofort fragte sie: „Na, Seppi, noch immer so niedergeschlagen?"
„Ja, Annette, mein Moped hat zwar jetzt einen neuen Antrieb, ich aber nicht."
„Na ja, mein Lieber, dieser Abend war schon einmal ein Anfang. Ich bin sicher, du wirst eine neue Aufgabe finden."
„Sprich bitte nicht von Aufgabe. Ich fürchte, ich habe mich schon aufgegeben."
Dazu sah Biber so niedergedrückt drein, dass Annette ihr Lieblingslied *Emmenez-moi* von Charles Aznavour hören konnte, auch wenn der Biber gar nicht sang. Sie zwickte ihn freundschaftlich in die Wange und meinte: „Dass du immer alles verkehrt auffassen musst, Seppi! Jetzt komm, lass uns auf ein neues Glück anstoßen!"
Die vier stießen mit Sekt-Orange an, und Biber nahm sich gleich frech heraus, Annette auf die Wange zu küssen.
Das war ihr dann doch etwas zu viel, und sie drehte sich weg, um sich bei Ariane zu verabschieden.
Biber sah, wie Ariane heimlich Edgars Hand berührte. Als sie bemerkte, dass Biber sie beobachtete, tat sie, als hätte sie nach ihrer Zigarettenschachtel gegriffen. Sofort entzündete Biber ein Streichholz, um ihr Feuer zu geben. Ariane errötete. „Warum gehst du denn schon?", sagte ein Kommunalpolitiker zu Edgar. „Du musst doch eh morgen nicht zur Arbeit!"
In diesem Moment kreuzte Tone Streich mit einem Strauß Rosen aus eigener Züchtung auf, den er galant der rothaarigen Lola überreichte. Die war durch die lange Abwesenheit ihres Freundes so ausgehungert, dass sie zu tief ins Glas geschaut hatte und Tone Streich nun überglücklich in die Arme schloss. Der hatte aber noch eine Rechnung offen. Er hatte eine der Weinflaschen wieder dabei, mit denen man ihn abgespeist hatte. Lautstark bekundete er, dass sie keine Banderole aufwies, die seit dem Weinskandal im Jahre 1985 vorgeschrieben war. „Gut, dass dem Affen keiner zuhört!", dachte Flaschke. Trotzdem bekam er einen roten Kopf und verstaute seine Flaschen hektisch in Schachteln. Da ließ ihn ein dumpfer Schlag auf die Theke bis in die Knochen erstarren. „Du bist doch der gleiche Pülcher wie dein Freund Alfons!", sagte Lutz von Sirting ungeniert, und die Fürstin sah Flaschke verächtlich an. Die beiden hatten den

gleichen Verdacht, dass der Flaschenkenner unetikettierte Weine in die Karaffen abgefüllt hatte.

Nachdem sie Biber zu Hause abgesetzt hatte, schimpfte Annette mit Edgar und sagte: „So habe ich den Seppi noch nie gesehen. Der tut mir richtig leid, der Arme. Der war so bedrückt, du musst ihm helfen, wenn er sich so an dich klammert."

Edgar wehrte sich: „Du hast doch gesagt, dass ich ihn nicht ins Haus lassen darf."

„Ja, ich weiß, aber da steckt was! Der hat vielleicht Schwierigkeiten bei der Arbeit. Womöglich schikanieren ihn die Kollegen."

Geraume Zeit verhakte sich die heftige Diskussion an dem Dilemma, dass Annette ihren Bruder zur Hilfe aufforderte, aber gleichzeitig darauf bestand, dass Biber vom Haus ferngehalten werden sollte. „Er tut mir leid", sagte sie. „Dass ich ihn gernhabe und mir um ihn Sorgen mache, heißt noch lange nicht, dass ich ihn im Haus haben will. Das ist mir zu intim. Du hast doch selbst gesehen, dass er bei jeder Gelegenheit versucht, mich zu küssen. Sogar in aller Öffentlichkeit. Manchmal gehen seine Gefühle mit ihm unkontrolliert durch und dann wird er mir zu stürmisch."

Edgar brauste immer wieder auf und machte seiner Schwester Vorwürfe. „Du tust ihm schön, und ich soll den Bösen spielen und ihn nicht ins Haus lassen", brüllte er und warf schließlich das Argument in die Waagschale, das Annette am meisten schmerzte: „Jahrelang hast du mir die Freunde deines Mannes eingeladen. Nicht etwa in den Keller oder in die Garage, sondern in meine Wohnung!"

Da begann Annette zu weinen und lief in ihr Schlafzimmer. Es ärgerte Edgar, dass sie sich zwar um Biber sorgte, jedoch kein Mitleid mit ihm gehabt hatte, als er bei der Bahn aufs Abstellgleis geschoben worden war. Er konnte sich nicht beruhigen und lag fast die ganze Nacht wach. Irgendwann kam er zu der Erkenntnis, dass das Hausverbot ja genau in seinem Sinne war. Nichts war ihm lieber, als seine Ruhe zu haben. Nichts fürchtete er mehr, als dass seine Schwester wieder einen Mann ins Haus bringen würde. Er durfte den Biber auf keinen Fall ins Haus lassen. Der würde sich glatt einnisten. So wie Alfons Glatt. Und den hatte er lange genug ertragen. Jetzt hatte er ihn zwar endlich aus dem Haus, aber seine Anspielungen auf den Führerschein und die seinerzeitigen Probleme mit dem polizeilichen Führungszeugnis beunruhigten Edgar. Ebenso sein Angebot an den jungen Fank, ihm die Bilder abzukaufen. Mensch, wie er diesen Glatt satthatte! Als er endlich eingeschlafen war, wälzte er sich den Rest der Nacht von einem Albtraum in den anderen. Er raufte mit Flaschke, boxte mit Glatt und duellierte sich mit dem Golfplatzarchitekten um Ariane.

# Barbie, die Puppenprinzessin

Ende der Neunzigerjahre drohte der Ort Hackling am Wallersee vor die Hunde zu gehen. Es gab eine regionale Wirtschaftskrise. Die Tischler vermuteten, dass ihnen die riesigen Möbelhäuser, die in der Umgebung angesiedelt wurden, die Arbeit wegnahmen. Wirte und Krämer machten die Supermärkte und Lagerhäuser für ihre kargen Umsätze verantwortlich und ärgerten sich insbesondere über die Großtankstellen, die fast vierundzwanzig Stunden lang nahezu alle Lebensmittel anboten und mit dem angeschlossenen Lokalbetrieb mehr Geschäft machten als mit Treibstoff und Wagenwäsche. Die örtliche Trachtenfabrik, das einstige Aushängeschild der Wirtschaft, konnte den Konkurrenzbetrieben, die in Billiglohnländern produzieren ließen, nicht standhalten. Firmenkonkurse und ein Anstieg der Arbeitslosigkeit waren die Folge. Die Bauern waren beim EU-Beitritt Österreichs über die Klinge gesprungen, und nur mehr das Müllbeseitigungsunternehmen Drecksler und die Stern-Werke, in denen hochwertige Ziegel produziert wurden, waren als zahlungskräftige und Steuern bringende Betriebe übrig geblieben. Der Ort war zum Schlafdorf verkommen, weil sich die Hacklinger in der nahen Stadt Salzburg Arbeit suchen mussten und nur mehr zum Schlafen nach Hause kamen.

Zum Glück nahte unerwartete Rettung: der Tod des sein ganzes Leben lang absolut unbedeutenden Klempnermeisters Georg Pfuschek. Dieser Gulli-Schurl hatte dem Ort keine Stiftung hinterlassen, sondern seine Frau Barbara. Barbie Prinz, wie sie von Freunden genannt wurde, hatte den Blender Pfuschek in jungen Jahren geheiratet und für ihn ihr Sportstudium aufgegeben, bevor sie es begonnen hatte. Edgar musste damals genauso machtlos zusehen wie Barbies Eltern. Dieses Mädchen war als Kind eines der größten Leichtathletiktalente Österreichs, und Edgar, der damals Aushilfstrainer des hiesigen Sportvereins war, tat alles, um Barbie dem bestmöglichen Training zuzuführen. Er schickte sie auf Trainingslager und zu Wettkämpfen und griff oft in die eigene Tasche, wenn der Verein kein Geld hatte. Barbies Eltern waren beide in Pfuscheks Betrieb beschäftigt und schlecht bezahlt. Alles, was über die kargen Mahlzeiten hinausging, war reiner Luxus. Als Barbie die letzte Klasse der hiesigen Handelsakademie besuchte, machte ihr Vater Überstunden, um seiner Tochter die Tanzschule zu bezahlen. Barbie war überglücklich und konnte es gar nicht erwarten, am jährlichen Höhepunkt des Ortslebens, dem

Feuerwehrball, ihre erlernten Schritte auszuprobieren. Edgar freute sich mit ihr, als er sah, wie sich die jungen Burschen der Feuerwehr, der Landjugend, des Sportvereins, des Skiklubs, des Tischtennisvereins, des Trachtenvereins, der Reitergruppe und des Fußballvereins, ob sie nun des Tanzens mächtig waren oder nicht, bei ihr anstellten. Sie schien sich prächtig zu amüsieren. Mit seiner Schwester Annette schwebte auch Edgar von Zeit zu Zeit über das glatte Parkett. Bei Barbie hatte er kein Glück. Immer wenn er an ihr vorbeitanzte, rang er ihr das Versprechen ab, dass der nächste Tanz ihm gehöre. Aber immer kam es irgendwie anders und irgendein junger Kerl schnappte sie ihm weg. Alle wollten mit Barbie tanzen: die jungen Burschen des Hufeisenwerfer-Vereins, die Stockschützen, die etwas beleibteren Minigolfer, sogar die alten Haudegen der Bürgergarde, die sich vor lauter Schwips nicht mehr auf den Beinen halten konnten.

Nach der Mitternachtseinlage erregte etwas Edgars Aufmerksamkeit, das ihn von Minute zu Minute mehr beunruhigte. Sein Blick konzentrierte sich auf einen bekannten Bürger des Ortes, Schurl Pfuschek. Der damals nicht mehr gerade junge Klempnermeister war ein redegewandter Blender mit einer tiefen eindringlichen Stimme. Er war unverheiratet und bei den Frauen im Ort mit dem schlechtesten Ruf behaftet, den man sich nur vorstellen kann. Nicht wenige von ihnen waren ihm schon einmal zum Opfer gefallen. Und ausgerechnet dieser widerliche Pfuschek bekam die Chance, Barbie zum Tanz aufzufordern. Im Handumdrehen war das Mädchen anders. Und dieser Pfuschek tanzte nicht nur einen Tanz mit ihr, nein, er schien sich eine Dauerkarte besorgt zu haben. Edgar blickte auf Barbies Eltern, die sich ebenso wie er große Sorgen zu machen schienen. Edgar konnte diesen Pfuschek absolut nicht leiden, weil er vor seiner Tätigkeit bei *BahnExpress* eine unbefriedigende Lehre in dessen Klempnerbetrieb absolviert hatte. Unbändiger Zorn überfiel ihn, aber er versuchte ruhig zu bleiben.

„Der nächste Tanz gehört mir, Barbie!", rief er dem wie verzauberten Mädchen zu, aber es klappte nicht mehr. Der Gulli-Schurl hatte das Mädchen eingekocht.

Vom Tag des Feuerwehrballes an begann eine tragische Liebesgeschichte. Innerhalb eines halben Jahres hatte Pfuschek es geschafft, Barbie zu seiner Frau zu machen, gegen den Willen der machtlosen Eltern. Unmittelbar nach der Matura, die sie mit Auszeichnung bestand, fand die Hochzeit statt. Und von da an war

Barbie im Ort unsichtbar. Ihr Mann konnte es nicht verkraften, dass seine junge Frau blitzgescheit und nach kurzer Zeit in der Lage war, jede seiner linkischen Blendereien sofort im Ansatz zu durchschauen. Deshalb hielt er sie, solange er lebte, an der kurzen Leine. Er unterdrückte sie und beschränkte ihr Leben auf den Haushalt und eine harmlose Tätigkeit, die sie sich im Laufe der Zeit suchte, das Knüpfen von Stoffpuppen. Barbie hielt sich den Tyrannen, so gut es ging, vom Leib. Diese Verweigerung und seine vielen öffentlichen Ämter hielten den Mann erfreulicherweise von Haus und Betrieb fern. Er war in vielen Gremien der Gemeinde vertreten und vernachlässigte sein Gas-Wasser-Scheiße-Unternehmen, mit dem es ab dem Tag bergab ging, als er es großspurig mit der Bezeichnung „Haustechnik" schmückte und für die gesamte Region Aufstellung, Wartung und Reparatur von Gasthermen übernahm, von deren Funktionsweise weder er noch irgendeiner seiner Mitarbeiter nur den blassesten Schimmer hatte. Als die erste Lieferung ankam und der Chef einen Anruf aus dem Büro bekam, der lautete: „Die Therme ist da", glaubte er, es sei eine neue Mitarbeiterin eingestellt worden.

Ganze Siedlungen wurden auf Gasheizungen umgestellt, und noch bevor der erste Winter den Ort heimsuchte, überschwemmten Gewährleistungsforderungen die Haustechnik Pfuschek. In dem Maße, wie es seiner Firma schlechter ging, stieg sein Stern am Kammer-Himmel auf. Er wurde zum Experten für das, bei dem er sich am wenigsten auskannte: Gasheizungen und Lehrlingsausbildung. Es zahlte sich aus, dass er lange Jahre, anstatt zu Hause zu arbeiten, zum Kammersitzen in die Stadt Salzburg gefahren war. Der Gulli-Schurl war der fleißigste Teilnehmer an Sitzungen der Kammer, den es je gegeben hatte. Er hatte ein krankes Herz und einen schlechten Kreislauf. Vielleicht deshalb, weil er so großherzig und familienfreundlich war. Alle hatte er beruflich gut untergebracht: seine Neffen, Nichten, Halbbrüder, Halbschwestern, weitschichtige Verwandte, Nachbarn, Patenkinder. Überall hatte er ihnen Versorgungsposten vermittelt: in den Banken, bei Post und Bahn, im Lagerhaus, in der Gemeinde, im Festsaal, in der Landesregierung. Vielen wurde auf seine Intervention hin der abgenommene Führerschein wieder ausgehändigt, eine behördliche Bewilligung erteilt oder ein Strafmandat erspart.

Und so hatte er auch im Laufe der Zeit seinen Halbbruder Alfons Glatt in leitender Position seines Unternehmens eingeschleust und ihm mehrere Funktionen in der Partei und in der Gemeinde zugeschanzt.

Die Lehrlinge der Haustechnik Pfuschek verließen die Firma mit den gleichen handwerklichen Fertigkeiten, mit denen sie dort angefangen hatten. Sie konnten weder schweißen noch drehen, hatten keine Ahnung, was ein Withworth-Gewinde war, sprachen das Wort Boiler wie Beuler aus, und waren eigentlich keine Lehrlinge, sondern Putzlinge. Erstaunlicherweise fiel aber nie ein Putzling des Haustechnik-Unternehmens Pfuschek bei einer Gesellenprüfung durch, und das, obwohl er nur putzen, Jause holen und Käsekrainer aufwärmen konnte. „Wer nichts lernt, der kann nichts vergessen", war Pfuscheks Devise, mit der er es selbst so weit gebracht hatte und an der er auch seine Lehrlinge teilhaben lassen wollte.

War es die Sitzerei in der Kammer, sein übermäßiger Fleischverzehr oder die sexuelle Verweigerung seiner Frau, Pfuschek wurde immer dicker, steifer und unbeweglicher. Dies hatte zwar keine negativen Auswirkungen auf die Abstimmungen in der Kammer, wo er immer noch souverän die Hand heben konnte, aber auf den Straßenverkehr. Immer größere Limousinen musste er sich zulegen, um hinter dem Steuer Platz zu finden. Schon die geringste Anstrengung löste Atembeschwerden aus. Wer ihn im Auto erblickte, wenn er am Vormittag durch den Ort in Richtung Kammer fuhr, war schockiert, weil er am Steuer immer so aussah, als wäre er gerade nach Luft schnappend aus einem seiner Gullis aufgetaucht, in den er von einem unzufriedenen Kunden „getümpfelt" worden war.

Eines Tages hatten der Mangel an Luft und die fortgeschrittene Gicht dazu geführt, dass Pfuschek vollends steif auf seinem Platz im großen Sitzungssaal der Kammer sitzen geblieben war, als alle zum Essen stürmten. Eine Zeit lang hatte sich keiner etwas dabei gedacht. Einige glaubten, er sei aus Sturheit sitzen geblieben, weil seine Vorschläge zur Beibehaltung aller bisherigen Regelungen in Hinblick auf die Lehrlingsausbildung abgelehnt worden waren, andere wussten, wie gerne er in der Kammer saß, und wollten ihn nicht stören. Als der Hausmeister am Abend den Sitzungssaal abschließen wollte, merkte er natürlich sofort, dass mit dem Herrn Pfuschek etwas nicht stimmte. Da kam aber schon jede Hilfe zu spät. Mit größter Mühe konnte er für seine letzte Ruhestätte in Liegeposition gebracht werden. Man hatte schon daran gedacht, ihn in seiner Lieblingsposition zu belassen.

In riesigen Einschaltungen in den Zeitungen wurden seine großen Verdienste hervorgehoben. Selbst der Partezettel musste in Übergröße angefertigt werden, damit er den unzähligen Schönfärbereien und Übertreibungen genug Platz bieten konnte. Pfuscheks Halbbruder, der mittlerweile zum Gemeinderat avancierte Alfons Glatt, hatte alles organisiert. Der ganze Ort schien von Trauer erfüllt, denn der Andrang zur Aussegnungshalle war fast nicht zu bewältigen. Der tatsächliche Grund für die rege Teilnahme am Begräbnis war aber nicht Anteilnahme und Trauer, sondern das Gerücht, dass der Verstorbene im Sitzen aufgebahrt war. Das Gerücht bewahrheitete sich natürlich nicht, es animierte aber die begräbniserfahrenen Mitglieder des Kameradschaftsbundes und der Bürgergarde, aber auch eine Abordnung der Kammer und eine Handvoll Jäger, im Wirtshaus so lange sitzen zu bleiben, bis die Sperrstunde weit überschritten war.

Schon bald nach Pfuscheks Abgang machte sich auch Alfons Glatt auf die mieseste Art und Weise aus dem Staub und gründete ein eigenes Unternehmen. Er hatte aus den Problemen mit den Thermen gelernt und sattelte auf Kühlanlagen um, mit denen er im Handumdrehen einen florierenden Osthandel an Land zog.

Nach den nicht enden wollenden posthumen Ehrungen des Gulli-Schurl kamen die wahren finanziellen Verhältnisse des vorgeblichen Musterbetriebes Pfuschek ans Licht. Es war nicht einmal mehr Geld da, um Dichtungsmasse einzukaufen, und der Konkurs war schließlich unausweichlich. Barbie verlor das Dach über dem Kopf und musste in eine kleine Mietwohnung ziehen.

Das konnte Edgar nicht mit ansehen. Er stattete Barbie einen Besuch ab und versuchte sie aufzumuntern. Schließlich zeigte sie ihm das, was sie aus den Jahren ihrer unglücklichen Ehe gemacht hatte: Hunderte Puppen.

„Du bist meine Rettung, Barbie", rief Edgar aus. „Morgen hat meine Schwester Geburtstag, und ich habe nichts gefunden, was ich ihr schenken könnte. Würdest du mir eine deiner wunderschönen Puppen verkaufen?"

„Verkaufen?", sagte Barbie. „Such dir eine aus, ich schenke sie dir."

Edgar war begeistert. Endlich hatte er einmal ein Geschenk, das seiner Schwester wirklich Freude bereiten würde. „Es gibt doch heutzutage absolut nichts mehr, das jemand wirklich brauchen kann", dachte er und nahm jede einzelne Puppe in die Hand und betrachtete sie sorgfältig: „Wunderschön, Barbie", sagte er immer

und immer wieder. „Mensch, wird meine Schwester eine Freude haben!"
Natürlich ließ er es sich nicht nehmen, zu bezahlen, als er sich endlich für eine Puppe entschieden hatte. Und dann ging alles seinen Lauf. Annette war überglücklich mit der Puppe, und wenn sie glücklich war, war auch Edgar glücklich und tat an diesem Geburtstag das, was schon lange nicht mehr alltäglich war. Er jätete gemeinsam mit seiner Schwester im Garten. Und dann plauderten sie noch bis in den späten Abend hinein. Das ging natürlich nur, weil ihr damaliger Ehemann, der Gemeinderat Glatt, auf einer seiner vielen Funktionärssitzungen war. Das Thema des angeregten Gespräches war Barbie und ihre Puppen. Annette versprühte die gleiche Leidenschaft wie damals, als sie als Kinder gemeinsam im Garten gejätet hatten. Jäten war ihre Gemeinsamkeit. Die Geschwister hatten in ihrer Kindheit nicht Fangen oder Verstecken gespielt wie andere Kinder, nicht in Zelten geschlafen, keine Äpfel gestohlen. Nein, es gab nichts Schöneres für sie, als gemeinsam Unkraut zu jäten. Beim Jäten war Annette so glücklich, dass sie ihrem Bruder all ihre Freuden und Leiden mitteilte. Und beim Jäten hatte sie die besten Ideen. Solche Ideen wie jetzt die grandioseste von allen, die Idee von einer Puppenausstellung. Schon früh am nächsten Morgen zog Annette in ihrer Eigenschaft als Chefin des Kulturvereins ihre Fäden. Erst besuchte sie mit Edgar die arme Barbie und konnte sich an den schönen Puppen gar nicht sattsehen. Der nächste Weg war schon zum Bürgermeister, ohne Voranmeldung. Der war von der Idee einer Puppenausstellung, die allen ortsansässigen Künstlern und Puppenliebhabern die Gelegenheit geben sollte, ihre Exponate auszustellen, hellauf begeistert.
„Endlich einmal ein brauchbarer Vorschlag und nicht wie üblich ein Vorwurf!", rief er aus. Im Nu war ein Termin fixiert und der Festsaal gemietet. Annette war in ihrem Element, und Edgar konnte nur bewundernd zusehen, wie sie noch am selben Vormittag Einschaltungen bei allen Salzburger Zeitungen, in den Ortszeitungen und im Pfarrblatt organisierte.
Schon die Dekoration des Festsaales und die Vorbereitung der Ausstellung stellten alle bisherigen Veranstaltungen des Kulturvereins in den Schatten. Der ganze Ort war auf den Beinen. Ständig kamen Fahrzeuge aller Art vor dem Festsaal an. Es wurde ausgeladen, geschleppt, geschlichtet. Keiner hätte gedacht, welches

künstlerische Potenzial in Menschen steckte, die man bisher nur in ihrer Funktion als Briefträger, Bäcker, Hausfrau, Mechaniker, Rauchfangkehrer oder Schulwart kannte. Natürlich waren Barbies Puppen der alles überragende Höhepunkt, aber das, was ein Reifenmonteur aus alten Reifen gezaubert hatte, war auch einzigartig. Und erst die Näherinnen der Trachtenfabrik. Was die für Puppenkleider gefertigt hatten. Und die ehemaligen Arbeiterinnen der in Konkurs gegangenen Schuhfabrik. Unglaublich. Puppen aus Lederabfällen. Bauern brachten auf ihren Traktoren kunstvolle Vogelscheuchen daher. Es war wie ein Truppenaufmarsch: Autos, Handkarren, Mopeds, Lastwagen, Traktoren, Fahrräder, Menschen und Puppen. So etwas hatte es in Hackling am Wallersee noch nie gegeben. Dic Ausstellung war ein so großer Erfolg, dass der Bürgermeister gezwungen war, sie bereits einen Monat später zu wiederholen. Das war für ihn kein so großes Problem, weil der Terminkalender des Festsaals ohnehin bei Weitem nicht dicht belegt war. Da hatte Annette schon viel größere Hürden zu überwinden, deren größte die war, dass vermutlich bald die Puppen ausgehen würden. Aus den Beständen der ersten Ausstellung waren fast keine Puppen mehr übrig. Annette war nahe daran, aufzugeben. Dies vor allem deshalb, weil ihr Mann Alfons ihren Einsatz überhaupt nicht würdigte und sie in keiner Weise unterstützte.

Aber wie so oft im Leben kam alles anders als befürchtet. Ganz anders. Dies vor allem deshalb, weil die Veranstaltung ein großes Medienecho erzeugt hatte. Insbesondere die Reportage des privaten Fernsehsenders **Loden-TV** mit bestem Sendetermin zwischen einem Bericht über Norikerrösser und Bildern von einer Aper-Schnalzer-Hochzeit trug zu einer unglaublichen Propaganda bei. Der beliebte Moderator Bartl Trachtl war höchstpersönlich mit einem Kamerateam in den Festsaal gekommen und hatte ein Interview mit dem Bürgermeister gemacht. Bereits wenige Tage nach der Veranstaltung kam auf Anregung Annettes eine Sonderausgabe des Pfarrblattes heraus, in der darauf hingewiesen wurde, dass der Reinerlös der nächsten Puppenschau arbeitslosen Hacklinger Bürgern zugutekommen würde. Und schon pilgerten Scharen von Menschen zum Festsaal, die ganz einfach ihre alten Lieblingspuppen zur Verfügung stellten. Aber das war nicht genug. Da gerade die Zeit der berühmten Salzburger Festspiele war, musste man mit einem nicht vorhersehbaren Ansturm von Besuchern rechnen. Da konnte man sich nicht auf Zufälle verlassen. Annette berief eine außerordentliche Sitzung des Kulturvereines ein, zu der auch der Bürgermeister und andere einflussreiche Bürger des Ortes eingeladen waren. Man kam zu dem Schluss, dass die nächste Ausstellung verschoben werden musste. „Aber nein!", meldete sich da Ihre Durchlaucht zu Wort. Die Anwesenden horchten erstaunt auf und gaben der eloquenten Dame Gelegenheit, ihre Vorstellungen kundzutun. Die Fürstin versprach Abhilfe. Sie kündigte an, ihren baufälligen Anbau an die ebenfalls baufällige Villa Scherbenstein für die Puppenproduktion zur Verfügung zu stellen. Bei diesem Anbau handelte es sich um eine übergroße Garage, in der schon mehrere Hacklinger Firmen klein angefangen hatten. Die meisten Anwesenden waren keineswegs überzeugt davon, dass dieses Angebot das Problem lösen würde, und der Bürgermeister war gerade dabei, sich einen Satz zu überlegen, der einerseits Ihrer Durchlaucht schmeichelte, ihr aber andererseits klarmachte, dass man sich darauf nicht einlassen konnte und die Verschiebung der Ausstellung um Monate unumgänglich war. Doch da stand Annette auf, bedankte sich bei der Fürstin und kündigte an, die Sache in die Hand zu nehmen und die Puppenproduktion zu koordinieren. Der Bürgermeister behielt seinen salbungsvollen Satz zurück, denn er wusste, wenn Annette etwas in die Hand nahm, dann würde es funktionieren.

Obwohl es Annettes Art war, immer alles wohlorganisiert nacheinander ablaufen zu lassen, war sie diesmal gezwungen, von ihrer üblichen Ordnung abzugehen. Im Prinzip lief diesmal alles gleichzeitig ab. Tone Streich, der inoffizielle Hausmeister der Villa Scherbenstein, des zugehörigen Rosengartens und natürlich auch des Anbaus, wurde sofort mit der Renovierung der Werkstatt beauftragt, was nichts anderes bedeutete als ein Aufräumen und Ausmalen. Und noch bevor der durstige Meister des Weißwadls[16] die erste Pause gemacht hatte, kehrte reges Leben in die frisch gekalkten Wände ein. Es wurde produziert auf Teufel komm raus, und bereits einen Monat später konnte die nächste Ausstellung stattfinden. Die aufgelassene Werkstatt der Fürstin eröffnete völlig neue Möglichkeiten. So bastelten arbeitslose Mechaniker und Elektriker mechanische Puppen mit Fernsteuerung. Die Arbeiterinnen der Trachtenfabrik bauten Schaufensterpuppen um, ein arbeitsloser Steinmetz modellierte eine Büste nach dem Vorbild

---

[16] Malerbürste

des allen Hacklingern bekannten Tankwartes, und ein ehemaliger Zöllner, der sich schon während seiner aktiven Zeit hauptsächlich mit dem Verkauf von Jause und Getränken beschäftigt hatte, eröffnete sofort eine Kantine in der Werkstatt. Mit dem Geruch seiner Würste konkurrierte er mit den Grillos, den jugoslawischen Mietern der Villa Scherbenstein, die schon eingezogen waren, als das Haus noch *Pension Feucht* geheißen hatte. Die verkochten Unmengen von Knoblauch und Zwiebeln und betrieben zur Musik von einem Mittelwellensender einen Griller im Nonstop-Betrieb. Täglich standen neue Leute vor der Haustür und wollten sich der Puppenproduktion anschließen. Manche gingen zum Essen in die Kantine, um sich erst einmal umzusehen und dann ihre Dienste anzubieten. So auch der frühere Vorarbeiter einer Hutmacherei, der für die Puppen wunderschöne Hüte, Walkjanker und Filzschuhe anfertigte. Der alte Friseur kam mit Perücken daher.

Pünktlich mit der Eröffnung der Salzburger Festspiele konnte die nächste Puppenausstellung angekündigt werden. Die Eröffnungsrede hielt mehr oder weniger zwangsweise Alfons Glatt, der der Puppeneuphorie stets negativ gegenübergestanden hatte und hinter dem Rücken seiner Frau sogar versucht hatte, die Manufaktur zu verhindern.

Es war ein bewölkter Augusttag, an dem der Fremdenverkehrsobmann den größten Besucheransturm aller Zeiten verbuchen konnte. Bereits am Nachmittag wurden die ersten Puppeninteressenten im Ort gesichtet. Sie wurden empfangen wie Marsbewohner. Noch nie hatte man Menschen im Ort gesehen, deren einzige Motivation die war, die Hauptstraße entlangzuflanieren. Einheimische Hacklinger konnten das nicht. Sie gingen von einer Arbeit zur anderen, von zu Hause zur Arbeit oder von der Arbeit heim. Sie machten Besorgungen, gingen zur Bank, zum Arzt, zum Bäcker und wieder zurück. Reines Flanieren ohne Zweck war für sie undenkbar.

Obwohl der örtliche Fremdenverkehrsverband viel unternommen hatte, ließen sich jahrzehntelang keine Touristen in den Ort locken. Möglicherweise war die Umfahrungsstraße dafür verantwortlich, dass in den letzten Jahren lediglich eine pensionierte Schauspielerin mit guten Kochkenntnissen und ein Drogendealer den Weg in das ehemalige Mekka der Sommerfrische gefunden hatten. Und jetzt spazierten da Touristen daher, genauso wie es sich der Fremdenverkehrsobmann und der damalige Bürgermeister immer erträumt hatten. Wie hatte Annette das geschafft? Sie hatte einen ganz ausgeklügelten Plan gehabt. Die Fürstin, Annettes ehemalige Schulfreundin, die im vertrauten Kreis Emmi genannt wurde, hatte sie unterstützt. Der umtriebige Bürgermeister und der Fremdenverkehrsobmann hatten sich angehängt. Mit Annettes Citroën DS waren sie nach Salzburg gefahren. Sie hatte allen Portieren in den Salzburger Hotels eine Einladung zugestellt, persönlich natürlich, und ein kleines Geschenk, eine Puppe. Der Ansturm blieb keine Eintagsfliege. Wochenlang stürmten die Touristen den Ort. Ungefähr zur selben Zeit überredete Edgar Barbie zu einem Computerkurs, auf dem er sie mit dem Lehrer Axel Frustlich bekannt machte. Der hatte die Idee, die Puppen per Internet auf der ganzen Welt anzubieten. Und dann ging alles Schlag auf Schlag. Barbie arbeitete das Konzept aus und unterbreitete es dem Bürgermeister. Frustlich kündigte seine unbefriedigende Arbeit in der Schule und holte seine besten ehemaligen Informatikschüler, die Fankis, in die Manufaktur. Die Expansion des Betriebes ging beständig voran. Ein genialer Streich war, dass die Puppen-Manufaktur vorerst keine Neubauten errichtete, sondern leer stehende Immobilien verwendete, von denen es mehr als genug im Ort gab. Nach der Testproduktion im Anbau der Villa Scherbenstein übersiedelten Teilbereiche in die Hallen der ehemaligen Vorzeigebetriebe, die allesamt in Konkurs gegangen waren: Ein Fitnesscenter, die Tischlerei Rauchham, ein Sägewerk, die Farbenfabrik, die Schuhfabrik, die Trachtenfabrik. Es wurden keine Objekte gekauft, sondern nur mit langfristigen Verträgen gepachtet, die sorgfältig ausgetüftelt waren.

Die Puppen-Manufaktur sorgte auch für erschwingliche Wohnungen und Lebensmittel für ihre Mitarbeiter. Sie gab alle Rabatte weiter. Einzige Voraussetzung: Arbeitswilligkeit musste unter Beweis gestellt werden. Es gab eine Probezeit, in der die Arbeiter nur das Mindeste an Lohn erhielten. Wenn sie sich aber bewährt hatten und definitiv aufgenommen wurden, bekamen sie rückwirkend die Lohnerhöhung ab dem ersten Arbeitstag. Zulieferfirmen kamen fast ausschließlich aus dem Ort. Ebenso wurden alle externen Arbeiten an ortsansässige Firmen vergeben, auch wenn ihre Kostenvoranschläge nicht die billigsten waren. Die Manufaktur war der Aufschwung des Ortes schlechthin: Es gab Unterstützung für die vielen Vereine. Vor allem die Feuerwehr wurde professionell ausgerüstet. Firmenfeiern wurden in örtlichen Wirtshäusern abgehalten, Geschäftspartner wurden im Ort einquartiert. Für die Verpflegung der Arbeiter gab es nicht etwa eine firmeneigene Großküche. Nein, die angeschlagene Gastronomie des Ortes, die Metzger, Bäcker, Lebensmittelgeschäfte durften das Essen anliefern, wenn es preislich und qualitativ in Ordnung war. Auch die Jause wurde streng überprüft. Dafür sorgten die Kontrolleure der Puppen-Manufaktur. Ursprünglich gab es nur Kontrolleure, die die Qualität der Puppen sicherstellten. Sie waren ehemalige Zollwachebeamte aus dem Ort, die ihren Job durch Inkrafttreten des *Schengener Abkommens*[17] verloren hatten. Oberste Richtlinie der Puppenkontrolleure war, dass keine Puppe so weit vom Original entfernt sein durfte wie die Büste von Roy Black in Velden am Wörthersee. Warum? Weil die angesprochene Büste in Gestalt und Farbe so anonym gestaltet ist, dass sie genauso gut Roberto Blanco oder Fidel Castro sein könnte. Im Laufe der Zeit entstanden weitere Beschäftigungsbereiche für die Kontrolleure. Zu den Qualitätskontrollen für die Puppen wurden Kontrolleure für Zulieferfirmen angestellt und Revisoren. Die Revisoren waren besondere Menschen. Sie wurden vorwiegend aus ehemaligen Finanzbeamten rekrutiert. Ihr Hauptmerkmal war, dass sie keine Freunde hatten. Sie wollten auch keine, es war ihnen egal, Verwandte, Nachbarn oder Arbeitskollegen zu kontrollieren. Sie buhlten nicht um Freundschaft und schmeichelten sich nicht ein. So ähnlich lautete auch ihr Anforderungsprofil, dem ein ernstes Einstellungsgespräch folgte.

Schließlich wurde der Firmenhauptsitz mit angeschlossener Manufaktur in der Nähe des Bahnhofs gebaut, was den Vorteil eines ÖBB-Gleisanschlusses mit sich brachte. Das Gebäude befand sich direkt an der Hackla. Genau im Revier von Edgars ehemaliger »*Wasserfallbande*«. Die ganze Energie konnte aus dem Bach gewonnen werden. Völlige Unabhängigkeit war das Ziel – auch von der listigen Energiewirtschaft. Das Kraftwerk mit dem Inselbetrieb überwachte Dipl.-Ing. Siegi Fank, der die ganze Erfahrung seines elterlichen Kraftwerks in Fanking mitbrachte. Er war auch der Chef der hauseigenen Schlosserei. Wenn man ihn sah, wusste man gleich, dass er der Chef war. Er war auch verantwortlich für Kultur und Werkssport: Tischtennis, Turnen, Ski, Plattenwerfen,

---

[17] Schengener Abkommen: 1985 vereinbarten fünf europäische Staaten im luxemburgischen Moselort Schengen, auf Kontrollen des Personenverkehrs an ihren gemeinsamen Grenzen zu verzichten.

Eisstockschießen, Schwimmen, Langlaufen, Radfahren, Laufen, Triathlon, aber auch Gymnastik für Steife und Tollpatschige, Singen und Tanzen für Untalentierte, Kartenspielen, Schach, Halma, Fang den Hut und Ball über die Schnur. Die Bosnier aus dem Lager, die der Einfachheit halber immer noch Jugoslawen[18] genannt wurden, liebten vor allem die Wettbewerbe im Motorhaubenaufreißen und Geschicklichkeitsfahren mit dem Stapler. Disziplinen, die sie selbst erfunden hatten. Mit Kultwettbewerben wie Handsensenmähen und Dengeln versuchte man, die Landjugend vom Alkohol fernzuhalten. Die wollte aber bald nur mehr das körperlich nicht so anstrengende Bauerngolf spielen, was nichts anderes war als ein Zielwerfen mit Gummistiefeln.

Siegis Bruder Reinhold Fank, CFE[19], leitete die Computerabteilung und der Künstler Leonhard Fank war der Assistent der beiden. Ihr Interesse und ihre Kompetenz, was Computer betraf, waren nahezu erschreckend. Den Eingang der Computerabteilung schmückte die Aufschrift „The Hub" und drinnen konnte man den ganzen Tag Musik der Gruppe *Kraftwerk* hören, am liebsten das Stück *The Model!* Zur Musik von *Kraftwerk* mischten sich in Fragmenten Computerbegriffe der telefonierenden Fankis: Update, Port, Treiber, Seriennummer, Blank, Patch installieren, upgraden, Security rollout, definition file, Server, Quota, download speed, accelerator.

Ihr Ex-Lehrer Frustlich hatte sich in einen ruhigeren Raum zurückgezogen und war für die Schulungen der Mitarbeiter zuständig. Reinhold Fank, CFE, arbeitete intensiv an einer einzigartigen Software zur Puppenproduktion. Er hatte ein Jahr in Amerika an der Entwicklung einer Face-Recognition-Software für die Erfassung von Verbrechergesichtern mitgearbeitet und hatte jetzt daraus eine Software entwickelt, die aus Bildern die Daten errechnete, um eine Puppe nach dem Ebenbild dreidimensional zu gestalten.

Die Fank-Familie betrieb ihr eigenes Kraftwerk im Ortsteil Fanking. Die Buben waren im Turbinenhaus zur Welt gekommen und dort aufgewachsen. Daher sprudelte die Energie nur so aus ihnen heraus. Schon als Frustlich sie als Schüler unterrichtete, wusste er, dass sie einmal zur Crème de la crème der Computergenies gehören würden. Siegi und Reinhold waren schon als Internatsschüler weltberühmt,

---

[18] Als Bosnier, Kroaten und Serben von Österreich als Gastarbeiter angeworben wurden, war ihr Land noch vereint und hieß Jugoslawien.
[19] CFE: Certified For Everything

weil sie Hieroglyphenschriftarten nachmachten und im Internet zum Download anboten. Sie beherrschten mehrere lebende Fremdsprachen und waren in Latein und Altgriechisch perfekt, daher die Problemlöser schlechthin. Sie waren geborene Programmierer. Und begnadete Musiker waren sie obendrein. Nicht nur für die Fankis, sondern für jeden im Ort gab es in der Puppen-Manufaktur Arbeit, wenn er wollte, und für jede Tätigkeit gab es einen im Ort, der entweder schon dafür ausgebildet war oder von der Fabrik die nötige Schulung oder gar ein Studium bezahlt bekam. Das Motto der Hacklinger Puppen-Manufaktur war: Dem Tüchtigen gehört die Welt. Es war eine Ehre, dort zu arbeiten. Größtmögliche Unabhängigkeit war das treibende Motiv für die Chefin, weil sie jahrelang unter der totalen Abhängigkeit von ihrem Mann gelitten hatte. Der Puppen-Manufaktur kam ein in Österreich weitverbreitetes Phänomen zugute, dass nämlich nahezu jeder nach ein paar Jahren seinen erlernten Beruf aufgibt, um ganz etwas anderes zu tun. So gab es genug ehemalige Tischler für die Produktion von Holzpuppen, Schuster für die Lederpuppen, Elektriker und Mechaniker für bewegliche Teile, Steinmetze und Bildhauer für härtere Materialien. Sogar pragmatisierte Lehrer ließen sich entpragmatisieren, um in der Schulungsabteilung der Puppen-Manufaktur zu arbeiten, wo sie es erstmalig im Leben mit der raren Spezies der Lernwilligen zu tun hatten. Dort wurde ihre Arbeit weit besser geschätzt als in den Schulen. Es gab Schulungen und Nachhilfe für die Arbeiter, ebenso für deren Kinder. Auch die vielen Bauern, die seit dem EU-Beitritt Österreichs unglücklich dahinvegetierten, profitierten von der Manufaktur. Sie lieferten Milch, Butter und Käse für die Belegschaft und konnten all ihre Produkte direkt in der Manufaktur anbieten. Einige wurden aber auch auf den Paketversand umgeschult, weil sie vorher schon geringfügig bei der Post gearbeitet hatten.
Im Laufe der Zeit entwickelte sich eine beachtliche Palette von Produkten: Mozartpuppen für die Festspielgäste, natürlich mit historischen Gewändern, Feuerwehrlerpuppen, Heimkehrerpuppen, Radfahrerpuppen, Ehrenbürgerpuppen, Jägerpuppen, Rauchfangkehrerpuppen, Trachtenpuppen, Puppen in Neoprenanzügen, Motorradrennfahrerpuppen, Ärztepuppen, Krankenschwesternpuppen, Polizistenpuppen, Postlerpuppen, Eisenbahnerpuppen, alle möglichen uniformierten Puppen, Baby- und Cowboypuppen, Bundeskanzlerpuppen, Präsidentenpuppen,

Soldatenpuppen, Putzfrauenpuppen, Schützenvereinspuppen und Hufeisenwerferpuppen. Es wurden Puppenköpfe für die Perücken beim Friseur hergestellt und für die Kopfhörer der Stereoanlage. Auf Wunsch mit dem eigenen Gesicht, dem Gesicht der Freundin, der Mutter oder des Musiklehrers. Es gab Teddybären, Märchenfiguren aus Porzellan, ägyptische Pharaonen, fleißige Bäuerinnen, Hof- und Haustiere. Man produzierte Sissi- und Kaiser-Franz-Josef-Puppen. In Tracht. Man verschickte Mao-Puppen aus Wachs an die Chinesen, die nur fünf Stück kauften und sie dann selbst nachmachten und für einen Dollar an der Chinesischen Mauer verscherbelten. Lokale wurden mit Puppen von Filmstars ausgestattet, die an der Bar herumstanden oder an den Tischen saßen. Die Modellbau-Clubs standen Schlange. Es sollte damit Schluss sein, dass führerlose Flugzeuge über die Modellflugplätze flogen. Von nun an sollten Piloten im Cockpit sitzen, die das Aussehen der Leute an den Funkfernsteuerungen hatten. Und natürlich wurden in den Vereinen zu allen Anlässen Puppen geschenkt. Statt der üblichen Pokale gab es Puppen. Die teuersten waren Puppen mit nachgeahmten Gesichtern. So hatte jeder Gemeindevertreter eine persönliche Puppe. Die Bauern ließen nicht nur Puppen von ihren Frauen, sondern auch von den Lieblingskühen machen. Alle waren sie den Originalen ähnlicher als die Büste von Roy Black in Velden am Wörthersee.

Eine Werbekampagne lautete: jedem Hacklinger seine Puppe. Statt der früher üblichen Golddukaten erhielt jeder neue Erdenbürger eine persönliche Puppe, die nach dem ersten Geburtsfoto angefertigt wurde. Manche Mütter ließen von ihren Kindern sogar schon Puppen nach den ersten Ultraschallaufnahmen anfertigen.

Selbstverständlich waren die Puppen aus umweltverträglichen und recycelbaren Materialien gefertigt, was aber gar nicht notwendig gewesen wäre, weil sie nie weggeworfen wurden. Dafür sorgten die Mitarbeiter der Qualitätskontrolle. Jede Puppe hatte eine eindeutige Nummer und konnte in der Restaurationsabteilung wieder auf Vordermann gebracht werden. Dort wurde sie gereinigt und repariert, aber auch dem gegenwärtigen Aussehen des Originals angepasst.

# Mistkerl

Am Morgen nach der Vernissage wurde Edgar von seiner Schwester geweckt, die früh am Morgen das Haus verließ. „Wieso hast du mir denn nicht erzählt, dass dich der Flaschke provoziert hat", rief sie ihm zwischen Tür und Angel zu. „Die Fürstin muss ihr davon erzählt haben", dachte Edgar und rief ihr nach: „Und auf der Vernissage hat mich Alfons provoziert. Wundere dich nicht, wenn ich bald einmal wegfahre aus diesem Ort. Das ist ja nicht mehr zum Aushalten hier. Ich kann nicht mehr auf die Straße gehen, ohne belästigt zu werden." Aber sie war schon weg, und wer weiß, ob sie ihn gehört hatte. „Mein Gott, die E-Mail von Ariane!", durchfuhr es ihn. Er ließ seinen Kaffee stehen und lief zu seinem Notebook. In seiner Mailbox waren bereits zwei weitere Nachrichten von Ariane, in denen sie schrieb, dass sie Glatts Erpressungsversuche mitbekommen hatte. Sie wusste sogar, dass er noch weitere Leute erpresste.
Edgar antwortete und schüttete ihr sein Herz aus. Er schrieb ihr von einer jugendlichen Unbeherrschtheit, die ihm seine ganzen Lebensträume zunichtegemacht hatte. Gerade als er den Führerschein machen wollte, war es zwischen ihm und Alfons Glatt zu einem Streit in der Firma Pfuschek gekommen. Alfons hatte ihn so provoziert, dass Edgar ausrastete und ihn krankenhausreif schlug. Glatts Halbbruder Pfuschek erreichte Edgars Psychiatrierung und löste damit schwerwiegende Folgen aus. Edgar wurde nicht zur Führerscheinprüfung zugelassen, und als er sich später für seinen Traumjob als Lokführer bewarb, lehnte man ihn auch ab.
Edgar schickte die Mailantwort ab, trank seinen kalten Kaffee und erledigte seine Hausarbeit. Dann kümmerte er sich um das Grab der Eltern, das er am Friedhof zu betreuen hatte, und kehrte für eine halbe Stunde beim *»Café Därrisch«* ein, wo er sich am Stammtisch über die Tagespolitik informierte. Nach einigen Besorgungen im Ort radelte er nach Hause.
In seiner Mailbox wartete nicht nur die heiß ersehnte Antwort von Ariane, sondern auch eine Nachricht von Barbie Pfuschek-Prinz. Ariane nahm ausgiebig zu Glatts Erpressung Stellung und ermunterte ihn, beim Führerschein nicht lockerzulassen. Barbie machte klar, warum sie Glatt bei der Vernissage als Mistkerl bezeichnet hatte. Sie vertraute Edgar an, dass Glatt ihr zu Lebzeiten ihres Mannes Pfuschek mehrmals zu nahe gekommen war und sie bedrängt hatte. Gerade in den letzten Tagen hätte er sie in der

Manufaktur aufgesucht, um alte Unterlagen aus dem Safe der Firma Pfuschek zu holen. Dummerweise hatte sie sie ihm ausgehändigt, aber nicht, ohne sie vorher studiert zu haben. Diese Unterlagen enthielten Überweisungen von einem Nummernkonto in Luxemburg, Schriftverkehr mit dem Salzburger Anwalt Helmfried Volltasch, den sie als Konkursbeschleuniger der Firma Pfuschek bezeichnete, und Fotos von einer Segelyacht.

Edgar rief Barbie sofort an. In dem Gespräch erzählte er erstmals einem Menschen davon, wie er zum Auslöser der Scheidung seiner Schwester geworden war: Er war mit ehemaligen Eisenbahnerkollegen zum Skifahren. Glatt wusste, dass er eine Tageskarte bis zur letzten Liftfahrt ausnützen würde, und rechnete mit einer sturmfreien Wohnung, zumal Annette in Sachen Kultur unterwegs war. Aber es kam anders. Edgar regte sich so auf, dass er Barbie nur mehr ganz bruchstückhaft berichtete. „Tür auf, habe ich eine Frauenstimme gehört: ‚Mach mit mir, was du willst', hat sie geschrien. Am helllichten Tag. In meinem Gästezimmer. Seine Hand auf der Tuchent erkannt. Finger gespreizt. Frau hat sich sofort Gesicht verdeckt und ist mit ihren Fetzen rausgelaufen. Dann habe ich ihn verdroschen wie einen Hund und ihm sein Zeug vor das Haus geworfen."

„Wer war sie?", konnte Barbie kurz dazwischenfragen.

„Nicht erkannt. Nur ein grünes Reizhöschen ist liegen geblieben."

„Und weißt du was?", sagte er. „Es war nicht das erste Mal. Die Nachbarn haben alle davon gewusst. Die halten dicht. Jedem hat er einmal irgendeinen Dienst erwiesen. Der kann sich hier erlauben, was er will."

Nach dem Gespräch war Edgar erleichtert. Er beantwortete seine E-Mails und erledigte am Nachmittag Ausbesserungsarbeiten am Dach. Gerade als er sich wunderte, dass der Biber den ganzen Tag nicht aufgetaucht war, kündigte der Hund einen Fremden an. Es war eindeutig der Biber, der sein Moped unbarmherzig die Anhöhe hinaufplagte. Wie ein Rennfahrer lag er auf dem Tank und legte sich verwegen in die Kurve. Und da bemerkte Edgar eine tief greifende Veränderung. Der Rennfahrer hatte die neue Sitzbank bereits montiert. Sofort stieg Edgar die Leiter vom Dach runter und begutachtete die Neuerwerbung. Biber war begeistert, hatte aber von der stundenlangen Fahrt Kreuzschmerzen.

„Wie viele Kilometer hast du heute gemacht, Biber?", wollte Edgar wissen.

„Über hundert!", stöhnte der vom Schmerz Gezeichnete und schlug mit der flachen Hand auf die neue Sitzbank.
„Das wird ganz schön anstrengend gewesen sein, was?"
„Ho! – Bei Weitem nicht so anstrengend wie diese Vernissage gestern", meinte Biber und fügte hinzu: „Aber ein Bier könnte ich schon vertragen, wenn du eines bei der Hand hast."
Edgar wischte den Gartentisch mit dem Unterarm ab und holte zwei Bierflaschen seiner Hausmarke. Mit einer Beißzange riss er die Verschlüsse ab und setzte sich mit Biber an den Tisch. „Schönheit!", sagte er zum Anstoßen. „Gesund sind wir eh!" Biber grinste und machte einen genüsslichen Schluck aus seiner Flasche.
„Das war vielleicht eine Herausforderung, diese Vernissage, was?" Edgar verstand nicht so recht, was Biber damit meinte, und fragte nach: „Was meinst du mit Herausforderung?"
„Na, du hast doch gesagt, ich brauche eine neue Herausforderung, eine Aufgabe. Deshalb bin ich doch hingegangen. Nur deshalb! Die Herausforderung habe ich mir zwar anders vorgestellt, aber Aufgaben habe ich gleich drei erledigt."
Edgar verstand wieder nicht und fragte: „Gleich drei?"
„Na, Flaschke und Julius Link habe ich eine Lektion erteilt und dem Tone Streich habe ich zu ein paar Flaschen Wein verholfen. Ist das nicht effektiv?"
Edgar lachte laut auf und rief: „Für einen Postler sehr effektiv, Biber. Das wird dir posthum angerechnet. Das war wahre Kunst, was du auf der Vernissage gezeigt hast. Ich habe gedacht, ich bin in einem Charly-Chaplin-Film. – Man darf dir einfach keinen Alkohol geben, nicht einmal einen Sekt-Orange."
Sie prosteten sich mit den Flaschen zu, und Biber war richtig stolz auf seine Heldentat.
„Weißt du was, Edgar", sagte er dann nachdenklich, „eines wundert mich, dass du an solchen Kulturveranstaltungen Gefallen findest."
„Ich und Gefallen finden!", entrüstete sich Edgar. „Glaubst du, ich gehe freiwillig dahin? Ich war doch nur Ersatz für den Edi."
„Aha, als Ersatz für Annettes Sohn. Wo geht er denn um, der Herr Kunststudent? Den habe ich schon lange nicht mehr in Hackling gesehen."
„Das wundert mich nicht. Der ist doch das ganze Jahr in Amerika, in New York. Zum Studium! Ein Stipendium in der Woodstock School of Art. Der braucht Abstand und muss erst einmal verkraften, was sein Vater, der Glatt, der Familie angetan hat."

Dazu legte er ihm einen Zeitungsausschnitt der renommierten *New York Times* vor. „Hier ist ein prämiertes Bild von ihm."
Biber erkannte, dass der Mann auf dem Bild Edgar war, aber er verstand den Titel nicht. „Weeder with bead of sweat[20]". Aber das Bild gefiel ihm unheimlich gut. Edgar nahm ihm die Gedanken aus dem Mund: „Das Bild ist ein Wahnsinn, was meinst du?"
Biber nickte beeindruckt. „Das wird Annette aber wehtun, dass der Bub nicht daheim ist", sagte er. „Die hat doch mit der Scheidung genug Ärger gehabt."
„Das kannst du annehmen, Biber. Im nächsten Monat will sie ihn eh besuchen. Ich frage mich nur, mit welchem Geld? Ich fürchte, der wird noch sein Studium abbrechen müssen. Es ist eine Frage der Zeit, dass uns die Bank auf die Füße steigt." Dann wurde er so wild, dass er mit der Faust auf den Tisch schlug und Biber die Bierflaschen festhalten musste. „Das begreift sie einfach nicht. Und helfen will sie sich auch nicht lassen!"
Biber gab sich nachdenklich und sprach lange kein Wort.
„Und du? Fliegst du mit?", meinte er schließlich, ohne auf die finanziellen Probleme einzugehen.
„Nein, natürlich nicht. Ich muss mich doch um das Haus, den Garten und das Grab kümmern. Und der Burli darf ja auch nicht fliegen."
„Verstehe!"
Jetzt rückte Biber damit heraus, was er auf der Toilette des Festsaales beobachtet hatte, und wollte von Edgar wissen, wie Glatt den Künstler Sirtinger so erpressen konnte?
„Nicht nur den Sirtinger erpresst er!", erklärte Edgar. „Der Glatt hat einigen Künstlern Frühwerke in Bausch und Bogen abgekauft, als sie knapp bei Kasse waren. Und wenn er jetzt diese Bilder billig in einem Auktionshaus auf den Markt wirft, fällt der Marktwert der anderen Bilder mit. Damit kann er den Künstlern drohen. Und mit dem jungen Fank will er das auch probieren. Aber das lassen wir nicht zu. Ich habe schon Vorbereitungen getroffen."
Biber nickte, hatte aber nicht alles verstanden. Und eine Minute später schlief er am Tisch ein. Das Bier und die lange Fahrt hatten ihn müde gemacht.
Dann bekam Edgar einen Anruf. „So, Biber, jetzt geht's los!", rief er und schlug dem Schlafenden auf den Rücken. „In einer Stunde

---

[20] Jätender mit Schweißperle

bekommen wir Besuch und dann heften wir uns an die Fersen des russischen Gauners."

„Was ist los?", fragte der verwunderte Biber.

„Ich habe gestern Axel Frustlich um einen Gefallen gebeten. Der wird in einer Stunde vorbeikommen und uns zeigen, wie wir im Internet den Herrn Diwanov finden können."

Biber war völlig verwirrt und sagte nur: „Da wird Annette aber keine Freude haben, wenn wir am Abend bei dir bleiben."

„Keine Angst, Biber, die Luft ist rein. Annette kommt nicht so schnell heim. Sie ist bei einem Diavortrag. Alternatives Reisen! Ein gewisser Heinz Kondler ist mit dem Traktor durchs Waldviertel gefahren und hat Dias gemacht. Ich kenne ihn. Wenn der einmal zu erzählen anfängt, wird es spät."

Unverzüglich begaben sich die beiden Fahnder in den Keller und starteten den Computer. Wieder löcherte Biber seinen Kompagnon mit unzähligen Fragen und sagte nach einiger Zeit bewundernd: „Was du alles weißt, Edgar. Ich verstehe gar nichts. Überhaupt nichts verstehe ich. Ich glaube, ich bin einfach nicht so gescheit wie du."

Edgar fühlte sich geschmeichelt. Seine Kenntnisse waren wirklich bemerkenswert. Aber sie waren ihm nicht in den Schoß gefallen. In den vergangenen Monaten hatte er alles vernachlässigt, weil er nur mehr mit einem beschäftigt gewesen war, mit seinem Notebook.

„Lieber Biber", sagte er tröstend, „mach dir nichts draus, dass du nichts verstehst. Mir ist es am Anfang nicht anders ergangen als dir. Und weißt du, warum sie mich in Frühpension geschickt haben?"

Biber schüttelte den Kopf.

„Weil sie mir in meinem Alter die Umstellung auf die elektronische Datenverarbeitung nicht mehr zumuten wollten."

„Ha!", sagte Biber. „Das Management bei der Bahn kennt seine Mitarbeiter genauso gut wie das bei der Post! Denen hast du es aber richtig gezeigt, was?"

„Was heißt gezeigt? Eigentlich hatten sie recht. Mit Schulungen hätte es bei mir nicht geklappt. Die wollen ja immer alles auf Knopfdruck haben. Das geht bei mir nicht. Mein Lebtag lang habe ich mir gedacht, dass immer alle anderen alles leicht verstehen, nur ich nicht. Dann aber bin ich mit all meiner Ausdauer und Hartnäckigkeit hergegangen und habe das, was die anderen offenbar sofort verstanden haben, hundert Mal durchgekaut, bis ich die Aufgabe gelöst und hundertprozentig verstanden hatte. Nie in meinem Leben habe ich ein Problem zur Seite gelegt, bevor ich es gelöst hatte. Ich habe mich einfach eines Tages damit abgefunden, dass mein Gehirn für alles länger braucht. Und aus! Jetzt in meinem Alter nimmt mir das ja keiner mehr übel."

Entgegen seiner Tiefstapelei hatte es Edgar bei der Bahn zu einer beachtlichen Bildung gebracht. Nach seiner „Leerzeit" bei Pfuschek war Edgar aufnahmefähig und saugfähig wie ein Vakuumfass. Wahrscheinlich war er der eifrigste und bildungshungrigste Eisenbahner überhaupt. Er belegte alle Mitarbeiterschulungen der Bahn, die nur im weitesten Sinne in seine Sparte passten. Zusätzlich belegte er Kurse am Wirtschaftsförderungsinstitut und absolvierte eine Managementausbildung auf eigene Kosten. Damit wollte er sich das psychologische Fachwissen aneignen, mit dem er seine Mitarbeiter bei BahnExpress motivieren konnte. Aber bei einem durch Glatts Protektion eingestellten Hacklinger Faulpelz, der einen schwarzen Arbeitskittel trug, um schwer gesehen zu werden, war er mit seinem Latein am Ende.

Biber hatte aufmerksam zugehört und meinte beeindruckt: „Das ist ein echter Vorteil, wenn man seine Schwächen und Stärken so gut kennt wie du. Ich gebe mir immer noch Rätsel auf. – Aber mit dem Computer? Wie hast du das geschafft, Edgar?"

„Das ist auch nicht von heute auf morgen gegangen. Erst bin ich ins Seniorenheim zu einem Kurs gegangen und dann habe ich mir dieses Notebook gekauft. Der Axel Frustlich, den du heute noch kennenlernen wirst, hat mir das Internet installiert und seither kann ich ihm meine Fragen per E-Mail schicken. Blitzschnell."

„Wie mit meinem Fax!"

„Schneller als mit deinem Fax, Biber. Viel schneller. – Natürlich ist das alles leicht gesagt, aber seit einem guten Jahr sitze ich täglich mehrere Stunden vor dem Kastl, spiele mich und chatte im Internet. Aber verplappere dich nicht bei meiner Schwester, Biber! Annette weiß von dem Computer nichts. Die kommt hier nie runter."

„Die vielen Stunden chattest du mit Ariane, was?", mutmaßte Biber frech und beobachtete interessiert, wie sich Edgar um eine Antwort herumdrückte.

„Ich glaube, ich könnte auch einen Computerkurs machen, Edgar. Denkst du, ich kenne mich dann so gut aus wie du?"

„Sicher, Biber, du bist doch ein vifer Hund!"

Biber strahlte und Edgar ergänzte: „Bei der Gelegenheit möchte ich mich für meine gelegentlichen Angriffe auf dich als Postler entschuldigen. Ich weiß natürlich, dass du einer der besten warst und die ganze Misere dieses Betriebes das Management zu verantworten hat. Nicht zuletzt der Nigl[21], der erst meine Pensionierung bei der Bahn unterschrieben hat und dann Personalchef bei der Post geworden ist."

Biber strahlte noch mehr. „Ja", sagte er. „Der Nigl hat auch mich in Pension geschickt. Dafür hat er all seine Verwandten bei der Post untergebracht."

„Umsonst heißt es nicht ‚Die Post bringt allen was[22]‘", antwortete Edgar. „Bei der Bahn hat er auch viele untergebracht. Am Allerseelentag geht es an seiner Familiengruft zu wie bei einer Dienststellenversammlung."

„Und eine ordentliche Abfindung werdet ihr ihm auch gezahlt haben."

„Nicht nur das", rief Edgar und regte sich fürchterlich auf. „Der hat heute noch eine Europakarte." Er wurde so zornig und fuchtelte mit seinen Händen so wild, dass Biber zurückwich. Dann ergänzte er mit aller Dramatik: „Die Karte hat den Aufdruck ‚Zuschlagsfrei‘."

Dann redeten die beiden minutenlang kein Wort.

Edgar fuhr fort: „Ein Computerkurs ist nur der Anfang. Das meiste habe ich selbst gelernt. Ich bin ein Autodidakt, verstehst du? Wenn ich in einem Kurs bin, denke ich immer, der Lehrer macht etwas falsch, er geht zu schnell vor, zu unlogisch, zu unverständlich. Ich habe immer das Gefühl, er macht etwas, was ich eh nicht brauche. Eine Katastrophe, Biber! Ich bin eben ein Autodidakt mit sehr langsamer Auffassungsgabe, aber mit starkem Durchhaltevermögen. Alles, was ich anfange, mache ich fertig. Ich weiß, dass ich nicht extrem intelligent bin. Wirklich nicht. Ich habe bereits beim *Tetris*-Spiel drei Monate gebraucht, bis ich über zehntausend Punkte gekommen bin."

„*Tetris?*", fragte Biber, und schon spielten sie das Geschicklichkeitsspiel und konnten sich fast nicht losreißen, als Axel Frustlich die Türklingel betätigte.

---

[21] Franz Nigl, der ehemals oberste Personalchef der Österreichischen Bundesbahn, stand im Zentrum einer Datenaffäre um die illegale Sammlung von Krankenstands-Diagnosedaten. Als er seinen Hut nehmen musste, entzündeten Tausende Eisenbahner Kerzen, aus Dankbarkeit, dass sie ihn los waren. Die Post gewährte ihm Unterschlupf. Er wurde oberster Personalchef, was sonst?

[22] Offizieller Slogan der Post

Edgar satzte sofort die Kellerstiege hoch und öffnete die Tür. Dann holte er den ehemaligen Lehrer in sein geheimes Reich und stellte ihn dem Biber vor, der die kurze Zeit von Edgars Abwesenheit natürlich genützt hatte, um ein neues `Tetris`-Spiel zu beginnen, ein Spiel, bei dem ihm seine Fähigkeiten beim Schlichten und Sortieren von Paketen wieder sehr zugutekamen.

Als sich der Ex-Lehrer erkundigte, ob mit dem Notebook, das er Edgar vor Monaten installiert hatte, noch alles in Ordnung sei, antwortete Edgar: „Im Prinzip schon, aber mir kommt vor, es ist nicht mehr so schnell wie am Anfang. Kann man da etwas machen?" Biber hörte aufmerksam zu, als der Lehrer sagte: „Na ja, wenn man an etwas gewöhnt ist, kommt es einem immer langsamer vor, das ist beim Computer nicht anders als beim Auto oder beim Moped. Man könnte natürlich die Festplatte aufräumen und danach probieren, ob es etwas gebracht hat."

„Defragmentieren!", sagte Biber wie aus der Pistole geschossen und fügte hinzu: „Das habe ich gestern schon gemacht."

Edgar musste lachen. Und der Biber tat, als ob die Defragmentierung nicht die einzige Maßnahme war, die er schon ausprobiert hatte.

„Defragmentieren ist genau die richtige Beschäftigung für einen Ex-Mitarbeiter der Paketmanipulation am Salzburger Hauptbahnhof", sagte Edgar zu Frustlich.

„Hör ich da heraus, dass du auch schon in Pension bist", mutmaßte Frustlich.

„Der da ist in der wirren Zeit der Post-Pubertät", antwortete Edgar, während Biber ein wildes Gesicht machte.

„Oh weh", sagte Frustlich. „Ich weiß, wie es euch als Pensionisten in Hackling geht. Als ich noch Lehrer war, ist es mir genauso gegangen. Ich konnte mich in meiner Freizeit nicht im Ort sehen lassen und musste an der Terrasse der Nachbarn vorbeikriechen, damit sie sich nicht über mich lustig machen konnten. Wenn ich auf Skikurs gefahren bin, haben sie mir einen schönen Urlaub gewünscht und bei einem Wandertag haben sie von einem bezahlten Spaziergang im Dienst gesprochen."

Nach ein paar Minuten Fachsimpeln kam Edgar zur Sache und klärte den Ex-Lehrer vor seinem aufmerksamen Zuhörer Biber über den wahren Grund des Hilfeersuchens auf. Frustlich schien eine Idee zu haben. Er begab sich in einen Internet-Chatroom einer österreichischen Tageszeitung und suchte nach einem Wiener, der in der Nähe des Tiergartens wohnte. Als er dem mitteilte, dass er einen Russen suche, der im Stadtteil Hietzing eine Wohnung besitzt, kam die Antwort: „Ein Russe in Hietzing? Fast alle Wohnungs- und Hauseigentümer von Hietzing sind heutzutage Russen. Die werden noch die ganze Stadt kaufen. Das Geld haben sie in bar in der Tasche. Ihre Geldbörse ist ein Gummiringerl." Mit der weiteren Beschreibung, dass es sich um ein Penthouse mit Blick auf den Tiergarten handelte, konnte aber das Objekt, in dem der Gesuchte wohnen musste, ziemlich schnell lokalisiert werden.

Biber erlaubte sich die Zwischenfrage, was eigentlich ein Penthouse sei, worauf ihn Edgar mit der Kurzantwort „eine Mansardenwohnung" abspeiste. Frustlich speicherte die genaue Lagebeschreibung des Wieners ab und druckte sie für die zwei selbst ernannten Fahnder aus.

„Ha", sagte Edgar. „Jetzt bleibst du noch auf ein Bier da, Axel. In fünf Minuten kommt bei **Loden-TV** das Programm *»Ledermüller greift ein«*. Ich bin sicher, die bringen schon was von der Vernissage."

„Der Leo Fank hat das typische Vernissagenproblem", sagte Frustlich. „Keiner kauft was, alle essen das Buffet leer. Aber zumindest die Fürstin und die Frau Hagenbeck sollen ein paar Bilder gekauft haben. Leider sind ein paar Tausender nur ein Tropfen auf den heißen Stein. Leo braucht dringend Geld." Edgar wollte nachfragen, aber da begann schon die Sendung.

Moderator Ledermüller war ausgesprochen fesch in seiner Knickerbocker, in deren Latz er zum Sendungsbeginn eingriff. Edgar und Biber warteten nur darauf, sich selbst zu sehen und Flaschke, wie er am Boden zappelt. Doch erst einmal schwenkte die Kamera zu Leonhard Fanks Bildern. Dann wurde der Künstler interviewt. Er erklärte ein paar seiner Werke und plauderte aus, dass er als Inspiration gerne im speziellen Licht an der Côte d'Azur malen würde, aber nicht das Geld dazu habe.

Dann erfasste die Kamera das Erscheinen des berühmten Malers Lutz von Sirting. Es wurde auch gezeigt, wie er die Damen ins Bett schickte. Als Sirtinger über die Unterschiede der Trigonisten, denen er angehörte, zu den Kubisten befragt wurde, spielte man zwei Aussagen Flaschkes ein, die perfekt zusammengeschnitten waren. Die erste Aussage hatte das Mikro geheim eingefangen, als Flaschke zu seiner Assistentin Mirz sagte, er könne an Sirtingers Bildern nichts Schönes finden. Als er dann offiziell von Ledermüller vor der Kamera befragt wurde, schwärmte er: „Ich bewundere diesen

Mann." Ledermüller stellte an Sirtinger und die dazugekommene Schauspielerin Barbara Rüstig die provokante Frage: „Wie können Sie hier in Hackling leben? Ist das nicht der Arsch der Welt?" Bevor Frau Rüstig ein Wort der Kritik an der Frage herausbrachte, antwortete Sirtinger schlagfertig: „Aber es ist der schönste Arsch der Welt."

Edgar wandte sich an Frustlich: „Und so berechenbar. Wenn du ein Jahr wegfährst und wiederkommst, sitzen die gleichen Leute beim Wirt, die bei der Abfahrt dagesessen sind. Die gleichen Mopeds stehen davor. Alles ist gleich."

„Genau", sagte Frustlich. „Und die Schüler sind mit den Skaterhosen und Baseballkappen bei uns mit einem Jahr Verspätung aufgetaucht."

„Den Rinderwahnsinn haben wir überhaupt nicht bekommen und die Spaziergänger[23] verwenden noch keine Skistöcke."

„Aber die Handys", sagte Biber, „die haben sogar wir."

Schon lag Flaschke am Boden. Ein Close-up seines theatralischen Zappelns. Er versprach der Ärztin mehr Bewegung: „Und ganz nebenbei werde ich bei Ihnen auch noch das KDS-Sportabzeichen ablegen", verkündete er großspurig. Am Ende der Sendung wies Ledermüller darauf hin, dass die Geburtstagsparty beim bekannten fünfzigjährigen Rechtsanwalt Dr. Helmfried Volltasch, von der er berichten wollte, nicht stattgefunden hat, weil sich der Mann samt seiner jungen Freundin mit Treuhandgeld ins Ausland abgesetzt hatte. Die ausgesetzte Belohnung wolle er sich selbst holen, protzte Ledermüller und griff in seinen Latz zur Signation von *»Ledermüller greift ein«*.

„Der Volltasch hat sich abgesetzt!", rief Edgar. „Kennst du ihn etwa auch?", wollte Frustlich wissen. „Leider", antwortete Edgar und sagte zu Biber: „Weißt du was? Der Salzburger Geldwäscher, der in deinem Fax genannt wird, kann auch nur Volltasch sein."

Biber knurrte ungläubig und fragte: „Warum ist der Künstler so knapp bei Kasse?"

„Puh", entgegnete Frustlich. „Das ist eine unangenehme Geschichte."

Nach Minuten des Schweigens erzählte er, dass die Fankis gemeinsam einen Porsche 356 SC besitzen, den der jüngste Fank bei

---

[23] Nordic Walker

der ersten unerlaubten Inbetriebnahme mehr oder weniger zu Schrott gefahren hatte.

„Ist das nicht ein Fall für die Versicherung?", fragte Biber.

„Nein. Noch dazu handelt es sich um einen Oldtimer. Den kann keiner mehr richten."

„Vielleicht doch", murmelte Edgar, den das Verschwinden des Rechtsanwaltes Volltasch so beschäftigte, dass er nur am Rande zugehört hatte.

„Du vielleicht?", fragte Frustlich.

„Ich selbst nicht", entgegnete Edgar. „Aber ich glaube, ich kenne einen. Schick mir die Fankis vorbei. Vielleicht lässt sich was machen. Und pass auf, dass sich Leonhard nicht von Glatt einwickeln lässt."

„Da wäre ich wirklich froh, wenn du ihm helfen könntest", sagte Frustlich. „Die Jungs werden dich anrufen. Aber jetzt muss ich weg. Wenn ihr den Herrn Diwanov kennenlernen wollt, wird euch eine Wienreise nicht erspart bleiben. Aber wo er wohnt, wissen wir jetzt." Dann verabschiedete er sich und ließ die zwei dankbaren Hobbydetektive allein zurück, die sich die Meldungen über den flüchtigen Rechtsanwalt Friedl Volltasch und seine Freundin Sabine Beihilf mit großem Interesse im Fernsehen ansahen. Von Nummernkonten in der Schweiz und von einer Stiftung in Liechtenstein war da die Rede, von Geldwäsche und Geschäften mit Kunstgegenständen und Waffen.

# E pericoloso sporgersi[24]

Am nächsten Tag beteiligte sich Biber frühmorgens an der Sternfahrt. Hinter ihm saß Edgar auf der neuen Sitzbank. Er wirkte nachdenklich. Biber hingegen war in seinem Element. „Wir fahren sofort weiter nach Wien!", rief er begeistert.
Edgar dämpfte Bibers Enthusiasmus und machte ihn auf die Gefahren aufmerksam: „Ruhig Blut, Biber! So schnell schießen Pensionisten nicht."
Am Bahnhof stellten sie das Moped genau vor einem Plakat mit der Aufschrift „Stopp dem Postraub – Volksbegehren" ab und beobachteten, wie die Pendler hektisch den Zug bestiegen. Biber fasste ein eindeutiges Bahnvokabular aus, mit dem er genau auf Edgars Nervenwurzel abzielte: „Wenn wir so lange warten wie du beim Tanzen, dann ist der Zug schon längst abgefahren, Edgar. Du kannst mir nicht erzählen, dass es dir nicht taugen würde, die Gangster zu fangen. Ich sehe doch, wie es dir in den Fingern kribbelt. Komm, wir fahren nach Wien! Und zwar sofort!"
„Nein, Biber! Die Sache ist aussichtslos. Dafür riskiere ich nicht meine Pension. Du hast ja keine Ahnung, auf was wir uns da einlassen, wenn wir uns mit den Russen anlegen. Du, Biber, das ist kein Sonntagsspaziergang. Das sind ausgekochte Kriminelle. Womöglich sogar bewaffnet. Es ist besser, wir lassen die Finger davon. Die siebenhunderttausend Dollar können wir dem Herrn Diwanov sowieso nicht mehr abnehmen."
Biber flehte: „Bitte, Edgar, du musst mir helfen!"
„Nein, Biber. Außerdem kann ich mir finanziell momentan überhaupt keine Spompernadeln leisten!"
„Die Ausgaben übernehme ich!", jammerte Biber. „Ich habe dir aber noch nicht alles gesagt."
„Aha, Biber! So läuft also der Hase. Was hast du mir denn verschwiegen?"
Biber druckste eine Weile herum, bevor er mit seinen Geheimnissen herausrückte: „Eines ist mir besonders peinlich! Als ich bei ihr in Russland war, habe ich mich in betrunkenem Zustand zu weit aus dem Fenster gelehnt."
„Was hast du?"
„Ich meine, ich habe das Maul zu weit aufgerissen."

---

[24] Das stand früher zusammen mit der englischen und französischen Übersetzung von „Nicht aus dem Fenster lehnen" in jedem Zugabteil.

„Ach, so ist das! E pericoloso sporgersi! Das hättest du dir bei der langen Zugfahrt schon merken können! Aber es ist nichts Neues für mich. Man darf dir nicht einmal einen Sekt-Orange geben! Und schon gar keinen Wodka!"
„Ja, ich weiß, aber ich kann dagegen nichts machen. Vor allen Leuten habe ich verkündet: ‚Den Gauner in Wien, den kaufe ich mir. Der wird sein Geld zurückgeben, wenn er klug ist und mit mir keine Schwierigkeiten haben will. Aus dem könnt ihr Knochenöl machen, wenn ich mit ihm fertig bin. Das verspreche ich euch, so wahr ich Biber heiße.' Leonid hat alles übersetzt und alle waren begeistert."
„Das kann ich mir vorstellen. Du bist vielleicht ein Großmaul, Biber!"
Biber flehte: „Jetzt musst du mir helfen, Edgar, damit ich nicht mein Gesicht verliere."
„Na, um dein Gesicht mache ich mir die wenigsten Sorgen. Ich werde mir die Sache genau überlegen. Aber mach dir ja keine falschen Hoffnungen, verstehst du?"
Biber demonstrierte seine Enttäuschung, indem er aufstand und ging. Burli, der Hund, bellte. Edgar legte seinen Arm um Bibers abfallende Schultern und begleitete ihn nach draußen. Er sprach ihm gut zu, vermied aber jede Äußerung, die ihn an eine Fortführung der Russenverfolgung auch nur im Entferntesten denken lassen könnte. Ohne ein weiteres Wort warf sich Biber auf seine neue Sitzbank und entfernte sich mit seinem aggressiven Fahrstil. Trotz seiner ablehnenden Haltung Biber gegenüber ließ Edgar die russische Betrugsgeschichte nicht mehr los. Er ging zurück zu seinem Computer und recherchierte im Internet. Als er Annette kommen hörte, schlich er schnell in sein Schlafzimmer und stellte sich schlafend, damit sie ihm nichts erzählen konnte. Doch das funktionierte nicht. Sie tauchte in seiner Wohnung auf und er erfuhr noch in derselben Nacht alle Einzelheiten über Heinz Kondlers Traktorfahrt durch das Waldviertel.
Den Rest der Woche ließ sich der beleidigte Biber nicht sehen, nicht bei Edgar und nicht im Ort. Edgar fädelte die Porsche-Reparatur für den jungen Fank ein und verbrachte täglich ein paar Stunden am Computer. Er hatte einen regen Mail-Austausch mit Axel Frustlich. Schließlich konnte er auch der Verlockung nicht widerstehen und öffnete Bibers Schuhschachtel, die er im Keller vergessen hatte. Er studierte die Faxe genau und entdeckte ein eindeutiges Merkmal des Russen Diwanov. Offensichtlich ein Gendefekt. Ausgerechnet dort,

wo anderen Menschen die Haare nicht ausgehen können. Am Hinterkopf. Ausgerechnet dort hatte dieser Diwanov einen großen kahlen Fleck. Diese Erkenntnis ermutigte Edgar zur weiteren Vertiefung in Bibers Schriftverkehr. Da war es natürlich unvermeidlich, dass ihm auch eine von Biber verfasste Nachricht in die Hände fiel. Edgar wälzte sich am Boden, als er den Inhalt sah, der auch noch poetisch endete. Es stand „Dein lieber" und elegant geschwungen darunter „Biber". Edgar lachte und sagte mehrmals laut vor sich hin; „Dein lieber", gefolgt von einer Pause und dem dramatischen Ende „Biber".

Der liebe Biber war so verschollen wie der Rechtsanwalt Helmfried Volltasch, nach dem man nun schon in der Fernsehsendung »Aktenzeichen XY ungelöst« fahndete. Edgar wollte trotzdem abwarten. Und das, obwohl sich schon der ein oder andere Einfall bei ihm eingenistet hatte.

Als Annette nach Hause kam, bemerkte Edgar, dass mit ihr irgendetwas nicht stimmte. Bei genauerer Betrachtung merkte er, dass sie geweint haben musste.

„Sag, Annette", fragte er, „hast du zufällig etwas von Biber gehört?"

„Nein", antwortete sie knapp und leise.

„Der ist so unauffindbar wie der Anwalt Volltasch mit seiner jungen Freundin!", sagte Edgar.

„Und Alfons!", antwortete sie zaghaft und weinte.

„Was?", rief Edgar.

„Du hast schon richtig gehört", schluchzte Annette. „Julius hat eine Vermisstenanzeige aufgegeben."

„Julius", murmelte Edgar und dachte: „Wer sonst? Außer dieser linken Bazille gibt es ja keinen, dem der abgeht."

Annette stellte Edgar einen Hartschalenkoffer und einen Samsonite-Aktenkoffer vor die Füße und sagte: „Das ist alles, was von Alfons noch da ist. Erst hat er wochenlang versucht, sie zu holen, jetzt traktiert mich Julius damit. Auch die Modelleisenbahn sollen wir vor die Tür stellen. Die Koffer sind versperrt. Solange ich nicht weiß, was drin ist, gebe ich sie nicht her." Dann lief sie weinend in ihr Schlafzimmer.

Edgar besah sich den riesigen Koffer und hatte keine große Freude damit. Es raschelte, wenn man ihn bewegte. Erst versuchte er ihn mit den Nummernkombinationen 0000, 9999 und Dutzenden Zahlenkombinationen, die er sich im Laufe seines Lebens eingeprägt hatte. Bevor er sich entschloss, den Koffer aufzubrechen, wollte er noch nach Biber sehen. Vielleicht hatte der mehr Glück. Er nahm eine Weinflasche aus seinen Beständen und kaufte einen frischen Leberkäswecken beim Spar-Markt. Damit brach er zum Junggesellenreich seines neuen Freundes auf. Edgar fand einen völlig verwahrlosten Biber vor, der nicht einmal den Wein kosten wollte. Er war so blass wie seine Perspektive und klagte über unerträgliches Schädelweh. Erst als ihm sein Besucher den duftenden Leberkäswecken unter die Nase hielt, erwachte der alte Postfuchs zu neuem Leben und entriss Edgar die heiß geliebte Köstlichkeit, um sie postwendend zu verzehren. Danach verlangte er auch nach dem Wein. Nach dem ersten Achterl berichtete Edgar dem Postler vom Verschwinden Glatts und vermittelte den Eindruck, dass den Koffer nur einer unbeschadet öffnen könnte, nämlich er. Biber fühlte sich unheimlich wichtig und begleitete Edgar unverzüglich in sein Haus. Er versuchte sich an den Schlössern mit allen ihm vertrauten Postleitzahlen Österreichs. Ohne Erfolg. So blieb Edgar nichts anderes übrig, als den Koffer mit sanfter Gewalt zu öffnen. Erst sah es so aus, als ob der Inhalt die ganze Aufregung nicht wert war. Unmengen von Wahlgeschenken fielen heraus: Kugelschreiber, Wahlzuckerl, Taschentücher mit der Aufschrift „Jede Nase zählt" sowie Wundpflaster und Sonnencreme mit der Aufschrift: „Damit Sie nicht rot werden." Edgar und Biber schauten verdutzt drein und rollten Plakate aus. „Auch das noch!", stöhnte Edgar, als ihm das Gesicht Glatts von alten Wahlplakaten entgegengrinste. Aber da hatte Biber schon etwas herausgefischt, das in den Plakaten eingewickelt war. Es handelte sich um Kritzeleien mit Dutzenden Dreiecken. „Hat das sein Bub als Kind gezeichnet?", fragte er Edgar, der die Zeichnungen genau besah und auf eine Signatur zeigte. „Weißt du, was das ist?", rief Edgar aufgeregt. „Ich glaube, es handelt sich um das Frühwerk Sirtingers, mit dem ihn Glatt erpressen wollte."

Schnell ließen die beiden die Zeichnungen verschwinden, als sie Annette hörten. Edgar präsentierte ihr als Inhalt des Koffers die wertlosen Wahlgeschenke und Plakate. Und als sie das Haus verlassen hatte, rief er sofort Lutz von Sirting an, der umgehend aufkreuzte.

„Das sind sie!", sagte der Künstler erleichtert. „Mit wie viel kann ich mich erkenntlich zeigen?"

„Die Zeichnungen sind doch unbezahlbar, Lutz. Du brauchst doch nichts für deine eigenen Werke zu bezahlen!"

„Wenigstens einen Anerkennungspreis."

„Nein. Wenn du etwas auf mein Konto überweist, dann sieht es Alfons sofort! In unserer Bank hat er Informanten."

„Ja, sag mal, hast du denn noch ein Konto bei der Bank im Ort? Ich schon lange nicht mehr. Am besten ein Nummernkonto. Was glaubst du, wo dein Schwager sein Schwarzgeld deponiert?"

„Nummernkonto?", fragte Edgar. „Wenn ich nur wüsste, wie ich zu so etwas komme."

„Das kann ich dir sagen", antwortete Sirtinger und gab Edgar wertvolle Tipps.

Edgar überließ dem Künstler die Zeichnungen gratis, aber mit der Auflage, nur ja nichts seiner Schwester zu verraten. Da zeigte sich Sirtinger mit unbezahlbaren Informationen über Glatt erkenntlich, von denen die brisanteste die war, dass Julius Link nicht Glatts Neffe, sondern sein Sohn war. Und Sirtinger wusste auch, dass sich Volltasch und Glatt regelmäßig im Salzburger Szenelokal *Chez Lygon* trafen und gemeinsame Geschäfte machten.

„Geldwäsche", knurrte Biber.

„Genau!", antwortete Sirtinger. „Ich bin sicher, dass Alfons auch der Fluchthelfer von Volltasch war, von dem sie in den Nachrichten gesprochen haben. Und wer wird wohl mit den Handy-Anrufen aus Paris die falsche Fährte gelegt haben?"

„Daran habe ich auch gedacht!", sagte Edgar, und Sirtinger gab einen Einblick in die erpresserischen Machenschaften hinter Glatts kultivierter Fassade. Er wusste von Bar-Abholungen in Millionenhöhe von Banken in Luxemburg und der Schweiz, von Waffenverkäufen an Terroristen und Schmuggel von Kunstgegenständen. Ganz nebenbei erzählte er, auf welch spektakuläre Weise Glatt diesen Volltasch kennengelernt hatte. Das kam so: Anwalt Volltasch traf sich immer im *Chez Lygon* mit Mitgliedern einer geheimen internationalen Bruderschaft, deren Erkennungszeichen ein Gruß mit v-förmig gespreiztem Mittel- und Ringfinger war. Eines Abends wartete Volltasch auf einen Kontaktmann. Glatt kam ins Lokal, und wie es seine Art war, stellte er sich einfach zu einem Tisch dazu und rauchte eine Zigarette mit Spitz. Volltasch, zu dem er sich dazugestellt hatte, forderte ihn auf, an diesem Tisch das Rauchen einzustellen. Es kam zu einem Streit. Dabei regte sich Glatt so auf, dass sich seine Finger spreizten. Volltasch glaubte daraufhin, es handle sich um seinen Kontaktmann. Als er seinen peinlichen Irrtum bemerkte, weil der tatsächliche

Kontakt, ein smarter Geschäftsmann, auftauchte, war es zu spät. Er hatte an Glatt bereits vertrauliche Informationen ausgeplaudert, mit denen er ihn belasten hätte können. So blieb ihm nichts anderes übrig, als Glatt in die Bruderschaft aufzunehmen.

Edgar und Biber waren sprachlos. „Fragt mich nicht, woher ich das weiß", sagte Sirtinger und wollte wissen, wie er sich erkenntlich zeigen konnte.

„Hilf uns bitte mit der Modelleisenbahn", antwortete Edgar. Umgehend bauten die drei die Anlage ab und verfrachteten sie vor die Tür. Samt einer Schachtel mit Lokomotiven und Waggons. Edgar fand besonderes Gefallen an einem TGV, einem sündteuren Modell, das er im Auftrag Annettes einmal als Weihnachtsgeschenk besorgen musste. Die auf Holzplatten montierte Modelleisenbahn war riesig und nahm einen ganzen Raum in Anspruch. Übertrieben! Mehrgleisig musste sie sein. Wie Glatts Geschäfte und Frauengeschichten. Nicht etwa für seinen Sohn hatte er sie angeschafft. Nein, mit seinen Trabanten Flaschke und dem Architekten verbrachte er Stunden kniend vor der Anlage. Beim Verschieben von Waren aller Art. Mit Lokomotiven und ferngesteuerten Staplern. Darin hatte er großes Geschick. Beim Basteln weniger. Wenn Glatt manuelle Arbeit verrichtete, hatte er ständig blaue Daumen. Weil er sich dauernd mit irgendetwas zwickte.

Als sich Lutz von Sirting mit seinen Zeichnungen aus dem Staub gemacht hatte, brach Edgar den Samsonite-Aktenkoffer auf. Biber staunte nicht schlecht, als er den Inhalt sah: Dutzende Päckchen mit Banknoten. Abgedeckt mit Modellbau-Zeitschriften. „Jetzt kann unsere Wienfahrt aber nicht mehr am Geld scheitern, was?", sagte er. Edgar überlegte. Die Erzählungen Sirtingers hatten all seine bisherigen Pläne über den Haufen geworfen. „Jetzt drück dich nicht, Biber!", rief er. „Die Kosten übernimmst du, hast du versprochen. Mit diesem Geld greifen wir Edi unter die Arme. So können wir ihn ein paar Monate unterstützen, ohne dass Annette dahinterkommt. Ich habe schon eine Idee. Dazu brauchen wir aber ein anonymes Konto. Weißt du, Biber. Der Edi ist ein großes Talent. Seine Bilder gefallen sogar mir. Ich bin zwar nur sein Onkel und sein Taufpate, aber er war immer wie ein Sohn."

„Julius ist also Glatts Sohn!", murmelte Biber. „Glaubst du, Annette weiß davon?"

„Absolut nichts!", versicherte Edgar. „Und davon weiß sie auch nichts." Dazu warf er Biber ein extravagantes grünes Reizhöschen hin. „Das ist im Bett liegen geblieben, als ich Alfons erwischt habe. Annette habe ich es nicht gezeigt! Am Ende hätte sie das Kleidungsstück erkannt. So weiß sie wenigstens nicht, mit wem er sie betrogen hat." Biber erschrak und wusste nicht, wie er reagieren sollte. Denn das außergewöhnliche Grün des Höschens war ihm nicht unbekannt.

Edgar packte einige Wahlplakate in den Samsonite-Aktenkoffer und beseitigte alle Spuren der unsanften Öffnung. Den Rest ließ er im Koffer, den er ebenso wieder verschloss. Mit geänderter Nummer. Dann brachte er die beiden Koffer in Glatts ehemaliges Arbeitszimmer. „Ich werde Annette sagen, dass ich den Aktenkoffer nicht öffnen konnte. Sie soll die beiden Koffer einfach nicht hergeben." Biber nickte.

Nach einer langen Schweigephase rückte Edgar in Fragmenten mit seinen Plänen heraus: „So, Biber", sagte er. „Ich glaube, die stecken alle unter einer Decke! Einer führt uns zum anderen. Ich habe mir alles genau überlegt. Ich helfe dir bei deiner Russenverfolgung. Das Risiko trägst du. Die Mission wird dich einen Großteil deines hart ersparten Post-Vermögens kosten. Ich habe überschlagsmäßig ausgerechnet, was du auf deinem Konto haben musst. Du hast seit Jahren kein Gewand gekauft und nie ein Auto gehabt."

Biber schluckte.

„Und Todesgefahr besteht nur für dich. Ich habe mir alle Hacklinger Partezettel der letzten Jahre angesehen. Auf jedem stand: ‚Mitglied des Kameradschaftsbundes'. Da ich kein Mitglied des Kameradschaftsbundes bin, müsste ich unsterblich sein, nicht? Also Nummernkonto eröffnen, beinhartes Training, Moped präparieren, Wienreise während Annettes Amerikaaufenthalts. Wo der Hund bleiben wird, weiß der Teufel."

„Heißt das, du hilfst mir?", war die einzige Frage, die Biber erstaunt stellte.

Edgar nickte und konnte nicht verbergen, welchen Spaß er selbst an der Angelegenheit hatte. In den Augen Bibers war in diesem Augenblick die unbändige Leidenschaft zu sehen, mit der er sich wieder dem Leben zugewendet hatte. Er spürte so eine große Freude und einen unaufhaltsamen Tatendrang. In seiner Wohnung hielt er es nicht mehr aus. In der Nacht schlief er kaum, faxte mit Russland und machte seine Hausaufgaben: Liegestütze und Klimmzüge.

Jeden Tag fand er sich bei Edgar ein. Am frühen Morgen kreuzte er schon auf und wollte gar nicht mehr heim. Annette konnte sich nicht dagegen wehren, weil eigentlich sie es gewesen war, die Edgar zu seiner rührenden Fürsorge verpflichtet hatte. Im Keller floss der Schweiß. Edgar bestand auf einem ausgefeilten Box- und Nahkampftraining, das ihm ein Leibwächter einmal beigebracht hatte. Der war als Kind in Edgars Leichtathletik-Team gewesen, hatte sich dann beim Militär zum Jagdkommando gemeldet und nach seinem Ausscheiden aus der österreichischen Armee die Ausbildung zum Leibwächter absolviert. Danach war er jahrelang in Diensten eines Geschäftsmanns in Costa Rica gewesen. Nach seiner Rückkehr hatte sich Edgar mit ihm über seine Abenteuer in Zentralamerika unterhalten, und jeden Sonntag hatten sie sich in der Turnhalle getroffen und ein scharfes Nahkampftraining absolviert.

Jetzt gab Edgar seine Kenntnisse an Biber weiter. Wie nach einem sorgsam ausgefeilten Mobilmachungsplan begann das Training. Biber wehrte sich anfangs. Vor allem in Bezug auf die Deckung gab es immer wieder massive Meinungsverschiedenheiten.

Edgar bestand darauf, dass sich Biber die erforderlichen Bauchmuskeln antrainierte, die ihn gegen Schläge auf den Bauch immunisieren sollten. Auch die Armhaltung zum Schutz des Kopfes und die Haltung der Ellbogen zum Schutz der kurzen Rippen trichterte er dem Ex-Postler ein. Der stellte sich oft dumm an, ließ aber bei jeder Gelegenheit erkennen, wie flink er war. Unheimlich flink. Als es wieder einmal zu einem Streit kam, weil sich Biber nicht in der von Edgar vorgeschlagenen Art decken wollte, prophezeite Edgar, er würde ihm in einem Boxkampf demonstrieren, welche fatalen Folgen seine schlechte Deckung haben würde. Er riss sich zornig den Zahnschutz heraus und sagte bedrohlich: „Du, Biber! Hör mir gut zu. Wenn du dauernd auf die Deckung vergisst, wirst du fürchterlich einfahren!"

Ein provisorischer Ring wurde aus alten Kletterseilen aufgebaut, und Edgar wollte seinem Schützling eine Lektion erteilen. Mit all seinen Tricks versuchte er ihn zu erwischen. Ohne Erfolg. Der Biber war wie ein Phantom. Genauso wie ihn der Hund am Parkplatz nicht erwischt hatte, konnte ihn auch Edgar nicht erwischen. Nach unzähligen Schlägen ins Leere musste er die Demonstration völlig erschöpft abbrechen. Der Biber sprang grinsend herum wie eine Gazelle.

Der Gleiche, der gerade noch gesagt hatte: „Na warte, du wirst schon sehen, wie weit du kommst, wenn du dich nicht deckst!", schrie jetzt: „Das ist unfassbar!", und ließ sich schwitzend auf die Couch fallen. „Du bist unfassbar", murmelte er erschöpft vor sich hin, „du bist der unfassbare Biber. Ich drehe noch durch mit dir. – Jetzt kann ich mich wieder erinnern. Damals habe ich in der Schule gehört, dass in deiner Klasse ein Völkerballspiel länger als die Turnstunde gedauert hat, weil sie dich nicht erwischt haben."
„Das stimmt", bestätigte Biber, der wie ein Weltmeister im Ring herumging. „Das ist nicht nur einmal vorgekommen. Keiner wollte mehr Völkerball spielen. Aber ich hatte das gleiche Problem wie mit dem Boxen. Ich konnte nicht angreifen."
„Geh, hör auf, du als Ballakrobat. Du wirst doch auch gut fangen und werfen können."
„Eben nicht! Ballkünstler bin ich nur mit den Beinen und mit einem Tischtennisschläger. Fangen kann ich leider nicht. Deshalb haben sie mich beim Fußball nie ins Tor gestellt."
„Das gibt es doch gar nicht!"
„Doch. Einer, der gut ausweichen kann, hat im Tor nichts verloren."
„Unfassbar! Jetzt kann der einen Ball nicht fangen. Das ist nicht zu fassen!"
„Das brauche ich nicht. Das ist mir egal. Aber Boxen möchte ich können. Das zeigst du mir noch, oder?"
„Na gut, Biber. Dann lassen wir die Deckung weg und konzentrieren uns auf das Schlagen. Du weißt ganz genau, ausweichen allein ist nicht genug. Damit kann man keinen Boxkampf und kein Völkerballspiel gewinnen."
Stundenlang quälte er den armen Kerl mit Geraden und Haken auf den Sandsack und in die Schlaghandschuhe. Es nützte nichts. Biber legte seine ungestüme Technik, die er einem Jahrmarktsraufer abgeschaut haben musste, einfach nicht ab. Am meisten ärgerte Edgar, dass er nach einem Schlag die Faust nicht zum Ausgangspunkt zurückführte, wie er es ihm schon Hunderte Male gezeigt hatte. Das war aber nicht das Schlimmste. Immer dann, wenn er sich nicht mehr zu helfen wusste, nahm Biber seine Beine zu Hilfe. Überbleibsel aus seiner Zeit als Fußballer. Das wurde ihm von Edgar aber strikt verboten.
„Kombinationen musst du schlagen, Biber! Nicht zwei Schläge, dann Pause. Eine ganze Salve musst du loslassen. Das werden wir die ganze Zeit üben, und wenn die Situation passt, dann deckst du

den Gegner mit so vielen Schlägen ein, dass er gar nicht mehr weiß, wer ihn geboren hat. Nicht so wie du es in den Cowboy-Filmen siehst, einmal der und einmal der. Kombinationen musst du schlagen. Verstanden?"

Zusätzlich zum Boxtraining gab Edgar seinem Schützling noch wichtige Anweisungen für den Fall, dass ein Gegner ein Messer hatte.

„Du musst immer einen Ledergürtel tragen, Biber. Wenn einer ein Messer hat, hilft dir nur der Gürtel, damit kannst du ihn auf Distanz halten."

Biber verstand zwar, was Edgar meinte, konnte sich aber partout nicht mit einem Gürtel anfreunden. Seit seiner Kindheit war er an Hosenträger gewöhnt, ohne die er sich wie nackt vorkam.

Und dann hatte Edgar vom Leibwächter noch eine todsichere Abwehrmaßnahme gegen eine Schusswaffe.

„Wenn dir einer eine Waffe von hinten aufsetzt, hat er schon verloren!", sagte er zu Biber. Das wollte der nicht glauben und hatte am nächsten Tag seinen Revolver dabei, mit dem er jedes Jahr als Cowboy bei den Faschingsveranstaltungen auftauchte. Damit konnte ein fast reales Training durchgeführt werden. Der Trick funktionierte tatsächlich. Biber stellte sich hinter Edgar und setzte ihm den Revolver am Rücken an. Sofort wich Edgar geschickt aus, nahm Biber den Revolver ab und überwältigte ihn. Nach mehreren Versuchen legte der Biber sogar Platzpatronen ein, um zu sehen, ob Edgar tatsächlich vor dem Knall aus dem Gefahrenbereich war. Es klappte immer. Gut zu wissen.

Zum Training im Keller kam noch ein Geheimtraining, bei dem jeder Kontakt mit der Bevölkerung vermieden wurde. Es bestand aus ausgedehnten Läufen am frühen Morgen und in der Nacht. Immer in der großartigen Landschaft um den Wallersee, dem Naturjuwel der Gegend. Entweder liefen sie auf der linken Seite des Sees oder auf der rechten bis ins Moor. Die frische, vom vielen Regen gewaschene Luft tat ihnen gut.

Sogar während seiner Beschäftigung am Friedhof machte Edgar Klimmzüge an einem Baum hinter der Gruft des ehemaligen Pfarrers. Im Laufe der Zeit zeigten sich nicht nur körperliche Fortschritte, auch die Idee mit dem Nummernkonto sollte bald umgesetzt werden. Der junge Fank hatte mit einem befreundeten Computerfachmann Kontakt aufgenommen, der in Luxemburg in

einer Bank arbeitete und in Metz in Frankreich wohnte. Der würde Edgar weiterhelfen, aber er musste persönlich das Konto eröffnen.
„Ohne ein anonymes Nummernkonto geht es nicht, Biber. Wir müssen nach Luxemburg. Aber wann? Meine Schwester darf davon nichts wissen. Und was mache ich mit dem Hund?"
Biber hatte keine Ahnung, warum Edgar ein Nummernkonto brauchte, aber er folgte ihm blind. Wenn Edgar sagte, er braucht etwas, dann war das einfach so. Dann konnte der Biber mit seinen Fragen von links und von rechts kommen, er hörte ihn gar nicht.
Erst als Biber laut rief: „Ich hab's!", horchte Edgar auf.
„Was?", wollte er wissen.
„Auf den Hund muss uns der Tone Streich aufpassen. Der hat mir den Wein zu verdanken."
„Bist du wahnsinnig! Der Tone ist schon mit den streunenden Katzen überfordert, die er in der Villa Scherbenstein betreut. Der Bursche ist viel zu unverlässlich. Der bindet mir den Burli vor irgendeinem Wirtshaus fest und säuft sich einen an. Nein, nein! Der Burli muss in guten Händen sein. Und dann bleibt noch das Problem mit meiner Schwester. Die darf nicht einmal posthum erfahren, was wir vorhaben."
„Na, auf die können wir den Tone Streich auch nicht aufpassen lassen", spöttelte Biber. „Aber vielleicht kannst du mit dem Internet etwas machen? Du hast doch gesagt, mit dem Internet kann man alles machen."
„Jetzt geh mir nicht auf die Nerven, Biber! Überlege lieber! Vielleicht hast du eine Idee. Du bist doch schon mehrmals eine Frau vor der Hochzeit losgeworden, oder etwa nicht?"
„Na ja, da kenne ich schon ein paar erprobte Tricks, die führen aber immer dazu, dass man eine Frau nie mehr wiedersieht. Das liegt ja nicht in unserem Interesse, oder?"
„Um Gottes willen, Biber! – Woran denkst du?"
„Na, siehst du! Da müssen wir schon etwas feinfühliger sein."
In den folgenden Tagen brachte Biber allerhand Werbematerial zum Training mit: Wellness-Urlaub in einer Therme, Beautyfarm, Traumschiff. Edgar winkte ab. Er wollte und konnte kein Vermögen für seine Schwester ausgeben, nur um ungestört nach Luxemburg fahren zu können. Da die Zeit drängte, musste rasch gehandelt werden. Edgar probierte es mit einer List.
„Annette", sagte er, „der Biber macht mich noch verrückt. Er will, dass ich ihn ein paar Tage nach Luxemburg begleite. Er sollte dort

jemanden besuchen, und allein will er das nicht. Ich habe schon versucht, ihn abzuwimmeln, aber du weißt ja, wie er ist. Kannst nicht du ihm eine Ausrede aufschwatzen, damit er weiß, dass ich hier unentbehrlich bin."

„Du und unentbehrlich", spottete Annette, „dass ich nicht lache. Für mich bist du im Haus höchstens eine Belastung. – Pah! Ich soll den Seppi anlügen. Wie stellst du dir das vor?"

Der Plan war aufgegangen. Edgar spielte jetzt den Beleidigten, weil sie behauptet hatte, er sei eine Belastung. Und dann musste der Biber für seine Rolle instruiert werden. Der zeigte sich gelehrig und kreuzte am nächsten Tag genau zu der Zeit auf, als Annette zu ihrer täglichen Shopping-Tour aufbrechen wollte. Edgar beobachtete aus dem Küchenfenster, wie Biber sie anhielt und sagte: „Grüß dich, Annette! Gut, dass ich dich alleine antreffe. Dein querköpfiger Bruder wehrt sich mit Händen und Füßen dagegen, mich nach Luxemburg zu begleiten. Und er will mir weismachen, dass er, der Herr Pensionist, hier nicht wegkann, weil du ihn so notwendig brauchst. Ich glaube, der will mich nur abwimmeln."

„Was hat er gesagt?", schrie Annette, stieg aus dem Auto aus und läutete an der Türklingel Sturm, bis Edgar auftauchte. Dann stellte sie ihren ahnungslos blickenden Bruder zur Rede. Hinter ihr grinste der Biber. Edgar blieb ernst und meinte dann kalt: „Gut, wenn es dir ohnehin lieber ist, wenn du mich los bist, dann fahre ich mit ihm, aber du bist dir schon im Klaren darüber, dass du dich dann auch um den Hund kümmern musst."

Damit hatte Annette natürlich nicht gerechnet, jetzt hatte sie sich jedoch vor Biber in eine Zwickmühle begeben und sparte sich sogar die Frage, was sie in Luxemburg eigentlich wollten. Der Ausgangsschein war somit erteilt und der Fahrt nach Luxemburg stand nichts mehr im Wege. Fast nichts! Denn noch war nicht geklärt, ob der Mann in Luxemburg mit dem Termin einverstanden war. Er hatte noch nicht geantwortet. Trotzdem, die ungeduldigen Pensionisten wollten und konnten nicht mehr warten.

„Komm, Biber!", rief Edgar mitten im Boxtraining. „Wir brechen auf. Ich habe sowieso das Versteckspiel und das Vorgaukeln der Arbeit satt. Es wird Zeit, dass wir das streng überwachte Hacklinger Gefängnis verlassen und einmal im Leben die Luft der Freiheit atmen!"

# Die Freiheit der Cowboys

Biber freute sich unbändig und konnte die Abreise nicht mehr erwarten. Er hatte sich seiner Posthose entledigt und fühlte sich wie ein anderer Mensch. Edgar hatte dem schwächelnden Postfuchs neues Feuer unter dem Hintern gemacht. Biber lächelte und rief in der Manier Tone Streichs: „Jawohl, passen muass!", und schlug dazu militärisch die Hacken zusammen.
„Jetzt tu nicht so, als ob du beim Militär gewesen wärest, Biber!"
„Du aber auch nicht", kam die Antwort, und schon wechselte Edgar das Thema.
„Weißt du was, Biber", meinte er, „ich melde mich sofort bei meiner Schwester ab. Wir nehmen uns gleich ein paar Tage Zeit. Bei der Gelegenheit könnten wir nach Paris weiterfahren. Ich bin sicher, der Glatt hält sich dort auf. Wie so oft."
„Pa--riis?", sprach Biber wie in Ekstase und fügte hinzu: „Da besuchen wir die Brigitte Bardot!"
„Geh, die ist doch in St. Tropez!", berichtigte Edgar. „Und außerdem muss sie mittlerweile mindestens zehn Jahre älter sein als deine russische Flamme."
Edgar war es auf einmal, als hätte er schon seit Langem auf diesen Augenblick gewartet, diesen Biber mit seinen unverschämten Forderungen herbeigesehnt. In der Pension war sein Leben ruhig geworden, vielleicht zu ruhig für ihn. Irgendwie hatte er den Wunsch in sich gespürt, es möge etwas geschehen, das ihn noch einmal vor seinem Abgang herausreißen könnte aus seinem sicheren Leben. Was für ein Widerspruch? Er war der sicheren Pension wegen zur Bahn gegangen. Und jetzt wollte er ausgerechnet die aufs Spiel setzen. War es die Angst vor dem Alter, dem Müdewerden oder sonst etwas? Er hatte nur eine vage Ahnung. Und genauso verhielt es sich mit Biber. Sie hatten sich gefunden. Wenn es den Eseln zu gut geht, tanzen sie auf dem Eis.
Nach all den Jahren der Anpassung hatte sich in Edgar der letzte Rest von Respekt vor Autoritäten verflüchtigt. Er witterte eine Gelegenheit, all das, was er in seiner Jugend nicht ausleben konnte, nachzuholen. Und die gleiche Witterung hatte auch Biber aufgenommen. Alles, was sie Eltern, Politikern, Lehrern früher geglaubt hatten, lehnten sie jetzt als Nachpubertierende frech ab. Alles, was sie in den Medien über Politik, Justiz, Bahn und Post geboten bekamen, betrachteten sie als Lügen und gezielte Desinformation. Mit dem Knallen eines Sektkorkens emanzipierten

sich die zwei Angepassten brutal von allem bisher Gültigen und wandten all dem, das ihnen bisher Halt gegeben hatte, den Rücken zu. Als Belohnung wartete eine vollkommen neue Welt, vielleicht sogar eine erfüllende Zukunft. Das Nachpubertieren begann vorerst mit ungestümer Übertreibung. Biber hatte die Idee, sich sogar als Protest eine Glatze scheren und einen Bart wachsen zu lassen. Spannungen vieler Jahre der affenartigen Anpassung mussten sich entladen. Edgar erklärte die Reaktion mit dem Wort „Verspätung", das bisher für ihn als Eisenbahner ein Unwort gewesen war. Sie wollten die Lust der jungen Jahre wieder ausprobieren und da war es gerade recht, in die Ferne zu fahren. Jeder der beiden riss den anderen mit, sie fanatisierten sich gegenseitig. Hastig wollten sie nachholen, was sie ihr Leben lang versäumt hatten.

Hitzig und ungeduldig trafen die zwei vom Reisefieber Gepackten die letzten Vorbereitungen. Dabei entbrannte ein erbitterter Streit um das Gepäck. Biber regte sich fürchterlich auf, dass Edgar seine schwarze Lokführertasche, die ihm seine Kollegen zur Pension geschenkt hatten, mit Bierflaschen füllte.

Edgar fuhr ihn an: „Glaubst du, ich trinke ausländisches Bier? Die haben sicher nur Dosen in Frankreich. Und Dosen mag ich sowieso nicht. Weißt du was? Die können ihr teures Dosenbier selbst trinken. Ich trinke nur Bier von unserer Brauerei im Lerchenfeld. Schon mein Vater hat ausschließlich *Lercherl-Bier* getrunken. Weil es aus unserem gesunden Wasser aus der Sommerholzer Quelle gemacht wird, durch die auch der Wallersee gespeist wird."

Biber konnte Edgars Sturheit einfach nicht fassen. Für ihn war jedes Bier gleich und beim Wein schmeckte ihm der am besten, den andere bezahlten. Biber musste also machtlos zusehen, wie Edgar eine Bierflasche um die andere in Wellpappe-Streifen hüllte, damit sie nicht scheppern konnten. Schließlich sah er ein, dass er dem alten Sturschädel nichts ausreden konnte, und widmete sich seinem eigenen Gepäck. Als posterprobter Schnellpacker konnte er kurze Zeit später seine schweinslederne Aktentasche mit der Jause und ein handliches Köfferchen präsentieren, das einen ausziehbaren Griff und Räder hatte. Wie eine elegante Dame zog er sein Köfferchen hinter sich her und meinte: „Praktisch, was? Wenn du willst, habe ich auch für dich so einen Trolley."

Als Edgar ihn sah, schrie er entsetzt: „Was? Du spinnst ja! Glaubst du, ich ziehe meinen Koffer hinter mir nach? Ein Trolley! Dass du dich damit nicht genierst, Biber! Das ist doch was für alte Weiber. –

Wenn man sein Gepäck nicht tragen kann, soll man nicht fortfahren."

„Schau", sagte Biber. „Ein Trolley ist immer gleich schwer zu ziehen, egal, wie viel du drin hast."

„Na, dann kannst du ja gleich ein paar Bierflaschen reingeben", rief Edgar. „Ich nehme dafür die Jause." „Schau, wie du daherkommst mit deiner Eisenbahnertasche und dem altmodischen Trageriemen", schimpfte Biber. „Deine Jacke zieht es dir ganz einseitig runter. Wie ein Sandler kommst du daher. Ich muss mich mit dir schämen. Kein Mensch hat mehr so eine alte Tasche wie du. Nur die Eisenbahner selbst."

Edgar gab auf. „Mach doch, was du willst", sagte er resignierend. Wortlos brachen sie mit dem Moped zum Bahnhof nach Salzburg auf, über zwanzig Kilometer bei strömendem Regen. Biber fuhr Vollgas, und Edgar, der mit einem Rucksack, seiner Lokführertasche und Bibers Köfferchen bepackt war, musste ihn immer wieder an den Kolbenreiber erinnern, um ihn ein wenig zu bremsen. Der wilde Fahrer aber bremste erst, als er vor dem Bahnhofspostamt am Hauptbahnhof angekommen war. Dort an seiner ehemaligen Arbeitsstätte hatte er immer noch einen Schlüssel, den er für solche Fälle zurückbehalten hatte. Als die klitschnassen Männer das Moped einstellten, kam ihnen Bibers ehemaliger Kollege, der wegen seiner Ähnlichkeit zu einem in die Jahre gekommenen Popstar Rod Stewart genannt wurde, entgegen und fragte, wohin sie denn unterwegs seien.

Edgar antwortete wie aus der Pistole geschossen mit: „Wir müssen zu einer Eröffnung." Biber blickte ihn verwirrt an. Rod Stewart fragte nicht nach und staunte, als er ihnen ihre triefenden Regenmäntel und die Sturzhelme abnahm. Die Herren trugen darunter schwarze Anzüge.

„Zu einer Eröffnung!", wiederholte er mit Bewunderung, und sein Blick schwenkte an Bibers Körper auf und ab. So hatte er den ehemaligen Kollegen, der die gleiche Beinhaltung hatte wie er und auf dem Fußballfeld sein größter Widersacher war, noch nie gesehen. Ohne Postuniform war der Mann fast nicht wiederzuerkennen. Nur die schweinslederne Aktentasche, die sich Biber unter den Arm geklemmt hatte, erinnerte an gemeinsame Nachtdienste. Das Wort Eröffnung klang in den Ohren nach wie ein Schlager von Roland K. Es hatte so etwas Bedeutendes. Edgar hatte den Satz von seiner Schwester, die ihn immer verwendete, wenn sie auf eine Vernissage musste. Aber für die Eröffnung eines Nummernkontos hörte er sich irgendwie unpassend an. An alle möglichen Eröffnungen würde man denken, aber die Eröffnung eines Kontos war wirklich abwegig. Hauptsache, Rod Stewart passte auf das Moped auf und sorgte dafür, dass die Regenmäntel trockneten.

Biber sah sich in seiner ehemaligen Dienststelle um, ob noch irgendetwas an ihn erinnerte. Überall hatte er seine Markierungen hinterlassen: Zeitungsartikel von Tischtennisturnieren und Fußballspielen, Poster von Schauspielerinnen aus Illustrierten. Eingravierte Namenszeichen und Symbole. Alles abgeschabt, überpinselt, weggehobelt, ausgegipst, herausgefräst, geschliffen, geschmirgelt. Er fühlte sich, als hätte man ihn selbst herausgefeilt. Als würde er nie existiert haben. Die Zeitungsartikel, die jetzt auf einer Pinnwand prangten, hatten alle mit den aktuellen Plänen der Post zu tun:

```
Post sucht Zustellpartner.
»Stopp dem Postraub« Volksbegehren.
Zeit totschlagen im Karrierecenter!
Erste Postler gehen auf Polizeistreife!
Post will angestammtes Personal loswerden!
700 freiwillige Postfüchse wechseln ins Wachzimmer.
```

„Na, wechselst du auch in den Polizeidienst", fragte er „Rod".
„Nein!", antwortete der. „Ich werde sicher nicht die Polizei entlasten, und ins ZTZ[25] gehe ich ihnen auch nicht! Sollen sie mich doch schicken! Dann kann ich mich der Musik widmen. Bevor dem Generaldirektor ein neuer Blödsinn einfällt, verordne ich mir meine eigene Beschäftigungstherapie."
„Haha!", lachte Biber und steuerte auf einen Ledergürtel zu, in dem kleine in Strohpapier eingewickelte Fläschchen steckten. Wie Munition in einem Patronengürtel. Vielleicht geschah es aus purer Sentimentalität, dass sich Biber gerade jetzt ein Underbergfläschchen aus dem Gürtel schnappte und das Strohpapier entfernte. Mein Gott, wie oft war hier im Nachtdienst die Zeit stillgestanden und musste mit einem Underberg vertrieben werden.

---

[25] Für Post-Bedienstete hat Zynismus einen Namen: KEC - das Karriere- und Entwicklungscenter. Dort werden sie „geparkt". Die Postler nennen die Einrichtung im internen Sprachgebrauch ZTZ, Zeit-Totschlag-Zentrum.

„Täglich Underberg[26] – und du fühlst dich wohl", stand auf dem Underberg-Thermometer. „Jeder Nachtdienstler hat es mit dem Magen", wusste Biber. „Die Frage ist nur, ob die Magenprobleme vom unregelmäßigen Dienst, vom unregelmäßigen Essen oder von der übertriebenen Einnahme des Underberg herrühren", meinte Edgar. „Jetzt bist du am Zug", sagte Biber zum Eisenbahner und hielt ihm ein Fläschchen hin. Auch Rod, der „aktive" Postler, schnappte sich eines und meinte: „Ich kann keine Zugluft vertragen. Bei der geringsten Zugluft muss ich mit einem Underberg meine Abwehrkraft stärken. Edgar bekam eine lebhafte Ahnung davon, was sich hier bei den Nachtdiensten abspielen musste. Er konnte sich vorstellen, wie schwierig es für eine Frau war, mit dem unregelmäßigen Dienst eines Postlers zurechtzukommen. Und mit einem Mann, der sich nach dem Nachtdienst mit einer Underberg-Fahne noch ins Bett warf." Rod Stewart trank das Fläschchen schneller aus, als er es vom Strohpapier befreit hatte, und meinte: „Das Gute bei einer Sauferei mit Underberg ist, dass man nicht wirklich einen Kater hat am nächsten Tag. Das machen, glaube ich, die Kräuter."

Nachdem er den Underberg in einem Zug runtergeschluckt hatte, sagte Rod: „Sei froh, dass du nicht mehr da bist. Der Post brauchst du keine Träne nachzuweinen. Die hat keine Zukunft mehr."

„Alte Liebe rostet nicht", antwortete Biber und sah ganz wehmütig drein. Von dem Tag, als er vom Christkind ein Kinderpostamt geschenkt bekam, hatte ihm die Post ihren Stempel aufgedrückt. Und das würde sich trotz Pensionierung nicht ändern.

Mit tiefer Stimme begann Rod Steward zu singen: „Will I see you tonight on a downtown train." Dann holte er seine E-Gitarre und seinen Verstärker.

„Ja, hast du denn nichts zu tun", fragte Edgar. „Der Packerlwagen ist abgefertigt. Keiner kann verlangen, dass ich die ganze Nacht durcharbeite", knirschte Rod und steckte sein Instrument in die Verstärkerbuchse. Edgar war überwältigt, wie er spielte und sang.
Every night, every night it′s just the same
On a downtown train.

„Stell dir vor", flüsterte er Biber zu. „Der ist zu ganz etwas anderem fähig, als was er an dieser Dienststelle sein ganzes Leben lang

---

[26] Underberg: Magenbitter in kleinen Fläschchen. Zum Lichtschutz mit Strohpapier eingewickelt. Zur komfortablen Aufbewahrung ist der rustikale und dekorative Underberg-Wildleder-Gurt mit kunstvoller Schnalle erhältlich.

gemacht hat." „Vielleicht wird er seine Talente in der Pension nutzen", antwortete Biber.
All my dreams fall like rain
On a downtown train.
Nachdem ein Gitarrensolo den Song dramatisch beendet hatte, kredenzte die Rod-Stewart-Imitation noch ein paar Fläschchen Magenbitter zur Erfrischung. Mit den militärisch ausgesprochenen Worten „Medikamente soll man einnehmen, wenn sie verordnet werden", gab Biber das Zeichen zum Austrinken. Dann ließen die Pensionisten den „aktiven" Postler mit seinem Nachtdienst allein und betraten die Bahnhofshalle.
Bis zur planmäßigen Abfahrt des Mitternachts-Zuges nach Paris war es noch über eine Stunde, und trotzdem marschierten die ungeduldigen Herren in ihren dunklen Anzügen angespannt am Salzburger Bahnhof auf und ab, bis sie endlich ihr Gepäck an einer Bank abstellten und sich setzten. „Alfons ist hier zum letzten Mal gesehen worden", sagte Edgar. „Von einem Eisenbahner! Um Mitternacht! Sagt dir das etwas, Biber? – Kann leicht sein, dass er wieder einmal in Paris unterwegs ist." Dazu holte er ein Foto von Glatt aus seiner Brusttasche und sagte: „Für alle Fälle! Man kann ja nie wissen!" Biber hatte nicht zugehört und besah das Foto nur flüchtig. Er machte sich plötzlich Sorgen und überlegte, ob jemand sein Testament finden würde, falls er nicht mehr zurückkäme.
Leonhard Fank war per E-Mail beauftragt worden, dem Kontaktmann Pierre das Kommen der zwei Männer aus Österreich anzukündigen. Um 9 Uhr früh sollte er sie am Bahnhof in Metz treffen. Als Erkennungszeichen hatte Edgar vorgeschlagen, dass der Biber einen Cowboyhut tragen würde. Deshalb hatte er sich auch einen Fotoapparat eingepackt. Jetzt wollte er sich die Zeit vertreiben. Er sprang auf und ging hinunter in die Schalterhalle, sah sich die Werbungen an, studierte den Fahrplan und fuhr die Rolltreppe mehrfach auf und ab. Eigentlich war er schon glücklich, aber auch nervös, sehr nervös. Er überlegte, ob er zu Hause alles so hinterlassen hatte, dass es keine schlechte Nachrede geben würde, wenn er aus irgendeinem Grund nicht mehr zurückkommen sollte. Der Ölgeruch der Rolltreppen beruhigte ihn. Hin und wieder warf er einen Blick in Richtung *BahnExpress*-Annahmestelle, seiner ehemaligen Dienststelle. Er war vor seiner Pensionierung der Chef des härtesten Konkurrenzunternehmens der Post. Kein Vergleich mit dem Schneckentempo, mit dem die Konkurrenz die Pakete

versendete. *BahnExpress* bedeutete höchste Zuverlässigkeit. So wurden dringend benötigte Blutkonserven und Autoersatzteile selbstverständlich mit *BahnExpress* und nicht mit der Post befördert. Jede Sendung wurde umgehend in den nächsten Zug verladen und konnte an fast jedem Bahnhof abgeholt werden. Den Fahrplan der Westbahn hatte Edgar jetzt noch im Kopf. Er war damals der Einzige in seiner Dienststelle, der Uniform getragen hatte. Und er hatte sie gerne getragen. Inklusive des KDS-Sportabzeichens. Eigentlich wollte Edgar ja Lokführer werden, nachdem er die Firma Pfuschek verlassen hatte. Er kannte sich mit den Lokomotiven aus wie kein Zweiter. Lokomotiven waren seine Leidenschaft. Deshalb hatten ihm die Kollegen zur Pensionierung auch die Lokführertasche geschenkt, mit der er jetzt unterwegs war. Ja, es war für ihn damals gar nicht leicht, überhaupt eine Anstellung bei der Bahn zu bekommen. Wo er doch ohne Parteizugehörigkeit war. Es war seine Schwester Annette, die schlussendlich die Kontakte hergestellt hatte. Über ihren Mann Alfons Glatt, den größten Nutznießer der großen Koalition. Deshalb sagte sie auch bei jeder Gelegenheit: „Wir stehen beide in seiner Schuld!"

Auch Biber lief nervös herum. Auch er war in seinem eleganten Anzug und mit seiner schweinsledernen Aktentasche auf dem Weg nach unten und steuerte unberechenbar zwischen den Menschen hindurch, die hektisch umherliefen, weil die bekannte Stimme der ehemaligen Nachrichtensprecherin Chris Lohner[27] gerade aus den Lautsprechern die Einfahrt eines Schnellzuges ankündigte. Edgar sah von der Rolltreppe aus zu, wie sich Biber nahezu mühelos seinen Weg bahnte, während sich alle anderen gegenseitig im Weg waren. Die Eiligen schleppten, zogen und schoben ihre Koffer, Reisetaschen, Sporttaschen, Rucksäcke, Seesäcke und Handtaschen dem Bahnsteig entgegen. Sie zerrten und rissen, schwitzten und schnauften. Einige husteten und rangen nach Luft, und dennoch hatten sie eine Zigarette im Mund. Die Sandler, die die ganze Zeit auf den Bänken gesessen waren oder geschlafen hatten, brachen ausgerechnet zur selben Zeit auf und bewegten sich wie geschlagene Hunde den Eiligen entgegen, blockierten sie mit ihren Jugo-Koffern aus den Supermärkten. Wieder erschallte die Ansage von Chris Lohner, und einer der Sandler schrie „stand clear", als wolle er die

---

[27] Chris Lohner: Legendäre Nachrichtensprecherin des ORF; seit Jahrzehnten spricht sie zweisprachig die Zugansagen der ÖBB mit ihrer unverkennbaren Stimme.

Ansage für all jene wiederholen, die sie nicht verstanden hatten. Jedoch stand sein einziger Zahn einer verständlichen Aussprache entgegen.

„Die Chris Lohner ist die Einzige, die sich mit den Sandlern unterhält", dachte Edgar. „Von der lernen sie sogar Englisch."

Er hatte recht. Die Sandler wachten mit dieser Stimme auf, verbrachten mit ihr den Tag und schliefen mit ihr ein. Für manche mochte diese Stimme zickig klingen, für die Bahnhofsbewohner musste sie Wärme und ein Zuhause bedeuten. Diese Stimme war aber auch eine Beruhigung für die Bahnreisenden und die Nachtdienstler von ÖBB und Bahnhofspost, die von ihr rechtzeitig vor der Zugluft gewarnt wurden und ein Underbergflascherl aufschrauben konnten, wenn sie „stand clear" sagte.

Edgar betrachtete das hektische Treiben von einem ruhigen Plätzchen oberhalb der Rolltreppe. Auch Biber kam dort vorbei, als er seinen Kontrollgang beendet hatte.

Edgar begann zu schwärmen: „Mensch, Biber, riechst du das Öl von der Rolltreppe?"

Biber schnupperte theatralisch, konnte aber nichts Besonderes riechen.

„Mensch, Biber", schwärmte Edgar weiter, „wie ich diesen Ölgeruch von den Rolltreppen gerne rieche. Der erinnert mich an meine Lehrzeit in der Firma Pfuschek, als ich noch jung und spritzig war."

Biber schüttelte unverständig den Kopf. „Mich erinnert er an ‚Kastjanóe másla'!", knurrte er.

„Was?"

„Knochenöl!"

Edgar liebte die Gerüche, das Eisen, das Reibungsgeräusch, sogar das Quietschen der Bremsbacken, und vor allem die erotisch ins Mikrofon gehauchten Ansagen von Chris Lohner.

„Die muss auch schon in unserem Alter sein, die Chris Lohner!", sagte er zu Biber.

„Mein Gott, die Chris Lohner!", schwärmte Biber. „Was für eine Stimme! Was für eine Figur. Alle Postler waren in sie verliebt, und ich natürlich auch. Die ist heute noch eine ausgesprochen attraktive Frau."

„Wie kannst du das wissen? Sie ist doch schon lange nicht mehr auf dem Bildschirm!"

„Als Fernsehansagerin nicht, aber ich habe sie unlängst im Fernsehen gesehen. Sie war Gast im Seniorenclub. Die schreibt jetzt Bücher und ist Expertin für die Wechseljahre."
„Und die Ansagen auf den österreichischen Bahnhöfen macht sie noch immer. Da wird sie sich eine Kleinigkeit zur Pension dazuverdienen."
„Recht hat sie! Das ist eine kluge Frau. Die ist allen Leuten sympathisch, weil sie immer nur die regulären Ansagen gesprochen hat. Die Verspätungen musste eine andere Stimme bekannt geben."
„Und jeder erinnert sich gerne an ihre Zeit am Bildschirm, weil damals das Fernsehprogramm besser war."
Nachdem alle Passagiere ihr Gepäck verstaut hatten und der Zug unter den Tränen und Winkereien der Zurückgelassenen den Bahnhof verlassen hatte, war es wieder ruhig. Fast zu ruhig. Die Sandler nahmen ihre endgültigen Schlafplätze ein, einige Betrunkene führten noch Selbstgespräche und die Zeit stand still. Immer noch dreißig Minuten bis zur Abfahrt nach Metz. Im Bahnhof war es windig, saukalt und ungemütlich. Für diese Jahreszeit viel zu kalt. Draußen regnete es noch immer in Strömen. Das Warten und der bevorstehende Abschied von seiner gewohnten Umgebung machten Edgar nachdenklich. Immer, wenn er von zu Hause fortmusste, hatte er ein flaues Gefühl im Magen. Deshalb nahm er sich ins Ausland Bier aus Salzburg mit, als einzige Verbindung zur Heimat. Er war ein Hacklinger. In Hackling war er geboren, dort kannte er jeden und jeder kannte ihn. Auch wenn er immer den Beschäftigten spielen musste, so lebte er doch gerne in dem kleinen Ort jenseits der großen weiten Welt. Obwohl sich in seinem Heimatort höchst selten aufregende Dinge ereigneten, so hatte er jetzt das Gefühl, er könnte in den paar Tagen seiner Abwesenheit etwas versäumen. Zumindest seinen Lieblingssender **Loden-TV**, das einzige Medium, dem er nicht mit äußerster Skepsis begegnete, würde er eine Woche lang nicht sehen. Er warf einen Blick auf Biber, der seine Unterlippe wild nach vorne schob und seine Augen nicht von den erleuchteten Fenstern des Postmagazin lassen konnte.
„Jetzt könnten wir in der warmen Stube sitzen", bemerkte Edgar fast vorwurfsvoll. „Und was machen wir? Wir setzen uns unnötig der Gefahr aus. Deinetwegen, Biber! Du hast uns da reingeritten!"
Obwohl auch Biber ein ähnliches Unbehagen wie Edgar spürte, protestierte er beleidigt: „*Ich* habe uns reingeritten? *Du* wolltest

doch unbedingt das Nummernkonto eröffnen. Ich nicht. Wer weiß, ob uns dein Brieffreund überhaupt abholt."

Edgar zuckte zusammen. Hoffentlich hatte Leonhard Fank ihn erreicht. Oder war die E-Mail nicht angekommen? Ein Haarriss in der Mailbox? Man weiß ja nie. Sollte er ihn noch anrufen? Nein, jetzt doch nicht mehr. Es war schon fast Mitternacht. Sie starrten sich eine Zeit lang an und wahrscheinlich bereuten beide, dass sie sich auf die Sache überhaupt eingelassen hatten. Dann aber löste Biber die Spannung auf. Er holte zwei Wurstsemmeln aus seiner Schweinsleder-Aktentasche und gab Edgar seine Ration ab.

„Was sein muss, muss sein!", sagte er in der Manier Tone Streichs und tat einen kräftigen Biss. „Jawohl!", pflichtete Edgar bei und meinte beruhigend: „Wenigstens geht die Nachtfahrt diesmal nicht nach Woronesch!" Dann wandte er sich gehorsam der Jause zu. Biber bettelte um ein Bier, aber Edgar blieb hart: „Das Bier wird erst angerührt, wenn wir im Ausland sind. Was glaubst du denn? Die Flaschen sind rationiert!" Im Nu war die Zeit verflogen, und Chris Lohner kündigte die Einfahrt des Zuges an. Ihre letzten Worte, „stand clear!", waren noch nicht restlos aus den Lautsprechern verhallt, da rollte der Orient-Express schon in den Bahnhof ein. Edgar winkte dem Lokführer und sagte halblaut „Servus" vor sich hin. Schon von außen hatte er ein paar leere Plätze in einem Großraum-Waggon ausgekundschaftet und sprang noch während der Fahrt auf das Trittbrett auf. Biber folgte ihm, und schon saßen sie gemütlich gegenüber, als sich die anderen Ein- und Aussteiger noch umständlich mit ihrem Gepäck gegenseitig blockierten.

„Wir sind frei!", verkündete Biber erleichtert, als sich der Zug in Bewegung setzte. Schon nach einigen Minuten hatten sie die erste Grenze passiert. Nach Deutschland. Und es stand fest, dass weitere Grenzüberschreitungen folgen würden. Allerdings von einer anderen Art. Trotz der späteren Stunde war Edgar frisch und munter und erklärte Biber alles über die Bahn, die Strecke, die Züge, die Schienen. Er konnte nicht mehr aufhören. Sein Temperament ging mit ihm durch. Erst als er bemerkte, dass Biber eingeschlafen war, gab er Ruhe. „Der ist wieder der Alte, der Biber", dachte er. „Er kann wieder schlafen." Doch Biber schlief nicht. „Der spinnt!", dachte er. „Was der für einen Blödsinn erzählt!"

„Ha!", murmelte Edgar. „Ohne Vorwarnung eingeschlafen!" Das entsprach genau dem, was Edgar vom Anforderungsprofil eines Postlers erwartete. „Der schläft tief und fest und träumt höchstens einmal davon, wach zu sein und mit seiner russischen Flamme zu flirten", dachte er. Von überall konnte er seinen Freund sehen. Von vorne, als Spiegelbild im Fenster und wenn er sich zurücklehnte, als umgekehrtes Spiegelbild in der Ablage. Wie die Mirz die Kunden im **»Fleisch und Wein«**. Und schon nach ein paar Minuten konnte er ihn hören. Aber Biber schnarchte nicht, nein, er knirschte. Es klang, als würde ein Hund sich zu Rod Stewarts Melodie von „`On a downtown train`" in einen Knochen verbeißen. Und dazu schnitt er verwegene Gesichter. Edgar musste grinsen. „Der ist nachtaktiv", dachte er sich. Stundenlang beobachtete er Biber und schmiedete Pläne. Diese Pläne hatten alle damit zu tun, dass er seine eigenen Ziele so verpacken musste, dass Biber auch einen Vorteil für sich darin sah. Es war wahrscheinlich irgendwann in den Morgenstunden, da nickte auch Edgar ein. Ein Stündchen vielleicht oder zwei oder drei. Verwirrt näherte er sich wieder der Realität. Mit geschlossenen Augen registrierte er das Geräusch eines Zuges und das Knirschen eines Schlafenden. Wo war er? Welcher Tag war heute? War es ein Wochentag oder ein Feiertag? Musste er zur Arbeit? Langsam verschaffte er sich Übersicht: Zug nach Metz, Biber knirscht, Eröffnung, Nummernkonto, Treffen mit Pierre, Cowboyhut, Umsteigen in Straßburg. Nur zehn Minuten Zeit. Er schreckte auf und presste sich ans Fenster. Kein Hinweis auf die momentane Position.

Ein hastiger Blick auf die Uhr. „Was? Wir sind gleich da!", dachte er sich und schrie: „Los, Biber, wach auf! Umsteigen. Wir haben nur zehn Minuten Zeit."

Biber war schweißgebadet. Er hatte gerade von einer wilden Mopedfahrt geträumt, bei der er das Gas nicht mehr zurückdrehen konnte. „Wo bin ich?", rief er. „Ich muss aufs Klo."

Edgar schrie hastig: „Wir sind schon fast in Straßburg, Biber! Gerade sind wir an Kehl vorbeigefahren. Jetzt sind wir auf der Brücke über den Rhein. Umsteigen!" Als der Zug noch gar nicht richtig zum Stehen gekommen war, packte Edgar den Knirscher und trieb ihn an der Toilette vorbei, die ohnehin überschwappte und den Boden mit Urin flutete. Dann suchten sie verzweifelt den richtigen Bahnsteig.

„Wo ist die nächste Schautafel?", murmelte Edgar und kommandierte: „Geh weiter, Biber! Der Zug fährt um 07:09 Uhr ab, ob wir drin sind oder nicht. Wie eine Mutter ihr widerspenstiges

Kind, zog und schubste er den schläfrigen Kompagnon herum, bis sie endlich am richtigen Bahnsteig waren.

Als der Zug exakt um 08:46 Uhr in Metz einfuhr, rief Edgar: „Pünktlich ist er, das muss man ihm lassen." Wie zwei Schulungsbeauftragte der Mormonen schritten sie mit ihren schwarzen Anzügen und ihrem Gepäck durch die Bahnhofshalle. Als sie durch den Ausgang marschierten, war Edgar überwältigt und hörte nicht auf, vom Bahnhof zu schwärmen. Der Biber hörte ihm gar nicht zu. Er hatte nur Augen für etwas ganz anderes: Er sah das riesige Postgebäude. Und ehe Edgar sich's versah, hatte ihm Biber den Cowboyhut aufgesetzt und war mit seinem Fotoapparat in Richtung Postgebäude unterwegs. Edgar wollte protestieren, aber umsonst. Der flinke Biber war schon weg, hatte aber nicht verabsäumt, von dem Mann im Cowboyhut ein schönes Foto zu machen. Edgar war sauer. Schon als Kind hatte er sich hartnäckig geweigert, jedwede Art von Kopfbedeckung aufzusetzen. Und jetzt stand er da im schwarzen Anzug mit den Händen voller Gepäck und einem Cowboyhut auf dem Kopf. Es blieb ihm aber nichts anderes übrig, als mit dem ungeliebten Hut vor dem Bahnhof auf und ab zu gehen, um für Pierre auffällig genug zu sein. Pierre ließ auf sich warten, und Edgar glaubte bei jedem der vielen Passanten, die ihn wie einen Außerirdischen anstarrten, dass es sein Kontaktmann sein müsste. Hunderte Menschen bewegten sich an ihm vorbei, Männer, Frauen, Kinder, Jugendliche. So eilig konnten sie es gar nicht haben, dass sie den Mann im Cowboyhut nicht bemerkten, über ihn schmunzelten, ihn begrüßten, ihn etwas fragten, ihn sogar fotografierten. Im Laufe der Zeit wurde Edgar ungeduldig. Biber war nicht mehr zu sehen, Pierre hatte vielleicht die Nachricht gar nicht erhalten. Edgar musste an die Erzählung Bibers denken, wie er am Moskauer Bahnhof gewartet hatte, bis einer daherkam, der mit russischem Akzent seinen Namen aussprach.

„Ich muss hier bleiben, bis er mich findet!", sagte er sich. „Wenn ich jetzt weggehe, können wir uns überhaupt nicht mehr treffen."

Plötzlich hielt ihm jemand von hinten die Augen zu.

„Gott sei Dank!", dachte er sich und wartete auf ein „Bonjour" oder etwas Ähnliches von Pierre. Stattdessen hörte er eine nachgemachte Frauenstimme: „Na, wartest du etwa auf mich, du schießwütiger Cowboy? Ich fahre mit dir nach Paris, wenn du willst!"

„Biber, du kindischer Hund!", rief der Cowboy. „Schau, dass du Land gewinnst!" Dabei stieß er dem durch seine Schweinsleder-

Aktentasche und den Fotoapparat nicht so wendigen Witzbold seinen Ellbogen in die kurzen Rippen, dass er einknickte wie eine verwelkte Blume und unter Schmerzen das Weite suchte.

Edgar war sauer und bereitete wieder einen heftigen Schlag vor, als ihm ein paar Minuten später jemand von hinten auf die Schulter klopfte. Nicht auszudenken, welchen Eindruck er hinterlassen hätte, wenn er nicht abgewartet hätte und sich das „Du musst Biber sein" von Pierre nicht zu Ende angehört hätte.

„Nein!", antwortete er und winkte Biber heran, der auf einer Bank in der Bushaltestelle lungerte. „Das ist Biber, ich Edgar!" Dann begrüßte er den Franzosen und war erleichtert. Auch Biber kam näher und stellte sich vor.

„Es tut mir leid, meine Herren!", begann Pierre. „Es ist leider etwas dazwischengekommen. Aber ich konnte euch nicht mehr erreichen. Ihr wart schon unterwegs."

Edgar und Biber sahen sich an. „Siehst du", sagte Biber, „ein Handy brauchen wir."

„Ach, du mit deinem Handy!", wimmelte Edgar seinen lästigen Weggefährten ab und fragte Pierre: „Was ist denn dazwischengekommen, Pierre?"

„Ich musste mir heute freinehmen, weil ich meinen Großvater im Krankenhaus in Nancy abholen muss. Der will unbedingt seinen achtzigsten Geburtstag zu Hause bei meinen Eltern feiern, und keiner in der Familie hat Zeit, ihn zu holen. Und dann muss ich mich das ganze Wochenende um ihn kümmern." „Na ja", sagte Biber, „das macht doch nichts."

„Doch", entgegnete Pierre. „Heute ist Freitag. Wenn wir heute nicht nach Luxemburg fahren, bekommen wir erst am Montag wieder einen Termin bei der Bank."

„Nicht schlimm", bemerkte Biber, „dann fahren wir in der Zwischenzeit nach Paris, was, Edgar?"

Bevor der verdutzte Edgar antworten konnte, sagte Pierre: „Aber nein! Ihr bleibt einfach in meiner Wohnung. Metz ist zwar nicht Paris, aber auch ganz schön. Am Montag fahren wir dann gemeinsam nach Luxemburg. Was sagt ihr dazu?"

Edgar jagten alle möglichen Gedanken durch den Kopf, die alle mit seiner Schwester, dem Hund und den versäumten Sendungen bei **Loden-TV** zu tun hatten. Biber sah seine Chance, nach Paris zu kommen und vielleicht Brigitte Bardot zu treffen, er hielt sich aber zurück.

„Na ja", sagte Pierre, „ihr werdet euch schon beschäftigen", und schon führte er die Ratlosen zu seinem Auto. Ein paar Minuten später standen sie schon im Aufzug zur Wohnung von Pierre. Dicht gedrängt standen sie da mit dem Gepäck und bekamen fast keine Luft. Es wurde ihnen fast schlecht vom beißenden Geruch eines frischen Lacks. „Dass da keiner was unternimmt", sagte Edgar und zeigte auf die Namen, die in verschiedenen Farben und eigenartigen Formen auf die Wände gesprayt waren.
„Keine Chance", meinte Pierre. „In diesem Fall sind wir alle hilflos. Die Maler müssen das jede Woche überpinseln, aber am nächsten Tag sind die Graffiti wieder da. Und wenn du das Fahrrad nicht mit auf den Balkon nimmst, ist es schon gestohlen."
„Hörst du, Biber, Graffiti heißen diese Schmierereien." Biber knirschte und schaute wild drein.
„Aber das ist halt die einzige Möglichkeit für die Jugendlichen, ihren Protest auszudrücken", sagte Pierre und führte sie in die Wohnung. Er gab ihnen einen Zweitschlüssel und meinte: „Der Kühlschrank ist voll, Baguette müsst ihr euch selbst kaufen." Dann war er weg.
Da saßen sie nun nach einer langen Nacht im Zug in Frankreich, in einem Stadtteil von Metz mit dem Namen Sablon. Die Wohnung lag direkt an den Schienen, fast genauso wie die Villa Scherbenstein unweit des Hacklinger Bahnhofs, nur ohne Schranken. Ein bisschen enttäuscht waren sie schon. Beide.
„Was soll's!", begann Edgar und öffnete die Balkontür, um einen vorbeifahrenden Zug zu beobachten. „Hier ist wenigstens das Wetter schön. Genießen wir ein paar schöne Tage in Freiheit, Biber!"
„Ist auch nett von Bier, dass er uns da in seiner Wohnung hausen lässt, obwohl er uns nicht kennt", bemerkte Biber.
„Computer-Leute sind so. Das ist normal!", antwortete Edgar und inspizierte die Gleisanlagen mit einem kleinen Feldstecher, den er dabeihatte. „Und nenne ihn ja nicht noch einmal Bier. Der heißt Pierre."
„Aber wir haben doch immer ‚Bier Brice' gesagt zum Apachenhäuptling Winnetou, wenn wir ihn in den Karl-May-Filmen gesehen haben", meinte Biber.
„Ja, als Kinder. Aber selbst der Winnetou heißt Pierre Brice und nicht Bier Brice wie Old Shatterhand Lex Barker und nicht Bier Barker heißt."
„Ach so!", meinte Biber, sagte laut und deutlich „Bär Brice" und schaltete den Fernseher ein, um sich durch die Programme zu

zappen. Als er ein bekanntes Gesicht sah, sagte Biber beeindruckt: „Das hätte ich ihm nicht zugetraut, dem Derrick, dass der so schön Französisch spricht."
„Dummkopf!", konterte Edgar. „Den Derrick zeigen sie in siebzig Ländern auf der Erde. Glaubst du, der spricht alle diese Sprachen? Er ist doch nicht der Papst. Mach dich lieber nützlich!" Dabei zeigte er auf die Kaffeemaschine.
Biber hatte verstanden und inspizierte auch gleich den Kühlschrank. Im Nu hatte er Kaffee gekocht und für beide aufgedeckt, leider ohne Brot.
„Jetzt wird es ernst, Biber", sagte Edgar, „wir müssen ein Baguette kaufen!"
„Ein Paket?", wollte Biber wissen. „Wozu brauchen wir denn das?"
„Kein Paket, ein Baguette, habe ich gesagt. Hörst du den Unterschied nicht? Baguette heißt das, Baguette, Biber! Ganz weich musst du das aussprechen. Du hast aber auch nur das Vokabular der Post zur Verfügung, Biber", schrie Edgar seinen Kompagnon an. „Ein Baguette ist ein Brot. Siehst du denn nicht, dass alle Leute hier mit einer Stange Weißbrot herumlaufen? Weil gleich da drüben eine Boulangerie ist, eine Bäckerei." „Ja, was weiß denn ein Fremder?", knurrte Biber und schaltete den Fernseher ab.
„Los, komm! Wir gehen! Sonst wird der Kaffee kalt!", rief Edgar und zog Biber aus der Wohnung. Obwohl sie im vierten Stock waren, verwendeten sie nicht den Aufzug, weil er so nach Lack stank. Sie liefen die Wendeltreppe hinunter und wunderten sich über die aufgespritzten Schriftzeichen an Mauern, Türen und Stufen.
„Graffiti heißt das, Biber! Weißt du noch? Ich habe es schon in Deutschland in den Bahnhöfen gesehen, aber hier ist es überall. Am Bahnhof, an den Zügen, unter den Brücken und hier im Haus."
„Graffiti", wiederholte Biber, „das habe ich in Russland nicht gesehen."
Schon hatte Edgar eine Boulangerie entdeckt und rief: „Komm, da gehen wir rein!"
Mit einem lauten „Bonjour" betraten die zwei die Boulangerie. Edgar überlegte hin und her, ob es nun „une baguette" oder „un baguette" heißen musste. Doch da war er auch schon an der Reihe und die Verkäuferin erwartete freundlich, aber rasch die Bestellung. Hinter ihm standen auch bereits ungeduldige Kunden. Da ging Edgar lieber auf Nummer sicher und sagte: „Deux baguettes, s'il vous plaît!"

Ruck, zuck händigte ihm die Verkäuferin die zwei Baguettes aus und fragte noch etwas, das er nicht verstand. Biber half ihm aus der Patsche und sprach etwas eigenwillig das Wort „Merci" aus, wie er es im Film von Derrick gehört hatte. Gott sei Dank konnte Edgar den Geldbetrag im Display der Kassa sehen. Verstanden hatte er die Kassiererin nicht. Als sie gezahlt hatten, verließen sie mit einem gemurmelten „Au revoir" von Edgar und einem lauten „Adieu" von Biber das Geschäft und gingen zurück in ihr Quartier. Der Weg zur Wohnung war nicht schwer zu finden. Edgar hatte sich zwei geparkte Autos gemerkt, die mit einem markanten Zeichen besprüht waren, einer Hand mit einem riesigen „V" zwischen Ring- und Mittelfinger. „Schau dir das an!", sagte er zu Biber. Der knurrte nur. Im Haus probierten sie diesmal den Aufzug. Der war innen völlig zerkratzt, mit Farbe besprüht, die Taste für das 3. Stockwerk fehlte. „Dass sie sich das gefallen lassen, die Franzosen", bemerkte Biber. „Ja, das kann ich auch nicht verstehen, aber es gibt eben keinen Hausmeister." „Und keine Frau Spechtler, die alles sieht."
„Und keinen Helmut Kopter, der alles hört!"
„Und keinen Tone Streich, der überall ist!"
„Und keine Mirz, die tratscht, Hahaha!"
„Essen wie Gott in Frankreich!", murmelte Biber, als er sich das Baguette ein paar Minuten später in den Kaffee einbrockte. „Das lasse ich mir gefallen."
Auch Edgar schmeckte das Frühstück, und schon sah die Welt wieder anders aus.
„Auf, Biber!", rief er. „Zieh dich um, wir drehen eine Runde."
Biber grinste und stand eine Minute später in einem Outfit vor Edgar, das nicht im Geringsten an seine frühere Beschäftigung bei der Post erinnerte. So hatte er sich früher nur bei seinen Urlauben in Italien angezogen, wenn er auf Brautschau unterwegs war. Er trug ein buntes Hemd, eine kurze Hose, eine Kapitänsmütze mit der Aufschrift Rimini und eine dunkle Sonnenbrille. Edgar hingegen sah aus wie immer.
Erst einmal wollten sie die nähere Umgebung erkunden. Unweit ihres Quartiers befand sich eine Kirche. Dort war gerade ein Begräbnis zu Ende, und eine Menge schwarz gekleideter Menschen standen herum.
„Na, Edgar, Begräbnisse sind irgendwie überall gleich, nicht?", bemerkte Biber.

„Das kann ich nicht sagen. Ich sehe nur Privatpersonen. Feuerwehrleute sind jedenfalls nicht dabei, und ich glaube, auch keine Mitglieder des Kameradschaftsbundes."

„Na, weil sie wahrscheinlich keine Bratwurst und kein Bier bezahlen, die Angehörigen. Sonst würde der Kameradschaftsbund schon vollzählig aufmarschieren."

„Mensch, eine Bratwurst, das wäre jetzt was, Biber", meinte Edgar. Biber entgegnete: „Eine Bratwurst werden wir hier nicht kriegen, aber ein Bier könnten wir uns schon kaufen, was?"

„Hör auf!", rief Edgar. „Wir haben doch gerade gefrühstückt.

„Schau dir das an, Edgar, was die da machen!", rief Biber aufgeregt. Gleich ums Eck hatte er Boulespieler am Platz hinter der Kirche entdeckt.

„Schau mal, wie viele Pensionisten da Boule spielen", krächzte Biber vergnügt. „Bei uns traut sich keiner auf die Straße, wenn er in Pension ist, und die spielen da ganz öffentlich Boule, wenn die anderen in der Arbeit sind."

„Glaubst du, die lassen uns mitspielen?", fragte Biber.

„Ich weiß nicht", entgegnete Edgar, „außerdem habe ich das noch nie probiert."

„Geh, das ist doch nicht schwer. In Rimini habe ich im Urlaub oft mitgespielt."

„Biber!", schimpfte Edgar. „Da hat doch jeder seine eigenen Kugeln. Siehst du denn nicht, wie sie die immer schön abwischen und putzen. Die werden sie sicher nicht herleihen!"

Biber hörte dem Spielverderber gar nicht zu und rief begeistert: „Schau dir das an! Die heben die Kugel mit einem Magneten auf, der auf einer Schnur hängt. Dann müssen sie sich nicht bücken. Raffiniert, was?"

Edgar pflichtete ihm bei: „Wirklich raffiniert. Da wird sicher einer draufgekommen sein, der so Kreuzweh hatte wie ich."

„Kann schon sein", murmelte Biber noch und war bereits mitten im Geschehen. Ja, er stand genau dort herum, wo die Kugeln aufschlugen. Edgar indes entfernte sich und betrachtete das Spiel aus sicherer Entfernung von einer Bank.

„Der Biber glaubt wirklich, die haben ausgerechnet auf einen wie ihn gewartet!", dachte er sich und grinste.

Als zwei Kontrahenten mit ihren Kugeln offensichtlich im selben Abstand von der Markierung entfernt waren, gab es fast einen Streit, weil jeder der beiden glaubte, er wäre näher. Da holte Biber ein

Maßband aus seiner Hosentasche und zeigte es herum wie ein Zauberer seinen Zauberstab. Als er die Aufmerksamkeit aller Spieler auf sich gezogen hatte, vermaß er die beiden Abstände und bezeichnete mit einer unmissverständlichen Handbewegung den Sieger und rief dazu „Bravo". Sofort wurde der österreichische Vermessungsexperte von den französischen Pensionisten als oberster Schiedsrichter anerkannt und musste nun einige Spiele lang für die ordnungsgemäße Abwicklung sorgen. Dabei gab es kaum sprachliche Schwierigkeiten, da die Pensionistensprache relativ international ist. Es dauerte auch nicht lange, bis dem Biber Kugeln angeboten wurden. Derjenige, dem er mit seinem Maßband zum Sieg verholfen hatte, borgte ihm jetzt seine kostbaren Geräte und machte sich mit dem Maßband nützlich. Wie nicht anders zu erwarten, waren Bibers Würfe beeindruckend, nicht nur vom Effekt her, sondern auch von seiner Beintechnik, die der Telemark-Landung eines Skispringers nicht unähnlich war. Edgar durfte auch ein paar Mal mit den geliehenen Kugeln sein Glück versuchen, hatte aber keinen großen Erfolg. Als er dann auch noch sah, wie die anderen Boulespieler Bibers Telemark-Technik nachzuahmen versuchten, war er richtig eifersüchtig und verdrückte sich wieder auf seine Bank, um das Spektakel in Sicherheit beobachten zu können. Jedes Mal, wenn Biber einen guten Wurf gelandet hatte, warf er Edgar einen stolzen Blick zu. Das war für Edgar immer die Gelegenheit, ihm ein Zeichen zu geben, dass er nach Hause wollte. Aber so wild er auch fuchtelte, Biber war nicht mehr wegzubringen. Erst nach Stunden konnte er ihn zum Nach-Hause-Gehen überreden, indem er ihm ein gutes Essen in Aussicht stellte. Die Boulespieler verabschiedeten sich einzeln mit Handschlag von Biber und riefen ihm beim Weggehen unverständliche Sätze zu. Er tat, als ob er alles verstehen würde, und winkte ihnen nach.

„Du hast recht gehabt", sagte er dankbar zu Edgar, „das war es! Ich habe einfach wieder eine Herausforderung gebraucht. Ich glaube, ich bin wieder der Alte. Auf einmal macht mir das Leben wieder Spaß. Wir werden die Russen zur Strecke bringen, wir zwei." Und als er es sagte, schlug er Edgar fest auf den Rücken.

„Siehst du, das freut mich, dass du das sagst", entgegnete Edgar und fuhr nachdenklich fort: „Aber ich bin mir noch nicht ganz sicher, ob mein Plan aufgeht. Erst einmal müssen die Voraussetzungen mit dem Konto geschaffen sein."

Biber war glücklich und atmete tief durch: „Endlich in Freiheit, Edgar, weißt du, was das heißt? Hier brauche ich mich nicht mehr mit der Posthose zu verkleiden. Ich könnte mir sogar den Bart wachsen lassen oder lange Haare tragen."
Edgar wollte gerade lachen, als ihm das Lachen aber auch schon wieder verging, denn was er da sah, konnte er überhaupt nicht begreifen.
Biber hatte plötzlich eine Zigarette und eine Zündholzschachtel in der Hand und sagte cool: „Weißt du, was ich jetzt mache, Edgar?" Ohne die Antwort seines wie versteinert dastehenden Freundes abzuwarten, verkündete er: „Ich heize mir eine Tschik an! Die hat mir mein neuer Freund Didier für meine Messungen geschenkt."
„Du spinnst ja, Biber!", schrie Edgar wütend und fuchtelte wie wild mit seinen Armen. Dann ließ er eine minutenlange Belehrung auf Biber einprasseln, der sich nicht beirren ließ und genüsslich die Zigarette schmauchte, obwohl sie ihm als Nichtraucher zugegebenermaßen ein wenig zu stark war. Provokant blies er den Rauch auf Edgar, der sich überhaupt nicht mehr beruhigen wollte. Dabei sah er so verwegen aus wie Keith Richards, der Gitarrist der Rolling Stones.
„Schön ist das", sagte er, „wenn man einmal so richtig die Freiheit genießen kann. Keiner kennt uns, und keiner weiß, dass wir Pensionisten sind. – Juhuu!"
Edgar schlug Biber vor, seiner russischen Flamme eine Postkarte zu schicken. Sofort marschierten sie zu einem Kiosk und kauften eine Ansichtskarte, dann holten sie sich Briefmarken vom Postamt und zogen sich in die Wohnung zurück. Während Biber mit voller Kraft den Kugelschreiber andrückte, um einen wohlüberlegten Text an seine Flamme einzugravieren, machte er mit dem Mund Bewegungen wie ein Kind bei den ersten Schreibübungen eines Anfängers, und auch die Zunge brachte er dabei ins Spiel. Zur Inspiration schaltete er den Fernseher ein und bewunderte die hübschen deutschen Schauspielerinnen, die in einer alten Derrick-Folge noch ganz jung waren.
Edgar ging indes ans Fenster und beobachtete die Züge. „Schön ist es hier", sagte er, nachdem eine Garnitur mit Getöse vorbeigefahren war. „Wie eine französische Villa Scherbenstein ist die Wohnung gelegen. Nur der Tone Streich mit seinen Katzen und dem Rosengarten geht ab."

Als Biber Edgar den Text seiner Postkarte vorzeigte und ihn aufforderte, zu unterschreiben, brummte dieser: „Endlich bist du fertig. Jetzt schau dir nicht die ganze Zeit den Derrick an. Komm, wir machen uns ein bisschen nützlich. Wir müssen staubsaugen, und wenn Pierre kommt, soll er etwas zum Essen haben." „Schau!", sagte Biber noch. „Der verwendet auch Stofftaschentücher wie ich, der Derrick!" Dann schaltete er ab und meldete sich zum Kochen. Edgar nahm sich den Staubsauger vor. Wie zu Hause begann er gleich fürchterlich zu fluchen, als er mit dem Schlauch hängen blieb. „Hakotsakaratie", schrie er und war fuchsteufelswild. Biber kochte unbeeindruckt Spaghetti und machte Salat. Als Pierre nach Hause kam, war er beeindruckt: Die Wohnung war blitzblank, Spaghetti mit Salat, *Lercherl-Bier* aus Hackling. Das Bier hielt nicht lange. Edgar war nicht bereit, mehrere Bierflaschen herauszurücken. „Die sind rationiert", betonte er Biber gegenüber. Da holte Pierre guten französischen Bordeaux, und alle waren wieder glücklich. Bis zum Schlafengehen. Als Edgar nämlich nach dem Zähneputzen ins Wohnzimmer kam, traute er seinen Augen nicht. Pierre hatte eine Couch ausgezogen und Biber rekelte sich gleich mit seinem Nachthemd darin. „Komm ins Bett, Schatzi!", rief er Edgar zu. Edgar erstarrte. Hatte Pierre im Ernst gedacht, er würde mit diesem Menschen, der sich gerade sein Sacktuch unter dem Polster zurechtlegte, in einem Bett schlafen? Nein, unmöglich. Biber war betrunken und kicherte vor sich hin. Immer wieder winkte er Edgar und rief neckisch: „Komm rein und wärme mich."
Edgar half Pierre beim Geschirrabwaschen und sagte zu ihm: „Lieber Pierre, es gibt ein Problem." Pierre sah ihn entgeistert an und musste lange warten, bis Edgar todernst weitersprach: „Ich kann mit dem nicht in einem Bett schlafen." Pierre erfasste das Problem blitzschnell und besorgte eine Luftmatratze. Edgar war beruhigt. Dass der Biber die ganze Nacht auf seiner breiten Doppelcouch knirschte, als ob er Granit zermalmen würde, hörte er gar nicht. Und der Lärm der Züge störte ihn sowieso nicht. Schon in aller Herrgottsfrüh stand er auf und betrachtete interessiert mit seinem Feldstecher das Geschehen auf den Schienen. Die Lokomotiven waren für ihn Lebewesen, ihre Lichter Augen. Wenn er die Bahn sah, war Edgar glücklich. Nur das Gras zwischen den Schwellen störte ihn. Sein Leben lang hatte er gegen Unkraut und Wildwuchs aller Art gekämpft. Und jetzt gerade am intensivsten.

„So viele Arbeitslose gibt es", dachte er sich. „Da könnte man doch eine Menge Leute beschäftigen mit dem Jäten. Und was machen sie bei der Bahn? Entlassungen, nichts als Entlassungen. Das hätte es früher nicht gegeben! Aber die heutigen Manager, das sind nur mehr Entlassungsspezialisten, sonst nichts." Er steckte den Feldstecher weg und legte sein Bettzeug zusammen. Dabei stieß er absichtlich immer wieder an Bibers Couch an, bis sich der zu ranzen begann und die Augen aufschlug.

„Los, Biber!", rief er. „Es ist Zeit zum Trainieren. Zieh dich an, wir laufen eine Runde." Biber gehorchte widerwillig, räumte seine Couch zusammen und folgte Edgar. Sie liefen an der Seille entlang und wären beinahe von einem Motorroller überfahren worden, wenn nicht Biber geistesgegenwärtig zur Seite gesprungen wäre und Edgar mitgerissen hätte. Die zwei Jugendlichen auf dem Roller grinsten nur und machten ein Zeichen, das genauso aussah wie die gespreizten Finger des Alfons Glatt. Schon waren sie wieder weg.

Nach einer guten Stunde waren die Läufer zurück und dehnten ihre Muskeln vor dem Wohnblock. Sie waren so erschöpft, dass sie den Lift nehmen wollten. Sie stiegen aber sofort wieder aus, weil er so fürchterlich nach Farbe roch, dass sie keine Luft bekamen. Edgar nahm noch einmal seine ganze Kraft zusammen und sprintete die Treppen hoch, um Biber abzuhängen. Er war so schnell, dass zwei Jugendliche nicht mehr schnell genug ihre Spraydosen einpacken und verschwinden konnten. Sie waren von ihm mitten in einem schönen Kunstwerk ertappt worden. Einer Hand mit v-förmig gespreizten Fingern. Edgar wollte sie am Kragen packen, doch sie konnten ihm unter den Armen durchschlüpfen und nach unten laufen. Zu erschöpft war er von dem intensiven Stiegenlauf. Nicht aber Biber. Der schlich gemütlich die Stiege rauf, als ihm die zwei Jugendlichen entgegenkamen. Als Edgar schrie: „Halt sie auf, Biber!", platzierte er seine Beinchen so ideal, dass die Sprayer die Stiege runterkugelten wie Kartoffelsäcke. Bevor sie auf die Beine kamen, hatte sich jeder der Pensionisten einen geschnappt. Erst zerrten sie sie in einen Raum mit der Aufschrift „Local Velo", in dem sich nur ein paar Fahrradwracks ohne Räder befanden. Dort wurden die Burschen an die Heizung gebunden und erhielten von Edgar eine Belehrung, die sie nicht verstanden. Als sie grinsten, schimpfte Biber: „Die haben heutzutage keine Achtung und keinen Respekt vor dem Alter", und versorgte sie mit ein paar Watschen, dass es nur so schallte.

„Rotzpiepn", sagte er zu ihnen, packte eine Spraydose aus und spritzte ihnen das V-Zeichen auf Rücken und Brust. Edgar holte inzwischen Pierre. Der machte vielleicht Augen, als er die besprayten Jugendlichen sah. Durch seine Übersetzung konnten ihnen ihre Alternativen klargemacht werden: entweder Polizei oder gegenseitig ansprayen, bis die Dosen leer waren. Widerwillig besprayten sie sich dann selbst.

„Frag sie, ob sie den da schon einmal gesehen haben!", sagte Edgar zu Pierre und hielt den Jugendlichen ein Foto von Alfons Glatt vor die Nase. Sie kannten ihn natürlich nicht.

„Die lügen!", meinte Biber, und nachdem er ihnen auch noch die Hose runtergezogen und eine Farbprobe auf ihr Hinterteil deponiert hatte, wurden sie zu ihrem Roller geführt. Biber spritzte noch die letzten Reste aus den Lackdosen auf den Roller. Erst dann durften die lebenden Lackproben abfahren.

„Das werden sie sich merken, die Jungs", sagte Pierre. „Mit so etwas rechnet hier keiner!"

„Ha", rief Edgar. „Daheim könnten wir uns das nie erlauben! Da kennt uns doch jeder."

Als sich Pierre bei Edgar erkundigte, warum er den Burschen das Foto gezeigt hatte, klärte ihn dieser über seinen Schwager und das mysteriöse V-Zeichen der internationalen Bruderschaft auf.

„O, là, làlàlà!", rief Pierre und machte das Zeichen mit seiner Hand. „Mit einer Bruderschaft hat das nichts zu tun. Die Jugendlichen übernehmen das Zeichen von der Fernsehserie Star Trek. Das ist der Vulkaniergruß des Mr Spock!"

Biber tat, als hätte er das vorher schon gewusst, und Edgar steckte kleinlaut das Foto ein. Nach der Aufregung am frühen Morgen schlug Pierre ein gutes Frühstück vor.

„Wenn du willst, Bär, kann ich ja heute das Paket holen", krächzte Biber und war schon unterwegs. „Baguette", berichtigte Edgar für den Gastgeber, der verdutzt dreinschaute. „Ein Baguette will er kaufen."

Nach dem Frühstück gab Pierre den Touristen ein paar Tipps: „Die Kathedrale müsst ihr euch heute unbedingt ansehen. Wenn nicht am Tag, dann in der Nacht. Bei Nacht seht ihr die schönen Kirchenfenster von Chagall am besten. Ihr könnt auch meinen Wagen nehmen. Ich werde heute sowieso von meinem Bruder abgeholt." „Nein danke", stotterte Edgar verlegen, „ich fahre gar nicht mehr gerne mit dem Auto." Und Biber ergänzte: „Im Ausland fahren wir prinzipiell nicht selbst mit dem Auto."

Schon waren sie zu Fuß in die Innenstadt unterwegs und gingen geradewegs auf den Dom zu. Aber weder der Dom noch die Kirchenfenster von Chagall konnten Edgar so fesseln wie ein Touristenzug, der aussah wie der Zug, der in Hackling immer als Attraktion für das Marktfest organisiert wurde. Petit-Train stand auf einem Plakat, und noch bevor Biber seine Finger in den Weihwasserbehälter des Doms tauchen konnte, stand Edgar schon auf dem Trittbrett der Lok und inspizierte das Führerhaus. Und da kamen auch schon die ersten Fahrgäste und wollten von ihm ein Ticket kaufen. Da er mit den Leuten nicht reden konnte, zeigte er einfach auf die Waggons, und im Nu war der ganze Zug besetzt. Sehr zur Freude der Frau Lokführerin, die gerade daherkam, aber gar nicht zur Freude des Herrn Biber, der ganz und gar kein Interesse an einer Stadtrundfahrt mit einem voll besetzten Zug hatte. Mit Bestürzung sah er, wie Edgar der Lokführerin seinen Bahnausweis und die Lokführertasche zeigte. Sofort sprang er auf das andere Trittbrett der Lok auf und schrie Edgar an: „Glaubst du etwa, du darfst mit deinem Bundesbahnausweis diese Lokomotive fahren? Da brauchst du einen Führerschein!"

„Ah, Sie sprechen Deutsch", sagte die Frau Lokführer zur Überraschung Edgars, der sich alle Mühe gegeben hatte, mit seinen ausgesuchten französischen Vokabeln, seiner Tasche und seinem Ausweis auf die Kollegenschaft hinzuweisen. Die resolute Dame erklärte mit Nachdruck, dass man ohne Führerschein nicht mit dem Petit-Train fahren dürfe, ließ sich aber in Anbetracht des überfüllten Zuges darauf ein, die zwei Assistenten mitzunehmen. Assistent Edgar nahm im Führerhaus Platz, Assistent Biber musste in den Waggons abkassieren und am Ende des Zuges Platz nehmen. Um einen offiziellen Eindruck zu machen, gab ihm die Frau Lokführer eine Mütze mit Petit-Train drauf, mit der er seine Rimini-Mütze ersetzen musste. Als Edgar so neben der Frau Lokführer saß, ähnelte es unverkennbar dem Schauspiel, als damals der Papst Johannes Paul II. im Papamobil in Salzburg eingefahren war und der Erzbischof neben ihm unbeirrbar auf ihn eingeredet hatte. Nach drei Stadtrundfahrten war Edgar durstig und wollte ein Bier aus seiner Lokführertasche holen. Da wies ihn Biber auf das Alkoholverbot für Lokführer hin. Das machte auf Edgar keinen Eindruck, weil er ja nur Beifahrer war. Er trank genüsslich sein *Lercherl-Bier,* betrachtete das Etikett mit der Wirtin Zenzi beim Einschenken und stellte die leere Flasche wieder in die Tasche zurück. Biber konnte betteln, wie er wollte, er bekam nichts. Mit der Lok hatten sie schließlich die ganze Stadt gesehen, und das gleich mehrmals. Nur die Kathedrale ging noch ab, und die wurde jetzt ganz genau unter die Lupe genommen. Beide machten fast identische Fotos von den Kirchenfenstern des Künstlers Marc Chagall. Erst am späten Abend kehrten sie in ihr Quartier zurück und erzählten ihrem Gastgeber von der Zugfahrt.

Am nächsten Morgen nahm Pierre die Österreicher zu der bevorstehenden Feier seiner Familie mit. Sie wurden vom Großvater und den Eltern herzlich begrüßt und fast frenetisch abgebusselt. Bevor das Fest beginnen konnte, war noch viel zu tun. Da wollten Edgar und Biber natürlich nicht herumstehen und drängten ihre Dienste auf. Als Vorsichtsmaßnahme musste diesmal Biber den Staubsauger bedienen, da Edgar befürchtete, er würde wieder ausrasten, wenn er hängen blieb. Während Biber arbeitete, war für die anderen Pause. Alle starrten ihn nur an. Er machte mit dem Mund so wilde Bewegungen, als ob er den Lärm selbst verursachen würde und tatsächlich mit seinem Mund saugen müsste.

Während Edgar mit dem Vater von Pierre das Haus und vor allem die Gasheizung inspizierte und sogleich einige Teile einem Service unterzog und die gesamte Anlage entlüftete, trafen die Gäste ein: Männer, Frauen und Kinder. Biber war völlig durcheinander. Einige Frauen küssten ihn zweimal, andere viermal, die einen begannen links mit dem Küssen, die anderen rechts. Die Männer durfte er natürlich nicht küssen. Die Mütter bestanden darauf, dass ihre Kinder ihn küssten. Ein kleines Mädchen begann zu weinen, weil er nicht rasiert war und seine Bartstoppeln stachen. Die zwei kleinen Hunde, die mitgekommen waren, wurden natürlich nicht geküsst, obwohl sich Biber auch für diesen Fall schon gerüstet hätte. Die Tante von Pierre, die in der ganzen Familie Champagner-Claudine genannt wurde, kümmerte sich um den Aperitif. Erst um Punkt zwölf Uhr mittags sollte es mit dem Mittagessen losgehen.

„Das ist bei den Franzosen Gesetz", erklärte Pierre. Das Essen wird um Punkt zwölf Uhr mittags und um sieben Uhr am Abend serviert. Deshalb siehst du um diese Zeit fast keine Menschen auf der Straße."

„Keine Franzosen", präzisierte Biber. „Österreicher schon." Aber erst einmal gab es zum Aperitif Chips und Erdnüsse mit einem

Gläschen Kir oder Champagner. Biber hatte einen Hunger wie ein Bär und schlug sich den Bauch voll. Er schien gar nicht zu bemerken, was um ihn herum geschah. Die Menschen am Tisch redeten unverständlich durcheinander. Die Kinder aßen vergnügt und machten sich über Bibers Gesicht lustig. Sie schnitten Grimassen, die ihm ähnlich waren, lachten, zupften ihn am Gewand, versuchten wie er zu sprechen. Die Hunde, die sich das erste Mal begegnet waren, beschnupperten sich intensiv unter dem Tisch. Das Männchen war über alle Maßen aufgeregt und wich mit seiner Schnauze keinen Millimeter vom Hinterteil des zierlichen Weibchens, wo immer sich dieses gerade hinflüchtete. Sie durchstreiften permanent die Wohnung und lagen zur Entspannung unter dem Tisch. In der Garage testeten unterdes die Kinder die Disco. Sie wollten Biber zum Stroboskop locken, aber da kamen gerade die appetitlichen Vorspeisen und Brot auf den Tisch. Da war Biber natürlich nicht vom Tisch zu locken. Er langte mächtig zu und tunkte sein Weißbrot in die Soßen ein. Dabei vergaß er ganz aufs Trinken und musste ermahnt werden, den Aperitif auszutrinken, bevor das Essen mit dem Wein serviert wurde. Es gab Rotwein der Marke Morgon.
„Schmeckt Ihnen der Wein?", fragte eine Dame, die in der Schule Deutsch gelernt hatte. „Na und wie ihm der schmeckt", antwortete Edgar und ergänzte: „Wenn er ihn nicht selbst bezahlen muss, schmeckt er ihm mindestens doppelt so gut." Biber nahm noch einen Schluck und nickte bestätigend. Dann redeten wieder alle aufgeregt durcheinander. Gerade als Biber zu Edgar sagte: „Du, mir ist fad, ich verstehe kein Wort", wurden Austern und Schnecken aufgetischt, nur wegen der Gäste. Normalerweise gab es Schnecken nur zu Weihnachten und zu Silvester. Das war einmal etwas anderes für die österreichischen Geschäftsreisenden. Und erst die gefüllten Avocados. Biber schaute sich alles bei Edgar ab, der ja von seiner Schwester und ihrem Ex-Gatten Glatt die Tischmanieren der feinen Gesellschaft inhaliert haben musste. Deshalb aß er auch die Avocadoschalen brav auf wie Edgar. Gleich gab es Aufregung am Tisch und die Frauen quietschten wild durcheinander.
„Ola", quietschten sie, und sangen dann hochtönig: „O, là, làlàlà."
Edgar bemerkte: „Du, die französischen Frauen keppeln ärger als die österreichischen. Und so hoch, wie die reden. Da muss man ja fürchten, dass die Fenster zerspringen." Genau in diesem

Augenblick schnäuzte sich Biber dröhnend. Er hatte ein großes Sacktuch entfaltet und legte es mit äußerster Sorgfalt wieder zusammen, um es einzustecken. Das Gespräch am Tisch war verstummt, die Hunde brachen wieder zu einer Inspektionsrunde auf und Edgar gab seinem Freund einen harten Stoß in die Rippen.
„Muss das sein mit deinem Stofftaschentuch!", schimpfte er. Biber verwies darauf, dass auch Derrick ein Stofftaschentuch verwendete, und nachdem das Gespräch am Tisch wieder entfacht war, wandte er sich an Pierre: „Bitte bleib bei uns, Bär, und lass uns nicht allein. Übersetze bitte. Was sagen sie? Du musst uns übersetzen. Wir verstehen kein Wort."
Pierre zögerte eigenartigerweise, als aber sein Onkel alle Avocadoschalen einsammelte und vor Edgar und Biber platzierte, übersetzte er: „Mein Onkel meint, ihr könnt alle Schalen essen, wenn sie euch so schmecken. In Frankreich isst sie kein Mensch!"
Alle lachten, aber Biber schrie Edgar an: „So eine Blamage. Ich habe auf dich geschaut, Edgar, weil du eh immer so tust, als würdest du alles wissen."
Edgar murmelte: „Gut, dass das meine Schwester nicht gesehen hat. Sie würde sich mit mir zu Tode schämen und zu Hause würde es wieder ein Donnerwetter geben." Pierre übersetzte und alle lachten. Dann wollte er sich verdrücken. Edgar hielt ihn verzweifelt fest und rief: „Bitte bleib doch da, wir sind ohne dich verloren."
Pierre riss sich los und meinte: „So lass mich doch! Ich muss dringend Pipi."
Da rief Biber: „Bitte nimm mich mit, Bär, ich mache schon in die Hose."
Als Biber erleichtert zurückkam, wandte er sich an Edgar: „Die französischen Weiber quietschen höher als die Mirz an der Kassa vom »*Fleisch und Wein*«. Hoffentlich stellt mir die Blonde keine Frage. Die geht am Schluss mit der Stimme so hoch hinauf, dass mir die Plomben aus den Zähnen fliegen."
Die Kinder flitzten unter den Tischen herum und spielten mit den Hunden. Zwei Kinder fielen Biber besonders auf. Er nannte sie Attention und Arrêtte, weil die Eltern ihre Kinder immer mit diesen Namen riefen, wenn sie keine Ruhe gaben. Vor allem die Mutter schien am Ende ihrer Kräfte. Nach dem Wort „Arrêtte" folgte immer ein verzweifelter Ouh-Seufzer und ein Blick wie im Munch-Bild „Der Schrei". „‚Arrêtte' heißt ‚hör auf'", sagte Pierre

schmunzelnd, „und ‚Attention' müsstest du ja von der Eisenbahn kennen!"

„Der ist kein Eisenbahner!", rief Edgar. „Und bei der Post kennen sie keine Vorsicht mit den Paketen." Und schon wurden die nächsten Speisen aufgefahren. Biber konnte nicht mehr. Zu viele Nüsse und zu viel Brot hatte er in sich hineingestopft. Es gab aber kein Erbarmen.

Sein Teller wurde wieder gefüllt, und Edgar stichelte unbarmherzig in Anspielung auf die Woronesch-Geschichte, die Biber erzählt hatte. „Essen Sie, Herr Biber, essen Sie", sagte er in der Manier des russischen Dolmetschers Leonid.

Biber war fertig. Ihm war das Lachen vergangen. Er konnte keinen Bissen mehr hinunterwürgen. Dabei trug er ja seine geliebten Hosenträger und hatte lange nicht so eine Spannung am Leibriemen wie Edgar. Zur Ablenkung begann er zu bellen wie ein Hund. Die Frauen schimpften die Hunde unter dem Tisch, die Hunde liefen heraus und sprangen an Biber hoch. Biber bellte weiter, als ob noch ein anderer Hund unter dem Tisch wäre. Jetzt war die Hölle los. Die Kinder rannten vor Begeisterung unter den Tischen durch, die Hunde hinterher. Die Frauen seufzten „Ooh, Aah oder Uuh". Dazu machten sie das „Schrei"-Gesicht von Munch[28] und entspannten sich dann beim „Olalalala". Es war, als ob ein Geist im Haus wäre. Immer wieder die Seufzer, ein erschrockenes Jammern, ein Luft einziehen. Dann wurde wieder das „Olalalala", diesmal direkt erleichtert, ausgestoßen. Trotzdem mit echtem oder gespieltem Entsetzen. Echtes Entsetzen kam auf, als zwei Damen auseinandersprengten, weil sie glaubten, ein wildfremder Hund wäre ins Haus gekommen. Und schon war der Biber mit den Hunden und Kindern draußen im Garten. Die Kinder waren begeistert von ihm, weil er so schöne Gesichter schneiden konnte und trotz des vollen Bauches mit den Hunden herumtollte, die ihn einfach nicht erwischen konnten. Als er ihnen dann aber am Rasen vor dem Haus seine Kunststücke mit dem Ball vorführte, war er wie ein Außerirdischer für sie, und ein Bub rief enthusiastisch aus: „C'est un homme bionique." Vor allem den Fallrückzieher wollten die Kinder immer und immer wieder sehen. Zur Erholung ließ sich Biber von den Hundebesitzerinnen verwöhnen und den Kopf kraulen. Als sie seinen Nacken massierten, schrie er wehleidig

---

[28] Edvard Munch: Norwegischer Maler (1863-1944)

„Au!". Die Frauen lachten verwundert, weil in Frankreich kein Mensch „Au" schreit. Die Damen bewunderten ihn, weil er so gut mit den Hunden umgehen konnte. Sie nannten ihn einen Hundeflüsterer. Als Pierre diesen Begriff übersetzte, meinte Edgar nur knapp: „Das ist sein Geruch. Der riecht wie ein alter Hund. Weil er sich immer auf die Schuhe pinkelt." Obwohl Pierre nicht alles übersetzt hatte, gab es Gelächter und hohes Gequietsche von den Damen. „Mais non", hatte eine gerufen und Biber bettelte um die Übersetzung. Champagner-Claudine brachte eine Flasche Champagner ins Freie. Biber musste sie entkorken. Das gefiel ihm am meisten. Den Champagner selbst konnte er beim besten Willen nicht vom Sekt unterscheiden. Als er das Pierre anvertraute, machte der eine kleine Übersetzungskorrektur.

Schon war die Pause vorbei und es wurde abermals zu Tisch gebeten. Dampfendes Fleisch wurde serviert. „Ich kann nicht mehr", rief Biber und machte ein herzzerreißendes Gesicht. Edgar setzte sich neben ihn und stichelte wieder: „Essen Sie, Herr Biber, essen Sie." Biber würgte ein wenig herum, brachte aber tatsächlich keinen Bissen mehr hinunter. So suchte er wieder nach einem Ausweg. Er fragte, ob es denn in Frankreich keine Musik gebe. Sofort spielten ihm die Damen einige CDs vor. Nichts gefiel ihm, bis ihn ein Lied irgendwie an seine Arbeit bei der Post erinnerte. Und an noch etwas ganz anderes: einen Tanz mit Edgars Schwester. Eng umschlungen. Auf einem Maskenball.

„Das gefällt mir", sagte er. Pierre erklärte ihm, dass das Lied von Charles Aznavour war und was der Text bedeutete. Biber wurde die Melodie nicht mehr los und summte sie ununterbrochen.

>     Emmennez-moi! da da da da M M M Ma da ra ta ta ta
>     O mö ne moa – oh bü dö la ter – oh mö ne moa – oh pe-i de mer veije
>     la la la la – la la li la la la
>     la li la la
>     la la la la lia la la li la la la
>     la la la la – la la li la la la la

Das raunzte er die ganze Zeit. Erst einmal summte er es ganz falsch, dann wiederholten es ihm die Damen und spielten wieder die CD zur Korrektur. Er wollte gar nicht wissen, was der Text bedeutete. Das la la la la la la li la la la la konnte er sofort mitsingen und bald hatten sie ihm auch das *on mö ne moi* beigebracht, das ihn dann nicht mehr losließ.

„Das gefällt dir, was?", sagte Edgar, der das Lied genau kannte, weil es das Lieblingslied seiner Schwester war, an die er in diesem Augenblick natürlich mit gemischten Gefühlen denken musste.
„Ja", antwortete Biber glücklich und dachte auch an Edgars Schwester Annette, mit der er zu diesem Lied einmal eng umschlungen getanzt hatte. Das verschwieg er aber.
Wenn Charles Aznavour sang, klang das Lied wehmütig, traurig. Wenn Biber summte, klang das eher polkaartig. Der vor Kurzem noch so traurige Biber gab dem Lied eine hoffnungsvolle Note. Es klang wie die Bekehrung eines Raunzers. Es war irgendwie ermutigend, spritzig, als wolle Biber sich selbst überholen. Sein Raunzen klang, als ob ein uralter Citroën 2CV mit abgesoffenem Motor mit der Kurbel angeworfen würde und nach unzähligen Fehlzündungen schließlich anspränge. Es hörte sich an, als ob ein Stein zum Leben erweckt oder ein Postler von der Arbeitswut gepackt würde. Immer, wenn ihn jemand zum Essen animieren wollte, legte Biber die CD wieder ein und schunkelte wild mit den Frauen. Er schunkelte so wild, dass einige sogar „aye" schrien, was er ausgesprochen lustig fand. Er zwickte sie und zwickte sich selbst, er schrie „au" – dann zwickte er wieder sie, und sie schrien „aye".
Dann summte er die Melodie in ganz eigener selbst gezügelter Manier. Er steigerte sich wie ein lahmer alter Gaul, wenn er den Heimweg erkennt und zu traben beginnt. Er jaulte wie ein Mopedmotor, der trotz defekter Zündkerze überraschend zu laufen anfängt. Und er schien glücklich zu sein. Überschwänglich glücklich. Möglicherweise war das Post-Trauma überstanden. Auch auf die Kinder vergaß er nicht. Für sie war er eine Sensation, weil er die Hunde nachahmte, sodass keiner mehr wusste, ob der Biber bellte oder die Hunde. Selbst der schwarze Rüde glaubte in ihm einen Nebenbuhler zu erkennen und begann zu zittern und zu zucken.
Als der achtzigjährige Jubilar verabschiedet und zu Bett gebracht wurde, ging es ab in die Disco in der Garage, aus der der Wagen entfernt worden war. Im schummrigen Licht und zu herzzerreißender Musik legte sich Biber ganz besonders ins Zeug. Die Damen stritten sich um ihn, weil er so leidenschaftlich tanzte. Wenn eine beim Tanzen in der Dunkelheit sich an seinen Hals hängte, dann überwältigten ihn die Emotionen. Melancholie, Selbstmitleid und Liebesgefühle trieben ihm sogar Tränen in die Augen. Dabei war es ihm völlig egal, ob er den Text eines Liedes

verstand oder nicht, ob der Text von einer Trennung, einer erfüllten oder unerfüllten Liebe handelte. Allein die Stimmung, die Stimme und die Musik bewegten ihn. Er dachte bei jeder Umdrehung an eine andere Frau; an die, die mit ihm gerade tanzte, meistens am wenigsten, vielleicht weil es so dunkel war. Natürlich dachte er an seine russische Jelena, aber auch an all seine Verflossenen. Es kamen ihm alle Frauen in den Sinn, mit denen er beim Feuerwehrball und beim Liedertafelball an der Sektbar gestanden hatte, und viele, die einmal ein Paket an seiner Dienststelle aufgegeben hatten. In der Garage machte er die Frauen untereinander so eifersüchtig, dass schließlich eine die Notbremse zog und wilde Rock-'n'-Roll-Musik auflegte. Jetzt erst fegte Biber mit seinem ganzen Können über den Garagenboden, und nur mehr die jüngeren Tänzerinnen konnten mit ihm mithalten. Selbst wenn zwei gleichzeitig mit ihm tanzten, waren sie seinem Tempo kaum gewachsen. Es mussten seine Post-Reflexe sein, die ihm diese Fähigkeiten verliehen. Wie er früher keine Pakete fallen gelassen hatte, so erwischte er auch beim Tanzen jede noch so kleine Hand. Und ganz nebenbei behielt er die ganze Umgebung im Auge, und das sogar im trügerischen Licht des Stroboskops. Schließlich waren nur noch Biber und die Hunde auf der Tanzfläche. Alle anderen Gäste standen staunend im Kreis. Der schwarze vor Erregung beständig zuckende und zitternde Rüde hatte es schließlich satt, dass die zierliche Hündin so abweisend zu ihm war, und sprang im ekstatischen Licht des Stroboskops von hinten auf Biber auf, der gerade in einer theatralischen Stellung am Boden kauerte. Das ging dem Frauchen zu weit und der arme Rüde bekam einen herben Schlag mit einem Abschleppseil auf seinen Allerwertesten.
Daraufhin wurde erneut zu Tisch gebeten. Und Biber hatte sogar wieder Hunger und Durst. Er stürzte sich auf die Käseplatte und häufte sich Salat auf seinen Teller. Den Wein trank er für den Durst, sodass ihn Edgar ausdrücklich warnen musste: „Du, Biber! Halte dich beim Trinken zurück. Es ist schon spät, und morgen Vormittag dürfen wir in der Bank in Luxemburg keinen schlechten Eindruck machen."
Die Warnung hatte keine große Wirkung, da die Damen, nachdem sie die Kinder zu Bett geschickt hatten, mit einer neuen Versuchung aufwarteten. Sie nannten sie Canard. Und Biber konnte sich der Versuchung bedenkenlos hingeben, ohne Edgars Warnung zu missachten. Der Canard war nämlich ein Zuckerstück, auf das wie

bei einer Impfung Mirabellenschnaps getropft wurde. Dieses Medikament musste man dann genüsslich auf der Zunge zergehen lassen. Im Handumdrehen war Biber samt seinen Gastgeberinnen stockbesoffen und schlief auf der Couch zusammen mit den Hunden ein.

Die Gastgeber achteten darauf, dass keiner mit dem Auto nach Hause fuhr. Und so wurden mehrere Luftmatratzen aufgeblasen und in den Räumen verteilt. Als Edgar irgendwann die Toilette aufsuchte, war er überrascht, wie viele Leute im Haus herumlagen. Einige saßen schlafend in den Sesseln, und Biber knurrte und knirschte auf der Couch mit den Hunden um die Wette.

Am Morgen gab es kein Erbarmen. Es war für alle ein Arbeitstag. Nach dem gemeinsamen Frühstück wurde Abschied genommen. Herzlich. Mit vielen Küssen. Edgar und Biber waren von den Franzosen beeindruckt, vor allem deswegen, weil keiner auf die Idee gekommen war, nach ihrem Beruf zu fragen. Keiner hatte wissen wollen, was der Zweck ihres Besuches in Frankreich war. „Hast du das bemerkt, Biber", sagte Edgar, „die sind überhaupt nicht neugierig, die Franzosen. Für Pensionisten und Kriminelle ist Frankreich der ideale Platz, um sich niederzulassen. Da stellen sie dir keine peinlichen Fragen über deinen Beruf und wo du dein Geld herhast." Biber sagte nichts und gab erneut eine Kostprobe seiner Hundegeräusche. Er jaulte, bellte, leckte und imitierte Hundehusten. Da suchten die Damen und die Kinder noch lange unter dem Tisch und in der Wohnung nach den Hunden, obwohl die schon lange vor der Tür waren. Durch diese Aktion durfte er noch einmal alle küssen. Diesmal küsste er alle viermal. Auch diejenigen, die nur zweimal küssen wollten. Und mehrmals war er so verwirrt, dass er den Rhythmus des Küssens mit dem Rhythmus des Boxens verwechselte. Links – links – rechts hatte ihm Edgar da eingetrichtert. Und mit diesem Rhythmus schaffte er es sogar, dass er die eine oder andere vermeintlich ganz ungeschickt auf den Mund küssen konnte.

# Immer noch auf freiem Fuß

Nachdem sie sich in der Wohnung von Pierre frisch gemacht hatten, fuhren sie mit ihrem Gastgeber nach Luxemburg weiter. Die Hacklinger trugen ihre dunklen Anzüge und sahen tatsächlich wie Geschäftsleute aus. Nur die schweinslederne Aktentasche passte irgendwie nicht dazu. Pierre lieh ihnen zwei dezente Aktentaschen, die ein seriöses Auftreten gewährleisteten.

„Ich bin aufgeregt", gestand Edgar.

„Keine Angst!", antwortete Pierre. „In Luxemburger Banken marschieren nicht nur Österreicher mit Koffern voller Bargeld aus und ein. Da bist du mit deinem Anliegen ein ganz alltäglicher Routinefall."

Vor der Bank, in der er als Computerfachmann arbeitete, setzte er sie ab und bestellte sie für 10.30 Uhr in den Schalterraum, um sie mit einem Kollegen bekannt zu machen. Nach der Arbeit wollte er sie wieder mit nach Hause nehmen. Die Herren nützten die Zeit zu einem Spaziergang durch die Stadt. Edgar übte im Geiste die Sätze, mit denen er das Nummernkonto eröffnen wollte. Als Grund wollte er angeben, dass er sich scheiden lassen wolle und seine Frau nicht alles zu wissen brauche. Er wollte eine steuerfreie und anonyme Weitergabe seines Geldes an seine Erben gewährleisten. Plötzlich wagte Biber, eine Frage zu stellen: „Du, Edgar, wieso besorgst du dir unser Nummernkonto nicht in der Schweiz?" Edgar war überrascht, dass sich sein Partner auf einmal für Details zu interessieren schien. „Ich habe mich gut informiert, lieber Biber", entgegnete Edgar. „Die Schweizer lassen sich ihre anonymen Konten teuer bezahlen. Zu teuer. Man sagt, du kommst unter fünfhunderttausend Dollar am Portier nicht vorbei."

„Ach so", sagte Biber, „die wissen, wie sie das Geld ins Land bekommen, die Schweizer."

„Da fährt der Zug drüber, Biber. Die Schweizer waren die Gewinner des Krieges."

Jetzt tat Biber ungläubig und sagte: „Die waren doch neutral."

„Eben deshalb", entgegnete Edgar. „Und ohne zu kämpfen. In ihren Banken stapelt sich das Geld der Juden, das Geld der Nazis und das Geld aller Gauner und Diktatoren auf der ganzen Welt. Eigentlich sind sie die Gewinner aller Kriege und aller Umstürze auf der Welt. Die Besiegten bringen vor dem Ende ihr Geld in der Schweiz in Sicherheit, die Sieger nachher. Und die Waffenhändler haben sowieso Daueraufträge. Die Schweizer haben das ganze schmutzige

Geld der Welt und machen sich die Hände nicht schmutzig. Verstehst du?" Das leuchtete Biber ein.
„Ja, die Schweizer", sagte er. „Die machen sich die Hände nicht schmutzig."
„Wie Alfons Glatt", stichelte Edgar und hob eine schmutzige Beilagscheibe vom Boden auf, die er in seiner Geldtasche verstaute. Biber wunderte sich nicht über die Beilagscheibe, aber er hatte eine andere Frage auf Lager: „In Liechtenstein hätten wir ein anonymes Konto eröffnen können, nicht?" Edgar war fast sprachlos über die Finanzkenntnisse seines Geschäftspartners. Er zeigte ihm aber sogleich, wie wohlüberlegt die Wahl Luxemburgs war. „Lieber Biber", sagte er, „du hast vollkommen recht. Liechtenstein wäre auch infrage gekommen. Dort gibt es nicht einmal so viele Banken wie bei uns in Hackling. Ganze drei Banken haben die. Dafür gibt es eine Firma in Vaduz mit dreitausend Briefkastenfirmen. Diese Firmen haben alle dieselbe Adresse. Eine Gruppe von Anwälten betreut die dreitausend Firmen. Da kann das Geld herumgeschickt werden. Jeder Anwalt arbeitet für dreißig Firmen, die alle dieselbe Anschrift haben. Das Ganze ist nichts anderes als ein Callcenter. Buchungen und Schriftverkehr werden den entsprechenden Firmen zugeordnet. Das Geld kann auf ewig versickern."
„Was?", rief Biber. „Die Rechtsanwälte besorgen die Post, das sind dann ja nur bessere Postler, die kein Hund beißen kann."
„Vollkommen richtig, Biber!", bestätigte Edgar. „Aber Liechtenstein ist nichts für uns. Wir sind hier in Luxemburg am besten aufgehoben."
Biber war beruhigt und um Punkt 10:30 Uhr betraten die elegant gekleideten Männer cool das mächtige Bankgebäude. Edgar stellte dem Kollegen von Pierre gezielte Fragen, eröffnete das anonyme Konto und schritt mit seinem Adlatus wieder auf die Straße hinaus. Sie hatten natürlich nicht die geringste Ahnung gehabt, welche Kosten das Konto verursachen würde. Darüber hinaus hatten sie kein Badetuch erhalten wie beim Abschluss von Bausparverträgen in der Hacklinger Raiffeisenbank.
„Jetzt kaufen wir uns ein Bier, Biber", sagte Edgar ernst, „auch wenn es noch so teuer ist."
„Jawohl", antwortete Biber und schlug die Hacken zusammen, „aber keine Dose!"
„Ganz genau, Biber", bestätigte Edgar. „Mit einer Dose kann man nicht anstoßen. Außerdem ist es Umweltverschmutzung." Sie

steuerten ins Café de Paris und bestellten zwei Bier, stießen auf ihren Erfolg an und grinsten vor sich hin.

„Café de Paris", sagte Biber bewundernd. „Ob da die Brigitte Bardot schon gesessen ist?"

Edgar schüttelte den Kopf und brummte: „Mensch, Biber. Wieso soll ausgerechnet die Brigitte Bardot hier gewesen sein?" Darauf war Biber direkt aufgebracht und rief: „Kann doch leicht sein, dass sie hier war. Warum denn nicht? Wir sind ja auch da."

Am Abend gab es eine kleine Abschiedsfeier in der Wohnung von Pierre, bei der Edgar weitere drei Flaschen seines Hacklinger *Lercherl-Biers* zur Verfügung stellte. Vier Flaschen Bier waren noch übrig. Die wollte er aber für die Heimfahrt sparen. Da nützte alles Betteln von Biber nichts.

„Heimfahrt!", rief Pierre aufgeregt, als er einen kurzen Blick in die Nachrichtensendung geworfen hatte. „Bahnstreik, meine Herren! Da sieht es schlecht aus für morgen. Schon heute sind nur die wichtigsten Züge gefahren."

„Die Bahn streikt wieder einmal", stichelte Biber. „Wenn man sie braucht, dann streiken sie, die Eisenbahner. Das ist nichts Neues."

„Nichts Neues!", brüllte Edgar cholerisch. „Wenn die Eisenbahner streiken, dann wird das schon einen triftigen Grund haben. Die haben ganz recht. Es ist wie bei uns. Die Eisenbahn ist nicht mehr das, was sie einmal war. Die Franzosen wollen auch die Gleisanlagen privatisieren wie in England und bei uns. Dann kommen wir so weit, dass der Schnellzug nur mehr 70 km/h fahren kann wie der Eurostar in England."

„Sie streiken wegen der Pensionen", warf Pierre ein.

„Sei froh, dass du schon in Pension bist, Biber", sagte Edgar und machte einen Schluck aus der Bierflasche.

„Das Problem ist nur", sagte Pierre, „dass morgen keiner weiß, welche Züge fahren und welche nicht. Wir müssen bald in der Früh zum Bahnhof."

„Und ich muss sofort meine Schwester anrufen", rief Edgar.

Erst einmal erfuhr er, dass die Modelleisenbahn bereits abgeholt worden war, dass sie die Koffer aber nicht herausgegeben hatte. Er teilte ihr mit, dass es ein reiner Zufall wäre, wenn er und Biber pünktlich nach Hause kämen. Möglicherweise müssten sie noch einen oder zwei Tage länger bleiben. Um Komplikationen vorzubeugen, fügte er noch einen weisen Satz hinzu, der jeden Protest im Keim erstickte. „Ich weiß, dass zu Hause ohne mich alles drunter und drüber geht, aber ich kann nichts machen." "Dass alles drunter und drüber geht!", rief Annette aufgebracht ins Telefon. "Du tust ja, als ob du unentbehrlich wärest. Ich habe noch nie so eine ruhige und angenehme Zeit verlebt." Das passte genau. Jetzt war der richtige Zeitpunkt, das Gespräch zu beenden, obwohl Edgar noch Hunderte Fragen gehabt hätte.

\*\*\*

"Einfach aufgelegt!", entrüstete sich Annette. "Was bildet der sich ein." Dabei fühlte sie sich allein im Haus gar nicht wohl, selbst wenn der Hund Burli über sie wachte und jede Regung vor der Tür mit lautem Bellen ankündigte. So auch jetzt. Ihr Neffe Julius begehrte Einlass. Als sie ihm öffnete, sprach er mit ihr weiß Gott nicht so, wie man üblicherweise mit einer Tante spricht.

"Wenn du mir die Koffer nicht sofort rausrückst, du alte Schachtel, muss ich zu anderen Mitteln greifen!", drohte er und drängte sie an die Wand. Burli knurrte.

"Lass mich los!", rief Annette erregt und versuchte sich zu befreien. "Die Koffer gehören Alfons. Wenn er sie will, muss er sie selbst holen und mir zeigen, was drin ist. Sonst gebe ich sie nicht raus."

"Du hast ihn wochenlang nicht ins Haus gelassen! Daher hat er mich beauftragt, sie zu holen."

"Sag mir, wo sich Alfons aufhält?"

"Das geht dich einen feuchten Dreck an, du blöde Kuh! Rück endlich die Koffer raus, oder ich hole sie mir selbst!" Als Annette standhaft blieb, versuchte Julius vom Vorhaus in den Wohnbereich einzudringen. Darauf hatte Burli aber nur gewartet. Er verbiss sich in das Bein des Eindringlings, und Annette gelang es, den ungebetenen Besucher zur Haustür hinauszuschubsen und sofort abzusperren.

"Ich komme wieder! Darauf kannst du dich verlassen!", rief Julius und humpelte zu seinem Wagen. Annette war kreidebleich und telefonierte mit dem pensionierten Polizisten Prechtl.

\*\*\*

Am nächsten Morgen steckte Pierre eine Flasche mit der Aufschrift Q 92[29] in Edgars Lokführertasche und brachte seine Untermieter frühmorgens zum Bahnhof. Kein einziger Monitor war eingeschaltet. Es war, als ob überhaupt kein Zug fahren würde. Nur vereinzelt sah man Menschen auf den Bahnsteigen, und die warteten

---

[29] Quetsch aus dem Jahr '92, Zwetschgenschnaps

wahrscheinlich umsonst. Biber spottete über die Wörter „Streik", „planmäßig" und „Verspätung": „Wenn die Eisenbahner streiken, könntest ja du als Aushilfe einspringen, weil du ja deine Pension schon hast, aus Dankbarkeit."
„Du spinnst wohl!", murrte Edgar und ließ seine schwere Lokführertasche zu Boden sinken. „Die haben vollkommen recht. Alles muss man sich nicht gefallen lassen. In England entgleisen die Züge schon auf der Geraden."
Bald stand fest, dass der Zug nach Straßburg ausfallen würde und der nächste, wenn überhaupt, in vier Stunden abfahren würde. Eine Anfrage ergab, dass am vorigen Tag der Zug *Gustave Eiffel* nach Paris um 6:36 Uhr als einer der wenigen gefahren war. „Der geht in einer Stunde, Biber. Den nehmen wir!", sagte Edgar spaßeshalber. „Zum Eiffelturm!", rief Biber. „Ich bin dabei!" Alle drei blickten sich an und lachten.
„Warum eigentlich nicht?", sagte Edgar. „Meine Schwester verbringt ohne mich die ruhigste Zeit ihres Lebens. Wozu sollte ich da nach Hause fahren? So eine Freiheit wie hier gibt es zu Hause nur im Fasching!"
„Also fahren wir jetzt dorthin, wo wir immer hinwollten?", murmelte Biber in unerhörter Aufregung.
„Ja", antwortete Edgar. „Das Schicksal will es so!"
Es kam so weit, dass Pierre ein Hotel in Paris bestellen musste und Biber inzwischen eine Schachtel verschnürte, in der die schwarzen Anzüge und ein paar leere *Lercherl*-Bierflaschen eingepackt waren. Die Schachtel sollte von Pierre an Bibers Adresse nach Hause geschickt werden. Nach einer herzlichen Verabschiedung stapften die zwei Österreicher zum Bahnsteig 2, nachdem sie mutig ihre Karten entwertet hatten. Bald darauf fuhr der Zug ein. Sie nahmen in einem Großraumabteil Platz, nicht weit von den Rauchern. Es gab kein Schild mit der Aufschrift „e pericoloso sporgersi", weil man sich sowieso nicht mehr hinauslehnen konnte. Das Raucherabteil war direkt im Anschluss ohne Zwischentüre. Das ärgerte Edgar. Trotz des Ausblicks auf die Raucher bestand er darauf, dass sie gegen die Fahrtrichtung saßen, wegen der Sicherheit. Wieder eine Durchsage. Edgar verstand nur „Conducteur". „Ich glaube, der Schaffner will nicht fahren, wegen des Streiks", murmelte er zu Biber, der schon wieder, ohne ein einziges Mal gegähnt zu haben, eingeschlafen war. „Postler gähnen nicht und schwitzen nicht",

dachte er sich. „Wie der im Nachtdienst gerackert hat, kann ich mir lebhaft vorstellen."
Plötzlich wurde Biber wach und sagte glücklich: „Weißt du, was mir am besten taugt? – Dass uns hier kein Mensch kennt." Edgar ärgerte sich gerade wieder über die Graffiti auf den Waggons, auf Brücken, Mauern und Bahnhöfen.
Deshalb antwortete er: „Wir sind so anonym wie die, die hier alles mit ihren Spraydosen verschandeln. Aber wer weiß, vielleicht machen die Jugendlichen diese Graffiti aus dem Grund, weil sie auch keine Perspektive haben."
„Anonym", sagte Biber, „wie unser Konto in Luxemburg."
„Ja, Biber, hier kennt uns keiner, und wenn du ein Nummernkonto hast, ist es genauso. Dann bist du mit deinem Geld anonym. Wenn du jemandem Geld schickst, kann niemand herausfinden, wo es herkommt."
„Hat das mit Geldwäsche zu tun?", fragte Biber und war verwirrt. Aber bald schlief er, ohne zu gähnen, ein und ließ Edgar mit seinen geliebten Zuggeräuschen allein.
Mit einiger Verspätung kamen sie am Gare de l'Est an. Edgar steuerte in die nächste U-Bahn-Station und kaufte einen Block Fahrscheine und einen Stadtplan. „Komm, Biber", rief er. „Erst einmal fahren wir zum Platz der Republik. Das ist nicht weit vom Hotel." Biber folgte ihm. Sie standen über eine halbe Stunde am Bahnsteig, dann wussten sie, dass womöglich überhaupt kein Zug mehr kommen würde. Der Streik erstreckte sich also auch auf die Metro. Biber war grantig und wollte ein Taxi nehmen. Edgar schimpfte: „Ein Taxi! Meinen Lebtag habe ich noch kein Taxi genommen. Was glaubst du, was das kostet?" Biber grollte und knirschte mit seinen Zähnen. Es war ihm aber ein Leichtes, seinen handlichen Trolley hinter sich herzuziehen, während Edgar ganz schön an seiner Lokführertasche zu schleppen hatte und wie ein Hochofenarbeiter schwitzte. Als Biber das Hotel vor Augen hatte, überholte er Edgar sogar ganz mühelos und ignorierte das „So warte doch, Biber! Was hast du es denn so eilig?", das ihm Edgar nachrief. Ein netter junger Araber empfing sie an der Rezeption und sprach hervorragend Deutsch. Das Zimmer war im obersten Stock gelegen, im sechsten. Ein Mansardenzimmer. Aufzug gab es keinen. Edgar schleppte seine Lokführertasche und seinen Rucksack, Biber tänzelte mit seinem Köfferchen hinterher. Biber warf sich auf das

Bett und rief glücklich: „Wir sind in Paris! In einem Penthouse. Wir und die Brigitte Bardot!"
„Wie oft soll ich dir noch sagen, Biber, dass die Bardot nicht in Paris wohnt, sondern sich hinter einer großen Mauer in St. Tropez versteckt", erklärte Edgar und öffnete das Dachfenster zum Lüften. In diesem Moment war ein fürchterlicher Knall zu hören.
„Das war eine Explosion, Biber!", rief er, und Biber streckte seinen Hals aus dem Fenster. Es dauerte nicht lange, da hörte man von überall her Folgetonhörner von Polizei, Rettung und Feuerwehr.
„Damit uns keiner vom Dach einsteigt und unser *Lercherl*-Bier klaut", knurrte Edgar und schloss das Dachfenster.
Ohne ihr lästiges Gepäck brachen die zwei anonymen Pensionisten zu einem ersten Stadtspaziergang auf. „Eine Gasexplosion", hatte der Rezeptionist gesagt, und jetzt sahen sie auch schon das wahre Ausmaß des Desasters. Ein ganzer Straßenabschnitt war geräumt worden. So viele Feuerwehrautos hatten die beiden noch nie gesehen. Nicht einmal, als daheim in Hackling die Tischlerei Rauchham brannte, waren so viele Feuerwehrleute im Einsatz. Nicht einmal beim Begräbnis des alten Pfuschek.
„Gott sei Dank, dass die Feuerwehrleute heute nicht streiken", sagte Biber.
„Genauso wird es damals zugegangen sein beim *Café Drugstore*", murmelte Edgar.
„Was sagst du?", wollte Biber wissen.
„Ins Drugstore haben sie in den Siebzigerjahren eine Handgranate geworfen."
Biber schaute verdutzt.
„Terroristen! In ein voll besetztes Café. Der Terrorist Carlos[30] war der Drahtzieher. Kannst du dich an den noch erinnern?"
„Ich glaube schon", murmelte Biber.
„Na, dann werde ich dir heute noch was zeigen, mein Freund."
„Zeig mir lieber den Eiffelturm!"
„Erst einmal etwas Kultur, Biber!", rief Edgar und hatte so seine Hintergedanken. „Kultur interessiert mich nicht!", schimpfte Biber. Diesen *Louvre* mit der langweiligen Mona Lisa, die hinter dem Glas lächelt, will ich gar nicht sehen. Kunst ist mir zu langweilig."
„Ich weiß, alter Postfuchs, ich weiß. Obwohl du immer hinter unerreichbaren Frauen her bist, ist der *Louvre* mit der Mona Lisa

---

[30] Terrorist Ilich Ramírez Sánchez, auch bekannt als Carlos, der Schakal

nichts für dich. Du bist triebhaft an der Post interessiert. Deshalb habe ich auch Post-Kunst für dich ausgewählt." „Post-Kunst?", wiederholte Biber ungläubig. „Gibt es das überhaupt?"
„Na klar", entgegnete Edgar. Es gibt die Post-Moderne und die Post-Klassik." Und noch bevor Biber ein Wort sagen konnte, präsentierte er ihm das imposante Bauwerk des *Centre Pompidou* mit dem herrlichen Brunnen der Niki de Saint Phalle[31]. Edgar machte gleich ein paar Fotos. Biber war auch begeistert, aber nicht von der Kunst oder vom *Centre Pompidou*, sondern von einem Postkartenstand, bei dem er alte Fotografien von Brigitte Bardot entdeckt hatte.
„Ja, Biber, willst du deiner russischen Flamme schon wieder eine Postkarte schreiben", fragte Edgar und näherte sich ihm. „Ha! Schwarz-Weiß-Postkarten von der jungen Brigitte Bardot. Das sieht dir ähnlich, Biber. Du bist wohl nur der Post treu!"
„Aber eine klasse Katze war sie schon, das musst du zugeben, Edgar."
„War! Damit hast du recht. Aber jetzt ist sie verblüht, grantig und zickig. Mit der werden sie es im Seniorenheim einmal nicht so leicht haben wie mit uns. Mit der werden sie genauso wenig zu lachen haben wie die Mona Lisa hinter dem Sicherheitsglas im *Louvre*. Ach, Biber! Ich glaube, du bist ihr einziger noch lebender Fan."
„Das glaube ich nicht, Edgar. Da würden sie nämlich nicht mehr ihre Postkarten verkaufen."
Inzwischen hatte Edgar eine andere Postkarte entdeckt und zeigte sie Biber: „Schau, das ist ein berühmtes Café. Das ist nicht weit von hier. Da gehen wir hin. Da habe ich Hagenbeck und Flaschke damals mit zwei Damen überrascht."
„Was? Hagenbeck und Flaschke in Paris? Was für ein Zufall!"
„So ein Zufall auch wieder nicht. Annette wollte ja immer, dass ich und Alfons Freunde werden. Und da war ich einmal so blöd, dass ich mit ihm und seinen zwei Trabanten nach Paris gefahren bin. Sie wollten mich nicht dabeihaben, und ich wollte nicht mit."
„Aber Annette wollte es!"
„Genau! – Siehst du, das ist das berühmte Café Deux Magots, das du auf der Postkarte gesehen hast." Widerwillig schlich Biber hinter seinem Freund her und ließ auch einen Besuch der Kirche St-Germain-des-Prés über sich ergehen. Eigentlich nur deshalb, weil er den Namen von einer Fußballmannschaft kannte. Biber wunderte

---

[31] Niki de Saint Phalle (1930-2002): Französische Malerin und Objektkünstlerin

sich, dass Edgar dem Kellner im Deux Magots das Foto seines Ex-Schwagers Alfons Glatt zeigte, und regte sich furchtbar auf, als er für einen Café au Lait fünf Euro bezahlen sollte. „Ich bin sicher, dass Alfons in Paris ist", sagte Edgar zu Biber und behauptete, im Deux Magots würden die prominentesten Franzosen verkehren und auch Brigitte Bardot würde mit Sicherheit schon hier gesessen sein. Biber fand auf einmal alles höchst spektakulär. Die gute Stimmung nützte Edgar aus, um seinen Freund zu überzeugen, dass man in Paris unbedingt das Musée d'Orsay mit den herrlichen Bildern der französischen Impressionisten besuchen müsse. „Die liebt die Brigitte Bardot!", sagte er und hatte nur die Suche nach Glatt im Sinn, von dem er wusste, dass das Musée d'Orsay zu seinen Fixpunkten zählte, wenn er in Paris war. Schon auf dem Weg zum Museum sah Biber ein Objekt, das ihm ein Foto wert war, den Pont Neuf. Edgars knapper Kommentar dazu: „Da hättest du 1992 da sein sollen, da hat dein Kollege, der Verpackungskünstler Christo, die Brücke verpackt." „Wirklich?", fragte Biber und tat interessiert. Während Edgar mit dem Foto von Glatt mehrere Bedienstete im Musée d'Orsay belästigte, betrachtete Biber die Bilder. Sie gefielen ihm ungemein, obwohl er anfangs Edgar verdächtigt hatte, ihn nur ins Museum gezerrt zu haben, weil es wie ein Bahnhof aussah.

Nach der kulturellen Erkundung kauften sie sich zwei Bierflaschen mit dem Namen 1664 und rasteten in der Nähe des Invalidendoms. Beide konnten sie nicht zu schimpfen aufhören über den Preis des Biers und die mindere Qualität im Vergleich zu ihrem geliebten Hacklinger Lercherl-Bier von 1616. „Ganz hier in der Nähe müsste die Rue Amélie sein", murmelte Edgar vor sich hin und blätterte in einem kleinen schwarzen Notizbüchlein, das ziemlich abgenützt aussah. „Was?", fragte Biber. „Die Rue Amélie", wiederholte Edgar und studierte den Stadtplan. „Die ist in der Nähe der Metro-Station Latour-Mauburg. Dort hat die Ampara Silva Masmelas gewohnt, eine Freundin des Terroristen Carlos, auf Nummer elf." „Was?", fragte Biber wieder verdutzt. „Genau", murmelte Edgar, „Boulevard Saint-Germain, Rue Amélie, Air-Terminal Les Invalides. Da hat sie gewohnt." Biber wollte fragen, aber da hatte Edgar schon einen dicken Rex-Gummi um sein Notizbüchlein gespannt, packte ihn am Arm und zerrte ihn zur nächsten Metro-Station. „Jetzt sehen wir mal, ob die Züge schon wieder fahren!", rief er und freute sich, dass alle Durchgänge ohne Ticket geöffnet waren. So fuhren sie gratis unter der Stadt herum und stiegen an die Oberfläche, um die TGV-Züge in Montparnasse zu fotografieren. Auch am großen Bahnhof Montparnasse herrschte Chaos wegen des Streiks. Die TGVs standen bereit, waren aber ausgebucht. „Tous les TGV sont complet" stand auf den Tafeln. Dann ging es in einem überfüllten Metro-Zug zur Kathedrale Notre-Dame. Sie machten Fotos und rasteten schließlich an der Seine, weil Biber keinen Schritt mehr weitergehen wollte. Er hatte nur Interesse am Eiffelturm, am Moulin Rouge und an allem, was Brigitte Bardot betraf. Edgar vertröstete ihn damit auf den nächsten Tag und sprach nur mehr von der Affäre in der Rue Toullier im Jahr 1975. „Biber", sagte er, „jetzt musst du einfach dein Maul halten und mit mir mitkommen, dann erzähle ich dir ein Geheimnis." Bibers Gesichtsausdruck zeigte unverkennbar, was er von dem Geheimnis hielt und wo seine Interessen lagen. Widerstand war nicht möglich. Edgar war in seinem Element. Einzig und allein die Pinkelpausen gewährte er Biber, der keine Stunde ohne „Boxenstopp" auskommen konnte. „Im Dunkeln ist gut munkeln und in den Winkeln ist gut pinkeln", sagte er vor sich hin und ließ keine Gelegenheit aus, seine Markierungen zu hinterlassen. „Das heißt eher ‚Ohne Scherben muss der Biber sterben'", knurrte Edgar und zog Biber weiter.

„Das hier ist die Sorbonne", sagte Edgar und ließ sich auf eine Bank fallen. Auch Biber setzte sich und nickte, ohne ein einziges Mal gegähnt zu haben, ein. Edgar ahnte, dass er den Burschen ohne entsprechende Motivation nicht mehr aktivieren konnte. Deshalb griff er zu einem mehr als außergewöhnlichen Trick: „So, Biber", sagte er und schüttelte den müden Krieger, „jetzt würde ich auch gerne eine tschicken." Biber sprang auf: „Was?", rief er. „Du und eine tschicken? Das möchte ich noch einmal hören." Edgars Trick hatte Wirkung gezeigt. Schnurstracks marschierte er mit Biber zur nächsten Trafik und kaufte eine kleine Schachtel Marlboro und Zündhölzer. Dann setzten sie sich vor dem Hotel *St. Michel* in der Rue Cujas auf den Gehsteig und rauchten genüsslich. Biber konnte es nicht fassen, dass Edgar rauchte, und kontrollierte genau, ob er auch inhalierte. „Schön haben wir es hier!", sagte er schließlich voller Bewunderung.

„Ja", sagte Edgar, „weil wir dieselben Interessen haben. Aber damals am Freitag, dem 27. Juni 1975, als ich mit Alfons und seinen Trabanten hier in diesem Hotel gewohnt habe, da war es für mich ganz und gar nicht schön. Da wäre ich am liebsten sofort wieder nach Hause gefahren." „Aha", meinte Biber und ignorierte das

Gefasel von denselben Interessen, „erfahre ich jetzt womöglich das große Geheimnis, von dem du gesprochen hast?"
Edgar nickte bedeutungsvoll und begann ohne Pause zu erzählen. Biber rauchte inzwischen fast die ganze Schachtel leer. Edgar erzählte, wie er damals mit Glatt, Hagenbeck und Flaschke, die eigentlich unter sich bleiben wollten, nach Paris gefahren war. Bereits in der mehrstöckigen Metro-Station Place de la République hatten sie ihn verloren. Vermutlich absichtlich, damit er ihren Frauen zu Hause nichts von ihren Eskapaden erzählen konnte. Edgar hatte große Mühe gehabt, das Hotel wiederzufinden, weil er sich auf die anderen verlassen hatte und nicht einmal einen Stadtplan dabeihatte. Vom seinem Quartier wusste er nur den Namen und die Telefonnummer. Erst gegen Abend erreichte er das Hotel. Da es zum Schlafengehen noch zu früh war, wollte er die Umgebung erkunden. „Da bin ich gegangen!", sagte er zu Biber und zog ihn hinter sich her. „Die Rue St. Jacques rauf zum *Panthéon*, dann runter auf der Rue Soufflot. An der Ecke habe ich mir im *Café Soufflot* ein sauteures Bier gekauft, aber die wollen, dass du was isst, verstehst du? Da bin ich gleich wieder abgehauen, und dann habe ich mich hier auf den Gehsteig gesetzt. Genau hier. Siehst du, Biber, das ist die Rue Toullier." Biber war die ganze Runde hinter Edgar hergegangen, hatte das Panthéon betrachtet und geraucht, geraucht und geraucht. Jetzt saßen sie auf dem Gehsteig in der Rue Toullier. „Genau da bin ich gesessen, Biber", beschrieb Edgar. „Weil die ganze Straße links und rechts verparkt war wie jetzt. Nur hier war frei, weil das Halteverbotsschild da steht." An dieser Stelle machte er eine Pause, um sich der Aufmerksamkeit seines Begleiters sicher zu sein. „Auf einmal war die Straßenbeleuchtung weg!", sagte er und blickte ernst in Bibers Augen, um ihn in Spannung zu versetzen. „Ich wollte gerade aufstehen und weitergehen, da ist ein Wagen ganz langsam dahergefahren und wollte einparken. Ich habe dem Fahrer gezeigt, dass die Halteverbotstafel da stand. Aber der hat herumgefuchtelt und mir bedeutet, dass ich mich schleichen soll. Dann haben sie eingeparkt. Vier komische Typen sind ausgestiegen und hier bei der Nummer neun ins Haus gegangen. Da habe ich mir den Wagen etwas genauer angesehen. Ich habe mir gleich gedacht, dass das eigenartige Typen waren. Im Auto war ein blaues Drehlicht. Es war also ein Polizeiauto."
„Ein Polizeiauto", murmelte Biber, horchte genau zu und betrachtete den Eingang zur Rue Toullier Nummer 9 etwas genauer. Dann

blickte er nach oben und sagte: „Krimineser, was? Geheime Ermittlungen in Zivil!"

„Das habe ich mir damals auch gedacht, aber ich bin gar nicht lange zum Denken gekommen. Ich blickte nach oben. Die Fenster im zweiten Stock waren offen, ich konnte Leute hören, habe aber nichts verstanden. Dann hat es dreimal geknallt." Biber war aufgeregt und hakte nach: „Schüsse?"

„Drei Schüsse", präzisierte Edgar. „Der erste genau um 21:30 Uhr. Erst habe ich gedacht, eine Champagnerflasche ist aufgemacht worden, dann haben Weiber laut gequietscht, und dann knallte es noch zwei Mal. Ich schaute nach oben wie du und bin dann weitergegangen. Als ich gerade hier bei der Nummer elf vorbeiging, ist einer aus der Tür herausgekommen und hat mich fast umgestoßen."

„Ja, hast du denn nicht gleich die Polizei verständigt?", rief Biber so aufgeregt, dass jemand ein Fenster öffnete und vom Haus Rue Toullier 11 herunterschaute.

„Wieso sollte ich die Polizei rufen, wenn eh die Kripo im Haus war", rechtfertigte sich Edgar. „Ich hatte doch keine Ahnung, was da los war. Erst am nächsten Tag habe ich erfahren, dass es der Terrorist Carlos war. Ich wusste auch nicht, dass der geschossen hatte. Aber er hatte eine Waffe eingesteckt. Hinten in der Hose. Das habe ich bemerkt. Dann bin ich ihm nach, in Respektabstand natürlich. Ich habe beim Café an der Ecke gefuchtelt und gedeutet, keiner hat mich ernst genommen. Die haben geglaubt, ich spinne. Und dann habe ich schon die Polizei und Rettung gehört. Die sind unmittelbar an uns vorbeigefahren. Ich habe gefuchtelt, aber sie haben mich ignoriert. Die Polizisten haben mit mir geschimpft, als ich mich einem Einsatzfahrzeug in den Weg gestellt habe. Die haben mich weggejagt. Ich konnte ihnen doch nichts erklären. Dann bin ich ihm wieder nach. Manchmal war ich ganz nahe an ihm dran. Er hat mich aber nicht bemerkt."

„Was?", rief Biber. „Jetzt binde mir ja keinen Bären auf!"

„Schau, Biber, da ist er die Rue St. Jacques hinunter und in den Boulevard St. Michel, dann links in den Boulevard Saint-Germain bis zum *Deux Magots*."

Auf dem Weg konnte es Edgar nicht lassen, auch an der Rezeption des Hotels *St. Michel* das Foto von Glatt zu zeigen. Ohne Erfolg.

„Über eine Stunde habe ich ihn verfolgt."

Biber sprach kein Wort. Er rauchte nur. Plötzlich wurde er grantig und knurrte: „Ich glaube dir nicht."
„Genau wie du haben mir Flaschke und Hagenbeck nicht geglaubt, wie ich sie vor dem *Deux Magots* mit zwei Mulattinnen sitzen habe sehen. Glaubst du, der Hagenbeck hätte die Polizei gerufen? Obwohl er gut Französisch kann! Dann war es zu spät. Ich hatte Carlos verloren. Und was glaubst du, wer aus der Kirche St-Germain-des-Prés daherspazierte?"
„Der Terrorist!", mutmaßte Biber.
„Alfons Glatt mit seinem Anwalt Volltasch und noch einem gut gekleideten Typen. Jeder mit einem Samsonite-Aktenkoffer. – In meiner Dummheit habe ich denen auch gleich die Geschichte vom Schuss und der Verfolgung erzählt. Sie haben mich ausgelacht und abgewimmelt."
„Die haben dir so wenig geglaubt wie ich."
„Du sagst es, Biber. Dabei ist es am nächsten Tag in allen Zeitungen gestanden."
„Jetzt komm, Edgar! Lüg mich nicht an", maulte Biber fassungslos. „Ich kann mir das nicht vorstellen. Und außerdem, warum bist du nicht zur Polizei gegangen?"
„Deppert bin ich gewesen, total deppert. Nur keine Schwierigkeiten mit den Vorgesetzten wollte ich haben, nur keine Schwierigkeiten mit der Polizei und dem Gesetz. Nur nicht negativ auffallen, brav die Arbeit tun und die Steuern bezahlen, sogar den Kirchenbeitrag."
Biber schüttelte den Kopf und paffte dicke Rauchwolken in die Luft.
Edgar fuhr fort: „So war ich nun einmal, Biber. Nur nicht die Hunde aufwecken. Die Jahre bei der Bahn haben mich geprägt. Pünktlich sein, mir nichts zuschulden kommen lassen, immer sozialistisch wählen, nur ja den Vorgesetzten nicht widersprechen. Wenn einer über die Eisenbahn schimpfte, böse sein, als hätte ich selbst etwas angestellt. Dienstplan. Dienstrecht. Dienstvorschrift. Ja, ich habe sogar den Himbeersaft mit einem Messbecher genau 1:6 verdünnt, weil es vorne draufgestanden ist, obwohl er mir immer zu süß war. Aber jetzt nicht mehr, Biber! Wir sind frei! Uns kann keiner mehr etwas anhaben. Wir sind unverwundbar. Die Zukunft liegt in den Pensionisten. Sie sind heutzutage die Einzigen, die unabhängig sind. Nur wissen es die wenigsten. Ich fürchte jetzt keinen mehr! Ariane hat mir die Augen geöffnet."
„Wieso Ariane?"

„Sie ist die Einzige, der ich es bisher erzählt habe. Eigentlich habe ich nur erwähnt, dass ich irgendwann einmal einen Roman über Carlos, den Schakal, schreiben möchte. Ich gebe es zu, ich wollte ihr imponieren. Und dann ist es mir rausgerutscht. Sie hat mich ermutigt, ein Buch darüber zu schreiben, auch wenn es nie veröffentlicht wird. Du weißt ja, wie sie die Literatur interessiert."
„Aber dass du ihren Mann mit einer Mulattin gesehen hast, davon hast du ihr nicht erzählt, was?"
„Nein."
„Was würdest du heute tun?"
„Ich würde ihn überwältigen. Gleich auf der Straße. Von hinten wäre das doch kein Problem! Wo er die Kanone noch dazu im Hosensack hatte."
Biber schüttelte den Kopf und Edgar rief erleichtert: „Komm, Biber! Jetzt zeige ich dir ein ganz anderes Paris!" Dann durchstreiften sie das Quartier Latin und tranken ein *Lercherl-Bier* und ein paar Schluck Q 92 in ihrer Dachkammer im Hotel.
„Also stimmt es doch, was man sich in Hackling erzählt", sagte Edgar, als er bemerkte, dass sich keine einzige Zigarette mehr in Bibers Päckchen befand.
„Was stimmt?", fragte Biber.
„Dass du ein ganzes Päckchen rauchen kannst, wenn es jemand anderer bezahlt." „Ein kleines Päckchen", korrigierte Biber, „so eines gibt es in Hackling gar nicht. Und bezahlt habe ich es auch."
Edgar grinste und erzählte die ganze Carlos-Geschichte in allen Einzelheiten, wie er sie aus den Zeitungen erfahren hatte. Er erzählte vom toten Chef des Terroristen Carlos, dem Libanesen Michel Moukarbel, dem schwer verletzten Kommissar Jean Herranz und von den venezolanischen Freundinnen von Carlos Nancy Sanches und Maria Teresa Lara, die in der Rue Toullier Nummer 9 wohnten. Gerade als er sagen wollte, dass Rainer Maria Rilke einmal in der Rue Toullier Nummer 11 gewohnt hatte, an der Adresse, wo Carlos bei der Haustür herausgekommen war, musste er gähnen. Er bemerkte nicht, dass Biber bereits, ohne zu gähnen, eingeschlafen war, und begann unter dem Einfluss des Q 92 zu schimpfen: „Deppert bin ich gewesen, total deppert. Viel zu viel Respekt, Respekt, Respekt. Ein Duckmäuser war ich. Aber jetzt habe ich keinen Funken Respekt mehr und mit Alfons rechne ich bei der nächsten Gelegenheit ab! Er und Volltasch haben Geschäfte mit

Waffen gemacht. Schon damals. Wahrscheinlich sogar mit den Terroristen!" Dann schlief auch er.

Am nächsten Morgen checkten sie in aller Früh aus und nahmen ihr Frühstück zu sich. Was nicht aufgegessen wurde, packte Biber in seine schweinslederne Aktentasche. Den Tag wollten sie noch in Paris verbringen und am Abend nach Hause fahren. Edgar nahm die Reiseführung wieder in die Hand und ging mit seiner Lokführertasche, in der zwei volle und zwei leere *Lercherl*-Flaschen, der Q 92, ein Reiseführer, das Notizbüchlein, ein Feldstecher und der Fotoapparat waren, voran. Biber folgte mit seinem Trolley, den er wie einen Hund hinter sich herzog. Trotz des schweren Gepäcks schleppte Edgar seinen Freund überallhin: mit der Metro in die wichtigsten Bahnhöfe, dann nach Chatelet. Sie flanierten auf dem dreieckigen *Place Dauphine* und genossen die Ruhe in dieser ältesten Besiedlung von Paris in der *Cité*. Der Aufstieg zur *Notre-Dame* war ein teurer Spaß. Es ging zum *Place des Voges*, dem schönsten Platz von Paris. Das Haus von Victor Hugo, das man hier besichtigen könnte, war leider geschlossen. Weil Biber nach der Oper keine Sehenswürdigkeiten mehr besuchen wollte, köderte ihn Edgar zwischendurch mit Plätzen, die er mit seiner Brigitte Bardot in Verbindung bringen konnte. So gingen sie zum *Hotel Ritz* mit der *Hemingway-Bar*, in der sie des Öfteren gesessen haben soll. Am Place Vedôme gleich daneben zeigte er dem Schwärmer Dior, Chanel und andere feine Geschäfte, in denen sie einkaufte, und natürlich den Juwelier Repossi. Dann gönnte er sich selbst ein Foto vom Justizministerium. Wegen Carlos. Die Nobelgeschäfte Dubal und Cartier wurden von Biber wegen der BB von allen Seiten fotografiert, dann ging es vorbei an Unmengen von Designer-Geschäften von Versace und Chanel. Es fiel Biber auf, dass zwar allerhand Security-Leute mit Ohrenstöpseln herumstanden und Absperrungen aufgestellt waren, aber keine Kunden zu sehen waren. Lange wartete er darauf, dass eine prominente Dame vorbeikommen würde. Dann schleppte ihn Edgar in die Rue Faulbourg, die am Innenministerium und am Elysée-Palast vorbeiführt.

„Jetzt ist Schluss", schimpfte Biber genau vor dem Sitz des Staatspräsidenten, „ich gehe keinen Meter mehr. Du hast mich belogen und betrogen. Als Sherpa für deine Bierflaschen hast du mich missbraucht. Nichts als Bahnhöfe und Kultur. Ich raste hier und dann gehe ich allein zum Eiffelturm und zum Pigalle. Du kannst

von mir aus noch tagelang hier herumlaufen, aber nicht mit mir."
Dann knallte er seinen Trolley zu Boden und pinkelte trotzig hinter einen Baum.

Eine halbe Stunde saßen sie wortlos auf einer Bank, dann versprach Edgar seinem Freund den Eiffelturm. Auf dem Weg kamen sie an einer Eisenbahn-Ausstellung an den *Champs-Élysées* vorbei. Links und rechts der Prachtstraße nichts als Eisenbahnwaggons und Lokomotiven. Edgar zeigte seinen ÖBB-Ausweis vor, um eine Lok besichtigen zu dürfen, und bei jeder Gelegenheit zeigte er das Foto Glatts und fragte, ob er bei der Ausstellung gesehen worden war.

„Pah! Reingelegt", schrie Biber gereizt. Spätestens jetzt war ihm klar geworden, dass ihn sein Freund schon die ganze Zeit fürchterlich gefoppt hatte. „Das hast du sicher gewusst, du Gauner! Wieder nichts als Eisenbahnen! Ich bin dahin. Ich sehe schon den Eiffelturm." Noch einmal konnte ihn Edgar überreden, bei ihm zu bleiben. Dafür würde er mit ihm im Aufzug den Eiffelturm hinauffahren. Sie besichtigten eine große Modellbahn-Ausstellung. Eigentlich ein Platz, an dem Glatt nicht vorbeigegangen wäre, hätte er sich in Paris aufgehalten. Aber keiner wollte ihn gesehen haben. Sogar die Taurus-Lokomotive der ÖBB war als Modell ausgestellt. Es gab Eisenbahnerkappen aus aller Welt und Zwickzangen der Schaffner waren ausgestellt – nur ÖBB-Kappen fehlten.

Biber war am Ende und klagte: „Jetzt bin ich mit dir überall hingegangen, Edgar, jetzt musst du mir aber auch noch das andere Paris zeigen. Das hast du mir versprochen." „Gleich", versprach Edgar und zog den Unwilligen durch alle Waggons und zeigte ihm das Cockpit des TGV, das er scharfäugig musterte. Auch dort fragte er nach Glatt. Biber war fertig und fotografierte vorsichtshalber von Weitem den Eiffelturm.

„Mit einem Eisenbahner darf man nicht nach Paris fahren, da kommt man unter die Räder", murmelte er resignierend. Da riss sich Edgar von seinen Lokomotiven los und fuhr mit seinem Freund auf die höchste Plattform des Eiffelturms und erzählte ihm, dass er einmal in einer Illustrierten ein Foto gesehen hatte, wo Brigitte Bardot genau an dieser Stelle fotografiert worden war. Er musste auch ein Foto von Biber genau an der Stelle machen, mit einer leeren *Lercherl*-Bierflasche. Dann war Biber glücklich, und Edgar machte sich schon Sorgen, ob der schwärmende Kauz seine Flamme in Russland womöglich total vergessen hatte.

Vom Eiffelturm ging es direkt zur *Moulin Rouge*. Entgegen allen Erwartungen konnte Biber weder der roten Mühle noch dem berüchtigten Vergnügungsviertel etwas Interessantes abgewinnen. Nachdem sie in einem kleinen Laden zu horrenden Preisen Wasser gekauft hatten, erklommen sie die Stufen zur bekannten Kirche *Sacré Coeur* und setzten sich unter die Touristen. Die Metropole lag malerisch unter ihnen. Biber fixierte mit Edgars Feldstecher den Eiffelturm. Edgar fragte sich, ob es vielleicht das letzte Mal sein würde, dass er hierherkäme. Er fragte sich auch, wie viele Bekannte, Verwandte, Prominente, aber auch Eisenbahner, Postler oder gar Kriminelle schon hier waren und auf die Stadt hinuntergesehen hatten.
„Ich bin saumüde, mir tut alles weh und meine Glatze brennt wie Feuer", sagte er schließlich im Schweiße seines Angesichts und legte seinen Kopf auf die Lokführertasche. Biber maulte nicht. Er war von dem Ausblick beeindruckt und konnte sogar die *Notre-Dame* und das *Centre Pompidou* erkennen. Gemütlich nahm er einen Schluck Wasser und verzehrte das, was er sich beim Frühstück in seine schweinslederne Aktentasche eingepackt hatte.
„Ich werde in die Kirche gehen und sie auf mich wirken lassen", murmelte Edgar und verschwand. Ein Priester betete über die Lautsprecher. Die Menschen antworteten im Chor. „Das ist schon ein exponierter Platz", dachte Edgar und machte Eintragungen in sein Notizbüchlein: „Wenn nicht hier, wo sonst kann man Gott nahe sein. Das ist der Kontakt nach oben für ganz Paris. Was für ein tolles Gefühl. Fast jeder auf der Welt kennt die Kirche. Viele mögen auch schon hier drinnen gewesen sein. Nur der Terrorist Bin Laden nicht, oder etwa doch? Wenn ich die Kirche auf mich wirken lasse, muss ich an den Heiligen Geist denken. Über dem Altar sehe ich Jesus, wie er seine Arme ausbreitet und Paris den Segen gibt. Wie viele Maler werden sich hier schon Inspirationen geholt haben, wie viele Schriftsteller?"
Er holte sich ein Informationsblatt und las: „Sacré Coeur wurde nach dem Deutsch-Französischen Krieg 1870/71 und der Pariser Commune errichtet. Es wird in der Kirche Tag und Nacht ununterbrochen gebetet, und das seit über 100 Jahren."
Wieder drängten sich Edgar Gedanken auf. Er fragte sich, welche Pülcher, Lumpen, Strizzis, Mörder und Betrüger schon auf den Segen spendenden Christus geblickt hatten wie er, ihn vielleicht angelogen, ausgelacht und mit unmöglichen Bitten belästigt hatten.

„Mein Gott, da wird sogar der Pfuschek schon gesessen sein, und mein Ex-Schwager, der widerliche Alfons. Am Ende gar der Flaschke und die Mirz."

Plötzlich sprangen seine Gedanken zur Kirche St-Germain-des-Prés. Was haben Glatt und Volltasch damals mit Aktenkoffern in der Kirche gemacht? Und wer war der dritte Mann? Edgar stellte sich seinen Ex-Schwager gerade als den heuchlerischen Kreuzmacher, schiefköpfigen Knickser und ekelhaften Kerzenlutscher vor, den er in Wahlzeiten von der Frühmesse bis zum Hauptamt zu spielen pflegte, als sich Biber von der Seite anpirschte und flüsterte: „Ich habe eine Kerze angezündet, damit deine Schwester nicht zu viel schimpft."

In Gedanken versunken sagte Edgar: „Seine Barmherzigkeit wird nur ausgenutzt. Biber, wenigstens hier unten auf der Erde müssen wir den armen Kerl unterstützen. Wir werden nicht auf ihn warten. Wir müssen sowohl Alfons als auch deine Russen selbst bestrafen. Der hat eh oben im Paradies genug Arbeit mit der singenden Gesellschaft."

Biber nickte ernst.

„So, wir sind dahin, Biber. Schau dir alles noch einmal gut an! Wer weiß, ob wir hier noch einmal herkommen."

„Aus ist es mit der Freiheit", jammerte Biber und senkte den Kopf.

Da donnerte mit einem Höllenlärm ein Jumbojet über sie hinweg.

„Siehst du, Biber", brüllte Edgar, „der landet gleich am Aéroport Charles de Gaulle. Für uns Kinder war das immer das Größte, wenn uns der Onkel zum Fliegerschaun auf den Salzburger Flughafen mitnahm. Aber dich wird ein Flughafen ja nicht interessieren, was?"

„Richtig!", schrie Biber erregt. „Auf den Flughafen schleppst du mich nicht auch noch. Was zu viel ist, ist zu viel!"

„Ist ja schon gut, ich habe doch nur gemeint, dass du vielleicht Interesse haben könntest, weil von dort auch die TGV-Züge nach Südfrankreich abfahren."

„Nein danke!", knurrte Biber bestimmt. „Züge und Bahnhöfe habe ich mit dir wirklich mehr als genug gesehen."

Edgar gab nicht auf und murmelte: „Mit diesen Zügen fahren Leute nach Südfrankreich."

„Das hast du schon gesagt", erkannte Biber und regte sich auf, weil Edgar mittlerweile schon die dritte Beilagscheibe vom Boden aufgehoben und in seine Geldtasche gesteckt hatte. „Beilagscheiben kann man immer brauchen!", rechtfertigte sich Edgar und fragte:

„Welcher bekannte Ort, an dem eine Tierschützerin wohnt, liegt in Südfrankreich?"
„St. Tropez natürlich", antwortete Biber ärgerlich.

# Warten auf Bardot

„Also ich kann auf die TGVs und den Flughafen verzichten, Biber, aber ich weiß, dass deine Brigitte Bardot nicht mehr fliegt und immer den TGV nimmt, wenn sie zwischen Paris und St. Tropez hin- und herfährt."

Biber knurrte lange, bis er schließlich seine Zustimmung gab. „Wegen meiner", sagte er, „schauen wir uns den Flughafen noch an, wenn du unbedingt willst."

Edgar spendierte wortlos die Schnellbahntickets und schon trieben sich die Altspatzen am Flughafen herum. Biber lief Dutzenden Blondinen nach, die er von hinten für Brigitte Bardot gehalten hatte, und war dann enttäuscht, wenn er ihr Gesicht sah. Dann fiel ihm ein Pilot auf, der in ein Taxi stieg. Er rempelte Edgar und lästerte: „Da schau her, der fährt mit einem Taxi, der Herr Pilot, der wird womöglich auch gar keinen Führerschein haben wie wir."

Edgar reagierte nicht auf die Anspielung. Er war wie versteinert und blickte in die andere Richtung. „Der Typ kommt mir irgendwie bekannt vor", murmelte er.

„Der Herr Pilot?", wollte Biber wissen.

„Nein, der da", flüsterte Edgar, zeigte mit dem Finger auf einen elegant gekleideten Mann und folgte ihm hektisch in die Abfahrtshalle der TGVs. Auch hier hatte der Bahnstreik ein heilloses Durcheinander verursacht. Trotzdem gelang es Edgar, den Mann nicht aus den Augen zu verlieren. Er bemerkte nicht einmal, dass sogar eine TGV-Lok mit Graffiti besprüht war. Als sich der Mann am Fahrkartenschalter anstellte, sagte Edgar zu seinem Begleiter: „Weißt du, wer das ist, Biber? – Schau nicht hin!"

„Wie soll ich wissen, wer das ist, wenn ich nicht hinschauen darf?", antwortete Biber erregt.

„Schnell, Biber! Schau, wo der TGV da hinfährt! Schnell! Schau unauffällig zum Ticketschalter. Der kauft sich ein TGV Ticket. Das ist Glatts Rechtsanwalt Helmfried Volltasch, der gesucht wird. Du hast ihn doch auch bei **Loden-TV** gesehen. Und in der Sendung ‚Aktenzeichen XY ungelöst '."

„Der Geldwäscher! Ich erinnere mich. Der ist doch mit einer Frau und einem Haufen Geld abgehauen. Bist du sicher, dass der das ist?"

„Ganz sicher bin ich nicht. Ich habe ihn bisher fast immer nur in Tracht gesehen!"

„Das sind die Schlimmsten!"

„Aber wenn ihm am rechten Zeigefinger die Fingerkuppe fehlt, bin ich ganz sicher."
„Auf den ist doch eine Belohnung ausgesetzt", rief Biber und pirschte sich an. Er konnte aber nichts verstehen. Nur den Zeigefinger sah er sich an. Dafür hatte er einen Blick. Die Lehrmädchen beim Flaschke haben sich nämlich auch von Zeit zu Zeit mit der Wurstmaschine das Kapperl weggeschnitten. „Das ist er!", versicherte er sich und gab Edgar ein Zeichen mit dem Daumen, so wie die Taucher es machen. Edgar stellte sich sofort beim Ticketschalter an. Da hatte sich der Mann mit dem verräterischen Zeigefinger schon längst vorgedrängt und eilte mit seinem Ticket zu einem TGV nach Nizza. Es gab wieder keine elektronischen Anzeigen. Aber in diesem Moment stellte ein Eisenbahner ein Schild auf: „Les TGV sont complets". Die TGV-Motoren liefen mit einem ohrenbetäubenden Lärm. Die Ticketschalter wurden geschlossen und ließen enttäuschte Menschen zurück. Streik! Edgar ging zu den Waggons und winkte Biber hektisch zu sich.
„Wir können nicht mit. Sie verkaufen keine Tickets mehr, Biber!"
„Er ist es!", bestätigte Biber. „Es fehlt ihm die Fingerkuppe! Ich weiß, in welchem Waggon er ist. Komm, Edgar, wir fahren einfach mit! Versuche es einmal beim Lokführer. Zeig ihm deine Tasche und deinen Ausweis!"
„Und du?"
„Ich fahre ohne Ticket im Waggon mit. Glaubst du etwa, das ist das erste Mal? Wenn ich als Jugendlicher von Hackling nach Salzburg gefahren bin, habe ich im Zug nie etwas bezahlt. Hahaha. Wenn der Schaffner nicht sieht, dass ich im Zug bin, zahle ich nicht."
„Keine Chance, Biber! Im TGV gibt es keine Stehplätze. Da fällst du auf. Da kannst du dem Schaffner nicht davongehen wie im Zug zwischen Hackling und Salzburg."
„Das glaubst du! Ich bin doch unfassbar! Das hast du doch selbst zu deiner Schwester einmal gesagt, oder etwa nicht?"
Sie liefen mit ihrem Gepäck Seite an Seite den Zug entlang. Edgar schrie: „Wir müssen ihm nachfahren! Der Mann führt uns zu Alfons und finanziert uns die Jagd nach dem russischen Gauner, Biber. Der Volltasch fährt sicher runter nach Nizza! Das ist typisch. Dort gibt es viel Korruption. Das passt zu ihm wie die Faust aufs Auge."
Schon verschwand Biber in einem Waggon. Edgar lief weiter bis zum Anfang des Zuges. Er grüßte den Lokführer durch das Fenster

und zeigte ihm seine Tasche und die österreichische Flagge an seinem Rucksack. Dann hielt er ihm seinen ÖBB- Ausweis vor das Fenster wie einen Hausdurchsuchungsbefehl.
Der TGV-Pilot schob das Fenster zurück und fragte überraschend: „Sie sind ein Kollege, nicht wahr?"
„Ja", antwortete Edgar zaghaft, „und Sie sprechen sehr gut Deutsch."
„Ich komme aus einem kleinen Ort in Lothringen. In meiner Familie sprechen fast alle Deutsch."
„In Lothringen", wiederholte Edgar interessiert, „wie heißt denn der Ort, wenn man fragen darf."
„Ich komme aus Baccarat, falls Ihnen das etwas sagt."
„Baccarat? Ob Sie es glauben oder nicht, das sagt mir tatsächlich was", antwortete Edgar.
Der TGV-Pilot schaute ungläubig, bis Edgar zögernd fortsetzte: „Dort gibt es doch Kristallglas wie bei uns in Tirol. Ich habe einmal mit einer Firma in Hall zu tun gehabt. Mit der Firma Swarovski. Das ist euer größter Konkurrent mit dem Kristall. Ganz Hall arbeitet in den Glasschleifereien und stellt Glasschmuck und Kristallglas her. Und vor Kurzem hat unser Finanzminister die Fiona geheiratet. Die stammt aus der Swarovski-Dynastie. Eigentlich waren sie einfache Glasbläser in Böhmen, bevor sie nach Tirol gekommen sind."
„Das ist aber interessant, Herr Kollege", sagte der TGV-Pilot und wurde auch schon wieder unterbrochen, weil Edgar seinen kleinen Feldstecher aus seiner Lokführertasche holte. „Und der ist auch von Swarovski", sagte er stolz.
Jetzt wartete der TGV-Pilot mit einem kleinen Glücksbringer, einem gläsernen Elefanten, auf, den er aus einem Ablagefach im Cockpit geholt hatte. „Und das hier ist aus Baccarat", sagte er.
Sofort tauschte Edgar den Feldstecher mit dem Glücksbringer aus, begutachtete ihn gründlich und sagte: „Da sind sie also her, aus Baccarat! Vielleicht hätte unser Finanzminister dort auch eine schöne Frau gefunden."
„Ihr Finanzminister vielleicht, ich aber habe mit einer Frau aus Baccarat kein Glück gehabt, und in den Kristallbetrieben und Geschäften, in denen all meine Schulfreunde beschäftigt sind, wollte ich auch nicht arbeiten. So bin ich nach Paris gegangen und Lokführer geworden."
Beide mussten lachen, und sofort brachte Edgar das Thema auf den Pensionsstreik und erzählte seinem Kollegen dann allerhand über

die österreichische Taurus-Lokomotive und den Vorspann auf den Brenner. Als ihn sein Kollege schließlich höflich ins Führerhaus holte, wollte er auch gar nicht mehr raus. Er wollte alles über den TGV und die Armaturen wissen. Sogar die Namen der Hersteller und deren Standorte interessierten ihn. Er erzählte von einer Firma in Buxtehude, die derartige Armaturen für österreichische Lokomotiven herstellt.

Der TGV-Pilot hörte sich geduldig alles an und gab bereitwillig Antworten auf alle Fragen. Plötzlich aber sagte er: „Jetzt muss ich abfahren. Tut mir leid, Herr Kollege. Ihnen muss ich ja nicht erklären, dass ich in der Lok niemanden mitnehmen darf."

\* \* \*

Ex-Polizist Prechtl machte Annette keine großen Hoffnungen. „Wie soll ich dich schützen, Annette", sagte er. „Dieser Julius ist mit allen Wassern gewaschen. Und die Fäden zieht dein Exmann aus dem Ausland. Wenn du mich fragst, wird er sich früher oder später bei seinem Anwalt Volltasch einfinden. Den vermuten meine Ex-Kollegen in Italien, weil er ein paar Brocken Italienisch spricht. Sie glauben, dass die Anrufe mit Volltaschs Handy in England und Frankreich von einem Fluchthelfer gemacht wurden. Irgendjemand legt für Volltasch falsche Fährten. Geldbehebungen mit seinen Karten wurden in mehreren Städten Europas gemacht. Sei mir nicht böse, Annette, aber ich verdächtige deinen Exmann. Der steckt mit ihm unter einer Decke."

„Italien!", wiederholte Annette. „Alfons kann doch nicht Italienisch!"

„Aber Volltasch. Und wenn Julius Link mit so einer Hartnäckigkeit die Koffer haben will, dann kann der Inhalt nicht unbedeutend sein."

„Das glaube ich auch. Aber in einem sind nur wertlose Wahlgeschenke und den anderen kann ich nicht öffnen, ohne ihn kaputt zu machen. Mein Bruder hat es schon probiert."

\* \* \*

Edgar stieg aus der Lokomotive aus und verabschiedete sich. Gleichzeitig hielt er nach Biber Ausschau. Der war nicht zu sehen, er musste also noch im Zug sein. Kurzfristig machte er sich Sorgen, ob Biber tatsächlich dem Schaffner mehr als fünf Stunden lang davonlaufen konnte. Aber da fiel ihm der Postler Rod Stewart ein, der ihm am Bahnhof erzählt hatte, dass sich der Biber sogar unsichtbar machen konnte. – Bei der Arbeit! Aber würde er es auch im Zug schaffen? „Ach was", dachte Edgar, „er wird schon durchkommen, und außerdem ist er sowieso die meiste Zeit am

Klo." So sprang er wieder auf und überredete den Lokführer mit all seiner Überzeugungskraft, ihn mitzunehmen. Und schon fuhr der TGV unplanmäßig und ohne eine einzige Ankündigung von Chris Lohner ab.

Biber war indes so unauffällig wie möglich in den Waggons unterwegs und hatte den flüchtigen Rechtsanwalt Helmfried Volltasch schon lange ausfindig gemacht. Keinen müden Gedanken hatte er an Edgar verwendet. Seine alleinige Sorge war wie so oft die Toilette gewesen. Bei stehendem Zug durfte er sie ja nicht benützen. Jetzt aber, da der Zug angefahren war, verkeilte sich der blasenschwache Ex-Postler in dem schmalen Örtchen und pinkelte zielsicher und entspannt in die Muschel. Wie zu erwarten würde der Schaffner kein nennenswertes Problem für ihn darstellen. Es gab im TGV zwar keine Stehplätze, aber immer wieder standen Passagiere von ihren Sitzplätzen auf, um sich die Beine zu vertreten oder im Speisewagen eine Kleinigkeit zu konsumieren. Dann setzte sich Biber vorübergehend auf ihren Platz. In allen Waggons war er unterwegs und einmal saß er sogar neben dem gesuchten Rechtsanwalt.

So vergingen einige Stunden, während derer Edgar seinen französischen Bahnkollegen sogar in leicht abgeänderter Form in die delikate Angelegenheit mit dem entflohenen Rechtsanwalt einweihte, ohne ihm seine ausgeklügelten Ziele darzulegen. Bei den Stopps in Marseille und Toulon hatte er die aussteigenden Passagiere genau unter die Lupe genommen. Er war sich sicher, dass Volltasch noch im Zug war. Genauso sicher war er, dass sein Ziel Nizza, die Stadt der Korruption, sein würde. Als der TGV in dem so unauffälligen Bahnhof Saint-Raphaël-Valescure einlief, blickte er routinemäßig in den rechten Rückspiegel und sah Biber als ersten Fahrgast mit seinem Trolley den Waggon verlassen. Er hatte noch nicht einmal den Griff seiner Eisenbahnertasche gefasst, da schrie Biber schon zum Fenster rein: „Aussteigen! Alarmstart!" Es blieb keine Zeit, sich vom hilfsbereiten Lokführer zu verabschieden. „Habe die Ehre!", konnte Edgar noch sagen. Dann wetzten die Verfolger hinter ihrem Flüchtling durch den Bahnhof in die sternenklare Nacht hinaus. Volltasch sprang in ein Taxi. Seine Verfolger sprangen in das nächste und rasten auf der Küstenstraße hinter ihm her. Eine halbe Stunde später verließ Volltasch in Les Issambres das Taxi, lief schnurstracks zum Hafen und ging an Bord einer kleinen Segelyacht. Noch während Edgar alle Möglichkeiten im Kopf durchging, wie sie der Yacht folgen konnten, hatte der Anwalt den Dieselmotor angeworfen und abgelegt.

Jetzt standen sie da. Die verdeckten Ermittler aus Hackling. Am Meer. Genau gesagt an der Côte d'Azur. Am Yachthafen von Les Issambres. Es war 22:45 Uhr. Und alles würde umsonst gewesen sein, wenn ihnen jetzt nicht schnell etwas einfallen sollte. Sie standen wortlos nebeneinander und starrten aufs Meer hinaus. Noch war die kleine Yacht des Advokaten zu sehen. Aber vermutlich nicht mehr lange. Edgar ergriff die Initiative. „Wenn wir jetzt nicht sofort ein Boot finden, ist der Zug abgefahren", bemerkte er in seiner typischen Eisenbahnersymbolik und drückte Biber den Feldstecher mit dem Auftrag in die Hand, den Flüchtigen im Auge zu behalten. Er selbst ging hastig an mehreren Schiffen vorbei, in denen er Licht sah. In jedes grüßte er laut hinein. „Guten Abend", sagte er, mit der Absicht, dass ihn einer verstehen würde. Es dauerte nicht lange, da grüßte einer zurück. Das Schiff hatte den Namen „Else" und ein korpulenter Mann mit Kapitänsmütze rief laut und ärgerlich: „Was wollen Sie?" Edgar erkannte sofort am Akzent, dass es sich nur um einen Norddeutschen handeln konnte.

„Das ist genau das Boot, das mir gefällt", sagte er zu ihm. „Nicht zu groß und nicht zu klein. Hat Ihre ‚Else' auch einen Dieselmotor?" Der ursprünglich so unfreundliche Kapitän ließ sich problemlos in ein Gespräch verwickeln und wollte Edgar schon stolz seinen Dieselmotor zeigen, als diesen aber die Zeit drängte, konkret zu werden. Ohne große Umschweife fragte er den Kapitän, ob er ihn und seinen Freund nicht auf die andere Seite bringen könnte. Bereits als er die Worte „andere Seite" ausgesprochen hatte, war Edgar klar, dass der Bootsbesitzer sofort nachfragen würde, was er damit meinte. So war es auch, und Edgar wusste nicht einmal, was die andere Seite war. Also zeigte er in die Richtung, in die der Advokat abgefahren war. „Dort liegt der Friedhof von St. Tropez", meinte der Skipper und grinste. Jetzt war Edgar wirklich sprachlos. Er konnte nachdenken, so intensiv er auch wollte, jetzt fiel ihm wirklich kein einziges Wort mehr ein, das er hätte sagen können. Da hatte ihn Biber aufgespürt und rief: „Weg ist er! – Dein Gucker ist ja kein Nachtsichtgerät!"

„Alle Chancen vertan", dachte Edgar und wollte sich schon verabschieden.

Da meinte der Kapitän: „Morgen früh kann ich Sie gerne auf die andere Seite mitnehmen, wenn Sie wollen, aber in der Nacht bleibe ich hier vor Anker!"
Schließlich bot ihnen der Skipper auch noch an, dass sie auf seinem Boot übernachten könnten.
„Ihr könnt in meinem Kutter pennen!", polterte er mit lauter tiefer Stimme, gab jedem die Hand zum Gruß und sagte: „Mein Name ist Razzo!"
„Sie trauen sich aber!", sagte Edgar. „Sie kennen uns doch gar nicht."
„Quatsch", rief der Deutsche. „Ihr seid wahrscheinlich Pensionäre, wie die meisten hier. Die üblichen Touristen sind um diese Jahreszeit noch nicht da. Nur Pensionäre und Aussteiger. Die sind nicht gefährlich."
„Ach so", sagten die harmlos aussehenden Pensionisten und nahmen das Angebot an. Trotz der Schaukelei schliefen sie nicht schlecht, und als sie am Morgen das Meer der Côte d'Azur in aller Pracht sahen, waren sie völlig aus dem Häuschen.
„So schön ist es hier", sagte Biber trocken, „und die verrückten Amerikaner wollen nur zum Mond fliegen." Das gefiel Razzo. „So", sagte er, „jetzt mache ich uns noch eine starke Tasse Kaffee und dann heißt es ‚alle Mann an die Brassen'!"
Auf See erklärte er den neuen Freunden die Gegend: Saint-Raphaël, Ste. Maxime, Port Grimaud und St. Tropez. Er wusste, an welchem Strand die Filme mit Louis de Funès gedreht wurden, wo die Reichen ihre Zweitwohnsitze hatten, wo die Millionenerbin Puzzi von Opel gewohnt hatte, bevor sie am 16. November 1979 zu zehn Jahren Haft wegen Rauschgiftschmuggels verurteilt wurde, und wo Prinzessin Diana ihre letzten Urlaubstage verbracht hatte. All seine Geschichten konzentrierten sich auf den Hügel der Milliardäre und die Baie des Canoubiers. Er zeigte, wo der Chef der New Yorker Müllabfuhr ein riesiges Anwesen besaß und wo Schauspieler, Sänger und Berufserben ihre Freizeit verbrachten.
„Und was glauben sie, was sich hinter der hässlichen langen Mauer da verbirgt?", sagte Razzo schließlich ganz ehrfürchtig und zeigte mit seinem dicken Arm, den ein Kupferarmband gleichzeitig schmückte und vor Schmerzen bewahrte, ans Ufer. Schon kurz nach dem Wort Mauer hatte Biber zu haxeln und zu zappeln begonnen. Zwei Namen lagen ihm so unhaltbar auf der Zunge, dass das Knirschen seiner Zähne weithin zu hören war. Und noch bevor der

Skipper bestätigend „dahinter wohnt Brigitte Bardot" sagen konnte, knurrte er wie ein alter Hund und riss Edgar brutal den Feldstecher aus der Hand.

„Die ist sogar zu dieser Zeit immer hier auf *La Madrague*, wenn die Touristen noch nicht da sind. Aber in ihrem Alter lockt sie natürlich nicht einmal einen Pensionär hinter dem Ofen hervor. Sie ist bereits ein eher ausgereiftes Modell. Immerhin Jahrgang '34, knapp fünf Jahre älter als ich." Biber knurrte und tat, als ob er nichts gehört hätte.

„Aber Hunde!", erwiderte Edgar.

„Ja, da hast du völlig recht, Matrose", sagte Razzo. „Um Hunde kümmert sie sich ausgesprochen intensiv, die Bardot. In Gesellschaft von Hunden ist sie offenbar lieber als unter den Menschen. Was soll's? Ich bin jetzt seit über zwanzig Jahren immer wieder hier und habe sie noch kein einziges Mal gesehen. Die versteckt sich mit ihren kläffenden Viechern hinter der Mauer und hinter hohem Schilf. Sogar zwei Schweine soll sie halten. Seit dreißig Jahren ist sie Vegetarierin. Weil sie gesehen hat, was im Schlachthaus passiert und wie die Tiere dort leiden."

Seit Razzo die Mauer erwähnt hatte, gab Biber den Feldstecher nicht mehr her und sprach trotz heftiger Mundbewegungen kein Wort. Als der Skipper in der Nähe des Friedhofs ans Ufer fuhr, um seine Passagiere bei einem Felsvorsprung abspringen zu lassen, stellte sich Biber so ungeschickt an, dass er beinahe ins Meer gefallen wäre. Er musste sich in einem Zustand der Unzurechnungsfähigkeit befinden.

„So, jetzt sind wir da", sagte Edgar und bedankte sich bei Razzo, der winkend abdrehte. Biber sagte immer noch kein Wort, und Edgar rügte ihn, weil er so unhöflich war: „Ich frage mich, was in dir vorgeht, Biber. Wir machen das Ganze wegen deiner russischen Flamme, und du hast sie, wie mir scheint, völlig vergessen." Biber antwortete mit langer Reaktionszeit. Er blickte grimmig drein und maulte: „Bei Frauen kann ich einfach keiner Versuchung widerstehen, mir fehlen wahrscheinlich die Abwehrkräfte. Hätte ich deine Schwester Annette bekommen, wäre ich vielleicht ein ausgeglichener Mensch. Aber mit meinem Postlermoped konnte ich sie damals natürlich nicht so beeindrucken wie der Alfons Glatt mit seinem DS 50 und seinen guten Tischmanieren."

Edgar grinste und meinte: „Wenn du doch nur auf deine Stofftaschentücher verzichten würdest, dann hättest du bei Annette schon weitaus größere Chancen."

Biber holte sein Taschentuch aus der Hosentasche und warf es auf der Stelle weg.

Vom Friedhof aus hatten die beiden einen überwältigenden Ausblick. Sie sahen den Hügel der Milliardäre, das ehemalige Opel-Haus, die Mauer der Bardot und den Strand, wo der Film „Die Gendarmen von St. Tropez" gedreht worden war. Aber all das wurde übertroffen vom überwältigenden Blau des Meeres. Nachdem sie sich die herrliche Aussicht tief eingeprägt hatten und Überlegungen angestellt hatten, wo der flüchtige Advokat an Land gegangen sein könnte, wanderten sie an der graffitigeschmückten Friedhofsmauer entlang am Meer. Hier waren die Spuren des Partylebens unübersehbar. Unmengen von Flaschen und Präservativen pflasterten den Weg ins Jenseits. Edgar musste natürlich unverzüglich den Friedhof unter die Lupe nehmen. Biber zeigte erst Interesse, als er das Grab von Brigitte Bardots Vater Pilou entdeckt hatte.

„Da schau her!", rief er und zappelte auf dem Kiesel vor dem Grab herum. „Da ist sie sicher schon gestanden, die Bri Bri."

„Ja genau", lästerte Edgar, „immer am Allerseelentag steht sie hier und singt mit, wenn die Kapelle ‚`Ich hatt' einen Kameraden`' spielt!"

Biber hörte ihm gar nicht zu. Er untersuchte den Boden, das Grab und die Umgebung, rannte rundherum und fotografierte wie ein japanischer Tourist. Dann hob er sich noch einen kleinen Kieselstein auf und verstaute sein Souvenir in seiner Geldtasche. Auch für Edgar hatte er etwas aufgehoben.

„Schau! Ein Werkzeug für dich", sagte er und hielt Edgar ein rostiges Metallteil hin. Edgar begutachtete das Werkzeug in fachmännischer Manier.

„Das ist ein Dreikantschlüssel, Biber. Mit dem kann nicht einmal ich etwas anfangen. Ich kenne keine Maschine, für die man so etwas brauchen könnte."

„Was?", schrie Biber zornig. „Jede blöde Beilagscheibe klaubst du auf und sagst, die kann man immer brauchen, aber so ein schönes Werkzeug willst du nicht."

„Kein Mensch braucht einen Dreikantschlüssel, Biber. Der ist für nichts und wieder nichts." Biber steckte ihn trotzdem ein und schob seine Lippen mürrisch unter seiner Nase hin und her.
„Aber die leeren Bierflaschen schleppt er immer noch herum, der Spinner", dachte er sich und berührte ehrfürchtig den Grabstein in der tiefen Überzeugung, dass auch sein Idol BB ihn schon berührt hatte.
„Mein lieber Biber!", murmelte Edgar besorgt. „Ich sehe ein großes Problem auf uns zukommen. Ich habe immer mehr den Eindruck, dass du deine russische Flamme ganz und gar vergessen hast."
„Du siehst ein Problem auf uns zukommen?", lästerte Biber. „Auf mich sehe ich kein Problem zukommen, aber auf dich, mein Freund. Ich frage mich, wie du deiner Schwester unseren verlängerten Aufenthalt beibringen wirst?"
„Ich? – Wieso ausgerechnet ich? - Du wirst ihr das beibringen, Biber. Ich bin doch nur deinetwegen mitgefahren."
„Nein, im Ernst, Edgar. Du solltest dringend Annette anrufen. Die wird sich sicher schon Sorgen machen."
Edgar hatte es zwar nicht gezeigt, aber das Wort Annette war ihm in die Glieder gefahren wie den Damen der Mirabellenschnaps auf dem Zuckerstückchen. So trieb er Biber in Richtung Hafen, um unauffällig nach einem Telefon Ausschau halten zu können.
Am Hafen aber gab es so viele Eindrücke, dass Biber seinen Freund nicht einmal an eine Telefonzelle denken ließ. Frage um Frage stellte er ihm und observierte mit dem Feldstecher die Yachten und ihre noblen Passagiere.
„Lauter Models und Playboys", sagte er, „da fallen wir nicht auf. Arbeiten tut von denen keiner."
„Von wegen Playboys! Wohl eher Blähboys. Aufgeblähte, aufgeblasene Gockel sind das", sagte Edgar, als er sah, wie eine Yacht anlegte. „Schau, der Herr ist älter als wir, und das Pupperl hängt sich an ihn, als ob er der schönste Mann der Welt wäre. Und er stolziert mit seinem kurzen Höschen und rosaroten Turnschuhen daher."
Biber kam aus dem Staunen nicht heraus. Sein Grinsen wurde immer breiter. Jetzt war er da! In St. Tropez. Er sprach die Ortsbezeichnung aus wie eine in der Hitze zerfließende Süßspeise. Langsam und undeutlich sagte er dieses St. Tropez vor sich hin, wie er als Kind Hula Hoop gesagt hatte. Diese Häuser und Yachten, die Farben, der Kirchturm, die Pinienbäume, die Zitadelle, der Friedhof, die

Motorräder, die Ferraris und Porsches, das so unvergleichlich blaue Meer, die Hügel am Horizont und die wie Teppichklopfer knallenden Helikopter.

Keiner wusste, woher die Männer mit Lokführertasche und Trolley kamen, aber auch keiner hätte sich gedacht, dass sie direkt aus St-Germain-des-Prés angereist waren wie einst die Intellektuellen in den Anfangstagen des aufstrebenden Fischerdorfes.

Vor lauter Staunen hätte Biber beinahe die nächsten Tage im Krankenhaus verbracht, weil er einer Gruppe von Motorrollerfahrern direkt hineingelaufen war. Edgar hatte den Vorfall erst bemerkt, als die Rollerfahrer hupend und schimpfend ihre Fahrt fortsetzten. So sagte er zu dem vor Schreck immer noch zitternden Biber: „Siehst du, solche Maschinen werden wir uns auch ausleihen. Damit können wir unseren Aktionsradius erweitern!"

* * *

„Was soll ich tun?", sagte Julius zu Flaschke und Hagenbeck, als sie in der »Insel der Redseligen« ein Bier tranken.

Hagenbeck drängte den jungen Hitzkopf zur Rücksichtnahme. „Die Welt wird nicht untergehen, wenn du die Koffer nicht abholst. Nur keine unüberlegte Eile! Und schon gar keine Gewalt!"

„Aber Onkel Al hat gesagt, das Geld gehört mir, wenn ich die Koffer hole. Ich habe doch den BMW schon bestellt."

„Welches Geld?", wollte Flaschke wissen, und Hagenbeck stellte sich dumm.

„Die wird sich wundern!", sagte Julius.

„Kurz und bündig! Hauptsache, schnell geht's", polterte der ehemalige Stempelmarkenmanipulant Franz Branntwein am Tisch der Aufrechten und meinte damit das Sterben. „Am liebsten ist es mir, wenn ich nix spür. Umfallen und aus. Nur keine Schmerzen! In einem Moment soll alles vorbei sein. Vielleicht überhaupt im Schlaf. Saubere Methode."

„Ein Kühl", meinte sein Kumpane Kugli und winkte mit seinem Bierflaschl der Kellnerin.

Dabei wandte er sich an seine Freunde: „Wisst ihr, was ich mir zum Geburtstag wünsche, Männer? – Einmal noch etwas Vernünftiges tun, bevor wir abtreten, das wäre was. Wir könnten doch diesmal beim Puppentransport nach Rumänien mitfahren. Am Aschermittwoch. Was sagt ihr dazu?"

„Julius!", warnte Flaschke. „Du darfst dir die Hände nicht schmutzig machen!" „Mach ich nicht! – Onkel Al wird erst einmal den

Bankdirektor in Bewegung setzen, und wenn das nicht hilft, dann muss ich einen Herrn in Wien kontaktieren, in einer Tanzschule."
„Wieso in einer Tanzschule?"
„Das ist nur Tarnung. Der Mann ist eigentlich auf dem Gebiet Sicherheit und Verteidigung tätig. Der schickt mir zwei Profis. Sie haben schon für meinen Onkel gearbeitet."
„Profis!", wiederholte Hagenbeck mit einem Seufzer. „Griffo und Schnappsie."
„Ja genau!"

\*\*\*

Biber war so fertig, dass er sich beim berühmten *Café Sénéquier* in einen roten Stuhl fallen ließ und ein Bier bestellte. Dann ergriffen lebhafte Tagträume von ihm Besitz. Überall sah er BB. Er stellte sich vor, dass sie an all diesen Stellen am Hafen schon gegangen sein musste, genau den gleichen Ausblick gehabt haben musste wie er, wahrscheinlich gerade hier bei Sénéquier etwas getrunken hatte, vielleicht genau auf seinem Sessel gesessen war. Und dann dachte er an den Strand. Dort würde sie mit Sicherheit schon in der Sonne gelegen sein, wahrscheinlich oben ohne oder vielleicht sogar ganz nackt.
„Der ist ganz und gar ‚Post-traumatisch'", dachte sich Edgar und war froh, dass er sich einmal ohne seinen Schatten bewegen konnte. Er ließ sein Gepäck bei dem halluzinierenden Ex-Postler stehen und sah sich nach einer Telefonzelle um.
Zwanzig Minuten später steuerte Edgar wieder auf seinen Freund zu. „Ich finde kein Telefon. Ich rufe lieber ein paar Tage später an, da macht sie sich größere Sorgen und ist froh, dass wir überhaupt noch leben und dass uns nichts passiert ist. Mensch, Biber, du kannst wirklich froh sein, dass du in deiner Wohnung allein bist!"
„Kein Wunder, dass du keine Telefonzelle gefunden hast", rief Biber. „Wir sind die einzigen Deppen hier, die kein Handy haben. Schau mal. Überall telefonieren sie. Ich glaube, hier kommen die Kinder schon mit einem Handy zur Welt. Eh klar, dass es keine Telefonzellen gibt."

\*\*\*

Inzwischen hatte sich sogar Tone Streich daheim in Hackling ein Handy angeschafft. Alle paar Minuten ertönte der Klingelton. Es war die Melodie des Liedes Lola von den Kinks. „Lola!", plärrte Streich in die Gegend, wenn der Klingelton begann. „Lo-lo-lo-lo-lohola!" Erst dann hob er ab und machte freudige Tanzschritte.

\*\*\*

„Aber ein Internetcafé habe ich gesehen. Da gehen wir jetzt hin. Komm mit!"

„Was willst du in einem Internetcafé? Etwa wieder defragmentieren?"

„Aber nein! Du immer mit deinem Defragmentieren. Ich werde ein paar Erkundigungen über den Herrn Volltasch und seine Komplizin einholen."

Im Internetcafé hatte Edgar in kurzer Zeit herausgefunden, dass Friedl Volltasch mit seiner Freundin Sabine Beihilf in Namibia vermutet wurde. Er studierte das Fahndungsblatt, wies Biber auf die fehlende Fingerkuppe am rechten Zeigefinger und auf die ausgesetzte Belohnung von 17.900 € hin. Dann begab er sich auf die Homepage des Salzburger Senders **Loden-TV**, auf dem der Gesellschaftsreporter Wolfgang Ledermüller in seiner wöchentlichen Klatschsendung *»Ledermüller greift ein«* über die Flüchtigen berichtet hatte. Schon lud er sich den Beitrag „Schickimicki-Anwalt mit 2,6 Millionen € abgepascht" herunter.

„Ha", sagte Biber, als er den Beitrag sah. „Golf und Segeln sind seine Hobbys. Kein Wunder, dass er uns in der Nacht mit dem Boot entkommen konnte."

Nach dem Beitrag durchsuchte Edgar Ledermüllers Forum nach aufschlussreichen Postings. Allerhand, was da zu lesen war. Einer schrieb, dass er ohne Tracht nicht einmal von seinen besten Freunden erkannt werden würde. Ein anderer behauptete, dass er mit mindestens drei Mal so viel Geld abgehauen sei, als in den Zeitungen zu lesen war. Über das viele Schwarzgeld, das ihm seine Geschäftsfreunde anvertraut hatten, konnte sich ja keiner aufregen. Aber vor diesen Geschädigten müsse er sich jetzt mehr fürchten als vor der Polizei.

Interessant war auch, was einer da über transnationale Verschleierungsketten zu wissen vorgab, mit denen Volltasch die Geldströme so abgewickelt haben soll, dass Verfolgern die Einsicht verwehrt wurde. Er soll das Geld aus schmutzigen Geschäften über Überweisungsketten gewaschen und auf Nummernkonten in der Schweiz oder in Luxemburg geparkt haben. Manche Kunden sollen Volltasch größere Summen Bargeld übergeben haben, das von einem mutmaßlichen Mitarbeiter dann vor Ort eingezahlt wurde.

„Aha", sagte Edgar, „so läuft der Hase! Fast, wie ich es mir gedacht habe! – Ich glaube, ich habe da eine Idee. Aber erst einmal skypen!"

„Was?", fragte Biber.

„Mit dem Programm Skype kann ich gleichzeitig mit mehreren Leuten telefonieren, direkt über den Computer, und das fast gratis."
„Wieso willst du mit mehreren Leuten gleichzeitig telefonieren? Wer soll denn mithören, wenn du deiner Schwester sagst, dass wir noch nicht nach Hause kommen?" – Plötzlich glaubte er zu verstehen und machte Anstalten wegzulaufen. „Nein!", schrie er. „Ich werde nicht mitsprechen, wenn du Annette anrufst. Das musst du ihr schon selbst erklären!"
„Keine Angst, Biber!", sagte Edgar und stellte eine Verbindung mit der Puppen-Manufaktur her. Axel Frustlich meldete sich und war überrascht über den Aufenthaltsort der Abenteurer. Edgar rückte nicht sofort mit seinen Ermittlungsergebnissen in Sachen Volltasch heraus und fragte nach, was es zu Hause Neues gebe. Da erzählte ihm Frustlich, dass Reinhold Fank, CFE, ein neues Programm entwickelt hatte, das eine Revolution in den Produktionsmethoden der Puppen-Manufaktur darstellte. Das Grundmodul war eine Face-Recognition-Software, die die Polizei in England und Amerika einsetzte, um Bilder von Überwachungskameras mit Fahndungsfotos zu vergleichen. Als der Source Code dieser Software freigegeben wurde, um Programmierern aus aller Welt die Möglichkeit zur Verbesserung zu geben, hatte der mittlere Fank daraus ein Programm entwickelt, mit dem aus einfachen Fotos dreidimensionale Ansichten errechnet werden konnten. Zusammen mit seinen Brüdern Siegi und Leo hatte Reinhold Fank, CFE, dann eine Fräsmaschine angesteuert, mit der sie Puppen anfertigen konnten, die eine frappierende Ähnlichkeit mit den echten Vorbildern hatten.
„Mensch, Axel", sagte Biber, „zwei solche Puppen könnten wir hier bestens brauchen: die Köpfe von Helmfried Volltasch und seiner Freundin Sabine Beihilf. Wir sind ihnen auf den Fersen. Aber wir können mit der Polizei nicht reden."
Frustlich war schockiert. „Ihr seid hinter Volltasch her?", fragte er.
„Schicke uns Leo Fank mit den zwei Puppen. Dann kann er sich das Kopfgeld von siebzehntausendneunhundert Euro holen und die Rechnungen für die Reparatur des kaputten Porsche zahlen. Wir wollen anonym bleiben und können die Belohnung nicht annehmen", sagte Edgar. „Und!", rief er noch hinterher.
„Was und?"

„Und frag bitte Barbie, ob ihr nicht der Name des Segelboots aufgefallen ist, von dem sie ein Foto bei Glatts Unterlagen gesehen hat."

Frustlich war nicht wohl bei der Angelegenheit. Trotzdem wurde Leonhard Fank in eine Konferenzschaltung einbezogen. Er war Feuer und Flamme, weil er endlich mit dem alten Porsche 356 SC fahren konnte, den der Mech in mühevoller Kleinarbeit wiederhergestellt hatte. Außerdem wollte er bei der Gelegenheit eine weltberühmte Pfeifenfabrik in Cogolin besuchen, die an seiner Software interessiert war.

„Erst einmal abwarten", meinte Edgar. „Wir werden hier die Lage sondieren. Wir werden uns täglich melden und rechtzeitig den Marschbefehl absetzen. Studiert ihr inzwischen die Fahndungsunterlagen und schaut euch den Bericht von »Ledermüller greift ein« im Internet an."

„Den könnte ich mitnehmen", rief der junge Fank. „Wolfgang Ledermüller ist mit mir in die Schule gegangen. Ich kann ihn ein bisschen über die Flüchtigen ausfragen. Der weiß bestimmt mehr."

Frustlich meldete sich wieder zu Wort: „Barbie hat keine Ahnung, wie das Boot heißt. Und leider noch eine schlechte Nachricht!"

„Ja was denn?", wollte Edgar wissen.

„Wer weiß, ob ich das überhaupt sagen sollte, aber deine Schwester hat Barbie um Hilfe gebeten, weil ihr die Bank ein Ultimatum gestellt hat. Reg dich nicht auf, wir werden ihr natürlich helfen."

Biber sah, dass Edgar kreidebleich wurde. „Ja, was ist denn?", fragte er. Edgar beendete das Gespräch mit einem knappen „Danke!".

\* \* \*

Entgegen ihren Gepflogenheiten, niemals fremde Hilfe anzunehmen, hatte sich Annette in höchster Not an Barbie gewandt. Die finanzielle Katastrophe hatte sie wie über Nacht völlig unerwartet erwischt. Der Bankdirektor hatte sie persönlich aufgesucht. Die Angelegenheit war ihm offensichtlich überaus peinlich, und er machte kein Hehl daraus, dass die Anweisung zur Vollstreckung von ganz oben gekommen war und er keine Möglichkeit sah, die sofortigen Zahlungsforderungen abzuwenden.

\* \* \*

Edgar sprach kein Wort und machte ein ernstes Gesicht. Er deponierte das Gepäck in einem todsicheren Versteck und lieh sich mit Biber einen Yamaha-Motorroller aus. Beide setzten sich schwarze Helme auf, die eher wie umgedrehte Nachtscherben aussahen. Sie waren schwarz und trugen die Aufschrift „Willy".

Biber wollte unbedingt fahren und raste durch die engen Gassen des Jetset-Dorfes. Am liebsten krachte er durch den Hafen und schaute jeder Blondine nach. Das ständige unvermittelte Bremsen war Edgar bald zu viel. So wurde ein weiterer Roller ausgeliehen. Ein Peugeot-Roller. Jetzt konnten sie sich zu zweit bei ihren Wettfahrten einen Überblick verschaffen und bei der Gelegenheit Übernachtungsmöglichkeiten sondieren. Da gab es das „Hotel La Ponche", da war ein Wegweiser zu einer „Villa Romana", dort einer zu einer Villa Soundso.

„Sicher keine so günstig wie die Villa Scherbenstein daheim in Hackling", sagte Biber.

\*\*\*

Die Villa Scherbenstein war trotz ihrer Baufälligkeit der größte Konkurrent im Fremdenverkehr. Nachdem Fremdenverkehrsobmann Glatt vor zwei Jahren das Verkehrsbüro am Hauptplatz nicht mehr besetzt hatte und alle Telefonate an ihn persönlich umleitete, um sie an seine Freunde gegen Provision zu vermitteln, gewährte die Fürstin ihrem Verwalter Tone Streich freie Hand bei der Anwerbung von nächtigungswilligen Fremden.

Und gerade in diesem Moment hatte er wieder zwei auffällige Typen im Visier, die zwar kein Gepäck dabeihatten, aber irgendwie aussahen, als wüssten sie nicht, wo sie die Nacht verbringen würden.

\*\*\*

Ganz in der Nähe des Friedhofs wollten sich die zwei Geizkrägen schließlich niederlassen und natürlich gratis unter freiem Himmel schlafen. Dazu mussten sie sich rechtzeitig mit Proviant und Badetüchern versorgen. Mitten im Ort neben dem Place des Lices, wo einige Männer Boule spielten, bemerkten sie ein vertrautes Markenzeichen. Es war ein „Spar-Markt".

„Da müssen wir rein", schrie Biber und zog die Bremse.

„Du brauchst aber nicht zu glauben, Biber, dass da die Roider Mariann oder die Speckbacher Zilli an der Kassa sitzt wie daheim in Hackling! Und Leberkäse und Extrawurst haben sie sicher auch nicht." Biber war froh, dass sein Freund zu seinen zwei Verflossenen nicht noch eine Kassiererin vom Spar in Hackling genannt hatte. Eine Kassiererin, derentwegen er lange nicht mehr beim Spar einkaufte und die sich dann ausgerechnet im *»Fleisch und Wein«* an die Kassa setzte. Gott sei Dank wusste Edgar von dieser entsetzlichen Affäre aus der Zeit, als Biber noch kein Faxgerät hatte, nichts. Biber hatte sich wieder gefasst und konterte: „Und deine leeren *Lercherl*-Bierflaschen werden sie dir wahrscheinlich auch nicht zurücknehmen."

Zu den lebenswichtigen Einkäufen leistete sich Edgar auch eine schicke Badehose. Biber hingegen behauptete, er habe eine in seinem Gepäck und suchte verzweifelt nach seinen geliebten Ohrenstäbchen. Ohne Erfolg. Im Fremdenverkehrsbüro versorgten sie sich mit einem Stadtplan, machten ein Foto vor dem alten Gendarmeriegebäude, in dem Louis de Funès in mehreren Filmen den Gendarmen von St. Tropez gespielt hatte, und transportierten ihre Habseligkeiten zum Friedhof.

„Kennst du dich aus?", sagte Edgar und überprüfte mit Feldstecher und Karte die markanten Punkte der Gegend. „Dort drüben ist das ehemalige Haus von der Frau Opel, das muss der Plage des Canebiers sein, wo der Louis de Funès die Außerirdischen entdeckt hat. Dort werden wir morgen früh schwimmen gehen. Siehst du die Boote an den Bojen? Eines davon muss das von Volltasch sein."

„Und das muss die Mauer von der Brigitte Bardot sein", antwortete Biber und wollte den Feldstecher an sich reißen.

Edgar ließ ihn gewähren und opferte sein letztes *Lercherl-Bier*, das er vorsichtshalber im Rucksack verstaut hatte. Er ließ sich zu dieser Verschwendung hinreißen, weil er bei Leonhard Fank ohnehin eine neue Bestellung aufgeben würde.

„Was glaubst du, Biber? Könnte das Boot dort drüben das von Volltasch sein?" Biber schloss die Observierung der Mauer ab und überprüfte mit dem Feldstecher die ankernden Boote. Nach eingehender Diskussion konnten aufgrund der Beschaffenheit lediglich drei Boote infrage kommen. Wenn man dann noch die Lage einbezog, konnte ein weiteres ausgeschlossen werden. Aber sicher waren sie sich nicht.

Sie machten eine Spritzfahrt zum Hafen. Dort stellten sie ihre Flitzer ab. Biber tauschte seinen Helm gegen den Cowboyhut und marschierte an den Booten vorbei. Hier fiel er nicht besonders auf.

Die beiden Kopfgeldjäger genossen den herrlichen Tag und die anregende Atmosphäre. Sanft wiegten sich die Schiffe im Hafen, das Meer schaukelte im Glanz der Sonne, beringte Männer mit eingecremten Bäuchen, dicken Halsketten, goldenen Uhren und mächtigen Armreifen sonnten sich auf ihren Yachten. Nicht nur junge Mädchen in voller Blüte mit umwerfenden Figuren stellten sich zur Schau, sondern überwiegend aufgetakelte, x-mal geliftete und jung gespritzte Schabracken, die mit Gold behängt waren.

Biber sah in derartigen Restaurierungsmaßnahmen absolut keine Notwendigkeit. Aber er war ja auch von der Natur mit einer unbezahlbaren Fähigkeit ausgestattet worden, um die selbst die fiktiven Superhelden in den Groschenromanen ihre Schöpfer betteln würden. Er konnte sich Frauen jung denken. Mit offenen Augen. Das funktionierte aber nur dann, wenn er die Damen schon in ihrer Jugend gekannt hatte oder zumindest ein Foto betrachten konnte, das sie in ihrer Blüte zeigte. Mit seiner außergewöhnlichen Gabe war Biber natürlich ein regelmäßiger Besucher von Klassentreffen. Denn dort wurde im Laufe der Zeit das früher Unerreichbare möglich. Jedes Jahr wurde wieder eine ehemalige Mitschülerin schwach, die sich früher einen Pfifferling um ihn geschert hätte. Nur bei Annette war bisher der ersehnte Erfolg ausgeblieben.

Uniformierte Matrosen aus Indien stolzierten an Deck herum, vielleicht waren es sogar Kapitäne, wer weiß das schon? Kleine Motorboote, Wasserscooter und sogar Hubschrauber waren auf den Yachten zu sehen. Die Herumsitzer auf den Yachten schienen langweilige und lustlose Menschen zu sein, ständig von Hafen zu Hafen unterwegs, trotzdem ohne Ziel. Nur vereinzelt sah man Jünglinge, in der Mehrzahl Ältlinge. Und die sahen wie für ein lang zurückliegendes Weihnachtsfest gekränkt und nicht abgeräumt aus.

*\*\**

Ähnliche Gedanken mussten Tone Streich durch den Kopf gegangen sein, als er die zwei Typen vor dem Hacklinger Verkehrsbüro genauer unter die Lupe nahm. Sie trugen protzige Uhren, Ringe und Armketten. „Wollen die Herren im Ort übernachten?", sprach er sie schließlich an, nachdem er ihnen genug Zeit gegeben hatte, die Informationstafel mit den Fremdenzimmern und dem Ortsplan genau zu studieren.

„Schau, dass du Gelände gewinnst!", brüllte ihn einer der beiden an, der nur mehr einen Zahn im Mund hatte.

„War ja nur eine Frage", antwortete Streich und kümmerte sich um sein Telefon, aus dem die Melodie von Lola erschallte.

*\*\**

Für einige Zeit war das bunte Treiben am Hafen von St. Tropez interessant, und Edgar sah abschätzig auf die Angeber, die ihre dicken Arme aus den Autos hängen ließen, damit jeder ihre sündteuren Uhren bewundern konnte. Aber die Leute am Ufer starrten sie voll Bewunderung an. Biber bemerkte trocken: „In

Frankreich bist du halt wer, wenn du einen ordentlichen Bauch hast. In einem Land, wo so viel gefressen wird, ist ein Bauch etwas wert." Jetzt erblickte Biber eine Telefonzelle. Er drängte Edgar zu einem Anruf. Der ging bleiernen Schrittes hinein und wählte die Nummer seiner Schwester. Biber konnte sich vorstellen, was los war, als er sah, wie weit Edgar den Hörer weghielt. Was musste da an Vorwürfen, Tadel, Wut und Verzweiflung auf den geknickten Mann einprasseln, der wie eine Kaulquappe mehrfach zu einer Erklärung ansetzte und wieder verstummte. Dann sagte er aber aufgeregt und so laut, dass es Biber durch die Telefonzelle hören konnte: „Und du kannst dir auch nicht vorstellen, was hier los ist. Der Biber ist verschwunden. Er ist einfach einer Blondine hinterhergelaufen. Ich komme, sobald sich die Sache erledigt hat." Dann legte er auf.
Biber versuchte mehrmals, Edgar in ein Gespräch zu verwickeln. Erfolglos. Doch dann zeigte er auf eine riesige Yacht und sagte: „Schau, Edgar, daran kann ich mich genau erinnern. Solche Polster hat das Schiff von Volltasch auch heruntergehängt gehabt. Das habe ich bei den anderen nicht gesehen."
„Welche Polster", fragte Edgar.
„Solche Polster", antwortete Biber, zeigte auf die Yacht und wiederholte: „Polster hat das Boot runterhängen gehabt. Rundherum hat es Polster hängen gehabt."
Edgar schaute Bibers krummen Zeigefinger entlang auf die Yacht und hatte kapiert: „Die Fender, die das Boot vor Beschädigungen schützen, die meinst du also", sagte er. „Gut beobachtet, Biber. Kein anderes Boot an den Bojen hat solche gehabt. Ich glaube, die werden normalerweise im Boot verstaut und nur unser Freund hat sie hängen lassen, weil er in der Nacht keine Zeit mehr hatte. – Weißt du was, Biber, wir werden versuchen, heute Nacht den Friedl Volltasch ein bisschen nervös zu machen."
Er zerrte Biber wieder in das Internetcafé und durchsuchte seine Skype-Kontakte. Leonhard Fank war online. Also rief er ihn an und erteilte ihm den Marschbefehl. Fank war überaus begeistert und teilte mit, dass ihn sein Freund Ledermüller mit einer Kamera begleiten würde. Der hatte ihm erzählt, dass Friedl Volltasch ein stadtbekannter Plafondtuscher und Angeber war, der stets nur das Beste gegessen und getrunken hatte. Das Golfen und Segeln waren immer seine liebsten Hobbys gewesen, und er sei schon früher oft im Mittelmeer mit einem Segelboot gekreuzt. Da soll er sich auf dem Boot angesoffen haben wie ein Binder.

„Und weiß der vielleicht, wie das Boot geheißen hat", fragte Edgar.
„Genau, das wollte ich dir noch sagen. Das Boot heißt ‚Rose'."
Bezüglich der Abreise des jungen Fank gab es noch ein Problem: Seine Brüder mussten der Benutzung des Porsche zustimmen. Siegi Fank, der älteste Bruder, wurde zugeschaltet und konnte von Edgar überredet werden. Als Treffpunkt wurde der Spar-Markt am *Place des Lices* fixiert. Edgar notierte Leonhard Fanks Handynummer und bestellte ein Sechsertragerl *Lercherl-Bier*.
Inzwischen war es bereits dunkel, und am Hafen ging die Post ab. Ferraris mit durchsichtigen Motorhauben waren zu sehen, genauso wie Rolls-Royce-Cabrios und Bentleys, Harley-Davidson-Motorräder und jede Menge Menschen. Biber war so gut aufgelegt, dass er unter dem Sitz seines Rollers eine Champagnerflasche herausholte, die er bei Spar gekauft hatte.
Edgar war überrascht von der Freigebigkeit seines Begleiters mit dem Cowboyhut. Aber er wusste, dass Sekt und somit auch Champagner der schwache Punkt des sonst so geizigen Biber waren. An der Bar hatte er ja sowohl mit verheirateten als auch mit geschiedenen Frauen bei den ausgelassenen Bällen in Hackling in so manches Glas Sekt-Orange investiert, um an sein Ziel zu kommen. Jawohl, Biber schien sich bereits in höchster Euphorie zu befinden. Während Edgar ganz und gar nicht in Stimmung war und höchstens einen Schluck erwischt hatte, hatte sein Freund den Rest der Flasche im Nu hinuntergespült und war nicht mehr zu halten. Vor jeder schönen Frau zog er den Cowboyhut, quatschte wildfremde Leute an und tanzte zu den Klängen einer Kapelle, die im *Café Sénéquier* spielte.
Edgar hatte die Nase voll und genierte sich. Er beschloss, Biber in Zukunft den Genuss von Sekt oder Champagner generell zu verbieten. Diesmal aber war es zu spät. Wenn bei einem Postler einmal die Post abgeht, dann ist ganz einfach die Hölle los und er tanzt am Abgrund der Posthumität. Biber postierte sich in der Nähe einer Yacht, auf der bekannte Musik zu hören war. „Der Kommissar geht um", schrie er, „das ist der Falco, den die da aufgelegt haben."
Edgar war das alles unangenehm. Zum Schluss waren die Besitzer der Yacht gar Österreicher, und Biber würde die Jagd nach Volltasch mit seinem Verhalten gefährden. Doch da war Biber schon auf der Leiter der Yacht und schrie zum Gaudium der Passagiere und der Schaulustigen laut dazu, wenn beim Lied `Vienna Calling` das Hm – Tscha – Hm – Tscha kam. Dazu tanzte er auf der schmalen

Reling und drohte ins Meer zu fallen. Am Schluss der Platte, die offensichtlich eine Live-Aufnahme war, rief Falco „Vielen Dank!". Na, mehr brauchte der besoffene Biber nicht. Mindestens zwanzig Mal schrie er danach „Vielen Dank!" und heimste den ganzen Applaus der Schaulustigen ein.

Auch zu einer anderen Yacht mit dem Namen Ivana, registriert auf George Town C.I., schrie er mehrmals „Vielen Dank" hinüber und provozierte zwei ernst blickende Bodyguards und die essenden Gäste.

Dann kam das Lied Männer des Westens. Edgar hörte es zum ersten Mal, aber Biber musste es kennen. Er riss eine Dame in seiner Nähe an sich und begann wild mit ihr Rock 'n' Roll zu tanzen, dass die Umstehenden nur so auseinandersprangen. Er amüsierte sich köstlich darüber, wenn die, denen er auf die Füße trat, nicht „aua", sondern „aye" schrien.

„Männer des Westens sind so, sind so, sind so", brüllte er und riss seine Tanzpartnerin herum. Und als ein Zwischenstück mit Falcos unnachahmlichem Sprechgesang kam, das eigentlich heißen sollte: „Rock on, Neo Rockers, rock on ...", schrie Biber wie bei einem Arbeitsbefehl in seiner ehemaligen Post-Dienststelle: „Pockt's on, Bio Rockas, pockt's on!" Dazu machte er eine unfassbare Schrittkombination und schnitt Gesichter, dass die Zuseher wie elektrisiert waren. Edgar schnappte sich seinen Freund, der immer noch wild und immer militärischer „Vielen Dank" in die Menge brüllte wie Falco bei einem Live-Konzert. Er zerrte ihn ans Meer, wo er ihn eindringlich ermahnte, mit seinem auffälligen Verhalten nicht die ganze Aktion zu gefährden.

Wenige Stunden später war Biber nüchtern genug, um seinen Roller zu lenken, aber Edgar packte ihn auf seinen Sozius und brachte ihn zur Schlafstelle am Friedhof. Biber schlief postwendend ein. So konnte Edgar eine kleine Wanderung machen, die ihn fast zur Mauer der Brigitte Bardot führte. Von dort schwamm er mit seiner neuen Badehose und einer Spar-Plastiktasche zu dem Boot hinaus, mit dem Volltasch von Les Issambres herübergefahren sein musste. Es hatte den Namen *Lily Rose*. Biber hatte recht gehabt. Nur bei diesem Boot hingen die Fender heraus. Und jetzt hängte Edgar auch noch eine leere *Lercherl*-Bierflasche mit einer Flaschenpost dran. Als Erinnerung an die Salzburger Heimat. Das würde Volltasch einen Schreck einjagen und vielleicht auch Glatt aufscheuchen. Der Text war nämlich so formuliert, als würde jemand glauben, er hätte Alfons Glatt aufgespürt.

Mit dem Badetuch als Decke verbrachte Edgar keine komfortable Nacht. Doch die Freiheit unter dem Sternenhimmel genoss er über alle Maßen. Er schlief noch lange nicht ein. Die Kuckucke riefen sich abwechselnd zu. Katzen streunten herum wie bei Tone Streich in der Villa Scherbenstein.

\*\*\*

Annette hatte den Großteil der Nacht bei ihrer Freundin, der Fürstin Emanuela von Scherbenstein verbracht, die sie gegen Mitternacht in höchster Aufregung aufgesucht hatte. Als sie nach Hause gekommen war, bemerkte sie, dass die Tür aufgebrochen worden war. Sie hatte natürlich sofort die Polizei gerufen. Auch Ex-Polizist Prechtl, der immer noch den Funk mithörte, war sofort zur Stelle. Der oder die Einbrecher waren in Glatts ehemaliges Arbeitszimmer eingedrungen und hatten die zwei Samsonite-Koffer mitgenommen. Burli war betäubt und in der Toilette eingesperrt worden. Für den Ex-Polizisten Prechtl bestand kein Zweifel, wer die Tat in Auftrag gegeben hatte. So wie Prechtl sahen auch die örtlichen Polizisten keinen Grund, sich Julius Link vorzunehmen. Im Gegenteil. Für sie war der Einzeltäter kein anderer als Tone Streich, der zur Tatzeit in der Nähe des Hauses gesehen worden war. Von niemand Geringerem als der Schauspielerin Barbara Rüstig, die weiß Gott genug Erfahrungen im Umgang mit Kriminalfällen hatte. Und jetzt wurde nach Streich bereits fieberhaft gefahndet.

Seit dem Nachmittag hatte Tone Streich die zwei Typen vor dem Verkehrsbüro natürlich nicht mehr aus den Augen gelassen und war ihnen in der Nacht in Respektabstand zu Annettes Haus gefolgt. Seine schlechten Erfahrungen mit der Polizei verhinderten, dass er sofort Alarm schlug, als er ungewöhnliche Beobachtungen machte: Die beiden trugen Handschuhe. Sie drangen, ohne Geräusche zu verursachen, in das unbeleuchtete Haus ein und verließen es mit zwei Koffern. Er folgte ihnen. Sie gingen mit den Koffern zum Bahnhof. Auf der langen Geraden kam ihnen der Kapitän entgegen, der sich auf einem seiner Kontrollgänge befand. Er wich nicht zur Seite und wurde gewaltsam von den Kofferträgern vom Gehsteig gedrängt. Streich signalisierte ihm, er solle ihnen unauffällig folgen. Da brauste der BMW des Julius Link an ihm vorbei. Genau an der Stelle, wo er den Porsche Leonhard Fanks vor einiger Zeit abgedrängt hatte.

Wenige Minuten später beobachteten Streich und der Kapitän aus sicherer Entfernung unauffällige Vorgänge am Bahnhof. Als der Spätzug ankam, wartete Julius lang mit laufendem Motor am Parkplatz. Er wartete aber nicht auf jemanden, den er dann in den Ort bringen würde. Nein, er war nur Gepäckträger. Denn zwei Männer, die mühselig mit zwei Koffern zum Bahnhof marschiert waren, hatten ihr Gepäck im Dunkeln einfach abgestellt und waren unbelastet in den Zug eingestiegen. Julius zog sich Handschuhe an, verfrachtete die Koffer in seinen Wagen und brach sie auf. Den Inhalt verfrachtete er in einen Müllsack.

Der Kapitän näherte sich Links Wagen und schlug mit seinen Schuhen gegen die Reifen. Julius blickte erschreckt auf den Kapitän. „Schleich dich!", brüllte er ihn an. Der Kapitän zeigte auf seine Mütze mit der Aufschrift „Leck mich" und furzte so laut in die rabenschwarze Nacht, dass Link es regelrecht mit der Angst zu tun bekam und mit dem BMW übereilt davonraste. Als Tone Streich und der Kapitän die Villa Scherbenstein erreichten, standen die aufgebrochenen Koffer vor der Tür. Tone begutachtete die Koffer und überzeugte sich, dass sie absolut leer waren. Und schon quietschten die Reifen des Polizeiautos und er ergriff die Flucht. Der Kapitän wurde stundenlang verhört, sprach aber kein Wort.

*** 

Schon früh am Morgen wachte Edgar auf und sah Flugzeuge mit langen Kondensstreifen über ihn hinwegziehen. Eine Wolke rührte sich nicht von der Stelle, und die Kopfhaut juckte vom Bad im Meer. Der Blick auf diese Côte war atemberaubend. Sie lag so malerisch da wie der Wallersee. Biber, der sich vor dem Einschlafen noch überlegt hatte, was er sagen würde, wenn er Brigitte Bardot begegnete, träumte die ganze Nacht von ihr und knirschte weithin hörbar. Und manchmal glaubte Edgar, dass er ihn die Melodie von „Emmenez moi" summen hörte. „Ich frage mich, welche unbewältigten Probleme der da mit seinem Knirschen zermalmt", dachte Edgar. „Welche Fragen verbergen wohl diese Runzeln auf seiner Stirn?"

Da es Biber mit dem Aufwachen nicht eilig hatte, machte Edgar Fotos von Pinienbäumen. Diese schirmartigen Bäume faszinierten ihn. Schließlich weckte er Biber und sagte zu ihm: „Schau dir diesen herrlichen Baum an! Da wachsen die Sonnenschirme aus der Erde. Siehst du, deshalb glaube ich an den Schöpfer. Wenn man genau schaut, kann man den Schöpfer überall sehen."

Der Glaube an die Schöpfungsgeschichte war in Hackling nicht unumstritten. Vor allem die Aufrechten in der »Insel der Redseligen« waren Anhänger einer ganz anderen Theorie, weil sie sich aufgrund ihres Ganges in der höchsten Stufe der Evolution fühlten. Biber war noch ganz benommen, gähnte faul und ließ seine Gelenke krachen.
„Den Schöpfer kann man überall sehen?", fragte er ungläubig.
„Ja, den Schöpfer", antwortete Edgar.
„Ich glaube eher den Tone Streich, den Herrn Malermeister mit dem Verfolgungswahn."
„Ja bist du jetzt völlig verrückt, Biber", sagte Edgar. „Wie kommst du auf den Tone Streich?"
„Der ist es, der allgegenwärtig ist, nicht der Schöpfer. Den Tone siehst du sogar, wenn du nicht genau schaust. Gerade habe ich einen am Hafen gesehen, der wie er aussah. Einen habe ich am Pariser Ostbahnhof gesehen, einen am Salzburger Hauptbahnhof, einen am Bahnhof in Metz. Und wenn du durch unseren Ort daheim fährst, siehst du ihn auch immer. Einmal dort und einmal da. Du kannst gar nicht durchfahren, ohne dass du ihn irgendwo siehst. Meistens vor dem Verkehrsbüro."

* * *

Genau dort endete am nächsten Morgen die Suche der Polizei. Streich wurde gesichtet und gefasst. Er forderte die Verständigung der Fürstin, die umgehend mit Annette ins Wachzimmer kam. Streich berichtete wahrheitsgetreu seine Beobachtungen. Die Polizei glaubte ihm nicht.
Streich war einfach kein unbeschriebenes Blatt. Einerseits haftete ihm die Reputation des Verfolgungswahns an und andererseits verfolgte er des Nachts rechtschaffene Bürger. Und gerade in der Nacht davor war wieder einmal eine Anzeige gegen ihn erstattet worden. Ein Trupp Aufrechter hatte sich am Posten über ihn beklagt.
„Mit mir nicht", hatte Streich im Vollrausch vor der »Insel« geschrien. „Ich werde euch fertigmachen. Einen nach dem anderen." Und dann kniete er sich auf den Gehsteig nieder und imitierte einen Rundumschuss mit einem Maschinengewehr, dass die Autofahrer aus Angst Vollbremsungen machten. Als dann einer der Aufrechten den Nachhauseweg angetreten hatte, bezichtigte ihn Streich des Diebstahls und jagte ihn mit einem Ledergürtel durch den Friedhof. Es ging um ein Lebkuchenherz, das der Aufrechte seiner Frau vom Kirtag mit nach Hause bringen wollte. „Hab mich gern" war darauf

gestanden. Stundenlang hatte dieses Katz-und-Maus-Spiel gedauert, bis Tone Streich den vermeintlichen Dieb entkommen ließ.
Bei dem Kontrahenten Streichs handelte es sich um einen Ex-Kollegen Bibers. Er war als Birnen-Manipulant bekannt. Von der Elektrik wusste er so viel, dass er glaubte, der Schutzleiter sei eine Person in der oberen Etage des Postmanagements. In allen Salzburger Postämtern und Telefonhäuschen sorgte er dafür, dass die Glühbirnen gewechselt wurden. Die Polizisten konnten sich die Frage nicht verkneifen: „Hast du zwei Postpartner gehabt, die dich mit einem Drehsessel gedreht haben, damit du Birnen aus- und eindrehen konntest?" Da wurde der Mann wild und erzählte, wie er Streich heldenhaft hinter sich hergetrieben hatte und das Lebkuchenherz unbeschadet seiner Frau übergeben konnte.

„Dieser Streich gehört aus der Hose gebeutelt und mit einem Dampfstrahler abgekärchert", rief der Postenkommandant.
„Ich habe keinen Zweifel daran, dass das, was er sagt, die Wahrheit ist", konterte Annette.
„Einer, der sich so fürsorglich um Katzen kümmert, kann kein schlechter Mensch sein", betonte die Fürstin.
„Die Fingerabdrücke auf den Koffern und der Leatherman an seinem Gürtel, ein Werkzeug, das durchaus zur gewaltsamen Öffnung von Schlössern und Koffern taugt", sagte einer der Polizisten. „Für mich ist der Fall klar", ergänzte sein Kollege, legte Streich Handschellen an und fügte eine süffisante Frage hinzu: „Handelt es sich bei den betreuten Katzen um vierbeinige oder etwa gar zweibeinige, wenn die Frage erlaubt ist." Dazu grinste er der Fürstin direkt ins Gesicht.
„Hauptsächlich dreibeinige, wenn Sie es genau wissen wollen!", antwortete die Fürstin schlagfertig. Ihre Antwort entsprach sogar der Realität. Es war nämlich an der Tagesordnung, dass ein Mopedfahrer bei der täglichen Sternfahrt eine Katze überfuhr. Die Verletzungen waren oft so schwer, dass das Tier nicht mehr gerettet werden konnte. Wenn aber die geringste Hoffnung bestand, flickte Tone Streich das überfahrene Tier fachgerecht zusammen und pflegte es rührend. So kam es, dass Katzen mit drei Beinen oder anderen auffälligen Gebrechen in der Villa Scherbenstein lebten.

*** 

Edgar rüttelte den wieder eingeschlafenen Biber und drückte ihm den Feldstecher in die Hand. „Schau mal", sagte er, „was ich gemacht habe."

Biber tat ihm den Gefallen widerwillig und suchte die Gegend ab. Er sah großartige Villen mit Pools und meinte: „Das sind vielleicht Villen! Da ist die Villa Scherbenstein ein Dreck dagegen. Und die fünfundvierzig Schläge des Schrankenschlagwerks müssen die Bewohner auch nicht ertragen. Aber dafür die Grillen. Die Luder sind zum Verrücktwerden!"
„Das Boot vom Volltasch sollst du anschauen, Depp!", rief Edgar und richtete den Feldstecher in Richtung der Bojen aus.
„Ein Bierflaschl!", rief Biber entsetzt. „Du bist verrückt!"
„Ich bin nicht verrückt, aber den Volltasch wird das verrückt machen, wenn er ein Bierflaschl aus Salzburg sieht." „Sag mal, Edgar, darf ich dir eine Frage stellen, ohne dass du mich gleich wieder niedermachst? Warum können wir uns eigentlich die Belohnung nicht holen? Das wären siebzehntausendneunhundert Euro. Immerhin fast neuntausend Euro für jeden von uns."
„Das kann ich dir sagen. Ich will doch mit der Sache nicht in Verbindung gebracht werden. Was würden meine Schwester und die ehemaligen Kollegen dazu sagen? Und finanziell werden wir nach meinem Plan auch nicht zu kurz kommen, glaube mir! Wir können nur Geld einsetzen, von dem meine Schwester nichts weiß. Und von dem, was wir hier machen, darf nicht einmal posthum etwas durchsickern."
Biber nickte einsichtig und kramte Brot und Camembert zum Frühstück aus der Tasche. Dann holten sie den zweiten Motorroller vom Hafen und verlegten ihr Lager zum Strand. Von dort wollten sie zu Fuß in Badehosen möglichst unauffällig den Hügel der Milliardäre erkunden. Als Biber sich auszog, sah Edgar, dass man in St. Tropez nicht nur mit Ferrari mit durchsichtiger Motorhaube, einer Harley, einer Rolex oder einer Yacht auffallen konnte. Biber zog mit seiner Figur die Blicke der Sonnenanbeter auf sich. Der Körper des ehemaligen Post-Athleten war, wie Edgar es ausdrückte, nach den Fressorgien in Russland und Frankreich höchstens noch post-athletisch. Und so eine Badehose hatte hier seit den Fünfzigerjahren sicher keiner mehr gesehen. Edgar wunderte sich, dass ausgerechnet Biber, der stets Gürtel zugunsten von Hosenträgern vehement abgelehnt hatte, mit Begeisterung eine Badehose mit Gürtel trug.
Als sie an einer Schiffswerft vorbeikamen, entdeckten sie, dass ein Weg am Ufer des Hügels der Milliardäre entlangführte, der genau

nach der BB-Mauer begann. Auf den steuerten sie zu. Mehrmals sah es so aus, als ob es nicht mehr weitergehen würde.

„Das ist wie am Rupertiweg um den Wallersee", sagte Edgar. „Überall Privatgrund. Da werden wir manchmal ein bisschen schwimmen müssen."

Biber war alles egal. Er zählte nur mehr die Meter, die ihn von der Mauer trennten. Und schon sahen sie ein blaues Garagentor, das nur zu BBs Anwesen gehören konnte.

Als Biber vor der Hauseinfahrt stand, zitterte er. Er war froh, dass sich Edgar um nichts scherte und wieder einmal einen wunderschönen Pinienbaum betrachtete. So konnte er unbeobachtet an das blaue Einfahrtstor herantreten, es mit Ehrfurcht berühren. Er war wie elektrisiert. Er konnte seine Hand im Geiste in die ihre legen und fühlen, wenn sie dann seine berührte. Das Tor musste sie so hundertprozentig berührt haben, wie sie den Schotter der Einfahrt betreten haben musste. Es war ihm, als lege er seine Hand auf die ihre, als er das Tor berührte, sanft streichelte, sogar küssen wollte. Alle Erinnerungen an Filme kamen in ihm hoch, er erinnerte sich an all die Artikel in der *Neuen Revue,* im *Stern* und in der *Bunten,* von denen damals im Aufenthaltsraum der Post der Lesezirkel abonniert war. Verschlungen hatte er damals alles. Auch bei der Frau Doktor und beim Zahnarzt hatte er von ihr gelesen, heimlich Seiten aus den Magazinen gerissen und in seine Schweinsledertasche gesteckt. Er konnte sich sogar noch an die Krankheiten erinnern, derentwegen er beim Arzt war: Nierensteine, Wurzelbehandlungen, Weisheitszahn-Extraktionen, unzählige Zerrungen vom Fußball. Diese Berichte und Fotos halfen ihm damals über die großen Schmerzen mit seinen Nierensteinen und über die Zahnschmerzen hinweg – er trank damals noch kein Bier, oder vielleicht zu wenig. Die Filme hatte er erst einmal nur im Hacklinger Kino gesehen, dann im Schwarz-Weiß-Fernseher und im Farbfernseher der Nachbarn. Im Schichtarbeiterprogramm. Mensch, diese neckischen Höschen, die sie damals immer am Hafen von St. Tropez trug. Es schüttelte ihn, als ob ihm jemand einen Eiswürfel in sein Badehöschen geworfen hätte.

Edgar hatte natürlich inzwischen bemerkt, was in Biber vorging. „Der ist wieder einmal ‚Post-traumatisch'", dachte er sich, ließ ihn erst einmal in Ruhe und sah sich selbst ein wenig um.

„Schau, Biber!", sagte er. „Das ist ihr Haus." Er zeigte auf einen offenen Verteilerkasten am Wegrand, auf dem La Madrague draufstand.

Inzwischen war Biber eine brennende Glühbirne aufgefallen, die durch die hohe Schilfwand zu sehen war.

Als er sich an Edgar wandte und seiner Freude über das brennende Licht Ausdruck verleihen wollte, sagte der nur lakonisch: „Vierziger Birne", und hatte nichts anderes im Sinn, als den Verteilerkasten mit der Aufschrift La Madrague genau zu studieren. Er schmiedete Pläne.

Biber war wie gefesselt von dem unzugänglichen Anwesen des unerreichbaren Stars und nützte jedes Guckloch durch das Schilf, um in das Innere zu sehen. Dieser Platz und alles drum herum war einfach magisch für ihn. Er berührte den Zaun und alles, von dem er glaubte, sie, die Göttliche, könnte es einmal berührt haben. Plötzlich sah er durch das Schilf ein Postpäckchen mit der Anschrift Fondation Brigitte Bardot, La Madrague.

„Schau, Edgar", rief er aufgeregt und zappelte auf dem Kiesel herum wie ein Kleinkind. „Da würde ich auch gerne die Post austragen. Siehst du, ich hätte doch die Uniform mitnehmen sollen, dann hätte ich ihr einen eingeschriebenen Brief von mir selbst zustellen können und sie hätte mir unterschreiben müssen." Trotz aller Freude war die Beobachtung nach kurzer Überlegung ein harter Schlag ins Gesicht für den Postler.

„Sie kann nicht da sein", dachte er, „sonst hätte sie doch das Päckchen nicht herumliegen lassen."

„Schau dir das an!", riss ihn Edgar aus seinen Überlegungen. „So ungeschützt sind hier die Verteilerkästen. Sie hat sich wenigstens ein Vorhangschloss drauf getan. Sonst könnte ihr ein Lump das Wasser oder den Strom abdrehen. Da kommt man ganz einfach mit einem Dreikantschlüssel hinein."

„Du hast doch den Dreikantschlüssel eingeschoben?", fragte Edgar, bekam aber keine Antwort. Biber wollte einen Hund gehört haben. Er war ganz durcheinander: „Edgar, da brennt ein Licht und ein Hund ist daheim. Glaubst du, sie ist da?"

„Gut", meinte Edgar, „das Licht lassen manche brennen, damit man denken soll, es sei jemand zu Hause, aber der Hund? Sie als Tierschützerin würde doch nie im Leben einen Hund allein zu Hause lassen."

„Also meinst du auch, dass sie da ist?", murmelte Biber und er, der sein Lebtag lang nur auf mehrfache Aufforderung, Druck oder Zwang etwas geschrieben hatte, kramte eine der Postkarten aus dem Spar-Sackerl, die er eigentlich für seine Flamme in Russland gekauft hatte, und wollte draufschreiben: „Ich war hier. Biber aus Hackling – In Treue, Ergebenheit, Respekt, großer Liebe." Eigentlich wollte er sich mit seinem kleinen Messerchen in ihr Tor eingravieren. „SB". Aber nein, er wollte doch nicht das Eigentum seiner unerreichbaren Flamme beschädigen.

Inzwischen war Edgar zum Meer hinuntergelaufen. Er hatte eine gut gebaute junge Dame mit einem gelben Bikini-Unterteil vorbeihuschen sehen. Oben ohne! Von BBs Mauer aus beobachtete er, wie sie spielerisch ins Meer hinauskraulte.

Er winkte Biber herbei und sagte: „Da bin ich aber gespannt, wo die dann hingeht. Weit kann es nicht sein, wenn sie mit Bikini zum Schwimmen gehen kann. Wir müssen warten. Wir dürfen sie nicht aus den Augen verlieren!"

Biber war unruhig. Er hatte nur Augen für die Mauer der BB. „Glaubst du, Edgar, dass die Bri-Bri auch manchmal hier badet? Im Meer? Oben ohne vielleicht? Oder gar ganz nackt?"

„Depp, bleda!", rief Edgar und machte sich über Biber lustig. „Warte nur ein bisschen. Sie wird gleich rauskommen. Ich habe gelesen, dass sie jeden Tag nach dem Frühstück einen Spaziergang mit ihren Hunden macht." Dann wurde er ernst und befahl: „Du musst jetzt das Boot vom Volltasch im Auge behalten wie die Frau Spechtler daheim das Verkehrsbüro. Das ist eine ‚Postanweisung'! Verstanden! Zu blöd, dass wir den Gucker nicht mithaben."

Biber war beleidigt, weil Edgar Depp zu ihm gesagt hatte. „Du kannst selbst das Boot im Auge behalten! In dem Ton brauchst du mir keine ‚Postanweisungen' zu geben", maulte er und begab sich wieder zu der Stelle, wo er den Hund gehört hatte. Biber war sicher, dass er ihn gehört hatte. Er war von seiner Anfangszeit bei der Post als Briefträger gewohnt, zuerst nach einem Hund zu horchen und dann in der Hundesprache Kontakt mit ihm aufzunehmen, ihn gütig zu stimmen, einen Freund anzukündigen. Er spürte die Anwesenheit von Hunden, wie die Hunde seine Anwesenheit spürten, die Anwesenheit eines Gleichgesinnten. Er blickte, horchte, achtete auf alle noch so kleinen Details und Ereignisse. Und vor allem gab er seine Hoffnung nicht auf. Dabei bemerkte er nicht im Geringsten, dass Edgar seine Verrücktheit nach der Bardot nur dazu missbraucht hatte, um ihn nach Paris und St. Tropez zu locken. Er wünschte sich intensiv, ja fast beschwörend, dass das Tor aufginge, und sie, seine Angebetete, herauskäme. Im Geiste sah er sie schon rauskommen und stellte Überlegungen an. Was würde er sagen? Er versuchte Gedankenübertragung, höchste Konzentration, alles Mögliche. Auf einmal war ganz eindeutig zu hören, wie ein Hund einen klagenden Laut von sich gab. Gedankenübertragung erfolgte bei ihm eben auf der Ebene von Hunden. Ja, er konnte die Gedanken von Hunden lesen und beeinflussen, und die Hunde konnten seine Gedanken erahnen. Sie wussten, was er von ihnen wollte. Mit seiner Konzentration konnte er Hunde zum Bellen bringen aber auch zum Innehalten, wenn sie laut oder unruhig waren. Er war so etwas wie ein Hundemensch. Seine Fähigkeiten hatte er sich in seinen ersten Jahren bei der Post als Briefträger angeeignet. Obwohl er selbst nie einen Hund besessen hatte und anfangs Hunde sogar fürchtete, brachte er es in kürzester Zeit zu einer wahren Meisterschaft. Vor allem deshalb, weil er mit Hunden seelenverwandt war.

Er konzentrierte sich weiter. Womöglich würden sogar die Schweine der Bardot auf seine unsichtbaren Schwingungen reagieren. Vielleicht waren es ja Schweinehunde. Auf einmal waren die klagenden Laute nicht mehr zu hören. Dafür geigten die Grillen jämmerlich in den Bäumen und Sträuchern. Biber machte seine Hundegeräusche, so gut und laut er nur konnte. Mit der Variation der Geräusche versuchte er seine Gedanken umzusetzen und den Hund zu locken: „Komm heraus! Komm heraus zu mir! Wir gehen spazieren! Wir springen ins Meer!" Tatsächlich bellte ein Hund zurück, was für Biber nichts anderes hieß als: „Ich kann nicht." Biber knurrte und winselte erneut wie ein gequälter sterbender Köter. Das ging geraume Zeit hin und her wie bei einem richtigen Dialog.

Edgar kam dahergeschlichen und flüsterte ihm ins Ohr: „Wie kann die das Gekläffe den ganzen Tag aushalten? – Das muss ein alter Hund sein, wie sich der anhört. Die wartet sicher nicht auf dich, wenn sie eh schon einen alten Hund auf dem Diwan hat. Komm schnell mit mir. Die Schwimmerin kommt gleich zurück. Sie war bei Volltaschs Boot. Sie muss die Bierflaschen gesehen haben."

Biber wollte nachsehen und rannte mit voller Geschwindigkeit in die klitschnasse Dame. Sie erschrak fürchterlich und schrie „Aua", als er sich mit den Händen auf ihren nackten Brüsten abstützte und sie fast umwarf. Und schon war sie verschwunden.

Edgar stieß Biber zur Seite, um ihr nachzusehen. Er hatte die Dame natürlich im ersten Augenblick erkannt. „Hast du gesehen, Biber? Eine *Lercherl*-Flasche hat sie in der Hand gehabt. Weißt du, wer das war? – Sabine Beihilf. Wo ist sie hingegangen?" Dann schlich er ihr wie ein Apache nach.

Biber zeigte keine Reaktion. Er war unzurechnungsfähig und starrte wie eine Puppe in die andere Richtung. Unbeschreibbare Gefühle überfluteten ihn. Wahrlich, sie war es. Er erkannte sie sofort. Der Traum seiner Jugendjahre. Ganz genau so, wie er sie im Hacklinger Kino oder im Schwarz-Weiß-Fernseher im Schichtarbeiterprogramm bewundert und bei der Nachtschicht von ihr geträumt hatte!

Als die Bardot die Figur Bibers im Gegenlicht sah, war sie sichtlich verwirrt und riss ihre großen Augen bis zum Anschlag auf. Zusammen mit einem alten hinkenden Hund hielt sie Ausschau nach einem leidenden Kameraden, der sich vielleicht im Gestrüpp verfangen hatte.

Diese Figur, diese großen Augen, diese Beine, obwohl sie völlig verhüllt waren, diese eleganten Bewegungen neben dem tollpatschigen Hund. Und sie sah *ihn* an, wen sonst, war doch keiner hinter ihm. Ausgerechnet ihn, den Biber Sepp aus Hackling. Mit ihren schönen Augen, die schon ganz andere in die Knie gezwungen hatten: amerikanische Schauspieler, deutsche Industrielle oder den französischen Präsidenten.

„Bri-Bri", murmelte er nervös, obwohl er sonst schönen Frauen gegenüber ganz und gar nicht scheu war, „Bonjour, Madame", fügte er fast singend hinzu.

So was wie „bababou, babababü, bababab", sagte die Bardot und beendete den Satz mit: „Où est le chien, Monsieur?"

„Oui, schen", sagte Biber. „Wetter schen, Meer schen. Alles schen. Immer schen da." Dazu nickte er und starrte sie mit offenem Mund an. Er starrte wie einer, der sein Leben lang auf diesen Augenblick gehungert hatte und jetzt mit einem Zuckerstück für seine Geduld belohnt werden sollte. In Gedanken sah er sie schon in seine sehnsüchtigen Arme sinken und „je t'aime" hauchen. „Monsieur" hatte sie ihn genannt. Jetzt erst wurde ihm bewusst, wie entspannt er in seiner herrlichen Badehose dastand. Sofort zog er den Bauch ein. Er war so berauscht, dass seine beglückenden Gedanken unbeirrt weiterflossen und etwas genossen, das er sich von seiner armseligen Hacklinger Wirklichkeit und von der Routine seines Postlerdaseins

nie und nimmer hätte erwarten können. Natürlich dachte er flüchtig daran, dass ihm seine Jelena böse sein könnte, aber nur flüchtig. Ganz flüchtig wurde ihm auch bewusst, dass alles nur unerfüllbare Schwärmereien waren, die sofort ein Ende finden würden, sobald sie der Realität ausgeliefert wären. Unmöglich! Er im Frack mit der BB am Opernball in Wien oder gar bei den Filmfestspielen in Cannes. Was würde das für Schlagzeilen in der Kronenzeitung geben.
„Le chien, Monsieur!", sagte sie wieder, und diesmal hatte er kapiert, dass sie nach dem Hund fragte.
„Oha!", murmelte er. „Grod wor a nu do." Dazu machte er Handbewegungen, die eine gewisse Ratlosigkeit ausdrückten.
„Comment?", fragte ihn die Bardot und brachte irgendwo auch das Wort „Monsieur" unter. Dabei blickte sie ihm in die Augen.
Biber wiederholte auf Hochdeutsch: „Gerade war er noch da."
Als sie immer noch verwundert und fragend blickte, sagte er: „Der Hund! – Gerade noch da. – Jetzt weg." Dazu machte er eine Handbewegung in Richtung Meer. BB schüttelte den Kopf und machte Anstalten, zurück ins Haus zu gehen.
Biber war immer noch verzückt und sagte zu sich selbst: „Eine klasse Katze! Immer noch." Schnell verschwand er hinter dem hohen Schilf und machte wieder die jammernden und herzzerreißenden Hundegeräusche, weil er hoffte, sie würde ihm folgen. Wenig später tauchte die BB auf, die die hinkende Hündin Olga mit Betonung auf „a" an der Leine hinter sich herzog. Biber legte sich vor den Sträuchern auf den Bauch und tat, als ob ein Hund in ihnen verschwunden wäre. Dazu machte er heimlich so herzzerreißende Hundegeräusche, dass er fast selbst vor Mitleid zu weinen begann. Madame Bardots Hündin lief auf ihn zu, legte sich neben ihn und tat ihm schön. Sie schmiegte sich an ihn, als ob sie bei ihm Halt suchen würde. Jeder musste merken, dass es sich bei Biber um einen natürlichen Hundefreund handelte, vielleicht sogar einen weitschichtigen Verwandten, der bereits aufrecht auf zwei Beinen ging. Biber streichelte die Hündin und gewann so die Sympathie der Ikone von St. Tropez. Er spürte den Hammerschlag seines Pulses, als BB ihm in die Augen starrte. Dieser Anblick bändigte den wilden und rastlosen Postfuchs, wie dessen sanfte Hand die Hündin der Bardot bändigte. BB war anfangs ganz ernst und lächelte erst, als sie Bibers Badehose genau betrachtete. Vielleicht erinnerte sie sich daran, dass Alain Delon vor vielen Jahren ein ähnliches Modell getragen hatte. Die alte Hündin, die sie

Olga nannte und auf dem „a" betonte, war verrückt nach Biber und seiner Badehose, die sie zuckend beschnüffelte. Bibers Gelüste waren unübersehbar, und Olga vermutete vielleicht gar eine schmackhafte Knackwurst in seiner Badehose. BB lachte laut. Sie trug eine geknöpfte schwarze Bluse. Biber bemerkte ihre hängenden Schultern und dachte, sie würde figürlich gut zu ihm passen. Wenn sie ihn doch nur in Uniform sehen könnte, im postmodernen Blau. Selbstverständlich fielen ihm ihre prallen Lippen auf. Dagegen machte er sich ganz und gar nichts daraus, dass sie hängende Brüste und keinen sehr tiefen Ausschnitt hatte.
Was waren das für unwiderstehliche Augen! Biber richtete sich auf und tätschelte Olga mit Betonung auf „a", die in allen Bewegungen zeigte, wie gern sie ihn hatte. Diese Augen waren groß und fragend, auch ihr Mund und vor allem ihre prallen Lippen. Selbst ihre Zähne waren augenscheinlich noch original. Eine stolze Erscheinung, ohne Frage. Unverkennbar die großen Augen mit Tusche ummalt. Lidschatten. Es waren fragende Augen, so lebendig, so schön, auch wenn die Lesebrille um den Hals hing. Es waren ganz einfach aufregende Augen. Die aufregendsten Augen der Welt. Diese Augen spiegelten ein außergewöhnliches Leben wider. Jetzt lächelte sie. Was für ein Geschenk. Ein Lächeln aus diesem Munde. Für ihn allein.
„Je m'appelle Biber", murmelte er und tätschelte Olga.
Bri Bri lächelte. Es war das Lächeln einer sogenannten starken Frau. Überhaupt nicht überheblich. Nein, ganz und gar nicht. War es einfach nur Sympathie unter Tierfreunden, oder etwa mehr? Ihr Haar war immer noch blond. Mit zwei rosa Blümchen hatte sie es aufgesteckt. Und rote Bäckchen hatte sie. Als Biber sich wegdrehte und wieder seine jaulenden Hundegeräusche produzierte, riss sie die Augen erschreckt auf, sehr weit auf. Sie funkelten wie das Meer an der Côte d'Azur. Mit ihrer rechten Hand strich sie sich das Haar zurück und blickte besorgt. Biber hätte sie allein an ihren Augen erkannt. Ja sogar an einem einzigen Auge hätte er sie mit Sicherheit identifiziert. Genauso hätte er sie an ihrem unverwechselbaren Mund erkannt. Auch jetzt noch im Alter. Und dieser Name. Biber murmelte ihn mit Ehrfurcht. „Brigitte Bardot."
Er musste hilflos zusehen, wie sie wieder ins Haus zurückging. „Nein", sagte er sich. „Noch einmal bekomme ich so eine Chance nicht mehr." Er setzte alles auf eine Karte.

„Madame!", rief er. Und als sie sich umdrehte, war er schon dicht an sie herangelaufen.

„Au revoir", murmelte er und … Er wagte es. Eine Frau darf man nicht warten lassen! Es gab kein Zurück. Jetzt nicht mehr. Der Hund schmiegte sich an seine Beine und er nahm die Bardot an den Schultern wie eine alte Freundin. Er war so aufgeregt und wollte sie küssen. Ganz harmlos. Aber in der Aufregung mischte sich die von Edgar eingeprägte Boxregel „links, links – rechts" ein. Und als er sie das erste Mal links geküsst hatte, drehte die Bardot ihren Kopf, um ihm den Weg rechts frei zu machen. Dabei kam er ein zweites Mal links. Volltreffer. Genau auf den Mund. Natürlich nur flüchtig. Der Hund winselte. Und natürlich musste Edgar genau in diesem Augenblick aufkreuzen. „Ja bist du deppert", dachte er sich. Er hörte zu atmen auf und blieb wie versteinert stehen.

„Biber", schrie er dann entsetzt. Biber ließ minutenlang die Augen geschlossen, und als er sie öffnete, war sie weg. Nur Olga mit Betonung auf a hatte ein Würstchen hinterlassen. Es war ihm, als ob er aus einem langen intensiven Traum aufgewacht wäre.

„Biber", schrie Edgar schon zum zehnten Mal und kam hektisch auf ihn zu.

„Hast du sie gesehen?", sagte Biber.

„Ja, das war sie", antwortete Edgar, „Haare wie die Stoppellocken der Mädchen bei der Erstkommunion. Wirklich gut beisammen, die Madame. Nur vorne hat sie zwei graue Strähnen im Haar."

„Das macht gar nichts", ergänzte Biber, der immer noch wie verzaubert war. „Und wie gut sie gerochen hat, das kannst du dir gar nicht vorstellen."

„Kann ich wirklich nicht", antwortete Edgar. „Wo sie doch den ganzen Tag mit den Hunden und Schweinen zusammen ist."

Biber war wie versteinert.

Edgar schüttelte den Kopf: „Jetzt hat der Biber Sepp aus Hackling tatsächlich seine Traumfrau getroffen. Ich werde verrückt. Für dich ist sie aus ihrem Gefängnis gekommen. Sollen wir jetzt überhaupt noch mit unseren Plänen weitermachen, oder bleibst du bei ihr und den Schweinen und ich fahre heim?" Du musst dich jetzt endlich entscheiden. Willst du weiter träumen oder willst du deine Jelena?"

„Jelena", sagte Biber wohlüberlegt und dachte trotzdem weiter an die Augen der Brigitte Bardot.

„Gut", sagte Edgar und erzählte ihm, was er inzwischen herausgefunden hatte.

„Das Haus ist nicht weit weg und heißt Les Cigales. Es sind zwar Überwachungskameras drauf, wie bei den anderen Häusern, aber ich kann mir nicht vorstellen, dass die bei dem eingeschaltet sind. Der könnte ja bei ungebetenen Gästen sowieso die Polizei nicht rufen. Beide sind sie zu Hause, Biber! Der Volltasch und seine Begleiterin. Sie hat ihm die *Lercherl*-Flasche gezeigt. Weißt du, wie aufgeregt sie war? Von ihrem Gespräch konnte ich nicht viel verstehen. Auf jeden Fall gab es einen heftigen Streit wegen der Bierflasche. ‚Eine Provokation' hat er geschrien. Und sie hat aufgeregt gefragt: ‚Wer macht so etwas?'"

„Und was hast du jetzt vor?", fragte Biber wie ein Unbeteiligter.

„Ich habe einen Plan, Biber, aber dazu brauche ich den Dreikantschlüssel, den du aufgehoben hast. Komm, wir gehen zurück und holen ihn. Wir haben nicht viel Zeit, dann kommt der Leonhard mit dem Ledermüller. Und der soll dann gleich eingreifen."

„Kein Mensch braucht einen Dreikantschlüssel, hast du zu mir gesagt!", lästerte Biber hinterfotzig wie der Teufel. „Ich weiß gar nicht, ob ich ihn nicht weggeschmissen habe!"

„Was", schrie Edgar erbost.

„Keine Angst!", beruhigte ihn Biber. „Der ist in meiner Hosentasche, allerdings auf dem Strand von Louis de Funès."

„Na, dann geh schon weiter", zischte Edgar, „oder muss ich dich weisen wie einen alten Mann!"

Biber ging nicht. Er wollte bei seiner geliebten Bardot bleiben und nach Spechtellöchern im Schilf suchen. Edgar riss der Geduldsfaden, und er lief ohne Begleitung grantig zum Strand zurück, um den Dreikantschlüssel zu holen.

„Endlich habe ich ein paar Minuten Ruhe vor ihm", dachte Biber und inspizierte intensiv die Umgebung von La Madrague. Vor ihrem Tor legte er sich auf den Rücken und träumte. Schließlich gab er die Idee auf, die Bardot noch einmal herauszulocken. Sie würde ihm böse sein. Das wollte er nicht riskieren, obwohl diese Frau für ihn jedes Risiko wert war. Und da Edgar noch immer nicht zurück war, machte er sich auf den Weg, das Haus mit dem Namen Les Cigales zu suchen. Wie ein Indianer schlich er sich an und begann mit seinen Observierungen. Dabei brauchte er nicht einmal leise zu sein, weil die Grillen so laut zirpten, als flögen Flugzeuge über die Villen. Er bemerkte ein offenes Fenster und schlich sich an. Verwegen riskierte er einen knappen Blick. Volltasch lag auf einer Couch und cremte sich die Unterarme ein. „Damit Sie nicht rot[32] werden!" stand auf der Sonnencreme und die Kurzbezeichnung einer österreichischen Partei. „Ein Wahlgeschenk! Vielleicht von Glatt!", dachte Biber. Volltaschs Geliebte machte es sich in einem Lehnstuhl in aller Ruhe bequem, wenn man bei dem Programm von Ruhe überhaupt reden konnte. Der volle Aschenbecher neben ihr deutete auch eher auf eine geringfügige Beunruhigung hin. Biber hatte sofort eine Vermutung, was für die angespannte Stimmung verantwortlich war. Es handelte sich um eine deutsche Fernsehsendung. Wahrscheinlich eine Videoaufnahme. Die *Chart-Show* bei RTL.

In diesem Moment hasste Biber diesen ganzen Herzschmerz. Gerade jetzt konnte er diese blöde Singerei überhaupt nicht ertragen: über Tod, Selbstmord und das ganze Zeug, über verlassene Frauen, Hass, Probleme, Krankheit, über den ganzen Schmerz der Welt. Was für eine Lamentiererei! Vor ein paar Minuten noch hätte er seine Bardot küssen können und jetzt das.

„Ein Wahnsinn", durchfuhr es Biber, als ein neues Lied anfing und ein Schlüsselreiz ihn so schüttelte, dass er seine Badehose hochziehen musste. Er hatte den Sänger sofort erkannt. Es war ein gewisser Roland K., und das Lied, mit dem er die gespannte Atmosphäre generierte, hieß *Santa Maria*. Trotz der Grillen konnte Biber den Balzgesang kaum ertragen.

„Warum die Frauen bei dem Auslaufmodell so kreischen", dachte er sich. Und schon hatte es ihm einen purpurroten Pickel mitten auf der Brust aufgezogen.

„Das ist normalerweise ein Zeichen, dass ich umschalten muss, aber ich kann nicht", dachte Biber und vergaß fast ganz auf seine Mission, weil er an eine ehemalige Angebetete denken musste, deren Lieblingslied dieses *Santa Maria* und deren Lieblingssänger ausgerechnet dieser Roland K. war.

„Ein drittklassiger Playboy ist das", dachte er.

„Was für ein Dauergrinsen der Typ hat. Sein Oberkörper ist völlig steif. Das muss ein Bandscheibenschaden sein. Scheuermann. Die Schultern sind zu hoch und der Oberkörper geht nahtlos in Hals und Kopf über. Rooooland K. Was für ein Watschengesicht. Dem möchte ich seinen Hemdkragen abschneiden und mit einem Hammer auf seine Lackschuhe schlagen."

Die Kamera zeigte die Lackschuhe im Close-up.

---

[32] Parteifarbe der Sozialisten

„Mein Gott, solche Lackschuhe hat sie mir damals gekauft", erinnerte sich Biber und zitterte am ganzen Leib. Zum Geburtstag hatte sie ihn mit den Lackschuhen überrascht. Sie wollte ihn anziehen, wie sich dieser Schlagersänger anzog. Dafür hatte sie seine geliebten Pelzschuhe vor die Tür gestellt. „Die entsorgst du sofort!", hatte sie gesagt.

„Bevor ich die entsorge, entsorge ich dich", hatte er geantwortet, ihr die Habseligkeiten samt ihrer unerträglichen grünen Reizwäsche in eine Tasche gepackt und sie vor die Tür gesetzt.

Ja, so kann es gehen, wenn man jemanden bei der Maiandacht kennenlernt und eine Woche später bei sich einziehen lässt. Zeitweise ging ihre Fantasie so mit ihr durch, dass sie ihn sogar Roli nannte, wenn sie sich an seinen Hals warf, und von ihm verlangte, das Lied *Santa Maria* zu singen. Anfangs ertrug er all ihre Rollenspiele, die er über sich ergehen lassen musste, bevor sie ihm die Kleider vom Leib riss und ihn mit allen erdenklichen Mitteln verwöhnte. Er lernte den Songtext auswendig und sang zur Hintergrundmusik. Bei bestimmten Stellen sang sie mit und hängte sich an ihren Star. Hemden mit langen Krägen kaufte sie für ihn, die Posthemden warf sie einfach weg. Sogar sein gewohntes Einbrocken des Brotes in den Frühstückskaffee wollte sie ihm verbieten.

„Ich hab meine Sinne verloren, in dem Fieber, das wie Feuer brennt", sang Roland K.

In seinem ganzen Leben konnte der Biber bestimmte Gewohnheiten nur aufrechterhalten, weil er nie eine Frau im Haus hatte. Und dann die. Sie war kurzzeitig in sein Junggesellenreich eingedrungen und hatte ihm die ganze Bude in kürzester Zeit auf den Kopf gestellt: Geschmacklose Bilder hatte sie aufgehängt, Kästen und Geheimfächer durchwühlt, Fotoalben angesehen. Ohne zu fragen, hatte sie sich in seinem Schrank für ihre Kleider Platz gemacht und seine zurückgedrängt. Weil sie eine sehr effektive Frau war, konnte sie im Handumdrehen seine gesamte Garderobe umstellen und viel wegwerfen. Täglich nörgelte sie an ihm herum, weil er sich beim Gähnen die Hand nicht vorhielt, weil er sich vor dem Essen die Hände nicht wusch, weil er nicht mit Messer und Gabel aß, sondern vorher alles klein schnitt und dann hastig mit einem Löffel in seinen Bauch verfrachtete. Ja, nicht einmal, wenn er Teller und Besteck nach dem Essen sauber leckte, war es ihr recht.

„Santa Maria, ihre Wildheit ließ mich erleben, mit ihr auf bunten Flügeln entschweben", erschallte aus dem Fernseher.

Der Name jagte Biber einen kalten Schauer über den Rücken. Diese Frau hatte ihn völlig umkrempeln wollen. Ihr Name war Maria Santner, aber alle nannten sie nur Mirz. Damals hatte sie noch an der Kassa vom Spar gesessen. Sie hatte ihm seine Unterhosen weggeworfen und durch hochmoderne Boxershorts ersetzt, die gar nicht aus hundert Prozent Baumwolle waren. Erst verbot sie ihm, die langen Unterhosen im Sommer zu tragen. Als er sich widersetzte, warf sie sie einfach weg. Sie hatte auch seine geliebten Hosenträger verschwinden lassen und Gürtel gekauft. Alles natürlich zu einem Anlass wie Weihnachten oder Geburtstag. Sie hat ihn fürchterlich niedergemacht, wenn er in der Freizeit die Posthose trug. Die Flüstersandalen hat sie ihn nicht anziehen lassen, und die Pelzschuhe sowieso nicht. Er musste sie verstecken, damit sie nicht im Müll landeten. Ebenso die Posthemden und die geliebte rote Haube. Sie deckte ihn mit allen Sonderangeboten von Spar ein. Wann immer ein Hemd in Aktion war, hat er es gekriegt. Sie wollte ihm Wurst und Leberkäswecken abgewöhnen und servierte ihm stattdessen Fisch und Putenfleisch. Ja, sogar andere Tapeten wollte sie kaufen. „Wehrlos trieb ich dahin, im Zauber ihres Lächelns gefangen", ging der Text des Liedes weiter.

Dazu hatte er noch etwas an ihr auszusetzen, dass nach seinem Geschmack etwas zu viel Zahnfleisch zum Vorschein kam, wenn sie lachte. Aus diesem Grunde wirkte ihr Lachen künstlich. Weil sie so verhalten lachte, dass das viele Zahnfleisch nicht zum Vorschein kommen konnte. Und ihre Blinzlerei war auch unerträglich. Wenn sie ihn mit den Augen intensiv anblinzelte, wusste er mit Sicherheit, dass sie etwas von ihm wollte. Und zwar sofort.

Irgendwann war ihm alles zu viel. Da hat er die Mirz in den Wind geschickt. Vor die Tür gesetzt. Ganz brutal. Lange Zeit rief sie ihn noch an, auch dann noch, als sie schon an der Kassa vom Flaschke und nicht mehr bei Spar arbeitete. Sie warf ihm vor, dass er ihr seelischen Schaden zugefügt hatte, weil er sie nicht richtig liebte. Aber mit einem neuen Geliebten, den nie jemand zu Gesicht bekam, hatte sich alles gelegt, und er konnte sich seine Leberkäswecken wieder ohne Belästigung kaufen.

In Gedanken versunken, merkte er, wie auf seiner Brust etwas spannte.

„Ein Pickel auf der Brust", murmelte er vor sich hin. „Nein", dachte er. „Seit Jahren habe ich keinen Pickel mehr gehabt. Und schon gar nicht auf der Brust. Der muss durch diese Aufregung gekommen

sein. Nein, so was! Da sieht man, wie sich der Körper wehren möchte."
Und da fiel ihm auch noch ein, wie sie einen Gürtel für ihn gekauft hatte, die Santner Maria. Nicht irgendeinen Gürtel hatte sie ihm gekauft, sondern einen rötlichen Schlangenledergürtel. Den wollte er ganz und gar nicht. Weil er damit seiner Meinung nach weibisch ausgesehen hat. Er wollte machomäßig aussehen, zumindest männlich.
Inmitten seiner schlechten Erinnerungen dachte Biber nicht im Geringsten daran, dass er gehört oder gar entdeckt werden konnte. Bockig wie ein ungezogenes Kind stampfte er auf den Boden. Gestrampelt und in den Steinen gescharrt hat er vor Zorn. Vielleicht auch deshalb, weil er pinkeln musste. Durch eine unachtsame Bewegung mit seinen Beinen wäre er beinahe gestürzt und hatte dabei das Fenster zugeschlagen.
Sabine Beihilf erschrak und drängte Volltasch nachzusehen. „Ich habe Angst!", sagte sie. Wer will uns jetzt wieder erpressen? Ich kann so nicht mehr leben." „Aber Bienchen!", sagte der kriminelle Anwalt und rollte sich träge von der Couch. Er strich ihr durchs Haar und tappte zum Fenster. Biber versteckte sich hinter einem Strauch. Auf Drängen seiner Freundin musste Volltasch auch vor dem Haus nachsehen. So bewegte er sich in gespielter Hast zur Tür, um dann gelangweilt um sich zu blicken. „Nichts zu sehen!", sagte er und steckte direkt vor Bibers Augen Kirschen in sein Maul. Er schien von den Bierflaschln am Boot völlig unbeeindruckt zu sein. Wer weiß, was ihm durch den Kopf ging. Trotz der Grillen konnte ihn Biber schmatzen hören. Er hätte ihn mit der Hand berühren können. Sogar das Muster seines Hemdes konnte er erkennen und glaubte, dass er das Hemd aus dem Quelle-Katalog kannte. Plötzlich spuckte ihm Volltasch einen Kirschkern direkt auf die Brust. Etwas unterhalb des Pickels, den er Roland K. zu verdanken hatte. Es schmerzte. Trotzdem machte Biber keinen Mucks. Gott sei Dank hatte ihn Volltasch nicht bemerkt. Da war er froh. Und als die Luft rein war, rannte er wie ein Wiesel zurück zu La Madrague. Da wartete Edgar schon ungeduldig und war fuchsteufelswild, als ihm Biber von seinem Ausflug erzählte.
Da die Zeit drängte, schlichen sich die Abenteurer wieder an. Edgar wollte die Ausreißer aus dem Haus locken, um dann einzudringen und Spuren zu sichern. So hatte er zumindest Biber informiert. Während Biber sich zwischen den messerscharfen Kakteen

durchzwängte, öffnete Edgar mit dem Dreikantschlüssel den Verteilerkasten und drehte Wasser und Strom ab. Dann sperrte er wieder zu, und die beiden legten sich auf die Lauer und warteten ab. Volltaschs Gespielin konnte es nicht und nicht ausstehen, wenn sie beim Fernsehen gestört wurde. Und das mitten in einer geistreichen Lebensweisheit eines Schnulzensängers.
„Aus", hörte man sie schreien, „Fernseher aus. Strom aus. Alles aus!"
Und Volltasch, der sich noch ein paar Kirschen waschen wollte, ergänzte: „Das Wasser ist auch aus." Er griff zum Handy und rief jemanden an. Er sprach Deutsch mit ihm, das konnten die beiden auf der Lauer liegenden Hobbyermittler hören, aber sie verstanden kaum ein Wort.
„Wenn sie rauskommen, schleichen wir uns ins Haus und suchen das Geldversteck, was, Edgar?", schlug Biber vor.
„Nur einer von uns kann reingehen", sagte Edgar. „Und das bin ich. Du weißt ja gar nicht, wo du suchen musst."
„*Ich* werde reingehen", verkündete Biber entschlossen, weil er das Gefühl hatte, er müsse bei Edgar etwas gutmachen.
„Ich muss das Geld für unsere Spesen besorgen", sagte er. „Es ist mein Fall. Und ich kann mich unsichtbar machen. Das weißt du doch."
Die Tür öffnete sich, und das kriminelle Pärchen verließ das Haus.
„Da soll irgendwo ein Verteilerkasten sein", murmelte der Mann und suchte das Gelände ab. Sein hübsches Bienchen rauchte sich hektisch eine an. Und schon war Biber im Haus. Edgar konnte ihn nicht halten. Er war wütend und hätte ihm glatt eine Watsche gegeben, eine verkehrte sogar. Es blieb ihm aber nichts anderes übrig, als sich in der Nähe des offenen Fensters aufzuhalten und abzuwarten. Volltasch hatte den Verteilerkasten bald gefunden. Natürlich konnte er ihn nicht öffnen, weil er keinen Dreikantschlüssel hatte. Und schon war ein Streit in vollem Gange, der mit den Worten „Ja, jetzt mach doch was!" aus dem Munde der rauchenden Komplizin ausgelöst worden war. Volltasch telefonierte wieder und holte schließlich einen Motorroller aus der Garage, mit dem die beiden nervös losfuhren. Leider hatten sie das Fenster geschlossen und die Tür versperrt. So konnte sich Edgar nicht mehr bei Biber verständlich machen. Der stellte indes das Haus auf den Kopf. Gründlich. Alle Verstecke, an denen er selbst seine Wertsachen zu verstecken pflegte, hatte er bereits durchsucht. Ohne

Erfolg. Er öffnete das Fenster und bat Edgar um Rat. Der nannte ihm mehrere Standardmöglichkeiten, die er natürlich schon überprüft hatte.
„Na, dann komm raus", sagte Edgar resignierend. „Lassen wir's. Vielleicht ergibt sich noch was."
Biber hatte gar nicht zugehört. Der Mann, dessen Verhalten uneingeschränkt von seinen Bedürfnissen gesteuert war, begab sich wieder auf die Suche, diesmal jedoch nicht nach Geld. „Ich muss dringend Pipi", rief er Edgar zu.
„Schnell! Komm doch raus!", zischte Edgar. „Wer weiß, wann die wieder zurückkommen."
„Aber ich muss nicht nur Pipi!", kam die aufschlussreiche Antwort. Und schon war er verschwunden. Genüsslich setzte er sich aufs Klo und noch genüsslicher bohrte er mit einem Wattestäbchen, das er im Bad gefunden hatte, in seinen Ohren. Dazu machte er seine wilden Mundbewegungen wie beim Schreiben und Malen. Indes hatte Edgar draußen keine ruhige Minute. Er pendelte nervös von einem Standbein zum anderen und zischte: „Jetzt beeile dich doch, Biber!"
„Du weißt ganz genau, dass man einen Postler nicht treiben darf!", war die Antwort. „Tagelang haben wir im Freien gewohnt. Endlich sitze ich auf einem richtigen Klo. Da brauch ich einfach länger."
Edgar verfluchte seinen Begleiter, der bald auf überhaupt keine Zurufe mehr reagierte. Endlich hörte er die Klospülung und atmete auf. Aber es kam kein Biber. Er kam nicht und er kam nicht. Der Grund seiner Verspätung war sein Sauberkeitsempfinden. Mit der ersten Spülung waren nicht alle Spuren beseitigt worden. Und zweimal funktionierte die Spülung nicht. Also war Biber auf die Klobrille gestiegen und wollte den altmodischen Spülkasten überprüfen, der sehr hoch montiert war. Und genau da war ihm ein Plastiksack aufgefallen, als er den Deckel abgenommen hatte. Er traute seinen Augen nicht, als er einen Blick in den Sack warf. Ein Batzen Geld. Banknoten. Schnell lief er zum Fenster und warf seinem verzweifelt blickenden Freund den Sack zu. Der war am Ende seiner Geduld und zischte: „Ich glaube, ich höre sie kommen. Schnell raus mit dir."
„Aber ich muss noch einmal runterlassen", rief Biber in aller Ruhe. „Da ist was kaputt."
„Ja freilich", rief Edgar. Ich muss dir das Wasser wieder aufdrehen." Schnell lief er zum Verteilerkasten und beseitigte die Störung. Biber wartete in aller Ruhe auf die Füllung des Spülkastens, zündete ein

Streichholz zur Geruchsbeseitigung an und ließ runter. Da waren die Volltaschs schon da. Und noch ein Moped wurde abgestellt. Ein Mann öffnete mit einem Dreikantschlüssel den Verteilerkasten und konnte keinen Fehler finden. Sie gingen ins Haus. Der Fernseher funktionierte. Und vom Klo hörte man das Wasser fließen. Eigentlich ein Grund zum Aufatmen.

Doch Edgar wartete verzagt unter dem Fenster. In den Plastiksack hatte er noch nicht einmal einen flüchtigen Blick geworfen. Er sorgte sich, weil Biber noch im Haus war. Was sollte er machen? Er konnte doch nicht ewig vor dem Haus warten. Würden sie Biber erwischen? Was würde dann geschehen? Mitten in seinen Überlegungen bekam der hockende Edgar einen Tritt in den Hintern, dass er fast einen Bauchfleck machte. Der Tritt kam von Biber, und sein Freund hatte große Mühe, seinen Ärger und seine Erleichterung gleichzeitig zu verarbeiten. Husch, und schon waren sie auf dem Rückweg zu ihrem Liegeplatz. Heimliche Geldzählung im Schatten einer Pinie. Rund zwanzigtausend Euro. Nicht schlecht. Sofort mit den Rollern zum Hafen und Kontaktaufnahme mit Leonhard Fank. Treffpunkt Spar-Markt am Place des Lices. Leonhard Fank gab die Adresse in sein Navigationsgerät ein und meldete die berechnete Ankunftszeit. Edgar schickte Biber notgedrungen zurück zum Haus. Strengste „Postanweisung"! Er sollte die Volltaschs im Auge behalten, bis die Aktion abgeschlossen war.

Es war schon dunkel, als der alte Porsche 356 SC aus Salzburg vor dem Spar-Markt in St. Tropez einparkte und das angeforderte Sechsertragerl *Lercherl-Bier* übergab. Edgar informierte die zwei Kumpels, zeigte ihnen den Weg und begleitete sie noch zur Polizei. Er beobachtete noch, wie die Polizisten staunten, als Leonhard ihnen die Fahndungspuppen zeigte. Dann zog er sich zurück und folgte dem Polizeiwagen unauffällig mit dem Roller. Er machte sich große Sorgen, dass die gesuchten Volltasch-Leute inzwischen verschwunden sein könnten. Es waren unnötige Sorgen. Wie eine Beute im Spinnennetz saßen sie in ihrem von hohem Schilf umgebenen Haus. Und Biber spielte die Spinne, die regungslos abwartete. Alles ging glatt. Die beiden wurden festgenommen. Der zünftige Reporter Wolfgang Ledermüller in einer krachledernen Lederhose griff selbst ein, als Volltasch flüchten wollte, und filmte dann die Festnahme. Sabine Beihilf ließ aus Schreck ihr Weinglas fallen.

\*\*\*

Klirrendes Glas hatte auch Annette aufgeschreckt. Sie sah eine Gestalt mit Mütze in der Dunkelheit davonhuschen, die sich an ihrem Wagen zu schaffen gemacht hatte. „Mein Gott!", rief sie, während sie die Nummer des Ex-Polizisten Prechtl wählte. „Ich habe den DS nicht in die Garage gefahren." Prechtl war noch vor seinen Ex-Kollegen zur Stelle und begutachtete die eingeschlagenen Scheinwerfer des Citroën DS, die Annette womöglich gar nicht mehr ersetzen lassen konnte. Als der Postenkommandant die Beschreibung des Verdächtigen vernahm, sagte er zu seinem Kollegen: „Jetzt nehmen wir ihn auseinander! Wäre doch gelacht, wenn wir den nicht zum Sprechen bringen." Und schon wurde dem Kapitän in der Villa Scherbenstein ein Besuch abgestattet und Tone Streich als Dolmetscher beigezogen, der ihn auch ohne Worte verstand. Zusätzlich wurden die Personalien des Kapitäns überprüft und Erkundigungen über ihn von seinem letzten Arbeitsplatz, einem Elektrobootverleih in Velden am Wörthersee, eingezogen. Es kam heraus, dass er sich um den Bootsverleih in Hackling beworben hatte und abgelehnt worden war, weil er keine Erfahrung mit Tretbooten nachweisen konnte. Den Bootsverleih bekam Julius Link. Und damit war auch das Motiv für den Postenkommandanten klar. Der Kapitän wollte seinem Konkurrenten etwas anhängen.

\*\*\*

Während Fank und Ledermüller die Nacht im La-Ponche-Hotel am Hafen verbrachten, schliefen Edgar und Biber zum letzten Mal unter freiem Himmel und beruhigten sich mit ein paar Schluck Q 92. Sie waren erleichtert und freuten sich schon auf die Heimfahrt. Bibers größter Wunsch war ein Leberkäswecken.

„Zwanzigtausend Euro", sagte Biber, „das sind um die dreihunderttausend Schilling. Nicht schlecht, aber der hat viel mehr, was?"

„Wir haben genug, Biber, wir wollen es mit der Gier nicht übertreiben. Zur Deckung unserer Spesen ist das genau das Richtige. Die ausgesetzte Belohnung von siebzehntausendneunhundert Euro müssen sie dem Leonhard Fank auszahlen. Der kann das Geld eh gut brauchen."

„Glaubst du nicht, dass unsere zwanzigtausend Euro jemandem abgehen?"

„Hast du jetzt etwa Skrupel, Biber? Volltasch und sein Häschen werden sich gegenseitig verdächtigen, das Geld auf die Seite geschafft zu haben. Wir haben den zwei lediglich etwas genommen,

das ihnen gar nicht gehört hat. Der Herr Anwalt hat viel mehr Kohle abgezweigt, als in den Zeitungen steht. Viele Geschädigte können sich nicht aufregen, weil es sich um Schwarzgeld handelt."
„Nein, ich habe keine Skrupel", bemerkte Biber trocken und schaute noch einmal die Banknoten an.
„Einen großen Gefallen haben wir den beiden getan", fuhr Edgar fort. „Erlöst haben wir sie. Volltasch hat gewirkt, als wäre er froh über die Festnahme. Die hätten sonst Jahre in Angst verbracht. Angst, erkannt zu werden, ins Gefängnis zu müssen, die Familie zurücklassen zu müssen. Die braucht man eigentlich überhaupt nicht mehr zu bestrafen. Was die schon mitmachen mussten? Was muss das für ein Leben sein? Keinem konnten sie trauen. Wir haben sie aus der härtesten Folter befreit, aus der Isolation. Die waren völlig heimatlos, sie lebten im Exil. Hermetisch abgeriegelt. Wie Verbannte. Sie konnten nicht heimkehren. Die wären völlig vereinsamt und hätten im Laufe der Zeit Verfolgungswahn bekommen wie Tone Streich."
„Aber neben der Bri-Bri haben sie gewohnt."
„Das stimmt. Aber die lebt ja genau genommen auch in einem Gefängnis."
Biber antwortete nicht. Er war wie benommen. Vielleicht von dem Geruch nach Lack, den der Wind von der Friedhofsmauer herübertrug. Edgar ging der Sache nach. Ein Bursche mit Kapuze und Spraydose machte sich an der Mauer zu schaffen. Edgar schnappte sich den Sprayer und rief Biber. Der wollte sofort die Spraydose nehmen und den Burschen anspritzen. „Nein", rief Edgar. „Der macht für uns ein Auftragswerk." Edgar nahm den Burschen mit zum Schlafplatz und zeichnete einen Entwurf in sein Notizbüchlein. Das musste der junge Mann dann unter seiner Aufsicht auf die Friedhofsmauer spritzen. Dafür bekam er einen Hundert-Euro-Schein und einen Schluck Q92. „Also um den Glatt brauchen wir uns jetzt nicht mehr zu kümmern", sagte Edgar und warf das Foto weg. „Und wenn er nie wieder nach Österreich kommt, ist es mir am allerliebsten."
„Mir auch."
„Wir tun alles dafür, dass er sich in Österreich nicht mehr blicken lassen kann. Nie mehr. Dann kann ich in aller Ruhe den Führerschein machen."
„Ich auch!"

Am nächsten Morgen trafen sich die Salzburger am Hafen bei Sénéquier. Alles hatte bestens geklappt. Ledermüller wollte für seine Reportage noch am Strand, vor der Gendarmerie Nationale, am Hafen und vor dem Haus der Bardot filmen. Vielleicht würde ihm die Schauspielerin sogar ein Interview geben. „Und die Friedhofsmauer!", rief Edgar. Biber begleitete Ledermüller natürlich als ortskundiger Experte. Leonhard Fank wollte in der Pfeifenfabrik in Cogolin seine Software vorstellen.

Edgar drehte unterdessen mit seinem Roller eine große Runde und besuchte Banken in Ramatuelle, Gassin, Cogolin und Ste. Maxime. Überall zahlte er Teilbeträge auf das Luxemburger Nummernkonto ein. Natürlich behielt er etwas Bargeld zum Angeben.

Bevor Edgar und Biber ihre Motorroller zurückbrachten, gaben sie am Hafen noch balzartig Gas und hinterließen den belebenden Geruch von verbranntem Zweitaktgemisch. Sie versuchten mit dem Roller am Hinterrad zu fahren wie die Jugendlichen. Es machte ihnen unheimlich Spaß und sie waren ausgelassen wie nie. Sie erlebten gerade eine Regression in das Alter von sechzehn Jahren, wie sie täglich von den Sternfahrern auf dem Weg zum Hacklinger Bahnhof zelebriert wurde. Sie beschlossen, in Zukunft regelmäßig an der Hacklinger Sternfahrt teilzunehmen.

Aber damit nicht genug. Bevor sie tatsächlich den Heimweg antraten, konnten sie noch im offenen Porsche ein paar Abschiedsrunden durch den Hafen von St. Tropez drehen und von den engen Notsitzen im Fond mit roten Champagnerflaschen der Marke Piper Heidsieck Touristen bespritzen. Natürlich hatten sie den Champagner vorher getrunken und die Flaschen mit Wasser gefüllt.

Dann war Schluss mit dem Leben im Jetset. Mit dem hochtourigen Schrei des Porsche-Aggregats im Nacken begann eine nicht enden wollende unbequeme Nacht auf Notsitzen, in der Biber an nichts anderes dachte als an einen Leberkäswecken und Edgar an die Konfrontation mit seiner Schwester.

# Verkehrsüberwachung

Gut elf Stunden nachdem die Kopfgeldjäger St. Tropez verlassen hatten, kam die Perle unter den heimatlichen Sehenswürdigkeiten in Sicht. Leonhard und Edgar hatten ungefähr den gleichen Satz auf der Zunge liegen. Leonhard dachte: „Mein Gott, ist es schön, wieder daheim zu sein." Und Edgar wollte gerade sagen: „Mei, wie beruhigend der Wallersee daliegt." Da war ihnen aber schon einer zuvorgekommen.

„Mei" zog Biber so lange hin, dass seine zwei reaktionsschwachen Mitfahrer dachten, er würde genau das aussprechen, was ihnen auf der Zunge lag. Aber aus dem theatralisch lang gezogenen „Mei" wurde kein Loblied auf den algengrünen Wallersee und die geliebte Heimat. Stattdessen endete der unvollendete Satz mit dem Wort „Moped", das Biber so herzzerreißend traurig aussprach, dass sogar der völlig teilnahmslose Copilot Ledermüller seine Stutzen hochzog und mitleidvoll krächzte. Ja, Biber hatte recht. Sie waren in Salzburg vorbeigefahren, ohne an sein Moped zu denken, das am Bahnhof auf ihn wartete. Aber zu spät. Jetzt waren sie schon fast am Ziel in Hackling.

Gerade öffnete der haxendalige Herr Helikopter seine Dachluke mit einer Verlängerungsstange und wollte seinem Wellensittich Dedalus den Überflug der De Havilland Dash 8-400 von Austrian Arrows melden, als ihm ein anderes Geräusch zuvorkam.

„Das war eine Fehlzündung des Porsche 356 SC von den Fank-Buben. Ist die Kiste schon wieder repariert?" Als ob den Wellensittich das interessieren würde, ergänzte der Geräuschexperte: „1600 Kubik, Baujahr 64, 95 PS." Und schon zog die Dash 8-400 planmäßig über den Luftraum des Helikopters.

„Hörst du, Dedalus, das war die Dash. Die darfst du nicht verwechseln mit der Douglas DC 6B vom Mateschitz." Dedalus, der so gerne ausgeflogen wäre wie sein Herrchen, hutschte wild in seinem Käfig, als er den Namen Mateschitz hörte. Plötzlich begann er heftig zu gackern und stotterte mehrmals Niki, Niki, Niki. „Falsch", schrie der Helikopter. „Die DC 6 vom Red-Bull-Chef gehörte nie dem Niki Lauda, sie gehörte einmal dem jugoslawischen Staatschef Tito." „Tito", artikulierte der Helikopter noch einmal ganz deutlich und Dedalus wiederholte schnippisch: „TITO, TITO, TITO."

„So ist es brav", sagte der Helikopter und wartete auf den Überflug der Fokker 100 von Austrian Arrows.

Auch Frau Spechtler hatte den abrupt bremsenden roten Porsche bemerkt, während sie über den Vorfall mit Tone Streich und seiner Katze mit dem Bürgermeister telefonierte. Der rief sie immer dann an, wenn am Hauptplatz vor dem Verkehrsbüro etwas passiert war. Und obwohl eine Webcam den Platz Tag und Nacht im Visier hatte, war doch Frau Spechtler die akkuratere Informationsquelle. Außerdem hatte sie eine faszinierende Art zu erzählen. Bei ihr bekam die kleinste Begebenheit ein Geheimnis, eine Dramatik und einen spektakulären Höhepunkt mit auf den Weg. Man musste schmunzeln, sich wundern, sich fürchten oder gar weinen, wenn man ihr zuhörte. Aus diesem Grund rief nicht nur der Bürgermeister bei ihr an. Auch mit ihrem Nachbarn, dem haxendaligen Helikopter, stand sie in permanenter telefonischer Verbindung. Der konnte nämlich nur das Gehörte verarbeiten, weil er lediglich eine Dachluke in seinem Zimmerchen hatte, über die er wie durch einen Trichter den Luftraum über dem Hacklinger Marktplatz überwachen konnte. Helmut Kopter, wie er mit wirklichem Namen hieß, litt an Rheuma. Eine Krankenschwester kam jeden Tag vorbei und pflegte ihn. Er kannte nicht nur alle Hubschrauber, Linien- und Sportflugzeuge am Spruch, sondern wusste auch, ob sie im Landeanflug auf den Flughafen Salzburg waren oder im Steigflug. Und natürlich konnte er den Unterschied zwischen „Bratt and Whittney"- und „Rolls Royce"-Triebwerken hören. Bei den Mopeds und Autos hatte er eine minimale Teilleistungsschwäche.

Manchmal verlangte sogar die Polizei, die ihre Wachstube unter dem Helikopter hatte, nach Frau Spechtler oder nicht selten die neugierige Mirz an der Kassa vom »*Fleisch und Wein*«, die das Geschehen am Hauptplatz hin und wieder aus den Augen verlor, wenn an der Kassa viel los war.

Den Bürgermeister hatte Frau Spechtler selbstverständlich ausführlich über die Vorgänge der letzten Tage und Nächte informiert. Und jetzt hatte sich wieder einmal alles zugespitzt, als Tone Streich nach all seinen Problemen mit der Polizei eine Katze zugelaufen war. Diesmal war die Katze zweibeinig, hörte auf den Namen Lola und war vorher Julius Link davongelaufen. Erst einmal wollten sich die beiden näher kennenlernen. Die halbe Nacht hatten sie vor dem Verkehrsbüro auf einer Bank gesessen. All seine Geschichten hatte der sonst ausschließlich Selbstgespräche führende Tone Streich dieser Lola erzählt. Das meiste wahrscheinlich über seine Arbeit, der er grundsätzlich nur sporadisch nachging. Streichs

intime Erzählweise hatte dazu geführt, dass sie sich stündlich näher gekommen waren. Lola hatte zugehört, hatte sich an Tone angelehnt und ihn heldenhaft erzählen lassen. So entstand massive Sympathie.
„Diese Frau Lola hat ein Problem mit Alkohol, nicht?", wagte der Bürgermeister eine Zwischenfrage. Frau Spechtler stützte sich mit ihren Ellbogen auf das Polster auf dem Fensterbrett und schaute auf das Verkehrsbüro und Tone Streich, der davor Tanzschritte übte.
„*Ohne* Alkohol hat sie ein Problem!", korrigierte sie den Bürgermeister und fuhr mit der Chronologie der Ereignisse fort. Diese Lola, eine einst überaus attraktive Frau, hatte sich also nach ihrer Trennung vom viele Jahre jüngeren Julius Link so getröstet, dass sie schließlich als Höhepunkt in der vergangenen Nacht in das Drehkreuz des Hacklinger Fremdenverkehrs eingedrungen war. Streich hatte sich inzwischen in dem vom Künstler Sirtinger geschaffenen dreieckigen Brunnen der Werktätigen, der vor dem Büro dahingluckste, die Füße gewaschen.
„Jawohl, passen muass!", wird er wohl gesagt haben, und dann musste es offensichtlich spontan zum Verkehr im Verkehrsbüro gekommen sein. Den schrillen „Verkehrslärm" hatte Frau Spechtler hinter ihrer Doppelverglasung natürlich nicht wahrnehmen können. Der Helikopter hatte ihr aber umgehend telefonisch mitgeteilt, dass er lautes Geschrei einer Frau vernommen habe. Man musste vorerst annehmen, dass es sich um heftige Bauchschmerzen, eine Kolik oder Wehen handelte. Dann schrie die Frau mehrmals „Du bringst mich ja um", worauf der Helikopter die Polizei verständigt hatte. Ganz anders als bei den Vorfällen der vorangegangenen Nächte war die Polizeiwachstube unmittelbar unter seiner Dachkammer nicht besetzt gewesen, und bis die Fliegenden Mäuse vom einigen besetzten Posten der Gegend, dem weit entfernten Grödig, nach Hackling kamen, hatte sich der „Verkehr" schon wieder aufgelöst. Aber bereits davor hatte der Helikopter die Stimme Tone Streichs erkannt, als er wie ein wildes Tier gejault hatte.
„Was soll ich tun?", jammerte der Bürgermeister. „So ungern mag ich ihn nicht. Er ist der Einzige, der dem Fremdenverkehrsobmann Widerstand leistet. Vielleicht ist auch das der Grund, warum seine Muse ihre mächtige Hand schützend über ihn hält." Damit spielte er auf die Fürstin Scherbenstein an, in deren verfallener Immobilie, der Villa Scherbenstein, nicht nur drei Jugo-Familien, die sogenannten Grillos hausten, sondern wo auch mehrere Fremdenzimmer für Tagesgäste zur Verfügung standen. Streich, der sich den ganzen Tag

vor dem unbesetzten Verkehrsbüro herumtrieb, war natürlich der Erste, der übernachtungswilligen Sommerfrischlern, wenn sie die Liste der Fremdenzimmervermieter an der Tür studierten, eine Empfehlung zukommen ließ. Außerdem kümmerte er sich rührend um eine bettlägerige Mieterin, der er auch täglich den Scherben austrug und damit den Rosengarten adelte.

***

„Bremsen!", schrie Biber, als er den Polizisten Prechtl am Straßenrand erblickte. Instinktiv sprang Leonhard Fank auf das Bremspedal, und der Porsche gab eine Fehlzündung von sich, dass Edgar glaubte, das Heck des Wagens wäre davongeflogen.

„Ach", sagte der junge Fank und parkte ein. „Das ist ja nur unsere lebensgroße Puppe vom Ex-Polizisten Prechtl. Die steht hier, weil der Polizeiposten ständig unterbesetzt ist und der Prechtl schon in Pension ist. Der echte hätte bei der Fehlzündung sicher die Dienstwaffe gezogen."

„Unglaublich, wie echt die Puppe aussieht", sagte Biber und sprang auf den regennassen Asphalt. Postwendend kaufte er bei Flaschke vier Leberkäswecken und schlug dabei einen Ton an, dass ein Aufrechter die Flaschenrückgabe kurz unterbrach und Herr Flaschke in aller Eile die Wecken eigenhändig herrichtete. Die Santner Mirz an der Kassa war von Bibers roter halblanger Hose und seinem Hawaiihemd so verwirrt, dass sie eine Essigflasche fallen ließ. Ledermüller sprang auch aus dem Wagen. Die Prechtl-Puppe, die wie ein Erstkommunikant mit einer Kelle statt einer Kerze neben der Straße stand, musste ganz einfach gefilmt werden. Frau Spechtler konzentrierte sich auf den filmenden Burschen mit der Lederhose und verlor den vor dem Verkehrsbüro tanzenden Tone Streich kurzzeitig aus den Augen.

„Na, hat er Faxen gemacht, der 356er", sagte der Mech, als Leonhard das schwarze Fetzendach des roten Porsche öffnete.

„Gut zweitausend Kilometer gelaufen wie ein Glöckerl", antwortete Leonhard. „Ich glaube, ich kann jetzt alle Raten auf einmal begleichen." Damit meinte er die Reparatur des Porsche. Der Mech hatte den Wagen in aufwendiger Kleinstarbeit wieder zusammengeflickt. Die Rückzahlung der Schulden war der Grund dafür gewesen, warum Edgar ausgerechnet den jüngsten Fank für die Volltasch-Belohnung auserkoren hatte. Auf Edgars Intervention hin hatte der Mech den als irreparabel geltenden Wagen zusammengeflickt. Er war ein gelernter Nähmaschinenmechaniker

und daher für alle hochtourigen Maschinen prädestiniert. Im Laufe seiner Werktätigkeit hatte er schon als Landmaschinenmechaniker, Automechaniker und Mopedmechaniker sein Geld verdient. Lange Zeit hatte er als Unteroffizier in der Schwarzenbergkaserne gedient. Dort nannte man einen Mechaniker MechUO. Die Bezeichnung war genauso zungenbrecherisch wie die des SanUO, des Unteroffiziers, der Sanitäter war, und des MunUO, der für die Munition zuständig war. Als MechUO war er nicht irgendein MechUO, sondern der beste. Und wenn man der Beste ist, dann kommen die Kollegen und Vorgesetzten natürlich mit allem daher. Und weil die Arbeit in der Kaserne sowieso nicht nervenaufreibend war, reparierte er Rasenmäher, Nähmaschinen, Mopeds, Regenschirme, Hosenträger-Clips und sogar Maulwurffallen. Vor dem Hintergrund dieser universellen praktischen Erfahrungen war es ihm möglich, eines Tages überraschend abzurüsten und von seinem Ersparten eine Tankstelle im Zentrum Hacklings zu kaufen, der eine kleine Zweiradwerkstatt angeschlossen war. Seinen Entschluss hatte er nie bereut, und das Geschäft ging gut, vor allem seit er als Präsident dem Moped-Italia-Club vorstand. Gegenwärtig überließ der fleißige Mech das Tankgeschäft einem kernigen Tankwart mit Schnauzbart, Lederhose und Trachtenhütl und reparierte ausschließlich italienische Mopeds, die den schönsten Spruch haben, am schnellsten fahren und ständig in die Werkstatt müssen. Die Reparatur des Porsche, genauer gesagt den Nachbau des Oldtimerwracks, hatte er lediglich aus Gefälligkeit angenommen, und weil Edgar gesagt hatte, nur der Beste könnte diesen Wagen noch reparieren.
Nach der Jause trennten sich die Ausflügler. Biber fuhr mit dem Porsche am Beifahrersitz mit nach Salzburg zurück, um sein Moped vom Bahnhof zu holen, und Edgar hatte die undankbare Aufgabe vor sich, seiner Schwester einen glaubwürdigen Rechenschaftsbericht abzuliefern.
Tagelang war Edgar unerreichbar für Biber. Das Telefon hob niemand ab. In seinem Haus wagte er ihn nicht zu besuchen. „Wahrscheinlich Probleme mit Annette", dachte Biber und vertrieb sich die Zeit mit Musik von Falco und einer regen Fax-Konversation mit seiner Jelena in Woronesch. Dabei plauderte er zwar keine Geheimnisse aus, sprach aber großspurig von einer raschen Klärung des Falles Diwanov und der damit verbundenen Geldrückführung. Im Nachhinein tat ihm manche Prahlerei leid, aber wenn etwas seine

Jelena glücklich machte, konnte er sich einfach nicht zurückhalten. Schon gar nicht, wenn er Sekt getrunken hatte. Und das war in den letzten Tagen zwei Mal der Fall gewesen, weil er sich so einsam gefühlt hatte. Es war einfach zu wenig los für einen Weltreisenden, der gerade aus St. Tropez zurückgekommen war. Er hatte das Gefühl, als wäre er nicht nur Hunderte Kilometer, sondern auch Hunderte Jahre unterwegs gewesen, und das im umgekehrten Sinn, nämlich zurück. So verschlafen war der Ort.
Sein Freund Edgar war wie vom Erdboden verschluckt. Annette mied den Hausteil ihres Bruders und sprach kein freundliches Wort mehr mit ihm. Nichts konnte er ihr recht machen. Und das Allerschlimmste war, dass sie ihm die Eisenbahnuniform, mit der er testamentsgemäß beerdigt werden wollte, zur Altkleidersammlung geworfen hatte und dass er auch beim Jäten von ihr überhaupt keine Unterstützung mehr erwarten konnte. So beschäftigte er sich einsam im Garten, kämpfte mit Unkraut und Schädlingen, schliff und strich Fenster, Türen und den Holzzaun. Tagelang. Alles, was Annette dazu sagte, war: „Hände waschen!" So war es nicht verwunderlich, dass es Edgar nach ein paar Tagen vorzog, seinen Arbeitsplatz auf den Friedhof zu verlegen, wo er das elterliche Grab von jeglichem Unkraut befreite und schwarze Erde aufbrachte. Dort war es auch, dass Biber ihn antraf und ihn ins Gasthaus »Insel der Redseligen« mitnahm.
Schon am Eingang schlug den beiden ein Lüfterl entgegen, das sich aus Pissoir, Küche und Gaststube zusammensetzte. Der erfahrene Wirtshaussitzer konnte sogar Tabak, verschüttetes Bier, Küchenfett und vollgesoffene Untertatzel unterscheiden. Für einen anderen roch es einfach so wie abgeleckte Solettis. Der Hutständer war voller Filzhüte mit blechernen Abzeichen, und am Extratisch der Aufrechten ging es wieder einmal rund. Die Knaben waren von einem Begräbnis am Vormittag übrig geblieben. Jenseits der internationalen Zeichensprache, mit der die Aufrechten kommunizierten, wenn es um einen Bierschlüssel, ein Feuerzeug oder eine Tschick ging, war der bestimmende Faktor im Gespräch der Fetzen. Das war ein rotgesichtiger Mann mit tiefen Furchen auf der Stirn. Er steckte tief in einer Tracht mit speckigem Kragen. Nur die Schuhe waren perfekt geputzt. Früher diente er als WiUO in der Fetzenkammer der Schwarzenbergkaserne. Man nannte ihn aber nicht deshalb Fetzen. Außerdem soll er schon als Kind alt ausgesehen haben. Und auch das kam nicht wie erwartet davon, dass

er geborener Alt-Ausseer war. Nach Ausbildungsjahren in seiner Heimat Alt-Aussee war er als Wehrpflichtiger in die Schwarzenbergkaserne in Salzburg eingezogen worden und ließ sich von dort nicht mehr vertreiben. Im Laufe der Zeit hatte er eine Hacklingerin kennengelernt, sie geheiratet und mit ihr eine Wohnung genommen. Und obwohl er jetzt schon in Pension war, konnte er nicht mehr leise reden. Eine Gewohnheit aus seiner Zeit als Ausbilder. Er schrie sogar, wenn er mit einem redete, der unmittelbar neben ihm saß. Der Fetzen ging nicht nur aufrecht, sondern auch zackig. Er kommandierte die Heimkehrer bei den Begräbnissen.

Seine Schreierei klang immer gleich, ob es sich um ein Lob oder einen Tadel handelte. Selbst wenn er sich bei der Köchin oder der Kellnerin bedankte, schrie er knapp wie bei einem Befehl: „Danke. – Gut gekocht. – Köstlich. – Ungenießbar. – Zu kalt. – Zu warm."
Der Fetzen schrie mit den Aufrechten wie mit seinen ehemaligen Jungmännern. Statt „Sprung vorwärts – decken" schrie er halt: „Abtreten zum Schiffen. – Alarmstart. – Alles austrinken. – Prost."
Wenn einer der Heimkehrer schlecht marschierte, brüllte er: „Ich werde dir die Eier mit der Kraftzange wegzwicken."
Und genau in dieser Manier brüllte der Fetzen plötzlich: „Alles auf!" Und schon sprangen die Burschen auf, als wären sie auf heißen Herdplatten gesessen.
„Unser Kugli hat heute Geburtstag!" Schon wollten ihm alle zuprosten, da schrie der Fetzen: „Halt! – Erst ein Gedicht!"
Der Lärm verstummte und der Kugli bekam ganz glasige Augen. Alle Aufrechten bekamen plötzlich glasige Augen. Als ob sie weinen müssten. Allesamt hatten sie ausgesprochen traurige Gesichter. Aber nicht wegen des Begräbnisses und schon gar nicht wegen dem Kugli. Nein. Genau genommen hatten sie immer traurige Gesichter und glasige Augen. Selbst wenn sie lachten. Und jetzt nahm Kugli ganz feierlich sein Bierflaschl in die Hand. So war er unverkennbar der Kugli. Im ganzen Ort existierte kein Foto, das ihn ohne Bierflaschl zeigte. Sogar auf seinem Tauffoto war ein Bierflaschl drauf. Allerdings in der Hand des Taufpaten. Kugli war der langsamste Maurer der Stern-Werke, der oft so einen Fetzen[33] hatte, dass er in der Gaststube am Boden herumkugelte. Er fiel aber immer elegant, senkte sich sanft aus der Rücklage und rollte dann

---

[33] Rausch

ab, was nicht schwer war, weil er wegen seines Bauches und seiner geringen Körpergröße seitlich wie vorwärtsrollen konnte. Nur rückwärts nicht, weil er eben ein Aufrechter war, ein Geschöpf in der höchsten Stufe der Evolution. Genauso oft wie in der Wirtsstube kugelte er auf der Straße herum, wenn es ihn bei der Sternfahrt mit dem Moped zerlegte. Und an einer Bar war er seit Langem nicht mehr anzutreffen, weil er schon oft schmerzhaft vom Barhocker gestürzt war. So langsam der Kugli bei der Arbeit war, so gutmütig war er auch. Keiner konnte ihm böse sein. Auch nicht die Kellnerin, der er bei jeder Gelegenheit tief ins üppige Dekolleté schaute und bewundernd fragte: „Wie heißen's denn, die zwei?"
Der Fetzen begann mit seinem Gedicht:
„Ich wünsche dir an diesem Tage
alle Mühe, alle Plage,
Kopfweh, Bauchweh, Seitenstechen,
alles Übel und Erbrechen,
alles, was wir täglich hassen,
soll auf ewig dich verlassen."
Alle lachten und überschlugen sich, als hätten sie das Gedicht das erste Mal gehört. Kugli trank mit wilden Schlucken und rülpste dann so kraftvoll, dass es nur so rumpelte und schnalzte.
„Mahlzeit!", brüllte der Fetzen militärisch.
„Prost!", sagten die anderen und schlugen die Gläser und Flaschen zusammen.
Beim Zuprosten sahen sie sich in die Augen. Einer kontrollierte den anderen. Kugli ertappte den Fetzen dabei, dass er ihm nicht in die Augen geblickt hatte, und rief bedrohlich: „Das bedeutet sieben Jahre schlechten Sex."
Darauf antwortete der Fetzen laut und zackig: „Machen wir uns doch nichts vor. Ihr seid doch auch so alt wie ich. Und ich bin seit zehn Jahren impotent."
„Das glaube ich nicht", sagte Kugli. „Du müsstest es mal mit einer anderen Frau probieren."
„Ha!", rief der Fetzen. „Mir werfen sich die Frauen nicht so an den Hals wie dir!"
Kugli lachte. Ein anderer packte eilig seine Sachen und ging schnurstracks nach Hause, als ob er seinen Hochzeitstag vergessen hätte. „Bleib aufrecht!", rief ihm der Fetzen noch nach.
Als er weg war, wurde er ausgerichtet. Einige behaupteten, seine Alte halte ihn kurz, andere warfen ihm vor, er habe kein Rückgrat.

Das war für einen Aufrechten eine Provokation wie für die übrigen Hacklinger der Vorwurf „arbeitsscheu".
Und schon war der frei gewordene Platz von einem neuen Aufrechten besetzt. Die Kellnerin brachte ihm sofort ein Weißbier im Glas mit einem Bierwärmer, ohne dass er überhaupt eine Andeutung gemacht hatte. Aber der Mann mit dem klingenden Namen Franz Branntwein war sehr berechenbar. Er bestellte planmäßig sein Bier, er aß planmäßig Essigwurst, und er ging planmäßig nach Hause. Er hatte früher in einer Behörde gearbeitet und war für die filigranen Stempelmarken[34] zuständig gewesen. Die meisten Aufrechten tranken ihr Bier aus der Flasche, um von den Gläsern keine Fieberblasen zu bekommen. Sie pressten nach jedem Schluck die Kapsel drauf, damit keine Fliegen eindringen konnten, und sie sammelten die unzähligen Kapseln für einen guten Zweck. Er nicht. Dafür erwärmte er sein Bier auf genau 17 Grad. Er aß, trank und sprach amtlich und seine Denkweise war bürokratisch. In seinen Augen schimmerte die Leere wie in den Augen der meisten Aufrechten. Vielleicht wollten sie deshalb immer volle Gläser und Flaschen und soffen sich voll.
Und genau da hakte Biber am Nebentisch ein. „Edgar!", sagte er. „Was ist los? Ich habe Annette weinend vor ihrem kaputten Auto vorgefunden, als ich vorhin bei dir zu Hause war. Sie wollte mir von Julius erzählen, da ist der Schmäh Prechtl dahergekommen, der Ex-Polizist."
„Die linke Bazille Julius hat sich einen BMW gekauft und kann ihn jetzt nicht zahlen, weil nichts in den Koffern war. Und mittlerweile soll sein Kontakt zu Alfons Glatt abgerissen sein."
„Woher weißt du das?"
„Sirtinger", sagte Edgar. „Er kennt auch die zwei, die für den Einbruch infrage kommen: Griffo und Schnappsie aus Wien. Er hat mir beschrieben, wo sie sich in Wien herumtreiben."
„Dann ist Alfons also endgültig untergetaucht. Glaubst du, wir können endlich weitermachen? Wann fahren wir nach Wien? Warum ist Annette so böse auf dich?"
„Böse ist gar kein Ausdruck. Sie ignoriert mich total und weint sich beim Ex-Polizisten Prechtl aus, der jede Nacht um unser Haus schleicht."

---

[34] In Österreich wurden bis 2002 an die 450 Amtshandlungen mit einer Stempelmarke bezahlt

„Ausgerechnet der!", murrte Biber und stampfte zornig auf den Boden. „Der gefährlichste Junggeselle des Ortes!"
„Nicht einmal beim Jäten unterstützt sie mich", fuhr Edgar fort. „Weißt du, was das heißt? Seit wir mit unseren Eltern in das Haus eingezogen sind, haben wir Seite an Seite im Garten gejätet. Fast synchron. Nur so kommt man weiter. Und jetzt nervt sie mich die ganze Zeit mit dem Händewaschen. Am Ende muss ich zum Essen weiße Handschuhe anziehen wegen der blöden Schweinegrippe. Und unsere weitere Planung ist massiv gefährdet. Die schaut mir genau auf die Finger und weiß genau, was ich tue und wo ich bin. Ich kann dir gar nicht sagen, wie froh ich bin, dass sie ab Montag ganztägig in der Puppenmanufaktur arbeitet."
„Was meinst du mit Planung? Unsere Aktion können wir nicht aufgeben. Ich habe Jelena gefaxt."
„Was hast du gefaxt?"
„Na ja, dass wir Diwanov bald schnappen werden und das Geld überwiesen wird."
„Du kannst dein Maul einfach nicht halten, Biber!"
Am Nebentisch wurde es wieder so laut, dass man sein eigenes Wort nicht verstand. Wenn die Aufrechten beisammensaßen, ging der Rauch auf und das Bier floss in Strömen. Aber das war nicht nur bei den Aufrechten so, sondern auch bei den Fußballern, den Schützen, den Heimkehrern, den Imkern, den Fischern, der Feuerwehr, der Liedertafel, den Trachtlern, der Musikkapelle, bei den Aperschnalzern und den Minigolfern. Aber die Aufrechten waren beständiger. Sie besetzten ihren Stammtisch täglich wie einen Arbeitsplatz. Nicht umsonst war ein Schild mit der Aufschrift „Fahr nicht fort, sauf im Ort" in der Mitte ihres Tisches aufgestellt. Gerade als ein Aufrechter mit Fischgesicht und glasigen Augen eine Strophe des Begräbnisliedes „*Ich hatt einen Kameraden*" zu singen begonnen hatte und mit
*Er liegt mir vor den Füßen*
*Als wär's ein Stück von mir*
fertig war, rief die Kellnerin: „Das müsst ihr euch ansehen!", und schaltete den Fernseher ein. Sie hatte in der Küche die Vorankündigung der wöchentlichen Reportage von »*Ledermüller greift ein*« gesehen. Dabei war auch ein Beitrag über einen Hacklinger Polizisten angekündigt. Schon ertönte die Signation und Ledermüller erschien in seiner krachledernen Lederhose genau vor der Prechtl-Puppe am

Hacklinger Hauptplatz. Er erzählte davon, dass die Puppe eine enorme Verkehrsberuhigung bewirkt habe. Dabei zog gerade in dem Moment der Schmied Lois mit seinem Capri-Moped vorbei, als ob er auf der Flucht wäre.

„Der Lois!", schrien die Aufrechten und rauchten sich eine Smart Export an. Der Fetzen eine Dames. Ledermüller grinste und sackelte die Uniform der Puppe aus. Er holte ein paar Münzen aus den Taschen. Vermutlich Bestechungsgeld. Tatsächlich hatte Frau Spechtler schon beobachtet, dass Parksünder und Schnellfahrer mit der Puppe zu sprechen versucht hatten und ihr Geld zusteckten.

Und dann war Ledermüller im Haus des echten Polizisten Prechtl zu sehen. Prechtl lag auf seinem Diwan und befand es nicht für nötig, sich für das Interview aufzusetzen. Cooler als Miami-Vice-Drogenfahnder Don Johnson lag er auf dem Diwan. Er gab sich, als gewährte er täglich Hunderten Journalisten Interviews und müsste Fotografen und Kameraleute abschütteln, die hinter seinen detektivischen Entdeckungen her waren. Ledermüller kitzelte mit seinen gefinkelten Fragen vieles aus dem Ex-Gendarmen heraus. Bei Weitem aber nicht alles, was die Aufrechten wussten.

Prechtl wollte natürlich nur über die Auszeichnung reden, die er von der Republik für seinen großartigen Erfolg in der Drogenbekämpfung erzielt hatte, knapp bevor er in Pension geschickt wurde. Er verschwendete aber nicht viele Worte darüber, wie es zu diesem großen Ereignis kam und was er sonst in seiner beruflichen Laufbahn alles ertragen musste.

Viele Jahre seines Dienstlebens hatte Prechtl mit der Observierung Tone Streichs verbracht. Prechtl hatte Streich ständig im Visier: Fahren ohne Führerschein, Schwarzarbeit, Stänkereien im Suff und die Schmuggel-Geschichte in Jugoslawien, von der er Wind bekommen hatte. Er vermutete immer kriminelle Verwicklungen, ja sogar Waffenschmuggel. Während Prechtls aktiver Zeit konnte sich Streich noch kein Zubrot in der Villa verdienen. Sofort hätte er ihn geschnappt. Prechtl vermutete überdies, dass Streich am Brand des Seehotels beteiligt war, dass er es als Auftragswerk angezündet hatte. Im Auftrag des Fremdenverkehrsobmannes der Nachbargemeinde, mit dem er zur Schule gegangen war. Während seiner ganzen Dienstzeit war er hinter den Brandstiftern her gewesen und hatte einige Hacklinger im Visier gehabt. Seine Vorgesetzten glaubten ihm nie. Immer dachten sie, er erzähle einen Schmäh. Das kam auch daher, dass er nie sachlich über etwas berichten konnte.

Er dramatisierte jede Kleinigkeit so stark, dass es sich wie ein Roman anhörte. Nicht selten war er bei Gericht vorgeladen und nützte die Gelegenheit einer größeren Zuhörerschaft, um nicht nur das, was er gesehen hatte, ausführlich zu erzählen, sondern auch seine spektakulären Theorien, die fast immer mit dem Brand des Seehotels in Zusammenhang gebracht wurden, zu unterbreiten. Seine eigenen Kollegen glaubten ihm am allerwenigsten, weil er zur Jausenzeit immer die wildesten Geschichten erzählte, von denen die spektakulärste die Geschichte einer Spinne war, von der er allen Ernstes behauptete, sie könne sich selbst auffressen. Und dann gab es noch die Geschichte von seinem Vorgesetzten beim Bundesheer, dem Dreifinger-Joe, dem eine Silvesterrakete in der Hand losgegangen war. Er berichtete von einem 30-Kilometer-Marsch, obwohl er nie mehr als zehn Schritte zu Fuß gegangen war. Er erzählte von todsicheren Haarwuchsmitteln, von einem Fisch, der das Algenproblem im See lösen könne, und von einem wirksamen Anti-Kalk-Mittel. Andere Schilderungen drehten sich um die vielen Frauen im Ort, die hinter ihm her waren, um ein Parfum, durch das sogar Gendarmen und Finanzbeamte bei den Leuten beliebt werden würden, um Pilze, bei deren Einnahme die Verhörten plaudern würden wie die Schrannenweiber. Wenn ihm die Zuhörer nicht entkommen konnten, brüstete er sich mit seinen früheren sportlichen Höchstleistungen, mit den Wohltaten den Menschen gegenüber, bei denen er ein Auge zugedrückt hatte, aber auch mit der Härte, mit der er die echten Gauner bestraft hatte. – Keiner hatte je eine einzige seiner Geschichten bestätigt. Er erzählte auch gerne von Verbrecherjagden, an denen er nie teilgenommen hatte, von Bräuchen in Ländern, die er nie besucht hatte, von Schmerzen bei Krankheiten, die er nie gehabt hatte, von lebensbedrohenden Operationen und von Begegnungen mit Persönlichkeiten aus Politik und Film. „Dem habe ich auch schon die Hand geschüttelt", war seine häufigste Redewendung. Er berichtete von Lebensrettungen, Hubschrauberflügen und vor allem von den vielen Fahrten mit dem einzigen erlaubten Motorboot auf dem Wallersee, dem Gendarmerieboot. Mit diesem Boot hatte Prechtl Nichtschwimmern das Leben gerettet, Leichen entdeckt, Schätze gehoben und gekenterte Segler abgeschleppt. Am genauesten nahm er es bei seinen Kontrollfahrten, wenn er am FKK-Strand vorbeikam. Den kontrollierte er aus nächster Nähe mit seinem Habicht[35]-Feldstecher, den er sich aus eigener Tasche geleistet hatte. Vor dem Brand war er auch immer gerne vor dem Seehotel Patrouille gefahren, weil stets „junge Dinger" auf der Terrasse gesessen hatten. Aber bei einem Hochwasser war das Gendarmerieboot das erste, das gesunken ist, weil er es zu kurz angebunden hatte.

Und gerade vor der bevorstehenden Pensionierung war es zu dem gekommen, für das er von der Republik ausgezeichnet wurde. Das lief so. Ein Drogendealer hatte in seiner Villa seine Ware versteckt. Obwohl die Villa direkt hinter der dicht besiedelten Neu-Jerusalem-Siedlung war, hatte in einem Ort, in dem nie etwas passiert, natürlich keiner Verdacht geschöpft. Und auch Prechtl hatte den Fall nur durch Zufall aufgeklärt. Gütigerweise stellte er sich zur Verfügung, auf den Diensthund eines Hundeführerkollegen aufzupassen, der auch einmal allein Urlaub machen wollte, weil seine Frau auf den Hund eifersüchtig war und weil ihm der Familientherapeut dazu geraten hatte. Prechtl ging mit dem Hund spazieren und kam dabei an der Drogenvilla vorbei. Sofort schlug der Hund an. Prechtl verständigte seine Kollegen. Die Kollegen wollten erst gar nicht anrücken, weil sie glaubten, es sei ein Schmäh. Bei seinem Anruf hatte er nämlich damit begonnen, die aufziehenden Wolken zu schildern und den Hund zu beschreiben. Dann aber wurde der Garten umgegraben und der Fund verschaffte Prechtl die höchste Anerkennung seines Lebens. Er wurde hoch dekoriert und wollte dann gar nicht mehr in Pension gehen. Er ermittelte auf eigene Faust gegen einen Waffenschieber, der verlässlichen Informationen zufolge von Hackling aus weltweit operierte. Welch absurde Idee. Da kam natürlich sofort von oben der Befehl, den Mann zurückzupfeifen. Mit allen Mitteln und Verlockungen wurde man ihn schließlich los. Er bekam eine Auszeichnung für sein Lebenswerk.

Ledermüller gratulierte dem erfolgreichen Pensionisten, der ihm im Liegen die Hand hinstreckte.

Dann kam der Beitrag über die Festnahme des Schickimicki-Anwaltes in St. Tropez.

Mit „Latz ab!" kündigte Ledermüllers Chef, der rustikale Moderator Bartl Trachtl, die Einspielung an. Edgar und Biber saßen so aufrecht wie die Aufrechten und spitzten die Ohren. Spannend und humorvoll

---

[35] Qualitätsfernglas aus dem Hause Swarovski

war der Beitrag geschnitten. Ledermüller posierte jung und dynamisch in seiner Krachledernen vor dem Gendarmerie-Gebäude in St. Tropez. Die Ältlinge am Hafen mit Piper-Heidsieck-Champagner, die Grillen, das meterhohe Schilf, die Pinien, die Zypressen, die *Lercherl*-Bierflasche am Boot, die Mauer der Brigitte Bardot, die Motorroller ohne Nummerntafeln und die schützende Hand des Gendarmen von St. Tropez, Louis de Funès. Dann die Bilder von der Festnahme und dazu der kernige Kommentar Ledermüllers mit dem Slogan »Ledermüller greift ein«. Und ein Aufschrei der Aufrechten. Sie wollten Bibers Silhouette hinter den Festgenommenen gesehen haben.
„Der Unsichtbare", murmelte Edgar, sodass es keiner hören konnte. Alle starrten auf Biber, der einen fürchterlichen Fußtritt von Edgar unter dem Tisch erhalten hatte. Er machte ein schmerzverzerrtes Gesicht und tat, als ob er die Aufregung nicht bemerkt hätte. Erst jetzt fiel den Aufrechten auf, dass er keine Posthose und keine Pelzschuhe anhatte.
Aber da wurde etwas gezeigt, was noch nicht viele auf der Welt zu sehen bekommen hatten. Ein Exklusivinterview mit Brigitte Bardot, deren Anwesen sich in unmittelbarer Nähe des Volltasch-Verstecks befand. Durch Vermittlung eines Hundefreundes, wie er betonte, durfte Ledermüller La Madrague betreten und die Bardot interviewen. Das Interview begann mit einem Teller voller Zuckerstücken, über die üppig Champagner gegossen wurde. Dann hörte man die BB kichern und sah sie so ausgelassen, wie man sie seit Jahren nicht mehr gesehen hatte.
Während der ganzen Nacht im Porsche hatten Ledermüller und Biber immer wieder Anspielungen über ihren Besuch bei der Bardot gemacht. Natürlich hatte Leonhard Fank es ihnen nicht geglaubt, und Edgar sowieso nicht. Und jetzt das. Edgar war außer sich. Biber lächelte cool.
Ledermüller ließ sein sympathisches Lächeln neben der großen Schauspielerin aufblitzen. Sie saßen zusammen auf einer Couch, die mit einer gehäkelten Decke überzogen war. Er brachte seine strammen Wadln in Pose, sie hatte sich elegant in ein langes Kleid gehüllt. Natürlich plauderten sie über ihre Tiere. Edgar sah Biber an und murmelte: „Wer hat da gefilmt?" Biber grinste. Dann wurde ein Video eingespielt, das drastisch vor Augen führen sollte, warum die Bardot dem Filmgeschäft den Rücken gekehrt hatte und sich nur mehr für ihre Stiftung zum Schutz der Tiere einsetzte. Man konnte

sehen, wie Fischer in La Réunion Hunde als Angelköder verwenden. Sie werden an der Nase aufgespießt und an der Leine ins Wasser geworfen. Damit werden Haifische angelockt, die sie als Ganzes verschlingen. Was für eine Grausamkeit.

Dann war die Bardot allein zu sehen, wie sie La Madrague und ihre Hunde vorstellte. Man merkte sofort an der ruhigeren Kamerahaltung, dass Ledermüller selbst filmte. Nachdem sich Ledermüller mit den Worten: „Hat mich beruhigt, Sie kennenzulernen", von der Bardot verabschiedet hatte, kam im Abspann etwas ganz Beunruhigendes ins Bild. Eine auffällig geformte menschliche Figur wälzte sich mit Hunden und Schweinen am Boden und tollte auf dem Diwan mit Katzen herum. Die Aufrechten schrien auf und Edgar hielt sich die Hände vor sein Gesicht. Der Bericht endete mit einem Graffito auf der Friedhofsmauer von St. Tropez. Was da zu sehen war, ließ die Gesellschaft in der Gaststube völlig verstummen. Auf der Friedhofsmauer von St. Tropez stand ein abgeänderter Parteislogan einer österreichischen Partei: „Eine Nase fehlt" war da zu lesen und daneben die drei Buchstaben der Partei. Der mittlere Buchstabe V war aus den gespreizten Fingern einer Hand geformt und darin war ein Balken wie bei einem Auslassungszeichen. Jetzt entfuhr den Aufrechten ein gemeinsamer Schrei. Das letzte Bild zeigte ein Graffito von einem Schlüsselbund mit der Aufschrift: „Ein Bund fürs Leben. Friedl & Al".

„Er hat den Volltasch hochgehen lassen und ist mit dem Geld dahin", mutmaßte Franz Branntwein und zeigte den Schlüsselbund, den ihm Glatt geschenkt hatte. Alle waren außer sich, aber da kam schon der dritte Beitrag Ledermüllers über einen prominenten Paten für ein gehschwaches Schwein auf Gut Aiderbichl[36]. „Ausschalten!", rief jetzt der Fetzen, der sich fürchterlich über den Chef von Gut Aiderbichl ärgerte, weil seine Frau ihm die letzten Weihnachten mit dem ständigen Abspielen der CD **Weihnachten auf Gut Aiderbichl** versaut hatte.

„Was ist mit Amerika?", fragte Biber.

„Du meinst Annette? – Alles war fix. In zwei Wochen wollte sie fliegen. Aber jetzt? Wovon soll sie das Ticket bezahlen?"

---

[36] Gut Aiderbichl: Gnadenhof für alte und kranke Tiere, über die regelmäßig bewegende Geschichten in den Medien gebracht werden. Prominente Paten für die Tiere tragen zu der großen Bekanntheit bei, durch die zu Stoßzeiten Hunderte Besucherbusse angelockt werden.

„Du schickst doch deinem Neffen Geld, oder?"
„Ja, das hat geklappt. Er bekommt regelmäßig Geld von unserem Nummernkonto. Er hat Annette davon erzählt, und sie hat wie erwartet geglaubt, dass Alfons für ihn zahlt."
„Na dann schick ihr doch einfach ein Ticket mit der Post, dann kann sie nicht mehr aus!"
„Gar keine schlechte Idee, Biber. Aber sie kann doch nicht gleich wieder Urlaub nehmen in der Puppen-Manufaktur. Jemand muss sich um den Hund kümmern und außerdem würde sie ständig Kontrollanrufe machen, wie ich sie kenne."
„Dann müssen wir uns eben auch einmal ein Handy leisten wie alle anderen."
„Das nützt doch nichts. Die ruft doch nur an, weil sie überprüfen will, ob ich zu Hause bin. Wenn sie bei einem Handy anruft, glaubt sie mir doch nicht."
„Los, Biber, wir hauen ab. Gehen wir trainieren!", sagte Edgar, bezahlte die Zeche und verließ mit seinem Kumpel grüßend das Wirtshaus »Insel der Redseligen«.
„Bleibt aufrecht", riefen ihnen die Aufrechten nach. – Und ein gewisser Lex forderte Biber auf, nur ja beim Klassentreffen zu erscheinen, das zwar erst Monate später anberaumt war und zu dem er ihm trotzdem schon eine Einladung geschickt hatte.
„Eh klar!", meinte Biber, und dabei kribbelte es ihm in den Beinen.

„Wie der dem Biber Sepp ähnlich gesehen hat in dem Beitrag!", sagte der Fetzen, als die beiden die Wirtsstube verlassen hatten. Alle gaben ihm recht. „So eine auffällige Figur kann nur einer haben", meinte Kugli.
„Ach was", murmelte der Schmied Lois im blauen Arbeitsmantel, kratzte zittrig sein Schnurrbärtchen und sprach erst weiter, als alle schon unruhig wurden. „Solche Figuren gibt es wahrscheinlich überall." Und bevor einer widersprochen hatte, murmelte er: „Aber ist eh wurscht", und zündete sich eine Smart Export an.
„Seit wann versteht sich der so gut mit Edgar?", wollte der Ex-Stempelmarkenmanipulant wissen. Alle sahen auf Lex. Dieser nackensteife, groß gewachsene Lex, der eigentlich Alexander hieß, war eine markante Persönlichkeit im Ort, dessen einzige Materie, mit der er sich seit seiner Pensionierung noch befasste, seine frühere Klasse war. Er agierte als ehrenamtliches Verwaltungsorgan seiner ehemaligen Klasse und verfügte über alle Daten zum noch lebenden

und bereits verstorbenen Lehrkörper. Er hatte einen eigenen Stempel und verwendete grüne Tinte für die offiziellen Unterschriften. Aber Lex hörte nicht mehr gut und hatte auch nicht bemerkt, was man von ihm erwartete.

„Die Fliegen sind im Wirtshaus so lästig", gluckste er mit seiner tiefen Stimme. „Vor allem auf der Glatze. Die machen die Leute so aggressiv."

Dabei sah er den Schmied Lois an, dessen schablonenhaft geschnittenes Bärtchen an seiner Oberlippe wie wild zu zucken begann.

„Das kann man als Argument dafür verwenden, wie toll Österreich als Urlaubsland im Winter ist, weil es keine Fliegen gibt. Man müsste direkt Werbefolder in der Fliegenzeit verteilen."

„Lex! Wieso steckt der Biber plötzlich mit dem Edgar zusammen?", brüllte der Fetzen.

„Gleich", antwortete Lex, der sich von zu Hause einen Klebefänger mitgenommen hatte, den er nun mitten über dem Stammtisch aufhängte. „Lex, unser Organisator!", meinte der Ex-Stempelmarkenmanipulant, nachdem er voll konzentriert in Zeitlupe getrunken und das Glas so langsam vom Mund genommen hatte, als würde es picken geblieben sein. Ja, dieser Lex war wahrlich ein Organisator. Es gab so gut wie keine Zeit, zu der er nicht direkt oder indirekt mit der Organisation eines Klassentreffens beschäftigt war. Seine Arbeit als ehrenamtliches Verwaltungsorgan seiner früheren Klasse war nicht mehr so einfach wie früher, denn inzwischen organisierte er nicht mehr nur Klassentreffen, sondern ganze Jahrgangstreffen. Sein Nebengeschäft waren Begräbnisse. Da von Zeit zu Zeit Personen starben, die er in seiner Kartei führte, schickte er sich als Abgesandten seiner selbst zu jedem Begräbnis. Früher waren es die Lehrer, von denen dann und wann einer starb, aber inzwischen hatten sich auch schon einige Klassenkameraden verabschiedet. Mit den Lehrerbegräbnissen hatte es eigentlich angefangen. Er fühlte sich als offizieller Vertreter des ehemaligen Lehrkörpers und lud schriftlich zu den Begräbnissen ein. Von seiner ehemaligen Dienststelle aus rief er viele an und forderte sie unmissverständlich auf, zu kommen. Nur sehr alte gebrechliche Lehrer konnten sich von ihm persönlich vom Erscheinen entbinden lassen. Selbstverständlich führte er über jedes Begräbnis und jedes Klassentreffen lückenlose Präsenzlisten. Schriftlich wie mündlich fing er jeden Satz mit „im Namen der Klasse" an, und natürlich kondolierte er im Namen der Klasse. Offizielle Reden des Lex galten als Brunnengleichnisse. Wenn er mit seiner tiefen, glucksenden Stimme redete, klang es, als ob einer aus einem tiefen Brunnen heraus sprechen würde und mit den Füßen tief im Wasser stünde. Und weil er in seinem Beruf mit Gleichstrom zu tun hatte, kannte sein Sprechen keinen Tonwechsel. Er redete so gleichförmig dahin, als würde er das Datenblatt einer Gleichstrommaschine vorlesen oder einen Bericht über einen Kugellagerschaden.

„Also schieß los!", sagte der Fetzen militärisch. Aber genau in dem Moment war die Kellnerin mit den Haaren im Fliegenfänger picken geblieben. Lex stand natürlich in der unnachahmlichen Art des Schauspielers Lex Barker auf und bot der verzweifelten Dame seine Hilfe an. Er stand da, als würde er einen Colt ziehen. „Jetzt schieß endlich los", forderte der Fetzen. Wolltest du uns nicht über die neue Freundschaft der zwei Sportskanonen aufklären?"

„Den Biber quält wahrscheinlich wieder einmal das Verlangen nach einer unerreichbaren Frau", brummte Lex.

„Nach welcher unerreichbaren Frau?", fragte der Ex-Stempelmarkenmanipulant.

Ohne Hebungen, in der tiefstmöglichen Brunnensprache führte Lex aus, dass Biber seit der ersten Klasse Volksschule hinter Edgars Schwester her war und sich mit Sicherheit nur als Mittel zum Zweck mit ihm abgab.

„Bereits in der ersten Klasse hat er schon Blumen gepflückt und sie ihr in die Schule mitgenommen", sagte Lex. „Ich habe ihn einmal ausgelacht, da hat er mich den ganzen Weg nach Hause geohrfeigt. Annette erwiderte seine Liebe nicht. Im Gegenteil, sie tat alles, um ihn abzuschütteln. Und dann hat sie den Glatt geheiratet. Ausgerechnet den. Um ein Haar hätten wir den widerlichen Kerl noch als Bürgermeister bekommen."

„Der hat doch stilistisch gar nicht zu ihr gepasst!", schrie der Fetzen.
„Sind doch eh nur standesrechtlich verheiratet gewesen", warf Kugli ein.

„Standesamtlich!", korrigierte Lex und ließ kein gutes Haar an Glatt, mit dem er auch irgendwann einmal in die gleiche Klasse gegangen war. Er schilderte, wie es Glatt nur durch seine Kontakte und seine Meisterschaft im zusammenhanglosen Reden so weit gebracht hatte. Schon in den ersten Klassen hatten ihm alle aufmerksam zugehört und die Ohren gespitzt, weil er so spannend gelesen hat. Die Spannung hat er erzeugt, weil er falsche Pausen gemacht hat und

eine ganze Menge von Wörtern nicht aussprechen konnte. Und ausgerechnet den hat sie geheiratet, die adrette Annette!
„Das war ein fesches Mädel", begann er dann zu schwärmen. Wie Marilyn Monroe hat sie ausgesehen".
„Die gleiche Figur", warf der Ex-Stempelmarkenmanipulant ein.
„Ja bist denn du auch mit ihr in die Klasse gegangen?", fragte der Fetzen.
Lex musste alles aufklären. Durch seine ständigen Klassentreffen, die bereits alle Klassen der Schule umfassten, wusste außer ihm keiner mehr, mit wem er einmal tatsächlich in die Klasse gegangen war. Nur die Nennung bekannter Namen wie den der Fürstin, der Mirz, des Malers Lutz von Sirting, des Anstreichers Tone Streich, des Multifunktionärs Alfons Glatt und des Stiefelkönigs Blasius Furzl schaffte Orientierung.
„Ein Wunder", fuhr Lex fort, „wo doch der Bruder so verwegen aussah und schon als Kind eher abschreckend war. So zart war sie, so gebadet gerochen hat sie."
„Kein Wunder!", rief Kugli. „Wir durften ja nur einmal pro Woche baden."
„Geh, jetzt sei doch ehrlich. Du wolltest doch gar nicht baden, weil du kein Bierflaschl in die Badewanne mitnehmen durftest."
„Doch! Das durfte ich! Hat mein Papa auch gemacht."
„Und du glaubst, der Biber kann jetzt über ihren Bruder an sie herankommen, wo sie geschieden ist?", bemerkte der Fetzen.
„Kann ich nicht sagen!", antwortete Lex. „Aber blöd ist der nicht. Und ein Titan des Postsports."
Übergangslos war Lex wieder bei seinen gleichklangigen Berichten von Begräbnissen und Klassentreffen, bei denen er so ernst wurde, als ob er dienstlich mit seinen Kumpanen verkehren würde.
„Das ist alles nicht so einfach", sagte er, und alle warteten auf die Preisgabe einer neuen Enthüllung über den Biber und seine Angebetete. „Der Job ist nicht einfach. Erstens muss ich einen Toten aus meiner Kartei streichen, damit ich ihn nicht irrtümlich zum nächsten Klassentreffen anschreibe, andererseits darf ich ihn nicht vergessen, weil ich ja eine Gedenkminute ansagen muss."
„Ja, woran ist denn der Hias überhaupt gestorben?", fragte der Ex-Stempelmarkenmanipulant in Anspielung auf das aktuelle Begräbnis.
„Sechs Beipässe hat er gehabt", sagte Lex dienstlich.

„Typisch Bakterienverkalkung!", diagnostizierte Kugli und erntete Gelächter.

Inzwischen hatte das Training schon begonnen. Diesmal stellte Biber sein Reich zur Verfügung, und nicht nur das. Auch eine alte Trainingshose lieh er seinem Freund. Bauchmuskeltraining, Liegestütze, Boxen. Biber zeigte sich eifrig und befolgte kritiklos die „Postanweisungen" seines Trainers. Nur Gürtel trug er wieder keinen. Edgar war verärgert und wollte wissen, ob er denn nicht irgendwo einen hätte.
„Mmmmm", knurrte Biber und drückte sich um eine Antwort herum. Da machte Edgar selbst einen Kasten auf und fand etwas, das er stolz herausfischte wie eine Trophäe. „Was hat er denn da", rief er und zeigte einen rötlichen Schlangenledergürtel. Biber schreckte zurück und musste an die Mirz denken, die ihm den Gürtel gekauft hatte.
„Das ist zwar ein etwas weibischer Gürtel, und schön ist er auch nicht, aber für den Zweck optimal. Den trägst du, wenn wir nach Wien fahren!"
Bibers Kaumuskeln spannten sich. Er tat aber, als ob er nichts dagegen hätte, und willigte sogar ein, eine große Joggingrunde zu drehen und für das KDS-Sportabzeichen Kugelstoßen und Weitsprung zu trainieren. Beim Lauf kamen sie an der Schweinefarm des Stiefelkönigs vorbei und wunderten sich über Schweine, die mit Kopftüchern herumliefen. Und da sahen sie schon seinen Nachbarn, den Nebenerwerbsbauern mit seinem grünen 18er Steyr-Traktor adeln[37]. Edgar stoppte ihn. Das war nicht so leicht. Er hatte natürlich Kopfhörer auf und hörte lautstark eine Operette. Er hörte immer Operetten. Und weil er so viele Operetten im Radio aufgenommen hatte und so viele Operetten-CDs und Platten hatte, dass er sie in seiner Freizeit nicht einmal hören hätte können, wenn er hundert Jahre alt geworden wäre, hörte er sie auch bei der Arbeit, im Zug, am Klo, in der Sauna, im Bad und beim Joggen.
„Servus, Geringfügiger!", schrie Edgar, um den lauten Traktor zu übertönen und auch noch in den Kopfhörer einzudringen. Mit der Bezeichnung Geringfügiger hatte er den Bauern Schinkinger immer gepflanzt, wenn der mit ihm im Zug zu seiner Nebenerwerbstätigkeit unterwegs war. Er warf ihm vor, sowohl bei seiner

---

[37] düngen

Haupterwerbstätigkeit als Fernmeldemanipulant bei der Post als auch bei seinem Nebenerwerb am Hof nur geringfügige Arbeit zu leisten. Aber der Schinkinger hatte recht. Es zahlte sich nicht aus, mehr als geringfügig zu arbeiten. Bei der Post wurde es einem nicht gedankt und am Hof hätte eine intensivere Bewirtschaftung nur Zorn und Feindseligkeiten seines Grundnachbarn, des Stiefelkönigs, bedeutet, der sich Schinkingers mikroskopisches Grundstück sowieso gerne einverleibt hätte, weil es seine Felder trennte.

Schinkinger erschrak, als er Edgar erblickte, und würgte den Motor des Traktors ab. Dann grinste er, wie Bauern immer grinsen, wenn sie den stinkenden Adel ausbringen.

„Man könnte meinen, ihr habt alle was mit den Ohren, die Schweine vom Stiefelkönig mit ihren Kopftüchern und du mit dem Kopfhörer!", schrie Edgar. „Ist das etwa gar die Schweinegrippe?"

Schinkinger grinste inmitten seines stinkenden Feldes über beide Ohren und bewegte seine zottigen Augenbrauen auf und ab.

„Ich höre mir die Czardasfürstin an und der Stiefelkönig setzt seinen Schweinen die Kopftücher auf, weil er ihnen die Ohrmarken herausgezwickt hat, der Pülcher."

„Was", sagte Biber. „Kopftücher wegen der Ohrmarken. Wie unauffällig. Und da kommen ihm die Kontrolleure von der AMA[38] nicht drauf?"

„Bis jetzt noch nicht. Ihr wisst ja, was für ein gefinkelter Hund der ist. Die Schweine verkauft er alle unregistriert über einen Schwarzschlachter an seinen Freund, den Schnitzelwirt in Sauham. Der veranstaltet eine Sauschädl-Partie um die andere. Und zu jedem Familiengeburtstag kaufen ihm die Grillos in der Villa Scherbenstein da drüben auch ein kleines Ferkel ab. Und die Grillos feiern prinzipiell pro Mann zwei Geburtstage im Jahr."

„Und du zeigst ihn nicht bei der AMA an, oder?"

„Nein, wirklich nicht. Was glaubst du, wie oft der mich und meinen Vater schon vors Bezirksgericht gezerrt hat. Immer Grundstreitigkeiten. Seit ich denken kann. Und seit einiger Zeit versucht er sich die Villa Scherbenstein und mein Grundstück unter den Nagel zu reißen. Offenbar will hier jemand einen Golfplatz bauen. Da könnte er dann abkassieren. Alles hat er probiert. Und dem ist nichts zu blöd. Ich habe mich aber gewehrt. Die Umleitung

---

[38] AMA-Gütesiegel: Agrar Markt Austria

um mein Grundstück bleibt aufrecht. Da kann er zwei Meter hochhüpfen mit seinen Gummistiefeln!"

„Genau wegen der Umleitung sind wir da, Schinkinger!", rief Edgar, der schon spürte, dass der Geringfügige seine Operette weiterhören wollte. „Du bist ja ein Experte bei den Telefonen. Ist es möglich, dass ich mein Telefon auf ein Handy umleite, ohne dass der Anrufer etwas merkt?"

„Ha!", sagte der Bauer schmunzelnd, weil er von den vielen Intrigen und Verwechslungen in den Operetten natürlich seine Vorstellungen hatte, warum ihm Edgar die Frage stellte. „Das geht. Du brauchst nur bei der Telekom eine Rufumleitung zu beantragen. Aber der Anrufer muss natürlich die teureren Handygebühren zahlen."

„Danke", sagte Edgar und hielt den Bauern nicht länger auf. „Wir sehen uns bei der KDS-Abnahme am Samstag! Ich lege meine vierzigste KDS-Prüfung ab."

Schinkinger war nämlich ein Turner und Ausdauer-Athlet ersten Ranges, der durch den Sauerstoffmangel und den Gestank beim Adeln einen Trainingseffekt erzielte wie die Profis beim Höhentraining. Außerdem beschränkte er seine umfangreichen Trainingsläufe nicht nach einer bestimmten Streckenlänge, sondern nach der Länge seiner Operetten. Man hatte ihn sogar einmal des Dopings verdächtigt, weil bei ihm ein Hämatokritwert gemessen wurde, wie er nur bei Extrembergsteigern zu finden ist. Bis nach München haben sie seine Harnproben geschickt, weil in Salzburg nichts Verbotenes festgestellt werden konnte.

Edgar und Biber verließen das stinkende Feld und liefen bis zur Villa Scherbenstein weiter, wo sie sich auf der Sitzbank vor dem Underberg-Thermometer ausruhten und den Handykauf besprachen. Da ließen sie sich auch durch das Schlagwerk des schließenden Bahnschrankens nicht stören. Erst als der Schnellzug nach Wien durchfuhr, winkte Edgar dem Lokführer. Und der Kapitän salutierte von seinem Balkon aus mit der Kappe eines Bahnhofsvorstands. Er hatte den schönsten Ausblick. Von seinem kleinen Balkon sah er vor sich den Schranken, links die Ziegelzertrümmerungsanlage der Stern-Werke und rechts den Bahnhof, die Müllcontainer des Drecksler und die Puppen-Manufaktur.

Der Plan war so gut wie fixiert. Erst wollten sie sich Handys kaufen, und der Hund würde am Hof des Geringfügigen einen guten Schutz vor dem Stiefelkönig abgeben. Es konnte wieder weitertrainiert werden.

Bereits ein paar Tage später wurde Annette das Flugticket zugestellt. Sie glaubte wirklich, dass es von Alfons kam, und nahm sich in der Puppen-Manufaktur Urlaub. Somit war für Edgar und Biber der Weg frei. Es vergingen im Expresstempo zwei Wochen, wenn auch nicht ganz ereignislos. Jeden Morgen eine wilde Sternfahrt. Danach heimliche Arbeiten am Computer, die Edgars Erlebnisse mit dem Terroristen Carlos in Paris so weit gedeihen ließen, dass er das Manuskript heimlich Ariane zustecken konnte, als sie ihr neues Büchlein „Frühlingspoesie" in der Hacklinger Bibliothek präsentierte.

Beim »Insel«-Wirt schwärmten die Aufrechten vom Bundesheer als der schönsten Zeit ihres Lebens. Geschichten und Witze wurden erzählt. Ungerechtigkeiten bei der Arbeit und mit der Frau, die inzwischen die Lockenwickler in den Haaren hatte und mit Pantöffelchen an den Füßen auf dem Diwan vor dem Fernseher die einsame Wohnung ganz für sich hatte und naschen durfte. Es waren nicht ihre Männer, die die Frauen der Aufrechten vermissten, sondern jemand anderen, der ihre Einsamkeit vertreiben konnte. Ihre Männer vermissten sie schon lange nicht mehr. Im Gegenteil, sie waren froh, wenn die größte Belastung aus dem Haus war.

Die Gespräche am Biertisch gingen oft auch um das, was die Aufrechten in der Arbeit hatten einstecken müssen. Das wurde aber meist nicht so erzählt, wie es wirklich war, sondern so, dass sie einerseits Mitgefühl für eine Ungerechtigkeit erwarten konnten und andererseits eine großartige Reaktion ihrerseits präsentieren durften: „Denen habe ich es gezeigt. – Das habe ich mir natürlich nicht bieten lassen. – Nicht mit mir!" Dazu hektische Bewegungen mit den Händen. „Da müsst ihr früher aufstehen! – Wenn ich nicht mehr komme, mich krankmelde, da werden sie sich anschauen. Der Betrieb wird eingehen. Die werden schon sehen!"

So hart, wie sie da redeten, waren sie in Wirklichkeit natürlich nie. Höchstens zu Hause, wo sie mit ihren Frauen umsprangen, wie sie wollten. Sie kamen in der Nacht mit Bierfahnen nach Hause und wälzten sich unter Geschnarche und Geknirsche in den auseinandergezogenen Ehebetten.

Geschichten vom Krieg und vom Militärdienst waren an der Tagesordnung. Während Soldaten, die im Krieg grausame Dinge erlebt haben, oft nicht einmal engen Freunden und Angehörigen über das erlebte Grauen berichten können, sprachen die Aufrechten fast ausschließlich über ihre Kriegserlebnisse. Allerdings bezogen sich diese aufregenden Episoden auf die Kriegssimulation während ihres Grundwehrdienstes beim Österreichischen Bundesheer. Die Rede war immer wieder vom Gehorchen, das die Jungen nicht mehr kennen. Als Helden, die sie ja ohne Zweifel waren, erzählten sie natürlich Geschichten von ihren Heldentaten bei der Arbeit und beim Militär. Sie schilderten mit glasigen Augen, welchen Gefahren sie ausgeliefert waren. Zum hundertsten Mal.

Auch Tone Streich war inzwischen nicht untätig gewesen. Er hatte mehrere Sommerfrischler in der Villa Scherbenstein einquartiert und sich aus dem Verdienst ein paar Schwipse mit seiner Lola geleistet. Dabei war sein Verfolgungswahn immer stärker zutage getreten. Nächtens war er mit und ohne seine neue Geliebte schreiend durch den Ort gezogen.

Und natürlich hatte Edgar unter der gnadenlosen Aufsicht der Frau Doktor das vierzigste KDS-Sportabzeichen abgelegt und trug es seither auf der Brust.

# Männer des Westens sind so

In aller Früh wurde Biber durch ein ankommendes Fax geweckt. „Jelena!", rief er freudig. Aber das Fax war von Edgar.
„Heute hat sie abgehoben", stand drauf. Sofort packte Biber sein Zeug und glaubte, die Jagd nach Diwanov könne beginnen. Edgar hatte aber das Telefon noch nicht umgeleitet und war den Hund noch nicht losgeworden. Das wurde sofort erledigt. Handys gekauft, Rufumleitung eingerichtet. Dann ging es auf zum Hof des Schinkinger, um ihm für seinen Tipp zu danken. Keiner war da, alle Türen standen offen. Edgar und Biber inspizierten das Haus. Da sahen sie den Hausherrn rhythmisch zuckend auf dem Diwan liegen. Er hatte natürlich seine Kopfhörer auf und hörte eine Operette. Er erschrak fürchterlich, als ihn Biber an der Nase kitzelte.
„Dir könnten wir ja alles stehlen, wenn wir wollten!", rief Edgar. „Auf einen Hof gehört doch ein Hund."
„Ja, das sage ich ihm eh schon die ganze Zeit", sagte die Frau des Operetten-Prinzen, und schon war Edgars Hundeversorgung für die nächsten Wochen eingefädelt.
„Ja, sag einmal, Schinkinger, hast du denn gar nichts zu tun, dass du um diese Zeit schon auf dem Diwan liegen kannst."
„Arbeit hätte er genug", sagte seine Frau. „Wenn er drei Traktoren weniger hätte und wenigstens einer funktionieren würde." Mit einer abschätzigen Handbewegung huschte der Schinkinger-Bauer aus dem Haus.
Edgar und Biber fanden ihn wieder bei seinen Traktoren. Er versuchte einen anzuwerfen. Weder der rote, sonst so robuste Steyr T18, noch der grüne T180 oder dessen Nachfolgemodell T180a, der ausschließlich für Fahrten zum nahe gelegenen Lagerhaus verwendet wurde, machten einen Zucker. Auch Schinkingers Flaggschiff, der 59 PS starke Nuffield, der einen BMC-Motor wie die Massay-Ferguson-Traktoren hatte, war defekt. Massiv defekt. Und dabei hatte er gerade auf dem einen selbst gebauten acht Meter langen Ausleger montiert, mit dem er seine Frau zum Kirschenbrocken in die höchsten Bäume heben konnte. Sogar Tone Streich hatte er schon mehrmals mit dem Traktor das Gerüst erspart, wenn der Malerarbeiten an der Villa durchzuführen hatte. Aber jetzt war das Schmuckstück defekt. Edgar holte sofort den Mech aus seiner Tankstelle und ließ den Traktor abhorchen. Der Mech war bei Motoren so einfühlsam wie der Biber bei den Hunden. Er hörte die Fehler am Spruch. Allein vom Spruch einer Maschine konnte er sich

eine bildhafte Vorstellung von den Vorgängen in der Nockenwelle machen. Und da sah er beim Steyr T18 im Geiste eine verbogene Stößelstange. Edgar beglich im Voraus die Reparaturkosten der vier Traktoren als Gegenleistung für die Gefälligkeit mit dem Hund und den Tipp mit der Rufumleitung. Die Frau des Bauern war sofort hellauf begeistert. Nur der Geringfügige schnitt noch Gesichter, weil er einen Haufen Arbeit vor sich sah. Als aber der Mech vor seinen Augen den Motor des Nuffield entdrosselte, indem er eine Klappe beim Luftfilter entfernte, lächelte er glücklich und lauschte kurzfristig dem unheimlichen Spruch des Traktors, bevor er seine Kopfhörer aufsetzte und mit der Feldarbeit begann.
Biber drängte auf die sofortige Wienfahrt. Aber Edgar wollte noch einmal ein ganz bestimmtes Fax von ihm sehen.

*PS: Uns fehlen bis jetzt positive Informationen bezueglich Iwan Diwanov. Hier und in Rumaenien wird nach ihm gesucht und gefahndet. Freunde haben mir erzählt, dass er mehrmals den Namen gewechselt und mit Sicherheit in Wien wohnt, zwar im Stadtteil Hietzing in Penthouse mit Anblick auf Zoo. Einer lebt schon nicht mehr und der andere sitzt in Rumaenien in einem Gefängnis, aus welchem niemand zurueckkommt. Ich wuensche, Iwan wird noch haerter bestraft werden. Ich bin der Hoffnung, die Rache holt diese Gauner.*

„War da nicht auch ein Fax, wo ein Gendefekt bei Diwanov beschrieben ist?"
„Ja", sagte Biber, konnte aber das Fax nicht finden. „Ausgerechnet dort, wo anderen Menschen die Haare nicht ausgehen können, am Hinterkopf. Ausgerechnet dort hat dieser Iwan Diwanov einen großen kahlen Fleck. Das hat sie mir vielleicht nur erzählt, die Jelena."
Daraufhin begaben sich die beiden in Edgars Haus. Mit seinem Computer recherchierten sie noch im Internet und sprachen mit Frustlich von der Puppen-Manufaktur. Dem gaben sie auch als Einzigem ihre neuen Handynummern. Und dann ging's los.
Der empfindsame Wellensittich Dedalus hatte einen ereignisreichen Tag hinter sich. Erst war er ausgeflogen und die Pflegerin des Helmut Kopter hatte ihn spektakulär eingefangen. Sein Herrchen,

der haxendalige Helikopter, hatte ihm den Überflug einer Alouette III Hubschrauberstaffel aus Aigen im Ennstal gemeldet. Der Jet-Ranger des Innenministeriums hatte sich zwischen dem Steigflug einer Fokker 70 und dem Landeanflug einer Boeing 737 der Lauda Air eingeschoben, und als Höhepunkt gab es die Landung des Christophorus-6-Hubschraubers auf dem Feld des Stiefelkönigs nahe der Bahnhofstraße. In Hackling war die Bahnhofstraße nicht so eine Top-Adresse wie die in Zürich: die Halden des Müllunternehmers Drexler, der mikroskopische Landstrich des Nebenerwerbsbauern Schinkinger, die riesige Schweinefarm des Stiefelkönigs, die Stern-Werke mit dem staubenden und lärmenden Bruchwerk, das laute Schrankenschlagwerk und natürlich die Villa Scherbenstein, vormals Pension Feucht. Die Bahnhofstraße hatte nicht nur eine lange Gerade, sondern zwei gefährliche Kurven. Und bei denen ritten die Sternfahrer mit ihren hochgezüchteten Mopeds von Zeit zu Zeit aus, vor allem, wenn sich Gülle oder Staub auf der Fahrbahn befand.

„Da hat es sicher wieder einen Sternfahrer zerlegt", teilte der Helikopter seinem Dedalus mit und gab ihm ein paar Körner. Eine halbe Stunde später knatterten Biber und Edgar unter seiner Dachkammer vorbei und holten sich Bargeld vom Bankomaten. Genau genommen holte sich Biber Geld. Er wollte von Edgar unabhängig sein, der genügend Scheine aus dem Volltasch-Sackerl in seiner Lokführertasche dabeihatte.

„Das ist das Postlermoped vom Biber", sagte der Helikopter zu seinem Vogel. „Aber da sitzen ihrer zwei drauf, so wie die Kiste gequält kracht." Sekunden später ertönte ein infernalischer Lärm.

„Jetzt kommen sie", rief der Helikopter und versuchte herauszuhören, welche Maschine fehlte und somit gestürzt war. An der Spitze fuhr Holger Hagenbeck, der bereits bei seiner Ausfahrt den Spitznamen Ytong erhalten hatte, weil sein markantes Gesicht wie aus dem Helm gemeißelt aussah. Sein Mienenspiel suggerierte sowohl Pflichterfüllung als auch Gleichgültigkeit. Er war der einzige Vespa-Fahrer in Hackling, und seine Maschine hatte Julius Link für ihn extra aus Sizilien kommen lassen, weil er sich aus dem Geschichtsunterricht noch an die Sizilianische Vesper[39] erinnern konnte. Nach dem Ytong richteten sich alle Sternfahrer, weil er am

---

[39] Der Ausdruck **Sizilianische Vesper** bezeichnet eigentlich einen Aufstand 1282 in Sizilien gegen die Herrschaft König Karls I. von Anjou und hat absolut nichts mit der Motorrollermarke **Vespa** zu tun.

Morgen so pünktlich wegfuhr, dass er genau vor Einfahrt des Zuges am Bahnhof ankam und am Abend so schnell wie möglich von der Arbeit zu Hause sein wollte. Der Ytong fuhr mit sattem Spruch vorbei. Mit der Anführung der Sternfahrer war seine Mission erfüllt. Vom Wirtshaus hielt er nichts und war auch nicht Mitglied im Moped-Italia-Club. Aber die anderen bremsten scharf und parkten vor der »Insel«. Frau Spechtler registrierte alles von ihrem Fenster aus. Obwohl er von seiner Dachluke aus gar nichts sehen konnte, nannte der Helikopter seinem Vogel den Namen jedes einzelnen Fahrers, die Typenbezeichnung seines Mopeds und die Anzahl der Gänge, die es hatte. Nur das Eintreffen des Mech, seines Zeichens Ex-MechUO des Österreichischen Bundesheeres und Obmann des örtlichen Moped-Italia-Clubs, brachte den Helikopter in Verlegenheit.

Er rief Frau Spechtler an: „Wer war denn der Letzte, der jetzt mit dem Moped gekommen ist?"

„Das war der Mech!", sagte Frau Spechtler. „Der ist aber nicht mit einem Moped gekommen, sondern mit einem Auto."

„Mit einem Auto?"

„Ja, mit einem Auto. Aber das Auto klang wie ein Moped."

„Dann muss es ein DKW sein. Schaun Sie doch mit dem Gucker, Frau Spechtler. Steht irgendwo DKW auf dem Wagen?"

„Ja", sagte Frau Spechtler, als sie durch ihren Habicht-Gucker von Swarovski blickte. „DKW steht hinten auf dem Wagen."

„Na klar", erklärte der Helikopter gleichzeitig Frau Spechtler und seinem Wellensittich. „Der Mech hat einen DKW Meisterklasse Typ F 89 P, Baujahr '50. Ein Oldtimer. Das ist ein Zweizylinder-Zweitaktmotor. Ein Spruch wie ein Moped." Er legte den Hörer auf und dachte nach.

„Geht nur noch die Dreigang-Capri vom Schmied Lois ab. Wird doch der Hubschrauber nicht wegen ihm gekommen sein!"

Kein Wunder, dass ihm der Lois abging. Er hatte das schnellste und was den Spruch betraf, absolut einzigartige Moped der Gegend. Von Weitem konnte man ihn am Morgen hören, wenn er seine drei Gänge schaltete und windschlüpfrig auf dem Tank liegend auf der Geraden die Höchstgeschwindigkeit erreichte, bevor er die rechtwinkelige Kurve in die Bahnhofstraße unbarmherzig anbremste. Er fuhr so schnell, als wollte er sich selbst abhängen.

An diesem Tag war die erste Sitzung zur Organisation des diesjährigen Moped-Italia-Gschnas am Faschingsdienstag. Das

Motto sollte festgelegt und die Arbeitsgruppen eingeteilt werden. Der Beginn verzögerte sich um eine halbe Stunde. Tatsächlich war Alois Schmied mit seiner Capri gestürzt. Aber der Hubschrauber war nicht seinetwegen gelandet, sondern weil in den Stern-Werken ein Eisenbieger einen Herzanfall erlitten hatte.

Frau Spechtler war noch gar nicht mit den Erklärungen fertig, da gab es ein fürchterliches Geräusch, und der Helikopter wandte sich hektisch an seinen Dedalus: „Apocalypse Now", brüllte er. „Das muss ein Überstellungsflug sein. Wenn mich nicht alles täuscht, ist das ein ‚Teppichklopfer'. Vielleicht sind es sogar ihrer zwei oder drei."

Er vermutete, dass es sich um die Augusta Bell Typ 204 des Bundesheeres handelte, war sich aber nicht ganz sicher, weil er sich vage daran erinnerte, dass die bereits im Jahr 2001 ausgeschieden wurde. Dann aber schlug er ein Buch über Hubschrauber auf, das seine Zweifel bestätigte. Den echten „*Carpet Beater*" hat das Österreichische Bundesheer gar nicht. Die Bell UH-1D gibt es nur bei den Deutschen. Die Österreicher hatten die Augusta Bell 206 Jet Ranger oder die Augusta Bell 212. Die klingen ähnlich wie der „Teppichklopfer". Es blieb nichts anderes übrig, als Frau Spechtler anzurufen, die natürlich gesehen hatte, wie der von einer spritzigen Operette beschwingte Schinkinger-Bauer das Gaspedal seines entdrosselten Nuffield-Traktors bis zum Anschlag durchtrat. Auf dem Nebensitz saß der Kapitän in Flip-Flops, mit Drillich und schwarzem Barett und salutierte der Santner Mirz an der Kassa, die entsetzt ausrief: „Was für eine bodenlose Frechheit! Weiß der Teufel, wo die hinfahren."

Auch Edgar und Biber hatten nach der Geldabhebung das Spektakel der Sternfahrer beobachtet und die Geräteschau des Geringfügigen bestaunt. „Den will ich haben!", sagte Edgar und zeigte auf den DKW. Und Biber rief: „Hoffentlich läuft dem Schinkinger dein Hund nicht davon!" Dann fuhren sie etwas wehmütig mit dem Moped zum Salzburger Bahnhof. Auf dem Gepäckträger befanden sich Edgars riesige Lokführertasche und die schweinslederne Aktentasche des Fahrers. Sonst nichts.

Frau Spechtler hatte noch immer den Helikopter am Apparat und sagte: „Das ist es also, was der Bürgermeister mit ‚autofreies Zentrum' gemeint hat."

Ja, das war die ursprüngliche Idee des Bürgermeisters gewesen, ein autofreies Zentrum zu schaffen, um die Verkäufe in den Geschäften anzukurbeln und das Zentrum für den Fremdenverkehr zu beleben. Durch die neue Umfahrungsstraße hatte sich wider Erwarten der Verkehr im Örtchen Hackling so gut wie gar nicht verringert. Messungen ergaben, dass es nicht der Verkehr der Fremden war, der die Straße verstopfte, sondern der Verkehr der Einheimischen, die die Umfahrung nicht annahmen, weil sie bei der Durchfahrt im Ort gesehen werden wollten und sehen wollten, was los war: wer im Kaffeehaus saß, welche Autos vor welchem Wirtshaus standen und welche Artikel bei Flaschke in Aktion waren. Da hatte der Bürgermeister monatelang mit allen politischen Parteien über ein autofreies Zentrum debattiert. Der Effekt der Verhandlungen war nicht das, was man sich vorgestellt hatte. Aber durch die Gründung des Moped-Italia-Clubs stiegen viele Einheimische auf Mopeds um. Die brauchten zwar nicht so viel Platz wie die Autos, aber sie waren um ein Vielfaches lauter. Und die Unfälle, vor allem auf der Bahnhofstraße, stiegen besorgniserregend.

Biber und sein Sozius beschlossen, wieder vom Salzburger Hauptbahnhof abzufahren, weil ja in Hackling seit Langem schon kein Schnellzug mehr stehen blieb, obwohl die Marktgemeinde bald zu einem Städtchen werden sollte. Sie trugen Uniformen. Edgar eine abgetragene ÖBB-Uniform, weil seine Ausgehuniform ja von der Schwester entsorgt worden war, Biber ein Post-Räuberzivil. In der Lokführertasche schepperten ein paar *Lercherl*-Flaschen, etwas Werkzeug und Kabelbinder, lange und kurze. In der Schweinsledernen befanden sich ein Textilklebeband und zwei Lederkappen. An Bibers ehemaliger Dienststelle war nichts wie früher. Es gab kaum mehr Kollegen, die sich noch an ihn erinnern konnten. Die Underberg-Nachtdienste hatten auch für seinen besten Kollegen mit der Rod-Stewart-Frisur ein Ende genommen. Er war dem gleichen Paket zum Opfer gefallen wie er. Einem Maßnahmenpaket anlässlich des Börsengangs der Post.

So suchten sie sich den Nachtzug. Biber bestieg mitsamt dem Moped den Paketwagen der Post, in dem sich zwei ehemalige Arbeitskollegen befanden. Bevor Edgar den billigen Regietarif zu zahlen bereit war, sah er in der Lok nach, ob er nicht den Lokführer kannte. Tatsächlich, es war Franz, ein großartiger Bergsteiger und Freizeit-Fliesenleger. Edgar konnte also in der Lok mitfahren.

„Ja, Edgar, du siehst ja aus, als wärest du noch aktiv!", sagte der Lokführer, als er Edgar in voller Uniform sah. Er selbst hatte gar

keine Uniform an, sondern einen Arbeitsmantel, und jeder, der die zwei sah, musste denken, Edgar wäre der Lokführer.
„Nicht nur aktiv!", antwortete Edgar. „Ich bin jetzt sogar nachtaktiv! – Spaß beiseite, mit einem Bekannten von der Post, der im Paketwagen mitfährt, besuche ich alte Freunde. Wir wollen nicht erwähnen, dass wir in Pension sind. Offiziell sind wir auf einer Schulung in Wien. Dienstreise!"
Der Lokführer jammerte, dass er nicht genug Freizeit habe, und beneidete Edgar, den Pensionisten. Edgar hingegen war in seinem Element, als er am Führerstand der Macht stand. Die neue Taurus-Lokomotive der ÖBB lobte er als wahres Meisterwerk der Technik.
„Gleich nach dem Geschirrspüler", fügte der Lokführer hinzu. Als der Zug in Seekirchen hielt, hatte Biber seinen Ex-Kollegen im Paketwagen bereits alle neuen Witze erzählt. So durchstreifte er auf der Suche nach Edgar alle Waggons, bis er schließlich einen Blick in die Lokomotive wagte.
„Ach, da bist du", rief er, „darf ich reinkommen? Der Lokführer wehrte sich mit Händen und Füßen, aber Biber blieb hartnäckig und durfte schließlich mit einem ÖBB-Arbeitsmantel bekleidet den Führerstand betreten. Jetzt ging die Fragerei los. „Was ist das? Was macht man denn damit? Kann man ...?"
Der Lokführer war am Durchdrehen, obwohl ohnehin jede Frage Edgar beantwortete. „Ja, der Biber", sagte Edgar schließlich zum Lokführer, „das ist eine Nervensäge. Deshalb haben sie ihn auch in Frühpension geschickt, weil er mit seiner Fragerei den Paketverkehr fast lahmgelegt hat."
„Die Postler haben sich ihre Belastungspakete selbst geschnürt", sagte der Lokführer trocken und zauberte damit einen grantigen Gesichtsausdruck auf Bibers Gesicht. Und Edgar legte mit einem bösartigen Witz noch ein Schäuferl nach.
„Als der Biber noch in der Paketabteilung am Bahnhof gearbeitet hat", sagte er, „ist er einmal auf eine Schnecke losgegangen und hat sie mit den schweren Postlerschuhen zertreten."
„Das stimmt doch gar nicht!", warf Biber zornig ein.
„Als dann ein Arbeitskollege zu jausnen aufgehört hat und ihn einen Tierquäler genannt hat, hat der Biber schlagfertig geantwortet: ‚Glaubst du, ich lasse mich bei der Arbeit antreiben?'"
Edgar und der Lokführer lachten ausgelassen.
Biber klopfte sich mit dem Finger auf den Kopf und schimpfte: „Ihr braucht uns Postler nicht so schlechtzumachen." Und dann ging er

voll auf Edgar los: „Soviel ich weiß, ist dein Konkurrenzunternehmen *BahnExpress* kläglich gescheitert. Kein Wunder, wenn ihr mich fragt. Wenn bei der Bahn irgendwo das Wort Express draufsteht, dann kannst du dir eh schon denken, dass das nicht schnell geht. Noch nie habe ich so faule Hunde gesehen wie bei *BahnExpress*. Wenn die Kunden nicht mit einer Weinflasche gewunken haben, ließen sich die faulen Säcke nicht aus dem Magazin locken. Vor allem einer mit einem schwarzen Arbeitsmantel. Der war der Unsichtbare."

Edgar lenkte von der Peinlichkeit über seine ehemaligen Magazinisten ab. „Das ist Streichs Revier", rief er, als sie an der eingerüsteten Villa Scherbenstein vorbeifuhren. Tone Streich tanzte wie so oft auf dem Gerüst und der Kapitän salutierte mit einer Kappe eines Bahnhofsvorstands dem vorbeifahrenden Zug.

Jetzt hatte zur Abwechslung der Lokführer ein paar brennende Fragen. „Ihr seid doch aus der Gegend. – Was sind das für zwei Gestalten?", fragte er. „Die sehe ich jedes Mal, wenn ich mit dem Zug durchfahre. Und der mit der Kappe hält manchmal sogar eine Kelle raus und signalisiert mir mit Grün freie Fahrt."

„Provokateure!", antwortete Edgar. „Der eine wie der andere. Der Kapitän ist erst seit ein paar Wochen im Ort. Der Tone Streich schon seit einer Ewigkeit. Der bildet sich ein, er würde von jugoslawischen Staatspolizisten verfolgt. Er ist einmal an der Grenze beim Schmuggeln von Kaffee erwischt worden. Seither hat er panische Angst."

„Und panischen Durst", ergänzte Biber.

„Aber die Fürstin gibt ihm Unterschlupf in der Villa für seine Hausmeisterdienste", sagte Edgar. „Und weil er adelig ist", ergänzte Biber.

„Der adelig?", fragte Edgar.

„Nur von Zeit zu Zeit!", klärte Biber auf. „Wenn er in der Nacht besoffen auf dem Feld liegen bleibt, dann adelt ihn der Bauer mit dem Jauchefass."

„Und einen Rosengarten hat er hinter dem Haus angelegt, das glaubst du nicht. Das liegt am Rossmist, behauptet er, und am aggressiven Urin der Grillos, die ihre Scherben vom Balkon in den Rosengarten schütten."

„Ujujui!"

„Wieso heißt diese Ruine auf einmal Villa Scherbenstein?", fragte der Lokführer. „Das war doch früher eine Pension, oder nicht?"

„Genau", sagte Biber. „Das war früher die Pension Feucht. Weil sie so heruntergekommen war, empfanden sie viele Pensionisten als eine Schande für das Wort Pension. Die werden sich beschwert haben. Deshalb haben sie Villa Scherbenstein draufgeschrieben."
„So ein Blödsinn!", rief Edgar. „Weißt du wirklich nicht, woher der Name kommt?"
„Wie soll ich das wissen? Von den Jugoslawen, die da drinnen wohnen, heißt sicher keiner Scherbenstein. Das sind die Grillos. Die Bude sollte eigentlich Villa Streich heißen."
„Da hast du recht."
Jetzt war auch der Lokführer brennend an einer Aufklärung interessiert, und während der Zug schon an der Station „Ederbauer" vorbeibrauste, holte Edgar lang und breit aus, um die Geschichte der Villa Scherbenstein zu erzählen.
„Kurz und gut", meinte er, „die Erbin der Ruine an der Schiene hat einen ‚von Scherbenstein' geheiratet. Sie muss jetzt mit Durchlaucht angesprochen werden. Statt wie üblich die Bekannten und Verwandten im Ort mit einem Brief zu informieren, hat sie Villa Scherbenstein auf die alte Pension Feucht malen lassen. So hat jeder nachgefragt und von der Hochzeit im Ort erfahren. Erst haben die Bahnreisenden und Pendler die neue Aufschrift bemerkt und im Ort nachgefragt. Über den Weinflaschen- und Feinkostexperten Flaschke hat sich dann die Mär im Lauffeuer über die Ortsgrenzen hinweg bis zu Zweigelt-Genießern in Irrsdorf und Sommerholz verbreitet. Und wenn wir es jetzt in den Zuglautsprechern verkünden, weiß es bald ganz Österreich."
Darauf bemerkte Biber: „Wirklich clever. Was für ein Werbeeffekt. Damit haben sie sich die Kuverts und Briefmarken erspart. Aber ein Verlust für die Post."
War der Lokführer durch die Geschichte schon abgelenkt genug, so wurde es jetzt erst wirklich kritisch. Der Biber wollte die Lok steuern.
„Auf keinen Fall!", entrüstete sich der Lokführer. „Der schafft es noch, dass wir entgleisen."
Und Edgar wies darauf hin, wie tollpatschig der Biber mit dem Moped zu fahren pflegte und wie begriffsstutzig er sich beim Boxtraining angestellt hatte.
Biber war gekränkt und konterte: „Die Lokführerarbeit ist doch ganz einfach: alle paar Minuten mit dem Fuß auf das Pedal treten und am Rädchen drehen."

„Lästig auf die Welt gekommen und nichts dazugelernt", rief Edgar, und auf ein Zeichen packten die Eisenbahner den Postler zu zweit und entfernten ihn beim Halt in Linz unsanft aus dem Führerhaus. Nur mit Mühe schaffte er den Sprung in den sicheren Postwaggon, den er bis Hütteldorf nicht mehr verließ.
Ausgerechnet in Hütteldorf sprangen sie aus dem Zug. Weil Biber immer in Hütteldorf ausstieg. Erstens, weil dort die Wirkstätte seines Lieblingsvereins Rapid war, und zweitens, weil er dort eine günstige Pension für die Übernachtung kannte.
Auf der Straße setzten sie ihre billigen Sturzhelme auf, die wie Plastikkappen aussahen. Biber prahlte mit seinen Wienkenntnissen, die er sich bei unzähligen Fußballmatchbesuchen und mehreren Postlerschulungen angeeignet hatte. Aber bisher war er immer nur zu Fuß in Wien unterwegs gewesen und das Mopedfahren in Wien war für einen Hacklinger, der vor seinem sechzehnten Lebensjahr keine Ampel gesehen hatte, eine Katastrophe! Da war es auch schon passiert. Er hatte einem Autofahrer den Vorrang genommen. Das ließ sich der nicht so einfach gefallen.
„G'scherter!", rief er aus dem Auto. Und schon war die Verfolgungsjagd perfekt. Entgegen der Fahrtrichtung von Einbahnstraßen, durch Baustellen, durch Hausdurchfahrten. Der Wagen mit den Verfolgern ließ sich nicht abschütteln. Biber war auf dem Moped nicht so wendig wie auf seinen Beinen. Noch dazu gab es Schienen auf der Straße. So wurden sie ungewollt Zeugen der letzten Ausläufer des Wiener Nachtlebens und absolvierten gezwungenermaßen ein Besichtigungsprogramm. Der Verfolger war weg, aber die Orientierung auch. Die zwei nachtaktiven Uniformierten musterten die Prostituierten, von denen ihnen nur die hinkenden und buckligen zuwinkten und Bussis warfen. Vor den Lokalen standen die Türsteher mit den Ohrhörern so wichtig herum, als würden drinnen weltweite Tarifverhandlungen geführt werden. Plötzlich erinnerte Biber etwas an die Beschreibung Sirtingers, als er ihm von Griffo und Schnappsie erzählt hatte. Sie steuerten eine Spelunke in der Zuschlaggasse an, die ihnen so vertraut vorkam wie ein Fleckchen Heimat in der entfernten Großstadt. Den Eingang schmückte nämlich dasselbe braune Underberg-Thermometer wie die Villa Scherbenstein in Hackling. Und es parkte derselbe Jaguar davor, wie er auch von der Fürstin gefahren wurde, nur mit einem Wiener statt eines Salzburger Kennzeichens. Auf einem vergilbten Schild über dem Thermometer stand: Zimmer frei. *Zum*

*Rauchfangkehrer* hieß das Wirtshaus und versprach auf den ersten Blick Wiener Gemütlichkeit. Es war offensichtlich bei der Renovierung weiter vorangeschritten als die Hacklinger Villa Scherbenstein.

„Schau, Edgar", sagte Biber, „da schleicht schon wieder der Tone Streich herum."

„Der ist allgegenwärtig wie Aldi, Lidl und Spar", sagte Edgar und fragte einen wild aussehenden Typen, der eine Generalshose mit roten Streifen, sogenannten Lampas, trug und eine Trainingsjacke mit orangen Adidas-Streifen und der Aufschrift *„Österreich"* am Rücken. „Na, willst du rein oder kommst du raus?"

„Ich bin heute nicht erwünscht", sagte der „General".

Im Gastzimmer ging das bestimmende Geschehen von einem Tisch aus, auf dem sich eine Runde gut gekleideter Männer die Zeit beim Kartenspiel vertrieb. Tonangebend in der Runde war ein eleganter Herr Mitte fünfzig mit durchaus intelligentem Aussehen, behänden Bewegungen und augenscheinlich guten Manieren. Ihm gegenüber saß ein weit weniger gepflegter Typ, an den sich eine anhängliche üppige Dame mit einem Hang zum Leopardenmuster schmiegte. Die zwei anderen Kartenspieler waren farblose Statisten. An der Bar lümmelte ein bulliger Typ, dessen einzige Beschäftigung zu sein schien, die Zeit totzuschlagen. Und hinter der Bar stand die Wirtin. Ein kurzer Blick des eleganten Kartenspielers genügte, dass sie den zwei uniformierten Eindringlingen mit einer Handbewegung signalisierte, sie sollten wieder kehrtmachen. Edgar und Biber machten die Tür hinter sich zu, als ob sie damit den Handbewegungen der Wirtin zu entsprechen versuchten, und setzten sich zu einem Tisch. Von den Kartenspielern schlug ihnen unerbittlich ein kalter Wind der Ablehnung entgegen. Es war, als wollte man sie hier nicht haben.

So saßen sie mindestens eine halbe Stunde lang und wurden nicht bedient. Sie bemerkten die bösen Blicke, die zwischen dem feinen Herrn am Kartentisch und der Wirtin ausgetauscht wurden.

„Ist das eine geschlossene Gesellschaft, oder glauben sie, dass wir nicht zahlen können?", wurde Edgar grantig. Die Kartenspieler blickten ärgerlich zu den Fremdlingen herüber. Der Herr an der Bar lächelte, als er Bibers trauriges Gesicht sah, und schien mit einem Augenzwinkern die Wirtin umzustimmen. Die leopardengemusterte Dame bei den Kartenspielern rauchte sich lässig eine an. Während sich die Wirtin auf den Weg zu den ungebetenen Gästen machte, entknöpfelte der ungepflegte Kartenspieler zum Erstaunen Bibers die anhängliche Leopardin mit einer einzigen Handbewegung und legte ihre Brust frei. Wozu andere Entkleidungshelfer eine Ewigkeit brauchen, um sich in mühsamer Knöpfelarbeit vorzuarbeiten, genügte dem Kartenspieler ein einziger Griff, um alle Knöpfe in Sekundenschnelle zu öffnen. Und dabei war es sicher nicht einfach, sich in dem ganzen Leopardenzeug zu orientieren. Halstuch, Top, BH, Hotpants, die beinahe aus allen Nähten platzten. Alles Leopardenzeug. Leoparden-Ohrringe, Leoparden-Strümpfe, ja sogar Leoparden-Schuhe. Auf einem Sessel eine Leoparden-Handtasche, eine Leoparden-Jacke und ein Leoparden-Schal. Und in der Fantasie der unerwünschten Salzburger natürlich ein Leoparden-Tanga unter den knallengen Pantys.

„Wir finden doch heute nichts mehr, gnädige Frau", sagte Biber ganz höflich. „Und draußen steht das Schild ‚Zimmer frei'". Dazu machte er ein so herzzerreißendes Gesicht, dass die Wirtin schwach wurde.

„Na gut", sagte sie, „bis morgen kann ich Sie unterbringen." Nach einem bösen Blick vom Kartentisch ergänzte sie: „Um neun Uhr müssen Sie das Zimmer aber geräumt haben."

Die Unerwünschten bezogen ihr Zimmer und kamen postwendend in Zivilkleidung zurück in die Gaststube, um noch eine Essigwurst zu essen und einen Schlummertrunk zu nehmen.

Es war auffällig, wie die Wirtin und der elegante Kartenspieler böse Blicke tauschten. Biber bestellte sich ein Bier und ein rotes Kracherl, um einen Radler zu mischen. Edgar mischte mit einem Almdudler. Da machten die Typen vom Kartentisch Augen.

„Des san G'scherte", zischte der Ungepflegte, der damit preisgab, dass er nur mehr einen Zahn hatte.

Und der Elegante rief laut und deutlich zur Wirtin: „Wirf sie endlich raus!"

„Den kenne ich von irgendwo", sagte Biber und zeigte mit dem Finger auf den Eleganten, der so aufrecht saß wie die Aufrechten in Hackling.

„Und ich kenne den an der Bar", sagte Edgar. „Weißt du, wer das ist, Biber?"

Biber sah an der Bar einen etwas festeren Herrn mit einem mächtigen Oberkörper und riesigen Händen, deren Finger vom Winkel her irgendwie nicht passten, verbogen und zusammengestaucht waren. Er machte einen teddybärartigen

Eindruck. Und dann das verwegene traurige Gesicht mit all den Narben um Augenbrauen und Lippen.

„Ich kann mich im Moment nicht erinnern, wer der unsympathische Kartenspieler ist", raunzte Biber, „und den an der Bar kenne ich schon gar nicht."

„Das ist der ehemalige Boxeuropameister Hans Zuschlag. Sagt dir der Name wirklich nichts? Das ist eine Legende, Biber. Er war der jüngste Europameister der Geschichte. Ein Talent, wie es kein zweites gegeben hat."

„Nein, der sagt mir gar nichts", antwortete Biber und blickte etwas zu intensiv zu der Dame am Kartentisch hinüber, was ihm böse Blicke von den Männern, aber auch ein Lächeln der Leopardin einbrachte, das zumindest von ihm als Bekundung ihres Interesses interpretiert wurde.

„Na, hat es den Herren geschmeckt", fragte die Wirtin.

„Ausgezeichnet gekocht, Fräulein", sagte Edgar. „So eine gute Essigwurst gibt es bei uns in Salzburg gar nicht."

„Danke sehr", sagte die Wirtin und ergänzte freundlich: „Aber sagen Sie doch nicht Fräulein zu mir, mein Name ist Paula."

„Geh, Gnädigste, aah, ich meine, Frau Paula, ist das nicht der Boxer Hans Zuschlag, der ehemalige Europameister, der da an der Bar sitzt?"

„Ja", antwortete sie und servierte ab. „Soll ich Sie mit ihm bekannt machen? Der braucht eh dringend Gesellschaft. Er hat Pech mit einem Agenten gehabt und mit einem Vertrag."

„Jetzt haben sie gefressen, jetzt kannst du sie ins Bett schicken, die G'scherten!", rief der Aufrechte vom Kartentisch. Er ging lässig zur Musikbox und ließ einen Tango erklingen. Dann bedeutete er der rauchenden Dame, sie möge die Zigarette ausdämpfen, und tanzte mit ihr ungewöhnlich professionell. Biber starrte ihn fassungslos an und Edgar steuerte auf die Bar zu.

„Wir in Salzburg erinnern uns noch gut an Ihre großartige Rechte, Herr Europameister", sagte er zu Zuschlag und fragte, ob er sich zu ihm setzen könne.

Edgar erzählte Hans Zuschlag von den vielen Fans, die er noch immer in Salzburg hatte. „Wir Männer aus dem Westen können uns noch an dies und das erinnern, beispielsweise an den Staatsmeisterschaftskampf gegen den Frauenlob Hermann aus Salzburg. Und natürlich an den Europameisterschaftskampf. Die »Insel« in Hackling ist damals bumsvoll gewesen", schwärmte

Edgar, „weil sie dort einen der wenigen Fernseher hatten. – Wir bewundern Sie."
Er winkte jetzt auch Biber an den Tisch und erzählte, dass er schon Stunden damit verbracht hatte, diesem Postler das Boxen beizubringen. Er sprach über Bibers großartige Voraussetzungen und seine miserable Lernfähigkeit. Zuschlag konnte beim besten Willen keine großartigen Voraussetzungen erkennen.
Da half Edgar nach: „Seine Schläge treffen nicht, auch sind sie nicht hart genug, aber erwischen tut ihn keiner. Der ist flink wie ein Wiesel, wenn es ums Ausweichen geht. Das hat er wahrscheinlich bei der Post gelernt. Da ist er jahrelang der Arbeit ausgewichen."
Zuschlag lachte laut auf. Die Kartenspieler drehten sich um und sahen allesamt furchterregend drein. Wie Auftragskiller. „Heast Oida!", murmelte einer. „Soizbuaga sans, des hob i ma glei docht."
Und ein anderer bellte: „Eing' spritzte."
„Und bewundern tun sie ihn, unseren Hansee Burli. Hahaha."
„Wie soll einer seine Schultern treffen, wenn er keine hat?", führte Edgar weiter aus.
„Tatsächlich", meinte Zuschlag, „der hat keine Schultern."
„Er ist ein gehfähiges Deltoid", erklärte Edgar. „Und wenn er sich bewegt, weißt du nie, wohin. Das habe ich mit Voraussetzungen gemeint." Zuschlag nickte verständig.
„Ein paar Boxlektionen bei Ihnen würden uns beiden nicht schaden."
„Keine Chance", antwortete Zuschlag, „ich boxe nicht mehr – besser gesagt, ich betreibe überhaupt keinen Sport mehr. Ich habe mich mehr auf das Singen verlegt."
„Um Gottes willen", polterte Edgar. „Singen kann ich überhaupt nicht, und das kann mir auch keiner lernen. Aber der da wäre vielleicht für Sie ein Background-Sänger. ‚Ich hatt einen Kameraden' kann er singen wie kein anderer – bei den Heimkehrern vor dem Kriegerdenkmal."
Biber grinste und Zuschlag lachte wieder laut.
„Aber Arme haben Sie noch immer, dass man sich fürchten muss", fügte Edgar hinzu.
„Ja, ich könnte schon noch ordentlich zulangen, aber ich mache es nicht mehr, selbst wenn mich Betrunkene oft provozieren. Sonst muss ich wieder Strafe zahlen. Das kann ich mir heute nicht mehr leisten."

Jetzt gesellte sich Frau Paula zu ihnen und wollte ein wenig plaudern. Kaum hatte sie auf dem Barhocker Platz genommen, rief sie der einzahnige Kartenspieler und verlangte nach einem ordentlichen Essen. Die Wirtin weigerte sich, zu dieser Stunde noch etwas für ihn zu kochen. Der Strizzi, wie sie den Einzahnigen nannte, war aber penetrant. Schließlich willigte Frau Paula ein, ihm eine Eierspeise zu kochen. Ihre Begeisterung war jedoch sehr überschaubar.

„Aber mit grünem Salat, Paula", verlangte der lästige Gast. „Und weichem Toastbrot."

„Toastbrot hab ich keins", maulte Frau Paula, und zu Hans Zuschlag sagte sie: „Was will der mit grünem Salat, wo er doch eh nichts beißen kann. Der will mich nur schikanieren, weil ich die zwei hereingelassen habe." Dann zog sie sich in die Küche zurück, stellte die Pfanne auf den Herd und kratzte aus alten Resten, die eigentlich schon in den Müll gewandert wären, noch ein paar Salatblätter zusammen. Der lästige Stammgast hatte unterdessen bereits Messer und Gabel in der Hand und stützte sich auf seinen Ellbogen breit auf. Er konnte es gar nicht mehr erwarten, bis Frau Paula mit ihren ausgelatschten Sandalen daherwatschelte und die köstliche Eierspeise mit einer Fertigkeit und Eleganz servierte, die man nur in einer Hotelfachschule gelernt haben konnte. Als Dankeschön hustete der Einzahnige, bevor er gierig seinen Magen füllte und ausgiebig mit Bier nachspülte. Das Brot rührte er nicht an, weil er es nicht beißen konnte.

Frau Paula wollte sich wieder an die Bar setzen, da rief sie der Strizzi schon wieder. Daneben flirtete die Leopardin ungeniert mit dem mehrzahnigen Feschak.

Frau Paula tat, als ob sie nichts gehört hätte, aber der Einzahnige gab nicht nach. Er wollte eine Raupe im Salat entdeckt haben und führte sich auf wie ein Wilder.

Edgar bat Zuschlag um seine Zündholzschachtel.

„Der Trick zieht immer", meinte er, entleerte die Zündholzschachtel und stach ein paar Löcher hinein. Dann ging er zum Tisch der Kartenspieler und tat so, als ob er die Zündholzschachtel unter dem Tisch gesehen hätte.

Er zeigte sie der Wirtin und sagte ernst: „Der Eierspeiskönig da wollte Sie mit dem 17er-Trick reinlegen. Der hat die Raupe aus der Zündholzschachtel genommen und in den Salat geworfen. Ich habe es genau gesehen. Der will sich vor dem Zahlen drücken."

„So eine Frechheit", schrie die Wirtin. Es entstand ein Tumult. Die Kartenspieler sprangen auf. Sessel knallten auf den Boden. „Ich nehme den da", rief einer, „und du kümmerst dich um die andere Schießbudenfigur an der Bar."

Zuschlag ging auf die Kartenspieler zu und wollte den Streit schlichten. Sie provozierten ihn mit Sätzen wie: „Na komm schon, schlag zu, Europameister, dann brauche ich nicht mehr zu arbeiten" oder „Na, Hansee Burli, wülst uns net ans singa?"

Der Ex-Boxchampion blieb aber standhaft und rührte keinen an. Die zwei bisher nicht in Erscheinung getretenen Kartenspieler warfen sich auf Edgar und auf Biber. Jetzt konnte Zuschlag die perfekten Ausweichmanöver von Biber in der Realität sehen und die beinharten Magenhaken von Edgar. Biber war nicht zu treffen. Er hatte die Arme gar nicht zur Deckung erhoben. Mit seinem ständigen Hin und Her, einem blitzschnellen Ducken und Schrittkombinationen vom Cha-Cha-Cha war er unantastbar. Der Elegante konnte das Schauspiel nicht länger ansehen. Er schob die anhängliche Leopardenfrau zur Seite und baute sich lässig vor Biber auf. In einer beeindruckenden Kata reihte er minutenlang Karateschlag an Karateschlag und demonstrierte damit seine Schnelligkeit, ohne Biber zu berühren. Biber klatschte und setzte sich an die Bar. Die Wirtin schaffte es, die Kartenspieler zu beruhigen.

„Regen Sie sich nicht auf, Frau Paula", sagte Biber, „ich spendiere eine Runde Sekt." Und Edgar kritisierte er: „Zu mir sagst du immer, ich solle mir nichts mit Leuten ohne Zähne anfangen, weil sie nichts zu verlieren haben. Und du handelst uns glatt eine Schlägerei mit einem solchen ein."

Frau Paula kam mit den Sektgläsern und wollte einschenken.

Zuschlag winkte ab, als Biber auch ihn animieren wollte.

„Ich bin trocken", sagte er. Da verlangte Biber nach Orangensaft.

„Auch keinen Sekt-Orange?", fragte er.

„Nicht einmal eine Mon-Chéri-Praline darf ich kosten. Ein Sekt-Orange wäre für mich eine Katastrophe."

„Für den auch", sagte Edgar und bat Biber inständig: „Biber, lass die Finger vom Sekt-Orange!" Aber da war es schon geschehen. Schon nach dem zweiten Schluck machte er Frau Paula die anzüglichsten Komplimente.

„Aber Herr Josef, Sie sind mir einer", quietschte sie immer wieder, nachdem sie über Umwege den werten Vornamen des Herrn Biber erfragt hatte.

So etwas war dem Biber Sepp in Hackling nie passiert. Alles hatte er schon erlebt, die miesesten Spitznamen hatten sie ihm wegen seiner Figur gegeben. Aber Herr Josef hatte ihn noch niemand genannt. Da fühlte er sich sehr bedeutend und trug den Kopf hoch. Aus unergründlichen Motiven trieb er sich bald bei der Musikbox herum, warf Geld ein und drückte seine Wunschmusik rein. Edgar nahm das Gespräch mit Zuschlag wieder auf und erfuhr einiges über die Kartenspieler, vor allem über den eleganten Typen mit den Karatekenntnissen. Der war einmal ein international erfolgreicher Turniertänzer gewesen, besaß eine Tanzschule in Hietzing und war in alle zwielichtigen Machenschaften verwickelt, die man sich nur vorstellen konnte. Sein Spitzname war „Der Tänzer".

„Halten Sie Ihren Freund zurück, Herr Edgar", sagte Frau Paula in einem ängstlichen Ton, als Biber sich den Kartenspielern näherte.

Edgar machte ein Gesicht, aus dem man seine Einschätzung der Lage ablesen konnte. „Den kann man nicht zurückhalten, Frau Paula", sagte er. „Das ist ein Selbstgezügelter. Und wir hätten ihm keinen Sekt-Orange geben dürfen."

Zuschlag erzählte, wie der Tänzer auf die falsche Bahn geraten war und mit seinen Freunden, von denen einige am Kartentisch saßen, zusammengekommen war.

„Sie sind alle Zuhälter und Gelegenheitskriminelle", sagte Frau Paula. „Er organisiert, dass die Mädchen aus dem Osten an die richtigen Leute verteilt werden. Arme Mädchen, jung, bildhübsch, keine Ahnung, was sie erwartet."

„Wo ist denn Ihr Freund schon wieder?", fragte Frau Paula.

„Kein Grund zur Beunruhigung, Frau Paula", sagte Edgar. „Der ist sicher am Häusl. Wenn ich da immer nachgehen würde, wo der ist, wäre ich den ganzen Tag beschäftigt."

„Der ist aber schon lang weg", erkundigte sich Zuschlag.

„Der braucht deshalb schon länger, weil er keine Kürbiskerne isst", erklärte Edgar, und schon atmete Frau Paula erleichtert auf, weil Biber wieder in der Gaststube auftauchte. Dabei gab es gar keinen Grund, erleichtert aufzuatmen, weil der Biber bolzengerade auf den Tisch der Kartenspieler zusteuerte.

„Was ist denn angesagt, Burschen?", fragte er die Kartenspieler in der Manier des Tone Streich aus Hackling und kitzelte mit einem Ohrenstäbchen sein Gehörknöchelchen.
„Hobt's g'hert? – Burschen sogt der zu uns, der Wappler", erregte sich einer der Unbedeutenden.
„Der wird gleich einen ‚Ohrgasmus' haben mit seinem Ohrenstaberl", sagte der zweite Unbedeutende.
„Was angsogt is, fragt er, der Blindschuss", spottete der Einzahn. „Der glaubt wohl, wir spielen Watten oder Schnapsen."
Dabei war da ein ganz anderes Spiel im Gang. Es war zwar kein Groschen Geld auf dem Tisch, aber lauter kleine Zettelchen mit dem darauf geschriebenen Einsatz. Eventuell eine Sicherheitsmaßnahme.
„Darf ich die Dame um eine Zigarette bitten", fragte Biber die gachblonde Leopardin und blickte ihr spitzbübisch in die Augen.
„Ihr Freund spielt mit dem Feuer!", sagte Frau Paula und bewegte sich aufgeregt hin und her.
„Ja, ich weiß", entgegnete Edgar. „Der ist lästig, und wir können froh sein, dass er andere gefunden hat, zu denen er lästig sein kann. Da lässt er wenigstens uns in Ruhe. Von Geburt an war er lästig. Lästig auf die Welt gekommen und sich nicht geändert."
„Jetzt hau schon die Sau raus, oder hast du keine", rief Biber dem Einzahnigen zu und vor den Augen der fassungslosen Kartenspieler näherte er sich der Dame bis in die Intimdistanz. Dazu machte er einen Spitzmund und ließ sich von ihr die Zigarette direkt in den Mund stecken. Dann bemühte er sich, beim Rauchen Ringe in die Luft zu blasen.
Die Kartenspieler spielten offenbar um einen hohen Einsatz und versuchten, so gut es ging, ihn zu ignorieren. Der eine oder andere ließ aber von Zeit zu Zeit eine böswillige Bemerkung fallen. Biber hatte nur Augen für die wortlose Leopardin und versuchte mit ihr ins Gespräch zu kommen. Die aber wackelte mit ihrem Hintern zur Musik von *Vienna Calling* und schmiegte sich an ihren einzahnigen Liebhaber. Dabei zwinkerten ihre Augen dem Eleganten zu.
„Wollen wir tanzen, Griffo", fragte sie den Einzahnigen und küsste ihn von hinten auf den Hals.
Der fühlte sich gestört, wimmelte sie ab und murrte: „Lass mich in Ruhe, Tamara, und such dir eine Beschäftigung."

„Den Namen Griffo habe ich schon einmal gehört", dachte Biber.
„Du kannst ja mit mir tanzen, Tamara", sagte er und zog sie auch schon in die Mitte der Gaststube.
Frau Paula seufzte beunruhigt und sah Edgar an, als würde sie ein Eingreifen seinerseits als unabwendbar erachten.
„Na die wird genau darauf gewartet haben, dass ausgerechnet einer mit ihr tanzen will, der eine Essigwurst gegessen hat", sagte der zum Boxer.
„Es wundert mich, dass sie mit ihm tanzt, die Tamara", bemerkte Zuschlag.
„Das wundert mich gar nicht", entgegnete Edgar. „Ich habe meine Erfahrungen mit ihm. Vor Kurzem hat er auch eine angebaggert. ‚Da hast du keine Chance bei der‘, hab ich ihm gesagt. ‚Die umkreisen Hunderte Verehrer‘.
‚Doch‘, hat er mir geantwortet, und er sollte recht behalten. ‚Auf die hundert, die sie umkreisen, hat sie nicht mehr Bock als auf mich‘, meinte er. ‚Und in so einem Fall setzt sich immer der Lästigste durch.‘"
„Und genau so war es auch. Biber ist einer, den wirst du nicht los. Der ist der Lästigste. Und den Lästigsten nehmen sie dann mit nach Hause."
Zuschlag grinste und Frau Paula fragte: „Darfs noch ein Dudler sein, Herr Edgar?"
„Nein danke", sagte Edgar, „ich halt mich jetzt auch an den Sekt-Orange." – „Ich frage mich", ergänzte er, „warum in dem Lokal so wenige Gäste sind."
„Ja", sagte Frau Paula, „so ist das bei uns, gell, Hans. Vor Kurzem wurde der Tanzsaal neu renoviert, und es wird trotzdem nicht getanzt, die Fremdenzimmer wurden renoviert, und es wohnt niemand darin. Es gibt auch in der renovierten Gaststube keine Gäste. Der Eigentümer ist ein gewisser Herr Franz. Und getan wird, was der Tänzer sagt. Herr Franz wird nur über das Telefon kontaktiert. Der gibt mir seine Instruktionen, und wenn ich nur die kleinste Kleinigkeit über die Kartenspieler sage, haben wir ein Problem. An den Tagen, an denen die Kartenspieler da sind, kommt sowieso keiner rein. Wenn jemand in den Fremdenzimmern übernachtet, dann sind das zwielichtige Typen auf Vermittlung des Tänzers. Das Gewölbe für den Tanzsaal war nicht gerade billig. Es gibt eine sündteure Musikanlage. Das wird alles nicht genutzt. Und

jetzt bin ich gespannt, ob er das Konzert mit dem Hans im Gewölbe zulässt."

Biber tanzte wild mit der Leopardin an die Bar und trank mit ihr Sekt-Orange.

„Jetzt machst du dir aber den obersten Knopf auf, damit du nicht wie ein Firmling aussiehst", sagte die Tanzpartnerin zu ihm. Aber Biber riss sie wieder herum und schrie zu *Vienna Calling*, das er gleich zweimal in die Box gedrückt hatte: „Tscha – Tscha – Two One Zero, der Gendarm ist tot – Hello, Vienna Calling – Hm-Tscha, Hm-Tscha."

Er versuchte sogar, die Gachblonde zu küssen, aber das blieb gottlob unbemerkt.

„Mein Gott, Hans", sagte Frau Paula zu Zuschlag. „Es freut mich direkt, wenn ich den Herrn Josef so begeistert tanzen sehe. Ich erinnere mich an meine Jugend, du nicht auch?"

Zuschlag lächelte und bewunderte Bibers Tanzkünste.

„A Waunsinn, normal", sagte er, „wie der tanzt!"

Und selbst Frau Paula machte mit Biber die Tscha-Laute bei *Vienna Calling*.

„Früher war *Der Rauchfangkehrer* ein gut besuchtes Lokal. Das war das tollste Tanzlokal in unserer Jugend, was, Hans? Ich bin in dieser Gegend aufgewachsen und kenne alle Leute hier. Früher war das Lokal berühmt. Auch Falco, der Popstar, war ein regelmäßiger Gast. Das war sein Stammlokal, wenn er Single war. Eine Nudelsuppe und eine Eierspeise habe ich immer für ihn machen müssen. Um vier Uhr früh. Oder gar ein Rauchfangkehrer-Gulasch."

Sie holte die Platte *Vienna Calling* und zeigte die Signatur: „Für Paula von Falco."

„Das Lokal *Zum Rauchfangkehrer* hat einmal mir gehört", sagte Hans Zuschlag im Vertrauen zu Edgar. „Jetzt wird es rein zur Geldwäsche verwendet. Wie die Chinarestaurants. Aber da müssen wir mitspielen, die Paula und ich."

„Jetzt drücke ich eine Platte für euch Salzburger rein", sagte Frau Paula, sodass es auch die Typen vom Kartentisch hören konnten. „Das ist eine Live-Aufnahme vom Donauinselfest."

Als Falco das erste Mal sang: „Männer des Westens sind so, sind so, sind sooh", polterte der Einzahnige:

„Wos haast do, Männer des Westens, G'scherte ausm wüdn Westn san des, de Soizbuaga. Sunst nix."

„Pockts on, Bio Rockers, pockts on", sang Biber mit und machte Bewegungen, als würde er sich mit der Gachblonden, die immer mehr Gefallen am Sekt-Orange und an Biber zu finden schien, mitten im Stoßverkehr befinden. „Beim Falco geht die Post ab", schrie der Ex-Postler.

Das war dem Einzahnigen schließlich doch zu viel. Vielleicht deshalb, weil ihm die Post noch nie abgegangen war.

„Her da, Tamara!", brüllte er zornig, während der andere Unbedeutende, den der Tänzer Schnappsie nannte, die Platte rausdrückte und stattdessen als Provokation Hans Zuschlags neueste Single „Mein potschertes Leb'n" eingab.

Frau Paula schaute Edgar und Zuschlag entsetzt an.

„Ist der dein Freund?", fragte Biber. Tamara lächelte nur. „Der ist aber weder der Schönste noch wird er der Gescheiteste sein. Aber du hattest ja bisher keine Auswahl."

Tamara grinste wieder.

„Na, welcher von ihnen gefällt dir am besten? Sag schon! Keiner, habe ich recht." Dann begleitete er die Leopardin galant an den Tisch. In dem Moment wusste er ganz genau, wo er den Tänzer schon gesehen hatte. Bei einer **Licht im Tunnel**-Sendung am Weihnachtstag.

Und auch der Tänzer schien sich jetzt an ihn zu erinnern.

„Der kommt mir bekannt vor", sagte er zu seinen Freunden. Biber nickte und gab Tamara zum Abschied einen Handkuss, bevor sie der Einzahnige brutal an sich riss.

„Ist er nicht ein Fotomodell?", fragte der Tänzer in die Runde.

Alle lachten.

„Ich glaube, er hat für den Ford Ka Modell gestanden."

Wieder lachten die Männer und der Einzahnige packte Biber am Arm, zog ihn eng an sich heran und brüllte: „Woaßt wos, G'scherter, I reiß da den Oarsch so auf, dass d' nimmer woaßt, obst Mandl oder Weibl bist. Du wirst bettln, dass i di wieder z'sammenbau wie a LEGO-Burg. Du wirst deine Gschwister nimmer kenna und die dich sowieso nicht. Du wirst net amoi mehr wissen, wo die Kirchn in dem Bauerndorf steht, aus dem du herkommst. Du Trottl, hearst!"

Biber ließ sich nicht einschüchtern und zeigte seinem Widersacher mehrmals die Zunge.

„Mein Gott", schrie die Wirtin. Sie war geschockt. Sie zitterte. Sie bekam Atemnot. „Der wird ihm die Rippen brechen."

„Gefährlich sieht er nicht aus, der", sagte Edgar. „Eher ein Geringfügiger. Ein Zigarettenbürscherl."
„Aber nein", sagte Frau Paula. „Der Griffo kann Karate wie der Tänzer. Der ist blitzschnell und hat schon …"
„Jetzt kann er sich bewähren, der Biber", dachte Edgar und wünschte ihm insgeheim eine kleine Abreibung, weil er seiner Meinung nach immer zu gut davongekommen war, wenn er in seiner Sekt-Orange-Euphorie eine Dame an der Bar angebaggert hatte. Er wollte sehen, ob er das umsetzen konnte, was er ihm im Training beigebracht hatte.
„Regen Sie sich nicht auf, Frau Paula, der Biber will nur spielen wie ein Hund. Karate kennt er. Das haben sowieso die Briefträger erfunden, weil sie immer mit den Füßen auf die Hunde treten müssen. Und der da ist nicht nur blitzschnell. Der ist unfassbar. Im Sommer haben oft zehn starke Männer versucht, ihn vom Badesteg ins Wasser zu stoßen. Keine Chance. Blitzschnell ist für den ein Hilfsausdruck."
Zuschlag war es so peinlich, dass ausgerechnet jetzt seine Platte „Mei potschertes Leb'n" aus der Musikbox ertönte. Er ging zur Musikbox und drückte sie raus. Und schon erschallte wieder: „Männer des Westens sind so, sind so, sind so."
„Bitte, Hans", sagte Frau Paula, „jetzt provoziere nicht du auch noch den Tänzer."
„Aber alles können wir uns doch auch nicht gefallen lassen. Mich provozieren sie ja auch."
„Zu dritt heben wir sie aus, die Bürscherl", sagte Edgar.
„Tut mir leid", antwortete Zuschlag. „Ich kann Ihnen nicht helfen. Ich muss mir seit Jahren diese Provokationen gefallen lassen. Anders geht es nicht. Glauben Sie mir. Wissen Sie, was passiert, wenn ich ihm nur das Geringste antue? Dann geh ich wieder in den Häfen. Sofort."
„Am besten, Sie gehen jetzt mit Ihrem Freund auf Ihr Zimmer. Ich werde sie schon los", sagte Frau Paula.
„Das ist doch wie davonlaufen", antwortete Edgar. „Das tun wir Salzburger nicht. Prinzipiell nicht. Außer vor unseren Frauen. – Warten Sie ab. Der Biber kann ganz schön ungemütlich werden."
„Halten Sie Ihren Freund zurück, Herr Edgar. Sie haben gar keine Ahnung, wozu die fähig sind. Griffo und Schnappsie sind gefährliche Kriminelle. Und mit dem Tänzer fängt sich kein Polizist was an."

„Vielen Dank", erschallte es von Falcos Platte mehrmals. Das nützte Biber aus, um sich noch einmal bei Tamara für den Tanz zu bedanken.
„Vielen Dank", brüllte er und versuchte erneut, ihre Hand zu küssen.
„Vielen Dank."
Der Einzahnige schnappte nach ihm. Biber wich blitzschnell aus. Die Unbedeutenden sprangen auf. Da hatte Biber schon dem Einzahnigen den Sessel unter dem Arsch weggezogen. Patsch, fiel er auf den Rücken und brüllte vor Schmerz. Tamara verkniff sich das Lachen. Der Tänzer lehnte sich gemütlich zurück, um das Geschehen zu verfolgen.
Biber stand mit dem Rücken zu seinen Gegnern, shakte zur Musik und blickte sorglos zur Bar, wo Frau Paula heftig gestikulierte.
„Schau, was der mit denen aufführt", sagte Zuschlag zu Frau Paula. „Wie der sie provoziert. Er stellt sich verkehrt hin. Ohne Deckung. A Waunsinn, normal."
„Ich kann gar nicht hinsehen", murmelte Frau Paula.
„Keine Angst", meinte Edgar. „Das kann er, weil er auch Pakete fangen konnte, wenn sie ihm von hinten zugeworfen wurden. Beim Tischtennis und beim Fußball hat er diese Technik auch angewendet. Das kann er sich nur leisten, weil er so flink ist."
„Und schneidig", sagte Zuschlag begeistert. „Ein schneidiger Hund ist der. A Waunsinn, normal."
„Wie der Matula im Fernsehen!", sagte Frau Paula. „Der bekommt aber in jeder Folge Schläge. Meistens sogar mit einer Eisenstange."
„Der wird sich nicht lange mit ihm spielen", sagte Edgar. „Von der Post ist er nur Kurzarbeit gewohnt."
Biber ging die Begegnung mit dem Tänzer bei der Weihnachtssendung **Licht im Tunnel** nicht aus dem Kopf. Damals hatte er den Tänzer das erste Mal gesehen. Er hatte einen Auftritt mit seiner Tanzpartnerin. Und Biber war auch im Fernsehen. Er war als Überbringer eines Schecks des Salzburger Bahnhofspostamts und als Meister der Verpackungskunst geladen. Damals hatte er einen Scheck seiner Arbeitskollegen nach Wien überbracht und war wie üblich in Hütteldorf ausgestiegen. Dann hatte er den weiten Weg zum Küniglberg zu Fuß zurückgelegt. Der Moderator Ernst Wolfram Dankbar hatte sich, obwohl er von dem weiten Fußmarsch nichts wusste, entsprechend bei ihm bedankt und seine Hand erst nach dem sechsten „Danke" losgelassen. Mit der Uniform war Biber nach Wien gefahren, nicht etwa mit einem schönen Anzug, nein, als

Aushängeschild für alle Postler Österreichs. Da war ihm nicht nur Ernst Wolfram Dankbar dankbar, sondern die ganze Post AG, insbesondere sein Chef in Salzburg. Und ganz Österreich kannte ihn, vor allem die Leute in seinem Heimatort Hackling, die alle bei **Licht im Tunnel** vor dem Fernseher saßen und jedes Jahr die Dankesausbrüche von Ernst Wolfram Dankbar über sich ergehen ließen. Das war schon eine willkommene Abwechslung damals, als der Biber am 24. Dezember die sentimentalen Sprüche von diesem Ernst Wolfram Dankbar und die endlosen Spenderlisten unterbrach, während alle den Christbaum schmückten und den Weihnachtsputz erledigten. Er war so gut, dass die Hacklinger in den Jahren darauf immer auf den Auftritt des Bibers warteten. Nie mehr war er eingeladen, obwohl sie in seiner Dienststelle in den folgenden Jahren mehr als das Doppelte gesammelt hatten. Eine Fehlplanung des Programms wie so oft beim ORF. Immer die Falschen hatte man eingeladen, bis man schließlich Herrn Aufhauser vom Gut Aiderbichl[40] entdeckt hatte. Da war es aus mit der Post und dem Biber als Weihnachtsereignis.

Bei der Arbeit im Postamt war Bibers Spezialität sein unheimliches Einfühlungsvermögen. Vor allem bei Blondinen, die ihre Pakete nicht gut verschnürt hatten, gingen seine Dienste weit über das geforderte „freimachen, bitte" hinaus. So schnell konnte man gar nicht schauen, hatte er ein Paket fachgerecht verpackt und verzurrt. Das war verwunderlich, weil er ja beim Bettenmachen zu Hause überhaupt nicht sehr geschickt war, auch beim Aufräumen und Staubsaugen war er nur ein mittelmäßiger Hausmann. Aber wenn es um Pakete ging, da war er unerreichbar. Alle Nachbarn holten sich bei ihm Rat. In den Gewerbebetrieben, in der Schuhfabrik, der Trachtenfabrik, bei der Lackfabrik, überall hätten sie ihn gerne gehabt. Wenn so einer wie der den Lehrlingen das Paketemachen beigebracht hätte, würden sie es bis zu ihrem Lebensende nicht mehr verlernen.

Diese unheimliche Geschicklichkeit des Paketeverschnürens konnte er bei der *Licht-im-Tunnel*-Sendung vorzeigen. Dabei gab es ein Close-up auf seine Kraftdaumen, die somit zu einer österreichweiten Berühmtheit gelangten. Biber konnte nicht Klavier spielen und nicht auf der Schreibmaschine schreiben, aber einhändig Pakete verschnüren oder mit Tixo fixieren, das konnte er. Das Verschnüren

---

[40] Gut Aiderbichl in Henndorf: Europaweit bekannter Gnadenhof für arme Tiere

trainierte er mit seinen Postschuhen, die er auch so fest verzurrte, dass die Schuhbänder regelmäßig abrissen.

Es war sehr verwunderlich, dass ihn der Tänzer nicht wiedererkannte, wo er ihn doch damals bei der Live-Sendung vor laufenden Kameras so vernichtend provoziert hatte. Der Tänzer hatte mit seiner Partnerin eine Rock-'n'-Roll-Einlage geliefert. Und Biber, der nach seiner Verpackungs-Demo noch auf der Bühne stand, hatte bei einer Wurffigur die Partnerin des Tänzers gefangen und mit ihr weitergetanzt.

Aber jetzt Schluss mit den Gedanken! Hinter Biber braute sich ein Angriff zusammen. Wie zu erwarten wollten ihn die Unbedeutenden von verschiedenen Seiten attackieren. Er wich ihnen aus, wie er zu Stoßzeiten den Paketen im Bahnhofspostamt ausgewichen war.

Edgar wartete darauf, dass er endlich so schlagen würde, wie er es ihm eingetrichtert hatte. Er rief ihm zu und gab ihm taktische Anweisungen. Biber ließ sich aber Zeit. Erst als seine Gegner von den vielen Fehlschlägen völlig zermürbt waren, probierte er, eine Gerade auf die Nase des Kartenspielers mit dem Namen Schnappsie zu schlagen. Er war zu aufgeregt, weil er beim Training mit Edgar nie ins Gesicht geboxt hatte, und traf nur sein Ohr. Der Getroffene schrie vor Schmerz auf. Das war für Biber das unmissverständliche Signal, den Schlag zu wiederholen, entsprechend der DAWOS-Regel. Diese Regel besagt, man soll genau **da** hinschlagen, **wo's** wehtut. Das nächste Mal brachte er sich besser in Position und schlug dem Unbedeutenden mit aller Wucht frontal auf das Ohr. Der Gegner riss die Pfoten hoch und hielt sich flennend mit beiden Händen das Ohr. Als Biber bemerkte, wie er sich schmerzverzerrt ans Ohr fasste, schlug er ihm gleich noch eine drauf, und noch eine zur Reserve. Immer wieder auf das gleiche Ohr. Er hatte vielleicht schon einen Ohr-Instinkt entwickelt, wie einige Boxer den Killer-Instinkt haben.

„Die kurzen Rippen sind frei", rief Edgar und war vollauf entzückt, wie Biber das Training der Standardsituationen umsetzte. Eine Kombination auf Bauch und kurze Rippen, gerade Schläge, Aufwärtshaken, Magenseicherl. Eine ganze Salve, bis die Puste raus war, und dann zurück in die Deckung. Schmerzverzerrt stieß der Gegner die letzten Atemreste aus und nahm die Ellbogen zur Deckung der Bauchgegend runter. Wie von Edgar prophezeit, war der Kopf wieder frei, aber der Kopf interessierte Biber nicht. Das getroffene Ohr war die schmerzhafteste Stelle des Kämpfers mit den schlechten Karten. Deshalb jetzt die Kopfkombination auf das Ohr. Der Kartenspieler brüllte auf und brach wimmernd zusammen. Edgar hatte ihm inzwischen den zweiten Unbedeutenden vom Leib gehalten. Und jetzt hatte er beide Hände voll zu tun, weil auch der Einzahnige auf ihn losging.

„Peng, Flp und Chr" machten die drei Knöpfe des Strizzis, als ihn Edgar am Revers des teuren Sakkos zu fassen bekam. Genau wie beim Entknöpfen der Leopardenfrau. Dann hatte er sich an den Strizzi angeschmiegt wie beim Tanz. Nur der Griff war nicht locker. Durch seinen Erfolg bestärkt, nahm ihm Biber den Typen ab, indem er zu ihm sagte: „Die Tamara schläft heute bei mir, du Watschngesicht!"

Erst feuerte der Einzahnige eine Schlagkombination auf Bibers Kopf ab.

„Tua de Händ auffee", schrie Hans Zuschlag, weil er nicht mehr mit ansehen konnte, dass Biber ungedeckt war.

Dann bedrohte den blitzschnell ausweichenden Biber eine gefährliche Beinattacke. Das musste bei ihm irgendwie einen Schalter umgelegt haben. Er warf nämlich all seine Boxkenntnisse über Bord und besann sich auf seine Tricks aus dem Fußballtraining. „Ein Spitzschuss ist nur erlaubt, wenn damit ein Tor erzielt wird", dachte er sich. „Und wenn das kein Tor ist, zwischen den Beinen des karatekundigen Kartenspielers, dann will ich Scherbenstein heißen."

Statt zwischen die Augen schlug er mit dem schweren Postschuh genau zwischen die Beine seines Gegners, nahezu ansatzlos, versteht sich. Da beugte sich der baumlange Kerl zu Biber herunter wie ein Klappmesser, um sich nach einem Kinnhaken wieder leblos aufzurichten und inmitten der Stühle röchelnd zusammenzubrechen. Zusammengekauert wand er sich mit schmerzverzerrtem Gesicht in einer Ecke wie von einer Nierenkolik gepeinigt. Als sich diese geschundene Kreatur auf dem Boden wälzte, kam sogar Zuschlag ein Lächeln aus.

Edgar war ärgerlich und ging an die Bar. Zusammen mit Zuschlag und Frau Paula sah er zu, wie sich der Tänzer anschickte, dem Knaben eine Lektion zu erteilen. Er stand auf und machte mit seinen Krokodillederschuhen tänzelnde Bewegungen. Er nahm die Ringe von seinen Daumen und warf sie Tamara zu, mit der Biber hemmungslos flirtete. Biber zeigte ihm seine beiden Kraftdaumen, damit er sich leichter an die Schmach vor den laufenden Kameras von **Licht im Tunnel** erinnern konnte, aber der Tänzer hatte keine Ahnung, wen er da vor sich hatte.

Mit gefährlich klingenden Kampfschreien ließ der Tanzbodenkönig alle Arten von Schlagkombinationen auf Biber los. Die Kroko-Tanzschuhe zischten nur so an Bibers Ohren vorbei. Es dauerte Minuten, bis er ihn das erste Mal erwischte. In der Bauchgegend.

Frau Paula zuckte zusammen. „Die werden ihn umbringen", murmelte sie.

„Das tut ihm nichts", sagte Edgar. „Bauchmuskeln hat er gewaltige. Da kann ihm nichts passieren. Die habe ich ihm antrainiert."

Biber kämpfte, als hätte er vorne und hinten Augen.

„Du musst immer auf deine Deckung achten", rief Zuschlag. „Das ist die wichtigste Regel beim Boxen."

„Alles für die Katz", sagte Edgar. „Das ist genau das, was ich dem Biber schon tausendmal gesagt habe."

„Die Deckung darf er nicht vernachlässigen", sagte Zuschlag, „auch wenn er noch so flink und schnell ist."

„Wie viele Fotzen der Tänzer schon einstecken hat müssen", sagte die Wirtin. „Das geschieht ihm recht. Da ist er mit seinem Taekwondo und seinem Karate abgemeldet."

Jetzt ging Hans Zuschlag zur Musikbox und drückte mit Schadenfreude *Männer des Westens* rein.

Edgar war böse, weil Biber überhaupt nicht mehr so boxte, wie er es ihm beigebracht hatte. Er schlug ein Ferserl, gabelte auf. Auch Kopfstöße probierte er.

All das machte keine große Wirkung auf den Tänzer. Der konzentrierte seine Schläge ausschließlich auf Kopf und Solarplexus.

Biber hingegen hatte wesentlich schmerzhaftere Körperzonen zum Ziel. Er verzichtete auf jegliche Deckung und wich den Schlägen perfekt aus. Seine unmenschlichen Reflexe ermöglichten ihm, ungedeckt zu sein und den Gegner einzuladen. Bei Edgar hatte er gelernt, dass eine offene Deckung einlädt. Mit dieser Methode brachte er den Tänzer immer wieder so weit, zuzuschlagen und dadurch seine eigene Deckung aufzumachen, was Biber reflexartig ausnützte und fürchterlich schmerzhaft zuschlug. Die Schläge des Gegners ließ er durch sein Ausweichen im Nirwana enden. Das entkräftete den Tänzer augenscheinlich. Biber hatte ein ungewöhnlich gutes Auge, wie die Boxer sagen. Vermutlich hat er das schon als Briefträger geschult und als Paketumleiter verfeinert.

Wenn zu viele mit dem Wort „Fragile" gekennzeichnete Pakete auf einen Paketwagen geladen worden waren, fing er sie, bevor sie herunterfallen konnten. Bei den anderen Postlern hörte man immer wieder Glas klirren. „Versicherungssache", sagte der entsprechende Kollege dann. Nicht bei Biber. „Hoppala", sagte der. „Gerade noch abgefangen." Er fing die Pakete zum Staunen seiner Kollegen auch, wenn sie auf verschiedenen Seiten gleichzeitig herunterfielen. Das eine fing er mit den Händen, das andere stoppte er mit seinen Beinen. Sein gutes Auge ermöglichte ihm, blitzschnell auszuweichen und genau dort hinzuschlagen, wo die Deckung offen war. Das war ein Nebeneffekt von Edgars Schulungen. Immer dann, wenn Biber sich nicht deckte, versuchte Edgar, ihm in die kurzen Rippen zu schlagen. Das hatte sich Biber gemerkt. Er deckte sich selbst nicht, war aber äußerst wachsam, wenn der Gegner die Deckung vernachlässigte. Wenn er die Deckung aufmachte, schlug er blitzschnell hin und tat dann, als ob er nichts gemacht hätte.
Auch der Tänzer konnte blitzschnell ausweichen und wollte gerade wieder eine mehrteilige Attacke starten.
Edgar sah Biber in Rückenlage und schrie: „Tu's nicht!"
Doch unaufhaltsam setzte Biber zu seinem berüchtigten Fallrückzieher an, mit dem er so oft die Hacklinger Erste[41] in Führung geschossen hatte. Er traf mit seinem Postschuh genau das Kinn des Tänzers und rollte dann über die Schulter ab wie ein Fisch. Der Tänzer rollte nicht mehr ab. Er flog in hohem Bogen auf den Boden und blieb liegen.
„Männer des Westens sind so, sind so, sind sooh", sang Biber mit und trank einen Schluck Sekt-Orange an der Bar. „Komm, Tamara", rief er. „Willst du nicht anstoßen?"
Als er sah, wie sich die Unbedeutenden und der Strizzi wieder aufrichteten, schnappte er sich ein Schneidbrett mit einem Griff, das er in der Küche gesehen hatte, und stellte sich hinter die Bar. Dort schmiegte er sich an Tamara und fütterte ihr Zuckerstückchen mit Likör, wie er es in Frankreich gesehen hatte. Damit brachte er die Kartenspieler zum Kochen. Wie beim Tischtennis blieb er hinter der Bar und prügelte seine Angreifer mit dem Schneidbrett. Vorhand, Rückhand, geschnitten und mit Topspin. Dazwischen tauchte er ab, kam mit dem Kopf wieder hoch und verteilte weiter schallende

---

[41] Erste (beste) Fußballmannschaft eines Fußballvereins

Watschen links und rechts, und zur Abwechslung eine Faustwatschn.

„Unfassbar", entschlüpfte es Edgar. „So lange habe ich mit ihm trainiert. Und er verwendet nur das, was er im Fußball und beim Tischtennis gelernt hat."

„Was der Herr Josef für eine Körperbeherrschung hat", schrie Frau Paula. „Die laufen ihm nur so in seine Watschen rein. Recht g'schieht's ihnen."

„Schaun Sie sich das an", sagte Edgar zu Frau Paula und Hans Zuschlag. „Mit der Rechten allein? Typisch Tischtennisspieler. Die linke Hand ist nur Zierde."

Aber da schrie der Tänzer: „Na warte nur, Bürscherl", und ließ ein Springmesser von einer in die andere Hand gleiten.

Da wurde Edgar aber unruhig. „Jetzt muss ich eingreifen", sagte er. „Na klar. Weil er nicht auf mich hören will. Der Idiot hat wieder Hosenträger angezogen und keinen Gürtel."

Edgar ging auf den Tänzer zu und verjagte Biber. Dann zog er seinen Ledergürtel aus den Schlaufen und peitschte den Tänzer her, der vergeblich mit allen Mitteln versuchte, mit seinem Messer an seinen Gegner heranzukommen. Im Nu hatte ihm Edgar das Messer aus der Hand geschlagen und drosch ihn wie einen Tanzbären. Er knallte mit dem Gürtel auf den hüpfenden Tänzer wie mit einem Teppichklopfer. Und wenn einer der Unbedeutenden an ihn herankam, zog er ihn an den Ohren wie einen Schulbuben. Ganz nebenbei detonierte eine präzise Gerade auf dem Kieferknochen des Einzahnigen, der sich gerade aufgerichtet hatte, und schickte ihn zu Boden, dass es nur so krachte.

Mit jeder Menge Wut, Zorn und Demütigung im Bauch, zerfetzten Hemden und aufgeschlitzten Hosenröhren schlichen sich die Kartenspieler wie geschlagene Hunde aus der Wirtsstube und hinterließen ein Schlachtfeld voller ausgerissener Haarbüschel, abgerissener Halsketten und Blutstropfen. Biber brüllte mit Falco, aber fast etwas militärisch: „Vielen Dank!", und drehte seine dicken Kraftdaumen nach oben.

Die Unbedeutenden halfen dem Strizzi auf die Beine. Nicht nur seine Körperhaltung, sondern auch ein eigenartiger Höcker, der sich unter dem Pullover abzeichnete, deutete darauf hin, dass mit dem Schlüsselbein etwas nicht mehr ganz in Ordnung war. Edgar packte einen nach dem anderen am Genick und forderte ihn zum Begleichen der Zeche auf, bevor er ihn vor die Tür setzte. Die Wirtin

zog gleich Trinkgeld und Reparaturzahlungen für die Sessel ab, als die Herren Kartenspieler ihre Geldbörsel wie bei einer Entwaffnung auf den Boden warfen.
Zuschlag war begeistert. Lange hatte er sich nicht so amüsiert. „Hearst, ees Soizbuaga seids Superburschn", sagte er.
Biber drückte Falcos *The Sound of Music* in die Musikbox und wollte mit Frau Paula tanzen. „Das ist ein Rap!", sagte er. „Ich versteh kein Wort, aber es taugt mir."
„Die werden sich hier nicht so schnell wieder blicken lassen", sagte Hans Zuschlag. „Das ist ihnen mehr als peinlich, dass sie von zwei Salzburgern so verhauen wurden."
„Gut, dass sich keiner wehgetan hat", sagte Frau Paula, „aber ich befürchte, dass sie sich rächen werden."
Dann entwickelte sich ein Gespräch über die ungeheure Schnelligkeit Bibers.
„A Waunsinn, normal[42]! Du bist a Superbursch. Wenn ich damals deine Voraussetzungen gehabt hätte, wäre ich Weltmeister geworden", sagte Zuschlag. „Was du für Reflexe hast und wie schneidig du bist", betonte er und klopfte Biber auf die Schulter. „Wenn ich überhaupt du zu dir sagen darf."
Biber fühlte sich geschmeichelt. Alle stießen mit einer neuen Flasche Sekt auf das Du an und plauderten angeregt.
„Weißt du was, Hans", sagte Biber. „Ich bin eigentlich nur so schneidig gewesen, weil ich geglaubt habe, dass du sie alle viere verhaust, wenn sie uns was tun."
„A Waunsinn, normal!", sagte Zuschlag.
„Ja wirklich ein Wahnsinn, aber nicht normal!", sagte Edgar, erzählte von Bibers Tanz mit seinem Hund im Garten und davon, dass er beim Fliegenerschlagen auch der Beste sei. Und beim Tanzen sowieso.
„Hast du gewusst, dass dein Gegner einmal ein hervorragender Turniertänzer war, Biber?", fragte Zuschlag.
„Ich habe ihn wiedererkannt", antwortete Biber. „Wir waren gemeinsam bei der Sendung **Licht im Tunnel**. Aber der wird sich nicht an mich erinnert haben." Jetzt musste er natürlich die ganze Geschichte erzählen, während Frau Paula ihn mit einem Tuch oberflächlich reinigte.

---

[42] Der Ausspruch „A Waunsinn, normal!" ist so etwas wie ein Markenzeichen des Boxers Hans Zuschlag

„Die tut dir aber schön, die Frau Paula!", stichelte Edgar und Zuschlag schmunzelte.

„Diese Leute kommen nur hierher, um den Hans zu provozieren", erklärte Frau Paula dem Biber und tätschelte ihn.

Inzwischen gab Zuschlag Edgar Tipps für bessere Schläge. „Über die Deckung muss ich euch ja nichts sagen, da könnt eher ihr mir was zeigen." Er klopfte Biber auf die nur ansatzweise vorhandene Schulter.

„So, jetzt koche ich was Gutes, wenn die Herren Hunger haben", sagte Frau Paula zu den Salzburgern.

„Da sagen wir nicht Nein", meinte der Biber und Edgar fügte hinzu: „Aber keine Raupen im Salat, bitte."

„Das war vielleicht ein Spaß, der Fight der Champions", meinte Zuschlag.

„Dir bringe ich jetzt auch ein Steak, Hans", versprach die Wirtin.

„Das klingt gut, aber ich habe doch gar nichts getan, Paula, und außerdem …"

Er zog das Hemd hoch und zeigte seinen Bauch. Dort, wo er früher ein Sixpack hatte, machte sich der Effekt unzähliger Sechsertragerl breit.

„Keine Widerrede, Hans. Jetzt wird gefeiert. Die vier Schurken haben mich lange genug schikaniert. Denen hätte ich schon vor Jahren Lokalverbot geben sollen."

Sie verschwand in der Küche und bereitete die Steaks zu. Dann wurde gegessen wie in Russland. Die Boxexperten räumten ein wie Mähdrescher. Und schließlich erfuhren sie alles über den Tänzer.

Bei dem war alles immer leicht gegangen. Die Mädchen waren ihm zugeflogen. Geld hatte er immer von seinem Onkel, dem Manager der Wiener Stadthalle, bekommen. Talente hatte er genug, nur faul war er und vor jeglicher Arbeit hat er sich gedrückt. Das Glück war immer auf seiner Seite. Nie hatte er von jemandem Schranken spüren müssen. Und wenn er mit einem nicht ausgekommen ist, dann haben ihm seine Freunde unter die Arme gegriffen.

Zwischendurch warf Edgar ein, dass das bei Biber ganz und gar nicht anders gewesen sei und er durch das Fehlen von Grenzen so selbst gezügelt wurde. Frau Paula erkundigte sich, wo Biber denn sei, wurde aber von Edgar sofort beruhigt, der ihn am Klo vermutete. So erzählte sie weiter.

Es war für andere fürchterlich, mit anzusehen, wie der Tänzer die Frauen nur benutzte, wie sie ihm trotzdem nachliefen, ihm alles verziehen, ihn finanzierten. Es war für ihn ein Leichtes, immer wieder willige Opfer zu finden, die auf seine Blendereien hereinfielen. Nie hatte er bisher seine Fehler selbst ausbaden müssen.

Edgar gestand ein, dass er und Biber von Frauen grundsätzlich einmal übersehen wurden und nur durch hartnäckige Anmache Aufmerksamkeit erregen konnten, jeder auf seine Weise.

Zuschlag schmunzelte und sagte: „A Waunsinn, normal."

Dass das Tanzen in den Lokalen des Tänzers nicht mehr im Vordergrund stand, war in Wien schon lange kein Geheimnis mehr. Zu seinem Ansehen war er gekommen, als es in Wien ein Machtvakuum gegeben hatte. Er war hochmütig und arrogant. Man munkelte, dass er schon Widersacher umgebracht hatte, und zwar perfekt, ohne Spuren. Zumindest hatte er den einen oder anderen mit der Waffe im Anschlag aus dem Wirtshaus begleitet, der nachher nie wieder gesehen wurde. Einem Betrüger soll er zum Ausbruch aus dem Gefängnis verholfen haben. Ja, diesem Tänzer wurden ausgesprochen gute Kontakte zur Politik nachgesagt. Seine Gönner fanden sich fast in gleichen Teilen ausgewogen in den politischen Parteien. Wann immer er oder seine Freunde etwas angestellt hatten, wurde er nicht länger verfolgt. Es wurde alles fallen gelassen. Und wenn er einen verpfiff, nähte man den dauerhaft ein. Ein pensionierter Kripobeamter behauptete sogar, der Tänzer wäre der Drahtzieher von unglaublichen 430 Morden gewesen. Hunderte Mädchen soll er geschmuggelt haben. Er wurde geschützt von einer Gruppe von offenkundigen Banditen aus Russland, denen er wiederum seinen Schutz, seine Beziehungen und seine Hilfe anbot. Er hatte viele Verbrechen begangen, für die man ihn nicht heranziehen konnte oder wollte. Die Herrschaften, mit denen er zu tun hatte oder die sich ihm nicht entziehen konnten, waren genau die, die mit der Jagd nach Begünstigungen auch immer wieder Gefälligkeiten verteilen mussten. Freunde im Ministerium, in den Kammern und Vereinigungen, in den Vorfeldorganisationen der Parteien. Dazu kamen Penthouse- und Golfplatz-Sozialisten und natürlich Banker.

Durch seine Sportlerkarriere war er in der Lage gewesen, sich in Wien ein umfangreiches Netz an Beziehungen aufzubauen, das in die höchsten Kreise reichte. Diese Beziehungen führten dazu, dass er Genehmigungen quasi über Nacht bekam. Für allerlei Dinge. Deshalb war er so wertvoll für seine Freunde aus der Unterwelt, denen er im Austausch Gefälligkeiten zukommen ließ. Eine Fähigkeit, die ihm vor allem während der Zeit des Baubooms in Wien sehr dienlich war und nicht unbelohnt blieb. In seiner Person verschränkten sich die Netzwerke der Unterwelt mit denen der Oberwelt. Die Unterwelt genoss es, dass er sich um alle möglichen Genehmigungen kümmerte. Das war ihm möglich, weil er durch seine sportliche Karriere in der ganzen Politikerwelt Wiens bekannt war. Er war auch im Immobiliengeschäft im Stadtteil Hietzing tätig, wo er nicht nur Beteiligungen an einer Tanzschule hatte. Bei jedem Denkmal der Korruption und des Verbrechens, beispielsweise den Sozialsiedlungen, hatte er die Finger im Spiel. Seine Spezialität war der Austausch von Gefälligkeiten. Der bekannte Mann war auch dafür verantwortlich, dass im Diplomatengepäck einiger Botschafter unbezahlbare Kunstschätze der Stadt Wien außer Landes gebracht werden konnten. Seine Vermittlungen betrafen vor allem staatlich finanzierte Bauvorhaben. Aber auch an internationale Fördergelder kam er heran. Er war ein Opernfreund und besuchte regelmäßig den Opernball, bei dem so manches gute Geschäft eingefädelt wurde. Sein Hintergrund war ein dichtes Geflecht an Verbindungen zu Kommunalpolitikern, Beamten, Polizisten, Rechtsanwälten, Bankiers, Geschäftsleuten und Mafiosi. Große Bestechungssummen für Baugenehmigungen flossen regelmäßig an ihn. Und so war es nicht verwunderlich, dass in Hietzing die Russen ein Objekt nach dem anderen erwerben konnten.

„Es wäre ein Wunder, wenn er nicht auch zu meinem Ex-Schwager Kontakt gehabt hätte", meinte Edgar.

„Der Herr Josef kann doch nicht so lange am Klo sein", mutmaßte Frau Paula beunruhigt.

„Das ist für den nicht unüblich", beruhigte sie Edgar.

„Der ist aber schon ziemlich lange am Klo, nicht?", fand Frau Paula.

\*\*\*

Sie hatte recht. Biber war schon sehr lange am Klo. Zu lange. Als er das Pissoir betreten hatte, baute sich einer von des Tänzers Leuten mit verschränkten Armen und einfältig grinsendem Gesicht vor ihm auf. Biber war durchaus nicht der Typ, der sich einschüchtern ließ. Gefahren ging er prinzipiell nicht aus dem Weg. Aber wenn es unbedingt notwendig war, konnte er sich schon auch lautlos aus dem Staub machen. Und das gelang ihm in diesem Fall auch. Er konnte entwischen. Aber nur kurz. Im Vorhaus warteten zwei andere. Die packten ihn und schleppten ihn zurück. Biber musste sich auf den Boden knien.

„Du magst sicher gerne was zum Lutschen, was, G'scherter?", sagte der Grinser. Und ohne eine Antwort abzuwarten, fügte er hinzu: „Dann wirst du gleich unter meiner Aufsicht die schmackhaften Pissoirkugeln lutschen." Biber zuckte. Obwohl er als Kind alles sofort anfassen und in den Mund stecken wollte, hatte er auf das, was da auf ihn zukam, überhaupt keine Lust.

* * *

„Sind wir froh, dass sich von uns keiner wehgetan hat", sagte Frau Paula in der Gaststube. „Aber wie wird es weitergehen? Ich frage mich, ob wir deinen Auftritt im Gewölbe machen können, Hans. Oder ob sie uns wieder alles versauen."

Sie gingen in den neu renovierten Tanzsaal und zeigten Edgar die Anlage. Zuschlag erzählte lang und breit, wie sie ihn schikanieren und warum er sich nicht wehren kann. Sie würden alles Mögliche unternehmen, um seine Sängerkarriere zu unterminieren. Dazu würden sie sicher auch den Auftritt sabotieren.

* * *

Inzwischen hatte Biber schon einen blutigen Schädel, den seine Peiniger in die Klomuschel hielten und mit der Spülung reinigten.

* * *

„Edgar", sagte Frau Paula. „Ich mache mir wirklich Sorgen um deinen Freund. Der ist noch immer nicht da. Vielleicht haben sie ihn abgepasst?"

„Nein", sagte Edgar. „Um den brauchen wir uns keine Sorgen zu machen. Der wird an die frische Luft gegangen sein. Den erwischt keiner. Der ist unfassbar. Nicht einmal ein Schaffner im TGV hat ihn erwischt." Er erzählte vom Völkerball in der Schule.

„Trotzdem", sagte Frau Paula. „Ich kenne den Tänzer. Der lässt sich nicht so kränken. Die Situation ist kritisch. Glaube mir, Edgar."

„Aber nein", beruhigte Edgar.

„Wie könnt ihr nur so ruhig sein", rief Frau Paula verzweifelt. „Wir müssen raus. Das ist jetzt kritisch. Ein Notfall, Hans. Ich kenne die Burschen. Wir müssen nachsehen. Sofort."

Zuschlag ließ sich überreden und verließ mit Frau Paula und Edgar die Gaststube. Von Weitem war der beißende Geruch des Häusls zu riechen. Ein Gemisch aus Urin und diesen Kugeln, die da in den Pissoirs sanft dahinschmolzen. Es war ruhig. Ein Fenster war offen und die Zugluft stieß die Tür auf.

Frau Paula sah man das blanke Entsetzen in ihrem Gesicht an, als sie den blutigen Biber im Rinnsal entdeckte. Seine Kraftdaumen zeigten leblos nach unten. Die verätzten Lippen waren blutig. Sein Posthemd war von Blut, sein Haar von Urin durchtränkt. Sein Hosentürl stand weit offen. Ein Kuvert steckte drin.
Edgar und Hans Zuschlag bückten sich gleichzeitig, um Biber zu helfen. Frau Paula rief sofort den Arzt. Biber war unansprechbar. Ohne Bewusstsein.
Edgar sagte „Dreißig zu zwei" und wollte sofort mit Mund-zu-Mund-Beatmung und Herzmassage beginnen. Aber bei der Mundreinigung regte sich etwas und Bibers Mund schien sich zu einer Hundeschnauze zuzuspitzen. Dann spuckte er ein Klozuckerl aus und erwachte. Als Edgar ihn ansprach, schnitt er eine Grimasse und zeigte etwas, das es sonst bei ihm nicht zu sehen gab, einen nachdenklichen Gesichtsausdruck.
„Totstellreflex", sagte Edgar zu Hans Zuschlag. „Der hat ihm vielleicht das Leben gerettet."
Zuschlag verstand nicht.
„Von der Post hat Biber den Totstellreflex, den es im Tierreich gibt. Wenn er bedroht wird. Von Arbeit oder anderen Gefahren."
Hans Zuschlag machte das Kuvert auf, das in Bibers Hosentürl gesteckt war. Es handelte sich um einen Drohbrief.

*Mit euch und den G'scherten fahren wir ab! Du wirst noch um alles kommen, Hansee Burli, wie es dir mein Onkel schon prophezeit hat.*

„Der ist feig und hinterfotzig, der Tänzer", sagte Zuschlag. „Ich weiß ganz genau, welche Angst er ohne seine Handlanger hat. Dem muss man den Schneid abkaufen. Wenn ich das nur so könnte wie ihr."
Nachdem ihn ein Arzt behandelt hatte, begab sich Biber in die Obhut Frau Paulas. Er genoss die Sonderbehandlung ungemein. Sie erinnerte ihn an seine Kindheit in Hackling. Krankheit war für einen Hacklinger die Rechtfertigung dafür, weder zu arbeiten noch in die Schule zu gehen. Was immer ein krankes Kind hatte, es wurde in heiße Decken eingewickelt und bekam `Wick VapoRub` auf die Brust geschmiert. Dieses herrliche Gefühl des Einreibens, dieser beißende Geruch, die Kälte auf der Brust sehnte Biber herbei. Allein der Gedanke daran rief Gefühle des sich Fallenlassens, der

uneingeschränkten Fürsorge herauf. Die gesammelten Glücksgefühle seiner Kindheit wurden ihm über die Brust geschwemmt. Mein Gott, wie gerne er jetzt dieses `Wick VapoRub` gehabt hätte für seine Brustschmerzen. Als krankes Kind hatte Biber bereits gelernt, ein besonders mitleiderweckendes Gesicht zu machen. Dann hatten die Tanten, die Großmutter, die Mutter und Verwandten oft gesagt: „Ja, was hast du denn, Seppi, geht es dir schon wieder besser?" Und dann hatten sie ihm ein paar Schillinge in die Hand gedrückt.
Mit seinen aufgesprungenen Lippen konnte er in diesem Moment bei der Aussprache des Namens `Wick VapoRub` noch viel mitleiderweckender dreinschauen als damals. Frau Paula fand den Einsatz der Arznei ziemlich abwegig, wo er doch kein einziges Symptom für einen Katarrh zeigte. Sie wollte dem armen Kerl seinen Wunsch trotzdem nicht verweigern. Es war so rührend, wie klingend er dieses `Wick VapoRub` aussprach mit seinen geplatzten Lippen. Und so blieb sie noch lange an seiner Seite sitzen, während Biber über seine fürchterliche Angst zu sprechen begann.
Unbeschreibliche Angst hatte er gehabt, als sie ihn am Klo erwischt hatten. Todesangst. Angst, dass sein Leben zu Ende sein würde. Die ganze Zeit musste er an das Wort „posthum" denken.
„Jetzt kann ich den Tone Streich verstehen", sagte er zu Edgar.
„Der hat einen Verfolgungswahn, der Tone Streich", erklärte Edgar den anderen.
Biber war sichtlich angeschlagen. Vielleicht so angeschlagen wie noch nie in seinem Leben. Er war drauf und dran, die Sache mit dem Russen abzublasen.
„Jetzt hören wir auf", sagte er zu Edgar, der dann erklären musste, warum sie überhaupt nach Wien gekommen waren.
„Glaubst du, ich will andere auch noch hineinziehen?", meinte Biber und streichelte Frau Paulas Arm.
„Jetzt wird es aber Zeit, dass ihr uns sagt, was ihr hier in Wien überhaupt vorhabt", drängte Frau Paula.
„Das ist nicht so einfach", leitete Edgar ein. „Wir sind auf der Suche nach einem russischen Gauner, der eine Bekannte des Bibers um viel Geld gebracht hat."
Zuschlag und die Wirtin blickten sich an. „Russische Gauner?", sagten sie fast einstimmig. „Davon wimmelt es in Wien nur so. Die haben hier schon überall ihre Finger drin. Und ihr wollt da einen finden? Was macht ihr dann mit ihm?"

Biber verzog das Gesicht: „Schau bitte nicht mich an, Paula. Er ist der Chef."

„Vor allem das Geld nehmen wir ihm ab und überbringen es einer gewissen Jelena in Woronesch. Und eine Lektion werden wir ihm natürlich auch erteilen."

„Wir hauen lieber den Hut drauf", gurgelte Biber resignierend. „Ich habe die Nase voll."

„Um Himmels willen!", rief die Wirtin bestürzt. „Mit den Russen ist nicht zu spaßen. Die legen euch glatt um."

Da hakte Edgar ein: „Wir sind doch Pensionisten, Frau Paula. Wenn es uns erwischt, musst du weniger Abgaben leisten und der Sozialstaat wird entlastet."

Die Wirtin schlug ihn auf die Schulter: „Ich habe gar nicht gewusst, dass Eisenbahner so einen schwarzen Humor haben können."

Sie prosteten sich zu. Zuschlag stieß mit seinem Orangensaft auf Biber an: „Auf dass du den Kugeln genauso gut ausweichen kannst wie den Schlägen!" Er versprach ihnen Trainingsstunden im Boxclub eines Freundes. Zuschlag wollte wissen, wo der Gauner wohnt und wie er heißt. Edgar erzählte, dass er die Adresse per Internet und Faxmitteilung von Jelena eruiert hatte und dass dieser Iwan Diwanov in einer *Penthousewohnung* in Hietzing wohnen soll.

„Ein Russe in Hietzing", wiederholte Zuschlag und schaute Frau Paula an. „Überall sind hier Russen, und vor allem in Hietzing. Und da ist unser Tänzer nicht unschuldig dran, dass die die schönsten Immobilien kaufen. Mit Bargeld, versteht sich!"

Biber öffnete kurz die Augen, als Zuschlag zu Edgar sagte: „Was Russen überhaupt nicht leiden können, sind Kopfnüsse. Vielleicht, weil sie als Kinder in der Schule damit bestraft werden. Da drehen sie durch. Ich kenne das noch von Trainingspartnern aus dem Osten. Eine Kopfnuss ist für die so erniedrigend wie für einen Fußballer ein Schuss zwischen den Beinen durch."

„Ein Gurkerl!", antwortete Edgar und Biber wurde schlecht.

Dabei waren Kopfnüsse Bibers Spezialität. Als Kind schon. Mit Kopfnüssen hatte er sich in seiner Nachbarschaft durchgesetzt. Er konnte im Vorbeigehen Kopfnüsse austeilen und blitzartig verschwinden, sodass die Opfer immer einen anderen verdächtigten und oft attackierten.

„Ja, der Tänzer", sagte Frau Paula ganz leise, weil Biber tat, als wäre er eingeschlafen. „Der Hans und der Tänzer sind einmal die besten Freunde gewesen."

„Die besten Freunde", wiederholte Zuschlag. „Ja, als Kinder. In die Volksschule sind wir miteinander gegangen. Dann ist er in ein Privatgymnasium gekommen. Und hat seine ganzen Kontakte geknüpft. Seine Beziehungen stammen großteils aus seiner Schulzeit. In seine Schule sind traditionellerweise schon immer die Kinder von den einflussreichen Politikern hingeschickt worden."
„Die für uns Trottel die Gesamtschule fordern", ergänzte Edgar.
„Genau", sagte Zuschlag. „Der Tänzer hat mir das ganze Geld aus der Tasche gezogen. Und das war zu meiner besten Zeit nicht gerade wenig."
„Er ist am Scheitern seiner Karriere schuld", sagte Frau Paula, „er und sein Onkel, der Manager der Wiener Stadthalle."
„Ja", sagte Zuschlag. „Du wirst dich sicher an das Desaster beim Kampf gegen Eddy Perkins erinnern, Edgar. Da haben sie mich absichtlich ins offene Messer laufen lassen. Mein Manager, der Abstaub Karl, der Tänzer und sein Onkel, der Abräum Kurtl. Und ich hab lange nicht gemerkt, wie der Hase gelaufen ist."
„Jaja! Schlechtes Management", antwortete Edgar. „Das haben auch wir beide genossen. Der Biber bei der Post und ich bei der Bahn. Schlimmer als unsere Manager kann der Abstaub Karl auch nicht gewesen sein. Aber an den Perkins-Kampf kann ich mich ganz genau erinnern. Am 3. September 1970. Der Autorennfahrer Jochen Rindt starb am 5. Sept. 1970 beim Training in Monza. Zwei Desaster für Österreich in der gleichen Woche. Perkins hat in der vierten Runde durch K.o. gewonnen."
So plauderten sie noch die halbe Nacht. Dann versorgte Zuschlag seine neuen Freunde mit seiner Telefonnummer und ging nach Hause.
Früh am Morgen warf Edgar den Biber aus dem Bett. „Auf geht's, Junge!", brüllte er. „Wir müssen los, wenn wir deinen russischen Freund finden wollen."
Der Biber war immer noch angeschlagen und überlegte sich, wie er Edgar zur Aufgabe des Vorhabens überreden konnte. Erst einmal grunzte er und wälzte sich im Bett.
„Halt, halt, nicht so schnell, meine Herren", hörte man da Frau Paula von unten herauf. „Einen Schluck Kaffee werdet ihr doch noch mit mir trinken."
„Das Angebot gefällt mir schon besser", krächzte der Biber, zog die Decke über seinen Kopf und drehte sich auf den Bauch. Postwendend.

„Da können wir natürlich nicht Nein sagen, liebe Paula", meinte Edgar und schon saßen sie wieder in der Gaststube und frühstückten. Edgar fehlte es an nichts, Biber aber musste sich darauf beschränken, Zwieback in seinen Kaffee einzubrocken. Bevor sie sich auf das Moped schwangen, busserlten die beiden ihre Gastgeberin noch einmal ab und bedankten sich.
Das Postlermoped mit den zwei Abteilungsleitern der Selbstjustizbehörde wäre im Wiener Stadtbild gar nicht aufgefallen, wenn es nicht eine Salzburger Nummerntafel gehabt hätte und wenn da nicht die Tramwaygeleise wären, die dem angeschlagenen Biber die größten Schwierigkeiten bereiteten, weil es sie in seinem vertrauten Salzburg nicht gab. Mehrmals verlor er beim Befahren in Längsrichtung die Balance und konnte einen Sturz nur mit akrobatischen Einlagen verhindern. Edgar sprang einige Male ab, weil er solche Angst hatte, und die Tramwayfahrer gaben Warnsignale ab. Nach einer Stunde wilder Schlängelei durch Staus und über Tramwaygeleise erreichten sie ein Sportzentrum, das Edgar aus seiner aktiven Zeit als Turner kannte. Es befand sich in der Altgasse.
„Da sind wir richtig", sagte Edgar, „zwei alte Hunde in der Altgasse, was willst du mehr? Da ist sicher ein Heim für alte Hunde – wie uns. Oder ein Seniorenheim."
„Ich hoffe, dass der verdammte Regen aufhört", knurrte Biber durch seine geschwollenen Lippen.
Da im unüberschaubaren Straßengewirr der Großstadt die Altgasse eine leicht zu merkende Adresse für Pensionisten war, stellten sie dort ihr Moped ab und erkundeten die Gegend: Hietzinger Pfarrkirche Maria Geburt, Pelzhaus, Kuckuck-Stüberl, Tanzschule, Max Struber Werksvertretung. In der Maxingstraße fanden sie schließlich ein Objekt, bei dem sie sich vorstellen konnten, dass vom Dach ein Blick auf den Tiergarten möglich war. Es war nicht leicht, unbemerkt einzutreten, da gegenüber die Max Struber Werksvertretung war, von der man alles so genau beobachten konnte wie vom Hacklinger Observationshaus die Frau Spechtler.
Die Altspatzen nahmen die Lokführertasche vom Gepäckträger und holten zwei Arbeitsmäntel und zwei Postmützen heraus, die sie anzogen. Die Eingangstür des Hauses war gar nicht abgeschlossen. So konnten sie den Aufzug nehmen und in den obersten Stock fahren. Als sie vor der Wohnungstür standen, gab es zu ihrem Erstaunen kein Namensschild. Aber es musste die

Penthousewohnung sein. Kein Zweifel. Sie klingelten an der Tür. Keine Reaktion. Selbst nach mehrmaligem Läuten nicht. Die Pensionisten erkundeten Möglichkeiten, von außen in die Wohnung zu kommen, aber mit den nötigen Vorsichtsmaßnahmen – es könnten ja Überwachungskameras installiert sein. Es sah nicht gut aus, und Biber war sowieso dafür, die ganze Sache abzublasen. Außerdem musste er schon wieder aufs Klo. Edgar konnte ihn fast nicht mehr motivieren. Auch er war nahe daran aufzugeben. Da erspähte ausgerechnet Biber einen Dachbodenausstieg im Stiegenhaus. Sie öffneten den Ausstieg und ließen die Leiter herunter. Jetzt sah alles wieder gut aus. Sie stiegen in den Dachboden ein, zogen die Leiter wieder nach oben und schlossen die Luke. Der Dachboden war geräumig. Im Ernstfall könnte man also einige Tage hier verbringen und die Lage abchecken. Sie mussten sich unmittelbar neben der Mansardenwohnung befinden. Vielleicht konnte man von irgendwo in die Wohnung gucken oder gar ein paar Spechtellöcher bohren. Vielleicht gab es einen direkten Zugang zur Wohnung oder zur Terrasse. Sie überprüften akribisch jeden Winkel des Dachbodens. Nichts Brauchbares. Also mussten sie rauf auf das Dach. Da gab es natürlich eine Luke. Mit den Postmützen, den Arbeitsmänteln und der Werkzeugtasche ausgerüstet, setzten sie sich an die Stelle des Daches, an der Kabel gespannt waren, und erweckten den Eindruck von Jause essenden Telegrafingern, die für niemanden etwas Ungewöhnliches darstellten. So konnten sie die Lage ausgiebig sondieren, ohne bei einem observierenden Pensionisten hinter einem der vielen Fenster Verdacht zu schöpfen. Die Postlerausrüstung war eigentlich nur für Edgar notwendig, da der Biber selbst ohne Mütze und Mantel ausschließlich für einen Postler und für nichts anderes in der Welt gehalten werden konnte. Aber die speziellen Saalschuhe aus dem Postbestand für Mitarbeiter des Fernmeldeamtes, die Biber trug, waren schon etwas ganz Besonderes. In der Postsprache wurden sie Flüstersandalen genannt, weil man mit ihnen ganz leise gehen konnte. So leise, dass einen nicht einmal ein Hund hören konnte. Edgar stichelte, dass das Tragen der Flüstersandalen vom Arbeitgeber gesetzlich vorgeschrieben war, damit kein Postler den anderen bei der Arbeit irrtümlich wecken konnte. Tatsächlich aber wurden Flüstersandalen für jene Räumlichkeiten benutzt, in denen sensible Schaltgeräte, sogenannte Relais aufgestellt waren. Zum Beispiel im Fernschreiberamt in der Alpenstraße. Dort gab es einen

riesigen Wählersaal mit Schaltkästen voller mechanischer Wähler. Die waren unheimlich staubempfindlich.
Und außerdem sollte durch die Saalschuhe vermieden werden, dass die Fernmeldebediensteten bei der Arbeit ihre geliebten Schlapfen trugen. Die waren nämlich verboten! Aus Sicherheitsgründen. Und wegen der Staubfreiheit.
Als Bediensteter der Paketumverteilung hatte Biber früher keine Berechtigung gehabt, die begehrten Flüstersandalen mit Gummisohle auszufassen. Erst in der „Postmoderne", in der es keine Fernschreiber mehr gab und alles Mechanische auf Elektronik umgestellt wurde, hatte er sich die Schuhe angeeignet.
Plötzlich machte sich auf den rauen Lippen Edgars ein zögerndes Grinsen bemerkbar. Für einen gelernten Turner wie ihn war es eine Kleinigkeit, über die Dachrinne auf die Terrasse zu kommen. Als er sich an die Dachrinne hängte, stockte Biber der Atem. Durch die Abreibung in der Toilette hatte er all seine Sorglosigkeit verloren. Er konnte fast nicht mit ansehen, wie sich Edgar hoch über dem Abgrund meterweit im Zwiegriff dahinhantelte und dann furchtlos mit einem Unterschwung auf einen kleinen Balkon sprang. Die Balkontür war gekippt.
„Eine Todsünde", dachte Edgar. Als er aber versuchte, durch das Fenster zu greifen und es zu öffnen, erschien eine alte Frau am Fenster und fragte mit ausländischem Akzent, wo er herkomme.
Darauf war Edgar nicht vorbereitet. Nach anfänglicher Funkstille stotterte er schließlich heraus, dass aus einer Wohnung in diesem Haus Signale ausgingen, die die Telekommunikation, also Telefon, Fax und Internet störten. Die Post nehme an, es könnten Telefongespräche abgehört werden.
„Mein lieber Herr", sagte die Dame, „nicht aus meiner Wohnung! Aber es wierde mich nicht wundern, wenn die Tiepen in der Nachbarwohnung so etwas machen."
„Was sind denn das für Typen in der Nachbarwohnung, Gnädigste?"
„Och, bese Mitbierger aus Russland. Haben andere Mentalität. Was die arbeiten, weiß kein Mensch. Heute frieh sind sie mit dem Auto weggefahren. Zum Glieck."
„Und wann kommen sie wieder?"
„Meine Giete! Die sind oft wochenlang nicht zu Hause. Zum Glieck! Wissen Sie, diese Leite kennen nicht grießen. Ist unfreindlich. Wie Rentgenmaschine. Sagt da der nix und guckt da durch dich durch. Der Riese schaut nicht nur bled, ich glaub, der ist bled. Heißt Igor

und ist vielleicht mit der andere verwandt. Heißt Iwan und hat Tätowierung von Flamingo unter der Ohr. Wie Igor. Ich bin nervees, wenn ich ihnen begegne. Zum Glieck begegne ich ihnen nicht oft."
„Entschuldigen sie, gnä' Frau, aber mein Kollege ist noch auf dem Dach. Würden Sie uns in Ihre Wohnung lassen?"
„Natierlich! Kommen Sie drinn!" Edgar rief laut nach Biber. Der traute sich nicht, über die Dachrinne abzusteigen, und wollte lieber mit dem Lift zur Wohnung kommen.
„Aber wo ist die Wohnungstür?"
„Ja, mein Herr, zu meiner Wohnung dierfen Sie nicht ganz nach oben fahren. Mein Eingang ist im vorletzten Stock. Swoboda. Vorletzter Stock."
„Wir sind doch hier ganz oben, oder nicht?"
„Doch, aber mein Eingang ist einen Stock tiefer. Gott sei Dank. Sonst wierden die russischen Geste immer bei mir leiten."
„Also, Biber, steig im vorletzten Stock aus und läute bei Swoboda."
Er wurde eingelassen. Ein kleiner Weihnachtsmann auf einem Möbel wurde durch einen Bewegungsmelder daran erinnert zu grüßen: „Hohoho, Merry Christmas", rief er. Und ein kleiner Spielzeughund neben ihm bellte zeitverzögert: „Kläff – kläffkläffkläff – kläff."
Biber sah fürchterlich aus. Blass wie seine Perspektive, zerschunden, traurig. Und die aufgeschlagenen Lippen. Wie er aussah, so bewegte er sich auch. Trotzdem blieb das gewisse Etwas über, das ihn in Edgars Einschätzung für ältere Damen und Hunde unwiderstehlich machte. Womöglich waren es seine zwei farblich perfekt mit der Posthose abgestimmten blauen Augen, die er sich bei der Schlägerei eingehandelt hatte.
In Frau Swobodas Augen spiegelte sich blankes Entsetzen. „Ist wohl gefallen", sagte sie und zeigte mit dem Finger auf Biber.
„Ja", sagte Edgar. „Aber bei der Post kann man krankheitshalber nicht so einfach zu Hause bleiben."
Die Dame nickte verständig und schüttelte ungläubig den Kopf, als sie Bibers Flüstersandalen sah. „Mit solchen Schuhen schicken sie eich raus bei dem kalten Wetter", schimpfte sie und richtete sofort eine kleine Jause und einen Kaffee her.
„Machen Sie es sich doch gemietlich", sagte sie. „Sie miessen entschuldigen, meine Herren. Normalerweise hängt nicht in der ganzen Wohnung Wesche zum Trocknen, aber meine

Waschmaschine ist kaputt. Heute frieh ist das ganze Badezimmer unter Wasser gestanden. Braucht Reparation."

„Zeigen Sie her!", sagte Edgar. „Das machen wir gleich."

„Was, Sie kennen das machen?"

„Mal sehen."

Die Dame führte Edgar in das Badezimmer.

„Ach, eine alte *Eudora*. Die werde ich mir gleich ansehen."

Er überprüfte alle Schläuche und schraubte schließlich einen Filter auf.

Da schrie der Biber: „Hör auf! Jetzt rinnt wieder Wasser raus."

„Geh, halt den Mund, Biber, und besorg mir lieber einen Fetzen zum Aufwischen."

Frau Swoboda eilte mit einem Handtuch daher und wollte aufwischen. Edgar hielt sie zurück: „Das soll der da machen!" Er warf Biber das Handtuch zu und zeigte Frau Swoboda die Ursache der Überschwemmung.

„Der Filter war verstopft. Sie haben Kleingeld in einem Kleidungsstück vergessen."

„Um Gottes willen. Das kann schon sein. Diese alte *Eudora* mag keine Euros."

Jetzt meldete sich der Biber zu Wort: „Ich auch nicht. Ich rechne immer noch in Schillingen."

„Wisch lieber auf, Biber, damit ich die Maschine wieder zusammenbauen kann."

„Sonst ist die Waschmaschine verlässlich", sagte Frau Swoboda. „Ist Geschenk. Mein Mann hat sie von einem Arbeitskollegen bekommen und der hat sie auch irgendwo geerbt."

„Gute Maschine, diese *Eudora*. Und das Tolle ist, dass sie mit einem Handgriff in einen Trockner verwandelt werden kann."

„In Trockner?"

„Haben Sie das nicht gewusst, gnä' Frau? Deshalb heißt sie *Eudora Luftikus*."

„Nein, das ist mir nei. Ich muss mich an Regentagen immer ärgern, weil die Wäsche nicht trocknet. Ich wollte mir sogar schon einen Trockner kaufen."

„Los, Biber, sammle die nassen Handtücher ein und wirf sie in die Trommel. Dann werden wir den Trockner testen."

„Stopp! Nur Wäsche mit der gleichen Farbe! Du kannst doch nicht alle Farben zusammen in die Trommel geben. Hast du denn noch nie Wäsche gewaschen, Biber?"

„Gewaschen schon, aber muss man die Wäsche auch beim Trocknen trennen?"

Edgar seufzte theatralisch und zeigte Frau Swoboda, wie eine *Eudora* zum Trockner wird.

„Einfach den Deckel der Trommel umdrehen und fertig." Frau Swoboda blickte ihn ungläubig an und war begeistert, als Edgar den Trockner startete und die Zusatzbezeichnung „Luftikus" betonte, als würde er ein Geheimnis verraten.

„Im Deckel ist das Gebläse und die Heizung", erklärte er. „Raffiniert, was, diese *Eudora*-Leute. Innovativ wie die Post."

„Sie sind allmächtiger Mann", sagte sie. „Das muss gefeiert werden. Kommen Sie, trinken Sie Ihren Kaffee aus." Dazu stellte sie noch drei Stamperl Becherovka, mit dem sie auf die reparierte Waschmaschine und den neuen Wäschetrockner anstoßen konnten. Biber entschuldigte sich und huschte aufs Klo. Er konnte keinen Becherovka trinken, auch wenn die Dame behauptete, dass es sich um Medizin handle.

„Sind wie Brieder", sagte Frau Swoboda zu Edgar.

„Was?", entrüstete sich der. „Der ein Bruder! Der ist heute nicht gut beisammen, weil er zu viele Süßigkeiten gegessen hat. Deshalb rennt er bei jeder Gelegenheit aufs Klo."

Als Biber wiederkam, hatte Frau Swoboda den Becherovka schon weggeräumt.

„Oh", sagte sie, als sie Biber sah, „hat vielleicht geweint, der Arme?"

Und wirklich. Biber sah schlimm aus. Er ließ sich auf die Couch fallen. Er hatte sich am Klo ganz wild die Augen gerieben. Erstens als Genussersatz für die fehlenden Ohrenstäbchen. Weil es so gut beißt, wenn man sich die Augen reibt. Zweitens, weil er dann noch armseliger dreinschaute.

Frau Swoboda zog Edgar ins Vorhaus. Natürlich lösten sie den Bewegungsmelder aus.

„Hohoho, Merry Christmas", rief der Weihnachtsmann. Und der kleine Spielzeughund neben ihm bellte zeitverzögert: „Kläff – kläffkläffkläff – kläff."

„Ist netter Mann, Ihr Freind", flüsterte Frau Swoboda, „aber hat auf der Klo geraucht."

„Nein", rief Edgar. „Hat nicht auf Klo geraucht. Hat vielleicht nur Zündholz angezündet, dass es nicht stinkt."

„Zindholz", wiederholte Frau Swoboda beeindruckt. „Wenn der Zindholz brennen tut, riecht auf Heisel immer gut. Hahaha. Ist Kinstler, Ihr Freind. Und kultivierter Mann."
Sie gingen wieder ins Wohnzimmer und setzten sich zu Biber. Der hatte sich noch einen Kaffee eingeschenkt und aß die Haut von der Milch. Biber liebte kuhwarme Milch und holte sie täglich beim Bauern. Und natürlich mochte er auch Milch mit Haut. Das gefiel Frau Swoboda, weil sie auch die Haut von der Milch mochte. Als er aber drei Stück Zucker in den Kaffee warf, war sie verwundert, wo er doch am Vortag zu viele Süßigkeiten erwischt haben soll.
„Ist sichtig", kommentierte sie.
„Swoboda ist aber kein typischer österreichischer Name, was?", meinte Edgar.
„Nein. Mein Mann und ich sind geborene Tschechen. Mein Mann ist voriges Jahr verstorben. Ich stehe schon über elf Monate allein."
„Oh, das tut uns leid", antworteten die beiden mutmaßlichen Telegrafinger von der Post einstimmig, und Biber ergänzte noch wie ein Lehrer: „Sie sind alleinstehend."
„Sind riecksichtsvoll, aber das muss Ihnen nicht leidtun, meine Herren", sagte Frau Swoboda. „War großer Maler, mein Mann."
„Ein großer Maler!", wiederholte Edgar und dachte an einen bedeutenden Künstler.
„War einen Meter fünfundneunzig hoch", antwortete Frau Swoboda. „Hat auch Teppiche gelegt. – Aber war nur Belastung. Hat sich vor Hausarbeit gedrieckt. ‚Wer die Arbeit kennt und sich nicht drieckt – der ist verrieckt', hat er immer gesagt."
„Hohoho, Merry Christmas", rief der Weihnachtsmann wie durch eine unsichtbare Hand ausgelöst. Und Frau Swoboda erzählte weiter: „Weihnachten ohne ihn ist ein Segen. Da war immer eine Spannung. Ich konnte mir nie im Fernsehen ansehen, was ich wollte."
**„Licht im Tunnel"**, sagte Biber.
„Ja genau", antwortete Frau Swoboda und setzte fort: „Und was Treie betrifft, war nicht fein. Hat hechstens Marken mitgenommen."
„Marken?", fragte Edgar verwundert.
„Ja, Marken von ADEG Kassa. Treiemarken. Die hat der wie wild gesammelt. Sonst hat der von Treie nix wissen woolen." Dabei saugte sie seufzend die Luft ein, als wäre sie gerade aus dem Wasser aufgetaucht.

Edgar trat Biber unter dem Tisch auf die Füße und biss sich auf die Lippen, um nicht laut zu lachen.
„Und außerdem war unseriees", murmelte sie.
„Unseriös?", fragte Edgar nach.
„Ja", sagte sie. „Hat zur Flasche gegriffen."
Jetzt verzog sogar der desinteressierte Biber sein Gesicht und schmunzelte.
Nachdem sie sich die Bäuche vollgeschlagen hatten, bedankten sie sich bei Frau Swoboda für den herrlichen Gugelhupf und den wunderbaren Kaffee und wollten in die Nachbarwohnung.
„Haben Sie eine Idee, gnä' Frau, wie wir da reinkommen?"
„Nein. Soviel ich weiß, haben die Alarmanlage und natierlich Sicherheitsschlesser. Damit von eigenen Landsleiten nicht umgebracht werden kennen."
Edgar wollte es wieder über das Dach versuchen. Er wusste jetzt ganz genau, wo die Terrasse des Herrn Iwan Diwanov lag. Wieder gelangte er mit einem waghalsigen Stunt über die Dachrinne zu seinem Ziel. Leider war kein Fenster gekippt und auch die Balkontür war versperrt. Er inspizierte die Fenster und die Tür ganz genau. Bei den Fenstern war absolut nichts zu machen, aber die Balkontür war möglicherweise zu knacken. Edgar versuchte die Tür von unten aus den Scharnieren zu hebeln. Das funktionierte nicht. Ebenso misslangen alle anderen Versuche, die Tür unbeschädigt zu lassen und trotzdem einzudringen. Also musste der Glasschneider her. Den hatte aber der Biber in der Tasche. Wo war der Kerl? Auf dem Dach natürlich. Also wieder rauf auf das Dach. Glasschneider geholt und wieder runter auf die Terrasse.
„Na, es geht doch", murmelte Edgar vor sich hin, als er die ausgeschnittenen Scheiben herausnahm und die Tür von innen öffnete. Alarmsignal ertönte keines. Gott sei Dank. Darauf wäre er wirklich nicht vorbereitet gewesen. Aber er war sich fast sicher, weil die Gauner natürlich nicht gerne Polizisten in ihre Wohnung locken. Erst einmal wurden die Räume genauestens inspiziert. Oberste Priorität hatte die Überwachungsanlage. Wo war sie? Wie funktionierte sie? Schon hatte er die Monitore entdeckt. Man konnte den Haupteingang sehen, den Aufzug, die Eingangstür, aber nicht die Terrasse.
„Dilettanten, diese Russen", dachte Edgar und ging daran, die Tür zu öffnen. Da sah er einen Schlüsselbund neben der Tür hängen.

„Da wird doch nicht der Reserveschlüssel dabei sein", dachte er und probierte alle durch. Tatsächlich. Einer passte.
„Die müssen sich ja sehr sicher fühlen in Wien. Na ja, ihr Geld verwahren sie ja bekanntlich am Körper, geschützt durch ein Gummiringerl."
Edgar sperrte die Tür auf und holte sofort den Biber, der bereits mit Frau Swoboda ein Fotoalbum ansah und den Gugelhupf in den Kaffee eintunkte.
„Rote Karte, Biber!", rief Edgar und maulte: „Geh weiter jetzt, du Schauer, die Tür ist offen."
„Aber lassen Sie ihn doch", beschwichtigte Frau Swoboda. „Der Arme kann ja nicht beißen, wenn er so schlimm gefallen ist."
„Ja, der ist wirklich schlimm gefallen", wiederholte Edgar.
„Kein Wunder mit diesen Sandalen, die ihm die Post da zur Verfügung stellt."
„Flüstersandalen", sagte Edgar.
„Fliestersandalen?", fragte Frau Swoboda.
„Saalschuhe", stellte Biber richtig und eilte Edgar nach.
„Haben Sie die Abhöranlage schon sichergestellt?", wollte Frau Swoboda wissen.
„Noch nicht", antwortete Edgar. „Das ist eine langwierige Arbeit. Wer weiß, ob wir da heute noch fertig werden. – So, Biber, jetzt komm schon."
„Ich bin direkt hinter dir, nur keine Hektik. Danke schön, Frau Swoboda. Auf Wiedersehen."
„Ist Zumutung von Post", sagte Frau Swoboda, als sie Bibers Sandalen betrachtete. „Wenn der Arme bei der Kälte und dem Regenwetter mit Klapperl rausmuss."
„Da kann die Post nichts dafür", erklärte Edgar. „Wenn es im Sommer heiß ist, zieht er gerne Pelzschuhe an."
Als sie sich in der Russenwohnung befanden, schaute sich Biber kurz um und bemerkte dann trocken: „So, jetzt sind wir da, Edgar, und was machen wir jetzt?"
„Lass das nur meine Sorge sein, Biber. Erst einmal abwarten und den Laden inspizieren. Schau dir mal die Videos der Überwachungskameras durch. Wenn wir drauf sind, löschst du es raus. Okay."
„Erst einmal ansehen. Wenn ich was entdecke, sag ich es dir."
„Da ist ein Computer!", rief Edgar. „Den werde ich mir gleich einmal ansehen."

Edgar startete den Computer.

„Kabelmodem", murmelte er vor sich hin. „Alles da. Das lasse ich mir gefallen. Da kann ich sogar meine E-Mails abrufen. Gott sei Dank ist die Sprache Deutsch und nicht Russisch. Aha, Passwortabfrage. In Windows 98 völlig umsonst, hat der beim Windows-Kurs gesagt. Einfach auf Abbrechen klicken und schon ist alles, wie man es braucht. Ha, sieht gut aus. Rein ins Internet. Da bin ich gespannt, welche Favoriten sich der Kerl abgespeichert hat. Gar keine. Da bin ich aber enttäuscht. Der kann nicht viel am Computer arbeiten, der Iwan Diwanov. Ob ich auch an seine Post rankomme? Ich starte mal Outlook Express. Oh nein. Der will die Zugangsdaten. Was habe ich falsch gemacht?"

Edgar rief Frustlich mit seinem Handy in der Puppen-Manufaktur an und schilderte ihm die Lage.

„Das musst du auch einmal aushalten", sagte Edgar, als er die Kraftwerk-Musik im Hintergrund hörte. „Den ganzen Tag diese Musik! *Sie ist ein Model und sie sieht gut aus ... tatt tata tatitatatata.* Nette Buben, diese Fankis, aber die Musik, die sie da den ganzen Tag hören. Da könnte ich nicht mit ihnen in der Werkstatt arbeiten. *Boom, Bum Tschak ... Boom, Bum Tschak* ... Eine Hottentottenmusik."

„Lange nicht so schlimm wie in der Schule", beruhigte ihn Frustlich und erklärte ihm, dass er die E-Mails und die Favoriten des Russen nur ansehen könne, wenn er sich mit dem richtigen Benutzernamen und dem entsprechenden Passwort einloggte. Kein Problem unter Windows 98. Edgar bearbeitete unter Anleitung von Frustlich das Benutzerkonto eines gewissen Bologa und loggte sich ein. Es klappte. Da waren sie schon. Fünfzehn Messages. Russisch. Das hätte sich Edgar denken können.

„Und wer übersetzt mir das?", dachte er. „Ich drucke alles aus. Da wird sich schon jemand finden. Und das Adressbuch auch. Na warte, Bürschchen. Dir werde ich Ärger machen."

Schließlich schickte Edgar die Mails an Frustlich mit der Bitte um Übersetzung. Aus Sicherheitsgründen löschte er natürlich die ausgehende Message. Dann studierte er Diwanovs aus- und eingehende Mails sowie deren Absender und Empfänger. Die ausgedruckten Seiten übergab er Biber, der sie in einem Päckchen an seine Jelena schicken sollte. Vielleicht würde das Material aufschlussreich sein.

„So, Biber", sagte Edgar militärisch. „Du bekommst jetzt von mir einen Durchsuchungsbefehl. Schau in allen Schubladen nach, ob du was Brauchbares findest."

Biber zeigte kein großes Interesse. Er wollte eigentlich weg. Aufhören. Heimfahren. Schluss. So probierte er, Edgar zu beunruhigen.

„Du", sagte er, „ich glaube, die Telefonumleitung funktioniert nicht. Sonst hätte doch Annette angerufen."

Edgar zeigte sich unbeeindruckt und riss für Biber eine Schublade auf.

„Gummiringerl", sagte Biber erstaunt.

„Aha, da haben wir ihre Geldtaschen schon gefunden. Da kann das Geld nicht weit sein." Sie durchsuchten gemeinsam die anderen Laden.

„Kreditkarten oder so was werden die leider nicht herumliegen lassen", sagte Edgar, „aber vielleicht Bargeld. Wäre mir eh lieber."

„Genau", sagte Biber und hatte schon den Kleiderschrank in Arbeit.

„Da schau her", rief er. „So viel Geld in bar", und holte eine Rolle Banknoten aus einem schwarzen Ledermantel.

„Das sind doch fünftausend Euro. Das hat der in bar in der Manteltasche. Ich glaub es nicht."

„Sauber, sag ich. Los, Biber, nimm dir, was du willst. Das geht keinem ab, und du hast eh noch nie etwas geerbt, oder doch? Jetzt haben wir einen spendablen Firmgöd gefunden."

Edgar hatte in einer Lade Telefonrechnungen, Versicherungspolicen und Dokumente von Banken gefunden. Damit war er dem schon näher gekommen, was er die ganze Zeit gesucht hatte: Zugangsdaten für Online-Überweisungen. Wäre ja zu schön gewesen. Er ging wieder zum Computer. Nachdem er als Benutzer Bologa eingeloggt war, konnte er die Surfgewohnheiten Diwanovs genau unter die Lupe nehmen. Er studierte die Favoriten, den Verlauf und die zuletzt aufgerufenen Dokumente.

Dann machte sich Edgar an die Überwachungskamera. „Eine echte Alarmanlage ist für die Russen nicht sinnvoll", erklärte er Biber. „Die Herrschaften, die da wohnen, wollen nicht die Polizei mit einer Durchsuchung in der Wohnung haben, die wollen nur sehen, wer vor der Tür ist, um dann schnell türmen zu können, wenn es unangenehme Geschäftspartner sind. Deshalb die Dachwohnung. Da könnte vielleicht sogar ein Hubschrauber landen."

„Aber wie kommt man schnell aufs Dach?", fragte Biber.

„Gute Frage. Die werden sicher einen Fluchtweg vorbereitet haben, Biber. Das kannst du mir glauben. Da wäre ja die ganze Überwachungskamera sinnlos, wenn sie nicht blitzschnell abhauen könnten."
Biber jammerte wegen seiner Brust- und Kopfschmerzen, trotzdem hatte er den Safe bald gefunden.
„Super, Biber", sagte Edgar und werkte am Öffnungsmechanismus herum. Vier Zahlen müssen wir eingeben. Das ist ein Glücksspiel. Ich glaube nicht, dass wir das ohne die Hilfe des Besitzers schaffen. Aber du kannst ja alle Postleitzahlen eingeben, die du auswendig weißt." Biber machte sich an die Arbeit und hielt sein Ohr an den Mechanismus, so wie er es in Kriminalfilmen mit Barbara Rüstig gesehen hatte. Es rührte sich allerdings nichts.
Unterdessen hatte Edgar den Fluchtweg gefunden.
„Komm, Biber", rief er und öffnete eine feuerfeste Tür, die zu einem kleinen Raum führte, in der sich die Gastherme für die Heizung befand. Von dort führte ein Schacht zu einem Dachausstieg und nach unten. Erst inspizierten sie den Dachausstieg, dann kletterten sie über eine Stehleiter nach unten. Die Tür, durch die sie auf ein Stiegenhaus kamen, war von außen als Verteilerschrank getarnt. Kaum hatten sie sie geschlossen, hörten sie eine vertraute Stimme.
„Mechte hiepfen vor Freide wegen Waschmaschine und neie Trockner", quietschte Frau Swoboda, deren Eingang sich direkt vor dem falschen Verteilerschrank befand.
„Oh, Frau Swoboda", sagte Edgar und bemerkte gar nicht, dass er und sein Freund vom Fluchtweg so dreckig waren, dass sie wie Rauchfangkehrer aussahen.
„Kommen Sie drin, kommen Sie drin", sagte sie. „Ich werfe Ihre Mäntel gleich in die Waschmaschine und trockne sie. – Spinne zu Mittag bringt einen Glickstag", sagte sie und entfernte eine riesengroße Spinne von Bibers Hals. „Haben Sie Abhöranlage schon gefunden?"
Unter dem Hohoho-Merry-Christmas-Geschrei des kleinen Weihnachtsmannes im Vorhaus und dem zeitverzögerten Kläff – kläffkläffkläff – kläff des Spielzeughundes wurden die zwei Männer in die Wohnung gelockt. Biber tat Frau Swoboda leid. Er sah jetzt noch fürchterlicher aus als vorher. Er war ganz apathisch und blickte teilnahmslos. So etwas war ihm noch nie passiert. Vieles, wenn nicht alles, war ihm schon passiert. Er war ein wilder Hund, der keinen Respekt vor nichts und niemandem hatte, aber so etwas kannte er

bisher nicht. Die Einschüchterung und vor allem die Erniedrigung mit dem Pissoir-Zuckerl saßen ihm tief in den Gliedern.
Frau Swoboda bot ihm an, sich in ihrer Badewanne zu kultivieren. Er lehnte natürlich ab, aber sie ließ nicht locker.
„Machen Sie es sich gemietlich, nehmen Sie ein Schaumbad und spritzen Sie, wie Sie wollen."
Biber schaute armselig, hatte Kopfweh, Bauchweh und Seitenstechen und genoss die Fürsorge. So ließ er die Wanne volllaufen und verschwand sogleich im Schaum. Wie eine Diva rekelte er sich und blies den Schaum weg wie ein Kind.
„Der Herr, der mit Ihnen gekommen ist, ist aber sehr zurückhaltend, nicht wahr?", sagte Frau Swoboda zu Edgar.
„Der und zurückhaltend", legte Edgar los und hätte glatt begonnen, über Biber zu schimpfen und über seine Weibergeschichten unter dem Einfluss von Sekt-Orange.
Aber Frau Swoboda führte ihm erst einmal allerlei kaputte Geräte und Gegenstände vor. Er reparierte ihre tropfenden Wasserhähne, klebte mit *Loc Tite Superkleber* zerschlagene Vasen, Schuhsohlen und sogar ihr beschädigtes Gebiss. Nur drei Paar alte ausgehatschte Schlapfen mit einem Stern drauf, die Lieblingspantoffel ihres verstorbenen Mannes, waren nicht mehr zu reparieren, und ein Rasentrimmer mit abgebranntem Elektromotor auch nicht. Dann hatte sie ihm noch einen Kübel Dispersionsfarbe gezeigt, weil ihr Mann gestorben war, bevor er die Wohnung ausmalen konnte.
Im Hintergrund lieferte sich die Waschmaschine mit der Spülmaschine einen harmonischen Geräuschwechsel. Ein Mal rastete die eine Maschine und die andere arbeitete, dann wieder umgekehrt. Als ob die Programme aufeinander abgestimmt gewesen wären. Frau Swoboda genoss dieses Zwiegespräch der Maschinen.
„Waschmaschine ist wie nei! Der ist ein Tifftler. Hat Lesung fir jedes Problem. Der ist allmächtig", sagte sie immer wieder und tätschelte Edgars Hals mit ihren kalten Händen, während sich Biber in der heißen Wanne streckte, den Kopf unter Wasser tauchte und die aufsteigenden Sauerstoffbläschen genoss, die seine Kopfhaut kitzelten.
Frau Swoboda wartete mit einer handfesten Jause auf. Und da ging es auch schon los mit all dem, was sie bisher gegen ihre Gewohnheit so lange zurückgehalten hatte: neugierige Fragen. Natürlich hatte sie an der Geschichte mit dem Fernmeldedienst gezweifelt. Sie hatte doch schon die Zeitung gelesen, in der vom Dienstantritt der ersten

Postler bei der Wiener Polizei geschrieben worden war. Da erzählte Edgar über die russische Geschäftsfrau, die Biber kennengelernt hatte und die der Russe Diwanov mit seinen Betrügereien an den Rand des Ruins getrieben hatte. Frau Swoboda wunderte sich ganz und gar nicht, dass Biber von der russischen Geschäftsfrau und anderen Frauen so begehrt war.

„Wissen Sie", sagte sie, „der Herr hat gute Mentalität und …" Dann machte sie eine kurze Pause. „Der_hat das gewisse Etwas. – Hat Figur, dass man ihn packen und kissen mechte."

„Puh!", seufzte Edgar. „Manche Damen zieht vielleicht gerade das an, was die anderen abschreckt. Seine Wildheit, seine O-Beine, seine cowboyhafte Gangart. Seine ungestüme Art. Sein Draufgängertum. Wissen Sie, Frau Swoboda, manche Frauen warten nur darauf, dass der Richtige kommt und anbeißt. Der Richtige kommt aber nicht. Nach ein paar einsamen Stunden wird ihnen auch ein anderer recht. Und dann gewinnt der, der sich nix scheißt und ein Draufgänger ist. Genau das ist seine Spezialität. Der hat keinen Respekt vor nix und niemandem. – Und manchmal regt er mich gewaltig auf."

Frau Swoboda neigte den Kopf zur Seite und tat beeindruckt. „Was einen besonders an einem anderen aufregt, steckt selbst!", meinte sie und grinste schelmisch.

Biber entspannte sich währenddessen im heißen Wasser. Er fühlte sich, als würde er in den Mutterleib zurückkehren und sowohl sein Post- als auch sein Pissoirkugel-Trauma zumindest kurzfristig abwerfen können. All seine schlechten Gedanken waren wie weggeblasen. Er war locker und entspannt.

„Der scheut keine Konfrontation, sag ich Ihnen", erklärte Edgar. „Trotz Freund oder Ehemann quatscht er jede an."

Weil er sich so ärgerte, dass Frau Swoboda von Biber so beeindruckt war, packte Edgar gezwungenermaßen über Biber, sein Leben und sein Verhältnis zu Hunden und Frauen, und insbesondere das zu seiner Schwester Annette aus. Und natürlich erwähnte er, dass Biber die Brigitte Bardot geküsst hatte.

Biber fuhr in der Badewanne auf. Hatte er richtig gehört? Er tauchte wieder unter und bemerkte, dass er ganz genau verstehen konnte, was Frau Swoboda mit Edgar sprach, besser gesagt, was der alles an Geheimnissen ausplauderte. Er war entsetzt, aufgeregt, hielt die Luft an und versuchte mucksmäuschenstill zu sein. Aber es war ganz und gar nicht still. Sein Körper sprach.

Es gluckste, pfiff und trompetete. Manchmal klangen die Laute wie „He Du!" oder „Wach auf!" oder „Guten Tag". Und manchmal war es, als würde ein kleines Schweinchen in seinem Bauch sein.
Bibers Gedanken jagten durch seinen Kopf. „Der ist vielleicht peinlich. Worüber redet der?" Er schnappte nach Luft, verschluckte sich. Dann verstand er wieder Fragmente des Gesprächs. Glucks – beziehungsunfähig und beziehungslos – Pfeif – der Arme – Blup – Nur durch das strenge Reglement der Post konnte man ihm die nötigen Schranken setzen. Er ist den Frauen immer vor der Heirat ausgekommen. Sein Spezialgebiet – Peng – jede anquatschen, vor allem verheiratete Frauen. Bibers Bauch rumpelte, sprudelte, blubberte und brodelte. Es gab dumpfe Geräusche, schrille Geräusche, tiefe Geräusche, hohe Geräusche, die manchmal wie Pfiffe tönten und Biber an Fußball-Fouls erinnerten. Und ein Glucksen. Ein regelmäßiges beruhigendes Glucksen, das manchmal zu einem beunruhigenden Glucksen wurde, wenn Frau Swoboda Edgar gnadenlos ausfragte. Biber hörte oft genau die Fragen, aber bei den Antworten gluckste es so wild, dass er absolut nichts verstehen konnte.
So wurde nicht alles ans Ohr geschwemmt, was Edgar über Biber erzählte. Und zwischen all den vielen Pfff- und Blp-Geräuschen war das versteckt, was Edgar tatsächlich von Bibers Abenteuern wusste und was seiner regen Fantasie entsprang. „Der Biber fährt bei den Damen immer mehrgleisig!", sagte Edgar und Frau Swoboda machte wieder einmal einen lang gezogenen „Meine-Giete-Säufzer". Puh, was musste die jetzt für einen Eindruck von ihm haben. Entgegen allen Erwartungen sagte sie zwischen mehreren Pfft-Lauten: „Aber der ist simpathischer Mann." Blp. „Sehr simpathisch. Meine Giete, wenn ich noch einmal finfzig were!" Blblblblb – „Hat vielleicht große Versuchung – Meine Giete" – Brrrr – „Gelegenheit macht Liebe." – Glucks, glucks – „Verbotene Friechte sind die besten." – Blppp.
„Wissen Sie, Frau Swoboda", sagte Edgar ernst. „Der Biber kann ja machen, was er will. Mich beunruhigt nur, mit welcher Beharrlichkeit er seit der Kindheit hinter meiner Schwester her ist, mit der ich gemeinsam ein Haus bewohne."
„Ich verstehe nicht, was Sie meinen."
„Ich weiß einfach nicht, wie das ausgeht. Meine Schwester hat schon einmal einen ins Haus genommen, der dann zu einem Problem

geworden ist. Meinen Ex-Schwager. Den bin ich erst vor Kurzem losgeworden."
„Hat sie schon neuen Mann, Ihre Schwester? Oder ist auch mehrgleisig?"
„Nein."
„Na, warum gennen Sie ihr den Herrn Biber nicht?", fragte Frau Swoboda, richtete sich einen Sessel zurecht und lagerte ihre Beine hoch.
„Das kann ich Ihnen sagen. Sie können sich vorstellen, dass ich nicht gleich wieder einen im Haus haben will. Noch dazu, wo ihr Exmann sogar meinen Hausanteil lange Zeit an sich gerissen hat. Er schien damals in Geld zu schwimmen. Annette organisierte im Haus unzählige Partys. Und einer ihrer Freunde lieferte exquisites Essen und teuren Wein. In den Anfängen des Kulturvereins fanden sogar Lesungen und Vernissagen in unserem Haus statt, die alle erdenklichen Ungustln und Buffetstürmer des Ortes anlockten."
„Ja, hätten Sie da nicht einfach Nein sagen können?"
„Blöd bin ich gewesen! Sogar meine Räumlichkeiten habe ich ihnen überlassen."
„Das hätten Sie nicht tun sollen!"
„Leicht gesagt. Irgendwie hat er meine Schwester und mich immer in der Hand gehabt. Beim Ausbau unseres Hauses hat er zum Beispiel die Genehmigungen organisiert. Ruck, zuck. Wahrscheinlich nicht ganz legal."
„Verstehe!"
„Und ganz uneigennützig habe ich es auch wieder nicht getan, muss ich zugeben."
Jetzt hatte er nicht nur Frau Swoboda neugierig gemacht. Auch Biber strampelte in der Badewanne.
„Ich war nämlich hinter einer Freundin meiner Schwester her. Die ist auch immer zu den Partys gekommen. Aber ich habe leider zu lange gewartet, da hat sie mir einer weggeschnappt und geheiratet."
„Wie heißt denn die Dame?"
„Sie wollen aber auch alles wissen, Frau Swoboda?"
„‚Der Vlasta ist wie Detektiv. Weiß olles und ist mir bese bis ieber Tod hinaus.' Das hat mein Mann immer gesagt."
„Ariane heißt sie."
„Ist scheener Name, und wie verliebt Sie ihn aussprechen. Ich glaube, Frau Ariane ist noch immer Liebling."
Jetzt gluckste der Biber.

„Mein ganzes Leben hat nur sie mich richtig interessiert."
„Ist nicht mehrgleisig?"
„Genau", antwortete Edgar. „Ich bin Eisenbahner. Eingleisig genügt. Aber sie ist verheiratet, das muss ich akzeptieren."
„Muusss nicht!"
Biber lachte laut in der Badewanne. Aber niemand hörte ihn.
„Muusss", sagte Edgar mit ernstem Gesichtsausdruck, aber genauso langer Betonung wie Frau Swoboda.
„Muusss nicht!", sagte sie wieder und tätschelte seinen Hals.
Biber horchte aufmerksam.
„Aber Ihre Schwester hat den Mann geliebt, nicht?"
„Das tut sie leider immer noch. Bis heute hat sie nicht begriffen, dass sie auf ihn hereingefallen ist."
„Wieso hereingefallen?"
„Sie hat mir einmal gestanden, dass er sie bereits als Klassenkamerad in der Volksschule für sich gewonnen hat. Und diese Kindheitsfreundschaften, die wirken halt ewig."
Biber zuckte, obwohl er versuchte überhaupt keinen Lärm zu verursachen. Er hielt die Luft an.
„Offenbar hat er ihr schon damals täglich Geschenke gemacht und Aufmerksamkeiten in die Schultasche gelegt. Blumen für sie gepflückt! Da dachte sie halt, ein romantischer und kreativer Mensch kann doch nichts Böses im Sinn haben. So hat sie es mir zumindest einmal erklärt."
Biber blies die Luft heraus und richtete sich so hastig auf, dass er ausrutschte und auf sein Hinterteil klatschte. Er war entsetzt. Sollte Annette wirklich seine anonymen Geschenke für Aufmerksamkeiten Glatts gehalten haben. Was für eine Ungerechtigkeit des Schicksals. Hätte sie gewusst, dass er ihr Blumen in die Schultasche gelegt hatte, vielleicht hätte sie ihn geheiratet.
„Und der arme Herr Biber hat Ihre Schwester nicht bekommen", fing Frau Swoboda wieder an.
„Ja, so ist das mit dem Herrn, der das gewisse Etwas hat!", sagte Edgar so laut, dass Biber es auch außerhalb der Badewanne deutlich hören konnte.
Frau Swoboda ließ nicht eher locker, bevor Edgar ihr über den jungen Biber erzählte, der natürlich im selben Haus zur Welt gekommen war wie alle anderen Hacklinger damals auch, im Haus der Hebamme. Beim Anblick seiner Kraftdaumen soll sein Vater damals schon ausgerufen haben: „Der geht einmal zur Post." Und

besiegelt wurde diese Vision, als der junge Mann im zarten Alter von drei Jahren eine Kinderpost zu Weihnachten bekommen hat. Sofort stempelte er alles, was ihm in die Finger kam, und überall klebte er Kinderbriefmarken drauf. Von da an wollte er nur mehr Uniform tragen, Pakete verzurren, Marken ablecken und stempeln. Er trug die Uniform so gern, dass er die Hose sogar privat verwendete, was kein anderer tat.
„Was sind Kraftdaumen?", wollte Frau Swoboda wissen. „Ja, sind Ihnen die nicht aufgefallen? Flach und doppelt so breit. Ja, haben Sie das nicht gemeint mit dem gewissen Etwas?"
Edgar berichtete von einem Foto aus der ersten Klasse, das ihm seine Schwester einmal gezeigt hatte. Darauf war sie mit Biber abgebildet, der ihr die Schuhbänder knüpfte. Das Ungewöhnliche daran: mit jeder Hand einen anderen Schuh.
Bibers Bauch gluckste. Er hatte etwas aufgeschnappt, aber nicht alles. Er wollte schon aus der Wanne springen und dem Verrat im Wohnzimmer ein Ende setzen, da musste er sich an die Schulzeit mit seiner angebeteten Annette erinnern. Blumen hatte er auf den Feldern für sie gepflückt und in die Schule mitgenommen. Und schon in ganz frühen Jahren hatte er versucht sie zu küssen. Gott sei Dank wusste Edgar nichts davon. Sie hatte die zartesten Lippen und schon als Schulkind den Geschmack von Pfefferminzkaugummi. Als er einmal sehr lästig war, hatte sie ihm sogar einen ihrer Kaugummis überlassen, nachdem er den Geschmack verloren hatte. Nicht erst, seit er sie im Turnunterricht in der Strumpfhose gesehen hatte, war Biber verrückt nach Annette. Ihm gefiel das Noble, das sie ausstrahlte. Allein dieser angenehme Geruch, den sie so zart verströmte, war unwiderstehlich für ihn. Und doch, wenn er sie sah, dann war es ihm, als stünde er vor einer Verbotstafel. Vor einer ganzen Gruppe von Verbotstafeln.
Deshalb flüchtete er sich in seine Tagträume. Vor allem in den Religionsstunden. In diesen mitunter zu realistischen Träumen rettete Biber seine angebetete Annette aus ausweglosen und gefährlichen Situationen. Seine Fantasie kannte keine Grenzen. Vor Rieseneidechsen, Wildkatzen, Räubern und Außerirdischen rettete er sie, während der Pfarrer biblische Geschichten erzählte.
Biber erinnerte sich an einen Kinderfasching, als Annette als Schneewittchen ging und er natürlich das erste Mal als Cowboy. Er, der sich nichts lieber ansah als Tschin-Bumm-Filme, trug natürlich eine blaue Cowboyhose und fühlte sich als ihr Beschützer.

„Der kommt mit der Pension nicht zurecht, der Mann mit dem gewissen Etwas", lästerte Edgar.
Und Biber lauschte mit aller Aufmerksamkeit, als Frau Swoboda neugierig nachhakte: „Und Sie? Sie kommen zurecht. Aber was ist Ihr Geheimnis?"
„Das ist da drin!", sagte Edgar und holte etwas, wovon sich Biber in dem Moment nicht vorstellen konnte, was es war.
„Darf ich reingucken?", fragte Frau Swoboda und zog den Rexgummi ab. „Da ist ja alles durchgestrichen!", sagte sie.
„Ja, wissen Sie, Frau Swoboda", erklärte Edgar. „In dem Büchlein mache ich mir nur Notizen, und dann schreibe ich alles in den Computer."
„Jetzt hielt Biber aufgeregt die Luft an. „Das kleine schwarze Büchlein!", dachte er und ärgerte sich, dass er noch nie heimlich hineingeschaut hatte.
„,*Auf den Fersen des Schakals*' heißt der Roman, an dem ich schreibe", verkündete Edgar und musste nach und nach den präzisen Fragen der neugierigen Frau Swoboda nachgeben. Sie entlockte ihm, dass er als Pensionsbewältigung eine Geschichte mit einem Eisenbahner wie ihm als Protagonisten schrieb, der all das tut, was sich Edgar nie getraut hätte. So heftet er sich an die Fersen des berüchtigten Terroristen Carlos und bringt ihn zur Strecke, bevor er 1975 in Wien bei der OPEC-Konferenz der Organisation Erdöl exportierender Länder ein Blutbad anrichten kann.
Frau Swoboda interessierte das Ganze wenig. Sie wollte wissen, unter welchen Umständen Edgars Schwester Biber nehmen würde. Und das interessierte Biber auch. Er ging wieder auf Tauchstation.
„Erst einmal Händewaschen", betonte Edgar. „Bei jeder Gelegenheit. Das macht Eindruck bei ihr. Elegante Kleidung. Weder Flüstersandalen noch Pelzschuhe und schon gar keine Posthose. Keine Stofftaschentücher und keine Ohrenstäbchen. Und nie wieder dürfte er auf einen Scherben gehen."
Pah! Jetzt musste der Biber auftauchen. Zu lange hatte er den Kopf unter Wasser gehabt. Er war schon völlig aufgeweicht und verließ die Badewanne. Er begutachtete all seine blauen Flecke im Spiegel und machte sich etwas zurecht. Obwohl Ohrenstäbchen bereitlagen, rührte er sie nicht an. Dann erblickte er aber sein geliebtes *Wick VapoRub* und cremte sich damit die Brust ein. Frisch duftend und in ein Badetuch gewickelt tauchte er im Wohnzimmer auf.

„So, jetzt werden Sie aber Hunger haben", sagte Frau Swoboda und steckte sich genüsslich ein Zuckerl in den Mund. Die Assoziationen, die sich Biber beim Anblick eines Zuckerls aufdrängten, waren entsetzlich. Er ließ das Badetuch fallen und rannte nackt, wie er war, auf die Toilette, wo er sich minutenlang übergeben musste. Dann rief er zaghaft nach Edgar, der ihm etwas zum Anziehen bringen musste.

Frau Swoboda hatte inzwischen Edgar über die Gründe von Bibers Reaktion ausgefragt. Sie wollte nicht so recht glauben, dass es nur die vielen Süßigkeiten waren, die er angeblich am Vortag erwischt hatte. Sie bedauerte den armen Kerl aufs Äußerste und versuchte, das herzzerreißend dreinschauende Häufchen Elend mit Gaumenfreuden aufzurichten. Entgegen seinen üblichen Gewohnheiten hatte Biber absolut keinen Appetit. Und dabei hatte Frau Swoboda genau das auf dem Tisch, was Biber außer den Leberkäswecken am liebsten aß: Gabelbissen. Postler und Eisenbahner waren allesamt Gabelbissenesser. Laut interner Bundesbahnvorschrift war zuerst das Gelee zu essen und erst dann das Ei und am Schluss die Mayonnaise. Postler dagegen aßen Gabelbissen gemäß einem internen Postübereinkommen genau umgekehrt. Aber diesmal weder so noch so. Frau Swoboda streichelte Bibers hündischen Hals und tätschelte ihn mit ihren kalten Händen ab. Natürlich hatte sich ein neugieriger Blick auf Bibers Kraftdaumen verirrt. Edgar musste sich umdrehen. Es zerfetzte ihn fast vor Lachen. Aber Biber ließ sich wie ein Hund kraulen und abtätscheln. Er unterdrückte mit allen Mitteln seinen Brechreiz und schaute drein wie Ernst Wolfram Dankbar bei der *Licht-im-Tunnel*-Sendung zu Weihnachten.

Als sie sich verabschiedeten, sagte Frau Swoboda zu den beiden: „Bin so glicklich! Sind gute Mensch."

„Sind gute Mensch", dachte Edgar und wunderte sich. „War er allein gemeint? Aber da war doch das *sind*. Wenn sie ihn allein gemeint hätte, müsste er protestieren. Einen guten Menschen wollte er sich nicht nennen lassen. Das war ihm peinlich. Aber wenn sie beide gemeint hatte, war es akzeptabel. Dann war er ein Halbguter und Biber auch."

Durch den Fluchtweg zogen sich Biber und Edgar wieder in das Russen-Penthouse zurück, steckten die ausgedruckten Mails für Frau Russischewa und das Geld aus dem Ledermantel in die Lokführertasche und fuhren ab. Ins Wirtshaus *Zum*

*Rauchfangkehrer.* Dort buchten sie ein Zimmer für eine weitere Nacht und machten sich frisch. Zuschlag wollte sie am Abend zum Boxtraining in seinen ehemaligen Verein mitnehmen. Dazu war natürlich eine kleine Shoppingtour nötig. Im Taxi. Sie besorgten sich eine große Sporttasche und kauften moderne Sportbekleidung vom Geld aus der Manteltasche. Dann suchte Biber ein Postamt auf, um die ausgedruckten E-Mails des Russen schön verpackt und mit handschriftlichen Nettigkeiten versehen nach Woronesch zu schicken. Damit war seine Mission erfüllt. Er wollte partout nicht boxen gehen. Er hatte Schmerzen. Kein Wunder, dass er übelster Laune war. Aber schon hatte sie das Taxi vor der Trainingsstätte der Boxer in der Postgasse abgeladen.

Das Trainingszentrum war alles andere als einladend. Der Geruch war so umwerfend wie ein K.-o.-Schlag, weil die Boxer sich nicht wie Biber vor dem Training, sondern danach zu duschen pflegten und somit den ganzen Gestank eines harten Arbeitstages mit sich herumschleppten. Sie schenkten den Neuankömmlingen keine Bedeutung, bis Hans Zuschlag auftauchte. Den hatten sie schon jahrelang nicht mehr am Sandsack gesehen, und im Ring schon gar nicht.

Edgar sah sich mit Zuschlag das Aufwärmen an, Biber schmollte in einer Ecke. Viel lieber wäre er bei Frau Paula geblieben und hätte sich mit `Wick VapoRub` pflegen lassen.

Die Boxer waren allesamt wilde Hunde. Bis auf eine kleine Gruppe von Anfängern, die ein militärischer Typ mit den Grundlagen des Boxens vertraut machte. Der Trainer schrie unentwegt „Rollen, Rollen, Rollen" und verlangte zum Aufwärmen ausschließlich Übungen, die man nach modernen Erkenntnissen tunlichst vermeiden sollte, weil sie mehr ruinieren als nützen. Und dann gab es eine Lektion über die Doppeldeckung, von der er möglicherweise wirklich was verstand. Edgar lauschte interessiert, für Biber war das nichts, womit man ihn aus seiner Schmollecke locken konnte.

„Eine besondere Form der Deckung ist die sogenannte Doppeldeckung", erklärte der Trainer den Anfängern, die vom Aufwärmen schon ganz erledigt waren. „Die Doppeldeckung dient zum Schutz vor Schlagserien oder um in die Halbdistanz des Gegners zu gelangen. Beide Hände werden vor den Kopf gehalten und die Arme decken den Körper. Die Arme und die Hände müssen mit Kraft fixiert werden und bilden quasi eine Mauer gegen Angriffe."

Jetzt versuchten die Anfänger sich zu decken, und erfahrene Boxer zeigten ihnen, was diese Deckung wert war. Auch Edgar stellte sich in Doppeldeckung hin und wehrte alle Schläge von Hans Zuschlags Freund Jolly bravourös ab.

„Die Arme können am Körper abgestützt werden", fuhr der Trainer fort. „Wenn die Deckung nicht fest gehalten wird, werden die eigenen Fäuste ins Gesicht geschlagen. Das habt ihr ja jetzt erlebt."

Die Anfänger nickten. Edgar blieb unbeeindruckt. Biber warf hin und wieder einen Blick auf die Trainierenden.

„Wichtig", sagte der Trainer, „ist wie immer der Blickkontakt mit dem Gegner. Nie wegschauen oder Augen zumachen. Auch nicht den Kopf zur Seite drehen."

Wieder zischten die Boxhandschuhe der arrivierten Boxer durch die zögerliche Doppeldeckung der Anfänger und krachten schmerzhaft auf deren Nasen.

Nur dieser Jolly konnte die Doppeldeckung Edgars nicht durchbrechen.

„So ist es richtig!", sagte der Trainer und lobte Edgar. Zuschlag nickte gefällig, Jolly war so beeindruckt wie die Anfänger. Biber aber machte eine abfällige Handbewegung zu Edgar.

„Diese Deckung eignet sich nur für eine kurze Zeit", sagte der Trainer zu den Anfängern, von denen schon zwei aus der Nase bluteten. „Der Nachteil der Deckung ist, dass man in die Defensive getrieben wird. Daher ist die Doppeldeckung nur dazu geeignet, einen Ansturm des Gegners abzuhalten. Dann ist es aber höchste Zeit, dass man möglichst schnell wieder angreift."

Er zeigte einen Angriff nach vorne, ein seitliches Ausweichen und einen Konter.

„Will dein Freund nicht mitmachen?", fragte Jolly und zeigte auf Biber. „Der hat das Deckungstraining nicht nötig", sagte Hans Zuschlag trocken.

„Nicht nötig?", fragte Jolly.

Zuschlag sprach vor seinen Freunden in den höchsten Tönen über Biber. Keiner konnte so recht glauben, dass er es ernst meinte, wenn er den angeschlagenen Kerl mit seiner auffälligen Figur in der Ecke herumlungern sah. Er ging allen aus dem Weg und wirkte ängstlich.

„Den kann man nur mit einem Medizinball herlocken", sagte Edgar. „Den fasse ich, so fest ich kann, und dann muss er ihn mir wegnehmen. Das ist ein großartiges Bauchmuskeltraining. Und der

Biber kann es nicht ertragen, wenn man ihm den Ball wegnimmt. Typisch Fußballer halt."

„Das möchte ich sehen", sagte Jolly und holte einen Medizinball. Edgar zeigte mit Jolly die Übung vor. Biber tat, als würde er nicht interessiert sein. Als ihm Edgar aber den Medizinball zuwarf, wusste er genau, dass er ihn nicht mehr hergeben würde.

„So, Jolly!", rief Edgar. „Nimm ihm den Ball ab!"

Sofort nahm Biber die Ausgangsstellung ein und fixierte den Ball vor seinem Bauch.

Der bullige Jolly ging an ihn heran, verkeilte seine Hände und Arme um den Ball wie eine Schlingpflanze und riss den Ball mit aller Kraft an sich. Mit dem Ball riss er den Biber herum wie eine Puppe. Den Ball aber ließ der nicht los. Zuschlag grinste. Die Anfänger und die arrivierten Boxer stellten den Betrieb ein. Der militärische Trainer rief: „He, Jolly!", und lachte wie ein Geißbock Hehehehehe. Nichts zu machen. Biber ließ den Ball nicht los. Da wollten auch andere ihr Glück versuchen, aber Biber gab den Ball nicht her.

„Das ist was für meine Arbeitskollegen", sagte Jolly. „Wo arbeitest du denn?", fragte Biber, der jetzt sein Unlust-Paket abgeworfen zu haben schien.

„Das kann ich dir sagen, wo der arbeitet", sagte Zuschlag. „Der Jolly ist Pfleger im Tiergarten. Er ist für das Affenhaus zuständig."

Biber war auf einmal begeistert. Er liebte die Affen wie die Hunde. Und Jolly war ihm so sympathisch, dass er sich sogar von ihm überreden ließ, in den Ring zu steigen. Als er seinen Oberkörper frei machte, unterbrachen alle das Training, und die meisten mussten ein Lachen unterdrücken, das aber im Nu der reinen Bewunderung wich. Einen nach dem anderen schickten sie mit Biber in den Ring. Keiner konnte ihm nur den leichtesten Schlag versetzen. Ohne die Hände zur Deckung zu heben, wich er nur aus. Sonst nichts. Keiner konnte es glauben und jeder wollte es selbst versuchen. Die Schwergewichtler bekamen ihn nicht einmal zu Gesicht, die Fliegengewichtler werkten zwar, als ob sie Fliegen erschlagen würden, erwischten ihn aber nicht. Alle waren begeistert. Der ganze Trainingsbetrieb erlahmte. Alle sahen sich konzentriert diese Ausweichtechnik an und die Anfängergruppe hatte den Glauben in die Doppeldeckung bereits völlig verloren.

Der Trainer war mit seinem Latein am Ende und genierte sich fast vor den Anfängern.

„Hearst, Jolly, he!", rief er und lachte wie ein Geißbock Hehehehehe.

„Ja, meine Herren", sagte Edgar, „ich war auch begeistert, als ich ihn zum ersten Mal gesehen habe, aber er schlägt nicht. Das ist wie beim Völkerball. Ausweichen allein genügt nicht. Du musst den Ball einmal fangen und abschießen, sonst kannst du nicht gewinnen. Irgendwann muss er schlagen. Er kann doch nicht warten, bis sich der Angreifer von selbst verletzt oder aus dem Ring fällt. Im Ring kann er ja seine Fußballertricks nicht verwenden."

„Das sind Voraussetzungen", sagte Zuschlag. „Wenn ich die gehabt hätte, wäre ich vielleicht Weltmeister geworden. A Waunsinn, normal!"

„Zeig endlich, was du bei mir gelernt hast!", rief Edgar und brachte Biber sogar dazu, ein paar Schläge auf die kurzen Rippen zu versuchen. Bei seinem Sparringspartner funktionierte das aber überhaupt nicht. Zuschlag kletterte in die Ringecke und gab ihm Tipps. Er war begeistert von diesem Fighter.

„Er kann einfach mit den Fäusten nicht schlagen", sagte Edgar zu Jolly, der von Bibers Ausweichtechnik unheimlich begeistert war. „Der würde am liebsten seine Beine einsetzen. Der ist ein Fußball-Schnalzer, und das wird er vermutlich auch bleiben."

„Als junger Boxer war ich auch berühmt für großartige Reflexe", sagte Zuschlag. „Aber ich bin anfangs miserabel zum Gegner gestanden und konnte viel zu leicht getroffen werden. Und wenn ich schlug, traf ich meine Gegner nie voll, weil der Aufprallwinkel meiner Fäuste nicht stimmte. Das kann man lernen!"

„Beinschläge musst du ihm abgewöhnen", sagte Jolly. „Das gibt es im Ring nicht."

„Pah", murrte Edgar. „Ich habe schon Stunden damit verbracht, ihm Gerade und Leberhaken beizubringen. Da ist er begriffsstutzig wie ein Esel."

„Das werden wir schon kriegen", meinte Jolly, „was glaubst du, wie lange ich meinen Affen alles zeigen muss."

„Wie kann ein Mensch mit einer so umständlichen Denkweise so flink sein, Jolly. Hehehehehe", meckerte der Trainer.

„Weil er bei seinen Handlungen sein Hirn gar nicht belastet", sagte Edgar. „Was der tut, geschieht meist unter Ausschluss des Denkens. Es handelt sich um direkte Umschaltung der Impulse im Kleinhirn oder gar im Rückenmark."

Nach dem Training fanden sich die Boxer im Gasthaus *Zum Rauchfangkehrer* ein. Diesmal waren auch andere Gäste da, weil der Jaguar des Tänzers nicht vor der Tür stand.

Es wurde natürlich über den Knickpunkt in Zuschlags Karriere gesprochen. Am 3. September 1970 hatte der zweifache amerikanische Ex-Weltmeister Eddie Perkins ihn in der Wiener Stadthalle in der vierten Runde mit einer Rechten ins Koma geschickt. Diesem Eddie Perkins aus Chicago war sogar der amtierende Weltmeister Jose Napoles jahrelang aus dem Weg gegangen, weil er so gefürchtet war. In den Boxcamps hingen Plakate von Perkins mit der Aufschrift „Vor diesem Mann wird gewarnt". Aber das hat das Management von Hans Zuschlag nicht beeindruckt. Die haben ihn bedenkenlos ins Messer laufen lassen, nur um abzukassieren. Erst als er ihn im Ring vor sich sah, erfuhr Zuschlag, dass Perkins ein Schwarzer war.

So gut hatte man ihn auf den Gegner vorbereitet. Der Perkins-Kampf wurde als Aufbaukampf ausgewählt, obwohl der Weltmeisterschaftskampf gegen Jose Napoles bereits fixiert war. Für den 20. Nov. 1970.

„Der Onkel des Tänzers ist an dem Perkins-Desaster schuld", sagte Jolly und alle nickten. Kurt Abräum war damals Manager der Stadthalle, in der die Kämpfe stattfanden.

„Aber was reden wir von den Niederlagen", sagte Edgar und erklärte den Jungen, was Hans Zuschlag für ein Erfolgstyp war.

„Österreichischer Jugendmeister wurde er im September 1963 in Kramsach in Tirol mit Siegen über den Salzburger Hermann Frauenlob und die beiden Tiroler Kofler und Wechselberger. Bereits in seinem dreizehnten Profikampf wurde er Europameister. Stellt euch das vor! Und wie ihr vielleicht wisst, war Hans Rechtsausleger. Seine schwere Schlaghand war die linke. Dabei war er ein ganz normaler Rechtshänder. Der hatte eine starke Rechte, mit der er auch Leute k.o. schlagen konnte. Das hat viele Gegner völlig irritiert. Wie man bei ungeschickten Leuten sagt: ‚Der hat zwei linke Hände', so konnte man bei ihm sagen: ‚Der hat zwei rechte.'"

Die Jungen waren beeindruckt.

Hans Zuschlag bedankte sich für Edgars nette Erzählung. Es war ihm aber peinlich, weil das Ende seiner Karriere ganz anders verlaufen war. Er erzählte, wie seine Leichtgläubigkeit dazu geführt hatte, dass ihm die Gewerbelizenz für sein Gasthaus *Zum Rauchfangkehrer* entzogen worden war. Und wegen seiner Schulden und seiner ständigen Raufereien und Tschechereien. Er war ein Bsuff. Das Wirtshaus hatten seine Eltern von dem, was er einmal als Boxer verdient hatte, gekauft.

Er erzählte von seinem Entzug, der die letzte Rettung war, nachdem er vom Wein bereits auf selbst gebrannten Schnaps umgestiegen war, den er aus Wassergläsern trank. Wenn es sein musste, sogar lauwarm. Er erzählte von Wahnvorstellungen, die er hatte, und dass er jetzt überhaupt keinen Tropfen mehr trinken dürfe, weil er Medikamente nehme.

„Da oben habe ich gewohnt", sagte er und zeigte in Richtung der renovierten Gästezimmer. „Saukalt, ohne Ofen und Toilette. Vierzehn Mal bin ich im Häfn gesessen. Verfolgungswahn habe ich gehabt. Wenn die Gäste geredet haben, hab ich geglaubt, die denken und sprechen schlecht über mich. Und angestänkert haben sie mich natürlich auch die ganze Zeit. Der Tänzer hat viele dazu angestiftet."

„Weil er dir neidig war", sagte Frau Paula, „weil du berühmt warst und Bekanntschaften bis zu den Ministern gehabt hast."

„Sagt einmal", fragte Edgar, „kennt ihr einen Russen, der nicht nur blöd schaut, sondern auch blöd ist und Igor heißt?"

Allein die Nennung des Namens Igor rief Angst und Schrecken bei einigen Umstehenden und auch bei Frau Paula hervor.

„Igor der Schraubstock", sagte sie. „Der ist amtsbekannt."

„Erpressung, Körperverletzung, Autodiebstahl, Drogenhandel, Zuhälterei, Fahren ohne Führerschein", ergänzte Jolly. „Es wäre ein Wunder, wenn er nicht im Häfen sitzt. Der arbeitet für alle, die ihn gut bezahlen."

„Auch für den Tänzer", sagte Zuschlag. „Er besorgt ihm die Mädels für seine Massagesalons."

Dann gings wieder um den Tänzer. Er schien offiziell nirgends als Besitzer auf, trotzdem war er an vielen Firmen und Lokalen beteiligt und hatte überall das Sagen. Auch der *Rauchfangkehrer* war jetzt eigentlich sein Wirtshaus. Seit er eingestiegen war, war es ein Spielzeug zwielichtiger Gestalten der Wiener Unterwelt, genauso wie eine Tanzschule, etliche Massagesalons, Hotels und ein Geschäftsraum mit dem Namen Max Struber Werksvertretung.

„Trotzdem sollten wir es versuchen, Hans", sagte Frau Paula. „Die Leute wollen dich im Gewölbe sehen."

„Bei der Schutztruppe von Boxern kann doch gar nichts passieren", sagte Edgar.

„Hearst, Jolly, he!", rief der Trainer und lachte wieder wie ein Geißbock Hehehehehe. „Der hat ja keine Ahnung, wie uns die Fäuste gebunden sind."
„Darauf wartet er nur", sagte Jolly, „dass er durch eine Provokation einen von uns in den Häfen bringt."
„Und dass er die Lizenz verliert", sagte der Trainer.
„Wie bei mir damals", sagte Zuschlag.
„Ihr könntet die Sache übernehmen. Ihr seid Pensionisten. Leuten, die ein Leben lang unbescholten waren, wird man immer glauben, dass sie nicht angefangen und nur in Verteidigung gehandelt haben. Solche Leute gibt es heutzutage nicht mehr."
Alle waren vom Vorschlag begeistert. Nur Biber schlich ins Zimmer und legte sich nieder.
Keine fünf Minuten später war das Zuschlag-Konzert im Gewölbe fixiert. Das Plakat mit dem Titel „Mei potschertes Leben" war so gut wie fertig. Ein Foto mit dem Kämpfer in Siegerpose wurde ausgesucht. Und noch etwas war arrangiert: ein Besuch bei Jolly im Affenhaus.
Und genau dort tauchten Edgar und Biber am frühen Morgen auf. Die Orang-Utans waren hinter Glas. Sie hießen Wladimir, Sanja und Nonja. Sie waren um die neunzig Kilogramm schwer und hielten sich gerade in den Baumkronen auf. Innen war ein Stahlgestänge. Taue hingen herum. Der kleinste der Orang-Utans setzte sich darauf und schaukelte. Im selben Haus waren auch die Totenkopfäffchen. Sie waren klein und höchstens ein Kilogramm schwer. Laut Beschreibung haben diese Äffchen das im Verhältnis zum Körpergewicht größte Gehirn aller Affen. Deshalb fraßen sie Nüsse, weil Nüsse so wichtig fürs Gehirn sind. Das Affenhaus war innen geräumig. Ein Waldboden.
„Die Telefonumleitung ist total umsonst", sagte Edgar. „Kein einziges Mal hat Annette angerufen. Vielleicht ist sie immer noch böse auf mich!"
„Da seid ihr ja", rief der Tiergarten-Jolly, der ehemals gefährlichste Streetfighter Wiens, und schüttelte jedem die Hand mit einem festen Händedruck. Dann zeigte er ihnen, wie er üblicherweise die Orang-Utans begrüßt. Hinter dem Glas beobachtete Biber fast ängstlich, wie der Orang-Utan Wladimir dem Tiergarten-Jolly die Hand zum Gruß hinstreckte.
„Der wird doch nicht!", rief er entsetzt. Und schon gab Jolly dem Orang-Utan die Hand und schüttelte sie kräftig. Auch Edgar zuckte.

Und Nonja hatte eine andere Angewohnheit. Sie umarmte und küsste ihn. Dann schlug sie ihn sanft auf den Rücken.
„Ja, tut denn das nicht weh?", fragte Biber, als Jolly wieder bei ihnen war.
„Mir nicht", sagte Jolly und zeigte eine Vorrichtung, die er unter dem Arbeitshandschuh trug. „Speziell von einer Physiotherapeutin angefertigt. Aus hartem Kunststoff."
„Aber du hast recht", sagte er zu Biber. „Wenn ich die Plastikprothese nicht hätte, würde er mir die Hand brechen. Und das hat er bei einem Kollegen schon einmal gemacht. Der hat einen Händedruck wie ein Schraubstock. Ein Aushilfswärter, er war ein Sportstudent, zeigte seiner Freundin das Affenhaus. Die hat zu ihm gesagt: ‚Schau, der hält dir die Hand hin, der will dich begrüßen.' ‚Servus' hat er gesagt, dann haben sie ihn mit der Rettung geholt. Die Hand war hin und die Schulter luxiert."
„Luxiert", wiederholte Biber und hatte unheimliches Interesse an dem unbekannten Wort. Dann nahm er Jolly Nüsse weg, die eigentlich für die Affen gedacht waren.
„Iss nur!", sagte Jolly. „Nüsse sind gesund für Affen. Sie sind Kraft- und Energiespender für das Gehirn und erhöhen die Konzentrations- und Lernfähigkeit. Sie sind eine wahre Wohltat für das Nervensystem, verhelfen zu schöner Haut, stärken das Herz und bieten Schutz vor Muskelkrämpfen."
Edgar zerkugelte sich vor Lachen und Biber war so grantig, dass er die Nüsse den Affen zuwarf.
Nach dem Besuch im Affenhaus erkundeten die beiden Altspatzen wieder die Gegend um das Russen-Penthouse. Sie fanden all die Geschäfte, an denen der Tänzer angeblich beteiligt war, in der nächsten Umgebung. Am interessantesten war die Firma mit der Aufschrift Max Struber Werksvertretung. Weder ein Firmenwagen stand vor dem Geschäftsraum noch sonst etwas, das auf ein echtes Unternehmen hindeutete. Wann immer ein Wagen in der Nähe parkte, sah man einen oder zwei Männer hinter der Eingangstür auftauchen und so neugierig durch die Glastür gucken wie Frau Spechtler im Hacklinger Observationshaus. Nichts entging ihnen. Vor allem wurde penibel registriert, wer in das Haus, in dem Frau Swoboda und die Russen wohnten, ein und aus ging. Da hatte Edgar die Idee, Frau Swoboda mit dem kaputten Rasentrimmer hineinzuschicken. Biber und er schlichen unter der Deckung eines

Regenschirms ins Haus und begaben sich unverzüglich mit dem Aufzug zu Frau Swoboda.

„Guten Tag, Frau Swoboda", sagten sie einstimmig.

Frau Swoboda freute sich.

„Ich heiße Vlasta", sagte sie und tätschelte Bibers Hals. „War interessant?", fragte sie.

„Ich weiß nicht, was Sie meinen, Vlasta", sagte Edgar.

„Haben Sie schöne Mädchen getroffen?"

„Nein", sagte Edgar. „Nicht einmal er!", und zeigte auf Biber, der sich nun auch noch den Rücken abreiben ließ.

„Frau Swoboda?", fragte Edgar.

„Vlasta", antwortete Frau Swoboda und tätschelte Biber.

„Vlasta", berichtigte sich Edgar. „Würden Sie uns einen Gefallen tun?"

„Natierlich", antwortete sie und schnupperte intensiv an Biber herum, der sich natürlich am Morgen mit `Wick VapoRub` eingerieben hatte.

„Könnten Sie mit dem kaputten Rasentrimmer, den wir gestern nicht reparieren konnten, zu der Firma Max Struber Werksvertretung da unten gehen und sagen, Sie hätten gehört, dass sie ihn dort reparieren könnten."

„Och!", sagte sie. „Max Struber Werksvertretung. Das sind neigierige Tiepen. Die gucken immer, wenn ich aus und ein gehe. Kein Mensch weiß, was die arbeiten. Stehen immer an der Tiere und gucken."

Edgar gab ihr einen weiteren Einblick in seine Pläne und brachte sie wirklich so weit, dass sie die Firma aufsuchte. Erst wollten sie ihr die Türe gar nicht öffnen, dann aber ließen sie die Dame rein. So konnte sie Edgar die Einrichtung beschreiben. Und die war nicht anders als in einer normalen Wohnung. Edgar vermutete, dass zumindest einer der Männer dort wohnte. Sie behaupteten, Kühlgeräte zu reparieren. Es war aber nichts zu sehen, was auf eine Reparaturwerkstätte oder dergleichen hindeutete.

„Hab ich's mir gedacht", sagte Edgar und sperrte die Russenwohnung auf, um die Aufnahmen der Überwachungskamera durchzusehen. Biber blieb bei Frau Swoboda und trank mit ihr Kaffee. Dabei half er ihr, ein riesiges Puzzle mit tausend Teilen zusammenzusetzen. Eine Küstenlandschaft mit einem Schimmel. Jahrelang war es unfertig auf der Kommode gestanden. Biber

erledigte das ruck, zuck und wusch sich jedes Mal die Hände, wenn er wieder ein neues Stück Kuchen gegessen hatte.
Die Kamera zeigte keine außergewöhnlichen Bilder. Edgar telefonierte mit Frustlich wegen der Mails. Leider hatte Frustlich keinen Übersetzer zur Hand gehabt. Im Hintergrund lief die Kraftwerk-Musik der Fankis. „*Sie ist ein Model und sie sieht gut aus. Ta tum ta tum ta ta ta ti ta ta.*"
Edgar legte überstürzt auf. Gerade als er die Videokassette durchgesehen hatte und auf das aktuelle Bild schaltete, bemerkte er eine junge Frau, die gerade ins Haus kam. Sie schleppte einen riesigen Koffer. Und sie war hübsch. Verdammt hübsch. Wo wollte sie hin? Edgar war elektrisiert. Er beseitigte alle Spuren und hatte das Gefühl, das Mädchen würde an der Tür läuten. Aber nein. Sie kam nicht. Wird sie wohl in eine andere Wohnung verschwunden sein. Schade.
Er schnüffelte wieder in Schränken und Laden herum. Es gab keine Möglichkeit, den Safe zu knacken. Zumindest nicht mit den Postleitzahlen der Hacklinger Umlandgemeinden, die Edgar auswendig kannte. So verließ er die Wohnung und kreuzte bei Frau Swoboda auf.
Schon beim Betreten der Wohnung hatte er das Gefühl, dass irgendetwas anders war. Zum „Hohoho, Merry Christmas" des Weihnachtsmanns schrie der Biber „Houhouhou, very Christmas", bevor der Spielzeughund mit seinem „Kläff – kläffkläffkläff – kläff" beginnen konnte.
„Schau, wer zu Besuch gekommen ist", sagte Biber und zog Edgar ins Wohnzimmer. Und da saß sie. Edgar wusste sofort, dass es sich um das Mädchen handelte, das er in der Überwachungskamera gesehen hatte. Und noch etwas wusste Edgar sofort. Dass dieses Mädchen ein ganzes Paket von Problemen mit sich bringen würde. Aber sonst wusste er in dem Moment überhaupt nichts mehr, weil er völlig verwirrt war beim Anblick dieser Schönheit. Er bemerkte gar nicht, dass Frau Swoboda und Biber erzählten, dass sie aus Tschechien gekommen war, weil sie jemand eingeladen hatte, in einer Wiener Tanzschule eine Ausbildung zu machen und dann in einem Musical zu tanzen. Man hatte ihr die Adresse der Russenwohnung auf einen Zettel geschrieben. Und jetzt hatte sie sich in der Tür geirrt.
„Heißt Lenka", rief Vlasta und wollte sie mit Edgar bekannt machen.

„Ist zum Tanzen gekommen", rief Biber und drehte das Mädchen gekonnt unter seinem Arm durch.

Edgar gab ihr die Hand, blieb aber sprachlos und ließ sich auf die Couch fallen.

„Na", sagte Vlasta zu Biber, „heute hat Freind aber zu viele Siessigkeiten erwischt, nicht?"

„Ja", antwortete Biber und war ganz überdreht.

„Der ist ein ganz ein Süßer!", sagte er zu Vlasta und zu Edgar flüsterte er: „Ich glaub, die steht auf mich!"

„Ist nicht Erste, die zu Nachbarn will und zu mir kommt", sagte Frau Swoboda zu Edgar. „Frier habe ich sie nie reingelassen. Vor allem als mein Mann noch gelebt."

Edgar dachte und hörte nichts. Er konnte nur das Mädchen ansehen. Es erinnerte ihn an die Schauspielerin Audrey Hepburn. Genauso zart. Und magisch schön. Lenka redete tschechisch mit Frau Swoboda. Sie sprach nur äußerst gebrochen Deutsch. Aber ihre Bewegungen! Mein Gott! Die waren unvergleichlich. Wie sie den Kopf neigte, den Körper bewegte, die Augen wandern ließ! Edgar studierte ihren Gesichtsausdruck, wenn sie Vlasta zuhörte. Er war entzückt von ihren Anstrengungen, Bibers aufdringlichen Fragen in der Fremdsprache zu folgen. Ihr Gesicht war unheimlich interessant, wenn sie nachdachte, wenn sie etwas nicht verstand. Sie war so herzig, wenn sie versuchte, einen Satz zu formulieren und die Wörter richtig zu betonen. Das Lächeln auf ihrem Gesicht war besonders reizend, wenn sie mit Vlasta tschechisch redete. Dann hätte Edgar nur aus ihrer Mimik auf den Inhalt des Gesprächs schließen können. Aber das tat er gar nicht. Er war mehr als fasziniert. Sie hatte ihn mit jeder Faser ihrer Erscheinung verzaubert. Um ihn zu elektrisieren, genügte es schon, wenn sie sich die Ärmel hochschob und etwas Haut freigab, weil es ihr zu warm war. Ihm stockte der Atem, wenn sie ihren Armreifen auf und ab bewegte, oder wenn sich ihr nasses Haar ringelte. Sie hatte so ein schüchternes ansteckendes Lachen. Wenn sie laut lachte, hielt sie sich den Mund zu. Es war ganz und gar kein dümmliches Lachen, sondern ein herzhaftes. Mein Gott, wie sympathisch sie war. Der Inbegriff der Weiblichkeit und Sanftheit. Und ihre Schönheit war so unbeschreiblich ansteckend, dass in ihrer Nähe sogar Biber und Vlasta an Attraktivität zu gewinnen schienen.

„Die hat dir den Kopf verdreht, was?", murmelte Biber zu Edgar. „Aber Vorsicht! Auch wenn du schon in einer TGV-Lokomotive mitgefahren bist, du hast keine Lenka-Berechtigung."

Edgar packte ihn unauffällig am Kragen und zischte: „Du doch auch nicht!"

„Medchen ist schen, was?", sagte Vlasta zu Edgar, als Lenka auf die Toilette huschte.

Edgar hustete und sagte: „Ich glaube, ich habe mich verkühlt."

„Das glaube ich", stichelte Biber. „Ich besorge dir gleich `Wick VapoRub`!"

Und da war Lenka schon wieder da. Edgars Augen fixierten sie in absoluter Alarmbereitschaft. Ihre Muskelanspannungen beim Gehen, aber auch beim Sprechen und Essen waren wie Stromstöße für Edgar. Und was ihn völlig umhaute, war ihr zarter Audrey-Hepburn-Rücken und ihre anmutigen Schultern. Was für eine unwiderstehliche Versuchung!

Kein Wunder, dass es in Edgars Hose vibrierte. Doch dass dazu ein Klingelton ertönte, war schon außergewöhnlich. Edgar sprang auf und rannte in den Flur. Annette war am Apparat. Rufumleitung. Das irritierte Edgar unheimlich. Unbeeindruckt hingegen war der kleine Weihnachtsmann, der Hohoho, Merry Christmas brüllte, bis das zeitverzögerte Kläff – kläffkläffkläff – kläff des Spielzeughundes losging und Edgar in Argumentationsnotstand brachte. Er schwitzte bis in die Haarspitzen, weil er sich so konzentrieren musste, keinen Blödsinn zu reden. Sie erzählte und erzählte von den Vernissagen und der modernen Kunst in Amerika und dass ihr Sohn jetzt zwei Ohrringe trug. Er regte sich so auf, dass er fast wieder den Bewegungsmelder ausgelöst hätte. Dann musste er von zu Hause berichten. Er erzählte vom Hund, vom Garten und von all den Dingen in Hackling, die genauso waren wie immer. „Ja", sagte er, „beim Flaschke sind gerade die Schweinshaxen in Aktion." Die Anspannung hatte sich gelegt. Da kam der Biber leise in den irreparablen Schlapfen mit Stern dahergeschlichen und schon gings los: „Hohoho, Merry Christmas und Kläff – kläffkläffkläff – kläff." Edgar war wütend und musste wieder eine Ausrede erfinden.

„Tut mir leid", flüsterte Biber und schlich wieder davon. Natürlich begleitet von „Hohoho, Merry Christmas, Kläff – kläffkläffkläff – kläff".

Nach dem Telefonat war Edgar wieder zurück in der Realität. Es war, als hätte er kalt geduscht.

Frau Swoboda hatte inzwischen herausgefunden, dass das Mädchen Lenka in ihrer Heimatstadt Budweis auf einen gewissen Igor hereingefallen war, der ihr das Blaue vom Himmel versprochen hatte und sie nach Wien eingeladen hatte. Die Beschreibung Igors traf auf einen der Russen zu, und zwar auf den, über den Frau Swoboda gesagt hatte: „Der Riese schaut nicht nur bled, ich glaub, der ist bled."

Edgar sprach mit Frau Swoboda in der Küche darüber, was das Mädchen bei diesen Gaunern erwarten würde. Sie waren sich einig, dass man das nicht zulassen dürfe. Nur Naivität und Leichtgläubigkeit konnte sie in die Fänge des Russen getrieben haben.

„Ist bildhiebsch, das junke Kieken, aber verrickt", sagte Vlasta und deutete in Richtung Wohnzimmer, wo Lenka und Biber laut kicherten.

„Der wird ihr gleich auf die Nerven gehen, warten Sie ab, Vlasta", antwortete Edgar.

„Ja", sagte Vlasta und tätschelte Edgars Hals. „Hat schon bemerkt. Der_ist ein Nervensäger."

„Ich glaube, ich werde jetzt was kochen", sagte Vlasta. „Es ist finf vor zwelf und Sie werden hungrig sein." Schon riss sie den Kühlschrank auf und machte alle möglichen Angebote. „Hiehnerfleisch oder Pilzen?", fragte sie schließlich, als Edgar keine große Freude zeigte. „Essen wir doch Pilzen! Wenn sie giftig sind, sind wir alle hin!" Jetzt war Edgar der Appetit völlig vergangen. Er holte mit Biber Getränke und Lebensmittel aus der Wohnung der Russen und schon ging die Kocherei los. Edgar machte eine Rahmsuppe und assistierte Vlasta bei einem Gulasch. Dabei legte er großen Wert darauf, dass nach dem Kochen alles blitzblank war. Als er Brotkrümel aus den Laden entfernte, tätschelte sie ihn und sagte: „Danke, Edgar. Vlasta hat immer Schmerzen in Riecken und Hiefte. Und wenn nicht aufpasst, dann erziehen wir die Silberfische."

„Ja genau", sagte Edgar. „Dann züchten Sie sich die Silberfische!"

Inzwischen hatte Biber im Wohnzimmer einen Krimsekt aus der Russenwohnung aufgemacht und das Radio eingeschaltet. Zur Musik von Shakin Stephens tanzte er mit Lenka ausgelassen Rock 'n' Roll. Er war äußerst gut aufgelegt und so gut wie unbezähmbar.

„Ist Hellenlerm", sagte Vlasta und öffnete die Tür zum Wohnzimmer. „Hat andere Mentalität", ergänzte sie, als sie die beiden tanzen sah. Sofort eilte Biber zum Radio und stellte leise. „Wo ist Edgar?", fragte er.

„Der vergniegt sich in Kieche beim Kochen", sagte Vlasta und stellte Erdnüsse auf den Tisch. „Wollen Sie vor dem Essen Niesse? Sind gut für Hirn!"

Da kam Edgar daher und starrte das Mädchen ganz verzaubert an. Es hatte vom Tanzen rote Wangen. Frau Swoboda streichelte Edgars nassen Rücken. Sie tatschte sein verschwitztes Gesicht ab und fasste ihn an beiden Händen. Er wurde verlegen. Unendlich verlegen. Mit Geduld ertrug er diese Berührung. Sie machte ihn unsagbar unsicher. In dieser Situation war es die unangenehmste Empfindung, die er sich vorstellen konnte. Umarmungen und Berührungen mochte Edgar nicht. Wie gerne hätte er diese Hand abgestreift, die frech auf seiner Schulter liegen geblieben war. Biber nahm die kleinen Zeichen von Edgars Verwirrung wahr und musste sich zurückhalten, um ihn nicht aufzuziehen. Er war erstaunt, wie Edgar stillhielt und die Berührung ertrug, die nun immer intensiver auf ihn zu wirken begann. Es war ein mulmiges Gefühl. So viel Nähe war Edgar fremd. Schließlich erlöste ihn Biber mit einem blöden Spruch. Darauf streichelte Vlasta ihn.

„Hat andere Mentalität", meinte sie. „Wenn Sie so viel Energie haben, müssen Sie nach dem Essen eine Spazierparade durch Schönbrunn mit mir machen."

„Oh nein", sagte Biber über sich selbst. „Der ist miede. Hat getanzt."

„Jetzt redet der schon Tschechisch", dachte Edgar und musste niesen. „Haa Tschi!"

„Zerreißen soll's dich", rief Biber.

„Helf Gott!", sagte Vlasta.

„Gesuundheid", sagte Lenka.

Schon war das Essen fertig und Edgar saß neben Lenka bei Tisch. Er befand sich in so einer Alarmbereitschaft, dass er gar nicht richtig essen konnte. Biber hingegen löffelte die Rahmsuppe wie ein Schaufelbagger und wollte Getränke in der Küche holen. „Was darf ich denn bringen?", fragte er. Als niemand antwortete, meinte er: „Also ich reiß mir zum Gulasch eine Hülse auf. – Ottakringer."

Edgar stand auf und holte Gläser. Biber hätte sonst nur die Dosen auf den Tisch gestellt.

„Schmeckt kestlich!", sagte Vlasta und Lenka nickte.

Nach dem Essen wurde vereinbart, dass sowohl Lenka als auch Edgar und Biber bei Frau Swoboda wohnen würden, dass Lenka auf gar keinen Fall dem Russen Igor in die Hände fallen durfte und dass stattdessen die Russen zur Rückzahlung des veruntreuten Geldes an die Generaldirektorin gebracht werden sollten. Dann wollte Vlasta unbedingt ihre „Spazierpromenade" machen. Vorher aber stellte Edgar die Überwachungskamera ab und schüttete Frau Swobodas Dispersionsfarbe auf die Glasfront der Firma Max Struber Werksvertretung.

„Da haben sie mal was zu tun, die Burschen", sagte er. „Die sind eh keine Arbeit gewohnt, die Spechtler."

Nach dem Spaziergang wollten Edgar und Biber ihre Habseligkeiten von Frau Paula holen. Sie nahmen ein Taxi. Vor der Tür des *Rauchfangkehrers* war der Jaguar des Tänzers geparkt und das Tone-Streich-Double mit der Generalshose lagerte vor der Tür. Edgar gab ihm Geld und instruierte ihn, wie er bei Frau Paula das Gepäck aus dem Fremdenzimmer holen konnte. Es klappte. Der General war bald zurück. Er hatte zwar vom Kartenspielertisch böse Blicke geerntet, war aber nicht belästigt worden. Und weil er keine Bleibe hatte, nahm Edgar ihn im Taxi mit und quartierte ihn in der Russenwohnung ein. An der Glasfront der Werksvertretung Max Struber waren Damen mit Reinigungsarbeiten beschäftigt. Niemand hatte die Polizei gerufen, weil man natürlich keinen Verdacht erwecken wollte. Dann wurde der General in das noble Bad der Russen gesteckt und durfte sich aus deren Garderobe edle Gewänder aussuchen. Edgar kassierte dafür seine Generalshose mit den Lampas und die Trainingsjacke mit der Aufschrift „Österreich" ein und warf sie in die *Eudora*-Waschmaschine der Frau Swoboda. Bei ein paar Ottakringer-Hülsen und den Resten des Gulaschs wurde der General auf seine neue Tätigkeit vorbereitet. Er sollte stets dafür sorgen, dass die Leute der Max Struber Werksvertretung abgelenkt waren und nicht spechteln konnten und dass im Falle der Ankunft der Russen Alarm gegeben wurde. Zu diesem Zweck mussten noch Funkgeräte angeschafft werden. Außerdem erklärte man ihm, wie er die Überwachungskameras bedienen musste und wie er im Notfall den Fluchtweg aus dem Russen-Penthouse nehmen konnte. Der Mann war gelehrig und militärisch geschult. Er war früher ein österreichischer Spitzen-Judoka, der in der HSNS, der Heeressport- und Nahkampfschule, gedient hatte. Auch sein sportlicher Absturz hatte wie der von Zuschlag mit dem Tänzer zu tun.

Die ganze Nacht wurde in Frau Swobodas Wohnung Karten gespielt. Einfache Spiele: Lügen, Neunerln, Mau-Mau und

Mulatschak. Dabei versuchte Edgar seine Beine so zu platzieren, dass Lenka ihn von Zeit zu Zeit unabsichtlich streifte. Manchmal war er so geistesabwesend, dass ihn Biber nur mit dem Eisenbahnerbefehl „Du bist am Zug" in die Realität zurückholen konnte. Auf einmal hatte er die Idee, dass der Verlierer immer ein Glas Wasser zur Strafe trinken musste. So war Biber natürlich dauernd mit dem Pinkeln beschäftigt, und Edgar konnte mit Lenka das machen, weswegen sie nach Wien gekommen war, tanzen.
„Das gefällt Lenka, dass sie zwei Verehrer hat!", sagte Frau Swoboda zu Biber.
„Nein", schrie Biber. „Einer ist zu viel. Und das ist der da!" Und schon bettelte er um den nächsten Tanz.
Am nächsten Morgen war Edgar schon früh auf den Beinen. Er hatte die Funkgeräte besorgt und den General geweckt, der sich in der feinen Bettwäsche der Russen rekelte. Dann ging's über den Fluchtweg zu Frau Swoboda.
„Wollen Sie Fristick?", fragte sie, nachdem der Weihnachtsmann und der Spielzeughund ihre Begrüßung beendet hatten. Natürlich nahmen sie das Angebot gerne an und begaben sich ins Wohnzimmer, wo es schon nach Kaffee duftete. Auch Lenka kreuzte gleich auf und setzte sich an den Tisch. Vlasta hatte sichtlich Freude daran, dass in ihre Wohnung wieder Leben eingekehrt war, und tischte allerhand auf.
„Frische Friechte für Sie", sagte sie. „Waren gienstig."
Da kam auch der Biber daher, der nicht viel geschlafen hatte. Die Wassertrinkerei beim Kartenspielen hatte ihm so lange zugesetzt, bis er einige Blumentöpfe zweckentfremdet hatte, um nicht dauernd aufs Klo gehen zu müssen.
„Der hat nicht viel geschlafen", sagte Vlasta und tätschelte Bibers Hals. „Ist brav Mann. Der hat schon Blumen gegossen in der Frieh."
Edgar war überrascht. Biber hatte sich gekämmt. Und statt seiner Hosenträger hatte er tatsächlich seinen rötlich femininen Schlangenledergürtel zu seiner Cowboyhose angelegt. Auch auf die Flüstersandalen hatte er verzichtet. Vermutlich wegen Lenka.
Nach dem Frühstück hatte der General die erste Kontrollrunde in einem Armani-Anzug absolviert und gesehen, dass der Jaguar des Tänzers vor der Werksvertretung parkte. Mitten im Parkverbot. Er schlich sich an und hörte, wie der Tänzer mit den zwei vorgeblichen Technikern umsprang, bei denen es sich um niemand anderen handelte als um Griffo und Schnappsie aus der Kartenspielerrunde.

Kurze Zeit später parkte ein schwarzer Porsche Cayenne mit riesigen Auspuffen vor der Firma ein. Ebenso im Parkverbot. Das mussten die Russen sein. Der General funkte Edgar an und gab Alarm.

Die Russen stiegen aus. Beide hatten sie hinten abgeflachte Köpfe. Der Fahrer war Igor der Schraubstock. Der General erkannte ihn. Er hatte einen mächtigen Oberkörper, einen breiten Nacken, stämmige Arme, wuchtige Beine, die an den Oberschenkeln und Knien streiften, und tollpatschige durchgetretene Füße, mit denen er roboterhaft dahintappte.

Der General lieferte über Funk eine exakte Lagebeschreibung. Aus der Werksvertretung waren Schreie zu hören. Selbst durch das Funkgerät. Edgar jagte Biber zur Verstärkung runter. Der wollte nicht gehen, weil er sich nach dem Frühstück eine Hülse Ottakringer aufgerissen und einen Gabelbissen mit Ei vorschriftsmäßig angestochen hatte. Frau Swoboda bekam Angst und sperrte sich mit Lenka im Badezimmer ein. Biber schlich sich zum General und hörte, wie brutal Igor der Schraubstock mit den beiden Spechtlern in der Werksvertretung verfuhr. Er erkannte, dass es sich um Griffo und Schnappsie handelte. Deshalb gönnte er ihnen die Abreibung. Er musste aber auch an die schmerzhafte Behandlung im Pissoir denken, an der die beiden beteiligt gewesen waren. Nachdem Igor der Schraubstock mit den Technikern fertig war, machte er sich auf den Weg in die Wohnung.

Biber funkte Edgar an: „Einer kommt jetzt. Der Dicke mit den Plattfüßen, der so blöd ist, wie er aussieht. Den musst du übernehmen. Wir kümmern uns um die anderen. Der Tänzer ist auch da."

Edgar traf inzwischen in der Wohnung alle Vorbereitungen, um den ahnungslosen Igor zu überwältigen. Mit einer Ledermütze getarnt, wollte er sich von hinten mit einem Leintuch auf ihn stürzen und ihn mit Kabelbindern an der Heizung festbinden. Die Lokführertasche mit seinem Werkzeug hatte er ins Vorhaus gestellt.

Als er Igor den Schraubstock in der Überwachungskamera mit dem schwarzen Anzug sah, musste er an den Hacklinger Pastoralassistenten denken, der ihm am Aschermittwoch gesagt hatte: „Kehre um." Für einen Moment fragte er sich, ob jetzt noch Zeit zum Umkehren war. Aber da trat Igor der Schraubstock schon ein. Beim Anblick der Werkzeugtasche schien er gar nicht mehr so ahnungslos. Aber als er sich behäbig umdrehte, war Edgar schon auf ihm. Er hatte das Leintuch über ihn geworfen und schlug

unbarmherzig auf seinen Schädel ein. Igor der Schraubstock stürzte mit einem dumpfen Laut zu Boden.
Die Damen zitterten, als sie das Geräusch hörten. Vlasta drückte Lenka ganz fest an sich und begann ganz traurig zu singen:
>    Mariechen saß weinend im Garten
>    Im Grase lag schlummernd ihr Kind
>    In ihren blonden Locken
>    Spielt leise der Abendwind

Dazu weinte und schluchzte sie herzzerreißend.
Inzwischen war der Tänzer weggefahren und Biber machte sich auf den Weg in die Wohnung, um Iwan dort zu empfangen. Er nahm den Fluchtweg in umgekehrter Richtung. Der General blieb auf seiner Position.
Als Biber in die Wohnung kam, hörte er Edgar. Der Schraubstock hatte ihn bei den Händen gepackt und drückte ihn so brutal, dass er kniete und wimmerte.
Als er Biber sah, schrie er: „Hilf mir, der bricht mir die Finger!"
Biber zog seinen weibischen Ledergürtel aus den Laschen und peitschte den Schraubstock so lange aus, bis der Edgar losließ und auf ihn losging. Aber er konnte ihn nicht erwischen. Als würde er mit seinen Pranken Fliegen erschlagen, fuchtelte er herum. Biber zog alle Register, obwohl er etwas langsamer war als sonst, weil ihm die Hose ohne den Gürtel zu weit war. Edgar konnte nicht eingreifen. Seine Hände waren wie zerquetscht. Er musste schmerzerfüllt zusehen, wie Biber den Schraubstock mit einem Fallrückzieher niederstreckte. „Genau zwischen die Augen, du Russ, du", hatte er gerufen und mit dem Spitz der Schuhe unbarmherzig durchgezogen.
„Wumm" machte es und Igor der Schraubstock krachte wie ein Schwein auf den Boden. Sein flacher Hinterkopf schlug unbarmherzig auf und sein unappetitliches Maul öffnete sich schmerzverzerrt. Aber nur ein mühsames Grunzen war zu vernehmen.
Frau Swoboda hatte wieder ein beunruhigendes Geräusch vernommen und sang zur Beruhigung leise vor sich hin:
>    Hier liegst du so ruhig von Sinnen
>    Du armer verlassener Wurm
>    Du treimst noch nicht von Sorgen
>    Dich schreckt noch nicht der Sturm
>    Dein Vater hat uns verlassen

> Dich und die Mutter dein
> Drum sind wir armen Waisen
> in dieser Welt allein.

Edgar wollte eilig Kabelbinder holen. Aber da hatte Biber den Koloss schon mit seinen eigenen Schnürsenkeln gefesselt. Edgar musste nur mehr einen Akku-Schrauber aus seiner Lokführertasche nehmen und den Gefallenen mit einer Spackschraube durch sein teures Metallarmband am Parkettboden festschrauben. Der General funkte wie wild, bekam aber keine Antwort. Edgar wollte zurückrufen, aber da stand Iwan schon hinter Biber.

Biber spürte etwas in seinem Rücken. Es musste eine Waffe sein.

„Keine Bewegung", sagte Diwanov und Igor der Schraubstock bewegte sich. Die Situation war für Biber ganz und gar nicht neu. Als Kind hatte er beim Cowboy spielen Hunderte Male einen Colt im Rücken gespürt. Aber die richtige Abwehr hatte ihm erst Edgar beigebracht und der war sich nicht sicher, ob Biber sich erinnern würde.

„Wenn dir einer eine Pistole ansetzt", wusste Biber, „dann hat er schon verloren."

Zick, zack, zonk – und schon hatte er Diwanov am Arm gepackt und sich so lange gedreht, bis das Gelenk den Arm freigab.

„Wahrscheinlich luxiert", antwortete er auf das Geschrei des Russen und verschnürte ihn mit einer Wäscheleine. Edgar renkte dem Gefangenen die Schulter ein und hängte ihn an einen Heizkörper. Dann gab er Biber eine Ledermütze und kümmerte sich um den General, der schmerzverzerrt ins Vorhaus gerobbt war. Iwan musste ihn vor der Tür außer Gefecht gesetzt haben.

Biber holte sich die Waffe und ließ sie um den Finger kreisen, wie er es am Faschingsdienstag in seinem Cowboyoutfit immer machte. Das war dem Schraubstock nicht mehr wurst. Und er schaute noch böser als sonst.

„Pass auf!", warnte Edgar mehrmals, weil Bibers Waffe wahrscheinlich geladen war.

Als Edgar Fotos von den Festgenommenen machen wollte, bemerkte er die Unterschiede zu Biber, der sich überheblich vor dem Schraubstock aufgebaut hatte. Vom Körper her war Biber genau das Gegenteil des Gorillas: Biber hatte flinke Beine, ein großartiges Gleichgewichtsgefühl, schwache ungerade Arme und so gut wie keine Schultern. Er hatte ein Gesicht zum Lachen. Igor der

Schraubstock hatte ein Gesicht zum Fürchten. Und einen stechenden Killerblick.

Trotzdem machte Edgar von allen Seiten Fotos. Die Russen hatten beide die gleiche Tätowierung: einen Flamingo unter dem linken Ohr. Sie hatten emotionslose Augen und verzogene Ober- und Unterkiefer. Igor der Schraubstock hatte noch dazu unübersehbare Plattfüße. Seine Fersen und Handgelenke waren wie Pfosten. Und mit seinen Händen konnte er wahrscheinlich Ziegelsteine zerdrücken. Am fotogensten war sein von Natur aus schon unfreundlicher, ernster und böser Gesichtsausdruck.

„Wer im Kino so einen Schädel vor sich hat, ist gestraft genug", sagte Edgar zu Biber. Und jetzt erinnerte sich Edgar an Diwanovs Gendefekt. Er suchte den großen kahlen Fleck am Hinterkopf und fotografierte ihn.

„Kommt Schlaf, kommt Rat", sagte er dann und zog jedem eine Kopfnuss über den Schädel, dass ihnen die Lichter ausgingen. Biber ergänzte: „Nüsse sind gut für das Hirn."

In aller Ruhe wurde mit dem General die weitere Vorgangsweise besprochen. Selbstverständlich wurde er nicht in die geheimen Details der Mission eingeweiht. Er war ja nur mit weiteren Observierungen der Werksvertretung betraut und sollte so schnell wie möglich Ganzkörperfotos vom Tänzer machen. Von vorne und von hinten. Bei Edgar hatte sich da so eine Idee eingenistet.

Edgar und Biber ließen die Russen in der Wohnung zurück. Der General wachte mit der Waffe über sie und hatte sich in einer Mütze die Augen ausgeschnitten, um unerkannt bleiben zu können. Als Edgar und Biber in Vlastas Wohnung auftauchten, war Lenka beruhigt. Vlasta sang und betete immer noch vor Angst und musste regelrecht wach geschüttelt werden. Edgar führte Telefonate mit dem Tiergarten-Jolly, und Biber aß seinen Gabelbissen fertig.

„Wie geht es jetzt weiter?", fragte Vlasta.

„Erst holen wir uns das Geld und dann werden wir sie unschädlich machen", antwortete Biber und arbeitete sich durch das Gelee des Gabelbissens durch.

„Umbringen?", fragte Vlasta und nahm die Hände vors Gesicht.

„Die müssen weiter", bekräftigte Biber.

„Muusss weiter?", wiederholte Vlasta ungläubig.

„Die müssen über die Klinge springen", sagte Biber und schnitt sich noch eine Scheibe Brot ab.

„Muuusss nicht!", antwortete Vlasta schockiert und schaute erst Edgar, dann Lenka fragend an.

„Nein", sagte Edgar. „Umbringen werden wir niemanden. Das kann ich nicht."

Biber hörte zu essen auf und beschwor ihn: „Muusss! – Die werden immer wieder Ärger machen, Edgar! Immer wieder! Sie werden betrügen, erpressen und was weiß ich noch!"

„Nein, Biber. Die machen wir so fertig, dass sie sich nie wieder erholen und niemandem etwas anhaben können. Auch der Tänzer nicht. Glaube mir!"

„Abgkrageln!", sagte Biber. „Anders werden wir die nie los! Schädlinge muss man unschädlich machen. Das kennst du doch vom Garten am besten."

Lenka und Vlasta rückten von Biber weg und zu Edgar hin. Vlasta war entsetzt. „Muuusss nicht!"

„Muusss!"

„Red nicht groß, Biber", sagte Edgar und blickte in Lenkas elektrisierende Augen. „Du könntest doch auch keinen umbringen, oder?"

„Du hast ja recht", gestand Biber ein und lächelte die Damen an. „Lassen wir sie leben, die Affen. Aber wir müssen sie zumindest unschädlich machen. Fertig einfach, weißt du, was ich meine?"

„Ja, total fertig machen wir die!"

„Ja, muusss!"

„Genau!"

„Sagen Sie, Vlasta, warum haben diese Gauner so flache Hinterköpfe?", wollte Biber wissen.

„Kriegt er der Russ immer Niesse. Immer Niesse auf Kopf. Kriegt er daheim und kriegt er in Schule. Kriegt er bei Arbeit. Ieberall. Dann Kopf wie in Tschechei auch. Nur der Buben. Der Mädchen miessen schen sein. Darf nix Niesse kriegen."

„Was?", meinte Edgar. „Dabei sind die Nüsse so gesund für Haut und Hirn."

Dann zogen Edgar und Biber die Ledermützen über und machten sich in die Russenwohnung auf. Frau Swoboda tätschelte sie ab und sagte: „Sind Sie vorsichtig!"

Der General wurde mit dem Auftrag entlassen, Fotos vom Tänzer anzufertigen, und den wieder erwachten grimmig dreinschauenden Ganoven wurde erklärt, was man von ihnen erwartete.

„Ich bin nur an Geld interessiert, du miese Figur", sagte Edgar zu Diwanov. „Sag mir den Zugangscode zu deinem Safe, und ich werde dich laufen lassen. Am besten, du verrätst ihn mir sofort, sonst werdet ihr es bereuen, das sag ich euch!"
Die Russen gaben sich wortkarg, ließen aber durchblicken, dass sie die zwei nicht ernst nahmen und um keinen Preis kooperieren würden.
Biber wurde ärgerlich. Er nahm ihnen alles Bargeld ab, das sie im Gewand hatten. Und das war gar nicht wenig.
In der Nacht wurde Igor der Schraubstock bereits eingeschläfert und abtransportiert. Edgar hatte da so eine Idee, die sogar Biber gefiel. Und zu Iwan sagte er: „Ein gemeinsamer Freund wird sich um ihn kümmern."
Der General funkte, dass er den Tänzer ausfindig gemacht hatte, zumindest seinen Jaguar, der vor einem seiner Massagesalons parkte. Edgar war im Nu bei ihm und hatte den Tiergarten-Jolly mitgebracht, den er in seine Pläne eingeweiht hatte. Mit einer List organisierte der General den Autoschlüssel des Tänzers, und alle drei brausten mit dem Wagen ab und parkten vor der Werksvertretung Max Struber. Im Schutz der Dunkelheit guckten die Spechtler durch Löcher, die sie aus der Dispersionsfarbe geschabt hatten.
„Aufmachen!", schrie Edgar. Sofort ging das Licht an und einer öffnete, weil er meinte, der Tänzer sei da. Jetzt erkannte auch Edgar, dass es sich bei den vorgeblichen Technikern um Griffo und Schnappsie handelte. Sie wurden ruhiggestellt und in den Jaguar verfrachtet. Dann wurde Igor der Schraubstock zugeladen. Biber durfte mitkommen, der General übernahm die Bewachung Diwanovs. Wenig später parkte der Jaguar vor der Direktion des Tiergartens, und Igor der Schraubstock wurde dorthin befördert, wo er hingehörte. Ins Affenhaus. Biber fesselte ihn mit Tauen am Körper, ließ aber Arme und Hände frei. Natürlich hatte der lästige Biber noch etwas mitgehen lassen, eine Trinkflasche für Affenbabys. Dann verschwanden sie zu Fuß.
Der nächste Morgen begann im Tiergarten fast wie jeder andere.
Lustige Pinguine watschelten im Gleichschritt herum. Wie eine Kompanie. Und genauso watschelten Volksschüler mit ihrer Lehrerin, die ein Erste-Hilfe-Sackerl umgehängt hatte. Ein Wandertag wie viele andere.

Die Lehrerin befahl: „Wir bleiben in Zweierreihen. Keiner geht allein!"

„Müssen wir uns auch an den Händen halten?", fragte ein Knirps provokant.

Nur die Pinguine watschelten, als ob sie die Befehle der Lehrerin befolgten. Die Kinder dagegen liefen durcheinander.

„Johannes, komm sofort zurück", rief die Lehrerin. „Es hat niemand etwas von Weitergehen gesagt. Martin genauso."

„Johannes hat angefangen", sagte Martin.

„Niemand geht vor mir! Dass mir keiner verloren geht."

„Die Leute können nicht aus dem Auto", rief Johannes, der erst einmal fürchterliche Grimassen in den Jaguar geschnitten hatte, in dem die Spione der Max Struber Werksvertretung heftig gestikulierten, weil Fenster und Türen mit Loc Tite Superkleber zugeklebt waren.

„Das Kamel hat zwei Höcker", sagte die Lehrerin und fragte: „Wie heißt das Tier mit einem Höcker?"

„Dromedar!", war die einstimmige Antwort.

„Der Höcker ist ein Fettspeicher, kein Wasserspeicher!", sagte die Lehrerin. „Er dient als Hitzeschild."

„Ich habe mir eine Schiefer eingezogen", rief Antonia, und die Lehrerin öffnete das Verbandspackerl.

Und schon hörte man ein Rettungsauto und ein Polizeiauto gleichzeitig hupen, dass die Mandrille nur so schrien und ihre grellrot leuchtenden Hinterteile zur Schau stellten.

„Johannes ist nicht mehr da!", schrie Martin.

„Um Gottes willen!", rief die Lehrerin und ließ ihn ausrufen.

Noch bevor Igor der Schraubstock auf der Trage aus dem Affenhaus gebracht wurde, war der General mit seiner Kamera und seinem schönen Anzug frisch gewaschen, rasiert und gekämmt herausgekommen und hatte einen weinenden Jungen zum Eingang mitgenommen, der all das mitbekommen hatte, was die Polizei jetzt brennend interessierte und von dem die besten Stellen auf des Generals Kamera waren.

„Ha", hatte sich Johannes gedacht. „Ein Clown im Affenhaus. Das ist aber lustig. Der tut, als ob er schlafen würde. Dabei ist er sicher hellwach."

Ganz im Gegenteil! Der Schraubstock war überhaupt nicht hellwach, als die Affendame Nonja unfreundlich an ihm vorbeiging und nicht einmal grüßte, obwohl Igor der Schraubstock beide Hände

von sich gestreckt hatte. Doch dann war Wladimir seiner Holden gefolgt und hatte den komisch dasitzenden Genossen registriert.
„Wieder ein neuer Wärter", hat er sich vielleicht gedacht. „Komisch, dass er mir zwei Arme entgegenstreckt. Aber man muss ja freundlich sein heutzutage mit den Wärtern. Sonst füttern sie einen vielleicht nicht mehr."
Und so tat er das, worauf der kleine Johannes so lange gewartet hatte und weswegen er nicht mehr zu seiner Klasse zurückgekehrt war. Erst küsste er den neuen Wärter auf die Stirn. Igor erwachte. Er dachte, ein Mensch mit einer Affenmaske wolle ihm Angst einjagen. Er wollte zupacken wie sonst auch und die Hand seines Gegners zerquetschen. Der wollte ihm aber die Hände gutmütig zum Gruß schütteln. Erst die eine, dann die andere. Dabei drückte er mit seinen Pranken zu, dass nicht einmal die grobschlächtigen TPratzen Igors einen Widerstand entgegensetzen konnten. Igor brüllte wie am Spieß, als er ihn auch noch aus Bibers Tauen herausfischte, um ihm eine freundschaftliche Tachtel auf den Rücken zu geben. Dasselbe machte die Affendame Sanja und nahm ihn an die Brust wie einen geliebten Bruder. Dem bärenstarken Igor saß der Schreck tief in seinen gebrochenen Knochen und luxierten Gelenken. In diesem Zustand war er Biber nicht unähnlich. Keine Schultern, ein entsetzlicher Gesichtsausdruck und zerhatschte Pantoffel mit einem Stern drauf. Weiß der Teufel, wo er die herhatte.
Die Lehrerin dankte dem elegant aussehenden General, dass er Johannes zurückgebracht hatte, die Rettung verstaute den flachköpfigen Mann mit den vielen luxierten Gelenken, und die Polizei konnte sich das alles genauso wenig zusammenreimen wie die Giraffen, die einen weit besseren Überblick hatten.
Unterdessen war auch Iwan Diwanov in seinen eigenen vier Wänden nicht ungeschoren geblieben. Ohne den Schraubstock war Iwan ein feiger Hund. Trotzdem wollte er die Nummer für den Zugang zum Tresor nicht nennen.
„Bitte schön", sagte Edgar, „wenn der Herr nicht kooperiert, dann gibt es auch keine Vergünstigungen."
Diesmal frühstückten Edgar und Biber nicht bei Frau Swoboda. Obwohl sie das natürlich viel lieber gemacht hätten, vor allem wegen der Gesellschaft Lenkas. „Aber Dienst ist Dienst", wie die Beamten sagen.

So speisten sie genüsslich vor den gierigen Augen Diwanovs, der vorläufig auf Volldiät gesetzt war. Das Essen war für den Gauner nicht die größte Folter, dafür hatte er unbeschreiblichen Durst.

„Wasser", hauchte er kraftlos und gar nicht so unfreundlich. Biber füllte ein Glas. Schon beim Anblick des Glases blinzelte der Russe und zwinkerte verzweifelt.

Biber trank das Wasser selbst aus und füllte Rotwein in die Nuckelflasche, die er aus dem Affenhaus mitgenommen hatte. Dem Russen blieb nichts anderes übrig, als wie ein Baby aus der Flasche zu trinken. Im beißenden Duft von Bibers Brust, die zentimeterdick mit *Wick VapoRub* eingerieben war, zuzelte Iwan wie wild, weil der Gummi nur eine ganz kleine Öffnung hatte. Eine ganze Ewigkeit war er mit der Aufnahme des Weins beschäftigt und genauso durstig wie zuvor.

Dazu sah er Edgar und Biber vor seinen Augen essen und trinken. In aller Früh hatte Edgar in einem Delikatessenladen eingekauft. Es gab Austern wie in Frankreich, Champagner und natürlich Leberkäswecken mit Gurkerl.

„Du kannst ruhig mitessen, Iwan", sagte Edgar. „Du brauchst uns nur eine Nummer zu nennen. So einfach ist das." Iwan lief das Wasser im Mund zusammen, aber er blieb eisern. Edgar wollte ihn bis aufs Blut provozieren und machte dabei vielleicht einen verhängnisvollen Fehler.

„Essen Sie, Herr Biber, essen Sie", rutschte es ihm heraus, als er Biber schmatzen sah.

Edgar setzte sich an den Computer. Auf den Seiten des ORF und verschiedener Zeitungen waren schon Meldungen über die Vorfälle im Tiergarten Schönbrunn zu lesen. Edgar druckte sie aus, damit Iwan etwas zu lesen hatte. Der erschrak fürchterlich, obwohl er vermied, es zu zeigen. Es war nicht das Mitleid mit seinem Bodyguard Igor, das ihn so entsetzlich getroffen hatte. Er fürchtete, dass sie auch mit ihm etwas Ähnliches vorhatten. Und er war feig und hatte besondere Angst vor körperlichen Schmerzen.

„Aua", schrie Biber, als er das Fenster aufmachte. „Jetzt hat sie mich geangelt, das Luder. Da ist ja ein ganzes Nest!" Dann schlug er mit einer Zeitung wild um sich, um ein paar Wespen aus der Wohnung zu treiben, und kühlte seine Hand unter der Wasserleitung.

„Gute Idee, Biber", sagte Edgar und füllte ein Glas mit Zuckerwasser. Iwan zuckte, machte aber ein gleichgültiges Gesicht. Erst als ihm Edgar das Zuckerwasser auf die Hose tröpfelte, wurde er nervös. „Die Wespen werden ihn vielleicht zum Sprechen bringen, bevor er den Durst und den Hunger nicht mehr ertragen kann."

„Ich bin gespannt, ob der uns den Safe aufmacht", sagte Biber.

„Ganz sicher", sagte Edgar.

„Also ich mach mir eine Hülse auf. Mir ist fad."

„Wieso hast du das billige Ottakringer in der Dose gekauft? Du hast doch genug Geld, oder?"

„Mir schmeckt das Bier am besten aus der Dose. Ich bin ja kein Flaschenkind wie du und der da. Und wenn's billiger ist, schmeckt's mir noch besser."

„Scheiß Wespen!", sagte Edgar. „Jetzt sind die Luder auch schon hinter mir her. Komm, wir machen das Fenster zu und verziehen uns. Der soll sich allein mit den Wespen spielen. Wenn er uns seinen Safe nicht aufmacht, dann soll er sehen, wie er weiterkommt."

Edgar funkte den General an. Er hatte immer noch kein Foto vom Tänzer machen können. Aber er hatte einen Führerschein. Sofort wurde er als Chauffeur engagiert und musste Edgar und Biber mit dem Porsche Cayenne herumkutschieren. Die Parkstrafe auf der Windschutzscheibe wurde einfach ignoriert und ins Handschuhfach geworfen.

Nach der Spritzfahrt wurde bei Jolly im Boxcamp trainiert und die Tiergartengeschichte analysiert. Natürlich hatte man Jolly verhört, um dahinterzukommen, wie die Täter ins Affenhaus eindringen konnten. Allerdings war auf ihn glücklicherweise kein Verdacht gefallen. Man vermutete eine Fehde unter russischen Landsleuten. Dass der Wagen des Tänzers mit der Angelegenheit in Verbindung stand, wurde zwar vermutet, nach Intervention seiner Freunde konnte aber alles vertuscht werden. Aber der Tänzer hatte diesmal Angst. Große Angst. Das wusste Jolly aus verlässlicher Quelle. Es gab einige unangenehme Zeitgenossen in Wien, die ihm ohne den Schutz durch Igor den Schraubstock gefährlich werden konnten. Aber noch schlimmer war, dass er als Drahtzieher der Tiergartenaktion verdächtigt werden könnte. Nicht von der Polizei, sondern von russischen Geschäftsleuten, die unter Igors Schutz gestanden waren. Verrat und Verpfeifen war etwas, das die Herren auf den Tod nicht ausstehen konnten.

„Das läuft genau nach meinem Plan", sagte Edgar und behandelte einen Boxer, der ein Cut unter der rechten Augenbraue erlitten hatte.

Biber musste ihm assistieren. Aber er interessierte sich weniger für die Erste-Hilfe-Box als für ein Köfferchen daneben.
„Was ist das?", fragte er.
„Ein Defi", erklärte ihm Jolly. „Mit dem kann man Tote zum Leben erwecken. Aber wir haben ihn noch nie verwendet."
„Defibrillator", sagte Edgar, „das Ding ist nicht ungefährlich, wenn man nicht damit umgehen kann."
„Aber nein!", beruhigte ihn der Trainer. „Das schließt man an, und dann analysiert das Gerät den Zustand des Patienten, und eine Stimme führt dich durch alle Entscheidungen."
Edgar grinste Biber an. Es hatte wahrscheinlich mit seinem Plan zu tun.
Eine halbe Stunde später kündigte der Weihnachtsmann die Männer des Westens in Frau Swobodas Wohnung an. Sie wurden stürmisch empfangen, weil Vlasta und Lenka natürlich den Schraubstock bereits in den Nachrichten gesehen hatten.
„Tiepisch", sagte Vlasta und dann wurde die ganze Nacht Karten gespielt, während der maskierte General Iwan Diwanov in Gewahrsam hatte. Edgar konnte seine Augen nicht von Lenka lassen und beschloss, seinen Roman über Carlos mit einer Liebesgeschichte zu garnieren. Lenka hatte ihr schwarzes Haar zu einem Pferdeschwanz gebunden. Schon in seiner Jugend hatten ihm Mädchen mit Pferdeschwanz getaugt, auch wenn das Schwänzchen noch so kurz war. Wie bei Audrey Hepburn.
Am nächsten Tag begann wieder dasselbe Spiel mit Iwan Diwanov.
„Unser Auftraggeber wird schön langsam ungeduldig", sagte Edgar zu dem durch Wespenstiche entstellten Gesicht. „Du wirst uns den Zugang zum Safe früher oder später sowieso verraten. Also warum nicht gleich?"
„Ich habs", funkte der General wie wild, machte aber keine weiteren Angaben, bis er in der Wohnung war und mit Edgar unter vier Augen sprechen konnte. Er hatte nicht nur alle Tageszeitungen besorgt, die die wildesten Schlagzeilen für die Handschlagaktion im Zoo erfunden hatten, sondern etwas viel Nützlicheres. Er hatte den Tänzer unbemerkt fotografieren können, als er mit der Inspektion seines Jaguars beschäftigt war. Sofort übernahm Edgar die Fotos und schickte sie an Frustlich, der eine Fahndungspuppe daraus machen sollte. „Mit Fernsteuerung", fragte Frustlich nach und schickte ihm per Mail einen Link zu den Salzburger Nachrichten. Der Zeitungsbericht hatte die Aufrüstung der Prechtl-Puppe vor dem

Hacklinger Observationshaus zum Inhalt, die ihren Dienst seit Neuem mit 27 Servomotoren versah. Der falsche Polizist konnte in einem Probebetrieb von der Wachstube aus ferngesteuert werden. Er konnte jetzt mit den Augen Leuten nachschauen, einen bösen und einen freundlichen Gesichtsausdruck machen, zustimmend nicken und ablehnend den Kopf schütteln.
„Na klar", schrieb Edgar zurück. „Mit Fernbedienung natürlich! Gehen soll er können! Der Preis ist unerheblich. Wir zahlen gut."
Es gab einen unerbitterten Streit mit Biber, weil Edgar die Puppe per BahnExpress und nicht per Post schicken lassen wollte. Dabei nannte Biber wieder seine schlechten Erfahrungen mit dem Konkurrenzunternehmen der Post und behauptete, dass das BahnExpress-Lager das erste Passivhaus in Salzburg war.
„Ein Passivhaus!" Edgar drehte durch. Hunderte Passivhäuser gäbe es bei der Post, behauptete er. Jedes Postamt, natürlich die Herberge des Bautrupps in Seekirchen und ebenso das Fernmeldeamt. „Aus! – Gib Ruhe! Die Puppe kommt per BahnExpress. Und zwar binnen vierundzwanzig Stunden." Frustlich schrieb er allerdings eine E-Mail, in der er ihm nahelegte, für den Typen mit dem schwarzen Arbeitsmantel eine Flasche Wein mitzunehmen, damit er die Ware auch tatsächlich express abschickte. Biber war beleidigt. Jolly hatte inzwischen wegen des Zuschlag-Konzerts angerufen. Edgar und Biber sollten für Sicherheit sorgen. „Na klar", sagte Edgar.
Es verging ein weiterer Tag. Diwanov erhielt Hafterleichterungen, die aber wenig zu seiner Beruhigung beitrugen. Er durfte einige Waren kosten, von denen man ihn aber in Kenntnis setzte, dass sie das Ablaufdatum längst überschritten hatten. Und er durfte sich aus dem Fernsehen und über die verfügbaren Printmedien über das Schicksal seines Beschützers Igor informieren.
Und dann sagte Edgar zu Vlasta: „Wir werden womöglich nicht mehr lange in Wien sein. Und da Lenka zum Tanzen hergekommen ist, werden wir heute zum Tanzen gehen. Und zwar zu einer Veranstaltung, bei der der ehemalige Box-Europameister Hans Zuschlag singen wird." Alle waren begeistert.
Vlasta war nicht die älteste Teilnehmerin an der „Verlierer-Nacht", wie die Ankündigung der Veranstaltung lautete. Das Gewölbe war gerammelt voll. Der General wurde als Discjockey eingesetzt, und natürlich gab es die Musikbox mit allen alten Platten als Wunschprogramm. Die Boxer waren alle gekommen, und viele

ehemalige Stammkunden, die wegen der Kartenspieler das Lokal lange Zeit nicht betreten hatten. Lenka war natürlich der Blickfang für alle. Und Edgar war froh, dass sowohl Frau Paula, die Chefin des *Rauchfangkehrers*, als auch Vlasta unbedingt mit Biber tanzen wollten. So konnte er es wagen, Lenka trotz des Fehlens einer offiziellen Lenka-Berechtigung zu einem rasanten Twist aufzufordern. Als ob er Gedanken lesen könnte, legte der General einen langsamen Blues auf und tat Edgar damit einen Gefallen, der sich auszahlen sollte. Aber erst viel später. Denn in dem Moment war er nicht mehr Herr über sich selbst. Er war wie vom Blitz getroffen und hatte sogar die wenigen Schritte vergessen, die für einen Blues nötig waren. Was für eine Versuchung. Jetzt fiel ihm ein, dass er in den letzten Tagen vor lauter Aufregung auf das Beten vergessen hatte. Vielleicht war ihm diese Verlockung deshalb noch nie passiert, weil er allabendlich beim Vaterunser gebetet hatte: „Führe mich nicht in Versuchung."

Noch nie hatte er so ein Parfum gerochen, wie es Lenka verwendete. Es zog ihn so magisch an wie ihr Pferdeschwanz, ihre elektrisierenden Augen und ihr zarter Rücken. Dabei war er ganz und gar kein Feinschmecker, wenn es um Gerüche ging. Das Öl der Rolltreppen, das Gemisch der Zweitaktmotoren, das war eigentlich sein Metier.

Die ganze Standhaftigkeit seines bisherigen Lebens war mit einem Mal auf den Kopf gestellt, aufs Äußerste gefährdet. Jetzt auf seine alten Tage hatte er hinter dem Rücken seiner Schwester das Gesetz gebrochen, Polizisten belogen und Geld entwendet. Er hatte sogar eine Zigarette in Paris geraucht. Und das Allerschlimmste. Er war auf dem besten Wege, mit einer mindestens dreißig Jahre jüngeren Frau ins Bett zu gehen. Und das Scheitern dieses Vorhabens hing einzig und allein von seinen Chancen ab. Bei einem eindeutigen Angebot war von seiner Seite aus keine Gegenwehr zu erwarten. Dafür war sein Fleisch zu schwach. Das langjährige „und führe uns nicht in Versuchung" im Vaterunser schien nicht mehr zu wirken. Oder hatte es früher nur in Ermangelung von Gelegenheiten gewirkt. Gelegenheit macht Liebe. Da kann keiner aus. Jahrzehntelang hatte es problemlos gewirkt. Keine Angebote, keine Gelegenheiten, keine Versuchung weit und breit, gar nichts. Und Ariane war verheiratet. In Hackling war es einfach, standhaft zu sein. Und jetzt das. Die pure Versuchung. Veredelt und vor Resistenz geschützt. Er war jetzt so weit, dass er das „und führe mich nicht in Versuchung" beim

nächsten Abendgebet vorsichtshalber weglassen wollte. So süchtig war er nach dem Glücksgefühl und dessen permanenter Aufrechterhaltung. Diesmal wünschte er sich nichts mehr als diese Versuchung und schon malte er sie sich in allen hemmungslosen Details aus. Da wäre es doch sowieso eine Lüge, eine penetrante Unehrlichkeit, das eine zu beten und gleichzeitig das andere zu wünschen. Er spielte die Tragweite herunter. Ach was, ein kleines Küsschen, von dem niemand weiß! Muss ja nicht gleich ein nasses Küsschen sein. Vielleicht einmal ihre Knie berühren. Und sich auf keinen Fall wehren, wenn sie ihre zierliche Brust an ihn drücken würde. Was aber, wenn sich das junge Ding entgegen aller Erwartungen in ihn verliebte? Womöglich gar noch Kinder von ihm wollte? Jetzt aber genug! Welch abwegiger Gedanke. Sie befolgte lediglich die grundlegenden Erfordernisse des Tanzes, und deshalb drückte sie sich an ihn. Sonst gar nichts.
Edgar bemerkte nicht, wie Biber eiferte und wie ihn alle Boxer anstarrten und beneideten. Gott sei Dank hörte er auch nicht, wie ein Gast zu einem anderen sagte: „Wo hat sie sich denn den eingetreten?" Auch Frau Swoboda beklagte sich über Edgar. Eigentlich hatte sie ihn schon gefragt, ob er mit ihr tanzen würde.
„Hat mich abgeschittelt", sagte sie zu Biber, als der mit ihr tanzte.
„Verbotene Friechte schmecken am besten."
„Recht hat er gehabt", dachte Biber, weil Vlasta ihm nämlich ganz schön auf den Pelz rückte.
„Lassen Sie sich kissen und dricken, Herr Biber", flüsterte sie ihm zu und mehrmals fragte sie ihn: „Sind Sie Ihrem Freund beese?"
„Nein", sagte Biber.
„So ist das Läben", antwortete sie und küsste ihn ganz unverfroren. Biber signalisierte dem Discjockey, er möge doch endlich Rock 'n' Roll auflegen. So wurde er Vlasta los und konnte sich Lenka schnappen und eine unheimliche Vorstellung geben.
Edgar war abgemeldet und setzte sich zu Frau Paula an die Bar. Trotzdem ließ er Lenka nicht aus den Augen. Für ihn war sie der Inbegriff von Weiblichkeit, Sanftmut, Fürsorge, Unkompliziertheit, Leidenschaft und Anmut. Nicht einmal die kleinste Andeutung eines Schöpfungsfehlers war an ihr feststellbar, sie zeigte nicht den winzigsten Ansatz für Zank und Streit. Nur der Name passte nicht.
„Lenka heißt sie", sagte er zu Frau Paula, die nachgefragt hatte. Edgar konnte den Namen aussprechen, wie er wollte, der Name war einfach nicht sanft, nicht zart und nicht fließend. Er hatte den

Beigeschmack einer Mischmaschine. Und für einen Führerscheinlosen wie ihn war der Name eine ständige Provokation. Da wäre Nicole schon ganz etwas anderes gewesen. Aber er konnte doch nicht einfach Nicole zu ihr sagen.
Biber und Lenka tanzten, dass den Leuten der Atem stockte. Er warf sie, fing sie, drehte sich und wirbelte nur so herum.
„' A Waunsinn normal' würde der Hans sagen", meinte Frau Paula.
„Das sind seine Post-Reflexe", erklärte Edgar.
„Du kannst dir gar nicht vorstellen, was in den letzten Tagen hier los war", sagte Paula. „Der Tänzer und seine Freunde waren kaum hier, und wenn, dann haben sie nur miteinander gestritten. Viele alte Stammgäste sind wieder gekommen. Und jetzt diese Veranstaltung."
„Absolut gut besucht", sagte Edgar. „Ich freue mich schon, wenn der Hans singt."
„Gleich", sagte Paula. „Er ist schon ganz nervös. Er hat nämlich ein ganz neues Lied."
Und schon ging es los. Hans Zuschlag erschien unter tosendem Applaus auf der Bühne und nahm umständlich sein Mikrofon in die Hand. Er schien gut gelaunt und bewegte sich rhythmisch nach links und rechts, bevor er das erste Lied anstimmte. Schon als der Schlagzeuger das erste Mal auf seine Trommel schlug, erkannten alle die Melodie, wiegten sich im Takt und sangen den Text mit. „Mein potschertes Leben!"
Hans spulte reibungslos sein ganzes Programm ab und wollte gerade sein neues Lied präsentieren, als ein Raunen durch die Menge ging. Die meisten Besucher konnten sich denken, was gleich kommen würde.
Die Leopardenfrau erschien und zog den Einzahnigen im Schlepptau mit sich. Der grinste über das ganze Gesicht, und siehe da: eine beinahe überkomplette Sammlung von strahlend weißen und makellosen Zähnen. Oben wie unten.
Edgar schaute Paula ungläubig an.
„Die hat er sich in Ungarn gerade machen lassen, der Griffo", sagte sie. Da tauchte schon der Tänzer mit einem riesigen Hund auf. Ohne Leine. Er gehorchte ihm auf die kleinste Andeutung von Befehlen.
„Teuer gekauft", sagte Frau Paula. „Der ist abgerichtet wie ein Zirkushund."

„Aha", sagte Edgar, „hat er sich einen neuen Beschützer zulegen müssen, nachdem sich der alte beim Grüßen mit der Hand wehgetan hat."

Zu allem Überfluss schlichen auch noch Schnappsie, der ehemalige Hutschenschleuderer aus dem Prater, und der Unbedeutende zur Tür herein, der am ersten Abend mit dem Tänzer Karten gespielt hatte. Biber versteckte sich. Zu frisch waren seine Erlebnisse im Pissoir. Der alte Indianer, der zwar beim Fußball oft markiert hatte, um einen Elfer herauszuholen, der aber nie wirklich einen Schmerz gekannt hatte, kniff jetzt ungeniert. Ausgerechnet er, der Furchtlose, Schmerzlose und Unfassbare. Und der General sah auch zu, dass er sich verdrückte.

„Na, sing uns was, Hansee Burli", rief der Tänzer und der ehemals Einzahnige ließ seine Beißerchen blitzen. Die Leopardin himmelte ihren Griffo an und die Unbedeutenden winkten Paula heran, um die Getränkebestellung aufzugeben.

So verzögerte sich das neue Lied Zuschlags um endlose Minuten und die Stimmung war beim Teufel. Ein Gast drückte als Zwischenlösung das Lied *One Way Wind* von den Cats in die Musikbox. Aber dann wollten die Gäste den Boxer hören. Sie klatschten und riefen wie wild: „Get scho, Hansee, get scho!"

Hans Zuschlag ergriff das Mikrofon noch umständlicher als vorher, wankte völlig unrhythmisch und hatte sich offensichtlich ein Schluckerl genehmigt. Frau Paula kam ihm zu Hilfe, indem sie das Licht ein wenig einzog. Sofort holten einige Gäste Feuerzeuge heraus, die sie entzündeten und schwenkten. Die Musik hatte schon dreimal angefangen, bis Hans Zuschlag zögerlich zu singen begann. Es war schön, wie die Gäste mitgingen, wie sie ihn unterstützten, ihren Hansee auf Händen trugen. Ganz genau so, wie ihn damals seine Fans in der Stadthalle zu den größten Siegen getragen hatten. Er sang jetzt frei und voller Selbstvertrauen. Paula war glücklich und Edgar dachte, der Tänzer würde keinen Ärger machen.

Aber da begann der Hund nach vorne zu laufen und zu bellen. Edgar konnte genau sehen, dass ihn der Tänzer mit kleinen Pfiffen und Fingerbewegungen wie ferngesteuert dirigierte. Einer der Unbedeutenden drückte *Mendocino* vom Sir-Douglas-Quintett in die Musikbox.

„Sing weiter, Hansee", rief der Tänzer.

Zuschlag versuchte noch krampfhaft, den Takt zu halten, als aber Griffo, der ehemals Einzahnige, den Schlagzeuger vom Stuhl stieß und selbst zu trommeln begann, war es ganz und gar vorbei.

„Aus!", rief er noch ins Mikro. Dann zog er sich zurück und trank drei Stamperl Schnaps hintereinander aus. Er war erledigt. Alle schauten auf die Boxer. Vor allem auf Jolly. Sie konnten nicht glauben, dass man sich das ungestraft bieten ließ.

„Was machen wir jetzt", sagte Frau Paula zu Edgar, als die Provokationen kein Ende nehmen wollten. Edgar schüttelte den Kopf. Er konnte Biber nicht sehen. Er wollte noch abwarten. Aber da bemerkte er, wie sich der Tänzer und der ehemalige Einzahnige an Lenka heranmachten. Sie berührten ihr Haar, tätschelten sie, sprachen so schmutzig, dass Vlasta sie zurechtwies. Da zerrte sie der ehemals Einzahnige zur Seite und setzte sich auf ihren Stuhl neben Lenka. Edgar wäre extrem beunruhigt gewesen, hätte er nicht die Flüstersandalen des Biber erblickt, der nicht weit von ihm am Boden lag.

Er signalisierte Paula, sie möge das Licht noch weiter einziehen.

„So, und jetzt schleicht's euch in die Betten", brüllte einer der Unbedeutenden ins Mikrofon. „Euer Hansee Burli is scho schlofn gaunga."

„Und du bist der Erste", entgegnete ihm Edgar und provozierte ihn vor allen Leuten, bis er mit seinen Karateschlägen wild auf ihn einzutrommeln begann. Die Gäste hielten den Atem an, und Biber band inzwischen den Tänzer lautlos mit den Schnürsenkeln seiner Krokodillederschuhe am Sessel fest.

„Jössas, de G'schertn san wieder do", schrie Griffo, als er Edgar erkannte.

Edgar wehrte einen Beinschlag ab und rammte eine Rechte durch die hochgezogene Deckung des Karatekämpfers. Der hatte nicht einmal Zeit, sich zu orientieren, da fing er sich schon eine lang gestreckte Linke ein, und zwar genau unter sein rechtes Auge. Er wollte angreifen, aber Edgar ließ ihm keine Luft. Er brachte ihn durch einen präzisen rechten Haken ins Wanken und deckte ihn dann mit einem nicht enden wollenden Schlaghagel ein. Die Boxer sprangen allesamt auf, als Edgar dem Unbedeutenden einen Uppercut direkt aufs Kinn schlug. Etwas von der Seite, sodass es ihm den Kopf wie einen Flaschenverschluss aufdrehte. Rummps, krachte er auf den Boden und rührte sich nicht mehr. Der Tänzer sprang auf und pfiff dem Hund. Der Hund stürzte sich auf Edgar,

aber der Tänzer konnte mit dem angebundenen Sessel nicht vom Fleck. Biber stürmte auf die Bühne und befreite Edgar vom Hund, den er mit einem Geräusch beruhigte, das dem Kläffen von Frau Swobodas Spielzeughund nicht unähnlich war. Und dann sah man etwas, was ganz und gar nicht alltäglich war.
Edgar sah Biber in einer ungemein erleichterten und dankbaren Weise an und sagte: „Danke dir, du bist der Beste."
Biber war wieder der Alte. Die Bestätigung Edgars machte ihn stark. Und die Möglichkeit, Lenka und Tamara zu zeigen, was er konnte, machte ihn unbesiegbar. Jetzt wurden seine Tagträume wahr, in denen er im Religionsunterricht Annette immer aus den ausweglosesten Situationen gerettet hatte. Der zweite Unbedeutende und Griffo mit dem ungarischen Gebiss stürzten sich gleichzeitig auf ihn. Sie krachten auf den Boden und Biber war weg. Edgar provozierte den Unbedeutenden bis zum Ausrasten, platzierte einen Leberhaken mit der Linken auf die rechte obere Körperseite. Da attackierte ihn der Tänzer, der seinen Sessel endlich abgeschüttelt hatte, und schlug ihn von hinten nieder. Edgar war groggy.
Paula wollte das Lokal total verdunkeln und bat die Boxer einzugreifen.
„Wir dürfen nicht", sagte Jolly. Und da gingen der Tänzer und der ehemalige Zahnlose auf Biber los. Schnappsie deckte die andere Seite ab. Biber führte den Tänzer und seine Trabanten vor wie Statisten. Aber er konnte keinen einzigen Schlag platzieren. Der Tänzer verschleuderte ganze Salven von Karateschlägen in der Luft. Seine Adlaten ebenso. Biber war unfassbar. Und jetzt nahm er sich ein Herz und lockte den ehemaligen Einzahnigen nahe an sich heran, um ihn mit einer Schlagserie einzudecken. Er wollte endlich zeigen, was er bei den Boxern gelernt hatte. Aber er hatte die Distanz falsch eingeschätzt und schlug zweimal ins Nichts. Das brachte den Gegner in eine überlegene Ausgangsstellung. Alle hielten den Atem an. Frau Paula drückte zur Unterstützung Falco mit *Männer des Westens* in die Musikbox und schon kehrte Biber zu seinen Urinstinkten zurück. Er ließ sich kraftvoll rückwärtsfallen, machte im Flug eine halbe Drehung, krachte dem Gegner mit der Ferse genau aufs Maul und landete in einer weichen Liegestützposition.
„Gute Arbeit", sagte eine dumpfe Stimme.
„Danke", sagte Biber.
„Deine Arbeit war auch gut", sagte Hans Zuschlag, der im schwachen Licht nach vorne gekommen war, „aber ich habe den

ungarischen Zahnarzt gemeint." Und tatsächlich waren trotz blutender Lippen und geschwollener Nase alle Zähne von Bibers Gegner intakt.

Die Gäste applaudierten. Der Tänzer drehte durch und hetzte seinen Hund auf Biber. Der führte mit dem Hund ganz genau dasselbe auf wie mit Edgars Hund im Garten. Er tat, als hätte er einen Ball, und spielte mit dem gefährlichen Hund wie mit einem alten Freund. Der Tänzer konnte den Hund mit Pfiffen und Fingerschnipsen nicht mehr beeindrucken. Er wälzte sich mit Biber am Boden und leckte seinen Hals.

Da stürmte der Tänzer auf Zuschlag zu und drohte: „Das wirst du mir büßen."

„Du wirst uns nie mehr wiedersehen", sagte Edgar und Frau Paula ahnte, was Hans Zuschlag im Sinn hatte. Sie drehte das Licht aus. Mit seinem berühmten Kinnhaken schickte Zuschlag im Schutze der Dunkelheit den Tänzer ins Land der Träume. Wie bei einem Schnappverschluss hatte es ihm den Schädel abgehoben. Edgar stellte sich hin, als hätte er und nicht der Boxer zugeschlagen, und Paula drehte das Licht wieder auf. Es gab Applaus und Hans Zuschlag sang seinen neuen Song als Geleit für den Abzug der Kartenspielertruppe, die mit ihren geschwollenen Schädeln wie Zombies aussahen.

„Tamara", sagte Biber zur Leopardenfrau, „möchtest du heute nicht zur Abwechslung einmal mir beim Kartenspielen zusehen?" Sie warf ihm ein lasziyes Lächeln zu und verschwand mit ihren humpelnden Invaliden.

„Jetzt schaffe ich euch den Tänzer für immer und ewig aus dem Weg", versprach Edgar Frau Paula und Hans Zuschlag und kehrte mit Vlasta, Lenka, Biber und dem General ins Hauptquartier zurück. Natürlich in einem Taxi. Der General begab sich ins Penthouse, um seinen Wachdienst zu versehen. Er hatte sich Diwanovs Halfter ans rechte Bein geschnallt und übte vor den Augen seines Opfers unermüdlich das schnelle Ziehen der Waffe.

Edgar hatte für Biber seinen Lieblingsfilm *Mercenario* von Regisseur Sergio Corbucci besorgt. Den sahen sie sich mit Lenka und Vlasta gemeinsam an. Dabei saß Edgar neben Lenka auf der Couch. Und Frau Swoboda tat ihm auch noch einen Gefallen, als sie sagte: „Riecken Sie ein bisschen rieber! Der Medchen ist scheen wie Pippchen."

Das Licht war schummrig und Biber war durch den Film abgelenkt. Zumindest tat er so. Er stellte Edgar unzählige Fragen zum Film, die der immer nur mit MM oder Mhm beantwortete. Lenka und Vlasta wollten wissen, was dieses MM oder Mhm zu bedeuten hätten. Biber verstand es offensichtlich perfekt. Edgar demonstrierte mit einem Nicken, dass Mhm ja bedeutete, und bei MM schüttelte er den Kopf. Eine Zeit lang übte Vlasta, dann schlief sie ein. Damit wurde alles noch schlimmer. Edgar suchte in seinen Gefühlen nach klaren Anweisungen. Er brauchte Regeln, nach denen er vorgehen konnte. Er wartete auf einen Instinkt aus seinem Bauch oder einen Befehl aus seinem Kopf. Nichts Brauchbares außer Hormonsteuerung.
„Jetzt kommt die Szene!", schrie Biber und schreckte damit Edgar und Lenka auf, die sich aneinandergekuschelt hatten. Jack Palance, der den Söldner Ricciolo im Film spielte und Diwanov ausgesprochen ähnlich sah, wurde von seinen Feinden gefasst und sollte ausgezogen und in der Wüste zurückgelassen werden.
„Jetzt horch!", rief Biber so aufgeregt, dass sogar Vlasta aufwachte.
„Zieht ihn nicht ganz aus", sagte der coole Gegenspieler Ricciolos, dessen verwegenes Gesicht im Close-up gezeigt wurde. „Er ist hässlich!"
Da lachte der Biber und niemand konnte sich so richtig mit ihm amüsieren.
„Alles ist meglich", sagte Vlasta und ging zu Bett, nachdem sie Edgar und Lenka einen neugierigen Blick zugeworfen hatte. Der General meldete per Funk, dass es keine besonderen Vorkommnisse gab, wenn man von einigen Wespenstichen absah.
Biber kommentierte weiter jede Szene des Films und Edgar versuchte, zu Lenka so viel Körperkontakt wie möglich aufzubauen und trotzdem so zu wirken, als könne er nichts dafür. Als sie sich an ihn kuschelte, krempelte er sich die Ärmel hoch, um ihre Haut zu spüren. Ihre nackten Arme waren kalt. Die Wärme von Edgars stark behaarten Unterarmen musste ihr guttun. Sie wandte ihm ihren entzückenden Rücken zu und presste schließlich ihre eiskalten Schulterblätter an seine Brust. Edgar atmete nicht mehr. Der zarte Rücken der frierenden Lenka machte ihn widerstandslos. Im Geiste glaubte er, laut und deutlich die Stimme von Chris Lohner zu erkennen, die die Worte „stand clear!" zu sprechen schien. Wie bei der Einfahrt des Schnellzuges am Bahnhof. Aber in diesem Moment war jede Warnung wirkungslos. Edgars Fleisch war einfach zu schwach. Zu seiner geringfügigen Seh-, Hör- und

Gedächtnisschwäche, die er sich in den letzten Jahren eingefangen hatte, war jetzt eine dramatische Schwäche für diese Lenka dazu gekommen. Er umschloss den zarten Oberkörper Lenkas mit all seiner Wärme. Er hatte sich rettungslos verliebt.

„So, jetzt pass auf", rief Biber und wollte die Endszene ankündigen, bei der der als Clown verkleidete Freiheitsheld Paco in einer Zirkusarena zu einem Duell mit Ricciolo antreten muss. Der Schauspieler Franco Nero spielte dabei den Söldner Kowalsky, der das Duell durch das dritte Läuten einer Glocke freigibt. Zwischen den einzelnen Glockensignalen zeigte die Kamera Close-ups der Augen der drei Akteure und erweckte den Eindruck, als würde der Zuseher mit einem Helikopter durch die Arena fliegen. Die Musik von Ennio Morricone erzeugte eine Spannung, dass Biber wie erstarrt war, obwohl er den Film schon mehrmals gesehen hatte. Edgar strich mit der Hand über Lenkas Kopf. Sie war eingeschlafen. „Pah!", rief Biber, als das dritte Glockenläuten erklang. „Schau hin!"

Beide Kontrahenten feuerten ihre einzige Patrone mit ihren Gewehren ab. Paco brach schmerzverzerrt zusammen. Ricciolo grinste breit. Er hatte eine weiße Nelke im Knopfloch. Unter der mitreißenden Musik von Ennio Morricone und der dramatischen Kameraführung von Alejandro Ulloa veränderte sich das grinsende Gesicht Ricciolos zu einem verängstigten. Ricciolo griff sich auf die weiße Nelke, die sich plötzlich rot färbte. Er war ins Herz getroffen worden und brach zusammen. Paco hatte nur einen Streifschuss erlitten. Jetzt grinste er.

Lenka war eingeschlafen. Was sollte Edgar jetzt tun? Wenn er sie aus seinen Armen freigab, würde er sie wecken. So blieb er mit ihr auf der Couch sitzen, als sich Biber mit den Worten „Pass auf! Du hast keine Lenka-Berechtigung" in sein Schlafgemach zurückgezogen hatte.

Früh am Morgen betrat Vlasta vergnügt singend das Wohnzimmer und erschrak beim Anblick der Engumschlungenen. Sie machte Kaffee, solange sie noch schliefen.

Edgar erwachte. Wo war er? Er schwitzte vor Angst. Als er sich bewegte, wachte auch Lenka auf und erschrak.

„Hat geträumt!", sagte Vlasta und lächelte Edgar an. Sie erzählte ihm, dass er im Traum laut gerufen hatte. Edgar konnte sich an nichts erinnern. Aber es musste ein fürchterlicher Traum gewesen sein.

„Hat vielleicht Gedächtnisliecke", sagte Vlasta. „Der hat gerufen ‚Wo gehts raus?'."

Edgar sah Lenka an. Auch sie wirkte verstört. Er richtete sich auf und ging zum Tisch, wo Vlasta Kaffee serviert hatte. Lenka machte sich kurz zurecht und setzte sich gegenüber von Edgar hin. Er wagte gar nicht, ihr in die Augen zu sehen. Dabei sah sie ganz besonders anmutig aus. Und schon stürmte Biber daher wie bei einem Banküberfall und begann damit, seine Semmel einzubrocken.

„Mhm", sagte er und nickte. „MM", sagte Vlasta und schüttelte den Kopf. Edgar und Lenka hatten keine Ahnung, was sie damit meinten. Um sich der prekären Situation zu entziehen, suchte Edgar unverzüglich mit Biber das Russen–Penthouse auf. Wider Erwarten sah Diwanov nicht schlecht aus. Er hatte die Wespenangriffe überstanden, den Hunger bezwungen und trotz des großen Durstes immer noch kein Entgegenkommen bei der Öffnung des Safes signalisiert.

„Jetzt wird es mir zu blöd", sagte Edgar und telefonierte mit der Puppen-Manufaktur. Frustlich behauptete, dass die Puppe schon lange abgeschickt worden war. Jetzt ging's los. Ohne Biber darüber zu informieren, recherchierte Edgar bei der Bundesbahn, wo die *BahnExpress*-Lieferung geblieben sein könnte. Schließlich musste er sie selbst am Westbahnhof mit einem Taxi abholen und in Frau Swobodas Wohnung bringen. Dort wurde sie ausgepackt und mit der Fernsteuerung getestet. Biber war äußerst geschickt bei der Bedienung der Hebel. Seine Kraftdaumen waren nicht nur stark, sie konnten auch überaus gefühlvoll eingesetzt werden. Der General wurde ausgeschickt, um Kleidungsstücke des Tänzers zu organisieren. Keiner wusste, wie er es angestellt hatte, aber der treue Soldat hatte in kurzer Zeit einen schwarzen Ledermantel und sogar eine seiner sündteuren *Milus*-Uhren organisiert und grinste über das ganze Gesicht. Wenig später tauchte Jolly mit einem Paket auf, um das ihn Edgar telefonisch ersucht hatte. Biber wollte das Packerl sofort aufreißen, so neugierig war er. Es blieb aber zu. Edgar nahm es in das Russen-Penthouse mit und stellte Diwanov ein eng befristetes Ultimatum.

„Ich will mit dir keine Zeit mehr vergeuden", sagte er zu ihm. Er legte die DVD mit dem Film Mercenario ein und spielte die Szene in der Arena.

„Ich gebe dir bis zum dritten Glockenläuten Zeit, den Code für den Safe auszuspucken. Sonst sehe ich mich gezwungen, zu gröberen

Maßnahmen zu greifen." Dabei hielt er ihm das Paket vor die Nase. Biber war neugierig und genoss die Dramatik des Glockenläutens unheimlich. Franco Nero würde Diwanov zum Reden bringen. Da war er sich gewiss. Franco Nero läutete das erste Mal. Die Duellanten wandten sich den Rücken zu. Die Musik und die Kameraeinstellungen waren großartig. Jack Palance, der fast so aussah wie Diwanov, präsentierte seine Visage so widerlich, wie er nur konnte. Aber Diwanov blieb unbeeindruckt. Er ignorierte das erste Läuten und auch das zweite. Er schien von der ganzen Dramatik der Szene keine Notiz zu nehmen. Biber hingegen zitterte mit, als ob er den Film noch nie gesehen hätte. Immer wieder das Ta ta ta ti ta ta ta ta, die nicht enden wollenden Großaufnahmen von den Augen der Akteure, dazwischen eine schrille Trompete, die es einem eisig über den Rücken rieseln ließ, und schließlich das dritte Läuten. „Mhm", sagte Edgar und ließ vor dem Hintergrund der Musik die Schüsse noch erklingen und die weiße Nelke rot werden. Dann packte er das Paket aus. Biber erschrak. Der General auch.
Diwanov zeigte erst eine Reaktion, als Biber sagte: „Ist das nicht der Defibrillator?"
„Mhm", sagte Edgar, und in den Augen Diwanovs züngelte panische Angst.
Edgar riss ihm die Knöpfe auf und machte seine Brust für die Elektroden bereit. Dann schaltete er das Gerät ein und rief: „Geht ein paar Meter weg von ihm! – Damit es euch nicht auch umhaut."
Das Gerät analysierte automatisch den Zustand des Patienten, und eine automatische Stimme gab entsprechende Anweisungen. Diwanov strampelte wild und war unübersehbar verängstigt.
Der Defibrillator hatte den Kreislauf Diwanovs analysiert und meldete kalt: „Kein Schock empfohlen!" Edgar fragte Biber: „Weißt du noch, was passiert, wenn man einen gesunden Menschen damit behandelt?"
„Oh ja", antwortete Biber. „Das kann zum Herzstillstand oder lebenslangen Rhythmusstörungen führen."
„3924", sagte Diwanov mit leiser Stimme.
„Ha!", schrie Biber. „Eh klar!" Die habe ich nicht mehr probiert. Das ist die Postleitzahl von Schloss Rosenau. Im Waldviertel."
„Erst einmal sehen, ob's stimmt!", sagte Edgar und schickte Biber zum Safe.

„Mhm", sagte der, als sich die Tür wie durch Zauberhand öffnete. Und bevor Edgar den Safe durchsuchen konnte, hatte Biber eine goldene Brosche geschnappt, was Diwanov extrem nervös machte. „Das ist Familienschmuck", rief der sonst so mundfaule Russe.
„Schieb sie ein", rief Edgar. „Damit werden wir jemandem eine große Freude machen!"
Der Russe seufzte.
Dann durchsuchte Edgar den Safe und setzte sich an den Computer. Aus verschiedenen Konten überwies er beträchtliche Beträge mit dem Verwendungszweck „Rückzahlung und Entschädigung". Den treuen Zuschauern von **Licht im Tunnel** bescherte er aufregende Spenderlisten, auf denen seitenlang Einzahlungen einer gönnerhaften Firma mit dem Namen Max Struber Werksvertretung eingeblendet wurden. Er scheute keine Überziehungen. Alle Konten waren jetzt im Minus. Dokumente, Pässe, Verträge und alles, was der Russe benötigte, um seiner Identität Glaubwürdigkeit zu verleihen, entfernte er aus dem Safe. Das Bargeld teilte er mit Biber und reservierte einen nicht unbeträchtlichen Teil für den General, für Vlasta, Lenka und Frau Paula vom Gasthaus *Zum Rauchfangkehrer*. Aus dem Computer baute er die Festplatte aus. Dann servierte er dem Russen abgelaufene Lebensmittel und gab ihm zu trinken. Der General bekam den Auftrag, die ganze Garderobe der Russen unter den Obdachlosen der Stadt zu verteilen und das Penthouse für sie zu öffnen. Aber vorher wurden noch einige Dinge geregelt. Das Aufnahmegerät für die Überwachungskamera wurde zurückgesetzt. Dann wurde die Puppe des Tänzers mit seinem Ledermantel durch den Ausgang geschickt. Sie zeigte die Brosche in die Kamera. Auch die Uhr war zu sehen. Dann setzten sie die Puppe auf den Fahrersitz des Porsche Cayenne. Der Arm mit der unbezahlbaren *Milus*-Uhr aus der Schweiz hing lässig heraus. Dann wurde der Wagen gestartet, ein Gang eingelegt, und ab ging die Post mitten in die Max Struber Werksvertretung, dass die Fenster nur so barsten und die Mauer stark beschädigt war. Der Vorfall wurde mit dem Handy gefilmt.
Kurze Zeit später gab es eine Invasion der Obdachlosen. Der General hatte das Gerücht verbreitet, dass an der Adresse der Russen eine tolle Übernachtungsmöglichkeit bestünde und nahezu ungebrauchte Kleidungsstücke frei abgegeben würden. Ebenso tauchten Skateboardertypen mit Spraydosen auf. Sie trugen schiefe

Kappen und Kapuzen. Sie redeten, als würden sie gerade von einer Zahnspangennachjustierung durch den Kieferchirurgen kommen.
„Was machen denn die da?", fragte Edgar.
„Ich habe sie vorsichtshalber eingeladen!", sagte der General. „Die können die Wohnung als Atelier für ihre Spray-Kunst nützen. Die bekommen ein Atelier zur Verfügung gestellt wie andere Künstler auch. Die werden glauben, es steht ihnen zu."
„Ja, warum denn das?", wollte Edgar wissen.
„Wenn die Obdachlosen da aus und ein gehen, ist in fünf Minuten die Polizei da, bei denen sagt kein Mensch was. Da sind sie froh, wenn sie nicht in offenen Turnhallen und Schulen herumlungern. Die haben Narrenfreiheit. Und wenn sie auch noch Künstler sind, dann sowieso."
Lenka, Vlasta, die Boxer und der General wurden telefonisch in den *Rauchfangkehrer* beordert, wo noch eine kleine Abschiedsfeier stattfand. Jolly nahm den Defibrillator zurück und wurde beauftragt, die Tänzerpuppe samt Ledermantel per `BahnExpress` nach Salzburg zu schicken. Ebenso das Übergepäck, das Edgar und Biber im Laufe der Zeit angesammelt hatten.
„Den Tänzer könnt ihr für immer und ewig vergessen", sagte Edgar, „wenn ihr das macht, was ich euch jetzt sage."
Alle hörten gespannt zu, als Edgar ihnen seinen Plan schilderte.
Nachdem man vom Tänzer ohnehin wusste, dass er die besten Kontakte zur Polizei und Justiz unterhielt, sollten in der Unterwelt Gerüchte gestreut werden, er hätte etwas an seine Freunde verraten, er sei ein Polizeispitzel. Immer schon gewesen. Damit würde er so gut wie erledigt sein. Keiner würde ihm mehr glauben.
„Diwanov wird seine Überwachungskamera selbst auswerten", sagte Edgar. „Da ist der Tänzer drauf. Und hier habt ihr noch den Film, wie er mit dem Porsche Cayenne in die Werksvertretung gekracht ist. Den spielst du der Polizei zu, Jolly! Dann geht alles seinen Weg."
Jolly übertrug den Film auf sein Handy und wusste, was zu tun war. Nach der herzzerreißenden Verabschiedung versprachen sie, bald wiederzukommen und inzwischen für Lenka einen Job zu besorgen. Dann fuhren sie ab. Mit dem Moped zum Westbahnhof und dann heim nach Hackling.

# Schlechteste Zwischenzeit

„Schon bei der Zwischenzeit habe ich gewusst, dass sich das nicht mehr ausgeht!", sagte die Ärztin Maxi Stramm zu Flaschke, als er nach dem 2000-m-Lauf erschöpft zu Boden sank. „Da haben Sie schon bessere Zeiten gehabt, was?"
Flaschke stöhnte. Er verfluchte seinen Ausrutscher bei der Vernissage, bei dem er versprochen hatte, das KDS-Sportabzeichen zu machen. Weder das harte Training noch die vielen Versuche, das Abzeichen auf unredlichem Wege zu organisieren, waren bisher von Erfolg gekrönt gewesen.
Genauso eine schlechte Zeit hatten Edgar und Biber seit ihrer Heimkehr aus Wien gehabt. Wie zu erwarten war im Ort Hackling fast alles beim Alten. Ein flüchtiger Blick durch das Fenster der »Insel« genügte zur Bestätigung. Die Aufrechten belegten exakt die Plätze, auf denen sie gesessen hatten, als Biber und Edgar nach Wien aufgebrochen waren. Wahrscheinlich erzählten sie sich sogar dieselben Geschichten. „Katzenschmeck", „Hundeleck" und Schweinshaxen waren immer noch in Aktion bei Flaschke. Frau Spechtler hatte ihre Howard-Carpendale-Sammlung vervollständigt. Das alljährliche Amselsingen war ein großer Erfolg gewesen. Eine Norikerstute hatte ein Fohlen bekommen. Aber auch die Medien hatten absolut keine Höhepunkte zu bieten. Wenn man in den Fernseher guckte oder die Zeitung las, konnte man glauben, dass sich ganz und gar nichts ereignet hatte, außer dass ein paar königliche Hochzeiten und Taufen ins Jahr gegangen waren. Johannes Heesters hatte einen weiteren Geburtstag gefeiert. Lesbische Tennisspielerinnen hatten sich trauen lassen, Kinder adoptiert und sich wieder scheiden lassen. Die Zeitschrift *NEWS* berichtete über die Sex-Affären eines TV-Kochs, und in der Gemeindevertretung wurde heftig diskutiert, ob man das Verkehrsbüro nicht in Tourist-Info umbenennen sollte, weil die alte Bezeichnung durch Tone Streichs missbräuchliche Benützung immer noch unliebsame Assoziationen hervorrief.
Der Ort Hackling hatte seit Menschengedenken nie mit Überraschungen aufwarten können. Nicht einmal die Stürze der Moped-Italia-Fahrer in der Sternkurve waren eine Überraschung, weil sie fast täglich passierten. Viele Hacklinger, insbesondere die Aufrechten, waren mit der Hackling innewohnenden Überraschungslosigkeit vollauf zufrieden. Garantierte sie doch auch, dass man sich nicht umstellen musste. Und umstellen wollten

sich die Hacklinger nie gerne. Bei der Arbeit nicht, bei der Sommerzeit nicht und in den Wirtshäusern schon gar nicht.

„Die Zeit vergeht so schnell", sagte einer am Stammtisch, „dass bald die Ostereier am Tisch stehen werden."

Er hatte recht. Und kurze Zeit später standen sie schon wieder auf dem Tisch und ein weiteres Jahr war vergangen.

Musste man sich Sorgen machen, dass Biber einen Rückfall erleiden würde? Nein. Das Sorgenkind war Edgar, dem diesmal die Decke auf den Schädel zu fallen drohte. Dabei hatte Biber weit triftigere Gründe gehabt, den Kopf hängen zu lassen. Er hatte das Geheimnis seiner Pensionierung gelüftet. Mit aller Euphorie hatte er den Faxverkehr mit Russland intensiviert. Er hatte sich sogar ein teures Normalpapierfax mit Sortiermagazin und allem Drum und Dran gekauft. Mit einer Schnelligkeit wie für eine Nachrichtenagentur. Unter den vielen Dankesfaxen war auch gleich einmal eine Einladung. Natürlich nahm er an. Mit Begeisterung. Er flog nach Russland und überbrachte alles persönlich. Alle Papiere Diwanovs samt Festplatte. Und natürlich die Brosche. Dabei hatte er Tränen in den Augen. Es gab Krimsekt und Malossol-Kaviar. Obwohl er vorgehabt hatte, viel länger zu bleiben, reiste er nach zwei Wochen wieder heim. Er kreuzte in Edgars Keller auf und machte ein Gesicht wie vierzehn Tage Regenwetter. Er war verzweifelt. „Keine Zukunft!", sagte er. „Ich kann dort nicht bleiben. Das ist für mich wie ein Gefängnis. Fressen, Saufen, kein Wort verstehen, keine Hacklinger, keine Aufrechten, keine »Insel der Redseligen« keine österreichische Musik. Und ich mag es nicht, wenn jemand beim Essen seine Operationsnarben zeigt. Ich halte es dort nicht aus. Jetzt erst weiß ich, was Hackling für eine Idylle ist. Grundehrliche Leute. Wenn du hier eine Geldtasche verlierst, dann bringt sie dir entweder einer oder sie liegt nach einer Woche noch dort, wo du sie verloren hast."

„Und sie?", fragte Edgar.

„Jelena würde es hier nicht aushalten!", antwortete Biber zögernd.

„Sie würde die Überwachung in Hackling nicht aushalten", präzisierte Edgar.

Biber sah so drein, dass Edgar wusste, dass noch mehr dahintersteckte. Er bohrte nach, bis Biber die Fassung verlor. „Was soll ich hier in Hackling mit einer Russin. Du weißt es selbst ganz genau. Alle würden mich verarschen. Nirgends könnte ich mich blicken lassen."

„Die Liebe überbrückt Kontinente", sagte Edgar.
„Jetzt rede nicht so blöd. Du weißt ganz genau, was los wäre."
„Ich rede nicht blöd, Biber. Glaubst du, mir geht es besser? Meine Schwester ist unausstehlich. Ich kann nirgends mehr hin. Weil sie mich ständig kontrolliert. Ein Sklave bin ich. Früher konnte ich wenigstens durch die Arbeit entkommen und durch den Verein. Aber jetzt. Ein Hochsicherheitsgefängnis mit persönlicher Aufseherin. Im Vergleich dazu hast du ja ein großartiges Los gezogen, Biber. Jetzt wäre es mir beinahe schon recht, wenn meine Schwester mit dem Schmäh Prechtl, der ständig bei uns herumschleicht, eine ernste Beziehung einginge. Der hat wenigstens sein eigenes Haus und kann sie gleich mitnehmen."
Biber lauschte gespannt und hatte größte Mühe, seine Erregung nicht zu zeigen. „Der Prechtl!", dachte er sich. Und das war nur einer von Tausenden Gedanken, die durch seinen Kopf jagten.
Edgar holte ihn auf den Boden der Realität zurück und schaffte es, dass er ihm reinen Wein einschenkte. Jelena hatte sich natürlich bei Biber bedankt. Sie verhielt sich aber sehr reserviert und erst nach fast zwei Wochen rückte sie damit heraus, dass sie inzwischen einen charmanten Russen kennengelernt hatte, den sie heiraten wollte. Außerdem hatte Biber in Erfahrung gebracht, dass ihr eigener Sohn in die Betrugsaffäre verwickelt gewesen sein soll.
„Der Armeeoffizier?", wollte Edgar wissen.
„Genau! Der hat sich diesmal nicht blicken lassen."
Edgar zeigte seine Enttäuschung: „Und wir reißen uns für die Bande die Haxen aus und riskieren unsere Pension!"
„Ich habe auch die Nase voll, Edgar. Das kannst du mir glauben. Ich habe sofort gemerkt, dass da weit mehr dahintersteckt. Jelena ist jeder Frage ausgewichen. Und bei Leonid habe ich bemerkt, dass er fürchterliche Angst hatte. Vor allem, als das Thema einmal auf den Tod von Jelenas Mann gekommen ist. Da ist sofort das Thema gewechselt worden."
„Also war das auch nicht lupenrein?"
„Nein. Das habe ich schon bei meinem ersten Besuch gespürt. Diesmal wollte ich dahinterkommen. Ich habe Leonid in mein Hotel mitgenommen und Wodka serviert. Ich hatte sofort einen fürchterlichen Rausch, und er hat nichts angerührt. Erst mit dem Canard und einem Trick habe ich ihn zum Reden gebracht. Das hat er nicht geglaubt, dass ein paar Zuckerstückchen mit Wodka so eine Wirkung haben."

„Jetzt sag schon. Was für ein Trick?"
„Gehen die Geschäfte mit kastjanóe másla gut?", habe ich gefragt.
„Na, der hat geschaut, dass ich mir das Knochenöl auf Russisch gemerkt habe. Erst wollte er kein Wort sagen. Sie würden ihn umbringen, und mich auch, hat er gemeint. Es ist besser, nichts zu wissen. Aber mit dem Canard hat sich die Zunge gelöst."
„Na!", drängte Edgar.
„Sie haben Jelenas Mann aus dem Weg geräumt. Der ist nicht natürlich gestorben."
„Zu Knochenöl gemacht", vermutete Edgar.
„Nein!", antwortete Biber. „Fleischwolf."
„Wer?"
„Das habe ich ihn auch gefragt. ‚Wer nicht?', hat er geantwortet. Kraftfutter für die Schweinefarm! Der Mann ist nie gefunden worden."
Jetzt hatte Edgar vollstes Verständnis dafür, dass Biber nach der Heimkehr sein Faxgerät nicht nur ausgeschaltet, sondern sogar weggeräumt hatte.
Es folgte eine Zeit, die für beide so farblos war wie ein Werner-Herzog-Film ohne Klaus Kinski. Ihr großes Abenteuer hatte sich als Reinfall herausgestellt.
Irgendwann überraschte Edgar ein Tag, an dem für ihn das Licht und der Schatten fast gleichzeitig wechselten. Ariane hatte ihm mitgeteilt, dass sie sich von ihrem Mann getrennt hatte. Edgar hielt es nicht zu Hause aus. Er musste zu ihr. Sofort. Sie wirkte extrem kühl. Er konnte nicht an sie heran. Da versuchte er es über die Literatur. Er fragte, wie gut sich ihr Büchlein „Frühlingslyrik" verkaufe. „Gar nicht!", sagte sie und hackte das Gespräch ab wie einen Ast. Edgar war in Verlegenheit und probierte von allen Seiten, an das Gespräch anzuknüpfen. Schließlich fragte er offen heraus: „Wie hast du eigentlich mein Manuskript gefunden? Glaubst du mir wenigstens, dass ich alles so erlebt habe?"
„Das Manuskript ist sehr gut!", sagte sie. „Und ich zweifle nicht im Geringsten daran, dass jedes einzelne Wort der Realität entspricht."
Edgar lächelte. Ariane aber nicht.
„Glaubst du, es ist gut genug, einen Verleger zur Herausgabe zu bewegen?"
„Warum nicht", antwortete Ariane und legte eine Kälte in ihr sonst so warmes Gesicht, wie sie Edgar noch nie an ihr bemerkt hatte. „Zu einem Hinauswurf hat es zumindest schon gereicht."

„Wie meinst du das?"
„Holger! Ich habe ihn rausgeworfen. Wegen des Manuskripts! Mit der Mulattin war doch er gemeint, oder etwa nicht."
Jetzt hatte Edgar verstanden. Er senkte den Kopf.
„So viele Monate haben wir gechattet. Und du hast mir kein Wort davon gesagt."
Edgar kam über ein Luftholen nicht hinaus.
„Es war nicht das erste Mal. Er hat mir unzählige Affären gebeichtet. Ich habe es ihm immer zugetraut. Aber dass du davon gewusst hast!"
Edgar wollte sie am Arm fassen, aber sie wich aus. „Bitte geh jetzt!", sagte sie.
Für Edgar brach eine Welt zusammen. Irgendwann hielt er es zu Hause nicht mehr aus. Da er in letzter Zeit auch an der Gicht litt, ging er zur Ärztin. Er wollte ausbrechen. Sein Ziel war eine Kur. Am besten im wärmeren Süden. Weil sowohl das Verhältnis zu seiner Schwester als auch das zu Ariane eiskalt war. Als die Frau Doktor seine Hände sah, rief sie entsetzt: „Ja, was haben Sie denn für schmutzige Hände? Arbeiten Sie denn gar mit Erde?"
„Ja freilich! Ich muss doch das Unkraut im Garten entfernen. Und ich muss ein Grab betreuen."
„Sofort mit dem Jäten aufhören!", befahl die Ärztin. „Wegen der Feuchtigkeit der Erde. Sie sind doch Pensionist. Fahren Sie doch ans Meer. Die Wärme wird Ihnen guttun."
„Und wer soll zu Hause jäten?", sagte er und erzählte, dass er sich schon Gedanken gemacht hatte, was später einmal mit dem Garten sein wird, wenn er im Alter nicht mehr jäten könnte. Er hatte sich sogar eine Maschine überlegt, die für ihn jäten würde.
„Machen Sie sich keine Gedanken über das Unkraut!", sagte die Ärztin. „Sie müssen wieder gesund werden. Ich kann Sie auf eine Kur schicken."
Sie zeigte ihm die infrage kommenden Kurorte. Als er ein Kurzentrum in Wien sah, verwarf er seine Idee mit dem Süden und spürte große Begeisterung.
Zu Hause eröffnete er seiner Schwester, was die Ärztin mit ihm vorhatte, und tat, als würde er die Kur nur ungern antreten.
Als er dann in Wien war, büchste er bei der nächsten Gelegenheit aus und besuchte Frau Swoboda und Lenka.
Frau Swoboda saß gerade unter der Trockenhaube. Lenka hatte ihr die Haare eingedreht. Lockenwickler. Sie war glücklich. Lenka aber sah blass und hungrig aus. Ihre riesigen wunderschönen Augen

leuchteten in ihrem mageren Gesicht wie Edelsteine. „Piepchen", sagte Frau Swoboda, „isst wie Vegelchen."

Edgar organisierte die Übersiedlung nach Hackling und besorgte für Lenka sogar eine Arbeit in der Puppen-Manufaktur. Und sie wurde auf Anhieb das erfolgreichste Modell für Erste-Hilfe-Puppen, durch das die Erste-Hilfe-Kurse gleich einmal überbucht waren. Für Schaufensterpuppen wurde sie fotografiert, und ihr Gesicht sollte bald das neue Ortslogo schmücken. Ja, die Kur stellte sich als großer Erfolg heraus. Denn Edgar fand auch die Zeit, an seinem Roman weiterzuarbeiten. Sein Protagonist hatte den Terroristen Carlos am Boulevard St. Michel zu Fall gebracht und damit eine geschichtliche Wende herbeigeführt, die Österreich einige Todesopfer und eine peinliche Schlappe bei der OPEC-Konferenz in Wien erspart hätte. Nur mit der Liebesgeschichte war er keinen Millimeter weitergekommen.

Inzwischen war auch auf Biber zu Hause in Hackling ein belebender Sonnenstrahl gefallen. Er hatte an einem Klassentreffen teilgenommen. Lex Parka, der Organisator aller Klassentreffen, hatte diesmal weit über das Ziel hinausgeschossen und im Prinzip alle Jahrgänge der Volksschule und den noch lebenden Lehrkörper eingeladen. So kam es, dass eine Abordnung der Aufrechten anwesend war, aber auch Tone Streich, die Sternfahrer, und natürlich die Fürstin, die Mirz, Frau Spechtler, der Helikopter und der Lois, der seinen obligaten blauen Arbeitsmantel durch einen dunklen Zweireiher ersetzt hatte. Die Person, auf die Biber am meisten gehofft hatte, war Edgars Schwester Annette, die damalige Klassenschönheit. Sie kam. Biber hatte sich die Haare mit Babyshampoo gewaschen und Babypuder unter seine Achseln gestaubt, um die Instinkte der kinderliebenden Klassenkameradinnen zu wecken. Es war ihm recht, dass Edgar auf Kur weilte und auch Annettes Ex-Gatte, der Gemeinderat Alfons Glatt, „verhindert" war. Schon als Lex Parka mit seiner ergreifenden Stimme die Veranstaltung mit der Ansprache „Liebe Studienkollegen" eröffnete, erinnerte er sich, wie er früher die Welt gesehen hatte und was ihm in der letzten Zeit ganz abhandengekommen war. Und als der Discjockey all die alten Platten spielte, kam mit jeder einzelnen ein ganzes Set von Erinnerungen. Meistens Liebeskummer. Er musste sich eingestehen, dass er in seinem ganzen Leben nur eine einzige richtige Liebe verfolgt hatte: Annette. Jeden einzelnen Tag hatte er an sie gedacht.

Er hörte überhaupt nicht zu, als an den Tischen so intensiv über Kinder, Enkelkinder und Krankheiten geredet wurde, dass sich die, die weder Kinder, Enkelkinder oder Krankheiten hatten, direkt unnütz vorkamen. So gab es einen von der Fürstin verordneten Tanz mit Damenwahl. Annette tanzte mit Biber. Er dachte, er sei verrückt. Es kam ihm vor, als ob auch Annettes Haar nach Babyshampoo duftete. Wenn das kein Zeichen war!

„Wie konnte sie nur den Glatt heiraten!", sagte Lex Parka zu seinen „Studienkollegen", die allesamt in ihrer Jugend hinter Annette her gewesen waren. „Dabei war Glatt schon als Kind so unbeliebt, dass ihm die Eltern Koteletts umgehängt haben, dass wenigstens die Hunde mit ihm gespielt haben."

Nach dem Klassentreffen führte sich Biber auf, als würde er die Pubertät im Eiltempo nachholen. Er verprasste Geld. Er, der früher nie etwas gezahlt hatte, lud jetzt Leute ein und kaufte sich selbst Zigaretten und Schnupftabak. Sogar den Fernseher hatte er angemeldet. Seit einiger Zeit war Biber unergründlicherweise auf jeder Vernissage und auf jeder Veranstaltung des Kulturvereins zu finden. Eingekleidet nach einem Modefoto von Hans Krankl[43]. Natürlich hatte er die Kur Edgars ausgenutzt, Annette in ihrem Haus zu besuchen. Edgar war nur aufgefallen, dass während seiner Abwesenheit laienhaft gejätet worden war.

Dass Biber einen Rückfall erleiden könnte, war jetzt jenseits des Vorstellbaren. Seine Tagträume von Jelena hatten aufgehört, sogar die von der Bardot. Die Albträume von Mirz auch. Nur mehr von Annette träumte er. Und zwar so lebhaft wie in den Religionsstunden der Volksschule.

Er hatte sich einen Computer angeschafft, mit dem er sich über alles informierte, mit dem er Annette imponieren konnte: Kunst und Gartengestaltung. Die Mode ließ er lieber sein. Bei einer Vernissage stieß er alle vor den Kopf, weil er etwas machte, das vorher noch nie passiert war. Er kaufte ein Bild. Noch dazu bei der Vernissage von Annettes Sohn, der ein kurzes Gastspiel in seinem Heimatort gab. Es war ein Aquarell, das eine jätende Frau darstellte. Fast alle Bilder des jungen Mannes mit den Ohrringen hatten ähnliche Motive: kniende Frauen mit Gartenkrallen, im Taumel des Glücks. Die Bilder waren in Amerika als Schlafzimmerbilder äußerst beliebt. Wandfüllende Schlafzimmerbilder. Sie spiegelten

---

[43] Fußballer, der im Gegensatz zu seinem Kollegen Herbert Prohaska in Sachen Mode sehr treffsicher ist

Erdverbundenheit gepaart mit körperlicher Arbeit. Man konnte die Freisetzung der Glückshormone und die erotische Anziehungskraft der Erde an sich förmlich spüren. „Jäten ist wie Beten" war der Titel eines Bildes. „Reinigung trotz Dreck" ein anderer. Der Künstler spielte mit der Verbindung von Beet und Gebet aber auch mit der von Beet und Bett. Frauen sind oft sehr zurückhaltend, wenn sie ein Mann ins Bett bringen will. Ins Beet ist daher ein willkommener Umweg. „Der Weg ins Bett geht über das Beet" war daher ein logischer Titel. Es gab auch ein düsteres Bild: ein jätender Mann, der nicht kniete, sondern saß. Das Gesicht war bekannt. Gemeinderat Glatt, der Vater. Die Betrachter schmunzelten. Jeder im Ort wusste von der Vorliebe des Gemeinderates, bei jeder Arbeit zu sitzen.

Als Edgar wieder zu Hause war, wollte ihn Biber besuchen. Eigentlich nutzte er die Gelegenheit, um Annette zu sehen. Dass ihm der Ex-Polizist Prechtl die Tür öffnete, erstaunte ihn nicht einmal so sehr wie der schwarze wohlgeformte Wagen, der da ohne Nummernschilder neben dem Citroën DS parkte. „Der gehört Edgar", sagte Prechtl. „Er hat ihn dem Mech abgekauft. Und du kannst dich auch gleich zum Führerscheinkurs anmelden."

# Etwa alles nur ein Faschingsscherz?

„Doppellagig! Wie es seit Jahren beim Spar in Aktion ist", sagte der Tankwart redegewandt, als ihm ein Kamerateam von Salzburg heute das Mikro für die Frage zum Tag unter die Nase hielt. „Und selbst das lege ich noch doppelt zusammen", fügte er sachkundig hinzu, „damit es meinen hohen Anforderungen gerecht wird."
Der Mech schüttelte den Kopf, als er die Frage gehört hatte. Als ob den nachdenklichen Hacklinger an diesem Faschingsdienstag nicht viel dringendere Fragen beschäftigten als die nach dem bevorzugten Klopapier.

* * *

Das neue Jahr hatte für viele relativ unspektakulär begonnen, selbst wenn seine Ankunft ausgelassen gefeiert worden war. In den vergangenen Faschingsmonaten war bereits ein denkwürdiger Feuerwehrball zum Motto: „Zu allem bereit" über die Bühne gegangen und jetzt war der Ausklang an der Reihe. Seit den frühen Morgenstunden. Es war Faschingsdienstag. Und gerade der sollte zu einem Lostag werden. Faschingskehraus. Dazu war der Tag als Meilenstein in der Geschichte des Hacklinger Fremdenverkehrs angekündigt worden.
Das Fremdenverkehrsmanagement in der Wallersee-Gemeinde hatte turbulente Zeiten erlebt. Glatts Nachfolger als Fremdenverkehrsobmann war im vergangenen Jahr mit Schimpf und Schande aus dem Ort gejagt worden. Wieder einmal war ein Seefest unter seiner Organisation zu einem völligen Desaster geworden. Vor allem wegen des Feuerwerks. Während es an den anderen Enden des Sees geschnalzt und geblitzt hatte, taghell wurde und bunte Blumensträuße geregnet hatte, war in der Hacklinger Ostbucht merkwürdig wenig passiert. Ein Schweizerkracher, ein Knallfrosch und ein einfarbiger Strauß. Noch ein paar Leuchtraketen und nichts mehr. Kein Wunder, dass man in Hackling verzweifelt nach einem neuen starken Mann für den Fremdenverkehr suchte. Die hoffnungslose Lage machte es einem einfach, sich für den Posten zu bewerben, der unter normalen Umständen nicht die geringste Chance gehabt hätte. Julius Link. Dem Neffen des ehemaligen Gemeinderates Glatt.
Der hätte es gar nicht mehr nötig gehabt, sich für den ungeliebten Posten aufzudrängen. Er hatte nämlich im vergangenen Jahr eine glanzvolle Karriere gemacht und sich nach einem abgeschlossenen Jusstudium ein Doktorl vor den Namen schreiben dürfen. Und nicht

nur das. Aus Sympathie für seinen Onkel Alfons hatte er ein Mittelinitial in seine Visitenkarten aufgenommen und nannte sich Dr. Julius A. Link. Mit so einem Namen war alles möglich. Damit konnte er nach den bevorstehenden Wahlen vielleicht seine dicken Zigarren auf dem Sessel des Bürgermeisters paffen. Das größte Hindernis dabei war, dass der junge Advokat bei Weitem nicht so beliebt war wie der aktuelle Bürgermeister und schon gar nicht so wie der vorige, nach dem die Bauern aus Sympathie immer noch ihre Haus-, Hof- und Nutztiere benannten.

* * *

Seinen zweifelhaften Ruf hatte sich Julius Link, wie der verwöhnte Bub damals noch geheißen hatte, von Kindesbeinen auf systematisch erarbeitet. Er wusste ja nicht, dass er einmal von Wählern abhängig sein würde. Erst hatte er mit einer riesigen Portion Glück und Talent das Licht der Welt erblickt. Bei der ersten Gelegenheit bestätigte er die Überzeugung seiner Mutter, dass er ihre künstlerische Begabung geerbt hätte. Gleich nachdem er laufen gelernt hatte, begann der verwöhnte Sprössling zu malen. Auf Autos, Wände, Kirchenbänke und Auslagen. Erst biologische Motive, dann gegenstandslos. Noch bevor er ins Gymnasium geschickt wurde, wandte er sich schon der Literatur zu und versuchte sich in experimenteller Lyrik. Auf dem Weg zur Matura säumten einige Stolpersteine seinen Weg, denen er mit der gleichen Tollpatschigkeit begegnete wie den Geräten in den Turnstunden. Und mit den ungewollten Unterbrechungen und Extrajahren vor der Matura begann dann auch schon die Basis seiner beruflichen Erfahrungen. Ferialjobs. Meist von seinem Onkel eingefädelt, erhielt er in den Ferien immer wieder Gelegenheit, eine Kleinigkeit zu verdienen und seine Vorgesetzten an den Rand des Nervenzusammenbruchs zu bringen. So auch in der Puppen-Manufaktur, als Briefträger und Gemeindearbeiter. Er nützte immer nur alle aus und machte seinen Mitarbeitern klar, dass sie blöd sind, wenn sie arbeiten. Er hielt sie von der Arbeit ab und lachte sie aus. Der einschneidende Moment seiner Laufbahn war der Erwerb des Führerscheins. Damit war es seinen Arbeitgebern mit einem Schlag möglich, ihn immer wieder längere Zeit wegzuschicken, um ihn aus ihrem Gesichtsfeld zu haben: um Jause zu holen, um zu liefern und abzuholen. Als dann endlich die Matura geschafft war, begann er zu studieren. „Mein Neffe studiert sehr breit!", war die Erklärung des

Onkels für die Tatsache, dass das Studium nicht enden und die Nebenjobs nicht aufhören wollten.

Die Talfahrt wurde erst mit dem Untertauchen seines Onkels eingeleitet. Der Geldhahn war plötzlich abgedreht, niemand wollte mehr etwas mit ihm zu tun haben und seine Beschäftigung am See wurde gelöst. Somit hatte er größte Mühe, einen schweren BMW abzustottern, den er sich voreilig gekauft hatte.

Über Nacht war er gezwungen, selbst für seinen Wohlstand zu sorgen. Und das gelang ihm relativ schnell. Mit einer tollen Nebenbeschäftigung, bei der er viel in der Gegend herumkam und bei der er sich im guten Umgang mit Kunden und Verträgen weiterbilden konnte. Er verkaufte Lesezirkel in den umliegenden Gemeinden und kam dabei in die entlegensten Gebiete. So gute Geschäfte waren in seinem Heimatort aufgrund seines Rufes nicht mehr möglich. Aber anderswo, da hatte er die Chance, von ganz vorne neu anzufangen. Die nutzte er. Er bereitete sich stundenlang vor dem Spiegel und vor einer Kamera auf seine Tätigkeit vor. Erst einmal lernte er, so auszusehen, als ob er ganz aufmerksam zuhören würde. Er trainierte so lange, bis er die Augenbrauen beim Zuhören einzeln auf und ab bewegen konnte. Dazu kamen noch sanfte Mundbewegungen und ein Kopfnicken, das aktives Zuhören signalisierte, obwohl er mitunter ganz etwas anderes dachte. Ein Nebenprodukt seines breit angelegten Studiums, das einige Vorlesungen auf der Psychologie zum Thema „Partnerzentriertes Zuhören" einbezog. Zur Abrundung besorgte er sich noch intelligente Brillen und eine Mütze. Und dann ging es los. Er brach auf zu all denen, denen keiner mehr zuhörte. Nie hätte sich jemand gedacht, dass Julius Link mit alleinstehenden Damen, ob ledig, geschieden oder verwitwet, so einfühlsam umgehen konnte und ihnen das besorgte, worauf sie schon immer gewartet hatten: Lesezirkel.

Trotz seiner steigenden Beliebtheit außerhalb seines Heimatortes blieben seine Freunde daheim auf einige wenige Zweckgemeinschaften beschränkt, die seine kostspieligen Hobbys finanziell abfederten. Immerhin waren ihm im Laufe der Zeit bereits einige Cabrios bayerischer Erzeugung im Regen ausgekommen und auf der Seeleitn schwer beschädigt liegen geblieben. Unter den Unterstützern war neuerdings der Stiefelkönig, der den angehenden Rechtsanwalt für die Beratung bei Grundstreitigkeiten gut brauchen konnte, und schließlich ein Wunderheiler aus der Schweiz. Den hatte er in seinem Salzburger Stammlokal, dem *Chez Lygon*, kennengelernt. In dieser Kaderschmiede der Salzburger Anwälte hielt er sich regelmäßig auf, um sich in der glaubwürdigen Darbietung der Unwahrheit zu üben und somit für die Verteidigung seiner künftigen Klienten vorzubereiten.

Aber wenn man Julius Link nicht so gut kannte, war es nicht so, dass er von vornherein unsympathisch war. Ganz im Gegenteil. Gerade beim weiblichen Geschlecht hatte er etwas wie die Gnade der Sekundensympathie. Das beste Rüstzeug für einen Frauenhelden. So hatten im Laufe der Zeit viele Mädchen um ihn geweint, und unzählige waren auf ihn hereingefallen. Es war immer, als würde er sie infiziert haben. Er, der unschuldige Bazillus.

Kurz und gut, durch die generalstabsmäßige Planung des geschickten Manipulators Franz-Josef Flaschke, einem langjährigen Gönner der Familie, wurde er zum wählbaren Sonnyboy für die hohe Ortspolitik adaptiert. Seine erste Feuerprobe bestand er bei der fliegenden Wahlkommission, die die bettlägerigen alten Leute besuchte und um ihre Stimmen buhlte. Er machte dem Begriff „fliegende Wahlkommission" alle Ehre, weil ihm die Stimmen der Bettlägerigen regelrecht zuflogen. Da war es nur konsequent von Flaschke, ihm das Sprungbrett des Fremdenverkehrsobmannes zu organisieren. Und in dieser Funktion hatte er gleich das Projekt angegangen, das seit dem Abgang seines Onkels Alfons Glatt als undurchführbar galt und in den Schubladen der Parteien verstaubte. Er wollte das Hacklinger Seehotel, das in den Siebzigerjahren unter mysteriösen Umständen abgebrannt war, wieder aufbauen und damit den Fremdenverkehr ankurbeln und natürlich die Nächtigungen vervielfachen. Die Zeit war reif. Nach den langen Jahren der touristischen Dürre lechzte das Volk nach Erfolg und Bedeutsamkeit, vor allem aber nach Abgehobenheit gegenüber den anderen Wallersee-Gemeinden. Bei nicht mehr als hundert Nächtigungen pro Jahr war das wirklich eine Schande für Hackling, einem Ort, in dem bereits Mozart auf einer Reise von Salzburg nach Wien nachgewiesenermaßen übernachtet hatte.

Dr. Julius A. Link war nahe dran am größten Erfolg, den je ein Gemeindepolitiker für sich verbuchen konnte. Er hatte in seinem Salzburger Stammlokal *Chez Lygon* endlich das an Land gezogen, was sein Onkel stets großspurig angekündigt, jedoch nie zum Zeug gebracht hatte: Investoren. Und die sollten ausgerechnet am Faschingsdienstag zu einem Lokalaugenschein anreisen. Die

Santner Mirz an der Kassa des »*Fleisch und Wein*« machte schon seit den Morgenstunden alle rebellisch. Es war zu ihr durchgesickert, dass es sich um stinkreiche Russen handelte, die schon seit Jahren in Wien lebten und Liegenschaften in der ganzen Welt hatten. Ihre Verkleidung als Wahrsagerin verlieh ihren Aussagen besonderes Gewicht. Dabei hatte sie keine Ahnung davon, dass Link das Seehotel nicht am ursprünglichen Standort, sondern genau nach den Plänen seines Onkels, mitten im Naturschutzgebiet bauen wollte.

\*\*\*

Natürlich horchte der Herr Helikopter schon seit der Abfahrt des ersten Pendlerbusses auf das Geräusch eines unbekannten Fahrzeuges, und auch Frau Spechtler sollte im Auftrag des Bürgermeisters Ausschau nach den Investoren halten. Aber im Moment war sie mit Observierungen von Geschehnissen vor dem Verkehrsbüro abgelenkt, die ihre volle Aufmerksamkeit verlangten.
„Das ist eine bodenlose Frechheit", rief die Mirz an der Kassa des »*Fleisch und Wein*«, als sie Tone Streich vor dem Verkehrsbüro auf Teufel komm raus mit seiner Lola schmusen sah.
„Was regst du dich so auf", sagte Flaschke, „das ist doch nichts Neues." Als er aber genau hinsah, was vor dem Verkehrsbüro los war, blieb auch dem Fleischer der Anschnitt einer Extrawurst im Hals stecken. Nicht etwa, weil sich die Zigeunerin Lola mit einem tollen roten Kleid und schwarzen Netzstrümpfen in den Armen ihres Begleiters wiegte, sondern weil Tone Streich in einer mausgrauen Gendarmerieuniform steckte und mit einer Pistole in die Luft feuerte.
„Da hast du recht, Mirz!", mischte sich nun auch Tschikago der Trafikant ein, der gerade seine Schweinshaxn bezahlen wollte. „Der Streich gehört aus dem Verkehr gezogen!"
„RRRRäuberzivil!", schrie die Mirz, und alle Kunden im »*Fleisch und Wein*« hielten den Atem an, als sie den uniformierten Tone Streich mit den weißen Tennissocken und den zerfetzten Pelzstiefeln in voller Aktion sahen.
„Ich rufe jetzt die Polizei an", schrie Flaschke, der in einem Batman-Kostüm hinter ihr stand. „Sie tun es ungeniert", sagte Mirz.
„Schon da!", bemerkte der Trafikant und zeigte auf zwei uniformierte Gendarmen, die sich raufend am Boden wälzten. Tone Streich war nicht der einzige Gendarm, der sich die Zeit bis zum großen Faschingsumzug vertrieb. Die kürzlich erfolgte Umstellung von Gendarmerie auf Polizei hatte Hunderte von alten Uniformen

auf dem Flohmarkt frei werden lassen. Und wer keine mehr erwischt hatte, der kreuzte mit alten Schulwegpolizei-Uniformen, Rot-Kreuz-Uniformen, Bundesheer-Drillichen oder gar russischen Militäruniformen auf. Es war, als würde der Umzug zu einem Fest der Uniformen werden. Fast alle Aufrechten vom Stammtisch hatten sich Uniformen besorgt. Diese Personengruppe eignete sich besonders gut als Gendarmen, weil sie so würdig aufrecht und Respekt einflößend dahinschritten und die Gendarm-Prechtl-Puppen an den Verkehrsadern verstärken konnten.

Zehn Minuten vor dem Beginn des Faschingsumzugs glaubte niemand mehr an das Auftauchen der Investoren, die Dr. Julius A. Link und die Politiker großspurig angekündigt hatten. Von der Umfahrung bis ins Zentrum warteten Traktoren mit Faschingswagen auf ihren Einsatz. Ein Plakat mit der Aufschrift

> **„Heute 14 Uhr Faschingsumzug – Ortsdurchfahrt gesperrt"**

und dem herrlichen neuen Ortslogo mit Wallersee und dem verführerischen Köpfchen von Lenka wies auf das Ereignis hin.

„Jetzt ist es zu spät", sagte Frau Spechtler am Telefon zum Helikopter. Sie hatte sich nicht wie viele andere täuschen lassen, als der Kapitän mit Russenmütze, Fellkragen und dickem Ledermantel einen seiner provokanten Landgänge absolvierte und mit eingefrorenem Blick seine hohen Militärstiefel präzise an den Faschingswagen vorbeisteuerte.

„Für ernsthafte Verhandlungen hat der Bürgermeister keine Zeit mehr", ergänzte sie. „Der muss auch beim Umzug dabei sein. Er wird in einem Kinderwagen geschoben."

„Ich habe gleich gedacht", antwortete der Helikopter, „dass der Neffe vom Glatt ein reiner Dampfplauderer ist, sonst nichts."

In dem Moment ging es los mit der Aufstellung der Faschingswagen und der verkleideten Gruppen. Frau Spechtler legte den Hörer auf und stemmte ihre Ellbogen fest auf das gepolsterte Fensterbrett.

„Fast nicht zu erkennen, der Herr Bürgermeister", dachte sie, als sich das Gemeindeoberhaupt in einen Kinderwagen setzte und einen Schnuller in den Mund nahm.

***

„Die kommt mir bekannt vor", sagte zur gleichen Zeit ein Mann in einem abgedunkelten Wagen, als er das Profil von Lenka auf dem Plakat an der Umfahrungsstraße erblickte.

„Wer?", fragte der andere.

„Die auf dem Plakat da! – Hast du uns die nicht aus Budweis angeworben?"
Der Beifahrer hielt sich seine schmerzende rechte Hand und brüllte: „Da biegen wir ab."
„Hackling!", rief der Fahrer. „Das ist eh der Ort, wo uns der Anwalt Kasperl hinbestellt hat."
„Allerdings", sagte der Beifahrer, ließ das Seitenfenster runter und fauchte einen Traktorfahrer an, der im Weg stand: „So lass uns doch vorbei!"
Ein als Indianer verkleideter Mann grinste und antwortete: „Wir können euch schon vorbeilassen, aber es wird euch nichts nützen."
Schon sprengte der Porsche Cayenne vorbei und überholte gleich noch ein paar Wagen. Endstation. Nichts ging mehr. Sogar der Linienbus stand still.
Harte Bauernburschen mit Riesenhänden und ohne Handschuhe an den Lenkrädern der Steyr- und Massay-Ferguson-Traktoren, Hexen und Vampire auf den Wagen.
„Da gibt es nur eines", sagte ein unverkleideter Versicherungsvertreter in sein Handy, der dringend von einem Kunden erwartet wurde, „warten."
„Na", stichelte der Bürgermeister an der Spitze des Zuges zu seinen Gemeinderäten, unter denen sich auch unverbesserliche Anhänger des im Untergrund lebenden Alfons Glatt befanden. „Heute haben wir lange genug gewartet auf die Herren Investoren, nicht?", und forderte seine Gemeindevertreter auf, ihn loszuschieben. „Und vom Herrn Fremdenverkehrsobmann ist auch nichts zu sehen. Der weiß schon, warum er sich nicht blicken lässt." Die Angesprochenen machten hinter ihren lustigen Masken verärgerte Gesichter. Der Faschingszug setzte sich in Bewegung. Auf der rechten Straßenhälfte bis zur Wallersee-Kreuzung, auf der linken Seite zurück. Auf den Wagen, die von Traktoren gezogen wurden, herrschte ausgelassene Stimmung. Die Motoren knatterten. Ein Bauernbursche mit schelmischem Gesicht gab immer wieder Gas und hielt Sägespäne über den Auspuff, die wie Konfetti in die Menge geblasen wurden. Der Lärm wurde nur vom lauten Lachen des Stiefelkönigs übertroffen, der schon einen Schwips hatte.
„Wenigstens ein Kopftuch von deinen Schweinen hättest du zur Verkleidung aufsetzen können!", rief ihm einer vom Wagen der Sternfahrer zu, der wie ein Moped dekoriert war. Mit einem Riesentransparent warben sie für das Moped-Itala-Gschnas am

Abend, das unter dem Motto „*Aufriss*" stand. Und eine Büste des Ytong schwenkten sie wie eine Trophäe hin und her. Gleich dahinter bemühten sich die Männer der Liedertafel auf einem herrlich geschmückten Wagen um Werbung für ihre Konkurrenzveranstaltung, den Liedertafelball. Dessen Motto war: „*Zurück in die Schule!*"

Am Straßenrand sorgten die Aufrechten für ein Bierflaschl-Spalier, weil ihr Wortführer, der Fetzen, mit einem zwar fünfzigjährigen, aber gerade erst vom Bundesheer gekauften 480er Steyr Lastwagen dabei war, mit dem am nächsten Tag der Puppentransport in ein rumänisches Waisenhaus abgewickelt werden sollte.

Kugli blickte auf den Wagen der Puppen-Manufaktur und tat beim Biertrinken, als wäre seine Hand ferngesteuert und er würde nur widerwillig einem Trinkbefehl gehorchen. Lenka winkte ihm vom Wagen zusammen mit der Fürstin und der Schauspielerin Barbara Rüstig und Dutzenden ferngesteuerten Puppen zu, die allesamt früheren Stars aus Kriminalfilmen zum Verwechseln ähnlich sahen. Gezogen wurde das Gefährt vom Nuffield-Traktor des Schinkinger Bauern, der zumindest einen Ohrhörer herausgenommen hatte, um neben der Operettenmusik auch am Straßengeschehen teilhaben zu können. Immer wieder kamen die Wagen zum Stehen. Sie wurden von den unzähligen verkleideten Gendarmen angehalten. Ein verkleideter Indianer sprang vom Traktor und bot einem Aufrechten Feuerwasser an. Der tat, als ob er am Verdursten wäre, und kippte den Schnaps in den Rachen. „Dank dir schön!", rief der Schnapskoster, als ob er tagelang in der Wüste herumgeirrt wäre und nach Flüssigkeit gesucht hätte. Der Fotograf eines Regionalblattes bändigte die filmreife Szene auf seine Speicherkarte. Er vergaß aber auch nicht, einige gierige Damen heranzuzoomen, die sich schon mit Schaumrollen das ganze Gesicht angepatzt hatten.

Auch Biber und Edgar standen verkleidet an der Strecke. Biber als Cowboy und Edgar in einer Briefträgeruniform, die er sich vom Schinkingerbauern geliehen hatte. Edgar erzählte von seinem Plan, sich zumindest kurz beim Liedertafelball zu zeigen, weil seine Schwester sonst böse sei. Er wollte sich dann so schnell wie möglich zum Moped-Italia-Gschnas verdrücken, wo es viel lustiger und ungezwungener war. Biber hörte interessiert zu. Er hatte auch so seine Pläne für den Abend, die er aber nicht verraten wollte. Er war an diesem Tag überhaupt in geheimer Mission unterwegs. Denn obwohl er wie jedes Jahr als Cowboy verkleidet war, hatte ihn außer

Edgar noch keiner erkannt. Er trug nämlich Schulterpolster, und die Hosenbeine seiner Cowboyhose waren künstlich verstärkt, um gerade auszusehen. So konnte er mit einer Trillerpfeife den Leuten ins Gesicht blasen und mit seinem Revolver herumfeuern. Wer weiß, wie lange, denn in seinem Patronengurt waren keine Patronen, sondern Underberg-Fläschchen.

Der Bürgermeister hatte gerade ein Bier aus einem Nuckelfläschchen getrunken, als ihm ein schwarzer Porsche Cayenne mit verdunkelten Scheiben und Wiener Kennzeichen auf der Gegenfahrbahn auffiel. „Jetzt sind sie da", rief er seinen Gemeinderäten zu und versuchte, sich bei den Russen bemerkbar zu machen. Die ignorierten ihn aber, wie man einen ausgewachsenen Mann mit umgehängtem Schnuller ignoriert, der noch dazu in einem Kinderwagen sitzt. Gut, dass sie mit ihrem Porsche Cayenne zwischen den Wagen und dem Linienbus eingekeilt waren. Noch dazu stellten ihnen falsche Gendarmen Strafmandate aus. Der Bürgermeister bedeutete den falschen Gendarmen, sie sollten sie länger aufhalten. „Kappel Rotzn", brummte Iwan dem Schraubstock Igor zu, der einem lästigen Gendarmen ein paar Euro zusteckte. Sofort sorgte der dafür, dass der Cayenne ein paar Meter weiterkam, und schoss wie wild um sich. Alle Gendarmen verwendeten Patronen, die knallten wie echte. Die Mirz hatte sie ihnen unter der Pudel verkauft. Der Bürgermeister hatte extra ein Verbot erlassen, wegen der Kinder. Und jetzt schossen die Alten damit.

Der Bürgermeister versuchte wieder hektisch seinen Fremdenverkehrsobmann anzurufen. „Lass gut sein! Das sind doch Wiener und keine Russen", beruhigte ihn ein Gemeindevertreter.

„Natürlich sind es die russischen Investoren", brüllte der Bürgermeister. „Die sprechen Deutsch. Sie leben doch seit Jahren in Wien." Dann konnte man nichts mehr hören, weil die Trachtenmusikkapelle trommelnd vorbeimarschierte und sogar die vier Auspuffe des Cayenne übertönte.

„Das muss einer sein!", rief die Mirz ein paar Minuten später an der Kassa, als sie sah, wie der Cayenne vor dem Verkehrsbüro parkte. Und Frau Spechtler war aufgefallen, dass Tone Streich sich auffallend hektisch von seiner Lola losgerissen hatte und sich versteckte. Was niemand hören konnte, war das „Jetzt sind sie da!", das er wie der Bürgermeister ausgesprochen hatte. Er vermutete aber ganz etwas anderes.

Somit war erstmalig in der Geschichte des Verkehrsbüros nicht Tone Streich der Empfangschef für potenzielle Übernachtungswillige, sondern der Kapitän, der mit seiner Russenmütze und seinen hohen Stiefeln Habt-Acht stand und salutierte.

„Wenn es hier so schöne Mädchen gibt wie auf eurem Ortslogo, dann würden wir gerne über Nacht bleiben", sagte Diwanov freundlich. Der Kapitän sprach kein Wort, salutierte ab und entfernte sich. Die Männer wendeten sich an Lola, die Zigeunerin, die ihrem Liebhaber schon in aller Früh aus der Hand gelesen hatte, dass an diesem Tag ein lang ersehnter Wunsch in Erfüllung gehen würde. Tone Streich beobachtete alles aus seiner Deckung. Er war sich sicher, dass die zwei jene Verfolger waren, denen er vor Jahren in Jesenice entkommen war. Er hatte fürchterliche Angst, schmiedete aber insgeheim Rachepläne. „Euch werde ich fertigmachen!", dachte er.

\*\*\*

Tone hatte in den Siebzigerjahren ein einträgliches Geschäft eingefädelt. Als Tourist getarnt schmuggelte er Kaffee mit einem umgebauten VW-Bus über die Grenze nach Jugoslawien. Er hatte natürlich hier wie dort Kontakte zu Jugoslawen gehabt, die üblicherweise die Ware in Jesenice übernahmen und weitertransportierten. Einmal aber wurde er vor der Übergabe geschnappt, weil er sich verdächtig gemacht hatte. Dabei war er beim österreichischen wie beim jugoslawischen Zoll noch problemlos durchgekommen. Die Zöllner waren vermutlich geschmiert wie die Dolmetscher bei der Führerscheinprüfung. Aber eine Polizeistreife hatte ihn dann geschnappt. „Kollega, Kollega", hatte er bei der Festnahme zu den Polizisten gesagt und sich gewundert, dass sie ihn nicht so gut verstanden wie seine Nachbarn, die Grillos. Genauso wunderten sich die jugoslawischen Polizisten, dass einer, der hundertprozentig wie ein Jugo aussah, nicht Serbokroatisch sprach. Auf die vielen Fragen antwortete Streich so, wie die Jugoslawen unter seinen Bekannten Österreichisch sprachen. Als die jugoslawischen Polizisten mit ihren Fragen nicht weiterkamen, holten sie Kollegen, die jahrelang in Wien als Gastarbeiter gearbeitet hatten. Das waren die Schlimmsten, hatte Streich seiner Lola immer und immer wieder erzählt. Sie haben ihm Watschen gegeben und ihn mit dem Tode bedroht. Sie glaubten, dass der Kaffeetransport nur ein Vorwand für etwas anderes war. Sie hielten ihn für einen Verbindungsmann, der zu viel wusste. Man hatte ihn nämlich dabei beobachtet, wie nach der Grenze einer seinen Wagen gestoppt und mit ihm geredet hatte. Das stimmte. Ein Jugo hatte ihn nach der Grenze etwas gefragt. Er hatte ihn aber gar nicht verstanden. Aber das haben ihm die Ermittler nicht geglaubt und ihn stundenlang gewatscht. Auto weg, Pass weg, Kaffee weg. Führerschein hatte er keinen dabei. Sie verlangten eine Kaution von vierzigtausend Schilling. Er hatte natürlich nicht genug Geld. Deshalb durfte er anrufen, um die Kaution anzufordern. Bis zum Eintreffen des Geldes steckte man ihn nicht etwa in ein Gefängnis, sondern in eine Pension am Bahnhof von Jesenice. Die Wiener Jugo hatten ihn total eingeschüchtert und verängstigt. „Versuche ja nicht zu fliehen", hatten sie ihn gewarnt. „Wir finden dich überall auf der Welt."

Tone beobachtete von der Pension aus tagelang die Lastenzüge. Als er sich sicher war, sprang er auf einen auf und flüchtete auf den Puffern durch den Karawankentunnel. Seither war er ein anderer Mensch. Der ehemals wilde Hund entwickelte von Tag zu Tag einen größeren Verfolgungswahn. Tag und Nacht war er auf der Flucht vor seinen Verfolgern und glaubte jetzt, sie vor sich zu haben.

„Tone, wo bist du?", rief seine als Zigeunerin verkleidete Lola, die keine Ahnung hatte, warum er sich versteckte. „Ich komme!", antwortete er und war sich jetzt sicher, dass sie ihn nicht erkennen würden. Immerhin war er als Gendarm verkleidet und hatte sich sein Gesicht in der Zwischenzeit mit einem Bart zuwachsen lassen. Zur Vorsicht gab er aber einen Warnschuss mit seiner Schreckpistole ab.

„Die Herren suchen eine Bleibe, weil sie schöne Mädchen kennenlernen wollen", sagte Lola.

„Na dann", entgegnete Streich und bot den Herren an, sie gleich in ihr Quartier zu begleiten. Mit Lola bestieg er den Fond des Cayenne und beschrieb den Weg zur Villa Scherbenstein. Aber so leicht war es nicht, dem Faschingstreiben zu entkommen. Viele Gendarmen versperrten den Weg und ein Cowboy nervte den Fahrer mit einer Trillerpfeife und schoss eine ganze Trommel seines Revolvers durchs Fenster. Dann blieb er wie versteinert stehen und hatte ein merkwürdiges Zucken auf den Kaumuskeln, das verräterisch für seine Erregung war. Er hatte die Männer erkannt. Der einzige Gedanke, der in seinem Kopf kreiste, war der: „Edgars Plan hat natürlich nicht geklappt. Wir hätten sie abkrageln sollen! Ich habe es gleich gesagt."

„Schleich dich, Kasperl", sagten die Wiener und brausten davon, dass der Helikopter Frau Spechtler anrief, welches Fahrzeug den unheimlichen Spruch erzeugt hatte. Biber suchte Edgar und wollte ihm von seiner Sichtung erzählen, aber er fand ihn nicht. Telefonisch war er so unerreichbar wie seine Schwester.

Als die Russen bei der Villa Scherbenstein ankamen, waren sie entsetzt über den desolaten Zustand des Objekts. Streich führte ihnen die Übernachtungsmöglichkeiten vor. Auch die Grillos bekamen sie umgehend zu Gesicht, was Diwanov zu dem unüberlegten Ausspruch „Tschutschen wohnen da" verleitete. So dringend sie die Übernachtungsmöglichkeit auch benötigten, in der Bude wollten sie sich nicht niederlassen. Sie schauten so böse drein, dass die Enkelkinder der Grillos vor Schreck auf und davon liefen.

„Na gut! – Wenn der Preis keine Rolle spielt", sagte Streich und dachte an eine andere Option, die er im Ärmel hatte.

Seit einem Monat war nämlich der Anbau einer großzügigen Wohnung mit Garagen so gut wie fertig. Das Gerüst war zwar noch nicht abgetragen und die Luster waren noch nicht aufgehängt, aber sonst war alles fertig. Die Wohnung war sogar schon einmal von der Fürstin selbst zur Verfügung gestellt worden. Für eine Künstlerin.

Eine junge Tier- und Landschaftsmalerin hatte von ihr den Auftrag bekommen, für eine exklusive Vernissage die Katzen Tone Streichs wochenlang zu porträtieren. Zu diesem Zweck durfte sie als Erste im neuen Anbau der Villa wohnen. Sie malte sehr stimmungsvolle Bilder, von denen alle hingerissen waren.

Tone Streich lebte mit oft bis zu zwanzig streunenden Katzen in der ehemaligen Waschküche der Villa. Der Fürstin gefiel es, wenn die Katzen in Streichs Obhut so glücklich waren. In ihrem Haus wollte sie die Exkremente und das Füttern nicht. Die Verpflegung der Katzen rekrutierte Tone aus den Abfällen der Fleischhauerei, der Brathändlstation und den mittlerweile unzähligen Würstlständen des ehemaligen Zöllners. Zu den meisten seiner Katzen sagte Tone Streich „Mautzerle", nur seinen zwei Lieblingen gab er besondere Namen. Einer war der „Traktor", der unheimlich laut schnurrte und mit seinen Krallen Tones Rücken so systematisch bearbeitete, als würde er mit dem Pflug einen Acker bestellen. Eine sanfte Katzendame nannte er „Waschmaschine", weil sie nicht nur seinen Hals mit ihrer klebrig rauen Zunge sauber leckte, sondern auch stundenlang seine Schmutzwäsche.

Die Bilder der Malerin zeigten eindrucksvoll, wie die Katzen ihren Halter liebten. Glücklich streckten sie ihre Pfoten weit von sich und hielten ihm ihre verwundbaren Hälse zum Kraulen hin. Ein Bild musste allerdings noch vor der Ausstellung vernichtet werden, weil es zur Eifersucht Lolas geführt hatte. Es zeigte Tone Streich, wie er sich nackt im Granter der Waschküche rekelte.

„Durchlaucht", hatte Tone Streich schon Dutzende Male in sein Handy gerufen, bis die Fürstin endlich antwortete und ihre Genehmigung für die Vermietung des neuen Anbaus erteilte. Dann zeigte er den Russen die zwei Garagen, auf denen ein Schild „Ausfahrt frei halten" stand, obwohl noch nie jemand ausgefahren war. Deshalb stand auch ein aufgebocktes Auto der Grillos mit offener Motorhaube davor, das erst entfernt werden musste.

Unter dem Dröhnen des Schlagwerks öffnete Streich mit der Fernbedienung das Garagentor und schrie: „So können Sie ungestört mit schönen Mädchen nach Hause kommen." Mit einem Höllenlärm fuhr der Zug durch, und bevor ein weiteres verständliches Wort gesprochen werden konnte, der Gegenzug. Igor wollte eine Bemerkung zu dem Lärm machen, da sagte Iwan schon: „Genau, was wir suchen!", und fragte, ob das Bruchwerk der Ziegelanlage auch in der Nacht zu hören sei. „Nein!", brüllte Steich, um den Lärm zu übertönen. „Das geht erst in der Früh wieder in Betrieb." Igor wollte abwinken, aber Diwanov zog ein paar Scheine aus einem Gummiringerl und zahlte Streich im Voraus. Streich schleppte das Gepäck in die Wohnung. „So", sagte Iwan, nachdem das Geschäft besiegelt war. „Jetzt müssen Sie uns nur noch sagen, wo heute Abend etwas los ist." „Liedertafelball", sagte Streich, „da ist heute alles, was Rang und Namen hat." Er rief die Mirz an der Kassa vom Flaschke an, die über den Anruf sehr verwundert war, aber prompt Faschingskostüme für die Russen organisierte und drei Plätze am Tisch der Ehrengäste reservierte. Gleichzeitig war sichergestellt, dass im Ort jeder von der Ankunft der Investoren für das Seehotel informiert war.

„Noch ein paar Gäste?", fragte Tone Streich, als Diwanov ein Telefongespräch geführt und ihn nach der genauen Adresse gefragt hatte. „Kann sein!", sagte Iwan. Streich zog sich diskret zurück und schmiedete Pläne wie die Russen auch.

Als er die Grillos vor der Villa Holz hacken sah, schimpfte er und sagte, sie würden mit dem Lärm ihre eigenen Landsleute vertreiben.

„Wenn hart, dann schlagen hart!", rief Slivo und machte Streich darauf aufmerksam, dass es sich bei den Russen nicht um seine Landsleute handelte. „Das sind Russen und keine Jugoslawen", bestätigte auch Lola. „Nein!", flüsterte Streich. „Das sind Kollega aus Wien. Sie sind hinter mir her, aber sie haben mich nicht erkannt. Ich werde sie fertigmachen." „Sind keine Kollega", betonte Slivo noch einmal. „Hatta der Tschutsch zu mir gesagt." Dann hackte er weiter.

„Und die Brosche meiner Großmutter holen wir uns zurück", sagte Iwan zu Igor dem Schraubstock. „Die zwei Affen sind sicher auch in dem Ort. Wenn alles, was Rang und Namen hat, auf diesem Ball ist, werden wir auch sie dort finden. Den einen werden wir an der Figur erkennen. Wenn ich mich nur an seinen Namen erinnern könnte. Als sie vor mir gefressen haben, hat der andere zu ihm gesagt: ‚Essen Sie, Herr Biwa, essen Sie.'"

„Biwa", wiederholte Igor der Schraubstock und ging vor das Haus, um Tone und Lola zu befragen. Beide kannten keinen Biwa, aber Slivo sagte: „Biwo gibt! Ist jeden Tag in »Insel«. Heute Moped-Italia-Gschnas dort."

Streich konnte nicht glauben, dass seine Verfolger an Kugli interessiert waren, der zu den Grillos immer „Biwo gut" sagte, wenn er an ihnen vorbeifuhr, und zu dem die Grillos natürlich Biwo sagten, weil sie ihn noch nie ohne Bierflaschl gesehen hatten. Aber er wollte Verwirrung stiften. So sagte er zu den unsympathischen Fremden: „Biwo ist noch jedes Jahr beim Liedertafelball gewesen."

\*\*\*

Eine kurze Verschnaufpause nach dem Umzug genügte für die meisten Hacklinger, um sich für den Abend frisch zu machen. Die völlig Hemmungslosen steuerten in den Saal der »Insel« zum Moped-Italia-Gschnas. Die feine Gesellschaft traf sich im Festsaal beim Liedertafelball. Und dort war es auch, wo Maria Santner, die an diesem Abend partout nicht Mirz genannt werden wollte, zusammen mit dem Bürgermeister und der Fürstin die Russen empfing, die sie vorher mit wallenden Gewändern so eingekleidet hatte, wie sie sich Hauslehrer in der Antike vorstellte. Sie selbst hatte sich als Silbervogel zu erkennen gegeben, nachdem sie ihr Popelinemäntelchen an der Garderobe abgegeben hatte. Es war für alle etwas ungewöhnlich, dass Igor mit der linken Hand grüßte, und das noch dazu sehr zögerlich. Wegen der Gesichtsmasken hatten die Russen Mühe, den Ehrentisch zu finden, an dem bereits Annette mit ihrem Bruder Edgar Platz genommen hatte. In ihrem Lehrerinnenkostüm sah Annette ziemlich Respekt einflößend aus. Edgar wäre viel lieber auf das Moped-Italia-Gschnas gegangen und hatte deshalb aus Protest Schinkingers Briefträgeruniform an, die noch weniger zum Motto *„Zurück in die Schule"* passte als das Silbervogel-Kostüm der Maria Santner. Ein falscher Bart rundete seine Verkleidung ab. Er seufzte, als er sah, wer da noch am Tisch sitzen würde, und ließ seinem Ärger freien Lauf. Annette hatte ihn schon mehrmals gemaßregelt, so musste er widerwillig die fast lückenlos vertretene Gemeindevertretung begrüßen. Dann marschierten Annettes Freundinnen auf. Die entzückend als Pippi Langstrumpf verkleidete Ariane Hagenbeck grüßte Edgar sehr distanziert. Sie zog den Ex-Polizisten Prechtl hinter sich her, der als Lausbub verkleidet war und „Frau Oberschulrat" zu Annette sagte. Edgar war schockiert. „Ariane wird sich doch mit dem nichts anfangen!", dachte er. Die junge Ärztin Maxi Stramm erschien als Turnlehrerin mit Pfeiferl und schmiegte sich an den frisch geangelten Apotheker, der auf einen Lehrer Lämpel zurechtgemacht war. Natürlich machte sich auch der grobschlächtige Trafikant Tschikago als strenger Schuldirektor am Tisch breit. Leider fehlte Edgars Freund, der Ex-Lehrer Axel Frustlich, den das Motto abgeschreckt hatte. Dafür ließ sich ausgerechnet gegenüber von Edgars Platz Batman nieder, unter dessen Cape sich kein anderer versteckte als der Weinflaschenkenner Franz-Josef Flaschke. Als er ihn begrüßte, brachte Edgar mit Müh und Not und voller Konzentration ein Lächeln zustande. Der Liedertafelball war ein so feiner Ball, dass auf den Tischen mühsam versucht wurde, Hochdeutsch zu sprechen. Obwohl man sich um ein Gespräch mit den Russen bemühte, kam keiner an sie ran. Sie äugten neugierig herum. Kein Lacher, ernste Gesichter, humorlos. Somit stellte sich der Erstkontakt mit den Investoren als Bestätigung der typischen Hacklinger Grundhaltung heraus: Ablehnung alles Fremden und Neid auf arbeitsscheue erfolgreiche Geschäftsleute. „Die glauben, sie können uns mit ihrem Geld beeindrucken", hörte man den Trafikanten etwas zu laut sprechen. „Die werden schon sehen, wo sie hinkommen, wenn sie das Seehotel haben. Wenn nicht gut gekocht wird, dann geht ihnen keiner rein. Vor allem, wenn die grantigen Brüder nicht grüßen können, dann ist es eh gleich aus und sie können wieder zusperren."

„Und weißt du, was ich glaube", sagte er etwas leiser zu Edgar: „Im Nu wollen die aus dem Hotel ein Puff machen. Das ist der wahre Hintergrund. Das ist ja selbstverständlich. Ich habe den Einreichplan gesehen. So kleine Zimmer. Und so viele Bäder mit allem Schnickschnack. Da weiß man eh schon, was los ist. Mit Fitnesscenter, Bädern, Sauna und Massage. Klar, was die wollen. Und Spielautomaten sollen vorgesehen sein. Dass sie wieder das Licht abdrehen, wenn einer in den Raum geht, wo sie Karten spielen. Wie im ehemaligen Fitnesscenter."

„Grüßen können sie nicht, die Russen", sagte ein Gemeindevertreter so laut, dass es jeder hören konnte. „Wenn die nicht grüßen können, dann machen sie mit uns kein Geschäft! Leuten, die nicht grüßen oder keinen starken Händedruck haben, ist nicht zu trauen!"

Ja, der sanfte Händedruck des ehemaligen Schraubstocks Igor, der noch dazu mit der linken Hand ausgeführt worden war, kam bei den Gemeindevertretern nicht gut an. Für ein gutes Wahlergebnis waren sie auf einen vertrauenerweckenden Händedruck trainiert. Ganz stark, aber kurz und prägnant, und gleich wieder loslassen. Alles andere deutete auf Falschheit hin. Und die Tatsache, dass ihnen Igor die linke Hand gegeben hatte, werteten sie sowieso als Geste der Arroganz.

Wenn Edgar in die Runde blickte, drängte sich der Eindruck auf, dass alles so war wie das ganze Jahr über auch. Jeder trug seine Maske, hinter die aber die meisten blicken konnten, die den entsprechenden Mitbürger schon sein Leben lang kannten. Nahezu das gleiche Klientel wie bei den Vernissagen: Intellektuelle mit Fensterglasbrillen, Leute, die wussten, dass man sich beim Gähnen die Hand vorhalten musste, dass man sich nach dem Besuch der Toilette die Hände wusch, dass man keine Stofftaschentücher mehr benutzen durfte. Und diese Leute hier wussten auch, wie man eine Forelle isst. Keinen Kopf! Sie wussten, wie Austern und Schnecken schmecken. Trotzdem suchten sie sich den Wein nach der Attraktivität der Flasche aus und stützten beim Essen manchmal die Ellbogen auf. Sie schmatzten und rülpsten hinter vorgehaltener Hand und verwendeten Zahnstocher. Das Wort „durchaus" drängte sich Edgar auf. Überall passte es dazu. Diese Leute hier waren durchaus intelligent, durchaus schlank, durchaus hübsch, durchaus nicht alt. Edgar gähnte die ganze Zeit. Annette stieß ihn in die Rippen und zischte: „Hand vorhalten!"

Endlich tat sich etwas. Maria Santner hatte sich von der Band das Mikro organisiert und bat um Ruhe. Auf ihr Geheiß eröffnete der Ballorganisator den Ball und begrüßte die Festgäste. Das Wort „Russen" nahm er nicht in den Mund. Er sprach nur von den Investoren. Aber Maria Santner hatte die Bandmitglieder so lange angeblinzelt, bis sie ihrer Bitte, das Lied *Moskau* von Dschingis Khan zu spielen, nachkamen. Das war der erste Liedertafelball, der nicht mit einem Walzer, sondern mit einem Popsong eröffnet wurde. Ein voller Erfolg. Die Tanzfläche blieb leer. Und nachdem Maria Santner minutenlang erfolglos Iwan Diwanov angeblinzelt hatte, schnappte sie sich Edgar und zerrte ihn auf die Tanzfläche. Der hatte vielleicht eine Freude. Aber zumindest war das Eis gebrochen, und die Tanzfläche wurde gestürmt. Eine gute Möglichkeit für die Russen, Ausschau nach Lenka, Edgar und Biber zu halten. Edgar hatte nicht die geringste Ahnung, wer da mit ihm am Ehrentisch saß, und auch die Russen hatten bisher keinen Verdacht geschöpft. Maria Santner hatte ihn fest im Griff, obwohl sie die ganze Zeit den Bassisten der Band anblinzelte, den sie wegen ihrer Kurzsichtigkeit gar nicht genau sehen konnte. Nach jeder Platte rannte sie zu ihm hin und wünschte sich etwas. Inzwischen hatte am Tisch die Fürstin Annette gestanden, dass Iwan einen sehr guten Eindruck auf sie machte. „Er wirkt sehr weltmännisch!", vertraute sie ihrer Freundin an und beobachtete ihn, wie er konzentriert telefonierte und „Wo bleibt ihr denn, verdammt noch mal!" in den Hörer brüllte.
„Sensationell humorlos!", kommentierte Ex-Polizist Prechtl, den kein Mensch nach seiner Meinung gefragt hatte. Annette machte kein Hehl daraus, dass sie weder von den Männern noch von der Finanzierung des Seehotels etwas hielt. Diesen unfreundlichen Iwan bezeichnete sie als Musterbeispiel für intellektuelle Eingleisigkeit. Das gefiel Ihrer Durchlaucht ganz und gar nicht. „Unter bestimmten Umständen ist der Mensch zu jeder Schwäche fähig", sagte sie prophetisch und machte Iwan schöne Augen. Annette war entsetzt. „Die probieren es so, wie sie es vielleicht aus Wien gewohnt sind", flüsterte sie ihrer Freundin zu. „Und beide haben sie eine gewalttätige Natur!" Aber schon blickte sie besorgt auf die Tanzfläche. Maria Santner hatte den Bassisten so lange beblinzelt und bezirzt, bis er seine Bandkollegen überreden konnte, ihre Wunschplatte zu spielen. *Oh, la Paloma Blanca* von der George Baker Selection. Da konnte der Sänger, ein langhaariger Typ, der sich schon auf einen höchst dramatischen Vortrag von

*Nothing else matters* der Hardrockformation Metallica eingestellt hatte, noch so schmollen. Der Bassist hatte das ewige Schattendasein in der finstersten Ecke satt. Immer waren es der Sänger und der Gitarrist, die von den Damen bestürmt wurden. Immer ging er leer aus. Nie durfte er im Vordergrund sein. „Die nehm ich mir heute mit ins Bettchen!", machte er dem Sänger klar und ergänzte: „And nothing else matters."
Maria Santner warf sich an Edgars Hals und quietschte: „I'm just a bird in the sky." Dabei blinzelte sie unentwegt den Bassisten an.
In dem Moment beglückte der Fremdenverkehrsobmann Dr. Julius A. Link den Ball mit seiner Anwesenheit. Mit einer dicken Zigarre im Mund widmete er sich erst einmal der Bestandsaufnahme. Auf der Galerie, an der Bar, am Rande der Tische, überall streunte er herum und inspizierte das brauchbare Material. „Nichts Bettfähiges dabei", dachte er und entsprach dem Wunsch des winkenden Bürgermeisters, der ihm einen Platz bei den Russen frei gehalten hatte.
Mit „Eure Hoheit" grüßte er frech die Fürstin und zum Bürgermeister sagte er in einer unheimlichen Distanzlosigkeit „Servus, Sepperl", bevor er sich seinen Gelegenheits-Bekanntschaften aus dem *Chez Lygon* mit dem Ausspruch näherte: „Ihr seid angefressen, weil keine Hasen da sind, was? Das Geschäftliche besprechen wir morgen." Die mürrischen Russen saßen unter den gut gelaunten Ballbesuchern wie Fremdkörper und nickten. „Evergreens!", brummte Igor und meinte damit nicht die Musik.
„Den teuersten Anzug und die schlechtesten Manieren", flüsterte Annette der Fürstin zu. „Zwanzig Jahre auf dem Plumpsklo kann man auch mit einem breiten Studium nicht über Nacht abschütteln!", kommentierte die prägnant. Und schon war ihr der Tollpatsch mit seinen Schlangenlederschuhen aufs Kleid gestiegen. „Kurze Beine wie alle Lügenbolde, aber lange Füße!", tuschelte sie mit Annette. Die antwortete: „Den haben sie als Kind zu früh in die Gummistiefel gesteckt, den eleganten Herrn!"
„So! Tanzpause, Mirz!", rief Edgar und versuchte sich aus den Fängen der Maria Santner zu befreien. Sie schrie auf, dass alle auf sie blickten, vor allem der Bassist und Edgars Schwester. Er hatte sie an einer schmerzhaften Stelle ihres rechten Zeigefingers erwischt. Flaschke wusste sofort, was los war. Eine halbe Stunde hatte Mirz hinter der Wurstvitrine ausgeholfen. Deshalb hatte sie ein

Pflaster auf dem Zeigefinger, dessen Kapperl sie sich mit der Aufschnittmaschine weggeschnitten hatte. Flaschke winkte sie heran und klebte ihr ein neues Pflaster auf den Finger. „Hoffentlich kommt die zweite Lieferung", sagte er zu ihr. „Es ist erst eine Kiste da." Gemeint war das große Geschäft mit den „Russen" am nächsten Tag. Aber das Wort „Russen" wollte er in der Gesellschaft nicht verwenden. Es handelte sich nämlich um die mitunter auch verharmlosend genannten „Russerl", die am Aschermittwoch immer den größten Umsatz brachten, weil kein Fleisch gegessen werden durfte. Und natürlich war von der Puppen-Manufaktur ein Großauftrag für die Jause eingegangen, für den noch eine Lieferung ausständig war. Flaschke war besorgt. Er hatte Angst vor einem Kontrolleur der Manufaktur, einem ehemaligen Zollwachebeamten, der bei einer verspäteten Lieferung das ganze Jausengeschäft zu Fall bringen würde.

Mirz schenkte ihrem Chef kein Gehör. Sie war mit dem Blinzeln beschäftigt, wo doch die Band Pause machte und der Bassist schon ungeduldig auf sie wartete. Eigentlich war sie seit ihrem fünfzehnten Lebensjahr mit diesem übertriebenen Blinzeln beschäftigt. Damals hatte ihr eine Schulfreundin, die eine regelmäßige *BRAVO*-Heft-Leserin war, erzählt, dass Flirten dasselbe wie Blinzeln ist. So hatte Mirz die Blinzlerei vor dem Spiegel perfektioniert und über die Jahre große Erfolge damit gehabt. Und jetzt, wo alle Tanzpause machten und auf einer Leinwand Musikvideos zu sehen waren, tanzte sie verliebt mit dem Bassisten. Und nach jedem Tanz musste ihr Auserwählter ein Video ihrer Wahl einlegen. Das führte natürlich genau dahin, was alle, die ihrem Blinzeln in einer schwachen Stunde einmal erlegen waren, genau wussten: zu ihrem Lieblingsschlager `Santa Maria`. Ich heiße nämlich Santner Maria, vertraute sie ihrem Verehrer an, der sie fest an sich drückte und verliebt zuckte, wenn sie ihn mit ihrem verletzten Finger am Hals kitzelte. „Mach mit mir, was du willst", flüsterte sie ihm ins Ohr, als der `Santa-Maria`-Sänger die Bühne betrat und seine weißen Zähne so unverschämt zeigte, dass der Zahnarzt am Tisch des Müllunternehmers Drecksler gefragt wurde, ob die gebleicht wären. „Nicht nur gebleicht!", sagte er. „Da muss ein ganzes Team Überstunden gemacht haben, um den so herzurichten, wie er dasteht. Aber trotzdem ist der Mund schief. Da kann man machen, was man will. Da hat selbst der beste Zahnarzt mit oder ohne Überstunden nichts dagegen unternehmen können."

Edgar war froh, dass er die Mirz los war. Pah! Er starrte auf die Leinwand und betrachtete die Background-Sängerinnen, die sich elegant bewegten und Humdada, Humdada sangen. Der elegante Sänger stand da wie ein Kleiderständer. Der Oberkörper war völlig regungslos. Und der Unterkörper schlug irgendwie den Takt. Es ging um die Insel Santa Maria. „Ich hab meine Sinne verloren", sang er und mit ihm die Mirz und der Bassist gleichzeitig. Im Hintergrund eine brennende Fackel. Wie ein olympisches Feuer. „Unglaublich, der Typ", dachte Edgar. „Was da investiert worden ist, dass der die Zähne so zeigen kann", sagte er zu seiner Schwester. „Ein Vermögen", antwortete sie. „Der Oberkörper ist wie einbalsamiert. Völlig regungslos. Das Sakko hängt auf dem Oberkörper wie auf einem Kleiderständer", dachte er, und seine Schwester bemerkte: „Wie wenn man ein Sakko zum Auslüften auf den Balkon hängt und kein Wind geht. So steht der da. – Und du hast eine Postuniform an. Ich geniere mich mit dir, Edgar!" Aber da fletschte der Sänger von *Santa Maria* wieder die unnatürlich weißen Zähne und hätte glatt eine Hand in den Hosensack gesteckt. Gerade noch rechtzeitig konnte er sich beherrschen. Als ob ihm jemand gesagt hätte, dass das nicht geht. Darauf stellte er jegliche Bewegung ein, als ob ihm die Batterien ausgegangen wären.

Mit vollen Batterien dagegen bewegten sich die zwei ferngesteuerten Puppen am Tisch der Puppen-Manufaktur, als einige junge Arbeiterinnen und Lenka in Miniröcken und mit Zöpfchen auftauchten. Nicht nur die Russen wurden unruhig, als sie sie erblickten, auch der junge Advokat hatte endlich etwas erspäht, was ihm Lust machte. Und der Trafikant Tschikago kommentierte die fleischfarbene Strumpfhose, die Lenka trug, mit den Worten: „Zu sündig für diese Jahreszeit!"

Jetzt sah sie auch Edgar. Seine üble Laune war wie weggeblasen.

Die Band begann wieder zu spielen, und ein beschwipster Gemeindevertreter wollte die Fürstin zum Tanz auffordern. Wo er doch wusste, dass ihr Gemahl im Ausland weilte. Wahrscheinlich hätte sie ihm den Tanz sogar gewährt, hätte er sie nicht im Eifer des Gefechtes mit „Monsignore" angesprochen. Alle Blicke waren auf die Tanzfläche gerichtet. Die Mädchen tanzten alleine. Mit erfundenen Bewegungen. Selbst wenn Lenka gar nichts tat, waren ihre Bewegungen schön und elegant anzusehen. Als er das Mädchen ansah, waren Edgars Augen lange nicht mehr so ziellos wie vorher. Im Gegenteil. Sie waren auf ein einziges Ziel ausgerichtet, dem seine Blicke unablässig folgten. So konnte er natürlich nicht sehen, wie Mirz aus lauter Vorfreude wie wild zappelte und im Saal herumblinzelte, weil sie sich als nächsten Song etwas ganz Besonderes gewünscht hatte und der Bassist wieder auf seinem Arbeitsplatz sein musste. „Die Maria winkt dir zu!", rief Edgars Schwester. Aber da war sie auch schon da und zerrte ihn auf die Tanzfläche, dass er vor lauter Widerwillen mit dem Fuß umknickste und fürchterliche Schmerzen hatte. Genau im schmerzhaftesten Moment hatte er sich an ihr festgehalten, was ihr den Ausruf entlockte: „Bin ich deine Prinzessin?" Sie war glücklich, als die ersten Töne von dem erklangen, aus dem sich ein Lied entwickelte, das einmal unter dem Titel *Silverbird* in den Hitparaden gewesen war. „Si-hil-verbird", sang Mirz und tanzte so wild mit ihrem Silbervogelkostüm, dass die Schulmädchen von der Puppen-Manufaktur ihre Bewegungen übernahmen. Auch der junge Advokat, der herbeigeeilt war, versuchte sich mit seinen etwas zu großen Schlangenlederschuhen dem Stil anzupassen.

„Silverbird, Silverbird, Silverbird, lass mich fliehen", sang Mirz und drehte Edgar herum, wenn er einen Blick auf Lenka erhaschen wollte. „Silverbird, Silverbird, Silverbird, mit dir ziehen – Silverbird, Silverbird, Silverbird, und wir fliegen dorthin, wo all meine Freunde sind, wo ich zu Hause bin."

Beim Anblick des Advokaten in Lenkas Nähe gab es Edgar einen Stich. „Ausgerechnet der, die wird doch nicht …", dachte er. Edgar tanzte weiter und hörte mit an, wie der Advokat Lenka die größten Komplimente machte. Er war mitten in dem, was er Sondierungsgespräche nannte. Sie aber wollte nur kurz bleiben und dann mit ihren Kolleginnen zum Moped-Italia-Gschnas wechseln. Das passte dem Advokaten ganz und gar nicht. Denn dort waren alle seine ehemaligen Mitschüler, mit denen er aus verschiedenen Gründen nicht zusammentreffen wollte. Edgar blinzelte bei jeder Gelegenheit Lenka zu, wie seine Mirz ihrem Bassisten zublinzelte. „Begleitest du mich zum Gschnas, Edgar?", fragte Lenka und streichelte seinen Arm. Die fleischfarbene Strumpfhose war wirklich zu sündig für die Jahreszeit. „Ja, klar!", antwortete Edgar, und bereits eine Viertelstunde später hatte er sich abgesetzt und wartete auf Lenka im Foyer. Dort stand nicht nur der telefonierende Bürgermeister, der sich verdrückt hatte, als die Russen seinen Ort als Kaff bezeichnet hatten, sondern auch der Kapitän, den man nicht einlassen wollte. Er salutierte ihm in genau der Eisenbahnuniform,

die Annette zur Altkleidersammlung geworfen hatte. Schon das überraschte Edgar, aber noch viel mehr überraschte ihn, dass der Mann ein goldenes KDS-Sportabzeichen an seiner Brust trug und ein Mobiltelefon in der Hand hatte. Er richtete ihm die ÖBB-Mütze zurecht, händigte ihm seine Eintrittskarte aus und die Platzreservierung. Dann verschwand er mit Lenka in die kalte Nacht. Annette war nicht wenig überrascht, als der Kapitän in der Uniform ihres Bruders den Platz neben ihr einnahm. Noch weit mehr überrascht war Flaschke, als er das Sportabzeichen sah, für das er den ganzen Sommer lang trainiert hatte und das er immer noch nicht sein Eigen nennen konnte. „Wo hast du das her?", herrschte er den Kapitän an und winkte die Ärztin herbei. Der Kapitän holte eine Quittung aus seiner Geldbörse, aus der hervorging, dass er das Abzeichen in der Bristol-Passage in Salzburg gekauft hatte. Flaschke war erbost. Ebenso der Advokat, der jetzt bei seinen Wiener Freunden saß und mit ihnen Fachgespräche über die Naivität der Frauen führte. Julius prahlte über seine Frauengeschichten. Er erzählte, wie gemein er zu Frauen war und wie sie trotzdem immer wieder auf ihn hereinfielen. Die Unterhaltung der Festgäste wurde immer wieder gestört, weil ein besonders lästiger Ballbesucher unter dem Tisch herumkroch und wie ein Hund bellte. Mit seiner Trillerpfeife, die sich ausrollte wie eine lange Zunge, ging er den Russen gehörig auf den Wecker. Dem Advokaten hatte er mit der Faust auf die viel zu langen Krokodillederschuhe geschlagen und am rechten Bein des Iwan Diwanov hatte er etwas entdeckt, das er sich gleich samt Inhalt umschnallte: Ein Pistolenhalfter. „Kommst du mit mir an die Bar?", sagte er schließlich und umfasste zart Annettes Hals von hinten. „Ach, du bist es, Seppi!", antwortete sie und schon hatte er zwei Sekt-Orange bestellt. Er erkundigte sich nach Edgar. Annette wusste nicht, wohin er gegangen war, aber sie vermutete, dass ihm die Santner Maria zu sehr auf die Nerven gegangen war. „Die Mirz!", sagte Biber entsetzt. „Ich hoffe, sie erkennt mich nicht." „Nein!", antwortete Annette dem breitschultrigen Cowboy mit den schnurgeraden Hosenbeinen. „Heute hätte nicht einmal ich dich erkannt. Erst als ich dein Wick VapoRub gerochen habe. Bist du wieder verschnupft, du Armer?"
Der Kapitän tat, als wollte er Biber etwas sagen, doch der wimmelte ihn ab, indem er ihm die Trillerpfeife aushändigte und sich mit Annette zur Bar begab. „Ist das etwas Ernstes mit dem Herrn Wachtmeister?", fragte er und sah Annette tief in die Augen. „Aber

nein, Seppi! Den Prechtl teile ich mir mit Ariane, damit uns die anderen in Ruhe lassen!"

„Na dann bin ich ja beruhigt", antwortete Biber und packte auch über seine Herzensangelegenheit aus. Annette ließ nicht locker und wollte alles wissen. Er plauderte aber nur oberflächlich. Nicht über die Russin. Nicht über die Generaldirektorin. Nicht über die Aktionen in Wien und Russland. „Sie kommt aus dem Osten", sagte er. Als Annette weiterbohrte, holte er eine kleine Brosche aus seinem Hosensack. „Die ist heute mit der Post gekommen!", murmelte er kleinlaut. „Sie hat sie mir zurückgeschickt! Sie bringt ihr kein Glück."

„Zeig her!", rief Annette begeistert. „Genau so eine großmütterliche Brosche hätte ich mir heute zu meinem Kostüm gewünscht. Die hat unsere Handarbeitslehrerin immer getragen. Kannst du dich noch erinnern?"

„Wir Buben hatten doch keine Handarbeitslehrerin, Annette!", antwortete Biber, hatte aber nichts dagegen, dass Annette die Brosche auf ihr Oberschulratskostüm steckte.

„Bei dem hübschen Schulmädchen, das am Anfang allein getanzt hat, bist du aber abgeblitzt!", verlachte Iwan den Advokaten und wollte herausfinden, wer der Mann in der Postuniform war, mit dem sie verschwunden war. Er hatte nämlich gehört, wie Edgar zur Fürstin etwas gesagt hatte, als sie unschlüssig war, ob sie sich eine Kleinigkeit zu essen bestellen sollte. „Essen Sie, Durchlaucht, essen Sie!", hatte Edgar gesagt.

„Abgeblitzt!", wiederholte der Advokat und paffte seine Zigarre. „Die frisst mir aus der Hand!", prahlte er. „Das ist angewandte Psychologie. – Aber es ist eh besser, dass sie zu dem blöden Gschnas gegangen ist. Ich hätte sie nämlich nicht in meine Wohnung mitnehmen können, weil meine Freundin dort auf mich wartet." Da winkte Iwan mit dem Schlüssel des Cayenne und stellte ihm in Aussicht, dass er mit Lenka nicht nur eine Spritzfahrt machen konnte, sondern nachher auch die geräumige Villa Scherbenstein zur Verfügung hätte. „Für schöne Autos ist die empfänglich!", flüsterte Diwanov und Igor grinste. Dem jungen Advokaten gefiel die Idee nicht schlecht. Zumindest eine SMS setzte er an sie ab. Er wollte aber nicht zum Moped-Italia-Gschnas.

Dabei fand doch gerade dort die Losnacht statt, die der Brauchtumsexperte Bartl Trachtl in den Zeitungen angekündigt hatte. So viel war schon lange nicht mehr los gewesen. Viele

Aufrechte waren da, viele Sternfahrer und auch ein paar Gemeindevertreter, die für den Stimmenfang bei den bodenständigen Hacklingern zuständig waren. Und jetzt kam noch ein ungleiches Pärchen dazu.

„Der spinnt", sagte der Helikopter zu Frau Spechtler, als Edgar seinen DKW Meisterklasse F 89 P vor dem Gemeindeamt einparkte. „Erst weigert er sich jahrzehntelang, den Führerschein zu machen, dann kauft er sich erst recht einen Wagen, der wie ein Moped klingt. Einen Zweitakter!"

„Der spinnt, der spinnt, der spinnt", wiederholte der Wellensittich Dedalus und Frau Spechtler meinte: „Juijuijui! Das ist aber ein junges Ding, das er da mithat, der Edgar."

Schon nach fünf Minuten stand fest, dass Edgar die Postuniform nicht umsonst angezogen hatte. Im Saal der »Insel« ging wirklich die Post ab. Das Motto „Aufriss" war so passend wie jedes Jahr, denn bei diesem Gschnas konnte sich wirklich jeder eine aufreißen. Zumindest eine Bierdose. Denn es gab nur Dosenbier. So hatte Lois schon vor Tagen unter den Aufrechten verkünden können: „Beim Gschnas habe ich mir noch immer eine aufgerissen." Diesmal waren auch die männlichen Bewohner der Villa Scherbenstein allesamt beim Gschnas angetreten, weil als Mitternachtseinlage das Finale im Motorhaubenaufreißen ausgetragen wurde. Zwei Eisenbieger der Stern-Werke und einer ihrer Verwandten, der junge Lackierer der Puppen-Manufaktur, Momir Grillovic, hatten sich über die Vorrunden in der Puppen-Manufaktur qualifiziert. Lois Schmied sollte der Schiedsrichter sein.

Das Moped-Italia-Gschnas war für die bessere Gesellschaft tabu, weil es so hemmungslos zuging. Da war es beispielsweise nicht außergewöhnlich, dass einmal ein Pärchen verschwand und Stunden später wiederkam oder gar nicht mehr. Diese Veranstaltung war ärger als der Feuerwehrball, bei dem schon alles erlaubt war. Durch die ganze Euphorie konnte Edgar völlig anonym bleiben. Noch nie war er dort gewesen. Nie hatte ihn Annette hingelassen. So erkannte ihn auch niemand in seiner Verkleidung, obwohl viele Bekannte dort waren. „Die wissen, was sich gehört", dachte Edgar, als der Raum fast gänzlich abgedunkelt wurde. „Da sieht dich keiner, und wenn, kannst du alles abstreiten."

Lois hatte an diesem Tag nicht wie üblich seinen blauen Arbeitsmantel an, er hatte sich mit einem weißen Arztkittel verkleidet, trug ein Stethoskop in der Tasche und rauchte Marlboro statt Smart Export. Im Moment war er gerade damit beschäftigt, den Schlagzeuger zu suchen. Die Band hatte nämlich nur zwei männliche Gitarristen, aber aus den Lautsprechern ertönte ein Schlagzeug-Solo. „Ist eh wurscht", sagte er und riss sich eine Bierdose auf. Ihn konnte nichts mehr aus der Ruhe bringen.

Nicht einmal, als nach den vielen wilden Rhythmen, die von *Born To Be Wild* bis *Highway To Hell* reichten, die Schmusewelle mit dem Lied *One Way Wind* eingeleitet wurde, das eine Frau sang, wo doch die zwei Gitarristen Männer waren. Und dann gab es sowieso nur mehr italienische Schnulzen von Eros Ramazzotti, Gianna Nannini, Drupi und anderen. Und aus unerklärlichen Gründen wurde Peter Maffay gespielt, der Liebling des Mech. *Josie* hieß sein Lieblingslied, zu dem er natürlich mit seiner Frau tanzte. „Du wirst langsam eine Frau", sang der Gitarrist und rollte dabei das R wie Peter Maffay.

Inmitten der Engumschlungenen schmiegten sich auch Edgar und Lenka zum Gejaule der Gitarren aneinander. Edgar war völlig abgehoben, vor allem bei dem Schlager *Dornero*. Da hörte und sah er nichts mehr und konnte sich nicht im Geringsten vorstellen, dass zur selben Zeit Biber seine Schwester zur *Unchained-Melodie* in seinen Armen wiegte.

„Jetzt hat sich der Schmäh Prechtl auch noch bei Ariane eingenistet!", dachte Edgar. „Aber das kann mir doch wurscht sein!" Er war gefangen im dichten Netz der Gefühle. Gern war er gefangen. Er wollte keine Hilfe, zumindest jetzt nicht. Er erlebte zwanzig Jahre seines Lebens in einer einzigen Minute. Mindestens zwanzig Jahre. Ihm war, als ob er die Essenz seines ganzen Lebens in einem Zug inhalieren würde. Was für eine Zerreißprobe! Schub, Beschleunigung und Verzögerung zugleich. Er war nur mehr Passagier. Und er war nicht der Einzige. Alle auf der Tanzfläche schienen zumindest ein Chiptuning hinter sich zu haben. Wie frisierte Motoren mit Rennbrennstoff waren sie in dieser Nacht. „I am drunk – and the wind blows!", brüllte ein Englischlehrer, der sich hemmungslos besoffen hatte, und krachte vom Barhocker. „Is blowing!", korrigierte seine Kollegin ohne jedes Verständnis für wahre Poesie und stellte den Hocker wieder auf. Ausschlaggebend für sein Besäufnis war die Ankündigung seiner Kollegin, sie würde ihre neue Wohnung nach den Erkenntnissen von Feng Shui einrichten. Das Wort Shui[44] hatte einen radikalen Stimmungsumschwung in dem Pädagogen bewirkt, weil er dadurch an die Schule erinnert worden war, was er in seiner Freizeit überhaupt nicht leiden konnte.

Ein Special Guest wurde angekündigt, der die Gitarristen verstärken sollte. Wie ein von einer Putzfrau vergessener Mopp schlich er sich zur Bühne. Es war kein Geringerer als Rod Stewart, der ehemalige Arbeitskollege des Biber, der schon im Aufenthaltsraum des Bahnhofspostamtes eine Kostprobe seines Talents gegeben hatte. Mit `Listen to my heart` eröffnete er in seiner unnachahmlich heiseren Underberg-Stimme seinen Gig. Die Verliebten lagen sich in den Armen und küssten sich ungeniert. Auch Edgar tanzte eng umschlungen, wagte es aber noch nicht, Lenka zu küssen. Es störte ihn ein wenig, dass sie von Zeit zu Zeit ihr Handy auf SMS-Meldungen prüfte und Antworten schrieb.

* * *

Inzwischen hatten die Russen beim Liedertafelball den Fremdenverkehrsobmann mit dem Porsche Cayenne losgeschickt, um sich mit Lenka zu vergnügen. Igor fuhr mit dem BMW des Advokaten hinterher, um seine prahlerischen Ankündigungen zu prüfen. Sie parkten vor der »Insel der Redseligen«. Der Advokat versuchte mit SMS-Botschaften Lenka aus dem Ballsaal zu locken. Ständig vibrierte das Telefon in Lenkas Tasche. Edgar wurde nervös. Rod Stewart spielte auf der Gitarre die Einleitung zu `Downtown Train`. Edgar erkannte das Eisenbahnerlied und wollte alles daransetzen, Lenka zu küssen. Wenn es ihm bei dieser Platte nicht gelang, dann war der Zug abgefahren, befürchtete er. Dabei war doch schon alles in Erfüllung gegangen, wovon er lange geträumt hatte. In den vergangenen Wochen hatte es ihm genügt, Lenka zu sehen. Jeden Tag. Nur ein paar Minuten. Allein. Ein paar Worte wechseln. Das sanfte Lächeln, die Zuwendung, die Reaktion beobachten. Gar nicht mehr. Nur einmal kurz in die schönen Augen sehen, die Nähe genießen. Sie vielleicht an sich drücken, sie anlehnen lassen. Edgar hatte jede Gelegenheit genutzt, um auch nur einen einzigen Blick zu erhaschen. An ihrer Arbeitsstelle, der Puppen-Manufaktur. Deshalb hatte er fast tägliche Besuche bei seinem Freund Frustlich eingeplant. Die Auswirkungen auf seinen Organismus waren enorm. Er lief auf Hochtouren. Sein Bauch hatte

---

[44] Schui: Mundartwort für Schule

sich verflacht, sein Appetit war zurückgegangen, er jätete wilder als je zuvor, tschickte manchmal im Keller eine Smart und hatte die wildesten Fantasien. Ja, einmal ertappte er sich sogar dabei, dass er zu einer Nachbarin Lenka sagen wollte.

* * *

Und drüben am Liedertafelball machte Biber auch keine schlechte Figur. Wie schon Tausende Male vorher hatte er sich aufs Neue in Annette verliebt. Unsterblich. Wie damals als Volksschüler, als er ihr schon die ersten Schneeglöckchen gebrockt hatte. In unzähligen Nächten seines Lebens hatte er an sie gedacht. Und jetzt tanzte er mit ihr. Das Lied war wie bestellt:
Mississippi, I remember you. Mississippi roll along until the end of time.
Der Sänger imitierte eine Frauenstimme. Dazu kam sein angenehmer Wallersee-Akzent. Auch Biber spitzte seinen Mund, als würde er singen. „You'll be on my mind everytime I hear this song. To the end of time."
Der Kapitän, der inzwischen sowohl Flaschke als auch die Russen mit Bibers Trillerpfeife bis zur Weißglut provoziert hatte, signalisierte jetzt per Handy seinem Auftraggeber Tone Streich, dass einer der Russen zusammen mit dem Advokaten den Ball verlassen hatte. Das Gleiche hatte der Bürgermeister an Frau Spechtler gemeldet, und der Helikopter hatte ihr natürlich den Spruch des Cayenne bestätigt.
Als Rod ein unheimlich bewegendes und nicht enden wollendes Gitarrensolo in der Mitte von `Downtown Train` spielte, hatte er genug Zeit, Edgar genau unter die Lupe zu nehmen. „Hoffentlich erkennt er mich nicht", dachte Edgar, als er die beste Chance für einen Kuss witterte. Aber da vibrierte schon wieder Lenkas Handy und sie entschuldigte sich, dass sie kurz wegmüsse. „Life is so easy when you are stupid", brüllte der besoffene Englischlehrer und fiel erneut vom Barhocker.
Lenka ging mit dem Vorsatz vor das Haus, dem lästigen Advokaten klarzumachen, dass er sich aus dem Staub machen sollte. Aber als er sie in den Cayenne gelockt hatte, war sie natürlich schwach geworden, wie Diwanov prophezeit hatte. Der Helikopter hörte sie wegfahren.
Edgar wollte nicht aufdringlich sein, so wartete er noch das Ende von `Downtown Train` ab. „Will I see you tonight", klang noch in seinen Ohren, als er nach draußen gehen wollte. Dann war sein

Bewusstsein ausgeschaltet. Der Schraubstock hatte ihm eine über den Schädel gezogen und schleppte ihn zum Wagen des Advokaten. Dann fuhr er zur Villa. Das Garagentor stand offen. Der Cayenne stand drin und die Insassen waren noch nicht ausgestiegen. Und das konnten sie auch nicht ohne fremde Hilfe.
Für den Advokaten war nämlich nicht alles so gelaufen, wie er es sich nach der Bestandsaufnahme und den verheißungsvollen Sondierungsgesprächen erwartet hatte. Wie erwartet war Lenka beim Anblick des Cayenne schwach geworden. Auch Julius machte auf sie anfangs einen guten Eindruck. Er sah durchaus gut aus und hatte einen interessant geschnittenen Kopf. Sie fand ihn auch klug, jedoch wirkte er auf sie rücksichtslos. Dieser Verdacht erhärtete sich, als er den Wagen in der Garage abgestellt hatte. Der Porsche Cayenne verriegelte sich automatisch von innen. Lenka zitterte. Sie erinnerte sich plötzlich an ein Erlebnis mit ihrem Freund in Tschechien. Vor allem, als sie einen bekannten Geruch wahrnahm, der sich im Wagen ausbreitete. Sie schlug auf den Advokaten ein, weil sie glaubte, er wolle sie betäuben. Dabei hatte der Arme mit der Sache gar nichts zu tun. Er war selbst überrascht, als aus heiterem Himmel seine Füße zu zappeln begannen und die zu langen Krokodillederschuhe in den Pedalen hängen blieben. Aus. Nichts rührte sich mehr. Im Cayenne, der einen besseren Spruch hatte als ein Ferrari, war es plötzlich mucksmäuschenstill.
Dagegen war die übrige Villa Scherbenstein wie ein Lärmaggregat. Weil die Männer der Grillos zum Gschnas gegangen waren, um sich den Titel im Motorhaubenaufreißen zu sichern, hatten die Frauen Bekannte eingeladen, die schon seit Stunden tanzten, quietschten und kreischten. Die Gläser in den Vitrinen schepperten und die Kinder spielten unablässig Verstecken und mussten gesucht werden. „Grillibore, Grillibore!", rief eine Dame mit hoher Stimme nach dem Buben, um sofort danach das Mädchen mit „Grilliborka" zu locken. Und unmittelbar danach setzte eine tiefe Stimme ein, die lang und ausgedehnt „Alexandra!" brummte. Meist waren die Kinder bei den Katzen in der Waschküche zu finden, wenn Tone Streich nicht zu Hause war. Der war noch immer mit seiner Lola in der Wirtsstube der »Insel« und erzählte ihr zwar vertraulich, aber etwas zu laut von seinem Vorhaben mit seinen Verfolgern, deren Heimkehr ihm der Kapitän verkünden sollte. Jene Aufrechten, die den gemütlichen Stammtisch dem lauten Gschnas vorzogen, waren verunsichert, als sie Streichs Erzählungen mithörten. Hatte sich sein

Verfolgungswahn jetzt völlig manifestiert oder waren wirklich die jugoslawischen Polizisten aufgetaucht, denen Tone in Jesenice entwischt war. „Ich habe immer geglaubt, der hat den Verfolgungswahn vom Saufen!", brummte Lex, der Organisator aller Klassentreffen. „Jawohl, passen muass!", schrie Tone Streich in Abständen von zehn Minuten und hatte schon so einen Schwips, dass er seine Lola mit falschen Namen bedachte und mit der Kellnerin schimpfte, weil sie ihm keine Nüsse geben wollte.

\*\*\*

Unterdessen war Biber beim Liedertafelball auf Vollangriff übergegangen. Er streichelte Annettes aufgestecktes Haar und nahm ihr die hinderliche Handtasche ab. Dann ging er zur Band und bestellte mit etwas Kleingeld und einem Underberg-Fläschchen aus seinem Patronengürtel ihr Lieblingslied von Charles Aznavour. Gerade als der Sänger das Geld einsteckte und den Underberg austrank, hatte die eifersüchtige Mirz den Biber erkannt und brachte wieder einmal Unruhe in die Band. Biber und Annette standen eng umschlungen und warteten auf das nächste Lied. Ihr Lied. Es kam nicht. Mirz hatte es wieder einmal geschafft. Der Bassist hatte den Sänger von seinem Platz verdrängt und hauchte selbst die Nummer „Zu nah am Feuer" ins Mikrofon. Er sang mit der schönsten Vorfreude auf das, was an diesem Abend für ihn überbleiben sollte. Endlich durfte er einmal aus dem Hintergrund hervortreten, weil der Sänger den Text gar nicht kannte. Er hatte zwar nicht die beste Stimme, aber die schwermütigste.

Annette war Biber böse und dachte, er hätte das mit Absicht veranlasst. Als sie aber Mirz mit all ihrer Schadenfreude blinzeln sah und hörte, wie sie zur Musik sang: „Zu nah am Tabu", drückte sie ihren Seppi noch fester an sich als vorher und gewährte ihm sogar einen flüchtigen Kuss.

„Der Helikopter hat mir noch keine Durchfahrt des Porsche Cayenne gemeldet!", versicherte Frau Spechtler dem Bürgermeister, der sich wunderte, wo der zweite Russe so lange blieb.

Der räumte indessen ungestört seine drei regungslosen Opfer in die Wohnung und befestigte die Männer an den Heizkörpern, Lenka an einem Handlauf der Wendeltreppe, den Streich vor lauter Aufträgen nur provisorisch befestigt hatte. Dann kehrte er mit dem BMW des Advokaten zum Liedertafelball zurück.

\*\*\*

Edgar erwachte zum 38. Schlag der Schrankenanlage an der Villa Scherbenstein, der einen Schnellzug nach Wien ankündigte. Wo war er? Er hatte keine Ahnung. Er merkte, dass er festgebunden war. An etwas Warmem. Er versuchte sich loszureißen. Zu fest. Er ertastete den warmen Gegenstand. Er war sicher, dass es ein Heizkörper war. Aber sonst hatte er keine blasse Ahnung, was geschehen war.

*　*　*

Da war er nicht der Einzige. Auch der Bassist beim Liedertafelball hatte nicht die blasseste Ahnung, welch lästiges Weibsbild im Kostüm des Silbervogels steckte. Er genoss einfach das, was einem Bassisten normalerweise nicht zuteilwird. Aufmerksamkeit. Die größte Aufmerksamkeit der ganzen Band. Jetzt stand er einmal vorne. Hinter ihm schmollte der unheimlich gut aussehende Sänger, der Frauenschwarm an der E-Gitarre. Er starrte Mirz an, die allein tanzte. „Sind wir verheiratet, mein Herr", hatte sie ihn in der Pause gefragt, „wie heißen Sie denn?" Und noch viel intimere Fragen. Aber genau auf so ein Abenteuer war der Bassist an dem Tag aus. Und Biber war schon mitten im Abenteuer drin. Ebenso Iwan Diwanov, der seinem wiedergekehrten Schraubstock ins Ohr flüsterte: „Ich habe einen Verdacht, wer dieser Biwo sein könnte. Schau dir mal den Cowboy genau an. Die Schultern sind nicht echt. Und seine Beinbewegungen, die kommen mir bekannt vor. Ich werde mich umhören." Zum Erstaunen aller Ballbesucher und zum großen Ärgernis der Fürstin forderte er den Silbervogel zum Tanz auf. „Darf ich bitten, Frau Maria", sagte er höflich. Der geltungssüchtige Bassist kochte innerlich und gab das Mikro wieder an den Sänger ab, der endlich „Silence is golden" singen konnte. Mirz hatte das erreicht, weswegen sie das ungewöhnliche Kostüm angezogen hatte. Sie stand im Mittelpunkt. Iwan tanzte mit ihr eng an Biber heran und begutachtete seine Schulterpolster. Sein Verdacht erhärtete sich, als ihm der beißende Geruch von *Wick VapoRub* in die Nase stieg. Aber die Frau an seiner Seite nannte ihn immer nur Seppi und nicht Biwo. Sogar als er Mirz aus der Reserve locken wollte und bemerkte: „Der Cowboy ist aber nicht dem Motto entsprechend verkleidet", sagte Mirz: „Ja, der Josef, der ist eigenwillig! Da kann das Motto sein, wie es will, der geht als Cowboy." „Biwo, Biwo, Biwo!", sagte Iwan ganz laut, um die Reaktionen zu prüfen. Biber ließ sich nicht aus der Ruhe bringen. Trotzdem hatte er sich genau in dem Augenblick verraten. Als er Annette durchs Haar strich, erinnerte sich Iwan an etwas, das absolut einmalig war. Dieser Kraftdaumen, der da gerade in Annettes Taft-Frisur eindrang, hatte vor seinen Augen ein Nuckelfläschchen gehalten und ihm Rotwein eingeflößt, als er in Wien gefangen war. Und da sah er auch schon die Brosche an Annettes Kostüm.

* * *

Edgar vernahm wieder das Schlagwerk, das taktlos auf das Eisen eindrosch, und überlegte, an wie vielen Schrankenanlagen noch ein Schlagwerk sein könnte. In der nächsten Umgebung fiel ihm nur die Villa Scherbenstein ein. Jetzt fuhr der Schnellzug durch. Das war für Edgar die Bestätigung. Tone Streich pflegte beim Wirt zu sagen: „Die Villa ist so nahe an den Gleisen, dass du in der Nacht glaubst, der Zug fährt über dich drüber." Und noch etwas war zu hören, das ihn in seinen Vermutungen bestätigte. Lärm aus den Wohnungen der Grillos.
Edgar inspizierte seine Umgebung mit allen Sinnen, die ihm zur Verfügung standen. Es roch leicht nach Farbe, Lack und Nitroverdünnung, nach neuen Möbeln, frisch gelegten Böden und … Was war das? Von Zeit zu Zeit eine zarte Brise. Irgendetwas roch wesentlich besser als Nitroverdünnung. Ja, dieses Etwas roch sogar außergewöhnlich gut, und um genau zu sein, ziemlich verführerisch. Edgar erkannte den Duft. Lenkas Parfum. Vielleicht von seiner Uniform. Jetzt erinnerte er sich wieder an das Gitarrensolo von Rod Stewart. Was dann passiert war, konnte er sich nicht so richtig zusammenreimen. Es muss mit den Investoren zu tun haben, kombinierte er schließlich. Sie sind mir bekannt vorgekommen. Hätte ich mir doch den Hinterkopf des einen genauer angeschaut. Das waren die Russen. Ich hab es mir gleich gedacht. Der Advokat kann doch nur Kontakte mit Gaunern herstellen, mit wem sonst. Biber hat recht gehabt. Wir hätten sie erledigen sollen. Ein für alle Mal. Und jetzt sind wir selbst dran. Nein! Das kann ich auf keinen Fall zulassen. So hart durfte ihm das Schicksal auch nicht zusetzen, dass er in einer Postuniform sterben musste. Dabei hatte er den Kapitän in seiner für den Fall vorgesehenen Eisenbahneruniform gesehen. Würde er sie für die Beerdigung abgeben? Wo er ihm doch die Generalshose und die Trainingsjacke geschenkt hatte. Er verwarf die Gedanken vom Tod. Nein, umbringen können sie mich nicht. Nicht hier. In Hackling ist noch nie einer umgebracht worden. Das ist eine sichere Gegend. Und Biber? Sie werden auf der Suche nach Biber sein. Aber der ist nicht so blöd, dass er sich erwischen lässt. Ich muss hier raus! Er versuchte wieder sich zu befreien und streckte und drehte sich. Irgendwie bekam er etwas Staub in die Nase und musste niesen. Trotz des zugeklebten Mundes nieste er wie üblich

in der Manier einer militärischen Befehlsankündigung mit Ha gefolgt von einem ungeduldig erwarteten Tschi. Er hätte danach absolute Ruhe erwartet. Aber da hörte er etwas. „M-mm!", machte eine sanfte Stimme und „Mmmmmm" eine andere. Dazu war ein Kratzen und Rutschen auf dem Boden zu vernehmen. Edgar nieste wieder. Die gleiche Reaktion. Noch einmal. Edgar erinnerte sich an das Kartenspielen in Frau Swobodas Wohnung. Immer wenn er niesen musste, hatte Lenka Ge-Sundheit gesagt. Das „M-mm" klang irgendwie ähnlich. Das „Mmmmmm" konnte er sich nicht erklären. Aber da hörte er eine Stimme, die er ganz genau kannte. Tone Streich rief: „Jawohl, passen muass!" Wie er viele Jahre im Wirtshaus auf die Sperrstunde gepasst hatte, weil er mit der Kellnerin danach gerne unter die Decke schlüpfte, so passte er jetzt auf die Russen. Russenpassen statt Kellnerinnenpassen. „Will I see you tonight", klang noch in seinen Ohren. Ein gelbes Schild war am Gerüst befestigt: „Betreten der Baustelle verboten. Eltern haften für ihre Kinder" war darauf zu lesen. Und genau auf dieses Gerüst schwang sich in der Dunkelheit der Nacht Tone Streich und tanzte. Während die Grillos in der heißen Stube zu ihrer mitreißenden Mittelwellenmusik tanzten, tanzte Streich in klirrender Kälte auf dem Gerüst. An diesem Tag waren die Kollega zu Gast, die neben dem Flaschencontainer wohnten. Die waren naturgemäß besonders laut.

Da konnte sie Streich nur mit Mühe in der Lautstärke übertreffen. „Amüsiert euch gut beim Liedertafelball, ihr angeblichen Russen!", brüllte er. „Ich werde euch erwürgen. Ich werde euch erschlagen! Das könnt ihr mir glauben!" Aber das war nicht mehr zu hören, weil ein Eilzug durchraste. „Mich legt ihr nicht rein!", schrie Streich. „Mich nicht. Ihr braucht nicht zu glauben, dass ich deppert bin. Ich nicht. Ihr vielleicht. Ich nicht. Ihr könnt schon kommen. Ich habe keine Angst vor euch. Ihr braucht nicht zu glauben, dass ich euch nicht erkannt habe. Einen Spitz in den Arsch könnt ihr haben."

Die Kinder der Grillos sollten schon lange ins Bett gebracht werden, hatten sich aber schon wieder versteckt. „Grillibore, Grillibore!", rief die Dame mit hoher Stimme nach dem Buben, und die Oma lockte das Mädchen mit einem einmaligen „Grilliborka". Natürlich musste da die Dame mit dem borstigen schwarzen Haar ihre tiefe Männerstimme erklingen lassen. Lang gezogen brummte sie den Namen Alexandra. Dabei betonte sie das A fast wie ein O, also Olessoondra. Streich spottete nach: „Grillibore – Grillibore!" Fast ohne Pause, aber in einer anderen Stimme rief er: „Grilliborka", und holte Luft, um mit etwas Abstand tief und lang gezogen „Olessoondra" zu brummen. Die Grillos hatten sich im Laufe der Jahre ziemlich gut angepasst, außer in der Sprache, da hatten sich die Hacklinger eher an die Sprache der Grillos angepasst. Und das nicht zuletzt, weil ihr Sprachlehrer Tone Streich war.

Es schepperten wieder die Gläser in der Kredenz, die sonst nur schepperten, wenn Slivo Lust auf Sex hatte, und der Hexentanz ging weiter. Auch auf dem Gerüst, das eigentlich schon längst abgebaut sein sollte, weil der Anbau bereits fertig verputzt und bemalt war. Nur weil Tone Streich immer wieder durch „Aufträge" von der Arbeit abgelenkt wurde, konnte der schwindelfreie Lebens-Artist noch darauf herumturnen.

Als Tone müde wurde, ließ er sich nieder und dachte nach. Er dachte so intensiv nach, wie er in seinem ganzen Leben noch nicht nachgedacht hatte. Dazu hatte er sich unbequem auf das Gerüst gesetzt. Es war kalt. Unangenehm kalt. Saukalt. Laut Underberg-Thermometer minus 15 Grad. Vielleicht hatten deshalb die Säue im Stall des Stiefelkönigs die Kopftücher auf und wärmten sich gegenseitig. Tone Streich machte die Kälte nichts aus. Gar nichts. Wie in Trance ließ er seinen Oberkörper vom Gerüst hängen und blies seinen nebelhaften Atem in die klirrende Nacht. Er kratzte seinen Bart und dachte an die zwei Wiener und das, was sie ihm angetan hatten, als sie noch in Jesenice waren. Diese miesen Hunde. Rachegelüste und Schmerz wühlten ihn auf, und die Vorfreude auf das, was noch kommen würde, erfüllte ihn mit Entzücken und Genugtuung. Mehrfach hatte er seine Peiniger schon im Traum ihrer gerechten Strafe zugeführt, sie regelrecht in ihre Einzelteile zerlegt. So fiel er auch jetzt in ein lautes dämonisches Gelächter und tanzte auf dem Gerüst.

Edgar und Lenka versuchten sich bemerkbar zu machen und klopften auf den Heizkörper. Aber da war nichts zu machen. Jetzt waren auch noch die Männer der Grillos vom Gschnas nach Hause gekommen. Die Frauen hörte man laut seufzen. Das konnten sie so herzzerreißend, dass sogar der Streich schwach wurde. Slivo ließ zur Feier des Aufreiß-Wettbewerbs eine Doppelliter-Leichtflasche mit Sliwowitz umgehen und sang zu den Klängen des Mittelwellensenders, dessen Lautstärke wellenförmig wechselte. „Fanta" stand auf der Flasche und von den anderen Männern hörte man nur Husten, Husten, Husten. Dazwischen einmal Aufziehen und Spucken. Auch das wurde von Tone Streich präzise und unverkennbar imitiert. Dazwischen das Geschrei der Kinder, die jetzt ins Bett gebracht wurden, und das Klirren der Gläser in der Kredenz.

* * *

Edgar musste wieder niesen. „Ha! – Tschi", nieste er. Wieder hörte er „M-mm!". Und dann kam ein Geräusch, als würde etwas gebrochen oder aus der Mauer gerissen werden. Dazu intensivierte sich der Parfumgeruch. Edgar spürte etwas. Kalte Haut in seinem Gesicht. „Das Haut", dachte er. Er war völlig verwirrt. Er hatte sich nicht etwa versprochen und „das Haut" statt „die Haut" gesagt. Er hatte sich verdacht. Er hatte „das Haut" gedacht, obwohl er wusste, dass es „die Haut" heißen musste. In dem Moment wurde ihm klar, dass die Haut zu Lenka gehörte. Zu ihrem unbeschreiblich entzückenden Rücken. Das Parfum war in voller Stärke zu riechen. Edgar drehte fast durch. Lenka drückte sich an ihn. Sie fror. Er nahm ihre Kälte wahr, jedes Grad einzeln. Auf ihren Wangen spürte er Tränen. Er versuchte sie vorerst mit Brumm- und Schmeichelgeräuschen wie einem langen Mmmmm zu beruhigen. Er saugte den Duft des Parfums ein und atmete gar nicht mehr aus. „Welche Versuchung", kam es ihm. „Ich vergesse mich." Er war so in Ektase wie die tanzenden Grillos. „Jetzt ist mir alles wurscht", dachte er und drückte sich an Lenka. „Hauptsache, sie küsst mich. Wenn sie den Knebel aufbringt, küsse ich sie sowieso. Aus Dankbarkeit. Irgendwas muss sie an mir mögen. Die Situation ist unpassend. Mir wurscht. Das ist eine Ausnahmesituation. Wenn sich die Chance ergibt, küsse ich sie, und aus. Ich bin doch nicht blöd. Gelegenheit macht Liebe. Jetzt bin ich unzurechnungsfähig. Ich erkläre mich selbst für unzurechnungsfähig. Ich bin ferngesteuert. Sogar Besoffene werden wegen Unzurechnungsfähigkeit freigesprochen. Nein, so weit wird es nicht kommen. Wenn sie mich aufbindet, werde ich so laut schreien, dass mich der Streich hört. Ich muss. Ach was! Keiner würde uns hier hören. Die sind ja alle lärmgeschädigt. Bahn, Schranken, Mittelwellenmusik. Wer soll mich da hören? Der Streich lebt in einer anderen Welt. Der Stiefelkönig schläft bei seinen schreienden Säuen und der Operetten-Bauer hat Tag und Nacht seine Kopfhörer auf."
Lenka drückte sich so stark an ihn, dass ihm ganz schwindlig wurde. Er musste an ihre Strumpfhose denken, von der der Trafikant gesagt hatte: „Zu sündig für diese Jahreszeit!" Edgar erschrak. Er überlegte,

welche Unterhose er anhatte. Für den Fall der Fälle. Er brauchte sich gerade an diesem Tag nicht zu schämen: hochmoderne Boxershorts. Seine Schwester hatte sie ihm zu einem Weihnachtsfest geschenkt und gesagt: „Damit du auch darunter schick bist." „Brauch ich doch nicht", hatte er gesagt. Er hatte keine Ahnung, warum er sie ausgerechnet an diesem Tag unter der Postuniform angezogen hatte. Vielleicht weil der Kugli gesagt hatte: „Beim Moped-Italia-Gschnas hab ich mir noch immer eine aufgerissen." Jetzt dachte er wieder an Frau Swobodas Wohnung in Wien, wo er Lenka das allererste Mal gesehen hatte. Bereits damals wusste er, dass da irgendwann ein Problem auf ihn zukommen würde. Und jetzt war es so weit. Er war froh, dass er eine tolle Unterhose anhatte. In seinem Schädel, der fürchterlich schmerzte, ging es wild zu. Trotz weit aufgerissener Augen hatte er Träume und nichts als Träume. Mehrere Träume parallel, wo sich die Akteure von einem zum anderen Traum bewegten und auch noch die reale Umgebung mit einbezogen. Thematisch gleiche Träume hintereinander, mit verschiedenen Personen und leicht veränderten Handlungen. Und das alles in der maximal erdenklichen Intensität. Weder aus den Träumen noch aus der realen Situation schien es ein Entrinnen zu geben. Diese Lenka ließ seinen ganzen Stoffwechsel zusammenbrechen. Chemie und Hormone. All seine Errungenschaften, die er in seinem ganzen Leben gehabt hatte, absichtlich oder unabsichtlich, gerne oder ungern, spazierten langsam an seinem geistigen Auge vorüber, im Gänsemarsch. Keine war je nur annähernd so schön gewesen. Und wie sie jetzt aussahen, daran weigerte er sich überhaupt zu denken. Auch die näheren Umstände, unter denen er die Damen geküsst hatte, fielen ihm wieder ein. Manch spektakulärer, prekärer Umstand brachte ihn zum Lachen oder ängstigte ihn. Pah, schnaufte er in seinen Nitro-getränkten Knebel mit Farbklecksen.

Und dann durchzuckte es Edgar wie bei einem Stromschlag. Was, wenn sie hier beide eng umschlungen gefunden wurden. Von den Ortspolizisten. Die Klatschtanten würden es zu Hause erzählen und ihre Frauen würden weiß Gott welche Gerüchte in Umlauf bringen. Und wenn die Sache erst einmal bei Mirz an der Kassa gelandet war, dann wurden die Gerüchte zur Wahrheit. Im selben Moment wehrte er sich, wenn Lenka den Druck auf seinen Körper nur um ein Millibar abschwächte, und drückte sich seinerseits instinktiv mit aller Kraft an sie. Er tastete ihre kalten Hände ab, um sie zu befreien. Aber die Russen hatten genauso Kabelbinder wie die Männer des

Westens verwendet, noch dazu, wo sie in der Baustellenwohnung überall herumlagen. Und aus den Kabelbindern gab es kein Entrinnen. Da hätten sogar die Indianer ihre Schwierigkeiten damit gehabt. Trotzdem fingerte er minutenlang herum und genoss die feine Haut ihrer Hände. „Du hast keine Lenka-Berechtigung", hörte er Biber sagen. „Stimmt nicht mehr!", antworteten seine Gedanken automatisch. Er wärmte ihre eiskalten Finger mit seinen gut durchbluteten Pranken und schaffte es, Lenkas Knebel zu entfernen. Lenka schmiegte sich zitternd enger an ihn und hauchte wieder die zwei Silben seines Namens in sein Ohr. „Werden wir sterben?", hauchte sie. „Ich habe Angst." Edgar konnte aus seinem Knebel nur ein Mhm oder Mm, kombiniert mit Nicken oder Kopfdrehen, herauspressen. Auf einmal kam Lenka die Idee, mit ihrem Mund Edgars Knebel zu lösen. Sie kaute an dem Knoten und versuchte eine Stelle zu finden, an der sie mit den Zähnen den Knoten lösen konnte. Edgar implodierte fast. „Kehre um", hatte der Pastoralassistent am letzten Aschermittwoch zu ihm gesagt. „Der hat doch keine Ahnung!", dachte er. „Umkehren ist für einen, der sein ganzes Leben davon geträumt hat, Lokführer zu werden, so abwegig wie nachdenken für einen Vordenker." Lenkas Mund wanderte im Millimeterabstand an seinem Kopf entlang, berührte ihn. Ihr Atem drang in seine Nase. Sie schaffte es, seinen Knebel zu öffnen. Sie küsste ihn. Und wie sie ihn geküsst hatte: Erst hatte sie ihn eingespeichelt und dann nur lasziv den Mund offen gehalten, bis er es einfach nicht mehr ausgehalten hatte. Ihre Lippen waren fremd, feucht, widerstandslos und so weich, fast ohne Muskel. Der Kuss war für Edgar die Signalfreigabe. Er übernahm jetzt die aktive Rolle und küsste sie wie ein Filmschauspieler. Sie erwiderte seine leidenschaftlichen Annäherungen. „Das hat jetzt nichts mehr mit der Kälte und der Angst zu tun. Die will es wirklich", dachte er und beschloss, sie nicht zu enttäuschen.

***

Inzwischen war Biber zu weit gegangen. Annette waren seine Annäherungsversuche zu viel geworden. Beim engen Tanzen war seine Erregung nicht unbemerkt geblieben. Sie flüchtete zum Tisch. Biber war enttäuscht und ging aufs Klo. „Wo hast du denn die schöne Brosche her?", fragte Ariane Hagenbeck und auch Ex-Polizist Prechtl zeigte Interesse. „Darf ich sie mal ansehen?" Er steckte die Brosche Ariane an.

„Wollen Sie ein paar Nüsse?", sagte die Fürstin zu Diwanov, der die Brosche keine Sekunde aus den Augen ließ. Er drehte sich forsch weg und hob sein Telefon ab: „Verfahren? Was soll das heißen?", brüllte er und entfernte sich eilig mit seinem Begleiter. Der Kapitän folgte ihnen unauffällig.

Biber ging gesenkten Hauptes mit Cowboyhut auf das Pissoir. Er wusste, dass er einen Fehler gemacht hatte. Bei Annette hätte er viel behutsamer vorgehen müssen. Mit einer mächtigen Vorlage lehnte er sich mit der Stirn an die Fliesen und pinkelte los. Er fühlte sich unbeobachtet. Da kam Flaschke daher und stellte sich neben ihn. Er war betrunken. „Das ist eine Losnacht!", sagte er. Biber zeigte keine Reaktion. „Weil etwas los ist", klärte der Betrunkene in seinem Batmankostüm auf. „Da hast du recht", sagte eine fremde Stimme. Keiner der beiden drehte sich um. „Und ob was los ist!", sprach die Stimme weiter. „Der Teufel ist los!" Dann gingen zuerst dem Weinflaschenkenner die Lichter aus. Biber wurde hinausgetragen, als ob er sich ungeniert besoffen hätte. Nur der Kapitän schöpfte Verdacht und folgte mit Bibers Moped dem BMW. Irgendwie schaffte es Biber, an sein Halfter zu kommen und mit Iwans Pistole einen Schuss durch die Windschutzscheibe abzufeuern. Die allgemeine Verwirrung nutzte er, um aus dem Wagen zu entkommen und in die »Insel« zu laufen. Der Kapitän überholte den BMW.

„Das war jetzt ein echter Schuss", brüllte der Helikopter ins Telefon. Frau Spechtler bestätigte und ergänzte, dass ein BMW mit quietschenden Reifen vor der »Insel der Redseligen« zum Stehen gekommen war und dass sich ein Cowboy aus dem Wagen gerollt hatte. Natürlich hatte sie auch den Kapitän registriert.

Biber suchte verzweifelt nach Edgar. Das Gschnas war noch in vollem Gange. Alle waren noch verkleidet. Nur die Gitarristen und Rod Stewart nicht. Auf den steuerte er zu. „Hast du meinen Freund Edgar gesehen?", fragte er ihn. „Ach, du bist es, Biber", sagte Rod. „Dein Freund hat sich ganz schön reingehängt bei einem viel zu jungen Schulmädchen. Habe die Ehre! Das hätte ich dem nicht zugetraut."

„Entschuldigen Sie!", sagte Biber. „Normalerweise rufe ich nicht zu dieser Stunde an, aber ich habe bei Ihnen Licht gesehen und suche verzweifelt meinen Freund Edgar. Haben Sie ihn zufällig gesehen, Frau Spechtler?"

Frau Spechtler war ganz und gar nicht ungehalten und erzählte Biber, dass Edgar schon vor geraumer Zeit völlig betrunken aus der

»Insel« geschleppt worden war. „Aber keine Angst!", fügte sie hinzu. „Sein Auto hat er stehen lassen. Der riskiert nicht seinen Führerschein!"

„Die werden heute büßen", wiederholte mehrmals die zweibeinige Katze des Tone Streich, die schon einen ziemlichen Schwips hatte, und ergänzte: „Und ich muss hier allein herumsitzen."

Biber gab ihr ein Underberg-Fläschchen aus seinem Gürtel und fragte nach. Er erfuhr, was Tone mit den sogenannten Investoren vorhatte und wofür er sie hielt. „Also auf in die Villa!", rief er und schnappte sich den Mann mit dem schnellsten Moped des Ortes, Lois Schmied. „Du musst mich schnell zur Villa Scherbenstein fahren, Lois!", brüllte er ihn an und dopte ihn mit einem Underberg-Fläschchen. „Ist eh Wurst!", sagte Lois in seinem Arztkittel. „Dann sind wir heute etwas früher in der Praxis. Die Patienten werden eh schon warten."

„Das ist der Lois mit seiner Capri!", registrierte der Helikopter, als das Moped gestartet wurde.

* * *

Der Kuss von Lenka war ganz anders als das, was er gewohnt war. Das hatte mit dem überstressten Frauentyp zu tun, der im emsigen Hackling vorherrschend war. Gespitzte Lippen der Frauen, die in der Geschäftswelt die Aufsteiger waren und sich gegen die Männer durchsetzen mussten. Lenka hingegen war ganz sanft. Ihre Lippen verhielten sich passiv. Voller Hingabe. „Das kann kein Mensch aushalten", dachte er. „Diese Versuchung nicht. So schön. Die Haut. Und wie sie riecht. Ich drehe durch. Jetzt verstehe ich erst, wie schwer es die Schauspieler haben, wenn sie so viele Gelegenheiten haben. Die werden ja ständig in Versuchung geführt. Ich kann nicht widerstehen. Und wenn, dann nur durch Zufall. Ein bisschen noch Versuchung." Er rieb sich an den Beinen der Tschechin. „Ich kann nicht anders. Soll ich mich wegdrehen? Sie presst sich doch an mich, nicht ich an sie. Die hat doch Angst. Ich muss ihr doch das Gefühl von Geborgenheit geben. Es muss ein Stückchen Haut sein, das ich da auf meinen Fingern spüre. Die jungen Dinger gehen ja sogar im Winter bauchfrei. Die will sich natürlich an mir wärmen. Das ist kein Wunder, das arme Hascherl. Ich kann sie doch nicht wegdrücken. Wärm dich nur an mir. Mein Gott. Vergönn mir bitte das kleine Vergnügen. Um Gottes willen, wenn sie uns hier so finden. Die Polizei müsste das in einem Bericht niederschreiben. Lieber die Russen als die Polizei. Am liebsten der Streich. Mit dem kann ich

mich arrangieren. Das kostet mich höchstens ein paar Bier, dass er das Maul hält." Edgar begann mit dem Vaterunser, übersprang die Stelle mit der Versuchung und setzte fort mit: „... sondern erlöse uns von dem Bösen." Dann betete er fast unbewusst ein „Gegrüßet seist du, Maria" und erschrak bei „Jetzt und in der Stunde unseres Todes ... – Nein! Nicht erst in der Stunde unseres Todes. Jetzt nicht sterben! Ich bin doch erst in Pension gegangen. Mein Gott, bitte nicht sterben." In seiner Todesangst lief bei Edgar nicht wie bei anderen der Film seines Lebens im Geiste ab. Nein. Er stellte sich vor, was an seinem Sterbetag passieren würde und was seine Familie alles vergessen würde. Womöglich würden sie ihm sein goldenes Sportabzeichen nicht anheften. Die würden es sicher vergessen. „Nein, nicht sterben! Er musste es noch ins Testament schreiben."
„Biber wird schon alles richten – auf den Streich kann ich mich nicht verlassen. Biber ist unfassbar. Mach sie fertig, Biber! Diesmal darfst du bis zum Äußersten gehen. Einer, der es geschafft hat, die Bardot zu küssen, der lässt sich doch nicht von zwei billigen russischen Banditen erwischen." Der Biber hatte ihn in die Sache hineingeritten, er musste ihn auch wieder herausholen. Edgar dachte konzentriert an Biber. Er wollte ihn auf diese Weise per Gedankenübertragung rufen. Was kam, waren die Gedanken an den Motorschaden am See, die Begegnung mit der Bardot und der Gesichtsausdruck von Frau Paula, die sich in Wien verabschiedet hatte, als ob sie sie nie wiedersehen würden. Dazu ging ihm die traurige Melodie von „El Condor Pasa" aus irgendeinem Grund nicht aus dem Sinn.
„Um Gottes willen, sie werden meinen Keller ruinieren, das Werkzeug, die Sportgeräte, den Garten werden sie verwüsten, den Hund umbringen. Werden sie das Haus finden oder vielleicht gar einen Unbeteiligten bestrafen? Wieder begannen seine Gedanken um sein eigenes Begräbnis zu kreisen. Einen würdigen Abgang hatte er sich verdient. Dafür müssten die Aufrechten sorgen, die würdiger gehen konnten als Geistliche. Würdiger als die Schützengarde mit ihren beigen Uniformen und rötlichen Gesichtern. Biber sollte singen, die Aufrechten sollten eine Bratwurst und zwei Bier bekommen, und aus. Als Belohnung für einen würdevollen Marsch. Er konnte sich detailliert vorstellen, wie würdevoll sie gehen würden und wie sie in Vorfreude auf die zwei Halbe Bier lächeln würden. Dagegen konnte er sich die Marschierenden auch mit der größten Mühe nicht ohne Bierflaschln vorstellen. Die einen trugen es offen,

die anderen hatten eines im Sack. Die Stimme von Chris Lohner sollte wie am Bahnhof die planmäßige Abfahrt des letzten Zuges ansagen. „Stand clear" sollte sie sagen.

\*\*\*

Nachdem Lola verzweifelt versucht hatte, ihren Schatz Tone am Telefon zu erreichen, bot man ihr vom Stammtisch Hilfe an. „Wer geht mit mir und hilft dem Tone?", rief der Fetzen. „Ich geh!", sagte Lex. „Ich auch", rief der Stempelmarkenmanipulant. Und dann schloss sich einer nach dem anderen an. „Sowieso", grölte Kugli und nahm sein Bierflaschl mit. Der Fetzen und Lex spürten, dass große Gefahr im Verzug war, aber sie sprachen nicht darüber. „Im Schritt, marsch!", brüllte der Fetzen so laut vor der »Insel der Redseligen«, dass es der Helikopter hören konnte.

\*\*\*

„Mein Gott, was macht sie jetzt mit meinen Fingern? Warum geht sie mit dem Kopf zu meinen Fingern? Ah, sie will sich die Fesseln ansehen, aber es ist doch zu finster. Gott sei Dank habe ich schon lange nicht mehr jäten müssen. Ich hätte mich jetzt geniert, wenn sie meine schwarzen Fingernägel gesehen hätte." Sie schmiegte sich mit ihrem Po an den seinen. Er spürte auch ihre kalten Beine. „Kein Wunder bei der Kälte. Klar, dass sie sich an mich schmiegt. Der ist doch saukalt. Soll ich ihr vielleicht die Wärme verweigern? Nein das kann ich nicht. Bald wird sie merken, dass in meiner Hose schon die Hölle los ist. Biber, mach sie fertig. Führe mich bitte nur ein bisschen in Versuchung. Führe mich nicht in echte Versuchung, aber gewähre mir eine harmlose Versuchung."

\*\*\*

Der Kapitän erreichte die Garagentore der Villa. Sofort wies ihn Tone Streich ein, was er zu tun hatte. Beim Öffnen des Garagentores sprengten zwei Katzen in die Garage und sprangen so aufgeregt herum, als würden sie verrückt geworden sein. „So sind die Katzen", erklärte Streich seinem Helfer, „wenn eine Seele ihren Körper verlässt. Katzen spüren den Tod. Die haben den sechsten Sinn!" Schon seit dem Nachmittag waren zwei Hängematten vorbereitet, mit denen sie die Russen am Aufgang von der Garage zur Wohnung fangen wollten. „Passn muass!", rief Tone und passte auf die Russen, wie er gewohnt war, auf Kellnerinnen zu passen. Der Kapitän war auf seinem Posten und grübelte über die Andeutung Streichs, die Katzen würden spüren, dass eine Seele einen Körper verlässt. Edgar und Lenka gaben keinen Laut von sich. Der Advokat blies röchelnd durch das Nitro-getränkte Tuch, mit dem man ihm das Maul gestopft hatte.

Die Russen kamen. Sie parkten den BMW nicht vor den Garagen, sondern vor dem Eingang der Villa Scherbenstein. Das Underberg-Thermometer zeigte minus 15 Grad. „Verdammt noch mal, wo bleibt ihr denn?", brüllte diesmal Igor ins Telefon. Schnappsie war am anderen Ende der Leitung.

Das Navigationsgerät hatte den Tänzer in einer einzigen Stunde drei Mal in den mikroskopischen Ort Wankham geführt. Vermutlich wegen des neuen Umfahrungstunnels. Endlich war ein menschliches Wesen zu sehen. Griffo kurbelte das Fenster runter. „Wollt ihr denn um diese Zeit noch zum Gut Aiderbichl?", fragte das Wesen. Griffo konnte ihm schließlich begreiflich machen, wohin sie wollten. Der Tänzer fuhr auf der engen Straße so hektisch, dass er von der Fahrbahn abkam und von einem Traktor herausgezogen werden musste.

„Jetzt hör mir gut zu, Schnappsie. Ihr fahrt jetzt augenblicklich zu dem Festsaal in diesem Hackling. Dort werden euch sicher gleich zwei Damen auffallen. Eine ist als Pippi Langstrumpf verkleidet und die andere als strenge Lehrerin. Die zwei haben eine Brosche, die Iwan in Wien gestohlen worden ist. Mach deinem Namen eine Ehre und schnapp sie, die zwei Schnepfen. Dann bringt sie hierher in unser Quartier. Aber macht schnell! Und noch was. Ein Cowboy mit breiten Schultern ist uns mitten im Ort entkommen. Vielleicht läuft er euch über den Weg."

Iwan und Igor öffneten das Garagentor mit der Fernbedienung, traten ein und machten das Tor wieder zu. Streich gab das Zeichen und stürzte sich mit dem Kapitän und den Hängematten über die Russen.

* * *

Inzwischen hatte Momir Grillowitsch aus der zweiten Generation der Grillos das Finale des Motorhaubenaufreißens souverän gewonnen und war mit seinen Freunden und Verwandten auf dem Weg nach Hause. Er trabte glücklich mit einem Pokal auf die Sternkurve zu. Etwas weiter vorne auf der langen Bahnhofsgeraden war bereits eine ganze Karawane von Aufrechten unterwegs zur Villa Scherbenstein. Sie marschierten unter dem Kommando des Fetzen und hatten ein Alkoholpensum intus, mit dem sie sich besonders stark und unschlagbar fühlten. „Der Tone Streich ist zwar ein Sauhund, aber wenn ihm jemand etwas anhaben will, dann lassen wir das nicht zu!", rief der Fetzen seiner Kompanie zu, die den Rainermarsch summte. An einen Gleichschritt war nicht zu denken. Zu unterschiedlich waren die körperlichen Voraussetzungen. Der Fetzen wirkte marscherprobt und war angespannt wie eine Gerte. Der Stempelmarkenmanipulant ging so weich, als hätte er Flüstersandalen an, und das im Winter. Lex machte, dem Anlass entsprechend, lange, feierliche Schritte. Der Glühbirnenmanipulant drehte die Beine nach außen. Und Kugli marschierte ganz hinten mit kurzen, hart auf dem Asphalt aufschlagenden Schritten, bum, bum, bum, bum.

Vor der Villa kommandierte der Fetzen: „Aufrechte – Halt!" „Tapp, Tapp!", machte Kugli. Er hatte zwei Schritte zu viel gemacht. Der Fetzen verschaffte sich Orientierung. Er sondierte, woher welcher Lärm kam. Von der einen Seite klirrten Gläser zur Musik eines Mittelwellensenders, aus dem Garagentrakt hörte man Schreie, die von Tone Streich stammen konnten, aber auch von raufenden Katzen. Irgendein Geräusch hatte auch die zwei Generationen der Grillos vor die Villa gelockt. Der BMW hatte auf ihrem Parkplatz nichts zu suchen. Und was machten die vielen Aufrechten da? Eigenartig. „Tone glaubt, sind Landsleute von euch!", sagte Kugli. „Ist er nichts Landsleute!", antwortete Slivo und ergänzte: „Ist Russ. Hat a da Tschutschn g' sagt zu uns. Wurt a da net Tschutsch sagen, wenn selbst Tschutsch ist, die bleda Depp, die. Ist Russn." Jetzt war Tones Stimme eindeutig aus der Garage zu vernehmen und irgendetwas flog mehrmals gegen das Garagentor. „Was ist denn da los!", brüllte Lex, der Organisator aller Klassentreffen, mit seiner tiefen Brunnenstimme so dienstlich wie ein Polizist. Jetzt schrie Tone laut und deutlich: „Hilfe!"

„Sprung vorwärts, Attacke!", brüllte der Fetzen. Die Aufrechten stürmten das Garagentor, konnten es aber nicht öffnen. „Aide, aide!", rief Slivo und winkte seinen Schwiegersohn Momir Grillowitsch, der gerade das Motorhaubenaufreißen beim Moped-Italia-Gschnas für sich entschieden hatte, heran. Der riss die Garagentür auf, dass es nur so krachte. Igor war zu sehen, der Tone Streich wie einen Rucksack umhängen hatte. Und Iwan erwartete bereits den nächsten Angreifer. Momir packte ihn am Kragen, dass die Knöpfe nur so davonflogen. Tone Streich eilte zu Hilfe und flog ihn von hinten an, wie es seine Katzen jeden Tag vorzeigten. Der Kapitän lag regungslos am Boden und war in eine Hängematte eingewickelt. „An mir kommt ihr nicht vorbei!", knurrte Kugli, der unbeugsamste aller Aufrechten, und zertrümmerte sein Bierflaschl auf Igors Schädel, dass die Scherben nur so herumflogen. Und Lex, der sich an die vielen Raufereien in seiner Schulzeit erinnerte, wurde wild und verfiel in die Redensart seines ehemaligen Lehrers. „Das könnt ihr! Dem lieben Herrgott die Zeit abstehlen, den Hosenboden durchwetzen, die Schultasche in die Ecke werfen und die Suppe auslöffeln. Bürschchen, Bürschchen, euch werde ich helfen. Da hört sich die Gemütlichkeit auf!" Er gab den Einsatzbefehl für seine Kompanie und versuchte selbst, Iwan an den Ohren zu ziehen. Innerhalb von Sekunden hatten die Aufrechten aber allesamt Prügel bezogen und kugelten am Boden herum wie bei ihren Vollräuschen. „Könnte leicht sein, dass beim nächsten Klassentreffen ein paar weniger sind", dachte Lex so hebungsfrei, wie er sprach, und stellte sich tot. Auch Momir, der Mann, der den Aufriss des Tages gemacht hatte, war von einem Dampfhammer Igors niedergestreckt worden. Die Katzen sprangen über die geschlagenen Hunde hinweg und machten sich Sorgen um ihr Herrchen Tone Streich, in dessen Hosensack das Handy vibrierte und „Lola, Lo-lo-lo-lo-lohola!" tönte.

Edgar hatte sich aus den Geräuschen ein verschwommenes Bild der Vorgänge gemacht, war aber nicht in der Lage, irgendwelche Maßnahmen zu ergreifen. Mit dem Kuss waren ihm in einem Moment, sagen wir mal, in weniger als einer halben Hundertstelsekunde alle Bezugspunkte im Leben abhandengekommen.

„Alles liegt in Bibers Hand", dachte er. „Entweder er rettet uns oder er muss sich um meine Beerdigung kümmern." Er sah im Geiste vor sich, wie Biber bei seinem Begräbnis die Liedertafel verstärken würde, wenn das traurige Lied *Ich hatt einen Kameraden* gespielt würde. Er wusste, dass er den Text auswendig kannte und Mitleid erweckende Mundbewegungen dabei machen würde. „Wenn er die Textstelle ‚Als wär's ein Stück von mir' singt, werden alle nasse Augen haben", dachte er. Obwohl Biber sonst eigentlich bei keiner Gelegenheit sang, wurde er als Solosänger immer am ersten Sonntag nach Allerheiligen beim Festakt am Kriegerdenkmal eingesetzt. Dort musste er solo *Ich hatt einen Kameraden* singen. Mit seinem Hang zur Dramatik gelang ihm das so ergreifend, dass nicht nur die Goldhaubengruppe zu heulen begann, sondern auch abgehärtete Haudegen. Wie würde das erst bei Edgars Beerdigung sein. Im Geiste sah Edgar ehemalige Mitschülerinnen,

die sich weinend aneinanderdrückten. Auch solche, die sich sein ganzes Leben lang nicht um ihn geschert hatten, brachen in Tränen aus. Zu guter Letzt sogar Flaschke. Aber nur zur Show.
Und noch etwas ging Edgar durch den Kopf: Wer würde sich wohl nach seinem Abgang um die Heizung kümmern, um die verkalkten Wasserhähne, das Jäten, das Schneeschaufeln und das Grab? Es gab keinen Ersatz! Daher durfte er noch nicht sterben. Schon gar nicht am Aschermittwoch. Ja, Aschermittwoch musste es schon sein. In ein paar Stunden würden sich die Gläubigen in der Kirche versammeln, um sich Asche auf ihr Haupt streuen zu lassen. Und mit ihm sollte genau das passieren, was der Priester den Gläubigen zu bedenken gäbe, nämlich dass sie zu Staube würden. Nein! So einfach würde er sich nicht geschlagen geben. Vor dem Ende würde er noch gehörig Staub aufwirbeln. Das versprach er sich selbst. In dem Moment hörte Edgar ein Mopedgeräusch, das er eindeutig zuordnen konnte. „Das ist doch der Lois mit seiner Capri", dachte er. Er hatte recht. Der Lois bremste scharf, als ihn Biber dazu aufforderte. Von Weitem hatten sie den uniformierten Tone Streich am Hals von Igor hängen sehen. Jetzt wurde er schmerzhaft zu Boden geschleudert. Mit präzisen Navigationsangaben dirigierte Biber seinen Fahrer so an den Russen heran, dass er ihm vom Moped aus eine Kopfnuss geben konnte, die ihn zu Boden schickte. Tone Streich schlich sich wie eine Raubkatze an und fixierte seine Beute an der Gurgel. „Ich erwürge dich!", schrie er und sein Assistent, der Kapitän, fotzte den Russen links und rechts, gerade und verkehrt ab, dass es nur so klatschte. Streich selbst war viel zu vornehm, als dass er ihn ins Gesicht schlagen würde. Er fasste den Riesen mit gekreuzten Armen an den Überresten seiner Tunika und zog zu wie die Judokas beim Randori. Die Aufrechten richteten sich nach und nach auf und feuerten Tone an. Umsonst. Der kräftige Nacken des Russen war für ein Leichtgewicht wie Streich einfach nicht zu knacken. Iwan wandte sich Biber zu. Er hatte ihn erkannt.
„Kommt Slivo – geht Schmerz", sagte Slivo zu seinem Schwiegersohn Momir, der nach seinem Aufriss-Erfolg beim Gschnas nun eine Niederlage hatte einstecken müssen, die beinahe mit dem Abriss seines Schädels geendet hätte.
Biber lockte Iwan an sich heran. Der hatte das Messer in der Hand, mit dem er sich aus der Hängematte befreit hatte. Auf Biber schien das keinen Eindruck zu machen. Er riss sich vor den Augen der sprachlosen Aufrechten den Patronengürtel mit den Underberg-

Fläschchen vom Körper und schnalzte auf den Russen ein, dass die Underberg-Fläschchen in alle Richtungen davonflogen. Als der Kapitän das sah, tratzte und foppte er Iwan von der Seite mit Teilen einer Hängematte. Allerdings aus sicherer Entfernung. Wie ein Torero lenkte er ihn mit der Hängematte ab, und als er ein Underberg-Fläschchen am Boden fand, schoss er es ihm hart auf den Schädel. So konnte ihm Biber das Messer aus der Hand schlagen. Der Kapitän nahm es in Verwahrung, zog sich aber zurück. Denn Iwan kam seinem Bodyguard zu Hilfe. Tone Streich wollte sich wieder aufrichten, schaffte es aber nicht. Jetzt attackierten sie Biber zu zweit. Der konnte perfekt ausweichen, war aber nicht in der Lage, seinen Gegnern einen entscheidenden Schlag zu versetzen. Den Griff nach Iwans Pistole, die er im Halfter am Bein hatte, war ihm zu riskant. Lois Schmied, der beste Schlosser der Gegend und der Besitzer des schnellsten Mopeds zwischen dem Brenner und den Strengbergen, hatte mit einer ungeheuren Gelassenheit die Vorgänge beobachtet, die seiner Arztverkleidung gerecht wurde. Wie bei einem Pferd schnaubte sein Atem aus seinen Nüstern ins Morgengrauen. Plötzlich verspürte er irgendwie einen Drang, in das Geschehen einzugreifen. Er hatte ein Underberg-Fläschchen am Boden entdeckt und hob es auf. Die Aufrechten dachten natürlich, er würde es zur Beruhigung trinken. Diese Annahme war nicht unbegründet, da er es ohne jede Eile von dem braunen Papier befreite, in das es eingewickelt war. Aber dann nahm er den Kopf Iwans genau ins Visier und feuerte ansatzlos und doch mit ungeheurer Kraft genau auf die Stelle an seinem Hinterkopf, die kahl war. „Von uns macht ihr keinen fertig. Ihr Russen schon gar nicht", brummte er grantig. „Brrrr!", machte Iwan, schüttelte sich und presste schmerzverzerrt die Hände an den Kopf. Biber setzte ihm seinen Cowboy-Revolver von hinten an. „Die Pfoten kannst du gleich oben lassen!", sagte er. Beide Russen standen still. „Du auch!", brüllte er Igor an. Als auch der seine Hände zur Aufgabe hob, griff Biber an sein Bein und holte die richtige Pistole raus. Zum Glück noch rechtzeitig. Denn Iwan drehte sich blitzschnell um, fasste den Revolver und richtete ihn bedrohlich auf Biber. Aber es war ihm kein Triumph vergönnt. Sofort hatte er bemerkt, dass es sich um einen Spielzeugcolt handelte. Ebenso hatte er seine eigene Pistole in Bibers Hand erkannt. Bevor er die Hände zur Aufgabe heben konnte, feuerte Biber neben seine Schuhe, wie er es in einem Cowboy-Film gesehen hatte. „Tanz, tanz, tanz!", rief er, und der

provokante Kapitän ging in sicherer Entfernung in die Knie und tanzte Kasatschok. „Komm her, Doktor!", rief Biber zu Lois und forderte den als Arzt verkleideten Schlosser auf, die Männer mit der Pistole in Schach zu halten.
„Bürschchen, Bürschchen!", sagte Lex so ernst, wie er nur konnte. „Euch werde ich helfen. Da hört sich die Gemütlichkeit auf! Ihr zwingt uns dazu, andere Saiten aufzuziehen!"
Biber fesselte die Russen mit isolierten Kupferdrähten, die ein Installateur in der Garage herumliegen hatte lassen. So flink und kunstvoll, dass man sie postwendend verschicken hätte können. Lois übergab ihm die Pistole wieder und klebte Iwan ein Pflaster auf die Stelle am Hinterkopf, an der er ihn mit dem Underberg-Fläschchen getroffen hatte. „Frische Wunden müssen versorgt werden", sagte er.
Edgar hatte natürlich Bibers Stimme erkannt, als er „tanz, tanz, tanz" gerufen hatte. Er hatte sich etwas von Lenka entfernt und wagte es jetzt, um Hilfe zu rufen. „Biber! Binde mich los!", rief er. Sofort rannte Biber ins Wohnzimmer und fand Edgar, Lenka und den Advokaten.
„Habe die Ehre!", sagte er mit langer Betonung auf „Habe", als er Lenkas sündige Strumpfhose und die frierenden Beinchen sah, die sich an Edgar wärmten. Er band die beiden los und zeigte ihnen seine Beute. Den wimmernden Advokaten ließ er verpackt liegen.
Die Umstehenden konnten das ganze Geschehen nicht so richtig einordnen und waren verwirrt. Lois Schmied, der verkleidete Arzt, wagte eine Diagnose: „Russen gefasst", sagte er. „Was jetzt?" „Strafe!", sagte Lex dienstlich.
Tone Streich hatte sich aufgerappelt und zog Igor an den Ohren: „Du wirst deine Heimat nie wiedersehen! Ich mache dich kalt!"
„Landratte!", krächzte der Kapitän mit seiner ungeübten Stimme zur Überraschung der Aufrechten und gab Iwan eine saftige Kopfnuss.
„Wenn hart, dann schlagen hart!", kommentierte Slivo, und Lex wurde wieder dienstlich: „Es ist saukalt!", sagte er. „So gehen wir doch rein in die warme Stube." Es war wirklich so saukalt, dass sogar die Säue des Stiefelkönigs trotz ihrer warmen Kopftücher nicht mehr im Freien anzutreffen waren.
Der Fetzen kommandierte die Aufrechten samt Lois ins Wohnzimmer ab. Tone Streich folgte mit Lenka und dem Kapitän. Die Grillos gingen heim. Man wunderte sich zwar, warum der Advokat gefesselt dalag und mit seinen zu großen Schuhen

strampelte, interessieren tat es aber keinen. „Der braucht nicht alles zu hören", sagte Streich und klebte ihm die Ohren zu. Der Advokat war nicht gerade das, was man einen Freund nennen konnte. Immerhin war seine Lola von diesem Scheusal verlassen worden.
Edgar und Biber blieben vor dem Haus stehen und blickten auf den Hof des Schinkingerbauern hinüber. Dort stand noch der Nuffield-Traktor des Bauern in voller Faschingsverkleidung als Film-Set für einen Kriminalfilm. Puppen mit den Gesichtern von Bösewichten, Kommissaren und schönen Frauen lachten frech vom Wagen herunter, als ob sie auf einen neuen Einsatz warten würden. Und die Lautsprecher waren noch am Ausleger montiert.
„Ich habs", sagte Edgar. „Diesmal müssen wir sie endgültig erledigen!" Biber hatte gar nicht Zeit, nachzufragen, da präsentierte Slivo eine Doppelliterflasche mit der Aufschrift Fanta. „Kommt Slivo, geht Kälte!", sagte er und ließ die Flasche umgehen. Dann ging er wieder ins Haus, legte sich zu seiner Frau ins Bett und machte etwas, das die Gläser in der Kredenz sanft scheppern ließ.

\*\*\*

Schnappsie hatte seinem Namen alle Ehre gemacht. Ariane und Annette saßen mit ihm am Rücksitz des Jaguars. Der Tänzer folgte den Anweisungen seines Navis. „In zweihundertfünfzig Metern biegen Sie rechts ab", sagte eine Stimme vor der Sternkurve. Aber da war keine Chance, weiterzukommen. Entgegen seinen Gepflogenheiten hatte der Ytong den Jaguar vor der Sternkurve überholt, weil er gedacht hatte, seine Exfrau Ariane im Fond des Jaguars der Fürstin erkannt zu haben. Nach der Kurve hatte er die Fahrt verlangsamt und mit ihm alle Sternfahrer, die sich zeitlich nach ihm richteten.

\*\*\*

Als Edgar mit Biber ins Wohnzimmer kam, befand sich Streich mit den Aufrechten bereits im Streit darüber, was mit den Gefangenen geschehen sollte. Er hatte ihnen seinen Plan unterbreitet, die Angelegenheit mit dem Betonwagen zu lösen, der für den Vormittag bestellt war. Biber machte den Herrschaften unmissverständlich klar, dass in so einem Fall, den man weder der Polizei noch dem Militär übergeben konnte, erstens absolute Geheimhaltung zu wahren sei und zweitens nach einem genauen Plan seines Freundes Edgar vorgegangen werden müsste, der als ehemaliger Chef von *BahnExpress* den nötigen Weitblick hatte. Wider Erwarten gab es keinen Aufstand. Im Gegenteil. Alle waren froh, dass jemand die Bürde einer derartig verantwortungsvollen Entscheidung freiwillig

auf sich nahm. Außerdem gab es keine Zeit für lange Diskussionen. Edgar hatte für jeden einen Auftrag, der noch vor dem Morgengrauen ausgeführt werden musste. Der Advokat wurde für die kommenden Tage unter Aufsicht des Kapitäns in der Villa Scherbenstein interniert. Momir Grillowitsch sollte im Laufe des Vormittags mit dem Cayenne Lenka nach Hause bringen und tunlichst vermeiden, von Frau Spechtler gesehen zu werden. Anschließend sollte er sich auf den Weg zum Flughafen Wien-Schwechat machen, wo er den Cayenne dauerhaft parken musste. Es sollte so aussehen, als hätte Iwan Diwanov sich abgesetzt. Tatsächlich aber sollte Iwan im 480er Steyr des Fetzens die Reise nach Rumänien antreten, wo er von der Polizei gesucht wurde.
„Und nun zu Igor dem Schraubstock", sagte Edgar und umriss seine Pläne, die noch vor dem Morgengrauen in die Tat umgesetzt werden mussten. Dafür brauchte er aber die Unterstützung des Schinkingerbauern, und zu dem brach er jetzt mit Biber und Lex, dem Organisator aller Klassentreffen, auf. Lois jagte den Sternfahrern nach, die gerade unter der Führung des Ytong an der Villa vorbeibrausten. Die Aufrechten machten sich zum Katerfrühstück in die »Insel« auf und Streich schnappte sich das Handy vom Boden, das schon seit einer Ewigkeit „Lola, Lo-lo-lo-lo-lohola!" in den Staub jammerte.

* * *

Als der Ytong die Wiener Nummer sah und erkannte, dass der Fahrer und der Beifahrer Männer waren, setzte er seine Fahrt fort, um den Zug nicht zu versäumen. Die Sternfahrer rauschten hinter ihm her. Und auch der Jaguar konnte wieder Fahrt aufnehmen. Er näherte sich der Villa und wurde langsamer. Der Cayenne war nicht zu sehen. Eine Gruppe Betrunkener kam aus dem Objekt, das Igor Schnappsie beschrieben hatte. Ein Arzt sprang auf ein Moped und jagte den anderen Mopedfahrern nach. Der Tänzer parkte den Jaguar vor dem Underberg-Thermometer und neben dem BMW des Advokaten. Er ließ die Damen mit Schnappsie im Wagen zurück und näherte sich mit Griffo und seinem Hund dem Garagentor. Die Arretierung war aufgerissen. So konnten sie das Tor leicht öffnen und in die Wohnung eindringen. Mit gezogenen Pistolen überraschten Griffo und der Tänzer die Bewacher der Russen. Als kein Widerstand mehr zu erwarten war, brachte Schnappsie Ariane und Annette.

* * *

Lex hatte den Schinkingerbauern mit seiner amtlichen Stimme aus dem Bett geholt und Edgar wies ihn ein. Laut Plan sollte Igor mit dem Faschingstraktor des Bauern zum Russischen Konsulat nach Salzburg gebracht werden. Genau genommen auf den Balkon. Und zwar mit dem selbst konstruierten Ausleger. Die Lautsprecher sollten am Balkon montiert werden und unablässig sollte eine Stimme „Österreich ist frei!" rufen. Der Schinkinger war mit Leib und Seele dabei. Der aber nicht, der wegen seiner unnachahmlichen dienstlichen Stimme für die Aufnahme des Textes auserkoren war: Lex Parka. Es brauchte aber keine große Überzeugungskunst, dass er einwilligte. Biber hatte ihm versichert, dass er der Einzige war, der für jede Tag- und Nachtzeit ein Alibi vorweisen konnte. Die Organisation des nächsten Klassentreffens.

***

In der Villa war Ruhe eingekehrt, wenn man vom Lärm des durchfahrenden Eilzuges absah. Diwanov riss Annette die Brosche vom Kostüm und besprach mit dem Tänzer die weitere Vorgehensweise. Igor, Griffo und Schnappsie hielten die Hacklinger in Schach. Tone Streich lag gefesselt und geknebelt zwischen den Frauen. Zwei dreibeinige Kätzchen schlichen um ihn herum. Eine kratzte ihm systematisch den Rücken, die andere leckte rührend seine Augenbrauen. Und wenn ihm der Hund auch nur einen Millimeter zu nahe kam, stellten die Katzen den Buckel auf und fauchten wie Raubtiere. Der Hund wurde plötzlich unruhig. Es war jemand an der Tür. Der Tänzer konnte es gar nicht erwarten, als Edgar und Lex ahnungslos das Wohnzimmer betraten. „Niederknien, Hände über den Kopf…" Annette weinte. Ariane blickte ernst. Lex zitterte, als der Hund vor seinen Augen die Zähne fletschte, und brummte: „Jetzt werde wohl ich derjenige sein, der beim nächsten Klassentreffen nicht dabei ist." Die Situation schien aussichtslos. Hoffentlich würde nicht auch Biber in die Falle tappen. Alle Hoffnung lag bei ihm.

***

„So, jetzt ist aber Schluss!", erschallte es über ein Megafon. „Ihr seid umstellt!"
Der Tänzer sah aus dem Fenster. Mindestens zehn Polizisten standen vor der Villa, Pistolen im Anschlag.
„Ergebt euch, werft die Waffen aus dem Fenster und kommt mit erhobenen Händen heraus!", ertönte die Stimme wieder. Prechtl hatte alle Prechtl-Puppen des Ortes aus den Verankerungen gerissen und mit einem Lieferwagen vor die Villa transportiert. Die Wiener

waren beim Anblick der Puppen so perplex, dass sie die List nicht sofort bemerkten. Und die amtliche Stimme des Lex, der wie tief aus dem Brunnen sagte: „Habt ihr nicht gehört?", trug dazu bei, dass sie die Waffen aus dem Fenster warfen.

Einen nach dem anderen ließ Prechtl vor der Villa antanzen. In Reih und Glied ließ er sie antreten: Igor, Diwanov, den Tänzer, Griffo und Schnappsie. „Los! Legt euch auf den Bauch!", brüllte er sie an. Dabei stieß er irrtümlich eine Prechtl-Puppe um.

„Das sind Puppen!", rief der Tänzer und hetzte den Hund auf den Mann im Lausbubenkostüm, den er sofort zu Boden riss. Mit Fußtritten und Watschen wurde Prechtl in die Villa verfrachtet. „Wo bleibt jetzt der verdammte Cowboy?", fragte der Tänzer. „Ich kann es kaum erwarten, ihm eine Lektion zu erteilen." Dabei sah er Edgar an. Griffo postierte sich am einzig möglichen Eingang.

*\*\**

Inzwischen war der Traktor des Schinkingerbauern angesprungen und Biber turnte auf dem Ausleger herum. Der Bauer fuhr ihn ganz nach oben, bis er genau über ihm stand. „Juhuu", rief er und feuerte mit seinem Revolver in die Gegend, während sich der Traktor in Richtung Villa Scherbenstein in Bewegung setzte. Der Bauer fuhr so wild über die Wiese, dass sich Biber mit einem Kälberstrick sichern musste, um nicht herunterzufallen. Dar Traktor näherte sich mit dem Ausleger von der Wiese aus den Fenstern des obersten Stockwerks, damit Biber wie abgemacht Edgar und die Aufrechten erschrecken konnte. Der Schrecken war aber auf Bibers Seite, als er die gefesselte Annette inmitten der Aufrechten erblickte und den Tänzer mit seinen Freunden erkannte. Er gestikulierte heftig, um den Bauern zum Absenken des Auslegers zu bewegen. Der hatte aber die Kopfhörer auf, lächelte beschwingt und verschwendete keinen Blick an seine Fracht. So musste sich Biber bäuchlings auf den Ausleger werfen, um nicht gesehen zu werden. So konnte er auch die Vorgänge in der Wohnung eingehend studieren und einen Angriffsplan aushecken. Da lagen sie nun aufgefädelt wie auf einer Halskette: Annette, Ariane, Prechtl, Tone Streich und der Kapitän, die Aufrechten, Edgar, Lenka und Julius Link. Biber zitterte vor Erregung. Als ob mit einem Schlag all das vor seinen Augen Realität würde, wovon er als Kind während des Religionsunterrichts geträumt hatte. Er als Cowboy und Annette hilflos in den Händen gesetzloser Banditen. So einen Wink des Schicksals konnte er nicht durch eine Unachtsamkeit verstreichen lassen. Was er in den nächsten Minuten anpacken würde, musste ganz einfach gelingen. Er richtete sich die Frisur und setzte sich den Cowboyhut fest auf. Dann knotete er sein rotes Halstuch neu, putzte den Dreck von der Hose und wischte sich die Stiefel ab. In den Kälberstrick machte er eine Schlinge. Dabei dachte er nach. Er analysierte all die heiklen Situationen, aus denen er Annette in seinen Kindheitsträumen befreit hatte. Seine Fantasie ging mit ihm durch.

* * *

Streichs Katzen wurden unruhig und fauchten. Dabei war der Hund gar nicht in der Nähe. Aber vielleicht ein anderer oder so etwas Ähnliches. „Ich glaube, da kommt jemand!", sagte der Tänzer und führte den Hund zur Tür. Edgar hatte Biber schon bemerkt. Er war intensiv damit beschäftigt, seine Fesseln durchzuscheuern. Er schaffte es nicht. Aber ein paar Beilagscheiben hatte er aus seiner Geldtasche herausgefingert und wollte den Hund ablenken. Eine nach der anderen schoss er über den Boden. Streichs Katzen schnellten auf die Beilagscheiben zu, und der Hund wich zurück. Griffo zog seine Waffe. Lex hustete und Kugli knurrte. Der Kapitän meckerte wie ein Geißbock. Schnappsie klopfte nervös auf die Tischplatte. Diwanov war noch ganz benommen, und Igor fasste sich ein Stück Wasserleitungsrohr. Da klirrte das Glas und Biber flog mit den Cowboystiefeln voraus durchs Fenster. „Der Seppi!", hauchte Annette. Mit dem Kälberstrick schlug er Griffo die Waffe aus der Hand. Dann hechtete er sich auf Schnappsie und drehte ihm den Arm um, bis er seine Pistole losließ. Der Tänzer hetzte den Hund wie eine Rakete auf Biber, der den Versuch aufgeben musste, mit einem Feuerzeug Edgars Fesseln zu lösen. Knapp vor Biber bäumte sich der Hund auf, als kämpfe eine Kreatur in ihm selbst dagegen an, den Mann anzugreifen. Der Tänzer sah ratlos aus, brüllte dem Hund Kommandos zu und blickte auf Igor. Der ging wie ein Tier mit dem Wasserrohr auf Biber los. „Seppi, pass auf!", quietschte Annette. Edgar war frei. Endlich. Jetzt konnte er Biber den Rücken frei halten. Die Aufrechten staunten nicht schlecht, was die beiden Kampfgenossen jetzt mit den Banditen aufführten. Der Cobwoy lud ein und der Mann in der Postuniform schlug unbarmherzig zu. Fünfmal hintereinander der gleiche Trick. Wie einstudiert. Der Tänzer hetzte den Hund auf Edgar. Damit hatte er Erfolg. Edgar hatte alle Hände voll zu tun, das Tier abzuwehren. Es zerfetzte die Postuniform und fügte ihm mehrere Bisswunden zu. Schließlich blieb ihm nur ein Ausweg, sich zu Biber zu flüchten.

„Ich bringe die zwei Schnepfen um, wenn ihr nur einen einzigen Schritt macht!", rief der Tänzer und hielt ein Messer an Arianes Hals. Edgar zuckte. Biber hielt mit einem fast unhörbaren Knurrton Zwiesprache mit dem Hund des Tänzers, der an seiner Seite wachte. Lex bemerkte, dass sich Tone Streich befreit hatte, und zog die Aufmerksamkeit der Banditen auf sich.

„Das könnt ihr!", gurgelte er mit seiner unnachahmlichen Autoritätsstimme. „Dem lieben Herrgott die Zeit abstehlen und die Suppe auslöffeln. Bürschchen, Bürschchen, euch werde ich helfen. Da hört sich die Gemütlichkeit auf!" Ex-Polizist Prechtl hielt Streich schon minutenlang die Hände hin, damit er ihn befreien sollte. Streich tat es nur widerwillig. Dann robbte er an Kugli heran und befreite den Fetzen.

„Los!", brüllte der Tänzer und signalisierte Igor, Griffo und Schnappsie, sie sollten Edgar und Biber überwältigen und festbinden. Aber da schnellte der Hund los und riss seinen eigenen Herrn nieder. Sofort brachte Edgar Ariane in Sicherheit, und die Aufrechten lieferten sich mit Schnappsie und Griffo ein erbittertes Gefecht. Biber foppte Igor so lange, bis er ihm das Wasserrohr entreißen konnte. Dann zog er es ihm über den Schädel, dass es sich wie eine Trauerweide bog und den Koloss zu Boden schickte. Und schließlich hatte sich der Ex-Polizist Prechtl eine Waffe geschnappt und hielt alle in Schach. Die Damen atmeten auf.

***

Edgar unterbreitete erneut seine Pläne und wartete auf die Reaktion des Ex-Polizisten Prechtl. „Völlig richtig", sagte der unerwarteterweise. „Nur keine Polizei. Für die ist das eine Nummer zu groß. Alles würde vertuscht werden. Ich hatte die Waffengeschäfte damals durchschaut. Man hat mich zurückgepfiffen und pensioniert. Eine Aktion wie die muss so geplant werden, dass die Behörden nicht auskönnen."

„Hände waschen!", sagte Biber und zog neugierige Blicke Annettes auf sich. Sofort wurde mit der Umsetzung des Plans begonnen. Der Schinkingerbauer, der noch immer mit laufendem Motor hinter dem Haus stand und von allem nichts bemerkt hatte, weil er Operettenmusik hörte, fuhr den Traktor in Faschingsverkleidung nach Salzburg. Als Prinz natürlich.

Und mit der gleichen Gelassenheit, mit der er seine Frau zum Kirschen brocken an den Bäumen platzierte, setzte er mit seinem Aufleger den Russen Igor am Balkon des Konsulats ab, wo ihn ein breitschultriger Cowboy mit geschickten Fingern und außerordentlich kräftigen Daumen im Stehen festbinden konnte. Die Lautsprecher wurden befestigt und das Tonband gestartet. Dann ab nach Hause! Der Fetzen schwang sich auch auf den Traktor, nachdem er den BMW des Advokaten zu Julius Links Lieblingslokal *Chez Lygon* gesteuert und im Parkverbot zurückgelassen hatte. Schon nach wenigen Minuten war am Tatort der Teufel los. Schaulustige fixierten einen als Gendarmen verkleideten Mann auf dem Balkon des Russischen Konsulats. Er stand wie angewurzelt am Geländer und rief mit einer nicht enden wollenden Beharrlichkeit „Österreich ist frei!" zur tragenden Musik der Bundeshymne. Und das mit einer Stimme, von der man meinen konnte, sie käme aus einem unendlich tiefen Abwasserkanal. Obwohl sie den gleichen Inhalt verkündete, klang die Stimme nicht so bewegt wie die des Außenministers Figl, als er am 15. Mai 1955 vom Balkon des Oberen Belvedere den Staatsvertrag präsentierte. Dass sie aus Lautsprechern kam, war nicht auf den ersten Blick erkennbar. Die Polizei wurde gerufen, wagte aber nicht, den Mann vom Balkon zu holen, ja nicht einmal das Areal des Konsulats zu betreten. Bis mit dem Konsul Kontakt aufgenommen werden konnte, dauerte es Stunden. Weiß der Teufel, wo der sich aufhielt. So wurde das Spektakel ein Fressen für die Frühaufsteher unter den Journalisten und Fotografen. Auch Ledermüller vom Sender **Loden-TV** war sofort zur Stelle. Er hatte einen Tipp bekommen. Somit dauerte die Bergung des am Geländer festgebundenen Russen bis tief in den Aschermittwoch hinein.

\*\*\*

In Hackling brach der Tag ruhig an. Nachdem die Sternfahrer ihre Mopeds mit einem Höllenlärm in Richtung Bahnhof gejagt hatten, lag der Ort so friedlich um den Kirchturm wie immer. Gemeindearbeiter in orangen Overalls waren damit beschäftigt, die Hauptstraße von Pfeifen, Girlanden, Hüten und unzähligen Knallkörpern zu säubern. Auch das Schild „Nur Linienverkehr – Ortsdurchfahrt gesperrt" wurde wieder entfernt. Nur die Plakate Flaschkes, mit denen er für seinen Heringkäse und die berühmten Teufelsroller warb, blieben unberührt.

„Russen ausgegangen!", sagte Slivo am Vormittag zum Bürgermeister, der sich mit einigen Gemeindevertretern in der Villa Scherbenstein nach dem Verbleib der russischen Investoren erkundigte. „Typisch!", kommentierte ein Gemeindevertreter, der

von vornherein der Idee des Advokaten Julius Link skeptisch gegenübergestanden hatte. „Erst groß reden und dann aus dem Staub machen." Der Bürgermeister wusste nicht, ob sich sein Kollege auf die Russen oder den Advokaten bezog, aber auch er war sauer.
„Russen ausgegangen!", musste leider auch die Mirz zu den Kontrolleuren der Puppen-Manufaktur sagen, die reklamierten, dass die Jausenlieferung an diesem Aschermittwoch unvollständig war. Nachdem sich die Hacklinger den Segen in der Kirche geholt hatten und sich die Aufforderung „Bedenke, Mensch, dass du Staub bist und wieder zum Staub zurückkehren wirst" zu Herzen genommen hatten, stürmten sie das *»**Fleisch und Wein**«*. Ungeduldig erwartete man die Ankunft des Lastwagens mit einer weiteren Lieferung großer Holzkisten, auf die mit Kreide das Wort „Russen" gekritzelt war.
„Jetzt sind sie da!", rief Mirz und blinzelte dem Lastwagenfahrer von Weitem zu. Sofort wurden die Kundschaften im Laden versorgt und die Stern-Werke, der Müllentsorger Drecksler und die Puppen-Manufaktur beliefert. „Das sind aber jetzt Russen und keine Jugoslawen!", sagte Lola, als sie mit ihrem geliebten Tone Streich einige Teufelsroller vor dem Verkehrsbüro verzehrte, dessen Wände ein wunderschönes Graffito schmückte: „Kein Seehotel im Naturschutzgebiet!" „Ja", sagte Streich. „Die haben Teufelsrollen gemacht, die Jugoslawen, das hättest du sehen sollen!"

\* \* \*

„Tschekai, tschekai!", rief Slivo dem Staplerfahrer in der Puppen-Manufaktur zu, als er vor lauter Hunger fast Kugli über den Haufen fuhr, der wie alle anderen Aufrechten gerade dabei war, den 486er Steyr des Fetzen mit den Puppen für die rumänischen Waisenhäuser zu beladen. „Ha!", brüllte der Fetzen, als er die Kisten mit der Aufschrift „Russen" sah. „Genau das Verpackungsmaterial, das wir brauchen." Er rief Biber und Edgar an, die sogleich an Ort und Stelle waren. Biber hatte inzwischen sein Fax wieder in Betrieb genommen, um den Dolmetscher Leonid über die Vorfälle zu unterrichten und Informationen über das todsichere rumänische Gefängnis einzuholen. Es wurde gleich fixiert, wie und wo man Iwan Diwanov den rumänischen Behörden zuspielen konnte. „Brauchbar!", sagte Edgar, als der Fetzen seine Idee mit den Kisten für die Lieferung des Russen präsentierte. Es sollte den Eindruck machen, als ob Geschäftspartner Iwan im Lastwagen versteckt hätten. Deshalb sollten Faxe mit dem Fahndungsblatt beigelegt werden, die Edgar und Biber noch besorgen sollten. Am Nachmittag hatten die Arbeiter dienstfrei, damit sie sich ausschlafen konnten. Da wurde Iwan in die Manufaktur gebracht und in der Kiste im Lastwagen verstaut. Aus Dankbarkeit schenkte Edgar Slivo die Reste seines Q-92-Schnapses aus Frankreich und Biber rückte das Schild des Verstecks von Friedl Volltasch und Sabine Beihilf heraus. Weil der Name „Les Cigales" viel besser für die Behausung der Grillos passte als Villa Scherbenstein. Er enthüllte es neben dem Underberg-Thermometer bei der Eingangstür. Gegen Abend brachen die Aufrechten mit ihrem 486er Steyr im Konvoi mehrerer Lastwagen nach Rumänien auf. Der Fetzen hatte alle nötigen Instruktionen, den Russen seiner Bestimmung zuzuführen.

\*\*\*

„Alles nur ein Faschingsscherz!", sagte der Moderator von *Salzburg heute* und beruhigte nach den turbulenten Meldungen des vergangenen Tages die erhitzten Gemüter im ganzen Land. Sowohl dem russischen Konsul als auch den Behörden war der Vorfall so peinlich, dass man sich darauf einigte, das Ganze als Faschingsente zu deklarieren, die jedem Anspruch auf Wahrheit entbehrte. Was mit Igor passierte, gelangte nicht an die Öffentlichkeit. Hinter den Kulissen aber war der Teufel los. Ex-Polizist Prechtl hatte endlich die Waffenhändler präsentieren können, die er in seiner aktiven Zeit immer gejagt hatte. Der Tänzer, Griffo und Schnappsie wanderten hinter Gitter. Prechtl hatte auch über verborgene Kanäle erfahren, dass die Salzburger Polizei wegen der Vorkommnisse an der Botschaft am Rande einer internationalen Blamage gestanden hatte. Augenzeugen gab es nicht. Ohrenzeugen behaupteten, dass sie einen Hubschrauber und ein Moped gehört hätten. Und das Graffito an der Botschaft mit den Worten „Fragt Volltasch und sucht Glatt" hatte Ermittlungen zur Folge, deren Auswirkungen noch nicht absehbar waren.

\*\*\*

Biber sollte nicht recht behalten mit seiner mehrfach geäußerten Befürchtung, dass es keine Zukunft gäbe. Aber wie so oft im Leben sah die Zukunft ganz anders als erwartet aus. Denn noch bevor die nächsten Ostereier auf dem Stammtisch zur Verfügung standen, hatte sich Lenka von Julius Link bei einem romantischen Abendessen einen Verlobungsring an den Finger stecken lassen. Die Felgen eines DKW Meisterklasse Typ F 89 P glänzten von der Adresse des Sahnehügels, die ehemals die Visitenkarte eines Golfplatzarchitekten geziert hatte. Neben Annettes Citroën DS, dessen Scheinwerfer wieder glücklich strahlten, parkte neuerdings ein roter Buick. Ja, genau. Es war das passiert, was niemand für möglich gehalten hatte. Der Biber war im Haus. Und es war schon ein Termin fixiert, an dem der ehemals wortlose Kapitän, der seit einiger Zeit den Bootsverleih am Wallersee übernommen hatte, zwei Paare auf einem Tretboot trauen sollte und als Ehrengast auf der anschließenden Party mit dem Motto „Am Wallersee vergeht das Schädelweh" geladen war.

Printed in Poland
by Amazon Fulfillment
Poland Sp. z o.o., Wrocław